JANE BONANDER · ELAINE COFFMAN
JOAN JOHNSTON · KASEY MICHAELS

Ungezähmte Glut

Zu den Autorinnen

ELAINE COFFMAN hat sich mit ihren zahlreichen Romanen bereits einen Stammplatz in den Herzen ihrer Leserinnen erobert. Nie fehlt es ihren Geschichten an glühender Leidenschaft – und an unwiderstehlichem Humor. JANE BONANDER, selbst seit über dreißig Jahren verheiratet, schrieb ihre Geschichte anläßlich des 60. Hochzeitstages ihrer Eltern. JOAN JOHNSTON lebt in Wyoming – die ideale Umgebung für den Schauplatz einer großen Liebe! KASEY MICHAELS stellt nach einunddreißig Jahren Ehe immer noch voller Dankbarkeit fest, daß ihr Mann zugleich ihr bester Freund ist.

In *Ungezähmte Glut* haben sich diese vier großartigen und erfolgreichen Autorinnen zusammengefunden, um jede mit einem sehr persönlichen Roman eine ganz besondere Liebesgeschichte zu erzählen.

Von Elaine Coffman ist bereits erschienen

An den Ufern der Leidenschaft (41583)
Dornen der Erinnerung (43467)
Ein Mann wie Samt und Seide (42214)
Geliebte Wildkatze (42977)
Geliebter Schuft (41073)
Goldstaub auf zarter Haut (41367)
Zärtlicher Rebell (41115)

JANE BONANDER
ELAINE COFFMAN
JOAN JOHNSTON
KASEY MICHAELS

Ungezähmte Glut

Vier Romane in einem Band

Aus dem Amerikanischen
von Uschi Gnade

BLANVALET

Die Originalausgabe erschien 1993
unter dem Titel »To Have and to Hold«
bei Avon Books, New York

Umwelthinweis:
Alle bedruckten Materialien dieses Taschenbuches
sind chlorfrei und umweltschonend.
Das Papier enthält Recycling-Anteile.

Blanvalet Taschenbücher erscheinen im Goldmann Verlag,
einem Unternehmen der Verlagsgruppe Bertelsmann

Taschenbuchausgabe August 1998

Umschlaggestaltung: Design Team München
Umschlagillustration: Schlück/Daeni
Druck: Elsnerdruck, Berlin
Verlagsnummer: 35040
MD · Herstellung: Heidrun Nawrot
Made in Germany
ISBN 3-442-35040-9

1 3 5 7 9 10 8 6 4 2

Inhalt

Jane Bonander

Die alte Jungfer

Prolog

Ländliches Ohio, Mai 1887

Der erste Brief war vor einigen Monaten eingetroffen, und für Kate McCurdy war eine Welt eingestürzt.

Es war schon schlimm genug gewesen, daß ihre Nichte Brynna, die sie nach dem Tod ihrer beider Eltern aufgezogen hatte, dem Charme eines gutaussehenden Taugenichts erlegen und mit ihm fortgelaufen war. Das hatte Kate beinahe das Herz gebrochen. Der erste Brief hatte von *ihm* gestammt, dem Teufel, der ihr Brynna geraubt hatte, und darin hatte er ihr geschrieben, ihre Nichte und das Kind seien gestorben.

Jetzt starrte Kate den zweiten Brief an, den anonymen Brief, den sie gerade erst erhalten hatte. Sie bebte innerlich, und ihre Hände zitterten, als sie versuchte, ihrer Freundin Millie zu berichten, was passiert war. Das Reden war Kate nie schwergefallen, doch im Moment brachte sie kein Wort über die Lippen, weil sie im einen Augenblick am liebsten in Tränen ausgebrochen wäre und im nächsten einen Mord begehen wollte.

»Hier. Lies selbst.« Sie drückte Millie den Brief in die Hand und holte Brot und Tee, um den Tisch zu decken. Als sie mit dem Tablett zurückkam, beobachtete sie, wie sich auf Millies Gesicht Erstaunen ausbreitete, während sie die Nachricht las.

»Da war noch ein zweites Kind? Hast du gewußt, daß Brynna Zwillinge geboren hat?«

»Nein, natürlich nicht«, antwortete Kate, unfähig, die Wut in ihrer Stimme zu bezähmen.

»Was stand schnell noch mal in dem ersten Brief?«

Kate schloß die Augen und konnte sich an jedes einzelne Wort erinnern, an jeden einzelnen Buchstaben ... an jeden Knick und jede Falte in dem Blatt Papier, obwohl sie den Brief schon vor acht Monaten erhalten hatte. »Darin stand: ›Brynna und das Baby sind bei einem Unfall ums Leben gekommen. Sie sind christlich bestattet worden. Es tut mir leid.‹«

Sie öffnete die Augen wieder und sah Millie haßerfüllt an. »Es hat ihm *leid* getan?« Sie setzte sich an den abgenutzten Küchentisch und starrte den Tee an. »Als ob sich damit alles, was er angerichtet hat, ungeschehen oder wiedergutmachen ließe. Den Alptraum, den mich dieser Mann hat durchmachen lassen, werde ich nie vergessen, in meinem ganzen Leben nicht«, fügte sie hinzu und spürte, wie die Tränen ihr die Kehle zuschnürten. »Wenn er Brynna nicht dazu verleitet hätte, mit ihm fortzugehen, dann wäre sie jetzt hier bei mir. Gesund und wohlbehalten.«

»Oh, nein, das wäre sie nicht«, argumentierte Millie mit ihrem gesunden Menschenverstand.

Kate war erbost über die Unverblümtheit ihrer Freundin. Dennoch mußte sie, wenn sie sich selbst gegenüber ehrlich war, zugeben, daß Millies Worte einen unangenehmen Beigeschmack der Wahrheit hatten. Brynna hatte es derart eilig gehabt, die Farm zu verlassen, daß sie mit so ziemlich jedem fortgegangen wäre. Und genau das hatte sie in Kates Augen auch getan. Der Kerl war einfach widerlich. Der Knoten der Feindseligkeit, der sich vor Jahren in ihrem Bauch gebildet hatte, schnürte sich jetzt noch fester zu.

Millie nahm sich eine Scheibe Brot und schmierte eine dicke Schicht Blaubeergelee darauf. »Eins muß man ihm lassen, er war ein gutaussehender Teufelskerl.«

Kate kochte vor Wut. »Er war der Teufel persönlich, dem kann ich nur beipflichten. Aber sein Aussehen war nichts weiter als ein Köder für seine Falle.«

Millie verdrehte die Augen. »Und?« sagte sie mit vollem Mund und mitfühlender Miene. »Was wirst du jetzt tun?«

Während sie ihrer Freundin beim Essen zusah, drehte sich Kate erneut der Magen um, und sie war sicher, daß sie nie mehr einen Bissen würde herunterbringen können. »Das, was ich schon längst hätte tun sollen, ehe all dies passiert ist. Ich muß nach … nach Texas gehen, diesem … diesem *Mann* das Kind wegnehmen und es nach Hause zurückholen.« Sie war jetzt zum Kampf bereit.

»Ich verstehe. Tja«, fügte Millie hinzu und leckte sich genüßlich Gelee von den Fingern, »wenigstens hast du jetzt etwas Geld, nachdem du die Farm verkauft hast.«

Kate wandte den Blick ab. Es stimmte schon, sie besaß ein wenig Geld, aber niemand wußte, wie hoch sie tatsächlich verschuldet gewesen war, als sie endlich einen Käufer für das Anwesen gefunden hatte.

Millie aß zwar unbeirrt weiter, doch Kate fühlte ihren Blick auf sich ruhen. »Du hast ihn schon immer zu hart beurteilt, Katie. Das weißt du doch selbst.«

Kate hielt das Gesicht weiterhin abgewandt, um ihren Schmerz zu verbergen. Vielleicht war sie tatsächlich voreingenommen gewesen, wenn es um ihn ging, aber sie konnte nun einmal nichts dafür. Er war nichts weiter als eine Hilfskraft gewesen, ein Arbeiter, den man gemeinsam mit vielen anderen Herumtreibern, die durch die Lande zogen, angeworben hatte, um die Ernte einzubringen. Und doch hatte er es bis zum Ende des Sommers geschafft, daß Brynna sich fast für ihn überschlug und sabberte wie ein liebeskrankes Kalb.

»Er hat sie nicht verführt, Katie. Ich glaube, es war eher umgekehrt.«

Kate drehte sich abrupt um und funkelte Millie finster an; Wut hatte die aufsteigenden Tränen abgelöst. »Wie kannst du so etwas sagen? Sie war erst siebzehn. Was hat sie denn schon von Verführungskünsten gewußt? Und er war … Gott im Himmel, er war achtundzwanzig. In *meinem* Alter. Man hätte meinen sollen, daß er weiß, was er tut.«

Millie schüttelte lediglich den Kopf, seufzte und warf dann noch einmal einen Blick auf den Brief. Sie nahm ihn in die Hand und las ihn ein zweites Mal. »›Brynna hat Zwillinge geboren. Eines der beiden Mädchen ist noch am Leben.‹ Wer hat das geschrieben? Und noch dazu ohne jede Unterschrift?«

»Ich weiß es nicht«, sagte Kate seufzend. »*Er* war es jedenfalls nicht, soviel steht fest. Ich bin der letzte Mensch auf Erden, mit dem er jemals wieder Kontakt aufnehmen würde.«

»Vielleicht ist es noch nicht einmal wahr, Katie.«

»Doch, ich bin sicher, daß es wahr ist. Brynnas Mutter hatte eine Zwillingsschwester. Es ist naheliegend. Und weshalb sollte jemand so etwas schreiben, wenn es nicht wahr wäre?«

Millie musterte sie eingehend. »Dir kann wohl niemand diese gräßliche Reise ausreden?«

Kate sah sich in der winzigen Küche ihrer kleinen Wohnung über der Gemischtwarenhandlung um. Acht Jahre. Acht Jahre waren vergangen, seit ihre und auch Brynnas Eltern bei diesem Brand drüben in Dayton ums Leben gekommen waren. Brynna war damals gerade erst zehn gewesen. Ach Gott, wie die Kleine geweint hatte ...

Kate war für Tränen keine Zeit geblieben. Sie hatte gewußt, daß sie hart auf der Farm arbeiten mußte, um Brynna und sich selbst durchzubringen. Es war eine knochenzermürbende Arbeit gewesen, die weit über schlichte Hausarbeiten wie Backen, Kochen und Putzen hinausgegangen war. Kühe mußten gemolken und Saatgut ausgesät und die Ernte eingebracht werden. Aber letztlich waren all ihre Einnahmen dafür draufgegangen, die Hilfskräfte zu bezahlen, die sie einstellen mußte.

Nein, dachte sie und sah sich noch einmal grimmig in der Küche um. Sie konnte es kaum erwarten aufzubrechen. Wieder ein Ziel zu haben. Mit einem Teil von Brynna zurückzukehren, den sie großziehen und ihr eigen nennen konnte.

»Kein Mensch auf Erden«, antwortete sie nahezu geistesabwesend.

Als Millie aufstand, um zu gehen, umarmte Kate sie und versprach ihr, sie vor ihrer Abreise noch einmal zu treffen und sich zu bemühen, nicht mehr ganz so schlecht über den Mann zu denken, mit dem sie konfrontiert werden würde. Doch sowie sie wieder allein war, schwärte Kates Zorn wie eine offene Wunde.

Sage Reno. Ein gottloser Name für einen gottlosen Mann. Als er auf der Suche nach Arbeit großspurig auf der Farm aufgetaucht war und sie ihm zum ersten Mal begegnet war, hatte sie geglaubt, er hätte sich diesen Namen selbst zugelegt, ihn frei erfunden.

Niemand konnte ernsthaft nach einem stacheligen Wüstenstrauch und einer verruchten, unzivilisierten Grenzstadt in Nevada benannt worden sein.

1

Texas Panhandle, Oktober 1887

Sage Reno streckte den Kopf in das kleine Kinderzimmer. Ihm stockte der Atem, als er beobachtete, wie Annie auf das freundliche Plappern ihres Kindermädchens reagierte. Ein rostroter Lockenschopf zierte den Kopf seiner Tochter, und wenn sie lachte und kicherte, erschienen Grübchen in ihren rosigen Pausbacken. Sie war seine ganze Welt; er hätte sie mit seinem Leben beschützt.

Sarita, die hübsche junge Ehefrau seines Viehhüters Luis, sprach Spanisch mit ihr. Sage lächelte, von einem Gefühl der Zufriedenheit erfüllt. Er war dankbar gewesen, als sie angeboten hatte, weiterhin für Annie zu sorgen, nachdem das Baby von ihrer Brust entwöhnt worden war, denn sie hatte ein eigenes Kind, um das sie sich kümmern mußte. An den meisten Tagen brachte sie ihr kleines Mädchen mit, doch heute hatte sie es bei Luis' Mutter gelassen, weil das Baby etwas Fieber hatte.

Sage und Luis konnten sich um das kleine Stück Land am Rande der Prärie kümmern, das Sage einem Freund abgekauft hatte, doch sie lebten von dem Gehalt, das sich Sage als Hilfssheriff in dem nahegelegenen Städtchen Cedarville verdiente.

Sarita sang Annie jetzt ein spanisches Lied vor, und dabei hielt sie Annies winzige Hände in den ihren und schlug sie im Takt der Melodie zusammen. Sarita und Luis besaßen zwar ein eigenes Haus, in dem sie zusammen mit Luis' Mutter lebten, doch sie waren auch Sages Familie. Das einzige, was ihm noch geblieben war. Als er das Zimmer betrat, sagte er: »Was höre ich denn da? Schon wieder Spanisch? Wenn du so weitermachst, Sarita, dann wird sie nie Englisch lernen.«

Sarita, die Annie noch auf dem Schoß hielt, blickte auf und lächelte ihn an. Sie war eine Schönheit, und Luis war verrückt nach ihr. Sage verspürte oft Bedauern und sogar einen gewissen Neid, weil ihm selbst diese innige Art von Liebe, die die beiden miteinander verband, bisher immer versagt geblieben war.

»Ich bringe ihr ›Backe, backe Kuchen‹ bei, Señor Reno. Alle Kinder müssen ›Backe, backe Kuchen‹ lernen.« Sie musterte ihn nicht allzu wohlwollend. »Und deshalb sollten Sie sich wieder verheiraten. Annie braucht eine Mutter.«

Sage stieß einen Stoßseufzer aus und verdrehte die Augen, in der Hoffnung, Saritas Bemerkung leichthin abtun zu können. »Hast du denn wirklich nichts Besseres zu tun, als mich mit Gewalt wieder unter die Haube zu bringen?«

Annie wand sich von Saritas Schoß und tappte auf ihren Vater zu. Er bückte sich, hob sie auf und drückte ihr einen lauten Schmatz auf die Wange. Er atmete ihren süßen Babygeruch ein und kostete genüßlich den unschuldigen und ungetrübten Zauber aus, den sie auf ihn ausübte.

Sie sagte immer wieder seinen Namen und gab ihm dann ebenfalls einen Kuß.

»Siehst du? Meine kleine Prinzessin und ich kommen prima miteinander aus.«

Sarita murmelte etwas auf Spanisch. »Aber ein so gutaussehender Mann wie Sie sollte nicht allein sein.«

Sage wollte nicht darüber nachdenken. Die Wunden waren noch zu frisch. Nach wie vor nagte Tag für Tag das Schuldbewußtsein an ihm. Seine erste Ehefrau hatte ihm schon genug Kummer gemacht. »Ich bin nicht allein, Sarita. Ich habe Annie. Und sie hat mich.« Er grinste schelmisch. »Und wir beide haben dich.«

Sarita tat diese Bemerkung mit einer wegwerfenden Handbewegung ab und begann, die Decken auf Annies winzigem Bett glattzustreichen. »Sie haben keine weiteren Angehörigen? Niemanden sonst?«

Sage fiel eine kühle alte Jungfer mit grünen Augen und feuerrotem Haar ein. Er erinnerte sich wieder an den Haß und das

Mißtrauen, das er in diesen grünen Augen gesehen hatte, als Brynna ihm auf Schritt und Tritt über die Farm gefolgt war. Bei dem Versuch, eine solche Frau zu erweichen, konnte ein Mann selbst in einer Flammengrube erfrieren. Es hatte ihn nicht überrascht, daß sie nie geheiratet hatte. Diesen Eisberg zum Schmelzen zu bringen, stellte eine Lebensaufgabe dar, die nur ein Mann mit unendlicher Geduld bewerkstelligen könnte. Nein, zum Teufel. Er hatte niemanden. Er hatte weiß Gott alles getan, was in seinen Kräften stand, um diese Bande zu durchtrennen, als Brynna und einer der Zwillinge gestorben waren.

»Nein, ich habe niemanden sonst, Sarita.«

»Hm.« Sie bedachte ihn mit einem skeptischen Blick, ehe sie sich abwandte und begann, Annies Flanellwindeln zusammenzufalten. »Ich dachte, Ihre Frau hätte in ihrer Heimat im Osten eine *Tia*.«

Schon allein die Erwähnung dieser Frau genügte, um in Sage Unbehagen aufkommen zu lassen. Und höllische Wut. Sie hatte ihn vorschnell verurteilt und ihn einer Sünde für schuldig befunden, die er nicht begangen hatte. »Eher friert die Hölle zu, als daß ich diese Frau jemals über Annies Existenz in Kenntnis setze.«

Sarita blickte kurz auf. Dann senkte sie den Kopf und wandte sich wieder ihrer Beschäftigung zu. »Ah, *sí*. Sie mögen sie wohl nicht besonders?«

»Sarita«, begann Sage, »wenn diese kalte, herzlose Hexe jemals etwas von Annies Existenz erfahren sollte, dann würde sie so schnell hier auftauchen, daß einem vom bloßen Zusehen schon schwindlig werden könnte. Und außerdem«, fügte er mit einem sarkastischen Lächeln hinzu, »wird sie wahrscheinlich auf einem Besenstiel hier eintreffen.«

Abrupt ließ Sarita alles stehen und liegen, bekreuzigte sich und huschte an Sage vorbei. Als er beobachtete, wie sie aus dem Zimmer lief, fragte er sich leicht verdattert, welche seiner Worte sie wohl am stärksten beleidigt hatten.

Kate bedankte sich bei dem Kutscher des leichten Einspänners und fächelte sich den Staub aus dem Gesicht, der in die Luft aufgewirbelt wurde, während unter den Rädern Schottersteine aufspritzten. Sie hielt sich hustend das Taschentuch vor den Mund in dem Versuch, den widerwärtigen Dreckklumpen zu lockern, der sich in ihrer Kehle festgesetzt hatte. Sie fuhr sich mit der Zunge über die Zähne, spürte die groben Sandkörner und schauderte. Die vielfarbigen Berge in der Ferne schienen nichts weiter als ein Gemälde zu sein, ein flirrendes Trugbild am Rande der eintönigen, flachen Prärie, in der sie jetzt stand. Himmel, dachte sie mit sinkendem Mut, sogar diese Landschaft hat etwas Gottloses an sich.

Sie drehte sich langsam um und betrachtete geringschätzig das Haus ... falls man es überhaupt als ein solches bezeichnen konnte. Ihr Mut sank noch mehr, und ihre Kehle schnürte sich zu, als sie sich ausmalte, wie ihre süße Brynna sich mit einer so elenden Hütte abgefunden haben mochte. Es blieb nur zu hoffen, daß das Innere etwas anheimelnder und komfortabler war.

Kate stieß einen entschlossenen Seufzer aus, griff nach ihrer Reisetasche und marschierte auf die Tür zu. Behutsam stieg sie über die verzogenen und verrotteten Bretter der Veranda. Sie holte noch einmal tief Atem, straffte die Schultern und klopfte.

Sie konnte ihr Erstaunen nicht verbergen, als die Tür von einer jungen Frau geöffnet wurde, einem sehr hübschen Ding mexikanischer oder spanischer Abstammung. Ihr schwarzes Haar schimmerte, und ein dicker Zopf, der den Umfang von Kates Faust hatte, fiel ihr auf eine Brust. Einen flüchtigen Augenblick war ihr Verstand von Furcht getrübt. Hatte der gottlose Lump etwa wieder geheiratet? Wenn das der Fall war, dann würde es sich sehr viel schwieriger gestalten, ihm das Kind wegzunehmen. Sie versuchte, sich von dieser Vorstellung nicht einschüchtern zu lassen. Die junge Frau musterte sie neugierig. »Ja?«

Kate schluckte. »Ist ... ist dies Mr. Renos Haus?«

»*Sí,* Señor Reno lebt hier.«

Kate rang sich ein Lächeln ab. Sie hatte das Gefühl, keinen Schritt vorwärtszukommen. »Ich ... ich möchte ihn sprechen.«

Die junge Frau musterte sie von Kopf bis Fuß. »Er ist noch nicht zu Hause. Er wird spät zurückkommen, vielleicht sogar erst nach Einbruch der Dunkelheit.«

Kate trat ein und zwängte sich behutsam an der anderen Frau vorbei. »Wenn das so ist, dann warte ich eben.«

»Oh, aber ich ...«

»Sind Sie seine Frau?« Kate hielt den Atem an und stieß ihn erleichtert wieder aus, als das Mädchen den Kopf schüttelte. »In dem Fall ist es wichtig, daß ich mit ihm rede. Ich bin den ganzen weiten Weg von Ohio hergekommen, um ihn zu sehen, und ich denke gar nicht daran, wieder zu gehen, ehe ich mit ihm gesprochen habe.« Sie ließ ihre Reisetasche auf den Fußboden fallen und verschränkte die Arme vor der Brust.

Nachdem sie festgestellt hatte, daß der Lump gar nicht zu Hause war, dachte sie flüchtig daran, wie einfach es doch wäre, das Kind schlichtweg zu schnappen und mit ihm zu verschwinden. Die Vorstellung war verlockend. Je eher sie das arme Wurm Sage Renos Klauen entriß, desto besser. Man konnte nur hoffen, daß das Baby noch zu klein war, um bereits bleibende Schäden durch einen solchen Mann erlitten zu haben.

Die junge Frau schnappte überrascht nach Luft. »*Dios mio!* Sie sind zu jung, um die *Tia* der toten Ehefrau zu sein. Ich meine, die ... Tante.«

Kate starrte sie verblüfft und leicht geschmeichelt an. »Oh ... aber ich bin die Tante. Woher wissen Sie das? Hat Brynna von mir gesprochen?«

Die junge Frau schüttelte den Kopf und wandte sich eilig ab. »Ich habe sie nicht gekannt. Ich habe erst nach dem ... dem Unfall angefangen, für Señor Reno zu arbeiten.«

Kate verzehrte sich danach, genau zu erfahren, was wirklich vorgefallen war, aber vorerst mußte sie ihre Neugier zügeln. Und außerdem schien sie zu keiner Vernunft mehr fähig, wann immer sie an den Tod dieser beiden liebenswerten, unschuldigen Menschen dachte. Nein, jetzt war nicht der rechte Zeitpunkt, um in unbeherrschte Wut auszubrechen.

»Ich würde schrecklich gern das ... das Baby sehen, wenn das möglich wäre.« Sie hielt ihre Gefühle in Schach, weil sie wußte, daß sie eingehend gemustert wurde. Die junge Frau schien sich ein Urteil über sie zu bilden, aber es lag keinerlei Feindseligkeit in ihren Blicken. Und auch kein Zorn. Nur Interesse.

»*Sí*«, sagte sie schließlich und ging.

Kate sah sich zum ersten Mal in dem kleinen Raum um. Sie war schockiert und erstaunt über die spärliche Einrichtung und das Fehlen jeglicher femininen Note. Das Zimmer war sauber, und die Möbel waren von guter Qualität, aber als ein richtiges »Heim« hätte man es nicht bezeichnen können. Was war aus Brynnas großem Geschick in Handarbeiten geworden? War *er* etwa versessen darauf gewesen, alles wegzuwerfen, was ihn an Brynna erinnerte? Das war gut möglich. Vielleicht, um seine Schuldgefühle zu verdrängen.

Sie kochte innerlich vor Wut, doch sie wußte, daß sie sich ihren Zorn nicht anmerken lassen durfte. Während ihrer Reise in den Westen hatte sich in ihrer Vorstellung allmählich ein Plan herauskristallisiert, und um ihn durchführen zu können, mußte sie sich zu einer Ruhe zwingen, die sie nicht fühlte.

Als sie ein Geräusch hinter sich hörte, drehte sie sich um und sah, wie die Mexikanerin mit dem Kind in den Armen auf sie zukam. Kates Herz schmolz, und sie spürte, wie Tränen in ihren Augen brannten. Die Kleine war entzückend, doch das überraschte sie nicht. Kate war einfach nur dankbar dafür, und gleichzeitig schmerzte es sie, daß das Kind so große Ähnlichkeit mit Brynna aufwies. Dieses kleine Mädchen würde für immer eine Erinnerung an das darstellen, was Kate verloren hatte.

Sie bemühte sich, den dicken Kloß hinunterzuschlucken, der sich in ihrer Kehle gebildet hatte. »Wie ... wie heißt sie?«

Die Frau strich dem Kind die rostroten Locken aus der Stirn. »Das ist Annie.«

Kate biß sich überwältigt auf die Lippen. »O Annie, was für ein niedliches kleines Mädchen du bist«, flüsterte sie.

Annie steckte den Daumen in den Mund, schmiegte den Kopf an die Schulter der Frau und musterte Kate ernst.

»Wie alt ist sie?« Kate hielt sie für älter als ein Jahr.

»Sie ist ein Jahr alt und fast noch ein halbes dazu.«

Kates mütterliche Triebe erwachten. »Ja, auf etwa dieses Alter hätte ich sie geschätzt.« Als sie aufblickte, stellte sie fest, daß die Mexikanerin sie nicht aus den Augen ließ.

»Sie haben meinen Brief bekommen?«

Kate wich überrascht einen Schritt zurück. »Ihren Brief?«

Die Frau nickte. »Den Brief, in dem ich Ihnen von Annie berichtet habe.«

»Sie haben mir diesen Brief geschrieben?«

»*Sí*. Ich bin Sarita, die Haushälterin von Señor Reno und auch mit ihm befreundet.«

Kate war nahezu sprachlos. »Der Brief ... er war mit keinem Namen unterschrieben.«

Sarita schüttelte den Kopf. »Ich wollte ihn nicht unterschreiben. Ich habe es nicht für nötig gehalten.«

»Weiß ... weiß Mr. Reno, daß Sie mir geschrieben haben?«

»Nein, er weiß nichts davon.« Sie warf Kate einen verschwörerischen Blick zu, der in ein Stirnrunzeln überging. »Ich bin nicht sicher, ob es richtig war, diesen Brief zu schreiben. Er mag Sie nicht besonders gern.«

Kate schnaubte fast. *Dieses Gefühl beruht auf Gegenseitigkeit.* Statt dessen tat sie überrascht. »Das hat er gesagt?«

Sarita zuckte die Achseln und ging wieder auf das Schlafzimmer zu. »Kommen Sie«, sagte sie. »Ich muß Annie dringend die Windeln wechseln, und wir beide haben einiges miteinander zu besprechen.«

Kate folgte Sarita in das Schlafzimmer und widerstand dem Drang, Annie an sich zu reißen und mit ihr zu schmusen. Sie sah zu, wie Sarita Annies Windeln wechselte und ihr dann ein langes rosa Flanellkleidchen anzog.

»Señor Reno, er ist ein herzensguter Kerl.«

Kate hätte liebend gern widersprochen, hielt jedoch den Mund. »Warum haben Sie mir geschrieben?«

»Weil er einsam ist. Und weil Annie eine Mutter braucht.«

Diese Worte verblüfften Kate derart, daß sie nur mit Mühe an sich halten konnte. »Aber ... aber sicherlich«, stotterte sie, »haben Sie doch nicht von mir erwartet, daß ich herkomme und ... und ...« Sie konnte die Worte noch nicht einmal aussprechen, geschweige denn, den Satz beenden.

»Und daß Sie Señor Reno heiraten?«

Kate nickte benommen. Ihre Brust schmerzte, und sie konnte nur mühsam Luft holen.

»Na ja«, antwortete Sarita seufzend, »jetzt bin ich mir nicht mehr sicher.« Sie musterte Kate und schüttelte dann den Kopf. »Er nennt Sie eine herzlose Hexe. Und«, fügte sie verlegen hinzu, »er sagt, wenn Sie von Annies Existenz erführen, würden Sie bestimmt herkommen, um sie ihm wegzunehmen.«

Kate war dankbar für den Schaukelstuhl, der im Zimmer stand. Sie wankte auf ihn zu und setzte sich. Ihr Blick war unverwandt auf das Kind geheftet, während sie um Fassung rang. »Er kennt mich nur zu gut. Ich habe jedoch den Verdacht, seine Bemerkungen waren weitaus zynischer als das, was Sie bisher gesagt haben.«

Sarita wandte den Blick ab. »*Sí*, das kann man wohl sagen. Er hat gesagt, Sie kämen auf einem Besenstiel geritten.«

Kate erwiderte nichts, zog jedoch vielsagend eine Augenbraue hoch. Ihr Haß auf Sage Reno hatte sich nicht vermindert, und anscheinend beruhte diese Abneigung auf Gegenseitigkeit. »Wie Sie selbst sehen können, sind wir beide von Anfang an aneinandergeraten. Zweifellos haben Sie mir diesen Brief geschrieben, ehe Sie sich ein Bild davon machen konnten, wie er zu mir steht.«

»*Sí*, das ist wahr.« Sarita stellte Annie hin, und die Kleine tapste auf wackligen Beinen auf Kate zu und faßte ihren schillernden grünen Rock an.

Kate blieb still sitzen und hielt den Atem an, um das Kind nicht einzuschüchtern, als Annie ihren Rock betastete und ihn genauer untersuchte. Sie liebte das kleine Mädchen jetzt schon; aber das hatte sie bereits im voraus gewußt. Sie streckte vorsichtig die Hand aus. Annie packte einen Finger und spielte mit ihrem Ring – dem mit den winzigen Smaragden, den ihr Vater ihrer Mutter am Hochzeitstag geschenkt hatte.

»Und wie denken Sie jetzt über die Sache?« fragte sie schließlich.

»In dem Moment, in dem Sie vor Señor Renos Tür standen, habe ich geglaubt, ich hätte einen großen Fehler begangen. Und jetzt«, fügte sie hinzu und lächelte Kate an, »denke ich, daß ich schleunigst nach Hause laufen und mich um meine eigene Tochter kümmern sollte, da ich Annie unbesorgt Ihnen überlassen kann, bis Señor Reno nach Hause kommt.«

Saritas Plan ließ Schauer der Furcht über Kates Haut rieseln. »Halten Sie das wirklich für eine gute Idee?« Plötzlich rutschte die Vorstellung, Sage Reno allein gegenüberzutreten, auf den untersten Platz in der Liste der Dinge, die Kate sich zu tun vorgenommen hatte. Das sollte nicht etwa heißen, daß sich ihre Wut auf diesen Mann gelegt hätte, aber trotzdem ...

»*Sí.* Ich halte das für eine gute Idee.«

Kate sah auf Annie hinunter, die mit den schwarzen Fransen an Kates Bolero spielte. Das Kind war fröhlich, gesund und bestens versorgt. War das Saritas Werk, oder sollte es sich bei diesem Mann tatsächlich um einen fähigen Vater handeln?

Hör auf damit. Sie war nicht bereit, ihre Meinung von ihm zu revidieren, nur weil das Baby einen gesunden Eindruck erweckte. Urplötzlich wollte sie dem Vater gegenübertreten. Sie war zu einer Konfrontation bereit. Sie lechzte schon viel zu lange nach einem Kampf, um dieses Verlangen jetzt einfach abflauen und sterben zu lassen. »Woher wollen Sie wissen, daß ich die Kleine nicht einfach mitnehmen und mit ihr verschwinden werde?«

»Das ist ganz einfach. Wenn Sie das tun, wird Señor Reno wütend auf *mich* werden. Ich glaube, daß Sie Annie unbedingt für sich haben wollen, aber ich halte Sie nicht für den Feigling, der sie einfach entführen würde.«

Kate seufzte. Soviel zu ihren ursprünglichen Überlegungen. Es war ohnehin bestenfalls ein wenig durchdachter Plan gewesen. Sie weigerte sich jedoch, diesen Gedanken gänzlich aufzugeben. Wer weiß, vielleicht würde der gottlose Señor Reno nur allzu bereit sein, sich ein lästiges Kind vom Hals zu schaffen.

Sage führte sein Pferd zum Stall und war überrascht, ihn dunkel vorzufinden. Sarita zündete gewöhnlich eine Lampe an, wenn er erst spät nach Hause kam. Er schmunzelte. Offensichtlich hatte Annie sie auf Trab gehalten, als sie sie zu Bett bringen wollte, und Sarita war bisher noch nicht einmal dazu gekommen, das Haus zu verlassen. Während er den Hafer für sein Reittier holte, wurde ihm klar, daß es unverzeihlich war, Sarita um diese späte Tageszeit noch einzuspannen. Schließlich hatte sie ihre eigene Familie zu versorgen. Es mußte etwas geschehen, aber er wußte nicht, was. Er brauchte jemanden, der sich ständig um Annie kümmerte, vor allem an so langen Tagen wie heute, wenn er in Cedarville sein mußte.

Genau, dachte er und zuckte zusammen, als der Verband seiner Brust an den Haaren ziepte. An einem solchen Tag wie heute, wenn Tessas Huren beschlossen, einander umzubringen, fragte er sich tatsächlich, wie er jemals den Posten eines Hilfssheriffs hatte annehmen können. Er hatte das schrille Kreischen im Gefängnis gehört, und als er bei Tessa eingetroffen war, hatten sich bereits zwei ihrer Huren in den Haaren gelegen. Und zum Dank für sein Einschreiten in diesen Kampf hatte er einen Messerstich in die Brust davongetragen. Diese Frauen waren sogar noch härter als die meisten Männer, die er kannte. Und auch bösartiger.

Zum Glück hatte er jetzt eine ganze Woche dienstfrei, ehe er wieder in die Stadt reiten mußte, um Huren zu zähmen, Betrunkene auszunüchtern und Kämpfe beim Kartenspiel zu schlichten. Zeit für Annie und Zeit, um sich auszuruhen ... mein Gott, dafür war es aber auch höchste Zeit.

Er schleppte sich zum Haus und konnte es kaum erwarten, mit einem ordentlichen Schluck Whiskey vor dem Feuer zu sitzen. Wenn Sarita seine Wunde sah, würde sie darauf bestehen, sie zu säubern und den Verband zu wechseln. Zum Teufel, vielleicht würde er es ihr sogar gestatten, ehe sie nach Hause ging.

Als er die Stufen zur Veranda hinaufstieg, sah er sich um und stellte zu seinem Erstaunen fest, daß ihr Pferd nicht da war. Wie üblich, wenn er spät nach Hause kam, war auch Luis' Pferd an einem Verandapfosten festgebunden.

Dumpfe Besorgnis beschlich ihn, und er stürzte auf die Tür zu und riß sie eilig auf. Niemand war im Zimmer. Ein schneller Blick in die Runde sagte ihm, daß das Feuer im Kamin brannte und auf dem Tisch neben dem Sofa eine Kerosinlampe flackerte. Es schien alles in Ordnung zu sein, doch ...

Er zog seinen Colt aus dem Halfter und bewegte sich lautlos auf die Tür zu, die zu Annies Schlafzimmer führte.

Kate saß auf dem Schaukelstuhl neben Annies winzigem Bettchen, unfähig, den Blick von dem schlafenden Kind loszureißen. Wie vertrauensvoll die Kleine gewesen war, nachdem Sarita gegangen war. Tief in ihrem Herzen fühlte Kate, woran das lag. Annie wußte ganz einfach, daß sie gekommen war, um sie zu sich zu holen. Um sie vor einem Vater zu retten, der sich so wenig aus ihr machte, daß er bereit war, sich zu Tode zu schuften, nur um so wenig Zeit wie möglich mit ihr verbringen zu müssen.

Das Versprechen, Annie nicht klammheimlich zu entführen, nagte bereits an ihr. Jetzt sah sie klarer denn je, daß sie Annie zu sich nehmen mußte. Sarita schien eine angenehme junge Frau zu sein, aber sie hatte eine eigene Familie, um die sie sich kümmern mußte. Und Annie brauchte jemanden. Nein, räumte Kate ein, nicht nur irgend jemanden. Sondern sie persönlich.

Annie wimmerte im Schlaf, und Kate kniete sich neben das Bett und strich dem Kind über das Haar.

»Sarita, was zum ...«

Kates Herz machte einen Satz. Sie sprang vom Bett zurück und drehte sich zur Tür um. Ihr Blick fiel auf *ihn.*

In Sekundenschnelle verwandelte sich sein Gesichtsausdruck von Verwirrung in Wut. »Was, zum Teufel, haben Sie hier zu suchen?«

Ihre eigene Wut loderte auf, als sie die verabscheuungswürdige Waffe in seiner Hand sah. »Schleichen Sie immer bewaffnet durch Ihr eigenes Haus?«

Er kam mit langen Schritten in das Zimmer und steckte den Revolver wieder in das Halfter. »Was zum Teufel haben *Sie* hier zu suchen?« wiederholte er, ohne sich die Mühe zu machen, seine Stimme zu dämpfen.

Sie stand auf und trat ihm gegenüber, die Hände in die Hüften gestemmt. Seine bloße Anwesenheit genügte, um sie in Rage zu versetzen. »Wagen Sie es bloß nicht, das Kind mit Ihrer lauten, gotteslästerlichen Stimme aufzuwecken!«

Ehe er auch nur einen klaren Gedanken fassen konnte, war er bereits einen Schritt auf sie zugegangen, hatte ihr Handgelenk umfaßt und zerrte sie aus dem Zimmer.

»Und jetzt werden Sie mir sagen«, knurrte er, sowie sie vor dem Feuer standen, »was zum Teufel Sie in meinem Haus zu suchen haben.«

Kate befreite ihr Handgelenk aus seinem Griff und rieb die schmerzende Stelle. Als sie zu ihm aufblickte, erkannte sie, daß sie ihn nicht ganz so groß in Erinnerung gehabt hatte. Und auch nicht ganz so stark. Er hätte ihr das Handgelenk brechen können, als sei es nichts weiter als ein dünner, morscher Ast.

»Sie haben mir kein Wort von einem zweiten Kind berichtet«, fauchte sie.

»Und ich hatte meine guten Gründe dafür.« Er trat an die kleine Anrichte, schenkte sich einen Drink ein und leerte ihn mit einem Zug, ehe er sich den nächsten eingoß.

Währenddessen musterte sie ihn und ließ ihren Blick ungeniert über seine kräftige Figur schweifen, über die breiten Schultern und hinauf zu den dunklen Stoppeln auf seinem Kinn und auf seinen Wangen. Sein tabakfarbenes Haar war kurzgeschnitten und von goldenen Strähnen durchzogen, die die Sonne ausgebleicht hatte und die jetzt im Schein der Lampe schimmerten. Lange, gebogene Wimpern umkränzten seine braunen Augen.

Er sah gut aus, daran bestand kein Zweifel, aber er war auch der Teufel in Person. Ein Feind der bedrohlichsten Sorte, denn sie wußte nur zu gut, daß er mit seinem Charme sogar in der Lage wäre, einem Maultier die Wimpern abzuschwatzen. Zum Glück, dachte sie, wenn auch nicht ohne eine Spur von Verdruß, hat er nie versucht, seine Listen an mir zu erproben.

Sein zügelloser Alkoholgenuß bestärkte sie nur noch mehr in

ihrer Auffassung, daß es das einzig Richtige war, ihm Annie wegzunehmen. »Dieses süße, unschuldige Kind wird hier verlottern und zugrunde gehen, genauso wie vor ihm schon seine Mutter und seine Schwester.«

In seinen Augen flackerte einen Moment lang Schmerz auf, ehe er Kate mit einem vernichtenden Blick bedachte. »Ich weiß nicht, wie Sie etwas von Annie erfahren haben, aber das spielt auch keine Rolle. Sie gehört mir, und niemand, und schon gar nicht eine ausgedörrte Pflaume von einer alten Jungfer, wird sie mir wegnehmen.«

Kate schnappte empört nach Luft und faßte sich mit der Hand an die Kehle. »Sie haben sich nicht im geringsten verändert. Sie sind immer noch ein abscheulicher, gottloser Bastard.«

»Sie haben absolut recht. Und Ihr Korsett ist immer noch so verdammt eng geschnürt, daß Ihnen die Augen aus dem Kopf quellen.«

Kate zuckte steif zusammen und sah ihn aus schmalen Augen an. »Sie können sagen, was Sie wollen, Mr. Reno. Von Ihresgleichen erwarte ich nichts anderes.«

Er starrte sie finster an und ließ seinen Blick bedächtig, fast schon aufreizend, über sie gleiten. »Sie wissen noch nicht einmal, was passiert ist, und trotzdem haben Sie mich bereits dafür verurteilt.«

Seine Worte in Verbindung mit dem Blick, mit dem er sie bedachte, ließen einen Schauder des Unbehagens über ihren Rücken rieseln. »Wollen Sie mir etwa einreden, was immer passiert ist, sei nicht Ihre Schuld gewesen? Daß Sie unschuldig sind? Gott im Himmel, Sie ...«

»Ich habe nicht gesagt, daß ich keine Schuld daran trage«, fiel er ihr ins Wort. Er musterte sie über den Rand seines Glases hinweg. »Aber ich habe auch nicht gesagt, daß ich mich schuldig bekenne. Tatsache ist jedoch, daß ich der einzige bin, der genau weiß, was sich an jenem Tag zugetragen hat.«

Kate unterdrückte den Drang, ihn anzufauchen. »Würden Sie mich vielleicht in Ihr Geheimnis einweihen? Ich denke doch, als einzige noch lebende Verwandte von Brynna habe ich das Recht zu erfahren, was vorgefallen ist.« Sie wandte sich abrupt von ihm ab und lief durch das Zimmer, da sie allmählich das Gefühl hatte, mit diesem Mann in einem Käfig eingesperrt zu sein.

»Glauben Sie mir, das würden Sie lieber nicht wissen.«

Bei dieser schwer zu deutenden Bemerkung kroch ihr ein Schauder über den Rücken bis hinauf zu ihren Haarwurzeln. Es kostete sie Mühe, doch sie drehte sich wieder zu ihm um und sah ihm ins Gesicht. »Natürlich will ich es wissen. Schließlich war Brynna meine Nichte. Sie war alles, was ich noch auf Erden hatte, bis … bis …« Sie konnte den Satz nicht beenden. Der Schmerz, den Brynnas Tod ihr verursacht hatte, war plötzlich wieder so frisch wie eine neue Wunde.

»Bis ich gekommen bin und sie Ihnen weggenommen habe?«

Sie wandte sich wieder von ihm ab. »Ja. Und bis zu meinem Todestag werde ich Sie für das verantwortlich machen, was ihr zugestoßen ist.«

Schweigen breitete sich zwischen ihnen aus, und Kate hörte das Prasseln des Feuers, das Heulen des Windes um die Hütte herum und das Hämmern ihres eigenen Herzens.

»In gewisser Weise bin ich tatsächlich dafür verantwortlich.«

Kates Puls raste und ließ einen frischen Blutstrom in ihren Schläfen pochen. Plötzlich schien ihr der hohe Kragen die Luft abzuschnüren, und sie kämpfte gegen den Drang an, die Knöpfe zu öffnen.

Sie drehte sich langsam zu ihm um und starrte ihn an. »Sie geben es also zu?«

Er schüttete den letzten Schluck Whiskey aus seinem Glas in das Feuer, das daraufhin rauchte und zischte. »Würden Sie mir glauben, wenn ich etwas anderes behauptete?«

Sie schüttelte barsch den Kopf. »Nein.«

»Dann ist es doch zwecklos, über diesen Punkt zu streiten, oder?«

»Ja, vermutlich schon«, antwortete sie mit einem matten Seufzen.

»Und das führt mich wieder zu meiner ursprünglichen Frage zurück, nämlich der, was zum Teufel Sie hier zu suchen haben.«

Kate straffte die Schultern. »Ich bin gekommen, um Annie nach Hause zu holen.« Aus irgendeinem unerfindlichen Grund hielt sie den Atem an und wartete auf seine Antwort.

Er lachte bitter, nahm die Kerosinlampe in die Hand und ging damit in Richtung Küche. »Das können Sie glatt vergessen.«

Kate lief ihm nach. »Ich tue nur das, was Brynna von mir gewollt hätte. Sie können doch nicht allen Ernstes glauben, Sie wären besser dafür geeignet, für das Kind zu sorgen, als ich.« Das hätte sie nicht sagen dürfen.

Er blieb so abrupt stehen, daß Kate gegen seinen Rücken prallte. Um einen Sturz zu verhindern, mußte sie sich an seiner Taille festhalten. Er fluchte tonlos, zog ihre Arme unwirsch von sich und fuhr zu ihr herum.

»Ich bin ihr *Vater,* verdammt noch mal, und niemand, ich wiederhole, *niemand,* wird sie mir wegnehmen.« Er zuckte zusammen und wankte auf einen Stuhl zu, ließ sich darauf fallen und stützte die Arme auf den Tisch.

Kate zog die Stirn in Falten. Er sah überhaupt nicht gut aus. Im Lampenschein wirkte er sogar aschfahl. »Was fehlt Ihnen? Sind Sie krank?«

Er lachte schnaubend. »Das würde Ihnen gefallen, nicht wahr? Wenn ich zu krank wäre, um mich um Annie zu kümmern, hätten Sie genau den Grund, den Sie brauchen, um sie mitten in der Nacht von hier zu entfernen.« Er knöpfte sein Hemd auf, schlüpfte aus den Ärmeln und legte den Verband über seiner Brust frei.

Kates Neugier verwandelte sich in Sorge. Ohne nachzudenken lief sie zu ihm. »Gütiger Himmel, Sie sind ja verletzt! Was ist passiert?«

Er machte sich daran, den Verband abzuwickeln, dann gestattete er Kate, den Rest zu übernehmen. »Es ist nur eine oberflächliche Messerwunde.«

Alles Blut wich aus Kates Gesicht, und ihr wurde schwindlig. »Ein Messer? Jemand hat Sie mit einem Messer angegriffen?« Sie setzte sich eilig hin, da sie fürchtete, ihre Beine würden sie nicht länger tragen, während sie den Verband von seiner

Brust löste. Sie schnappte erschrocken nach Luft und sah sich die Wunde genauer an. Sie hatte sich bereits entzündet.

»Nicht, daß ich der Ansicht wäre, Sie hätten eine deftige Messerverletzung nicht verdient«, sagte sie trocken, »aber wie ist es dazu gekommen?«

Er ignorierte ihre Bemerkung und sagte: »Ich bin Hilfssheriff in Cedarville. Ich ... ich habe mich in einen Kampf eingemischt.«

Plötzlich fühlte sie leichte Gewissensbisse. »Sie sind nicht nur Rancher, sondern auch Gesetzeshüter?«

Er zuckte zusammen, als sie sachte seine Wunde betastete. »Ich verdiene mir damit meinen Lebensunterhalt.«

Kate räusperte sich und kämpfte gegen ein Gefühl von Bewunderung oder sogar Respekt für diesen Mann an. »Diese Wunde muß dringend gereinigt werden. Wo finde ich die Dinge, die ich dafür brauche?«

Er wies mit einer Kopfbewegung auf den Spülstein mit der einen Tür darunter.

Nachdem sie Verbandsmaterial zusammengesucht hatte, tupfte Kate behutsam die Wunde ab und war sich dabei bewußt, daß er sie musterte. Sie hatte schon die Verletzungen vieler Farmarbeiter versorgt, und der Anblick einer nackten Männerbrust hatte sie nie berührt. Die meisten Kerle hatten dürre, unbehaarte Körper, noch weißer als ihr eigener. Zu ihrem großen Mißvergnügen erinnerte sie sich jetzt wieder daran, wie dieser Mann, bis zur Taille abwärts entblößt, schwitzend in die heiße Sommersonne geblinzelt hatte, während er so mühelos Heuballen auf den Wagen lud. Sie hätte es zwar niemals laut zugegeben, doch sein Anblick war höchst bemerkenswert gewesen. Dunkelbraunes Haar lockte sich auf der breiten Brust und bedeckte seine Brustwarzen. Seine Haut war warm und spannte sich straff über gut ausgebildeten Muskeln. Seine Arme spannten sich an, während sie noch mit ihm beschäftigt war, und sie warf verstohlene Blicke auf seine behaarten Unterarme und wunderte sich über das seltsam schmerzliche Gefühl, das sich in ihrer Magengrube ausbreitete.

Sein Körpergeruch war nicht unangenehm, wie ihr aufging. Es war ein erdhafter Geruch, eine Mischung aus Scholle und frischer Luft, mit einer Andeutung von Schweiß durchsetzt. Sein Duft in Kombination mit dem atemberaubenden Anblick seiner kräftigen Brust und muskulösen Arme ging ihr tief unter die Haut. Sie schnappte hörbar nach Luft und wich zurück.

»Sie brauchen eine Breipackung, um die Entzündung zu lindern«, sagte sie und hoffte nur, ihre Stimme klänge energisch und nicht wie die einer Frau, die beim Anblick einer nackten Männerbrust die Fassung verlor.

Er schnitt eine Grimasse. »Was schlagen Sie vor?«

Nun, da sie ein paar Schritte entfernt stand, fand sie ihre scharfe Zunge wieder. »Kuhmist ist immer eine Möglichkeit.«

Er zog eine dichte braune Augenbraue hoch. »Haben Sie sonst noch irgendwelche Vorschläge?«

Sie blieb weiterhin auf Abstand, weil es ihr auf diese Weise leichter fiel, sich gegen ihn zu behaupten. »Haben Sie gepökeltes Schweinefleisch im Haus?«

Er nickte. »Im Keller sollten Sie abgepacktes finden.«

Kate eilte davon, denn sie stellte fest, daß seine Nähe sie verwirrte. Und das durfte einfach nicht sein. Sie war nur zu einem einzigen Zweck hierhergekommen, und sie konnte nicht zulassen, daß Sage Reno ihre Pläne durchkreuzte.

2

Sage betrachtete die alte Jungfer, als sie damit beschäftigt war, seine Wunde zu verbinden. Es war wirklich eine Schande, daß sie diesen strengen Knoten trug, denn im Lampenlicht knisterte das flammend rote Haar vor Leben und schien regelrecht Funken zu sprühen. Zu seiner Überraschung ertappte er sich dabei, wie er sich fragte, ob sie es wohl jemals offen und in sanften Wellen über Schultern und Rücken fließen ließ. Nein, ausgeschlossen. Wahrscheinlich schlief sie sogar mit diesem strengen Knoten.

Und dann strömte sie auch noch diesen frischen, blumigen Duft aus. Als hätte sie in einer Wanne voll Jasmin gebadet. Daran konnte er sich noch vage von früher her erinnern. Er hatte sich schon damals einreden wollen, es sei ein altjüngferlicher, altfrauenhafter Geruch, aber er wußte, daß es nicht so war. Es war nicht gerade der Geruch, der in ihm das Bedürfnis weckte, ihr über eine belebte Straße zu helfen ... Er hätte nicht mit Sicherheit sagen können, was dieser Duft in ihm auslöste.

Ja, jetzt, wo sie wieder in seiner Nähe war, erinnerte er sich von früher her an diesen Duft – und an eine ganze Reihe von anderen Dingen. Ihr süßer Duft hatte immer in einem so krassen Gegensatz zu ihrer säuerlichen Art gestanden. So erschien es ihm auch jetzt noch. Er entschied, daß es ein echter Jammer war, daß sie sich nicht so benahm, wie sie duftete.

»Wie sind Sie überhaupt hierhergekommen?«

Sie zog eine rostrote Augenbraue hoch, und ihr Gesicht war so dicht vor seinem, daß er die goldenen Sprenkel in ihren grünen Augen sehen konnte. »Auf einem Besenstiel, Mr. Reno. Ich dachte, das hätten Sie gewußt.«

Er grunzte und wandte den Blick ab. *Sarita.* Das hätte er sich eigentlich denken können. Frauen hielten immer zusammen.

Als er die alte Jungfer erneut betrachtete, fiel ihm auf, daß sie sich überhaupt nicht verändert hatte. Sie war immer noch eingeschnürt wie ein Truthahn zum Erntedankfest, bis hinauf zu ihren lilienweißen Ohrläppchen, genauso wie damals, an jedem einzelnen dieser feuchten, heißen Tage, als er auf ihrer Farm gearbeitet hatte.

Irgendwie würde er sie davon überzeugen müssen, daß Annie bei ihm besser aufgehoben war, aber diese alte Jungfer war eine willensstarke Frau und würde ganz sicherlich nicht in Ohnmacht fallen oder vor ihm erzittern und erbeben, wenn er versuchte, sich bei ihr einzuschmeicheln. Das hätte sie zweifellos nur beleidigt. Und verdammt noch mal, er war sowieso kein Süßholzraspler, ganz gleich, was sie von ihm glaubte. Er würde es niemals schaffen, sie zu becircen.

Besitzerstolz und Liebe fraßen an seinem Herzen. Wenn sie glaubte, ihm Annie wegnehmen zu können, dann würde sie ihr blaues Wunder erleben!

Jetzt stand sie da und trat nervös von einem Fuß auf den anderen. »Tja«, sagte sie seufzend, »ich glaube, Sie bringen mich jetzt besser in die Stadt, damit ich mir ein Zimmer nehmen kann.«

Er fluchte noch einmal, drauf und dran, ihr zu sagen, sie könne ja auf ihrem Besen in die Stadt reiten. »Um diese nachtschlafende Zeit? Herrgott noch mal, es würde mehr als eine Stunde dauern, Sie hinzubringen, und ich bin mir noch nicht einmal sicher, ob Sie dort ein Zimmer finden würden.« Er musterte sie gründlich. »Es sei denn, Sie hätten sich bereits nach einer Unterkunft umgesehen, bevor Sie hier hereingeplatzt sind.«

Sie errötete, weigerte sich jedoch, den Blick abzuwenden. »Nein, ich ... ich vermute ... ich hatte es zu eilig. Daran habe ich nicht gedacht.«

Er seufzte übertrieben und stand auf. »Also, wenn das keine großartige Situation ist, in die Sie sich da gebracht haben.«

Sie warf einen nervösen Blick auf die Tür. »Sie haben doch bestimmt ein freies Zimmer ...«

»Nein, ich habe keines. Hier gibt es nur mein Zimmer und Annies. Natürlich steht da noch dieses kurze Sofa im anderen Zimmer. Von mir aus können Sie gerne dort schlafen – aber nur für eine Nacht.« *Denn dann wirst du dich zum Teufel scheren und für immer aus meinem Leben verschwinden.*

Die alte Jungfer errötete noch tiefer. »Wenn ich es mir recht überlege, dann glaube ich nicht, daß es sich gehören würde, daß wir beide unter demselben Dach schlafen. Nein, das würde sich ganz und gar nicht gehören.« Sie seufzte. »Tja, ich nehme an, unter diesen Umständen sollte ich wohl besser in der Scheune schlafen ...«

Sage war zu müde, um sich mit ihr zu streiten. Wenn sie unbedingt in der Scheune schlafen wollte, dann sollte es ihm recht sein. Das Heu war frisch, und er würde ihr eine Decke geben. Und außerdem geschah es ihr recht. Wie kam sie dazu, wie ein

Sturmtrupp hier hereinzuplatzen und ihm damit zu drohen, sie würde ihm Annie wegnehmen?

Aber nachdem er ihr eine Decke zugeworfen hatte und beobachtete, wie sie zur Tür ging, begriff er, daß er das nicht zulassen konnte.

»Ach, verdammt«, knurrte er. »Sie sollten lieber in meinem Bett schlafen.«

Sie drehte sich um, und die Erleichterung stand ihr deutlich ins Gesicht geschrieben. »Oh, aber ... aber Ihre Verletzung ...« Sie brach ab. In Wirklichkeit schien sie nicht sonderlich besorgt um ihn zu sein.

Mit einem verärgerten Seufzer antwortete er: »Es ist nicht das erste Mal, daß ich in der Scheune schlafe. Es wird mir auch diesmal nicht schaden.«

Er schnappte sich unwirsch die Decke und ging auf die Tür zu. Um jedes Mißverständnis auszuschalten, drehte er sich noch einmal um und starrte sie finster an. »Und ich warne Sie: Sie und Annie sollten besser noch hier sein, wenn ich aufwache.«

Sie preßte eine Hand auf ihre Brust, und sein Blick folgte ihrer Hand. Seltsam, daß ihm vorher noch nie aufgefallen war, wie voll ihre Brüste waren, noch nicht einmal vorhin, als sie sich über ihn gebeugt und seine Wunde behandelt hatte.

»Ich habe nicht die Absicht, die arme kleine Annie durch Nacht und Nebel zu schleifen, Mr. Reno. Eine solche Dummheit würde ich niemals begehen.«

Mit einem mürrischen Nicken verließ er das Haus und eilte zur Scheune.

Kate stieß einen Stoßseufzer der Erleichterung aus und begab sich in Annies Zimmer. Sie warf noch einen letzten Blick auf das entzückende Kind, ehe sie das Licht löschte und Annie im Dunkeln zurückließ.

Ihre Reisetasche stand noch neben der Haustür. Sie holte sie und marschierte damit in das andere Schlafzimmer – *sein* Schlafzimmer. Im Schein der Lampe, die den Raum in gedämpftes Licht tauchte, sah sie sich neugierig um. Seltsamerweise hatte dieses Zimmer eine sehr maskuline Ausstrahlung, ganz so, als wäre hier nie eine Frau eingezogen. Sie wußte jedoch, daß das nicht stimmte.

Ihr Herz begann zu flattern. Hier hatte Brynna geschlafen. Mit *ihm*. Aus irgendeinem unerfindlichen Grund ließ sie dieser Gedanke frösteln.

Nachdem sie in ihr langes, weißes Nachthemd geschlüpft war, löste sie ihr Haar und seufzte zufrieden, während sie die lange, wirre Mähne mit den Fingern auskämmte.

Sie zog die Steppdecke zurück und legte sich ins Bett, streckte die Beine aus und genoß die Kühle. Sie hätte es zwar liebend gern abscheulich und verwerflich gefunden, sich in Sage Renos Bett zu legen, doch sie mußte zugeben, daß es ein wunderbares Gefühl war. Sie hatte eine einigermaßen angenehme Bahnfahrt hinter sich gebracht, doch die Fahrt mit der Postkutsche von Amarillo nach Cedarville war scheußlich gewesen, und dann hatte sie noch mit dem Einspänner durch diese schmutzige und staubige Gegend weiterfahren müssen.

Mit einem wohligen Seufzer drehte sie sich auf die Seite und versank sofort in einen tiefen Schlaf.

Ein Geräusch, das aus weiter Ferne kam, drohte sie zu wecken. Sie stöhnte leise und versuchte, noch tiefer unter die Decke zu kriechen. Schon bald darauf konnte sie das Geräusch jedoch nicht mehr länger ignorieren. Sie kämpfte sich durch den Dämmer des Halbschlafs, blinzelte und stützte sich auf einen Ellbogen.

Plötzlich wußte sie, was sie geweckt hatte. *Annie!* Sie warf die Bettdecke zurück, rannte dem Geräusch entgegen und stieß dabei mit einem Zeh gegen ein Stuhlbein. Während sie humpelnd weiterlief, murmelte sie Verwünschungen vor sich hin und prallte prompt gegen eine Truhe, die an der Wand stand.

Sie schenkte den Prellungen keine weitere Beachtung, sondern tastete sich in das andere Zimmer. Dort brannte Licht, obwohl sie sich ganz deutlich daran erinnern konnte, daß sie die Lampe gelöscht hatte. Schwankend eilte sie in den Raum.

Annie war inzwischen verstummt. Ihr Vater hielt sie in den

Armen und drückte sie tröstend an sich. Als Kate in das Zimmer gewankt kam, blickte er von dem Schaukelstuhl auf, auf dem er saß. »Herrgott noch mal! Werden Sie denn von gar nichts wach?«

Kate ignorierte seinen Sarkasmus, strich sich das wirre Haar aus dem Gesicht und sank vor den beiden auf die Knie. »Ist alles in Ordnung?«

Die beiden waren ein wenig zusammenpassendes Paar, dieser Vater und seine Tochter: sie so winzig, zart und niedlich; er so groß, so kräftig und so grob. Und doch schienen die beiden glücklich miteinander. Annie hatte sich an die breite nackte Brust ihres Vaters geschmiegt. Sie hatte den Daumen im Mund, und ihre Lider waren halb geschlossen.

Kates Blick fiel auf sein Gesicht, und sie ertappte ihn dabei, wie er sie unverhohlen sezierte. Sie fühlte sich verletzlich und unschicklich, obwohl ihr Nachthemd bis zum Kinn zugeknöpft war. Ihre Brüste erschienen ihr plötzlich schwer, und ihre Knospen drängten gegen die weiche Baumwolle des Hemds und verhärteten sich leicht. Es war ein Gefühl, das sie noch nie zuvor empfunden hatte, und es machte ihr angst.

Er wandte abrupt den Blick ab. »Sie hat einen Alptraum gehabt. Das kommt gelegentlich vor.«

Kate erhob sich vorsichtig und hatte immer noch das Gefühl, daß ihr Körper sie verriet. »Und Sie haben sie weinen gehört, selbst von der Scheune aus«, sagte sie mehr oder weniger zu sich selbst.

Er murmelte etwas Unverständliches vor sich hin, legte Annie wieder in ihr Bettchen zurück und deckte sie zu. Sie zog ihre Stoffpuppe an sich, steckte den Daumen wieder in den Mund und schlief augenblicklich ein.

Als er die Lampe vom Nachttisch nahm, fragte er: »Finden Sie wieder ins Schlafzimmer zurück, ohne meine Möbel in Stücke zu schlagen oder sich selbst zu verstümmeln?«

Sie errötete; offenbar hatte er gehört, wie sie in ihrer schlaftrunkenen Benommenheit Gegenstände gerammt hatte. »Keine Sorge, dazu bin ich durchaus imstande.« Sie reckte das Kinn in die Luft, straffte die Schultern und verließ das Zimmer so graziös und würdevoll, wie es ihr unter den Umständen möglich war.

Am nächsten Morgen erwachte Sage, gerade als die Sonne aufging. Er war müde und in ziemlich gereizter Stimmung. Nachdem er in der Nacht in die Scheune zurückgekehrt war, hatte er lange Zeit schlaflos dagelegen und über seine Situation nachgedacht. Er wollte sich gern einreden, daß er auch in Zukunft allein für Annie sorgen konnte, aber er wußte, daß das nicht der Wahrheit entsprach. Jedes kleine Mädchen brauchte eine Mutter, vor allem hier draußen in dieser Einöde, wo das Leben so trostlos und hart war. Sein Herz zog sich schmerzlich zusammen, als er sich ausmalte, wie seine innig geliebte Tochter aufwuchs, um wie ein Mann zu schuften, noch dazu in einem Landstrich, in dem Frauen so hart kämpfen mußten. Und außerdem brauchte er Hilfe im Haushalt. Sosehr er Sarita auch schätzte, er konnte nicht aus rein selbstsüchtigen Motiven einen so großen Teil ihrer Zeit für sich beanspruchen. Sie hatte ein eigenes Zuhause und eine eigene Familie, um die sie sich kümmern mußte. Nicht, daß sie ihm nicht helfen würde, wenn er sie darum bäte. Er wußte, daß sie es tun würde; aber er konnte es unmöglich zulassen. Er brauchte dringend eine Ehefrau ...

Die alte Jungfer konnte natürlich gewisse Ansprüche auf Annie erheben, doch er hatte den größten Teil der Nacht wach gelegen und überlegt, wie er dies umgehen könnte. Krampfhaft hatte er versucht, eine Möglichkeit zu finden, um zu vermeiden, daß das Thema überhaupt zur Sprache kam. Er mußte unbedingt einen Weg finden, um diese Frau ein für allemal loszuwerden. In der Stille der frühen Morgenstunden hatte er dann schließlich gewußt, was er zu tun hatte.

Als er auf das Haus zuging, stiegen ihm die köstlichsten Frühstücksdüfte in die Nasenflügel, und das Wasser lief ihm im Mund zusammen. Verdammt noch mal, für etwas scheint sie wenigstens zu taugen, dachte er sarkastisch. Letzte Nacht hatten Annies Schreie ihn augenblicklich aus einem nicht allzu tiefen Schlaf gerissen. Er hätte schwören können, daß es volle fünf Minuten gedauert hatte, bevor er die alte Jungfer ungeschickt gegen die Schlafzimmermöbel hatte stoßen hören.

Er fluchte, als die Erinnerung an ihre vollen Brüste unter dem dünnen Nachthemd in ihm aufstieg. Sie waren mehr als nur eine Handvoll, weit mehr. Und dann dieses Haar ... Diese üppige Mähne schimmernden rostroten Haares, die ihr in weichen Wellen über die Schultern und den Rücken geflossen war. Sie hatte tatsächlich etwas ... Menschliches an sich gehabt.

Plötzlich wurde sein Mund trocken, und in seinen Lenden begann es zu pulsieren. Der Teufel sollte sie holen. Sie war trotz allem eine alte Jungfer, durch und durch. Es hatte ihn nur einfach überrascht, daß alte Jungfern Brüste besaßen, die nicht entweder so flach wie Spiegeleier oder so lang und schlaff wie Hundeohren waren.

Er trat auf die Veranda und zuckte zusammen, als er den morschen Zustand der Bretter bewußt wahrnahm. Da er jetzt ein paar Tage frei hatte, würde er sich demnächst darum kümmern und Reparaturen ausführen müssen. Als Brynna noch am Leben gewesen war, hatte er alle möglichen Ausflüchte benutzt, um nicht nach Hause kommen zu müssen. Nach ihrem Tod hatten ihm seine Schuldgefühle so stark zugesetzt, daß es ihm unerträglich gewesen war, sich hier aufzuhalten.

Als er die Tür zur Hütte aufstieß, umwehten ihn noch köstlichere Düfte. Er setzte eine finstere Miene auf und hätte nur zu gern etwas an Dingen ausgesetzt, von denen er wußte, daß nichts daran auszusetzen war.

In der Küchentür blieb er stehen. Annie saß in dem hohen Kinderstuhl am Tisch, den er eigens für sie gezimmert hatte, grapschte sich mundgerechte Bissen von einem Teller und verschlang sie. Als sie ihn sah, klatschte sie in die Hände und lächelte strahlend; der Happen, den sie sich gerade in den Mund gestopft hatte, fiel prompt auf ihren Schoß.

»Papa!«

Er ging auf sie zu und drückte ihr einen Kuß auf die Wange. Als er aufblickte, stand die alte Jungfer mit einer Tasse Kaffee vor ihm, die sie ihm anbot. Sie war wieder vollständig in ihr Korsett eingeschnürt, und die Enttäuschung versetzte ihm einen Stich.

Er nahm den Kaffee dankbar entgegen und blieb dann am Tisch stehen, da er sich in seiner eigenen Küche plötzlich unbehaglich fühlte.

»Was macht Ihre Verletzung?« erkundigte sie sich.

Er setzte sich seiner Tochter gegenüber und kostete den Kaffee. Er schmeckte einfach köstlich. Sage mußte sich Zwang antun, um nicht genüßlich zu seufzen. »Ich habe den Eindruck, es ist alles in Ordnung. Aber vielleicht könnten wir das gepökelte Schweinefleisch entfernen.« Er beobachtete, wie sie mit einem Korb voller Brötchen und einem Teller würziger Brühe auf ihn zukam.

Wieder lief ihm das Wasser im Mund zusammen. Sie hatte Würstchen in pikanter Soße zubereitet. Von seinem kurzen Aufenthalt auf ihrer Farm war ihm noch in Erinnerung geblieben, daß er niemals etwas Köstlicheres gegessen hatte. Er zwang sich, nicht gierig darüber herzufallen, sondern sich zu benehmen und gesittet zu essen.

»Wo steckt Sarita heute morgen?«

Die alte Jungfer nahm mit ihrer Kaffeetasse neben ihm Platz. »Als ich dabei war, Annie anzuziehen, ist ein kleiner Junge gekommen, um mir zu sagen, daß Saritas Kind noch krank ist.«

Sie räusperte sich. In Sages Ohren klang dieses Geräusch nach Nervosität. »Vermutlich wird sie heute gar nicht kommen.«

»Nein, vermutlich nicht.« Er langte herzhaft zu und genoß es in vollen Zügen, endlich wieder einmal ein Gericht zu essen, wie er es von früher her gewohnt war. Sarita konnte gut kochen, aber er hatte sich nie wirklich für mexikanisches Essen erwärmen können. Und was Brynna anging ... nun ja, Brynna hatte niemals Interesse fürs Kochen gehabt.

Als er gesättigt war und höchst zufrieden, lehnte er sich zurück und musterte die alte Jungfer von neuem. Es war unglaublich, mit welcher Selbstverständlichkeit sie Annie gewaschen und ihr die Windeln gewechselt hatte. Man hätte meinen können, diese Dinge lägen ihr im Blut. Dieser Gedanke flößte ihm eine gewisse Angst ein, bekräftigte ihn aber auch in seinen Überlegungen – jenen, die ihn den größten Teil der Nacht über wach gehalten hatten.

»Ich glaube, wir haben einiges miteinander zu bereden«, sagte er schließlich. Sie hatte Annie auf dem Schoß und erlaubte ihr, mit den winzigen Knöpfen ihres Kleides zu spielen, die bis zu ihrem spitzen Kinn reichten. »Ja, das denke ich auch.«

Er kam direkt zur Sache, weil er wußte, wenn er es nicht tat, würde er feige den Schwanz einziehen und die Flucht ergreifen. »Ihnen ist ja wohl klar, daß ich mir Annie nicht wegnehmen lasse.«

Sie strich Annie sanft übers Haar und ließ ihre Hand dann auf den Rücken seiner Tochter gleiten, um dort behutsame Kreise zu beschreiben. Im ersten Moment war Sage verblüfft. Woher konnte sie wissen, welches die sicherste Methode war, um Annie dazu zu bewegen, schleunigst einzuschlafen?

»Es mag zwar sein, daß ich überstürzt aufgebrochen und hierhergekommen bin, Mr. Reno, aber ich bin der festen Überzeugung, daß Annie bei mir in besseren Händen ist, obwohl Sie der Vater sind.«

»Verdammt noch mal, Sie werden noch nicht einmal wach, wenn sie nachts schreit«, murrte er erbost.

Eine zarte Röte kroch in ihre Wangen. »Sie dürfen nicht vergessen, daß ich es nicht gewöhnt bin, von den Schreien eines Kindes aufzuwachen. Glauben Sie mir«, fügte sie voller Entschlossenheit hinzu, »es wird kein zweites Mal vorkommen.«

»Nein, ganz bestimmt nicht. Weil Sie nämlich nächste Nacht nicht mehr hier sein werden.«

Sie bedachte ihn mit einem frostigen Lächeln. »Und wie stellen Sie sich das vor? Was wollen Sie tun, wenn ich mich weigere, von hier fortzugehen?«

Er unterdrückte einen Fluch. Wenn dies ihre Einstellung war, wie konnte er sich dann darauf verlassen, daß sie nicht einfach Annie schnappte und mit ihr verschwand? Na schön, dann würde er eben zu drastischeren Maßnahmen greifen müssen.

»Ich habe Ihnen einen Vorschlag zu machen.« Er hielt den Atem an, denn er haßte das, was er ihr gleich vorschlagen würde, und wußte doch, daß es keinen anderen Ausweg gab, es sei denn, er hätte sie gefesselt und geknebelt und in den Bach geworfen. Aber nein, das hätte selbst er nicht fertiggebracht.

»Ich kann mir nicht vorstellen, daß es etwas gibt, was zu unserem beiderseitigen Nutzen wäre, Mr. Reno.«

»Heiraten Sie mich.« Wieder hielt er den Atem an.

Sie starrte ihn mit offenem Mund und weitaufgerissenen Augen an. Alle Farbe wich aus ihrem Gesicht, und dann strömte das Blut in ihre Wangen zurück und färbte sie dunkelrot. Anscheinend war es ihm endlich gelungen, ihr die Sprache zu verschlagen. Wenn er nicht ganz so verzweifelt gewesen wäre, hätte es ihm vielleicht sogar Spaß gemacht, ihre Reaktion zu beobachten.

Plötzlich setzte sie Annie auf den Fußboden, stand auf und hielt sich am Tisch fest, um das Gleichgewicht zu behalten. »Wenn Sie mich jetzt bitte entschuldigen würden, Mr. Reno ...« Sichtlich benommen wankte sie aus der Küche.

Kate taumelte ins Schlafzimmer und setzte sich auf das Bett. Ihr Herz pochte heftig, und ihr Mund war so trocken wie der Staub, der draußen über der gottlosen Prärie aufwirbelte. Er hatte ihr tatsächlich einen Heiratsantrag gemacht! Obwohl sie so schockiert war wie am Tag zuvor, als Sarita davon gesprochen hatte, dachte sie jetzt gänzlich anders darüber. Ja, sicher, es war noch immer eine widerwärtige Vorstellung, und er rechnete gewiß nicht damit, daß sie seinen Antrag annahm. Es war einfach unvorstellbar. Sie verabscheute ihn nach wie vor. Schon seit dem Tag, an dem sie ihn zum ersten Mal gesehen hatte, diesen großen, teuflisch attraktiven Mann, so selbstgefällig und aufgeplustert wie ein Hahn, hatte sie ihn mit jeder Faser ihres Herzens gehaßt. Damals war er in ihren Augen ein Mann gewesen, dem man besser aus dem Weg ging, und genau das war er auch heute noch für sie.

Nachdem sie mehrmals tief durchgeatmet hatte, stellte sie

fest, daß sie sich wieder besser fühlte und daß ihre Selbstbeherrschung allmählich zurückkehrte. Sie stand auf, trat vor den Spiegel und betrachtete ihr Spiegelbild. Sie war alles andere als der Typ der errötenden Braut. Sie wußte ganz genau, worin die Absichten dieses Mannes bestanden. *Idiot!* Er war ein Idiot, wenn er sich einbildete, sie durchschaute ihn nicht.

Sie stolzierte aus dem Zimmer, begab sich wieder in die Küche und blieb abrupt stehen, als sie sah, daß er mit Annie »Backe, backe Kuchen« spielte. Ein Gefühl, das an Freude grenzte, überflutete sie, doch sie verdrängte es hastig.

Er sah sie wachsam an. »Fühlen Sie sich jetzt besser?«

»Unendlich viel besser«, antwortete sie steif.

»Mein Antrag hat Sie überrumpelt.«

Sie goß sich eine Tasse Kaffee ein und nahm wahr, daß ihre Hände fürchterlich zitterten. »Dieser Antrag ist einfach undenkbar.«

Er stieß einen tonlosen Fluch aus. »Es wäre keine normale Ehe.« Er ließ seine Blicke über sie gleiten. »Sie bräuchten sich weiß Gott keine Sorgen um Ihre ach so kostbare Tugend zu machen.«

Aus irgendwelchen törichten Gründen verletzte sie seine Bemerkung. Sie hatte schon immer gewußt, daß sie keine begehrenswerte Frau war, aber aus seinem Mund ärgerten sie diese Worte. »Meine ... meine Keuschheit ist kein Thema, zu dem Ihnen irgendwelche Äußerungen zustehen, Mr. Reno.«

Er stellte Annie auf den Fußboden, woraufhin sie augenblicklich zu Kate tappte, die sie automatisch hochhob.

Er fluchte wieder leise vor sich hin, als er ans Fenster trat und hinausstarrte. »Es wäre lediglich eine Ehe auf dem Papier. Und überhaupt, wohin könnten Sie denn schon zurückgehen? Aus dem Umstand, daß Sie jetzt hier sind, schließe ich, daß Ihnen die Farm nicht mehr gehört.« Er drehte sich kurz zu ihr um. »Habe ich recht?«

Sie senkte den Blick und nickte. Plötzlich erinnerte sie sich wieder an das schmerzliche Gefühl, versagt zu haben, als sie sich schließlich von der Farm hatte trennen müssen.

»Annie … nun, ich habe ganz den Eindruck, daß Annie Sie mag, und … ach, was zum Teufel. Ich brauche jemanden hier im Haus. Sarita hat ihre eigene Familie. Ich kann nicht ewig von ihr erwarten, daß sie sie mir und Annie zuliebe vernachlässigt. Und außerdem«, fügte er schließlich hinzu, »würde ich Sie nicht anrühren. Wenn Sie wollen, gebe ich Ihnen das sogar schriftlich. Ich werde niemals meine … meine ehelichen Rechte einfordern.«

Kate wußte, daß sie auf dem besten Wege war, sich in die Falle locken zu lassen, denn allmählich klangen seine Argumente immer vernünftiger. Eine Ehe ohne all das beschwerliche emotionale Drum und Dran erschien ihr verlockend. »Dann wäre es also eher so etwas wie eine geschäftliche Abmachung?«

Er wandte ihr sein Profil zu. »Richtig.«

Tausend verwirrende Gefühle stürmten auf sie ein. Was hatte sie eigentlich zu verlieren? Es gab nichts, wonach sie sich zurücksehnte. Leere Zimmer über einer Gemischtwarenhandlung. Wohl kaum ein idealer Ort, um dort ein Kind großzuziehen, und trotzdem hätte sie es getan. Sie fragte sich, ob es nicht tatsächlich die vernünftigste und einleuchtendste Lösung war. Und sie war schon immer ein vernünftiger und nüchtern denkender Mensch gewesen.

Als sie auf Annie hinuntersah, stellte Kate fest, daß das Baby eingeschlafen war. Wie leicht es ihr doch gefallen war, dieses Kind auf Anhieb zu mögen. Im Grunde war es ein Teil von ihr. »Wissen Sie was? Sie sind verrückt.«

Er lachte mürrisch. »So verrückt wie ein verfluchter Volltrottel. Verzeihen Sie die Ausdrucksweise, Madam.«

Jetzt lächelte auch Kate. Sie begann allmählich zu glauben, daß sie nicht minder verrückt war als er.

Er drehte sich ganz zu ihr um und musterte sie eingehend. »Was ist mit meinem Angebot?«

»Es würde alles darauf hinauslaufen, daß ich Annies Kindermädchen und Ihre Haushälterin wäre.«

Er nickte. »Mit dem einen Unterschied, daß Sie als meine Ehefrau rechtlich ebenso wie ich Annies Vormund wären.«

Kates Herz machte einen Luftsprung, und zum ersten Mal kam freudige Erregung in ihr auf. »Das klingt zu gut, um wahr zu sein. Anscheinend bin auch ich auf dem besten Wege, komplett überzuschnappen.«

»Dann nehmen Sie meinen Antrag also an?«

Es war die Vorfreude bei dem Gedanken, rechtmäßig Annies Mutter zu werden, die ihr Herz Purzelbäume schlagen ließ, oder etwa nicht? »Ja, ich denke, ich nehme Ihren Antrag an, Mr. Reno.«

»Ausgezeichnet, Ma'am. Ich werde alle nötigen Vorbereitungen treffen.«

Als Kate ihm nachblickte, wie er die Küche verließ, ging ihr auf, daß er sie seit ihrer Ankunft kein einziges Mal bei ihrem Namen genannt hatte. Eigentlich hätte es ihr nichts ausmachen sollen, aber irgendwo in den hintersten Winkeln ihrer weiblichen Seele wünschte sie, er hätte es getan.

3

Zu dritt fuhren sie schweigend von der Kirche nach Hause. Kate, die sich in ihrer Rolle als Ehefrau und Mutter unbehaglich fühlte, fragte sich, welcher Wahnsinn von ihr Besitz ergriffen hatte. Auch Mr. Reno schien sich unwohl zu fühlen, denn er saß steif neben ihr. Annie war die einzige, die die Spannung nicht wahrnahm; sie schlief seelenruhig in Kates Armen.

»Das ist alles durchaus normal, wissen Sie.«

Kate drehte sich um und sah diesen Mann an, mit dem sie jetzt verheiratet war. Seine Körpergröße wirkte nach wie vor beunruhigend auf sie. Und auch das Spiel seiner Muskeln unter den Hemdsärmeln ... Plötzlich kam ihr die verrückte Idee, seinen Arm zu drücken, um nachzuprüfen, ob er wirklich so kräftig war, wie er aussah.

»Wie bitte?«

»Ich meine, daß zwei Leute heiraten, die einander kaum kennen. Es wird aus rein praktischen Gründen so gehandhabt, Ma'am. Die meisten Frauen und auch manche Männer würden in den unwirtlichen Ebenen und Prärien dieses Landes ohne einen Partner nicht überleben.«

»Mir ist klar, daß das, was Sie sagen, in vielen Fällen zutrifft, Mr. Reno, aber mit uns beiden hat das wohl wenig zu tun.«

Er schlug mit den Zügeln, und das Pferdegespann bog auf den staubigen Weg mit den ausgefahrenen Furchen ein, der nach zwei Meilen zu der Hütte führte. »Ich habe eher das Gefühl, daß es perfekt auf unsere Situation paßt, Ma'am.«

Kate unterdrückte ein Schnauben und räusperte sich statt dessen. »Ich möchte bezweifeln, daß jeder Zweckehe eine solche Vorgeschichte gegenseitigen Grolls zugrunde liegt.«

»Sie meinen, daß ich Sie für eine ausgetrocknete, gehässige, nachtragende alte Jungfer halte und daß Sie überzeugt sind, ich hätte Ihre süße kleine Brynna dem Teufel in die Arme getrieben?«

Ihre Reaktion war heftiger, als sie es erwartet hätte. *Ausgetrocknete ... gehässige ... nachtragende ... alte Jungfer ...* Das entsprach nicht ganz dem Bild, das sie sich bisher von sich selbst gemacht hatte. Aus irgendwelchen törichten Gründen verletzte es sie, daß er sie so sah. Sie richtete sich kerzengerade auf und hob stolz den Kopf.

»Ich bin auch jetzt noch davon überzeugt, Mr. Reno. Ich glaube nach wie vor, daß Brynna niemals von zu Hause fortgegangen wäre, wenn Sie nicht gewesen wären.« Und außerdem wäre sie dann jetzt noch am Leben, hätte sie gern hinzugefügt, ließ es jedoch bleiben.

Er stieß einen Stoßseufzer aus. »Wir sind oft blind gegenüber jenen, die wir am innigsten lieben.«

Sie musterte ihn provozierend und fragte sich, ob er es wohl wagen würde, über die Toten zu lästern. »Vermutlich wollen Sie damit sagen, Brynna sei nicht der Mensch gewesen, den ich in ihr gesehen habe.«

Er schwieg lange, ehe er sagte: »Brynna hatte eine Menge Eigenschaften, die Sie nicht gern an ihr gesehen hätten.«

Sie nahm eine noch steifere Haltung an. »Ich denke, Sie sind mir eine Erklärung schuldig, Mr. Reno.«

Sage zog seinen Hut ab, fuhr sich mit den Fingern durch das dichte braune Haar und setzte den Hut dann wieder auf. »Vielleicht. Irgendwann.«

Kate hätte auf einer Erklärung beharrt, doch in dem Moment wachte Annie auf, und damit war diese verwirrende Unterhaltung beendet.

»Sind Sie auch ganz sicher, daß Sie es bequem hier haben?« Kate bedachte die Ecke der Scheune, in der Sage sich eingerichtet hatte, mit einem zweifelnden Blick. Obwohl Decken auf dem Heu ausgebreitet lagen und ein Tisch und eine Kerosinlampe vorhanden waren, war es eine armselige Bleibe für einen Mann – und insbesondere für einen Mann, der in seinem eigenen Haus ein Schlafzimmer hatte, gegen das absolut nichts einzuwenden war ...

Er sah sich in der Nische um, in der er sich eingerichtet hatte. »Ich werde schon zurechtkommen.«

Kate dachte an den bevorstehenden Winter. Dies mochte zwar Texas sein, doch sie hatte gehört, daß es in der Prärie eisig kalt sein konnte. »Hören Sie, Mr. Reno ...«

»Sage«, fiel er ihr ins Wort. »Es geht beim besten Willen nicht an, daß du mich weiterhin ›Mr. Reno‹ nennst. Du solltest dich lieber an ›Sage‹ gewöhnen.«

Sie schluckte schwer. Er hatte natürlich recht. Aber andererseits war ihre Ehe nicht im Himmel geschlossen worden, und es erschien ihr so ... so intim, irgendeinen Mann mit seinem Vornamen anzusprechen, von ihm ganz zu schweigen.

Plötzlich brach ihr irisches Temperament durch. »Und wie werden Sie mich dann nennen?«

Stirnrunzelnd fragte er: »Wie meinen Sie das?«

»Ich meine damit«, sagte sie und stemmte die Arme in die Hüften, »daß Sie seit meiner Ankunft nie eine andere Anrede als ›Ma'am‹ benutzt haben. Das ist sogar noch lächerlicher, als wenn ich Sie ›Mr. Reno‹ nenne.«

Er fuhr sich mit den Fingern durch das Haar, eine Geste, die sie inzwischen mit Unbehagen gleichsetzte. »Ja, da haben Sie vermutlich recht. Das Problem ist nur ...« Er wandte den Blick ab, offenbar verlegen.

»Ja?« Er kannte ihren Namen; schließlich hatte sie ihn gerade erst dem Geistlichen genannt. »Sie haben doch nicht etwa jetzt schon meinen Vornamen vergessen?«

»Nein, Ma'am. Ich weiß nur einfach nicht, was Ihnen lieber ist. Kathleen, Kate oder Katie.«

All diese Namen klangen erstaunlich angenehm in ihren Ohren. Vor allem dann, wenn sie mit seiner tiefen, kehligen Baritonstimme gesprochen wurden. Aus irgendwelchen absurden Gründen sah sie plötzlich im Geist vor sich, wie er sie küßte und zärtlich »Katie ...« murmelte. Diese Vorstellung ließ einen sinnlichen Schauer über ihre Haut laufen, und das Herz trommelte schmerzhaft in ihrer Brust.

»Kate«, antwortete sie verkrampft und verdrängte die lustvolle Vorstellung hastig. »Nenn mich einfach ... Kate.«

Er betrachtete sie prüfend, und ein Lächeln zog seine Mundwinkel nach oben. »Ja, natürlich. Dann bleibt es also bei Kate.«

Wieder sandte der Klang ihres Namens aus seinem Mund ein merkwürdiges Prickeln über ihre Kopfhaut. Sie schüttelte erstaunt den Kopf und räusperte sich. »Na schön. Also, was ich sagen wollte, war, daß wir vor Einbruch des Winters vielleicht ein Feldbett kaufen und es in Annies Zimmer stellen sollten. Es macht mir nichts aus, dort zu schlafen und dir das Schlafzimmer wieder zu überlassen.«

»Vor dem Winter?« Er trat mit der Spitze seines abgetragenen Stiefels gegen das Heu. »Der wird schon sehr bald kommen. Es ist bereits täglich mit einem Schneesturm zu rechnen.«

Kate sah ihn ungläubig an. »Ein Schneesturm? Aber ... aber wir sind doch so weit im Süden.«

»Richtig. Aber wir haben hier Steppenklima. Die Wetterverhältnisse im Winter sind unvorhersehbar.«

»Wenn das so ist ... dann sollten wir die Pritsche am besten schleunigst bestellen, nicht wahr?«

Er bekräftigte seine Antwort mit einem Nicken. »Ja, ich werde mich bei der ersten sich bietenden Gelegenheit darum kümmern.«

Sie hörte Annies Weinen vom Haus herüberdringen. Als sie zur Tür eilte, fügte sie hinzu: »Das Mittagessen ist in einer Stunde fertig.«

Er sah ihr nach, als sie ging, beobachtete, wie sich ihre sanft gerundeten Hüften unter dem Rock abzeichneten. Erst gestern hatten sie geheiratet, und er verfluchte sich bereits dafür, daß er ihr versprochen hatte, sie niemals anzurühren. Zum Teufel, nicht, daß er sie wirklich gewollt hätte. Nicht ausgerechnet diese Frau, mit ihrer strengen, altjüngferlichen Frisur und den hochgeschlossenen Kleidern. Aber verdammt noch mal, er hatte schließlich normale männliche Bedürfnisse. Was um Himmels willen sollte er dagegen tun?

Das hättest du dir vorher überlegen sollen, du Idiot. Tja, er hatte es aber nicht getan. Er wußte noch immer nicht so recht, warum er so schnell einen Heiratsantrag gemacht hatte ... und dann auch noch einer Frau, von der er wußte, daß sie ihn abgrundtief haßte – für etwas, was er noch nicht einmal getan hatte.

Es gab weiß Gott Zeiten, da fragte er sich, ob er vollständig den Verstand verloren hatte. Und doch würde diese alte Hexe mit dem flammend roten Haar, die er sich da aufgehalst hatte, wahrscheinlich das harte Leben als Ehefrau eines Texaners hervorragend meistern. Sie mochte zwar zu der stacheligen, wenig umgänglichen Sorte gehören, doch sie war vernünftig und sachlich. Zum Teufel, eine Frau von ihrem Schlag würde wahrscheinlich auch allein hier überleben und Pumas mit den bloßen Händen vertreiben.

Er fluchte noch einmal, und sein Blick fiel auf sein spartanisches Strohlager. Hatte er sich die Sinnlichkeit unter ihrem schroffen Äußeren nur eingebildet, oder war sie tatsächlich da? Er starrte noch immer auf sein »Bett«, und plötzlich sah er vor seinem geistigen Auge, wie er sich schweißgebadet mit ihr im

Heu wälzte. Ihr gelöstes Haar floß in seidigen Wellen über ihre Brüste, ihr Rock war hochgerutscht und entblößte lilienweiße Schenkel, die sich spreizten, um ihn zu empfangen. Fast konnte er das kleine Dickicht aus rostrotem Haar vor sich sehen, das zweifellos ihre Weiblichkeit bedeckte …

Er wandte den Blick abrupt von seinem Lager ab und verfluchte seine spontane Erektion. Die hingebungsvolle Sinnlichkeit, die er ihr unterstellte, war nichts weiter als Wunschdenken von seiner Seite aus. Zum Teufel, wahrscheinlich trug sie sogar einen dieser altmodischen Keuschheitsgürtel, um auf Nummer Sicher zu gehen. Er schüttelte den Kopf und verzog das Gesicht zu einer Grimasse. Als ob irgendein Mann, der bei klarem Verstand war, sich ernsthafte Gedanken darüber machen könnte, ausgerechnet *sie* zu vernaschen.

Er hatte einen voreiligen Entschluß gefaßt, und da er sie so überstürzt geheiratet hatte, versuchte er jetzt wahrscheinlich nur verzweifelt, irgend etwas zu finden, um sich mit einer kalten, frigiden Beziehung auszusöhnen, die bis ins Alter immer so weitergehen würde. Die Vorstellung, an diese Frau gebunden zu sein, ließ ihn frösteln; dennoch fragte er sich, was noch schlimmer hätte sein können als die Beziehung, die er hinter sich hatte …

Ihr frisch angetrauter Ehemann hatte sich eine Weile freigenommen. Sie hatte inzwischen erfahren, daß es drei weitere Hilfssheriffs gab, die dem alten Sheriff abwechselnd dabei halfen, in Cedarville Gesetz und Ordnung aufrechtzuerhalten.

Sage hatte die Veranda wieder instandgesetzt und sämtliche alten Bretter gegen neue ausgetauscht. Kate hörte ihn draußen hantieren, und wider besseres Wissen konnte sie es kaum erwarten, einen Blick auf ihn zu erhaschen. Sie trat ans Fenster und beobachtete ihn. Er hatte sein Hemd ausgezogen und arbeitete mit entblößter Brust. Seine Wunde, die gut verheilte, war jedoch noch verbunden.

Es war wirklich sündhaft und unentschuldbar, wie sie ihn heimlich beobachtete. Er war ein prachtvolles Exemplar der männlichen Gattung, genauso, wie sie ihn in Erinnerung hatte.

Groß, breitschultrig, muskulös und mit diesem dichten, dunklen Haar, das sich auf seiner Brust kräuselte ...

Schweiß rann in winzigen Bächen über seinen Oberkörper, während er schuftete, und ließ den dichten Brustpelz an seiner Haut kleben. Dieser Anblick löste seltsame Empfindungen in ihr aus, Gefühle, die ihr ungehörig und alles andere als anständig erschienen. Gefühle, von denen sie niemals geglaubt hatte, daß sie sie je empfinden könnte. Gefühle, von deren Existenz sie bisher noch nicht einmal etwas geahnt hatte.

Er blickte auf und ertappte sie dabei, wie sie ihn anstarrte. Ihr Herz schlug einen Purzelbaum. Plötzlich wurde ihr bewußt, daß sie den Atem angehalten hatte, und sie schnappte keuchend nach Luft. Es wäre wirklich ratsam, wenn sie sich selbst immer wieder daran erinnerte, wer er in Wirklichkeit war und was er angerichtet hatte. Es ärgerte sie, daß sich ihre Bitterkeit inzwischen nicht mehr automatisch einstellte, daß es eine Empfindung war, die sie tief aus ihrem Inneren heraufbeschwören mußte.

Sie öffnete mit einer brüsken Bewegung die Tür und kündigte an: »Das Mittagessen ist fertig.«

Er richtete sich auf und streckte sich, wobei er seine muskulöse nackte Brust ihrem hungrigen Blick preisgab. Nein, es war kein Hunger, sondern eher das Gefühl, bisher etwas entbehrt zu haben. Es war nicht etwa so, als müßte sie ihn unbedingt anstarren; es war nur so, daß sie von seinem Anblick anscheinend nicht genug bekommen konnte. Ihn zu beobachten, entsprach reinem Bildungshunger. *Wem willst du eigentlich etwas vormachen, Kate?* Sie ärgerte sich über die Treulosigkeit ihrer inneren Stimme.

»Gut. Ich werde heute nachmittag eine Weile fort sein. Bei der Gelegenheit werde ich auch gleich dieses Feldbett bestellen. Es kann gut sein, daß ich erst nach Einbruch der Dunkelheit zurückkomme. Kommst du allein zurecht, oder soll ich rüberreiten und Sarita bitten, daß sie dir Gesellschaft leistet?«

Sie beobachtete, wie er vor den Waschtisch trat und sich wusch. Die schimmernde Schweißschicht wurde jetzt von perlenden Wassertropfen abgelöst. Seine Haut, so samtig braun und warm, glänzte. Kate schluckte schwer und verwünschte halbherzig diese geheimnisvollen, unvertrauten Gefühle. »Ich lasse nicht zu, daß du das arme Mädchen weiterhin so über Gebühr in Anspruch nimmst. Annie und ich werden blendend allein zurechtkommen.«

Nachdem er fortgeritten war, wurde sie von einer inneren Unruhe gepackt. Annie hielt ihren Mittagsschlaf, und der Nachmittag schien sich wie eine endlose Schlucht vor Kate aufzutun. Um sich abzulenken, nahm die sie gesamte Küche auseinander, brachte in Erfahrung, was es an Vorräten gab, räumte um und organisierte alles so, wie sie es haben wollte.

Als Annie wach wurde, schleppte Kate den Zuber in die Küche und füllte ihn abwechselnd mit heißem und mit kaltem Wasser. Nachdem sie mit Annie gespielt und sie gefüttert hatte, zog sie die Kleine aus und setzte sie in die Wanne. Annie quietschte vor Vergnügen und planschte fröhlich im Wasser herum.

»Mama«, quietschte sie und deutete auf Kate, ehe sie mit ihren pummeligen kleinen Händchen auf die Wasseroberfläche klatschte. Ein dicker Kloß schnürte Kates Kehle zu. *Mama?* Sie kämpfte gegen Tränen der Rührung an, als sie eine Hand ausstreckte und Annie über das Haar strich. Sicher, sie hatte gewußt, daß sie Annies Mama sein würde, aber ... dieses Wort aus Annies Mund zu hören, schmerzte Kate irgendwie und verursachte ihr beträchtliche Ängste. Es war nicht der Gedanke, auf Dauer die Mutterrolle bei Annie zu übernehmen, der sie so beunruhigte. Es war die unabänderliche Tatsache, daß sie Mrs. Sage Reno war, die ihr solche Furcht einflößte.

Kate blickte auf das Badewasser. Ihr war heiß, und sie fühlte sich klebrig und verschwitzt von der Küchenarbeit. Sie hatte ihr Kleid bereits fast bis zum Busen aufgeknöpft. Schweiß rann über ihre Kopfhaut und klebte das Haar an ihren Schläfen fest. Der Gedanke an ein Bad war allzu verlockend.

Aber was war mit *ihm?* Er hatte gesagt, er käme nicht vor dem Abend zurück. Konnte sie es riskieren?

Sie warf erneut einen Blick auf das Wasser und konnte nahezu fühlen, wie herrlich es sein würde, ein Bad zu nehmen und sich das Haar zu waschen. Nachdem sie ihr Nachthemd aus dem Schlafzimmer geholt hatte, füllte sie mehr Wasser in den Zuber, zog sich rasch aus und setzte sich zu Annie in die Wanne.

Das erste, was Sage hörte, als er in die Stadt ritt, war, daß ein Puma zwei Pferde auf der Ranch eines Nachbarn gerissen hatte. Das hieß, daß jede andere Ranch in der Umgebung mit einem Besuch des Pumas rechnen mußte, bis es ihnen gelang, das Tier zu töten. Er war sofort zu seiner Ranch zurückgeritten und hatte für den Weg nur halb so lang wie sonst gebraucht, denn er mußte Kate dringend warnen.

Sage schwang sich aus dem Sattel, warf die Zügel über den Pfosten und sprang die Stufen zur Veranda hinauf. Als er mit schnellen Schritten das Blockhaus betrat, hörte er Annies Kichern aus der Küche dringen und stieß den angehaltenen Atem aus. Gott sei Dank, den beiden war nichts passiert. Dennoch mußte er Kate warnen, ihr die Möglichkeit einer drohenden Gefahr deutlich vor Augen führen.

Er trat durch die Küchentür und sperrte verblüfft den Mund auf. Annie und Kate waren in der Wanne. Annie saß zwischen Kates Beinen, planschte fröhlich und spielte mit der Seifenlauge, die aus Kates langem roten Haar rann.

Er hielt den Atem an, obwohl er wußte, daß er mit den Füßen scharren oder sich räuspern sollte – sich in irgendeiner Form bemerkbar machen sollte. Statt dessen starrte er wie gebannt auf die glatten, milchig weißen Schultern und die schlanken Hände, die Seifenschaum in das Haar einmassierten, auf die wenigen roten Haare unter ihren wohlgeformten Armen, die zartrosa Brustwarzen, die ihre festen, hochangesetzten Brüste krönten ... Brüste, die bisher unter Korsetts und Unterwäsche und hochgeschlossenen Kleidern verborgen gewesen waren. Es war fast ein Verbrechen, eine derartige Pracht zu verstecken!

Ihre Brüste waren atemberaubend. Das Badewasser ließ sie schimmern, und sie wogten verführerisch, als Kate die Arme bewegte. Hatte sie sie sorgfältig gewaschen, sie gründlich eingeseift und sie liebevoll massiert, oder hatte sie sie gänzlich mißachtet, da sie sich ihrer Schönheit nicht bewußt war oder sich gar der Existenz ihrer Brüste schämte? Jeder einzelne Zentimeter seiner Männlichkeit spannte sich an und schwoll und schmerzte vor Verlangen.

»Papa!«

Er hörte Kates entsetztes Aufkeuchen und wandte sich eilig ab. »Es tut mir leid«, brachte er mühsam heraus. »Ich ...«

»Oh ... oh ... oh, nein ...« Zum zweiten Mal, seit diese Frau einen Fuß über seine Schwelle gesetzt hatte, schien es ihr die Sprache verschlagen zu haben.

Er entschuldigte sich noch einmal. »Beruhige dich«, sagte er mit abgewandtem Blick. »Laß mich Annie aus der Wanne heben. Ich werde, äh ...«

Er räusperte sich verlegen. »Ich werde sie zum Schlafengehen fertigmachen.« Er nahm ein Handtuch von dem Stuhl neben der Wanne und hob Annie aus dem Wasser, wobei er sorgsam darauf achtete, nicht in Kates Richtung zu sehen.

»Mama«, quietschte das Kind, das die angespannte Atmosphäre nicht wahrnahm, unbefangen und deutete auf die nackte Frau, die in der Wanne saß.

Sage verließ fluchtartig die Küche. Annies Worte hallten noch in seinen Ohren wider. Mama? Sie nannte sie »Mama«? Für einen flüchtigen Moment fiel jedes Verlangen von ihm ab, und seine Wut auf diese Frau kam wieder an die Oberfläche. Sie hatte wahrhaftig keine Zeit vergeudet, soviel stand fest. Er fragte sich unwillkürlich, ob sie nicht vielleicht trotz des Eheversprechens, das sie abgelegt hatte, eines Tages klammheimlich mit Annie verschwinden würde.

Kate spülte sich eilig die Seife aus dem Haar, schlang sich ein Handtuch um den Kopf und stieg aus der Wanne. Ihre Knie waren so weich, daß sie kaum stehen konnte. O Gott, welcher Teufel hatte sie bloß geritten? Sie hätte doch zu einer Zeit ein Bad nehmen können, wenn er über ihr Vorhaben informiert war, um derartige Peinlichkeiten zu vermeiden. Nachdem sie sich abgetrocknet hatte, zog sie ihr langes, weißes Nachthemd an. Wiederholt versuchte sie, die Knöpfe am Hals zu schließen, doch ihre Finger zitterten so sehr, daß sie es einfach nicht schaffte.

Sie fragte sich, wie lange er wohl schon dort gestanden und sie beäugt hatte. Zweifellos lange genug. Ihre Verlegenheit ging langsam, aber sicher in Wut über.

Sie saß gerade auf dem Sofa vor dem Feuer und trocknete sich das Haar, als Annie, die zum Schlafengehen umgezogen war, auf sie zugelaufen kam. Sie zog das Kind auf ihren Schoß und drückte ihm automatisch einen Kuß auf die Wange.

»Mama«, jubelte die Kleine und spielte mit Kates Haar.

Als Kate aufblickte, sah sie Sage in der Tür stehen. Seine lässige Haltung war nur gespielt, denn obwohl er mit einer Schulter am Türrahmen lehnte und einen Knöchel über den anderen geschlagen hatte, funkelte Wut in seinen Augen. Weshalb hätte *er* denn wohl Grund zur Wut haben sollen? Er hatte sich zweifellos an ihr sattsehen können. Die Vorstellung, daß er sie splitterfasernackt vorgefunden hatte, erfüllte sie mit Scham – aber auch mit einer Vielzahl von Gefühlen, die sie lieber nicht näher untersuchen wollte.

»Komm, Annie. Es ist Zeit zum Schlafengehen.« Seine Stimme klang mürrisch und heiserer als sonst.

Annie drückte Kate einen Kuß auf die Wange und schlang ihr die Arme um den Hals, ehe sie von ihren Knien rutschte und auf ihren Vater zutappte.

Kate wartete auf seine Rückkehr. Offensichtlich beschäftigte ihn etwas. Die Gereiztheit, die er ausstrahlte, war fast greifbar. Sie fuhr fort, ihr Haar zu bürsten, und hielt auch dann nicht inne, als sie wußte, daß er zurückgekommen war und hinter ihr stand.

»Du hast ja nicht lange gebraucht, stimmt's?«

Der Groll in seiner Stimme überraschte sie so sehr, daß sie sich umdrehte und zu ihm aufblickte. »Was soll das heißen?«

»Wie lange hast du das mit ihr eingeübt?«

Kate zog verwirrt die Stirn in Falten. »Eingeübt?«

Er trat an den Kamin und warf ein weiteres Holzscheit ins Feuer. »Daß sie dich ›Mama‹ nennen soll?«

Das war es also. Nun, sollte er doch ruhig das Schlimmste denken. Er würde es ja ohnehin tun. »Ich frage mich, warum du dich so sehr darüber aufregst. Schließlich bin ich ja jetzt ihre Mutter, nachdem ich dich geheiratet habe, oder etwa nicht?«

Er ging zum Büfett und schenkte sich einen Drink ein. Dann fielen ihm plötzlich seine Manieren wieder ein. »Möchtest du vielleicht auch etwas trinken?«

Normalerweise trank Kate so gut wie nie. Aber heute ... »Ich nehme einen Sherry, falls du welchen hast.«

Er lachte barsch. »Tut mir leid, aber ich habe nur Whiskey im Haus.«

Sie hatte noch nie in ihrem Leben Whiskey getrunken, aber in diesem Augenblick war es ihr gleichgültig, wie ekelhaft das Zeug schmecken mochte. Sie brauchte einfach etwas, egal, was. »Gut. Dann nehme ich eben einen kleinen Whiskey.«

Er nickte, schenkte ihr ein kleines Glas ein und reichte es ihr. Sie trank dankbar, schluckte den Whiskey jedoch schnell hinunter, um ihn nicht wirklich schmecken zu müssen. Der bittere Geschmack ließ sie frösteln, und sie konnte nichts dafür, daß ihre Augen tränten. Das Zeug war wirklich widerlich, doch schon nach dem ersten Schluck begann sie zu spüren, wie sich Wärme in ihrem Bauch ausbreitete.

Eine Weile saßen sie schweigend da und blickten ins Feuer. Plötzlich fiel Kate wieder ein, daß sie ihn so früh noch gar nicht zurückerwartet hatte. »Warum bist du schon so früh zurückgekommen?«

Sein Blick glitt langsam über ihr Haar, ihre Brüste und die offenen Knöpfe an ihrem Hals. Sie spürte, wie glühende Röte in ihre Wangen aufstieg, und das Gefühl in ihrer Magengrube war keine Scham. »Doch gewiß nicht etwa, um mir beim Baden zuzusehen«, fügte sie spitz hinzu.

Er wandte den Blick ab. »Ich bin zurückgeritten, weil ich dich warnen wollte. Ein Puma macht die Gegend unsicher. Bisher hat er hauptsächlich Rinder getötet, aber ich möchte trotzdem, daß du dir der Gefahr bewußt bist. Das heißt, wenn ich nicht da bin und du mit Annie im Freien bist.«

Kate fühlte einen Stich von Furcht. »Und was soll ich tun, wenn ich ihn sehe?«

»Kannst du schießen?«

Sie nickte zögernd. »Ich bin eine einigermaßen gute Schützin.«

»Merk dir gut, daß die Flinte da oben liegt, auf dem Kaminsims.«

Sie warf einen Blick auf die Waffe und fühlte erneut Furcht in sich aufsteigen. Es war das erste Mal, daß sie brutal mit der Realität konfrontiert wurde. Plötzlich begriff sie, wie unglaublich gefährlich es war, hier draußen zu leben, was für ein Risiko es darstellte, hier ein Kind großziehen zu wollen. Und die Hälfte der Zeit verbrachte er noch nicht einmal zu Hause, sondern in Cedarville, wo er seiner Arbeit nachging. Diese Vorstellung schürte die Glut ihres Zorns und ließ sie erneut aufflackern.

»Wie kannst du es wagen, Annie hier draußen in dieser gottverlassenen Einöde allein zu lassen, wenn du zur Arbeit gehst? Es ist ein Wunder, daß du sie nicht schon verloren hast, genauso wie du Brynna verloren hast. Wenn es nach mir ginge, würde ich ...«

»Nein!« Er knallte sein Glas auf den Tisch neben dem Sofa. Dann drehte er sich um und packte ihre Schultern. »Es geht *nicht* nach dir. Ich warne dich: Komm bloß nicht auf irgendwelche Ideen, was Annie angeht. Ich gebe zu, dies ist nicht gerade der beste Ort auf Erden, um ein Kind großzuziehen, aber zufällig lebe ich nun einmal hier. Ich tue alles, was in meiner Macht steht, um für ihre Sicherheit zu sorgen. Ich würde niemals ihr Leben in Gefahr bringen. *Niemals.*«

Seine Finger gruben sich hart in ihre Schultern, was ihre eigene Wut und Furcht nur noch mehr verstärkte. »Du tust mir weh.«

Seine Augen wurden schmal und verdunkelten sich, an seinem Kiefer zuckte ein Muskel. Sein Griff um ihre Schultern lockerte sich etwas, doch er ließ sie nicht los. »Du mußt lernen, mir zu vertrauen. Ich weiß, daß dir das schwerfällt, wenn man bedenkt, was du ... was du zu wissen glaubst. Aber ich würde niemals zulassen, daß Annie etwas zustößt. Und ... und auch dir nicht. Ich nehme meine Verantwortung nicht auf die leichte Schulter.«

Es war einfach zuviel. Dieses Verantwortungsbewußtsein. Diese Besorgnis. Sie versuchte zurückzuweichen, doch er hielt sie unerbittlich fest. Wieder versuchte sie, sich seinem Griff zu entziehen, und ihr Haar fiel ihr ins Gesicht. Sie pustete es soweit aus ihren Augen, daß sie ihn wieder sehen konnte. Seine Nähe machte sie seltsam schwach und unsicher. »Bitte. Laß mich los.«

Er musterte jetzt forschend ihr Gesicht, und seine Iris verdunkelte sich noch mehr. »Aus dir ließe sich einiges machen, Frau.«

Er war gefährlich nahe daran, ihre giftige, abweisende Fassade zerbröckeln zu lassen. Sie waren einander noch nie so nahe gekommen, und sie hätte sich niemals träumen lassen, welche Gefühle seine Nähe in ihr auslösen würde. Aufregende Empfindungen. Zutiefst furchteinflößende Empfindungen. »Ich möchte, daß du mich losläßt.«

Er nickte und lächelte sie verschmitzt an. »Ich weiß, ich weiß. Und ich werde es auch tun. Aber ... aber meinst du nicht auch, daß ein harmloser kleiner Kuß vollkommen in Ordnung wäre?«

Sie schluckte hart. »Nein«, sagte sie. »Oh, nein. Der Meinung bin ich ganz und gar nicht.«

»Noch nicht einmal in der Kirche haben wir diese Regelung mit einem Kuß besiegelt, Kate. Wenn ich es mir recht überlege, bin ich noch nicht einmal sicher, ob die Ehe rechtskräftig ist, solange wir uns nicht geküßt haben.«

Sie starrte ihn an. Wollte er sie vielleicht necken? Das ... das sah ihm so gar nicht ähnlich ... »Ich glaube nicht, daß ein Kuß irgend etwas zu bedeuten hat.«

»In dem Fall sollte es dir nichts ausmachen, wenn wir es tun.«

Sie fühlte sich hin und her gerissen. Sie wußte, wenn sie ihm nicht energisch widersprach, gab sie ihm damit im Grunde zu verstehen, daß sie von ihm geküßt werden wollte. Sie starrte verwirrt in sein Gesicht. Er hatte markante Züge und einen Ansatz von Bartstoppeln auf dem Kinn und auf den Wangen, obwohl sie wußte, daß er sich rasiert hatte, ehe er in die Stadt geritten war. Er war groß und kräftig, behutsam und freundlich. Sein sinnlicher Mund zog ihren Blick magnetisch an, und sie wußte, daß sie sich nicht abwenden würde.

Er senkte den Kopf und berührte ihre Lippen mit den seinen, bewegte sie zart und prüfend auf ihrem Mund. Erschrocken über die Gefühle, die auf sie einstürmten, gab sie ihm einen schnellen Schmatz und löste sich dann von ihm, während ihr Herz in ihrer Brust hämmerte.

Er schenkte ihr ein seltsam laszives Lächeln. »Ah, Kate. Ich glaube, da ist noch mehr zu holen.«

Sein Mund senkte sich erneut auf ihre Lippen, diesmal fester, aber noch immer in keiner Weise bedrohlich. Sie wollte ihn von sich stoßen und das Gesicht abwenden, doch plötzlich hob er eine Hand und umschlang ihren Hinterkopf. Sie wußte, daß sie sich gegen seine Kraft nicht zur Wehr setzen konnte, doch sie weigerte sich, in irgendeiner Form auf seinen Kuß zu reagieren.

Zu ihrer großen Bestürzung war ihr Körper ganz anderer Meinung. Tief in den verborgensten Winkeln jener weichen, warmen Stelle zwischen ihren Schenkeln verspürte sie eine seltsame Regung, die sich spiralförmig durch ihren Bauch aufwärts wand und dabei geheime Orte voller Magie berührte. Etwas, was viel zu lange in ihrem Innern verschlossen gewesen war, verkümmert und vernachlässigt, begann plötzlich zu erblühen und sich zu öffnen, und sie ertappte sich dabei, wie sie seinen Kuß erwiderte.

Seine Zunge fand ihre, und sie keuchte vor Erstaunen, verblüfft über die Lust, die ihr ein so ungehöriges Vorgehen bereitete. Der Kuß ging endlos weiter, und je mehr er Kates Abwehr schwächte, desto williger gab sie sich ihm hin.

Plötzlich, viel zu plötzlich, zog er den Kopf zurück und starrte sie an. »Aha«, murmelte Sage, und seine Stimme triefte vor benommener Sinnlichkeit, »dann verbirgt sich also unter diesem engen Korsett und dieser altjüngferlichen Frisur doch eine echte, lebendige Frau.«

Verwirrt über ihre eigenen widersprüchlichen Gefühle riß sie sich von ihm los und versetzte ihm mit der flachen Hand einen Schlag ins Gesicht. Als sie dastand und ihn finster anfunkelte, fragte sie sich, wen sie mehr verabscheute, sich selbst oder ihn. »Wage es nicht, das noch einmal zu versuchen! Hast du mich verstanden? Denn wenn du es jemals wieder wagen solltest, bringe ich dich im Schlaf um, so wahr mir Gott helfe.«

Als sie zum Schlafzimmer stolperte und in einer Mischung aus Scham und Verlangen versank, wußte sie, daß dieser Kuß ihr Leben für immer verändert hatte.

4

Zwei Tage lang hüllten sie sich in Schweigen und beobachteten einander argwöhnisch wie ein Raubtier und seine Beute. Sage widerstrebte es, das Blockhaus zu verlassen, da er fürchtete, in ihrer Wut könnte Kate mit Annie verschwinden und sie aus seinem Leben entfernen. Es hatte schon viele Male gegeben, als er ihr hatte erzählen wollen, was wirklich mit Brynna passiert war. Eines Tages würde er es tun müssen, doch er hatte auch Angst davor, weil er ihre Reaktion fürchtete.

Und das Wetter war umgeschlagen und hatte eisige Kälte mitgebracht. Am Morgen des dritten Tages ihres stillen Kampfes wachte er in der Scheune auf und sah, wie sein Atem kleine weiße Wölkchen in der frostkalten Luft bildete, als er seinen unbequemen Strohsack verfluchte. Das harte, schmerzhafte pulsierende Fleisch zwischen seinen Schenkeln entlockte ihm ebenfalls einen gotteslästerlichen Fluch. Er hatte von seiner neuen Ehefrau geträumt, die unendlich zärtlich und nachgiebig gewesen war und ihn liebevoll und großzügig aufgenommen hatte. Es war doch ein Traum gewesen, oder etwa nicht? Zeitweilig hatte er das Gefühl, wieder einmal einen Alptraum zu erleben.

Obwohl sein kaltes Bett aus Stroh sehr unbehaglich war, lehnte er sich zurück, schloß die Augen und versuchte, die Wunschbilder seines Traums noch einmal einzufangen. Sie hatte ein Bad genommen, wie an dem Tag, an dem er aus der

Stadt zurückgekehrt war. Aber sie war allein gewesen; Annie hatte schon geschlafen. Ihr Haar, das sie auf den Kopf getürmt hatte, glühte im Feuerschein, und ihre makellose weiße Haut war feucht und schimmerte wie Perlmutt.

Sie sah ihn an und schenkte ihm ein strahlendes, verführerisches Lächeln. *Hallo, Liebling. Würdest du mir bitte den Rücken waschen?* Er rollte die Hemdsärmel hoch und griff zwischen ihre Beine, um die Seife aufzuheben. Dabei streifte er ihren geheimen Ort zart mit dem Daumen. Sie schloß die Augen, erschauerte und wand sich im Wasser ...

Das Wiehern seines Pferdes holte ihn abrupt wieder in die Realität zurück. Ja, die Realität. Sie hatten einander tatsächlich geküßt; das war kein Traum gewesen. Sie hatte tatsächlich Feuer in sich, tief in ihrem Innern, wo noch keiner sie jemals berührt hatte. Er hatte vorgehabt, ihr einen keuschen Kuß zu geben, doch nachdem er erst einmal von ihr gekostet hatte, war ihm klargeworden, daß er mehr wollte. Die Erinnerung daran, wie sie nackt in der Wanne gesessen hatte ... das schimmernde, frisch gewaschene Haar war ihr ins Gesicht gefallen, als er sie in den Armen gehalten hatte ... das jungfräulich weiße Nachthemd ... all diese Dinge machten sie in seinen Augen begehrenswert. Er wollte mit ihr schlafen. Er stieß ein trockenes, humorloses Lachen aus. Und sie wollte ihn ermorden.

Er schlug seine Decken zurück, erhob sich von seinem Lager und strebte zum Haus, während er inständig hoffte, die beißende Kälte auf dem Weg dorthin würde sich dämpfend auf sein wachsendes Verlangen auswirken.

Kate saß in dem Schaukelstuhl vor dem Kaminfeuer, hielt Annie auf dem Schoß und kitzelte verspielt ihren Bauch.

»Hier kommt die große Spinne anmarschiert«, sagte Kate und ließ ihre Finger langsam durch Annies Locken spazieren. Sie fühlte, wie die Kleine voller Vorfreude lächelte, als sie ihre Finger über ihren Hals wandern ließ und dann weiter zu ihrem Bäuchlein. Als ihre Finger dort angekommen waren, kitzelte sie das Kind, und Annie quietschte und jauchzte vor Vergnügen.

Danach breitete sich eine wohlige, entspannte Stille zwischen ihnen aus, während Kate vor dem Feuer auf ihrem Stuhl schaukelte. Annie drehte sich um und spielte mit den Knöpfen an Kates Hals. Sie ließ einen Knopf nach dem anderen durch das Knopfloch gleiten, bis sie Kates Korsett entdeckte.

Kate zog Annie an sich und hoffte, sie würde ein kleines Schläfchen halten. Es war gemütlich warm im Raum. Sie war überrascht gewesen, als sie aufgewacht war, denn das Wetter war drastisch umgeschlagen. Sie warf einen Blick aus dem Fenster und fürchtete, draußen Schnee vorzufinden. Zum Glück war dem nicht so. Ein Frösteln überlief sie. Jedenfalls noch nicht.

Sie war in Versuchung, Sage nach dem Feldbett zu fragen, doch etwas sagte ihr, daß es noch zu früh war, um mit der Lieferung zu rechnen. Auch wenn sie sich noch so oft einredete, daß es sie nicht kümmerte, wenn er in der Scheune erfror, so wußte sie doch, daß das nicht wahr war. Ganz gleich, wieviel Mißtrauen und Unbehagen zwischen ihnen herrschten – sie wußte, daß es einfach nicht fair war, ihn von seinem eigenen Bett fernzuhalten. Sie hatte sogar schon mit dem Gedanken gespielt, bei Annie zu schlafen, aber Annie hatte ein Kinderbettchen, das wirklich nur für ein kleines Kind gedacht war. Ihr Blick fiel auf das kurze Sofa. Sicher, das Sofa war immer noch eine Möglichkeit, obwohl selbst sie sich zu einer Kugel würde zusammenrollen müssen, um Platz darauf zu finden.

Der Wind heulte um die Fenster des Blockhauses, als verlangte er schreiend Einlaß. Kate zuckte zusammen und fragte sich, ob ihr neuer Ehemann auch nur ein Auge zugetan hatte. Seltsamerweise bereitete ihr diese Vorstellung Sorge. Sie hatte eine Menge unangenehmer Eigenschaften, das war ihr durchaus bewußt. Sie wußte, daß sie eine scharfe Zunge hatte. Und sie war sich auch der Tatsache bewußt, daß es wahrscheinlich an ihren spitzzüngigen Bemerkungen lag, daß sich ihr Leben lang kein Mann an sie herangewagt hatte. Außerdem war sie halsstarrig, energisch, stur und durchsetzungsfähig; all das mußte sie auch sein, wenn man bedachte, was für ein Leben sie geführt hatte. Wie sonst hätte sie den Hagelsturm überleben sollen, der vor drei Jahren ihre Maisernte vernichtet hatte? Oder das Jahr, in dem der Fluß über die Ufer getreten war und die Weizenfelder überschwemmt hatte? Oder die Einsamkeit der langen, dunklen Winter?

Sie hatte hart sein müssen, um ohne jede Hilfe die Schar von Dreschern zu bekochen, während Brynna sich herausputzte und provozierend vor den Männern herumstolzierte.

Sie preßte sich eine Hand auf den Mund und holte erschrocken Luft. Noch nie hatte sie es sich gestattet, daran zu denken, wie wenig ihr Brynna geholfen hatte. Aber schließlich war Brynna temperamentvoll und empfindlich gewesen. Oder ... war sie vielleicht nur schrecklich verzogen gewesen?

Kates Gedanken wandten sich wieder ihrem Mann zu. Wenn sie darauf bestand, daß er in dieser beißenden Kälte in der Scheune schlief, während der Wind durch die Ritzen zwischen den Balken pfiff, dann konnte sie ihr eigenes Verhalten nur als rücksichtslos bezeichnen. Und als unchristlich obendrein. Es war wirklich beunruhigend, wie unchristlich sie sich in letzter Zeit benahm.

Sie blickte auf, und das Herz schlug gegen ihre Rippen, als sie ihn in der Tür stehen sah, groß, kräftig, gutaussehend und zu ihrer enormen Erleichterung nicht über Nacht erfroren. Mit seinem plötzlichen Auftauchen überrumpelte er sie immer wieder. Es war nervenzermürbend und seltsam erregend zugleich. Und das war eine schrecklich alberne Reaktion von einer derart vernünftigen, besonnenen Frau wie sie, wie ihr klar wurde.

Sie holte zitternd Luft und erhob sich von dem Schaukelstuhl. »Ich werde dir jetzt das Frühstück bringen.«

Er hob eine Hand, um sie zurückzuhalten. »Spar dir die Mühe. Ich hole es mir selbst.«

Stirnrunzelnd blickte sie ihm nach, wie er hinausging, und schüttelte den Kopf. Erwartete er etwa von ihr, daß sie hier sitzen blieb und die Hände in den Schoß legte, während er sich in ihrer ordentlichen und durchorganisierten Küche zu schaffen machte? Das kam gar nicht in Frage.

Sie legte Annie auf das Sofa und deckte sie mit einer hübschen

Decke zu, die gewöhnlich zusammengefaltet auf der Rückenlehne lag. Die Decke war ihr schon vorher aufgefallen, und sie wußte, daß sie ihm gehören mußte, denn Brynna hatte keine so einmalig schöne Steppdecke besessen.

Einen Moment lang blieb sie in der Küchentür stehen und beobachtete ihn, als er gerade aus dem Keller heraufkam. Er hielt drei Eier in der Hand. Sie hatte bereits festgestellt, daß er sie in Limonenwasser aufbewahrte, damit sie frisch blieben. Bemerkenswerterweise wußte dieser Mann ganz genau, was er tat.

»Du scheinst dich in deiner Küche erstaunlich gut auszukennen«, sagte sie, als sie eintrat.

Er verzog die Mundwinkel zu einem Grinsen. »Brynna hatte nicht viel übrig fürs Kochen.«

Sein fast schüchternes Lächeln hielt Kate davon ab, ihm eine bissige Bemerkung entgegenzuschleudern. Sie hatte sich nie Gedanken um Brynnas Kochkünste gemacht, doch als sie jetzt darüber nachdachte, erinnerte sie sich, daß ihre Nichte nie etwas anderes getan hatte, als Kartoffeln zu schälen und die Enden von Stangenbohnen abzuschnippeln, weil sie das Geräusch so gern mochte.

Ein Bild begann Gestalt in ihrem Kopf anzunehmen, und dieses Bild gefiel ihr ganz und gar nicht. Aber zum ersten Mal war es Brynna, auf die sie wütend war, und nicht der Mann, der vor ihr stand und so geschickt Eier in eine Schüssel schlug.

Kate wandte den Blick ab. »Vermutlich war das meine Schuld. Es ging immer alles viel schneller, wenn ich die Dinge selbst in die Hand genommen habe. Ich war nie besonders gut darin, Verantwortung zu delegieren, und schon gar nicht in der Küche.«

Er goß die verquirlten Eier in eine heiße Bratpfanne, in der sie blubberten und zischten; in der Stille der Küche hörte sich dieses Geräusch enorm laut an. Nachdem er eine Handvoll kleingeschnittene Schinkenwürfel hineingeworfen hatte, fing er an zu rühren und zog die Eimasse behutsam vom Pfannenrand zurück, während sie briet.

Als er die Eiermasse in der Pfanne herumdrehte, sagte er: »Aber sie hat versucht, eine gute Mutter zu sein.«

Unbehagen regte sich in Kates Brust. »Sie hat es *versucht*?«

Er ließ das Omelett auf einen Teller gleiten, nahm sich zwei von ihren frischgebackenen Brötchen und setzte sich an den Tisch. »Bist du inzwischen bereit, dir ein paar Dinge über Brynna anzuhören?«

War sie bereit? Kate faßte sich mit der Hand an die Kehle und merkte plötzlich, daß Annie ihr Kleid aufgeknöpft hatte. Mit flinken, nervösen Fingern knöpfte sie ihr Kleid wieder bis zum Hals zu und war sich dabei bewußt, daß ihr Ehemann sie aufmerksam beobachtete.

»Ich ... ich weiß es nicht«, antwortete sie aufrichtig. Weitere bruchstückhafte Erinnerungen waren in ihrem Bewußtsein aufgestiegen. Erinnerungen an Brynna, die sich in der Küche herumlümmelte, während Kate sich abrackerte. Erinnerungen an Brynna, wie sie sich auf dem Sofa räkelte, während Kate die Möbel mit Möbelpolitur einrieb. Und auch eine schmerzliche Erinnerung daran, wie Brynna ihr gedroht hatte, sie solle bloß nicht versuchen, sie davon abzuhalten, mit Sage fortzugehen, und an Brynnas zornige, haßerfüllte Worte. Sie hatte schon immer gewußt, daß Brynna verzogen war; daran trug Kate ebensoviel Schuld wie alle anderen auch. Aber schließlich war Brynna ihr eigen Fleisch und Blut gewesen, und sie hatte die Verantwortung für sie getragen.

Ach Gott, dachte sie, als der Schmerz über ihren Verlust plötzlich zurückkehrte, es ist so schwer, jene zu kritisieren, die man liebt.

»Sie war ein selbstsüchtiges kleines Luder«, sagte Sage mit ruhiger Stimme.

Kate setzte sich ihm gegenüber und senkte den Kopf. »Ja, ich weiß. Und das war meine Schuld ...«

»Mach dir bloß keine Vorwürfe. Wir sind eben so, wie wir sind. Nichts und niemand kann uns ändern, solange wir es nicht selbst wollen.«

Sie warf ihm einen ungeduldigen Blick zu und fragte sich, woher diese plötzliche weise Einsicht bei ihm kam. »Warum hast du sie mitgenommen? Hast du ... hast du sie geliebt?«

Er lachte leise. Und ohne jeden Humor. Fast traurig. »Ob du es glaubst oder nicht, aber sie hat damit gedroht, allen zu sagen, daß sie bereits schwanger wäre, wenn ich mich weigerte, sie mitzunehmen.«

Schock und Besorgnis überwältigten Kate. »Sie war doch nicht schwanger, oder etwa doch?«

Sage starrte auf seinen Teller. »Nein, und wenn sie es gewesen wäre, dann nicht von mir, aber das hätte ich natürlich unmöglich beweisen können. Es hätte lediglich ihr Wort gegen meines gestanden.«

»Was soll das heißen?«

Wollte sie die Antwort wirklich hören? Er musterte sie prüfend. »Am Abend vor meiner Abreise ist sie zu mir gekommen und hat mich gebeten, sie mitzunehmen.« Er schob den Teller von sich und lehnte sich auf seinem Stuhl zurück. »Ich habe ihr gesagt, sie wäre erst siebzehn. Noch ein halbes Kind. Verdammt noch mal, ich war fast zehn Jahre älter als sie. Vermutlich war es ein Fehler, das zu sagen. Plötzlich hat sie sich auf mich gestürzt und mich nicht mehr in Ruhe gelassen, weil sie mir krampfhaft beweisen wollte, daß sie erwachsen war.« Er spielte mit seiner Gabel. »Ich habe ihr sogar begreiflich zu machen versucht, wie unfair es wäre, dich allein auf der Farm zurückzulassen. Daraufhin hat sie gesagt ... zum Teufel, sie hat gesagt, du wärst froh, sie loszuwerden.«

Seine Worte hatten dieselbe Wirkung wie ein Schlag in die Magengrube. »Aber das ist nicht wahr! Du kannst doch nicht im Ernst glauben, daß das wahr ...«

»Nein«, fiel er ihr ins Wort. »Schließlich habe ich mit eigenen Augen gesehen, wie wenig sie dir geholfen hat, aber ich habe auch gesehen, wie sehr du an ihr gehangen hast – und wie bereitwillig du die Tatsache übersehen hast, daß sie dir nicht die geringste Hilfe war.«

Kate schluckte diese Feststellungen kommentarlos, wohl wissend, daß sie der Wahrheit entsprachen. Er wirkte so niedergeschlagen, daß sie sich nicht vorstellen konnte, auch nur eines seiner Worte wäre gelogen. »Und ... und was dann?«

Er seufzte und schüttelte den Kopf. »Ich dachte, ich könnte mich am nächsten Morgen in aller Frühe davonschleichen. Himmel, schließlich wußte ich, daß sie nie vor der Sonne aufstand.« Er warf einen kurzen Seitenblick auf Kate. »Ganz im Gegensatz zu dir.«

Seine Worte wärmten Kate und taten ihr unsäglich gut, doch sie sagte nichts.

»An jenem Morgen hatte ich die Farm noch keine fünf Meilen hinter mir zurückgelassen, als ich hörte, wie sie in halsbrecherischem Tempo hinter mir herritt. Und ich wußte sofort, daß sie es war. Zu dem Zeitpunkt dachte ich, es wäre das beste, sie einfach mitreiten zu lassen, bis wir eine Stadt erreichten, wo ich sie in den Zug setzen und wieder nach Hause schicken könnte.«

»Du ... du hast es versucht?«

Er lachte trocken. »Zweimal. Anschließend habe ich mir gedacht: Was soll's. Sie ist mit mir nach Texas geritten.«

Kate dachte an die Bemerkung ihrer Freundin Millie zurück, und ihr wurde klar, daß sie sich an die Vorstellung geklammert hatte, Brynna sei ein ganz reizendes und unschuldiges Mädchen gewesen. Ihr war gar nichts übriggeblieben, denn was hätte sie sonst denken können? Schließlich war sie dafür verantwortlich gewesen, das Mädchen großzuziehen.

»Aber ein kleines Mädchen hätte dich doch gewiß nicht zu einer Heirat zwingen können, die du nicht wolltest?« sagte Kate schließlich.

Er musterte sie, als wäge er seine Worte ab, ehe er sie aussprach. »Ich habe nicht gesagt, daß ich sie nicht heiraten wollte.«

Seine Bemerkung traf sie wie eine Ohrfeige, wenn auch keine allzu kräftige. Warum seine Worte sie schmerzten, hätte sie nicht zu sagen vermocht. Sie hätte sich inständig *wünschen* sollen, daß er Brynna hatte heiraten wollen. Sie hätte ...

»Dann ... dann hast du sie also trotz allem geliebt.«

»Auch das habe ich nicht gesagt.« Er erhob sich vom Tisch, ging zum Herd und schenkte zwei Tassen Kaffee ein. Nachdem er eine Tasse vor sie hingestellt und sich wieder gesetzt hatte, sprach er weiter. »Ich hatte das Gefühl, sie brauchte jemanden, der sich ihrer annahm. Sie war stur und halsstarrig.« Er sah sie wieder mit diesem schüchternen Lächeln an. »Scheint in eurer Familie zu liegen.«

Kate spürte, wie sich Röte in ihre Wangen stahl, ehe sie den Blick abwandte. »Ich hätte mich schon um sie gekümmert. Du hättest sie nicht bloß deshalb heiraten müssen, damit jemand für sie sorgt.« Diese Vorstellung erboste sie ein wenig, doch sie wußte nicht, warum.

»Sie wurde schwanger.«

Kate blickte ihn an, verwirrt und mehr als nur ein wenig erzürnt. »*Dann* hast du sie erst geheiratet? Nachdem der Schaden angerichtet war?«

»Ich habe nie mit ihr geschlafen.«

Kate schluckte schwer und hoffte nur, das Herz würde nicht aus ihrer Brust springen. »Was ... was sagst du da?«

Er rieb sich mit beiden Händen übers Gesicht. »Ich finde, es ist ziemlich offensichtlich. Muß ich wirklich noch deutlicher werden?«

»Ja«, antwortete sie. »Ich fürchte, das mußt du.«

Er seufzte schwer. »Brynna hatte einen Cowboy von einer nahegelegenen Ranch kennengelernt, der nur zu gern bereit war, für ihre Zerstreuung und Unterhaltung zu sorgen.«

Kate umfaßte ihre Kaffeetasse mit beiden Händen, in der Hoffnung, ihre Wärme würde die plötzliche Kälte in ihrem Inneren vertreiben. Ungläubig schüttelte sie den Kopf. »Willst du damit etwa sagen, Brynna sei dir nach Texas gefolgt und hätte hier mit einem anderen Mann geschlafen, von dem sie schwanger wurde, und dann hättest *du* sie aus reiner Herzensgüte geheiratet?« Sie stieß ein schroffes Lachen aus. »Entschuldige bitte, aber es fällt mir verdammt schwer, das zu glauben.«

Er musterte sie wieder. »Weshalb sollte ich dich belügen?«

»Weil du dann als der Held dastehst, der zur Rettung des armen Mädchens herbeigeeilt ist, und nicht als der Bastard, der sie in diese gottverlassene Gegend geschleppt hat.«

»Es bedeutet aber auch, daß ich nicht Annies Vater bin.«

Sie war so benommen, als hätte er ihr ein Brett auf den Kopf geschlagen. Im Raum war es so still, daß sie ihren eigenen Herzschlag hören konnte. »O mein Gott«, flüsterte sie und preßte sich die Hände auf den Bauch. Kein Mann, und schon gar nicht dieser hier, hätte so etwas eingestanden, wenn es nicht wahr wäre, denn es bedeutete gleichzeitig, daß sie als Blutsverwandte mehr Rechte auf Annie hatte als er. Und sie wußte längst, daß er Annie mehr als sein Leben liebte.

Sie hielt sich immer noch schockiert den Bauch, als sie ihn ansah. »Weißt du, wer ... wer ...« Sie brachte die Worte nicht heraus; sie waren zu schmerzlich.

»Ja«, antwortete er mit einem Nicken. »Ich weiß, wer es war.«

»War?«

»Er ist drüben in Amarillo bei einer Schlägerei ums Leben gekommen.«

»Bevor er erfahren hat, daß sie sein Baby ... seine Babys erwartete?«

Er schüttelte den Kopf. »Letzten Monat.«

Sie stieß den angehaltenen Atem aus. »O mein Gott. Er hat es nie gewußt?«

Sage zuckte die Achseln. »Könnte schon sein, daß er es gewußt hat. Es war ihm wohl gleichgültig.«

Kate mußte erst verdauen, was sie da gerade gehört hatte. »Wenn Brynna mit ihm geschlafen hat, dann muß sie ihn doch sicherlich geliebt haben.«

Der Blick, mit dem ihr Mann sie bedachte, grenzte an Mitleid. »Ja, vielleicht. Auf ihre Art.«

Kate mußte sich an diese Vorstellung klammern; die Alternative war zu schmerzlich, um auch nur daran zu denken. Hatte sie bei Brynnas Erziehung so kläglich versagt? Hatte das Mädchen so dringend Liebe gebraucht? Hatte Brynna wahllos mit Männern geschlafen, weil sie darin die einzige Möglichkeit gesehen hatte, geliebt zu werden?

Und Sage. Sie konnte einfach nicht glauben, daß sie sich derart in ihm getäuscht hatte. Sie war so blind für Brynnas Fehler gewesen, daß sie ihm die gesamte Schuld zugeschoben hatte. Sie hatte ihm das Leben zur Hölle gemacht, und dabei war er in diesem Stück gar nicht der Schurke gewesen, sondern der Held.

»Hat sie ... hat sie zu schätzen gewußt, was du für sie getan hast?«

Er lachte leise. »Auf ihre Art vermutlich schon.«

Etwas erregte Kates Aufmerksamkeit, und als sie aus dem Fenster schaute, wurde ihr schwer ums Herz. Schneeflocken trieben gegen die Scheiben.

Er stand auf, trat ans Fenster und starrte hinaus. »Ich sollte besser in die Stadt reiten und sehen, ob das Bett schon angekommen ist.«

Ihre Augenbrauen zogen sich zu einem Stirnrunzeln zusammen. »Solltest du wirklich in diesem Schneetreiben noch hinausreiten?«

Er rieb sich den Nacken. »Ich müßte es eigentlich, aber ich wage es nicht. Es könnte passieren, daß ich den Rückweg nicht mehr schaffe, und ich möchte dich und Annie nicht allein hier lassen.«

Das Wissen, daß er sich Sorgen machte, wärmte ihr das Herz. »Wir werden ... schon irgendwie zurechtkommen.«

»Ich kann trotzdem noch in der Scheune schlafen ...«

»Nein«, fiel sie ihm ins Wort, und ihre Stimme war schärfer als beabsichtigt. »Ich lasse nicht zu, daß du in der Scheune schläfst, während ein Schneesturm um deinen Kopf herum heult.«

Er drehte sich um und sah sie mit seinem leicht schiefen, sinnlichen Lächeln an, das gar nicht mehr schüchtern war. »Was schlägst du vor?«

Verlegen wandte sie sich ab. »Ich werde mir schon etwas einfallen lassen. Versteh mich bloß nicht falsch.«

Der Schnee fiel unermüdlich, und die Flocken waren so dick und so weiß, daß man hätte meinen können, die Engel hätten die Zipfel eines Kissens abgeschnitten und sämtliche Federn schwebten jetzt zur Erde hinab. Kate zog Annie ihren dicken, warmen Schlafanzug aus Flanell an, der Füße wie eine Strampelhose hatte, und anschließend tappte das Kind zum Fenster, stieg auf den gelben Holzstuhl, der mit Rotkehlchen bemalt war, und starrte gebannt hinaus. Kate erfuhr, daß Sage die robuste Bank in der Küche und den hohen Kinderstuhl selbst gezimmert hatte. Es war noch etwas, was die Waagschalen ihrer Gefühle für ihn sich zu seinen Gunsten neigen ließ.

Sie sah zum Fenster und stellte zu ihrem Erstaunen fest, daß sich keine Feuchtigkeit auf der Fensterbank sammelte. Das Blockhaus hatte Sage ebenfalls selbst gebaut, und Kate konnte mit eigenen Augen sehen, daß er bemerkenswert gute Arbeit geleistet hatte. In Annies Zimmer war es warm, obwohl es dort keinen Kamin gab.

»Ist meine kleine Prinzessin jetzt bereit für eine Gute-Nacht-Geschichte?«

Kate und Annie drehten sich beide um, und Annie streckte die Arme nach dem einzigen Vater aus, den sie jemals kennen würde. Er hob sie hoch, brachte sie ins Bett und deckte sie sorgfältig zu.

Kate bückte sich und gab Annie einen Kuß, ehe sie das Zimmer verließ. Die beiden hatten ein Ritual zur Schlafenszeit, bei dem sie nicht stören wollte. Sie ging in die Küche, wußte jedoch, daß es dort nichts zu tun gab; sie hatte bereits alles abgespült und weggeräumt. Sie war nervös und unruhig und äußerst besorgt. Während sie vor dem Feuer auf und ab lief, warf sie nervöse Blicke auf das kurze Sofa. Um den Entschluß, den sie schon früher gefaßt hatte, in der Praxis zu erproben, setzte sie sich auf das Sofa, dann legte sie sich hin und versuchte, es sich bequem zu machen. Es war alles andere als einfach. Nein, dachte sie, als sie sich auf dem harten Holzgestell wand, das sich durch die Polster bohrte, es war regelrecht unmöglich.

Zielstrebig stand sie von dem Sofa auf und begab sich ins Schlafzimmer, um sich in aller Eile zum Schlafengehen fertigzumachen. Da sie nicht mehr hören konnte, wie Sage Annie Kinderverse vorlas, griff sie nach ihrer Bürste und bürstete sich das Haar auf dem Weg in das andere Zimmer.

Er stand vor dem Feuer und hatte die Hände hinter dem Rücken verschränkt. Er mußte ihre Gegenwart gespürt haben, denn er drehte sich um und ließ seinen Blick langsam an ihr herabwandern.

Sie räusperte sich. »Du ... du kannst heute nacht nicht in der Scheune schlafen.«

Sein Mund verzog sich zu einem Lächeln, das weder anzüglich noch schüchtern war. »Das hast du schon einmal gesagt.« Er sah ihr fest in die Augen. »Ich kann ruhig draußen schlafen. Es macht mir nichts aus.«

Sie schüttelte den Kopf. »Das ist ... wirklich nicht nötig.«

Er kam mit gemessenen Schritten auf sie zu. »Ich habe dir versprochen, meine ehelichen Rechte nicht geltend zu machen. Ich nehme nicht an, daß sich an deiner Einstellung inzwischen etwas geändert hat?«

Panik, Wärme und noch etwas anderes, ein Gefühl, das ihr fremd war, breiteten sich in ihrem Inneren aus. »Nein, selbstverständlich nicht«, antwortete sie spitz. »Wenn du ein echter Gentleman bist, dann wirst du dein Versprechen halten.«

Er rieb sich das Kinn. »Aber du schlägst vor, daß wir im selben Bett schlafen?«

Verlegene Röte kroch in ihre Wangen, und sie wandte sich händeringend von ihm ab. »Ich weiß einfach nicht, was wir sonst tun könnten. Ich habe das Sofa ausprobiert; es ist zu kurz, und das Polster hat Klumpen, und genau in der Mitte liegt man auf einem Brett. *Ich* kann nicht darauf schlafen, und daß *du* unmöglich dort schlafen könntest, ist mir vollkommen klar. Und ... und Annies Bettchen ist ein Kinderbett. Dort ist kein Platz für mich. Und draußen braut sich ein Schneesturm zusammen, der anscheinend nicht abflauen will, und daher kannst du nicht in der Scheune schlafen.«

Sie drehte sich wieder zu ihm um, obwohl sie wußte, daß sich Frustration und Furcht in ihrem Gesicht ausdrückten, doch sie kümmerte sich nicht darum. »Hast du einen anderen Vorschlag?«

»Ich könnte auf dem Fußboden schlafen.«

Sie ließ ihn seufzend stehen und trat ans Fenster. »Und für wie lange? Für immer? Bis der Schneesturm aufhört und wir in die Stadt fahren und dort das Bett abholen können? Es ... es ist einfach nicht fair, dir das zuzumuten.«

Auf eine seltsame, verrückte Art traute sie ihm. Sicher, er hatte sie geküßt, aber sie war überzeugt, daß er sich nicht wirklich zu ihr hingezogen fühlte. Schließlich hatte sich bisher noch nie ein Mann zu ihr hingezogen gefühlt, und außerdem hatte sie gehört, daß es für die meisten Männer gang und gäbe war, Frauen ohne jeden ersichtlichen Grund zu küssen. Sie fand seinen Anblick äußerst erfreulich, und ja, vielleicht fühlte sie sich ein wenig, ein ganz klein wenig, zu ihm hingezogen, aber es würde nichts passieren, solange sie es nicht zuließ. *Und sie würde es nicht zulassen.*

Er stellte sich hinter sie, berührte sie jedoch nicht. Er hätte es ebensogut tun können, denn sie spürte seine Nähe deutlich an ihrem Rücken.

»Bist du ganz sicher, daß du es so haben willst?«

Sie drehte sich abrupt um und sah ihm ins Gesicht. Er war nur wenige Zentimeter von ihr entfernt, und sie ertappte sich dabei, wie sie die zarten Krähenfüße um seine Augenwinkel und die scharfen Linien zu beiden Seiten seiner Lippen musterte. Erst vor wenigen Tagen hatte dieser Mund sie geküßt. Nein, sie war keineswegs sicher, daß sie es so haben wollte. Aber alles andere wäre unfair gewesen. Und schließlich waren sie rechtsgültig miteinander verheiratet.

»Du kannst doch bestimmt mit einer Frau in einem Bett schlafen, ohne ... ohne das zu tun ... was ...« Ihre Stimme verklang, und sie kam sich törichter denn je vor. Sie holte tief Atem und raffte jedes bißchen Verachtung, das sie in ihrem Herzen finden konnte, zusammen. »Sie können doch gewiß eine Zeitlang Ihre animalischen Instinkte unterdrücken, Mr. Reno.«

Er zog eine Augenbraue hoch und sah sie mit seinem unergründlichen Lächeln an. »Aber ja, sicher kann ich das, Ma'am. Darin sehe ich nicht das geringste Problem.«

Kate blinzelte heftig, als sie sich eines seltsamen Gefühls der

Enttäuschung bewußt wurde. »Gut. Dann sind wir uns also einig, nicht?«

Er zog das Hemd aus dem Bund seiner Jeans und fing an, sich auszuziehen. »Ja, Ma'am«, erwiderte er und grinste sie unverschämt an, ehe er sich auf den Weg ins Bad machte. »Das einzige Problem besteht darin, daß ich es sicherlich vermissen werde, mein Pferd beim Schlafen nicht neben mir zu haben.«

Wäre sie bei klarem Verstand gewesen, dann hätte sie ihm so spitzzüngig wie sie konnte erklärt, er solle sich auf der Stelle in den Stall hinausscheren und bei seinem Tier schlafen. Aber sie sagte kein Wort.

5

Sage hatte viel Theater um das Entkleiden gemacht, aber nur deshalb, um Kate aus der Fassung zu bringen. Er genoß es fast, ihre Verwirrung zu beobachten. Irgendwie wurde sie weicher und nicht mehr ganz so unnahbar, wenn sie komplett durcheinander war.

Er warf Asche auf die Glut im Kamin, stellte das Gitter davor und ging auf die Schlafzimmertür zu. Er hatte sie bewußt eine Zeitlang allein gelassen, weil er hoffte, sie wäre inzwischen eingeschlafen. Es würde diese verdammte Nacht um einiges erträglicher machen.

Sie hatte die Lampe auf dem Tisch neben dem Bett brennen lassen, und der flackernde Schein fiel auf ihr flammendes Haar. Auf Zehenspitzen trat er näher und betrachtete sie, während sie schlief. Im Schlaf wirkte sie weich und gelöst. Tatsächlich schien sie auch ansonsten ein wenig lockerer geworden zu sein. Sie band sich das Haar nicht mehr ganz so streng zurück, und oft ließ sie die obersten Knöpfe an ihrem Kleid offen. Und sobald sie mit Annie zusammen war, wurden ihre Züge und ihre Haltung automatisch weicher.

Er fühlte einen scharfen Stich von Besorgnis, als er sich daran erinnerte, daß er ihr im Prinzip alles erzählt hatte. Nein, nicht alles. Aber was er ihr erzählt hatte, hatte weiß Gott der Wahrheit entsprochen, und trotzdem war sie nicht auf der Stelle mit Annie im Schlepptau aus dem Haus geflohen. Er hatte sich darauf verlassen, daß sie so und nicht anders reagieren würde. Wenn sie von Anfang an die Wahrheit gewußt hätte, hätte sie sich Annie geschnappt und wäre mit ihr davongerannt. Das stand für ihn außer Zweifel.

Irgendwie hatte sich zwischen ihnen eine Beziehung herausgebildet, die zwar keineswegs gefestigt, aber doch recht erträglich war. Mit der Zeit könnte sich vielleicht noch alles zum Besten wenden, vorausgesetzt, sie fand nicht den Rest der Geschichte heraus. Was er Kate bereits über Brynna erzählt hatte, war zwar schon schlimm genug, doch er war nicht sicher, ob sie das übrige glauben würde.

Er zog seine Jeans und seine Wollsocken aus und ging mit sich zu Rate, ob er nackt schlafen sollte, wie er es in seinem eigenen Bett gewöhnlich tat, oder ob er es lieber bleiben lassen sollte. Wieder warf er einen Blick auf Kate, so weich und gelöst und schläfrig warm, und er war stark in Versuchung. Aber nein, er war ein Gentleman, oder zumindest bemühte er sich immer, einer zu sein, obwohl diese Frau seine Geduld auf eine härtere Probe stellte als jede andere, die er je gekannt hatte. Mit Ausnahme von Brynna, doch das hatte seltsamerweise ganz andere Gründe gehabt. Und jetzt war auch nicht der rechte Zeitpunkt, um seine frisch angetraute Ehefrau zu schockieren. Nicht ausgerechnet dann, wenn sie ihm tatsächlich auf halbem Wege entgegengekommen war.

Er kroch neben ihr ins Bett und achtete sorgsam darauf, sie nicht zu wecken. O Gott, was für ein seltsames Gefühl es doch war, wieder einmal neben einer Frau im Bett zu liegen. Es war ein verdammt gutes Gefühl, aber eben … seltsam. Er konnte sie riechen, diesen blumigen Duft, den er schon früher mit alten Jungfern in Verbindung hatte bringen wollen, und es doch nicht konnte.

Er atmete tief durch, streckte sich auf seiner Bettseite aus und starrte zum Fenster. Draußen heulte immer noch der Wind, doch er hatte den Eindruck, daß es zu schneien aufgehört hatte.

Sie stöhnte leise und drehte sich um. Er versteifte sich, als er merkte, daß sie zu ihm herüberrollte, und er versuchte, von ihr abzurücken. Doch das ging nicht. Er lag bereits auf der verdammten Bettkante. Es wäre wirklich das beste, wenn er aufstände. Zum Teufel, er sollte sich in eine Decke rollen und vor dem Feuer schlafen. Oder, dachte er verdrossen, zum Stall hinübertrollen und seinen dicken Schlafsack holen, den er benutzte, wenn er und Luis unter freiem Himmel schliefen. Von diesem Schlafsack wußte sie nichts, und er hatte ihr auch nichts davon erzählt, daß er gar nicht lange genug in der Stadt gewesen war, um ein Bett zu bestellen. Er war nicht sicher, warum er es ihr nicht gesagt hatte, aber jetzt verfluchte er sich dafür, denn sie würde ihm die Hölle heiß machen, wenn sie davon erführe.

Eine Stimme in seinem Kopf sagte ihm, daß er sich etwas vormachte, denn er wußte ganz genau, warum er seinen Schlafsack nicht herausgeholt hatte und warum es ihm keineswegs leid tat, daß er nicht dazu gekommen war, ein weiteres Bett zu bestellen. Auch wenn ihre Nähe ihm noch so großes Unbehagen bereitete, so hieß das noch lange nicht, daß er nicht in ihrer Nähe sein wollte. Er begehrte sie, aber in einem Anfall von Wahnsinn hatte er gelobt, sie niemals zu nehmen.

In einem weiteren Anfall von blankem Irrsinn hatte er sich eingeredet, es würde ihm vollauf genügen, einfach nur neben ihr zu liegen und zu schlafen. Er hatte immer gern Frauen neben sich im Bett gehabt. Sie waren so weich und anschmiegsam, wenn sie morgens wach wurden, und im allgemeinen waren sie darauf versessen gewesen, daß er sie liebte, ehe er ihr Bett verließ.

Aber genau darin lag der Unterschied. Er hatte es genossen, mit Frauen an seiner Seite einzuschlafen, weil er es genossen hatte, sie zu lieben. O Gott, wie anders dies doch war. Er zwang sich, sich zu entspannen. Das Bett war warm und vertraut; seine Bettgefährtin war warm, aber nicht im geringsten vertraut. Wollte er vertrauter mit ihr werden? Ja, zum Teufel! Aber er mußte sich vorsehen. *Bau bloß keinen Mist, Reno.*

Er konnte nur hoffen, daß er die Nacht überstand, ohne sich in eine peinliche Situation zu bringen.

Kate erwachte langsam. Sie wußte, daß sie aufstehen und das Feuer im Ofen anzünden sollte. Aber aus irgendeinem Grund war das Bett wärmer als gewöhnlich, und sie wollte einfach nur liegenbleiben und diese Wärme genießen. Nur noch eine oder zwei Minuten, sagte sie sich und kuschelte sich noch tiefer unter die Decke.

Plötzlich riß sie die Augen auf, und das Herz schlug ihr bis zum Hals. Langsam drehte sie sich um, denn sie spürte, daß er neben ihr lag. Einen Moment lang betete sie, Sage möge noch schlafen, damit sie aus dem Bett springen konnte, ohne daß er es merkte. Als ihr Blick auf das Fußende des Bettes fiel, konnte sie den Umriß seiner langen Beine unter den Decken erkennen. Ihr Blick glitt höher an ihm hinauf, über seine Hüfte bis zu seiner Schulter. Als sie ihm ins Gesicht sah, stöhnte sie lautlos in sich hinein.

Er war wach – und lächelte sie an. Seine Lider waren halb geöffnet, seine dichten braunen Wimpern verhüllten den Ausdruck seiner Augen. Er hatte Bartstoppeln auf dem Kinn und auf den Wangen, und sein Haar war vom Schlafen in einer Weise zerzaust, die keineswegs unattraktiv war.

Sie wußte, daß sie hastig aus dem Bett kriechen sollte wie die alberne, furchtsame Jungfer, die sie war, doch sie fühlte sich wie eine von Hitze erfüllte Museumsstatue. Sie war unfähig, sich zu rühren; dennoch züngelten Flammen in ihrem Inneren, so heiß, daß sie befürchtete, das Feuer würde ihr Äußeres in tausend Stücke sprengen.

»Guten Morgen, Kate.«

Der Klang seiner schläfrigen, heiseren Stimme ließ sie erschauern, und sie rutschte sofort auf ihre Bettseite zurück. »Guten … guten Morgen«, stotterte sie leicht atemlos.

Seine Hand kam unter der Decke hervor und umfaßte ihren Arm.

Seine Berührung löste eine derart heftige Reaktion in ihr aus, daß sie keuchend nach Luft schnappte, doch sie schalt ihn nicht aus, weil seine Berührung angenehm und nicht etwa widerwärtig war. Diese Tatsache verwirrte sie zutiefst. Sie starrte auf seine Hand, braun und kräftig, mit feinen dunklen Haaren auf dem Handrücken.

»Was ... was willst du?«

Seine Hand glitt liebkosend ihren Arm hinauf und hinunter, und durch den Stoff ihres Nachthemds konnte sie die Glut seiner Berührung fühlen.

»Ich habe mich die ganze Nacht über gut benommen«, sagte er leise.

In ihrem Innern herrschte gewaltiger Aufruhr. »Na ja, du hattest ja auch versprochen, dich zu benehmen.« Warum riß sie sich nicht los und verließ das Bett?

»Ich finde, dafür habe ich mir eine kleine Belohnung verdient. Meinst du nicht auch?«

Sie konnte den heftig klopfenden Puls in ihrer Halsgrube spüren, aber sie weigerte sich, ihren Empfindungen nachzugeben und näher zu ihm zu rücken.

»Möchtest du ... möchtest du vielleicht Brötchen und Speck zum Frühstück haben?«

Er lachte leise, und dieser Laut klang unglaublich sinnlich in ihren Ohren. »Das ist zwar nicht direkt das, woran ich gedacht habe, aber es klingt trotzdem gut.«

»Woran ... woran hattest du denn gedacht?« O Gott, sie ging tatsächlich auf sein kleines Spielchen ein.

Seine Hand strich über ihr Haar, und sie fühlte, wie er seine Finger in den Locken vergrub, die über ihre Schultern fielen. »Dein Haar ist wie das Feuer, das in deinem Innern brennt, Kate. Es verbrennt mir fast die Finger, genauso, wie mich deine Intelligenz verbrüht. Ich empfinde beide Gefühle als äußerst angenehm, obwohl ich ziemlich sicher bin, daß du nicht vorhast, mir Freude zu bereiten.«

Sie schluckte schwer. »Du mußt ein Mann sein, der Schmerz genießt«, antwortete sie so schlagfertig, wie sie konnte.

Seine Finger vergruben sich tiefer in ihrem Haar und landeten auf ihrem Hinterkopf. »Manchmal ist der Schmerz angenehmer, als überhaupt nichts zu fühlen.«

Seine Berührung ließ ihre Kopfhaut prickeln, aber auch ihre Brüste, obwohl er keineswegs auch nur in deren Nähe gekommen war. »Ist das … soll das auf mich gemünzt sein?«

»Glaubst du, daß es auf dich gemünzt war, Kate? Fühlst du denn niemals etwas?«

Sie stellte fest, daß sie immer noch Spaß an dem Spiel hatte, obwohl sie wußte, daß sie mit dem Feuer spielte. »Ich … ich habe großen Schmerz empfunden, als Brynna mit dir fortgegangen ist.«

»Ah, aber das war die schlechte Art von Schmerz, Kate. Hast du jemals den guten Schmerz gefühlt?«

Seine Finger streichelten ihren Nacken und sandten Schauer der Erregung über ihre Wirbelsäule. »Den guten Schmerz? Das verstehe ich nicht …«

Seine Hand löste sich von ihrem Nacken, und seine Finger berührten ihre Wange, glitten über ihre Nase und strichen dann behutsam über ihre Lippen. Sie hatte keine Ahnung gehabt, daß ein Mann so sanft sein konnte und dennoch so verführerisch, und sie wußte genau, daß er versuchte, sie zu verführen. Sie mochte zwar jungfräulich sein, aber dumm war sie deswegen noch lange nicht. Und doch ließ sie zu, was hier geschah. Himmel, sie verlor wohl allmählich den Verstand. »Ich spreche von Lustschmerz, Kate. Hast du nicht den Schmerz der Lust verspürt?«

Sie wandte den Blick von der magischen Erregung ab, die sie in seinen Augen fand. Woher hätte sie denn wissen sollen, wovon er sprach? Sie hatte bereits in jungen Jahren eine Festung um sich herum aufgebaut und sich geweigert, sich auch nur das kleinste Vergnügen zu gönnen.

»Nein, natürlich kennst du das nicht«, antwortete er an ihrer Stelle. »Das einzige, worum ich dich heute morgen bitte, ist ein Kuß. Nichts weiter als ein Kuß, Kate.« Seine Hände lagen jetzt auf ihren Schultern und übten einen leichten Druck auf sie aus.

»Mir scheint, du hast mich ohnehin in deiner Gewalt«, sagte sie und wünschte, es hätte nicht ganz so töricht eifrig geklungen.

»Darauf kannst du wetten«, erwiderte er, bevor sein Mund ihre Lippen berührte.

Er küßte sie unglaublich zärtlich und knabberte behutsam an ihren Lippen. Sie hatte nicht gewußt, daß eine derart zarte Liebkosung solch intensive Gefühle in ihrem Innern wachrufen konnte. Gefühle, die erst für sie zu existieren begonnen hatten, seit sie hierhergekommen war ... und mit ihm zusammen war.

Seine Zunge glitt über ihren Mund, und sie schnappte unwillkürlich nach Luft und gewährte ihm auf diese Weise Zutritt. Er eroberte sie und lehrte sie die Kunst des zärtlichen Duells, das zunehmend heftiger wurde.

Zögernd berührte sie seine Brust; sie konnte fühlen, wie sein Herz stark und kräftig gegen ihre Fingerspitzen schlug. Seine Hand legte sich auf ihre, und er führte sie behutsam an den Halsausschnitt seiner Hemdhose. Er brachte sie dazu, ihre Finger unter den Stoff zu schieben, und sie streichelte das krause Haar, das seine Brust wie ein seidiger Pelz bedeckte. Sein frischer Geruch und die verlockende Wärme seines Körpers zogen sie an wie Nektar die Bienen. Es war alles so berauschend, so ganz anders ... so neu.

Kate konnte nur mit Mühe atmen. Sie setzten den Kuß fort, und sie berührte ihn, zuerst schüchtern, dann immer eifriger, während ihre Hand immer tiefer wanderte, um seine Brustwarzen zu streicheln, die hart aus dem dichten Haar auf seiner muskulösen Brust herausragten.

Plötzlich fühlte sie seine Finger an ihrem Hals, und er begann, ihr Nachthemd aufzuknöpfen, jeden einzelnen der kleinen Knöpfe langsam durch sein Knopfloch zu ziehen. Sie ließ ihre Hand auf seiner Brust liegen und hoffte nur, ihr pochendes Herz würde ihr nicht die Rippen brechen, als seine Finger tiefer glitten und ihren Brüsten näher kamen. Gelegentlich streiften seine Fingerspitzen die Haut unter dem Nachthemd und sandten Schauer höchst ungehöriger Lust über ihren Körper.

Großer Gott, sie glaubte fast, vor Wonne zu sterben! Als seine Hand sich in ihr Nachthemd schob und ihre Brust berührte, drängte sie sich ihm entgegen und erschauerte in einer Mischung aus Furcht und Erregung, einer so starken Erregung, daß sie glaubte, sie würde den Verstand verlieren.

Seine Lippen bemächtigten sich jetzt wieder ihres Mundes, und sie reagierte ungestüm auf seinen Kuß, von dem verzweifelten Bedürfnis nach mehr getrieben. Als seine Finger ihre harten, hungrigen Knospen fanden, wußte sie, daß sie irgendwann vor Lust explodieren und in eine Million ekstatischer Splitter zerspringen würde. Und dann, aus heiterem Himmel …

»Papa! Mama!«

Hastig löste sich Kate von ihm, hielt mit einer Hand ihr Nachthemd am Hals zusammen und stieß mit der anderen Hand gegen seine Brust.

Eine strahlende kleine Annie mit leuchtenden Augen war auf das Bett gekrabbelt und beobachtete sie.

Kate konnte hören, wie Sage an ihrer Seite lachte. Dann nahm er ihre Hand und drückte einen Kuß in ihre Handfläche, ehe sie fluchtartig das Bett verließ.

Sie sah ihn an, entsetzt darüber, daß Annie sie erwischt hatte, und wütend, weil es ihm überhaupt nichts auszumachen schien.

»Danke für den Kuß, Kate.« Er rollte sich aus dem Bett, packte Annie und drückte ihr einen nassen, lauten Schmatz auf die Wange. »Jetzt wollen wir dir erst mal die Windeln wechseln, mein kleiner Liebling. Wann hast du gelernt, aus deinem Bettchen zu klettern?«

Kate beobachtete, wie er mit Annie auf dem Arm zur Tür ging. Ein merkwürdiger Krampf zog ihren Unterleib zusammen, als sie auf den Schritt seiner Hemdhose blickte, denn das Fleisch darunter wölbte sich vor, so dick und lang und fest, daß es sie unwillkürlich an einen Zaunpfahl erinnerte.

Sie erschauerte und schloß die Augen, während sie ihren eigenen Körper dazu zu zwingen versuchte, sie nicht länger zu verraten. Sie fühlte eine seltsame Schwere zwischen ihren Schenkeln. Und sie fühlte sich dort auch feucht an.

Als sie sich anzog, fragte sie sich, was sie jetzt tun sollte. Die Versuchung, einfach ihrem Instinkt zu folgen und zu sehen, was passieren würde, war groß. Sie konnte nur hoffen, daß dieses lustvolle Prickeln verschwinden und nie, nie wieder zurückkehren würde, wenn sie erst einmal mit Annie beschäftigt war oder mit Kochen oder Putzen oder *irgend etwas*.

Als sie das Schlafzimmer verließ und sich auf den Weg in die Küche machte, ging ihr auf, daß sie dabei war zu begreifen, was dieses unstimmige Wort »Lustschmerz« bedeutete.

6

Der Schnee fiel weiterhin in so dicken weißen Flocken, daß Kate oft die Scheune nicht mehr sehen konnte. Vor dem Frühstück hatte Sage im Küchenherd und im Wohnzimmerkamin Feuer angezündet, ehe er sich warm eingepackt hatte und hinausgegangen war, um die Tiere zu versorgen.

Während Kate jetzt dastand und das Würstchenragout umrührte, dachte sie ununterbrochen daran, was sich vorhin im Schlafzimmer zwischen ihnen abgespielt hatte. Sie war ein wenig enttäuscht darüber, daß sie die Erinnerung nicht einfach abschütteln konnte, sagte sich jedoch, daß sich der ganze Vorfall im Laufe des Tages in nichts auflösen würde.

Sie verdrängte ihre Sorgen, legte den Löffel hin, trat wieder ans Fenster und hielt Ausschau nach ihm. Bevor Sage das Haus verlassen hatte, hatte er gesagt, es sei noch zu früh im Jahr, und daher würde der Schnee nicht liegenbleiben. Als sie jetzt beobachtete, wie sich die lautlos herabrieselnden Flocken zu immer höheren Hügeln türmten, fragte sie sich, ob er sich nicht irrte. Wenn es so weiterschneite wie jetzt, dann würden sie es niemals schaffen, in die Stadt zu fahren, um das Bett abzuholen.

Der Puls hämmerte in ihrer Kehle, als sie ihn durch den hohen Schnee auf das Haus zustapfen sah.

Sie deckte eilig den Tisch, und als er die Küche betrat, stand schon alles für ihn bereit, und sie saß neben Annie.

Er lächelte und sah sie mit leuchtenden Augen an. »Mmm. Frische Brötchen und Würstchenragout. Es gibt nichts, was ich lieber zum Frühstück esse.« Dann setzte er sich und musterte sie. »Gibt es einen besonderen Grund dafür, daß du dieses köstliche Frühstück zubereitet hast?«

Sie richtete sich kerzengerade auf und erwiderte: »Ich habe es schließlich versprochen, und was ich einmal versprochen habe, das halte ich auch.«

Er aß voller Genuß. »Trifft das auf alles zu, Kate?«

Diese Frage überrumpelte sie. »Wie ... wie meinst du das?«

»Ich meine damit«, setzte er an und bestrich ein Brötchen dick mit Honig, »ob du in jeder Hinsicht dein Wort hältst.«

Sie versteifte sich. »Falls du damit meinst, ob ich dir verspreche, dir Annie nicht wegzunehmen, obwohl du nicht ihr leiblicher Vater bist, dann gilt mein Wort selbstverständlich auch in diesem Fall.«

»Ganz gleich, was du sonst noch herausfinden könntest?«

Seine Worte ließen ein unbehagliches Frösteln über ihren Rücken laufen. »Was soll das heißen – ganz gleich, was ich sonst noch herausfinden könnte?«

Er zuckte nonchalant die Achseln. »Nichts weiter. Vermutlich möchte ich einfach nur, daß unsere Abmachung lückenlos ist.«

Ja, das konnte sie unter den gegebenen Umständen nur zu gut verstehen. Ihr Blick glitt über ihn. Über die breiten Schultern und die muskulösen Arme, über sein Haar, das noch naß und zerzaust von dem Schneesturm war, und über sein Gesicht, noch immer leicht gerötet von der Kälte draußen. Ein Gefühl, das ihr allmählich vertraut wurde, breitete sich in ihr aus, nicht unähnlich einer Knospe, die sich entfaltet.

Er hatte so viele gute Seiten an sich. Eigenschaften, die sie nicht an ihm erkannt hatte, als er vor all jenen langen Jahren für sie gearbeitet hatte. Natürlich war er damals nichts anderes als ein rotes Tuch für sie gewesen. Kein Wunder, angesichts der Wut, die sie auf ihn gehabt hatte, denn schließlich hatte er zugelassen, daß Brynna ...

Nein, wegen Brynna konnte sie ihm wahrhaftig keine Vorwürfe mehr machen. Er schien so aufrichtig und ehrlich, und er hatte ihr Dinge erzählt, über die zu sprechen äußerst schmerzlich für ihn gewesen sein mußte. Er war ein anständiger Mann, ein hart arbeitender Mann, und vor allem ein Mann, der nicht zu stolz war, das Kind eines anderen als sein eigenes aufzunehmen. In vieler Hinsicht konnte sie sich sehr glücklich schätzen, ihn geheiratet zu haben.

»Sieht ganz so aus, als wären wir für eine Weile eingeschneit«, sagte er abrupt in ihre Gedanken hinein.

Sie blickte auf und ertappte ihn dabei, wie er sie unverhohlen und ausgiebig musterte. Ihr Gesicht, ihren Hals ... ihren Busen ... Eine Röte stieg in ihre Wangen auf und ließ sie glühen.

Eingeschneit. Eine weitere Nacht mit ihm in ihrem Bett. Der Schmerz der Lust regte sich tief in ihrem Unterleib. Ihr Herz flatterte wie verrückt, und sie hob unwillkürlich die Hände und preßte sie auf ihre Brust.

Kate saß Sage gegenüber auf Annies Bettchen, während er ihr Kindergeschichten vorlas; er hatte darauf beharrt, daß sie sich zu ihnen gesellte. Zu ihrer grenzenlosen Verlegenheit mußte sie sich eingestehen, daß sie sich einfach nicht auf die Handlung der Geschichte konzentrieren konnte, denn ihre Gedanken schweiften immer wieder ab und kreisten um den Zeitpunkt, wenn sie und ihr Ehemann zu Bett gehen würden.

Als er am Ende der Geschichte angelangt war, gaben er und Kate der Kleinen einen Gutenachtkuß und verließen ihr Zimmer. Er setzte sich vor den Kamin, da er Kate offensichtlich Zeit lassen wollte, sich zum Schlafengehen fertigzumachen. Sie zog sich aus, fragte sich jedoch hinterher, wie es ihr jemals gelungen war, ihr Kleid aufzuknöpfen und ihr Korsett aufzuschnüren, wenn man bedachte, wie sehr ihre Finger zitterten.

Sobald sie in ihr Nachthemd geschlüpft war, knöpfte sie es bis zur Kehle zu, knöpfte es dann schnell wieder bis zum Ansatz ihrer Brüste auf und schloß die Knöpfe dann erneut bis oben hin. O Gott, sie wußte beim besten Willen nicht, was sie tun sollte!

Als sie spürte, daß er hinter ihr stand, wirbelte sie zu ihm herum, eine Hand noch immer an ihrem Hals.

Er lehnte am Türrahmen. »Es wird nichts geschehen, was du nicht selbst willst, Kate.«

Sie war aufgewühlt bis ins Mark und zitterte wie Espenlaub. Da sie wußte, daß unter Umständen kein Verlaß auf ihre Stimme war, antwortete sie ihm nicht, sondern wandte sich lediglich ab und starrte das Bett an.

Er kam näher, blieb hinter ihr stehen und zog sie zärtlich an seine breite Brust. Er war so groß, so stark ... so viel mehr, als sie sich je erträumt hatte. Als seine Hände über ihre Arme glitten und seine Finger zart ihre Brüste streiften, glaubte sie, ihre Knie würden unter ihr nachgeben. Zärtlich strich er ihr Haar zur Seite, legte ein Ohr frei und küßte es behutsam, während er liebevoll an ihrem Ohrläppchen knabberte.

Ihre Knie wurden so weich, daß sie fast in sich zusammengesunken wäre, doch er fing sie auf und hob sie auf seine Arme. Als er auf sie heruntersah, konnte sie deutlich die Erregung in seinen Augen erkennen. Er trug sie zum Bett und ließ zu, daß sie sich sofort die Decke bis zum Hals hinaufzog.

»Ich werde mich jetzt ausziehen, Kate. Wenn du mir nicht dabei zusehen willst, dann brauchst du dich bloß abzuwenden.«

Sie dachte darüber nach. Wie konnte sie einfach daliegen und zuschauen, wie er seine Hüllen fallen ließ? Dann fiel ihr wieder ein, daß er in der vergangenen Nacht seine lange Unterwäsche getragen hatte. Nun gut, dann würde sie eben mitansehen, wie er die Jeans und das Hemd auszog; das wäre nicht allzu schlimm. Sie dachte gar nicht daran, die Prüde zu spielen, nicht heute nacht.

Er zog die Hemdschöße aus seiner Hose, knöpfte das Hemd auf und warf es auf den Stuhl neben dem Bett. Als nächstes knöpfte er seine Jeans auf, ließ sie auf den Boden fallen und stieg heraus. Dann faltete er die Hose zusammen und hängte sie über sein Hemd. Als er jedoch begann, seine Hemdhose am Hals aufzuknöpfen, unterdrückte Kate ein erschrockenes Aufkeuchen und kniff die Augen zu.

»Was ... was tust du da?« Ihre Stimme klang so töricht, so panisch.

»Ich ziehe mich aus.«

»Aber ... aber ... hast du etwa vor, auch deine ... Unterwäsche auszuziehen?« Nur Huren sahen nackte Männer an. Wie hätte sie das tun können, wenn die Versuchung auch noch so groß war?

»Ich schlafe nun einmal lieber nackt.«

Sie riß die Augen auf. »Aber ... aber ...« Sie konnte sich nicht mehr daran erinnern, was sie hatte sagen wollen. Es war ihr restlos entfallen, denn das Oberteil seiner Hemdhose hing jetzt locker auf seinen Hüften, und sein ... Huch! Es war so ... so groß, und es ragte steif aus diesem dunklen Haarbüschel heraus.

Ihr Blick glitt höher, über seine Brust und den Verband auf der Wunde, die gut verheilte, dann noch höher hinauf zu seinem Gesicht. Sie stellte fest, daß er sie nicht aus den Augen ließ. »Darf ich jetzt ins Bett kommen, Kate?«

Er sprach so leise, daß sie ihn kaum hören konnte. Vielleicht hämmerte ihr Herz aber auch nur so laut, daß kein anderes Geräusch mehr an ihre Ohren dringen konnte. Sie war so fassungslos, daß sie nur stumm nicken konnte.

Sie spürte sein Gewicht auf der Matratze, als er unter die Steppdecken glitt. Bei dem Versuch, eine bequeme Lage zu finden, berührte er versehentlich ihre Hüfte, und sie glaubte, vor Verlegenheit fluchtartig das Bett verlassen zu müssen.

Eine Zeitlang lagen sie ruhig nebeneinander. Kates Augen waren weit offen und starr an die Decke geheftet. Sie wußte, daß er sie beobachtete.

»Ich werde mein Wort nicht brechen, Kate. Jedenfalls nicht gegen deinen Willen, aber ich muß dir sagen, daß ... daß ich dich berühren möchte, dich lieben möchte.«

Kate fröstelte, als stünde sie draußen im Schnee, und gleichzeitig hatte sie das Gefühl, stellenweise zu glühen. O Himmel, in diesem Augenblick wußte sie wahrhaftig nicht, ob ihr heiß oder kalt war; sie wußte nur, daß sie nach dieser Nacht nie mehr dieselbe wie früher sein würde.

Sie holte tief Atem und stieß ihn langsam wieder aus. »Ich

möchte, daß du mich eine Weile einfach nur in den Armen hältst. Mir ... mir ist wirklich kalt.«

Er zog sie an sich, und sie ließ es bereitwillig geschehen, während sie sich fragte, wie es möglich war, daß sein Körper, obwohl vollständig entblößt, so warm war, während sie in ihrem Nachthemd aus Flanell fror. Sie schlang ihre Arme um sich und ließ sich fest an ihn ziehen. Wieder berührten ihre Finger das drahtige Haar auf seiner Brust, und sie unterdrückte einen entzückten Schauer, denn zu ihrem großen Erstaunen bereitete es ihr viel mehr Vergnügen, ihn zu berühren, als sie es jemals für möglich gehalten hätte.

Lange Zeit lagen sie mit klopfenden Herzen da. Anfangs glitten seine Hände in keuschen Kreisen über ihren Rücken. Allmählich wurden die Kreise größer, und als eine Hand tiefer glitt und sich auf ihren Po legte, versteifte sie sich erschrocken. Er mußte ihre Anspannung wahrgenommen haben, denn seine Hände hielten plötzlich inne.

Sie spürte den Druck seiner Hand auf ihrem Hinterteil, konnte die Glut seiner Handfläche durch ihr Nachthemd fühlen. Das Herz schlug ihr bis zum Hals, als ihr bewußt wurde, daß sie ihn auch vorn spüren konnte, dort unten, wo der Lustschmerz sie den ganzen Tag über gemartert hatte. Die Erinnerung daran, wie er neben dem Bett gestanden hatte und jener Körperteil von ihm stolz und prall zwischen seinen Schenkeln aufragte, sandte prickelnde Botschaften durch ihren ganzen Körper.

Er drückte jetzt sanft ihren Po, als wollte er sie wortlos drängen, näher zu rücken. Sie gehorchte, befreite ihre Arme aus der Gefangenschaft zwischen ihrer beider Körper und umarmte ihn. Wie breit und kräftig sein Rücken doch war, als ihre Handflächen zaghaft über ihn glitten!

Jetzt konnte sie ihn dort unten überdeutlich spüren, denn sie waren so eng aneinandergepreßt, daß selbst ein Grashalm keinen Platz mehr zwischen ihnen gehabt hätte. Ihr Atem ging plötzlich stoßweise und zittrig, als sich sein hartes Glied an sie preßte. Schüchtern ließ sie ihre Hand abwärts wandern, über seine Taille bis zum Ansatz seines festen, muskulösen Hinterns, und sie spürte, wie auch er erschauerte. Sein Stöhnen ließ ihr Blut rauschen, und ihr Herz begann zu rasen.

Irgendwie war das Nachthemd auf ihrem Rücken hochgerutscht, denn sie konnte seine Hand jetzt auf ihrer nackten Haut spüren. Jeder Zentimeter, den er liebkoste – ihre Taille, ihr Po, ihre Hüften –, sandte Schauer prickelnden Verlangens bis in ihren Schoß, und sie wand sich hin und her und drängte sich an ihn, brauchte plötzlich so viel mehr, ohne zu wissen, was es eigentlich war, wonach sie sich verzehrte.

»Ich möchte, daß du mich berührst, Kate.«

Ihr Herz machte wieder einen Satz, denn sie wußte, was er meinte. Er löste sich ein wenig von ihr, nahm ihre Hand und führte sie über seinen Nabel zu dem dunklen Haardickicht darunter. Zwischen ihren Beinen pulsierte ein ganz sonderbarer Schmerz, und sie hatte das sichere Gefühl, daß – was immer er mit ihr tun würde – ihr schließlich Erfüllung schenken würde.

Ihre Finger fanden ihn, und die Entdeckung, die sie machte, war schwindelerregend. Sie berührte ihn, und die Größe und die samtige Festigkeit seines Gliedes entlockten ihr ein Keuchen. Er legte seine Hand auf ihre und ließ sie behutsam über die gewaltige Länge gleiten, auf und ab. Auch sein Atem ging jetzt keuchend, und sie hörte ihn dicht an ihrem Ohr lustvoll stöhnen.

Plötzlich hielt er ihre Hand fest. »Genug jetzt, Kate. Ich will nicht kommen, ehe ich dir Lust bereitet habe«, flüsterte er ihr ins Ohr. Er hob ihre Hand an seinen Mund und küßte ihren Handrücken, ehe er Kate in die Kissen zurücklegte.

Sie ließ es furchtsam und dennoch willig geschehen, denn irgend etwas mußte er einfach tun, um den brennenden, sehnsüchtigen Schmerz zu lindern, der unaufhörlich zwischen ihren Schenkeln pulsierte und sich in ihrem ganzen Körper ausbreitete.

Als er ihr Nachthemd über ihren Bauch hochzog, streiften seine Finger ihre Haut. Seine große Hand, die so geschickt und kräftig war, glitt behutsam und zärtlich über ihr prickelndes Fleisch.

Sie hielt den Atem an, als er die Stelle zwischen ihren Schenkeln fand, eine Stelle, von der sie sicher gewesen war, daß niemand sie jemals kennen würde. Als seine Finger sie umkreisten, zuckte sie instinktiv zusammen, denn seine Berührung ging wie ein Blitz durch sie hindurch und ließ Funken über ihr Fleisch sprühen.

»Ach, Katie«, flüsterte er, und seine Stimme bebte vor Erregung. »Du bist bereit für mich, mein Liebling.«

»Das ... das mag ja sein«, keuchte sie atemlos. »Ich weiß nur nicht ... wozu ich jetzt bereit bin.«

Seine Finger glitten sanft in ihren Schoß und riefen ekstatische Lust hervor. Sie umklammerte seine Schultern und grub ihre Nägel in sein Fleisch, während er sie streichelte. In schamloser Selbstvergessenheit spreizte sie die Beine, um seine Liebkosungen noch intensiver auszukosten, und sie zitterte und erschauerte und weinte fast vor Lust.

Impulsiv streckte sie die Hand nach ihm aus und fand seine weiche Spitze von heißer Feuchtigkeit benetzt. Er stöhnte laut, zog sich auf ein Knie und legte sich zwischen ihre Schenkel. Als die Spitze seiner Männlichkeit in sie eindrang, überlief sie ein derart heftiger Schauer, daß sie sich ihm fiebernd entgegenbäumte. So lagen sie da, und ihr Atem ging zitternd, während ihre Körper einander berührten. Kate konnte ihn in sich spüren, und obwohl er sich kaum bewegte, preßte er die Hände auf ihren Po und hielt sie, um behutsam, ganz behutsam, in sie zu stoßen.

Sie fühlte etwas tief in ihrem Innern beginnen, und sie wollte es, brauchte es verzweifelt, und deshalb bäumte sie sich ihm verlangend entgegen, schlang ihm die Beine um die Hüften und drängte ihn, sie zu befriedigen.

Seine Bewegungen wurden schneller, heftiger, als er tief in sie stieß. Heiße Erregung durchflutete sie, und sie kam ihm entgegen, schloß die Augen und holte zitternd Luft, während sie fühlte, wie jeder einzelne Muskel in ihrem Körper vor Wonne dahinschmolz.

Als sie schließlich vom Gipfel der Verzückung wieder in die

Realität zurückkehrte, umarmte und küßte sie ihr Mann und drückte sie eng an sich.

Sie hob die Hände und berührte ihr Haar, erstaunt, daß sich ihre Arme auf einmal bleischwer anfühlten. »Was ist mit mir geschehen?«

Er zog sie noch fester in seine Arme. »Ich glaube, Sie haben sich gerade vollkommen hinreißen lassen, Mrs. Reno.«

Mit einem verwirrten Lächeln schmiegte sich Kate enger an ihn. Sie war erschöpft und verspürte keinerlei Verlangen, sich von ihm zu lösen. Wieder ließ sie ihre Hände über seinen Körper wandern, jetzt weniger schüchtern als zuvor, und sie liebkoste sein festes Fleisch und schwelgte in dem rauhen Haar, das es bedeckte.

Es dauerte nicht lange, bis sie spürte, wie sein Schaft an ihrem Oberschenkel wieder wuchs und härter wurde. Zu ihrem Erstaunen fühlte sie auch in sich selbst erneut eine Regung. Sie umschloß ihn mit der Hand und keuchte vor Entzücken, als sie entdeckte, daß die Berührung ihrer Hand ihn augenblicklich fester werden ließ.

Sie liebten sich noch einmal, und diesmal empfand sie die Lust ihrer Vereinigung noch intensiver, und auch das Gefühl der Befriedigung hielt länger an.

Danach zog Sage sie in seine Arme, schmiegte ihren Rücken an seinen Bauch, und so schlief sie schließlich ein. Und sie schlief tiefer als jemals zuvor.

7

Als Kate am nächsten Morgen erwachte, mußte sie feststellen, daß ihr Mann bereits aufgestanden und hinausgegangen war. Aber dafür lag Annie jetzt schlafend neben ihr, den verwuschelten Kopf fest in Papas Kissen geschmiegt. Kate malte sich aus, wie ihr Mann das Kind neben sie gelegt und zugedeckt hatte. Mit einem zittrigen Seufzer wurde ihr bewußt, daß er sie wahrscheinlich ebenfalls betrachtet hatte, während sie schlief. Sie fragte sich, ob ihm die vergangene Nacht wohl ebensoviel wie ihr bedeutet hatte. Dieser Gedanke zauberte ein träumerisches Lächeln auf ihr Gesicht.

Vorsichtig, um Annie nicht zu wecken, zog Kate die Beine an und zuckte zusammen, als sie spürte, wie wund sie zwischen den Schenkeln war. Trotzdem, das ist nur ein geringer Preis für so viel Lust, nicht wahr? sagte sie sich. Ja, dachte sie. Weiß Gott. Trotz der Wundheit fühlte sie sich so putzmunter wie ein Eichhörnchen.

Ein Blick zum Fenster sagte ihr, daß gerade erst der Morgen dämmerte. Gewiß war ihr Mann aufgestanden, um das Feuer im Kamin zu schüren und den Ofen anzuheizen. Schon konnte sie spüren, wie sich das Zimmer erwärmte.

Annie rutschte im Schlaf zu ihr herüber, und Kate schlang die Arme um sie und drückte ihren kleinen Körper an sich. Als sie den köstlichen Babygeruch einsog, erkannte Kate, daß sie sich bereits daran gewöhnt hatte.

Sie fühlte sich so energiegeladen, daß es ihr unmöglich war, noch einmal einzuschlafen, und so schloß sie nur die Augen und dachte an die wunderbare Nacht zurück, die sie gerade in den Armen ihres frisch angetrauten Ehemannes verbracht hatte. Es war ihre erste Liebesnacht gewesen, doch sie wußte, daß es bei weitem nicht die letzte sein würde. Ein Stich von Schuldbewußtsein durchzuckte sie bei dem Gedanken, daß sie ihr Glück auf Brynnas Kosten gefunden hatte.

Plötzlich wurde ihr klar, daß sie immer noch nicht wußte, wie Brynna und der andere Zwilling ums Leben gekommen waren. Aus irgendeinen Grund waren sie jedesmal unterbrochen worden oder hatten das Thema gewechselt, wenn sie begonnen hatten, darüber zu reden. Um ihres eigenen Seelenfriedens willen mußte sie es wissen.

Annie drehte sich um und berührte Kates Wange. »Mama.«

Kate schlug lächelnd die Augen auf und berührte Annies Nase. »Ich glaube, es wird Zeit, daß wir dir ein paar neue Worte beibringen, Annie.«

»Annies Nase«, lispelte die Kleine, als sie einen Finger auf ihre Nase preßte.

»Na so was, das weißt du ja schon«, antwortete Kate erfreut.

»Sie weiß schon ziemlich viel.«

Als sie die Stimme ihres Mannes hörte, flatterte Kates Herz, und ihr Blick schweifte zur Tür.

»Papa!« Annie krabbelte unter den Decken heraus und stürzte sich in die ausgebreiteten Arme ihres Vaters.

»Guten Morgen, mein kleiner Liebling.« Er hob Annie hoch über seinen Kopf in die Luft, und sie quietschte vor Vergnügen.

Kate glaubte, ihr Herz würde vor Glück zerspringen, als sie die Szene beobachtete. Als sich ihre Blicke trafen, schenkte sie Sage ein bebendes Lächeln.

»Guten Morgen, Kate.« Er musterte sie eindringlich.

Allein der Klang ihres Namens auf seinen Lippen genügte, um ihr Herz hämmern zu lassen. »Guten Morgen«, antwortete sie beinah schüchtern. »Du hättest mich wecken sollen«, fügte sie hinzu und erhob sich aus dem Bett.

»Ich bringe es nicht über mich, eine schnarchende Frau zu wecken.«

»Ich schnarche nicht«, erwiderte sie leicht entrüstet.

Sage sah seine Tochter ernst an. »Hast du das gehört, Annie? Deine Mama behauptet, sie schnarcht nicht.« Er schmiegte das Gesicht an Annies Nacken und gab einen gräßlich übertriebenen Schnarchlaut von sich.

Annie kreischte vor Lachen. »Mama schnark«, rief sie und versuchte dann, ein Schnarchen nachzuahmen.

Kate, die sich verzweifelt bemühte, ernst zu bleiben, blickte die beiden mit hochgezogenen Augenbrauen an. »Wenn ihr zwei euch jetzt lange genug über mich lustig gemacht habt, hättet ihr dann vielleicht die Güte zu verschwinden, damit ich mich ankleiden kann?«

Ihr Mann musterte sie und ließ den Blick über ihr langes weißes Nachthemd gleiten. »Ich glaube, ich bleibe lieber hier.«

Übermütig griff Kate nach einem Kissen und warf es nach ihm.

Er fing es auf und grinste sie an; seine Augen funkelten verschmitzt. »Wenn du noch eine Weile mit mir rangeln willst, Kate, dann kann ich Annie ja wieder ins Bett bringen.«

Verlegen über die Empfindungen, die sie durchströmten, wandte Kate sich ab und fummelte nervös an den Knöpfen ihres Nachthemds herum. »Du wirst nichts dergleichen tun. Und jetzt verschwinde. Zieh Annie an. Ich werde mich so bald wie möglich um das Frühstück kümmern.«

Als sie ganz sicher war, daß Sage das Schlafzimmer verlassen hatte, stand sie auf und begab sich eilig in die Küche. Während sie Speckpfannkuchen backte, fragte sie sich schwindelig und benommen, ob das Leben wohl jemals noch schöner sein könnte.

Es schneite ununterbrochen weiter. Annie schlief, und Sage war draußen im Stall und baute einen alten Lastschlitten um, weil er Heu damit transportieren wollte.

Kate hatte gerade den Kleiderschrank ihres Mannes aufgeräumt und war dabei auf eine kleine Truhe mit Brynnas Habseligkeiten gestoßen. Eine unsägliche Traurigkeit bemächtigte sich ihrer, als sie sich in den Sessel am Feuer setzte und auf die Gegenstände starrte, die einmal ihrer Nichte gehört hatten.

Sie zog ein vertrautes Cape aus roter Wolle mit gestepptem rotem Seidenfutter heraus. *Rot.* Ja, das war typisch für Brynna gewesen, die sich immer gern auffällig gekleidet hatte. Da sie plötzlich fröstelte, legte sich Kate das Cape um die Schultern und griff tiefer in die Truhe hinein. Sie zog einen Gedichtband heraus, den sie Brynna vor Jahren einmal zu Weihnachten geschenkt hatte. Trotz all ihrer Fehler hatte Brynna Poesie geliebt.

Kate schlug das Buch auf und starrte auf die Widmung, die sie damals hineingeschrieben hatte:

Für Brynna
Poesie ist Musik für die Seele.
Fröhliche Weihnachten

Tränen schnürten ihr die Kehle zusammen, als sie sich wieder an das Jahr erinnerte, in dem sie Brynna das Buch geschenkt hatte. Wenn man bedachte, wie oft sie ihre Geduld auf die Probe gestellt hatte, dann war es ein wahres Wunder, daß Kate nicht aufgegeben und das Mädchen hinausgeworfen hatte. Wie oft hätte sie Brynna am liebsten angeschrien und beschimpft ... Es hatte sogar Zeiten gegeben, da hatte sie sich insgeheim gewünscht, Brynna würde fortgehen und sie in Frieden lassen. Obwohl sie ihre Gefühle nie in Worte gefaßt hatte, konnte Kate nicht umhin, sich für alles verantwortlich zu fühlen, was dem Mädchen zugestoßen war.

Aber nachdem Brynna mit Sage Reno fortgegangen war, hatte Kate nur noch ihren erfreulichen Erinnerungen nachgehangen. Wie lange hatte sie Brynnas wahren Charakter in die hintersten Winkel ihres Bewußtseins verdrängt? Es tat ihr keineswegs leid, daß sie das getan hatte, denn es war ungefährlicher, Brynna so in Erinnerung zu behalten, wie sie sie sich gewünscht hatte, statt sich mit ihrem wahren Charakter auseinandersetzen zu müssen.

Sie ließ das Buch wieder in die Truhe fallen und zog ein anderes Buch heraus. Während sie darin blätterte, begriff Kate, daß es sich dabei um ein Tagebuch handelte. Mit zitternden Fingern las sie einen Eintrag.

4. Juni. Sie haben mir gesagt, ich dürfe es niemandem erzählen. Manchmal ist es schwierig, sie zu beruhigen, damit sie still sind und ich andere Dinge tun kann. Sage sieht mich oft so seltsam an. Sie haben mir gesagt, man könnte ihm nicht trauen.

Besorgnis krampfte Kates Herz zusammen und ließ neue Ängste in ihr hochkriechen. Sie blätterte hastig zur nächsten Seite um.

15. Juni. Die Babies schreien ständig. Sie haben mir gesagt, daß es nicht meine Schuld ist, doch das hilft nichts, denn sie weinen trotzdem. Einer von ihnen hat gesagt, Sage wäre eine Gefahr für meine Babies. Ein anderer hat gesagt, er stellte eine Gefahr für mich dar.

16. Juni. Sie haben sich nicht oft blicken lassen, und die Babies haben zur Abwechslung endlich einmal geschlafen. Sage hat mir

einen finsteren Blick zugeworfen, als er mir das Tablett mit dem Frühstück gebracht hat. Ich muß mich vor ihm in acht nehmen.

Kates Hände zitterten so sehr, daß sie das Buch zuschlug und es einen Moment in ihren Schoß sinken ließ. Wer waren diese Leute, von denen Brynna sprach? Mit wachsendem Grauen schlug sie das Tagebuch wieder auf und las weiter. Brynnas Handschrift veränderte sich. Sie wurde zu einem kaum noch leserlichen Gekritzel.

20. Juli. Heute morgen habe ich Sage dabei beobachtet, wie er Alice ein Kissen aufs Gesicht legen wollte. Wenn ich ihn nicht daran gehindert hätte, dann hätte er mein Baby getötet! Wer wird die nächste sein? Annie? Oder vielleicht ich? Manchmal glaube ich, er hat mich nur geheiratet, um sich an mir dafür zu rächen, daß ich mit einem anderen Mann geschlafen habe. Ich glaube, er haßt mich und die Kinder aus tiefster Seele.

Kate schloß das Tagebuch wieder und rang nach Luft. Sie preßte das Buch an ihre Brust und eilte ans Fenster. Das Herz schlug ihr bis zum Hals, als sie beobachtete, wie ihr Mann durch den hohen Schnee auf das Haus zustapfte.

Sie mußte herausfinden, was vorgefallen war, sie mußte ihn danach fragen. Aber, dachte sie, als ihr Puls in ihrem Schädel hämmerte, will ich es wirklich wissen?

Sie fröstelte so heftig, daß sie sich mit beiden Händen über die Arme rieb, als könnte sie so die Kälte in ihrem Inneren vertreiben. Sie mußte dringend die Ruhe bewahren. Sie durfte sich ihre Zweifel, ihre Ängste vor ihm nicht anmerken lassen. Sie wünschte sich sehnlichst, er hätte für all das eine vernünftige Erklärung. Sollte Brynna etwa recht haben? War ihr neuer Ehemann tatsächlich gefährlich? Eine heimtückische Stimme meldete sich in ihrem Kopf zu Wort und sagte ihr, er müsse es sein, denn schließlich hatte sie Brynna ihr ganzes Leben lang gekannt, und der Mann, mit dem sie verheiratet war, war praktisch ein Fremder für sie. Grauen pochte an die Pforte ihres Herzens. Hatte sie ihn vielleicht doch von Anfang an richtig eingeschätzt?

Sage betrat den Raum in Strümpfen, nachdem er seine Stiefel neben der Tür hatte stehen lassen. »Ich schätze, dieser alte

Transportschlitten wird seinen Zweck erfüllen müssen«, sagte er, als er aus seiner dicken, mit Schaffell gefütterten Jacke schlüpfte. »Ich habe ein breites Holzbrett darauf genagelt ... Kate?«

Sie blickte ihm ins Gesicht und sah seinen verwirrten Ausdruck.

»Kate? Was ist los?«

Unfähig, ihren Mut zusammenzuraffen, stotterte sie: »Ich ... äh ... nichts. Nichts ist los. Ich habe wohl nur so vor mich hin geträumt.«

Er hängte seine Jacke an den Haken neben der Tür und kam dann auf sie zu. Als er die Hände nach ihr ausstreckte, wich sie zurück. »Mir scheint, es steckt sehr viel mehr dahinter, Kate.« Stirnrunzelnd strich er über das Cape. »Das hat Brynna gehört.«

Kate nickte, da sie nicht sicher war, ob sie auch nur ein Wort herausbringen würde. »Ich habe den Kleiderschrank aufgeräumt, um Platz für ein paar von meinen Sachen zu machen, und dabei bin ich auf ihre kleine Truhe gestoßen.«

Seine Stirn war immer noch gerunzelt, und er ließ sie nicht aus den Augen. »Hat es unerfreuliche Erinnerungen wachgerufen, Kate?«

»Ja, ziemlich unerfreuliche Erinnerungen«, antwortete sie wahrheitsgemäß.

Sie wußte, wenn sie ihn nicht auf der Stelle fragte, würde sie niemals den Mut dazu aufbringen. Wie schon zuvor war sie auch jetzt wieder stark in Versuchung, Annie zu nehmen und zu gehen. »Wie sind Brynna und Alice ums Leben gekommen?« Sie hielt den Atem an, als sie auf seine Antwort wartete.

Er schob die Hände tiefer in die Gesäßtaschen. »Auf dieses Thema sind wir bisher noch nie zu sprechen gekommen, nicht?«

Sie schüttelte den Kopf und sah ins Feuer, und dabei schlang sie das Cape eng um sich. »Nein«, antwortete sie leise.

Er trat ans Fenster und starrte hinaus. »Die Babies haben ständig geweint. Zum Teufel, Brynna wäre schon mit einem Kind überfordert gewesen, aber dann gleich zwei ...

Ich hatte Sarita eingestellt, damit sie ins Haus kam und ihr half, aber Brynna hat ihr nicht über den Weg getraut. Sie wollte keine andere Frau im Haus haben.« Er lachte mürrisch. »Nach etwa einer Woche schickte sie Sarita fort und sagte ihr, sie solle niemals wiederkommen. Ich weiß wirklich nicht, was sie gegen das Mädchen hatte. Sarita hat gekocht und geputzt und sich um die Zwillinge gekümmert ...«

Kate beobachtete ihn argwöhnisch und fühlte, wie die Saat des Zweifels Wurzeln schlug. Was ging hier vor?

»Sarita hat mir aber erzählt, sie hätte Brynna nie kennengelernt.« Kate war erstaunt darüber, wie kräftig ihre Stimme klang, denn innerlich fühlte sie sich schwach und zittrig.

Sage drehte sich zu ihr um und warf ihr einen verwirrten Blick zu. »Das hat sie dir erzählt?«

Mit klopfendem Herzen antwortete sie: »Weshalb hätte sie mich in diesem simplen Punkt belügen sollen?«

Sage lachte barsch. »Wahrscheinlich deshalb, weil du als Brynnas Verwandte niemals glauben würdest, was mit ihr passiert war. Da erschien es Sarita wahrscheinlich sicherer, so zu tun, als wüßte sie nicht das geringste über Brynna.«

Diese Antwort konnte Kate nicht beschwichtigen. Sie preßte das Tagebuch an ihr Herz. »Was ist ihr zugestoßen?«

Sage musterte sie einen Moment lang, eher er sich wieder zum Fenster umdrehte. »Ich bin kein Arzt, um das beurteilen zu können, Kate. Aber sie war geistig nicht normal, soviel weiß ich zumindest.«

Kate schluckte. »Wie sind sie und Alice gestorben?«

Sage ließ den Kopf hängen, und seine Schultern sanken herunter. Das einzige Geräusch im Zimmer war das Knistern des Feuers im Kamin. »Brynna wollte Sarita nicht um sich haben, aber ich konnte sie trotzdem nicht hier draußen allein lassen. Ich hatte mir ausgerechnet, vielleicht ... vielleicht würde Luis' Mutter eine geringere Bedrohung für Brynna darstellen. Sie ist so oft wie möglich hergekommen, aber sie ist schon älter, und Brynna hat getan, was sie konnte, um der alten Frau das Leben zur Hölle zu machen.

Etwa eine Woche, nachdem Brynna Sarita entlassen hatte, bin

ich von der Arbeit nach Hause gekommen, und niemand war hier. Weder Luis' Mutter noch Brynna oder die Zwillinge. Ich hab' mir nicht allzuviel dabei gedacht, aber als ich mein Pferd in den Stall geführt habe, hat Annie dort im Heu gelegen und geschlafen.

Ich ... ich habe einen Mordsschreck bekommen, das kannst du mir glauben. Weshalb hätte Annie allein im Stall liegen sollen? Mein Gott, ich war so froh und erleichtert, daß sie nicht weggelaufen war und in der Gegend herumirrte ... Ich weiß selbst nicht, warum ich mich auf den Weg zu den Felsen gemacht habe, aber ich habe es getan. Verdammt noch mal, mir ist fast das Herz stehengeblieben, als ich diese Bussarde habe kreisen sehen. Und dann habe ich Brynna gefunden ... und Alice.«

Kate beobachtete ihn und hörte schweigend zu, und sie wagte kaum zu atmen, während sie zu entscheiden versuchte, ob er sie belog oder ob er die Wahrheit sagte.

»Und ... und sie waren beide tot?«

Er nickte und hielt den Kopf immer noch gesenkt. »Bis zum heutigen Tag weiß ich nicht, woran Brynna gestorben ist. Sie wies noch nicht einmal eine Schramme auf, aber ich werde niemals den Ausdruck auf ihrem Gesicht vergessen. Was ich dort gesehen habe, war das reinste ... Grauen.«

Fröstelnd schlug sich Kate eine Hand auf den Mund. »Und was war mit Alice?«

Sage schüttelte den Kopf. »Vor ihr Gesicht war ein Kissen gebunden. Brynna hatte sie erstickt.«

Kate rang darum, die Ruhe zu bewahren. Für sie war die Angelegenheit damit noch nicht erledigt. Es gab noch zu viele unbeantwortete Fragen. Sie hielt ihm das Tagebuch hin. »Hier. Ich will, daß du das hier liest.« Ihre Stimme klang hart.

Er drehte sich zu ihr um und nahm ihr das Buch aus der Hand. »Ihr Tagebuch?«

»Ja. Ich habe es in ihrer Truhe gefunden.«

Stirnrunzelnd blätterte er darin herum. »Ich wußte, daß sie Tagebuch geführt hat, aber ich habe mir nie die Mühe gemacht, es zu lesen. Ich war der Meinung, es ginge mich nichts an.«

Kate hätte am liebsten die Flucht ergriffen, doch sie wich nicht von der Stelle. »Sieh dir den Eintrag vom zwanzigsten Juli an. Es könnte aufschlußreich für dich sein.«

Sage blätterte zurück und las den Eintrag. »Verdammt noch mal«, knurrte er und warf einen Seitenblick auf Kate. »Das ist doch der helle Wahnsinn. So hat es sich doch überhaupt nicht abgespielt.«

Kates Herz hämmerte, und ihr Mund war trocken. »Sie schreibt, du hättest versucht, Alice mit einem Kissen zu ersticken. Sie behauptet, du hättest ihre *beiden* Kinder *und* sie selbst umbringen wollen.«

Sage schüttelte den Kopf, und eine ursprüngliche Ungläubigkeit verwandelte sich in Wut. »Und du glaubst diese Lügen?«

Kate schien nicht normal atmen zu können. »Ich habe Brynna wesentlich länger als Sie gekannt, Mr. Reno. Warum sollte ich ihr nicht glauben?«

»Was, zum Teufel, sagst du da? Du bist meine Frau, verdammt noch mal.«

Widersprüchliche Gefühle bestürmten sie. »Sag mir nur eines: Weshalb sollte sie derart schreckliche Dinge über dich sagen, wenn sie nicht wahr wären?«

»Woher, zum Teufel, soll ich das wissen?« fauchte er. »Aber wenn du unbedingt eine Kostprobe der Wahrheit haben willst, dann laß dir von mir erzählen, wie die Dinge wirklich gestanden haben. Ich habe *sie* bei dem Versuch ertappt, Alice zu ersticken. Das war der Zeitpunkt, als ich beschloß, Sarita einzustellen, und danach Luis' Mutter. Mir war verdammt klar, daß die Gefahr bestand, daß Brynna ihren Kindern etwas antat. Sie ... sie hat sich manchmal ganz seltsam benommen. Als wäre sie geisteskrank.« Er drückte ihr das Tagebuch vorwurfsvoll in die Hand. »Und das hier ist der beste Beweis dafür.«

Kate wollte es einfach nicht glauben. Nicht von ihrer eigenen Nichte. Sie hatte zwar inzwischen begriffen, daß Brynna viele Charaktereigenschaften besessen hatte, die ihr gar nicht gefielen, aber sicherlich war sie nicht auch noch zu allem Überfluß verrückt gewesen.

»Wie kannst du es *wagen,* ihr zu unterstellen, sie sei verrückt gewesen?«

Er stieß einen Fluch aus, ging zur Tür und zog seine Jacke an. Ehe er das Haus verließ, drehte er sich zu ihr um und starrte sie lange finster an.

»Ich hätte wissen müssen, daß das, was wir letzte Nacht gemeinsam erlebt haben, zu schön war, um von Dauer zu sein. Soviel Glück ist mir offenbar nicht beschieden. Ich kann leider nicht das geringste beweisen. Aber wenn du mir nicht glauben willst, dann solltest du wirklich besser gehen. Eines sage ich dir jedoch: Wenn du Annie mitnimmst, dann werde ich dich finden. Ich werde dich aufspüren, ganz gleich, wo du dich verstecken wirst.«

Er zog seine Stiefel an und öffnete die Tür. Ein kalter Luftzug fegte ins Haus und ließ das Feuer im Kamin knisternd auflodern. »Ich muß hier raus. Du kannst tun, was immer du willst. Ich weiß nicht, wann ich zurückkomme.« Damit knallte er die Tür hinter sich zu.

8

Kate stolperte zum Kamin, froh darüber, daß Annie noch schlief. Mit dem Tagebuch in den Händen rollte sie sich auf dem einen Ende des Sofas zusammen und las weiter, in der Hoffnung, mehr über Brynna zu erfahren – eine Blutsverwandte, die sie offenkundig überhaupt nicht gekannt hatte.

Sie begann mit dem ersten Eintrag, der auf den vierten Juni 1886 datiert war, kurz nachdem Brynna die Zwillinge geboren hatte. Auch wenn die Lektüre noch so schmerzlich war, so mußte sie sich doch eingestehen, daß die Einträge im Laufe der Wochen und Monate, die vergingen, zunehmend düsterer, bedrückender und unverständlicher klangen.

Sie las einen Tagebucheintrag, in dem Sarita als ein Bote des Teufels dargestellt wurde, von Sage gesandt, um Brynna in den

Wahnsinn zu treiben und ihre Kinder zu töten. Gütiger Himmel, dachte Kate seufzend, kein Wunder, daß Sarita vorgegeben hatte, Brynna nicht gekannt zu haben. Kate fragte sich, wem sie nur wenige Wochen zuvor Glauben geschenkt hätte – ihrer geliebten Brynna oder einer Fremden?

Sie schlug das Buch zu und preßte es an ihre Brust. Brynna war ganz offensichtlich nicht bei klarem Verstand gewesen, und ihre geistige Verwirrung hatte sich immer mehr gesteigert. Vielleicht hatte es ihr seelisches Gleichgewicht beeinträchtigt, an diesem gottverlassenen Ort leben zu müssen, während gleichzeitig von ihr erwartet wurde, daß sie einen Haushalt führte und zwei Kinder versorgte.

Aber Brynna war nie stark gewesen. War das Kates Schuld? Hätte sie Brynna zu einer starken und unabhängigen Frau erziehen können? Sie wußte es nicht ... sie wußte es beim besten Willen nicht.

Was sie jedoch wußte, war, daß Brynnas Tagebuch angefüllt war mit Bemerkungen über imaginäre Stimmen, die sie ständig hörte, und mit verzerrten Bildern der Realität. Möglicherweise hätte sie anders gedacht, wenn sie nicht über das hinausgelesen hätte, was sie vor ihrer Unterredung mit Sage gelesen hatte. Aber sie hatte es getan, und nach beendeter Lektüre war von dem Mädchen, das Kate gekannt hatte, nichts mehr übriggeblieben.

Sie ließ das Tagebuch auf das Sofa fallen, lehnte sich zurück und sah ins Feuer. Arme kleine Brynna. Tränen schnürten Kates Kehle zu, als sie sich die schrecklichen Wahnvorstellungen auszumalen versuchte, die Brynnas Verstand gelähmt hatten. Einen Verstand, der lange vor ihrem Tod zerstört gewesen war.

Mit einem tiefen Seufzer erhob sich Kate vom Sofa und trat ans Fenster. Furcht befiel sie, denn es schneite jetzt wieder stärker. Diesmal heulte der Wind erbarmungslos, und die nassen Flocken klatschten gegen die Fensterscheibe.

Im Schlafzimmer weinte Annie, und Kate eilte zu ihr und tröstete sie; dabei fragte sie sich unablässig, wohin ihr Mann wohl gegangen war und ob er sich vor dem Unwetter in Sicherheit hatte bringen können.

Das Abendessen ihres Mannes wurde kalt. Es war schon dunkel, doch der Sturm hatte sich noch immer nicht gelegt.

Kate hatte den tapferen Versuch unternommen, Annie für den Rest des Nachmittags zu beschäftigen, und jetzt war sie dankbar, daß die Kleine erschöpft war und sie sie schon früh ins Bett hatte bringen können. Ihre Gedanken kreisten unaufhörlich um Sage. Er hatte das Haus im Zorn verlassen. Voller Zorn auf *sie,* weil sie ihm nicht vertrauen konnte.

Kate hatte den ganzen Nachmittag über an kaum etwas anderes gedacht. Sie dachte daran, wie Sage versucht hatte, mit Brynna umzugehen, die geistig nicht zurechnungsfähig gewesen war und keinem Menschen traute. Er hatte versucht – vielleicht stärker, als man es von irgendeinem Mann erwarten konnte –, eine unmögliche Ehe aufrechtzuerhalten und alles in seiner Macht Stehende zu tun, daß sie funktionierte. Es war ein lobenswerter Zug an ihm und machte Sage um so bewundernswerter in Kates Augen. Alle ihre Gefühle für ihn verstärkten sich.

Wahrscheinlich hätte sie ihn nicht damit konfrontieren sollen, solange sie nicht das komplette Tagebuch gelesen hatte. Aber was geschehen war, war geschehen, und jetzt ließ sich nichts mehr daran ändern.

Sie preßte die Hände auf die Brust, während sie unruhig vor dem Feuer auf- und abwandelte und betete, daß ihr Mann in Sicherheit sein möge. Sie trat ans Fenster, und als sie in dem Schneetreiben draußen nichts erkennen konnte, lief sie erneut auf und ab. Verzweifelt schlug sie sich eine Hand vor den Mund und flehte stumm, daß ihm nichts zugestoßen sein möge. Es war einzig und allein ihre Schuld, daß er jetzt irgendwo dort draußen war, möglicherweise in einer Schneewehe versunken, aus der er sich nicht mehr befreien konnte.

Ihr Magen zog sich zu einem schmerzhaften Knoten zusammen, und sie wanderte voller Unruhe und Sorge im Raum hin und her. Immer wieder sah sie Sage vor sich, wie er jämmerlich im Schnee erfror und vielleicht mit matter Stimme ihren Namen rief, und sie spürte, wie sich jeder einzelne Muskel in ihrem

Körper vor Furcht anspannte. Wie könnte sie sich jemals verzeihen, wenn er aufgrund dessen, was sie zu ihm gesagt hatte, den Tod fand? Noch bevor sie die Chance gehabt hatte, ihm zu sagen, daß sie ihn liebte? Das würde sie ihr Leben lang verfolgen. Sie würde sich nicht nur die Schuld an Brynnas Tod geben, sondern auch an seinem. Wieder sandte sie ein stummes Gebet zum Himmel und gelobte, ihn nie mehr zornig aus dem Haus gehen zu lassen, wenn er bloß heil und gesund zu ihr zurückkam.

Trotz der Wärme im Zimmer fror sie, als sie ans Fenster trat. Ihr Herz machte einen Luftsprung, als sie sah, wie Sage durch den Schnee stapfte und sein Pferd in den Stall führte.

Kate wartete mit überströmendem Herzen, bis sie hörte, wie er auf der Veranda den Schnee von den Stiefeln stampfte. Dann rannte sie zur Tür und riß sie in dem Moment auf, als er die Hand nach dem Türknauf ausstreckte. Sie trat einen Schritt zurück, um ihn hereinzulassen, bevor sie die Tür vor den hereinfegenden Windböen verschloß.

»Wo bist du gewesen? Ich war ganz krank vor Sorge. Du hättest da draußen erfrieren können!« Jetzt, wo Sage in Sicherheit war, schlug ihre Erleichterung in völlig unangebrachte Wut um.

Er warf ihr einen seltsamen Blick zu, als er den Schnee von seiner Jacke klopfte und sie an den Haken hängte. Während er seine Stiefel auszog, sagte er: »Du bist ja noch da.«

Sie preßte die Finger auf den Puls, der in ihrer Kehle pochte. »Natürlich bin ich noch da. Wohin hätte ich denn wohl gehen sollen? Mein Gott«, sagte sie mit tränenerstickter Stimme, »jemand muß sich schließlich um dich kümmern. Wage es bloß nicht, mir jemals wieder einen solchen Schrecken einzujagen, Sage Reno. Ich habe mir so große Sorgen um dich gemacht, daß ich fast *krank* war.«

Er fuhr sich mit den Händen durch das feuchte Haar. »Ich bin in die Stadt geritten, um nach einem Feldbett zu sehen, aber ...«

»Ach, Sage, dieses Feldbett interessiert mich wirklich nicht die Bohne, solange du nur heil und gesund wieder hier bist!« Sie war den Tränen nahe.

Er drehte sich zu ihr um, und sein Blick war verwirrter denn je. »Willst du damit sagen, daß du mich vermißt hättest?«

»O Sage, natürlich hätte ich dich vermißt, du dummer Kerl.«

»Kate?« Aus seiner Stimme, in der viele Fragen mitschwangen, war deutlich seine Unsicherheit herauszuhören.

Sie lief zu ihm, während sie sich noch immer fragte, ob sie ihn schlagen sollte, weil sie sich seinetwegen zu Tode geängstigt hatte, oder ob sie sich ihm vor lauter Erleichterung darüber, daß er noch am Leben war, an den Hals werfen sollte. Natürlich trug der letztere der beiden Wünsche den Sieg davon.

Als sie ihn musterte, war sie sich bewußt, daß ihr Ausdruck offen und aufrichtig war und nichts vor ihm verbarg. »Es tut mir leid, daß ich dir nicht vertraut habe, Sage. Es tut mir so leid. Ich ... ich habe die restlichen Seiten des Tagebuchs gelesen, und alles, was du über Brynna gesagt hast, entspricht der Wahrheit. Das arme Ding. Wie furchtbar es gewesen sein muß, mit solchen Wahnvorstellungen zu leben. Vielleicht hat schon immer etwas nicht mit ihr gestimmt. Ich weiß es nicht. Ich ... ich *wollte* es wahrscheinlich nicht wissen. Schließlich habe ich die Verantwortung für sie getragen, und wenn nichts Rechtes aus ihr geworden wäre, hätte ich mir die Schuld daran geben müssen. Es tut mir ja so leid, Liebling ...«

»Kate?« fiel er ihr ins Wort.

Sie schluckte hart, und ihre Hand, die ihn hatte berühren wollen, hielt im letzten Moment inne. »Ja, was ist?«

Er strich ihr über das Haar und löste ihren Knoten. »Du hast mich gerade bei meinem Namen genannt, und das nicht nur einmal, sondern gleich viermal.«

Ihre Stirn zog sich in Falten. »W-was?«

»Seit dem Tag unserer Hochzeit habe ich dich Kate genannt. Und du hast bis jetzt nicht ein einziges Mal meinen Namen laut ausgesprochen. Ich habe darauf gewartet, Kate ... es bedeutet mir sehr viel, meinen Namen aus deinem Mund zu hören.«

Sie schmiegte sich an ihn, schlang die Arme fest um ihn und streichelte seinen wunderbaren Rücken. »Ich habe dich lieben gelernt, und jetzt liebe ich dich unendlich. Allein schon der Gedanke, daß ich dich vielleicht verloren hätte, hat mich mit Grauen erfüllt. Und ich liebe dich nicht nur dafür, wie du für Annie sorgst, sondern weil du ein wirklich zärtlicher und gütiger und wunderbarer Mann bist.«

Ein warmes Lachen stieg tief aus seiner Brust auf. »Und vergiß nicht, daß ich außerdem auch noch ein Mann bin, der dich im Bett vor Lust vergehen läßt.«

Sie nahm sein Gesicht zwischen ihre Hände und ließ ihren Blick über die gutgeschnittenen Züge mit den Bartstoppeln gleiten. »Dein Abendessen ist inzwischen kalt geworden. Hast du ... hast du sehr großen Hunger?«

Er sah sie mit seinem unwiderstehlichen schiefen Grinsen an. »Mein Hunger auf dich ist größer. Mein Magen kann noch warten.«

Sie stellte sich auf die Zehenspitzen und küßte ihn leidenschaftlich, wie er es ihr beigebracht hatte. Ohne den Kuß abzubrechen, hob er sie auf seine Arme und trug sie ins Schlafzimmer.

Kate sah zu, wie Sage die Lampe anzündete, und ihr Blick wanderte liebevoll über seinen breiten, nackten Rücken. Er hatte sie mit einer Leidenschaft geliebt, die jetzt noch ihre Seele erschütterte.

»Wozu brauchen wir Licht?«

Er ließ sich wieder auf das Bett fallen und zog ihr die Steppdecke weg, die sie bis zum Kinn hochgezogen hatte. Sie spürte, wie sich ihre Knospen unter seinem sinnlichen Blick aufrichteten.

»Weil ich dich ansehen möchte. Seit jenem Tag, an dem du mit Annie ein Bad genommen hast, habe ich dich nicht mehr vollständig nackt gesehen.«

Jegliche Unsicherheit und Schüchternheit fiel von ihr ab, als sie den Ausdruck der Bewunderung in seinen Augen sah, während seine Hände sich auf ihre Brüste legten. Sie hob eine Hand und ließ sie über seine behaarte Brust gleiten. »Ich kann wohl behaupten, daß ich dich auch oft bewundert habe.«

Er küßte eine ihrer Brüste, leckte langsam die Brustwarze und sandte prickelnde Schauer der Erregung über ihre Haut. »Ich weiß.«

Sie fühlte, daß sie errötete. »War es wirklich so auffällig?«

Er gab einen zufriedenen Laut von sich und liebkoste sie weiter. »Manchmal frage ich mich, ob du je Tagträume über mich hattest, so wie ich von dir geträumt habe.«

Sie fuhr mit den Fingern durch sein Haar, während er ihre Brüste bewunderte. Zwischen ihren Schenkeln begann es wieder zu pulsieren. »Tagträume? Erzähl doch mal.«

»Also«, sagte er, nachdem er ihre Knospe ausführlich geküßt hatte, »am Anfang habe ich mich gefragt, wie es wohl wäre, mich mit dir im Heu zu wälzen, dich nackt auszuziehen und dich leidenschaftlich und hemmungslos zu lieben.«

Glut versengte ihren Unterleib und ließ sie feucht werden. »W-wwirklich? Nackt im Heu?«

»Wie klingt das?«

Sie schmiegte sich an ihn. »Ich kann den Frühling kaum erwarten.« Sie küßte seine Schulter. »Was sonst noch?«

»Ja, also, weißt du, nach dem Tag, an dem ich dich in der Wanne gesehen habe, hatte ich diesen Tagtraum, in dem du mich zu dir gerufen hast, damit ich dir den Rücken wasche, und um an die Seife zu kommen, mußte ich tief in das Wasser greifen, etwa so, verstehst du?«

Seine Hand glitt zwischen ihre Beine, doch seine Finger streiften sie nur flüchtig. Sie pulsierte für ihn. »Oh, das ... das ist aber ausgesprochen hinterhältig, Sage Reno.«

»Und was hast du dir in deinen Tagträumen ausgemalt?« Er streichelte ihren Bauch.

»Ach, Liebling, ich fürchte, ich habe keinerlei Erfahrung auf dem Gebiet gehabt, um mir vorzustellen, was wir miteinander tun könnten. Mir hat es einfach nur Freude gemacht, dich zu beobachten. Dein Körper ist so stark und kräftig ... so schön.«

»Wenn das so ist, dann ist es jetzt wohl meine Aufgabe, dir alles beizubringen.«

Sie ließ die Hände über ihn gleiten und liebkoste behutsam

jenen Körperteil von ihm, von dem sie erst seit kurzem wußte, welche Lust er ihr bereiten konnte. »Ich lerne im allgemeinen recht schnell, mein Liebling.«

Er schnappte keuchend nach Luft, als sie ihn berührte. »Und ich habe ein Leben lang Zeit, um dir alles beizubringen, Kate. Ich kann dir gar nicht sagen, wie sehr ich dich liebe.«

Tränen der Glückseligkeit schnürten Kate die Kehle zu. Vor ihnen lagen viele wunderbare Jahre. Sie würden Seite an Seite arbeiten, um die Ranch zu einem Erfolg zu machen. Und vielleicht könnten sie Annie eines Tages ein Brüderchen oder Schwesterchen schenken. Vielleicht sogar beides. Vielleicht begann schon jetzt ein Kind in ihr heranzuwachsen. Sie berührte ihren Bauch liebevoll. Beschützend.

Was auch immer die Zukunft für sie bereithalten mochte, Kate wußte, daß sie wundervoll zu werden versprach, jetzt wo es Sage und Annie in ihrem Leben gab.

Jane Bonander

Ich habe mich so sehr gefreut, als ich gebeten wurde, eine Kurzgeschichte für dieses Buch zu schreiben. Perfekter hätte der Zeitpunkt gar nicht sein können. Meine Mutter und mein Vater hatten gerade ihren sechzigsten Hochzeitstag begangen, mein Mann und ich unseren dreißigsten, und unser ältester Sohn hatte gerade geheiratet. Es war ein sehr gutes Jahr für uns.

Alle Schriftstellerinnen, die als Kulisse für ihre historischen Liebesromane die zerklüfteten Prärien im Grenzland zum Wilden Westen wählen, sind sich der Schwierigkeiten und Entbehrungen bewußt, die unsere Pioniere auf sich nehmen mußten, um zu überleben. Das soll nicht etwa heißen, daß sie nicht auch ein gewisses Maß an Befriedigung daraus geschöpft hätten. Durch einen alten Brief, der aus dem Ende des neunzehnten Jahrhunderts datierte, erfuhr ich von einer Frau, die in ihrer Ehe Liebe und Erfüllung fand. Zweifellos war ihr Alltag von Widrigkeiten erfüllt, aber ihre Nächte waren, wie ich herausfand, voller Leidenschaft.

Ich habe »Die alte Jungfer« für all jene Frauen geschrieben, die glauben, die Liebe sei an ihnen vorübergegangen, doch ich hoffe, daß jeder, der diese Geschichte liest, Freude daran hat.

Jane Bonander
P.O. Box 3134
San Ramon, CA 94583-6834

Elaine Coffman

Die Braut des Schwarzen Schotten

Gewidmet Jamie Mondragon
für all seine Hilfe

1

Schottland, in den fünfziger Jahren
des achtzehnten Jahrhunderts
Im Jahr nach der Schlacht von Culloden

Er war der erste nackte Mann, den sie je zu sehen bekommen hatte. Lady Juliette Pemberton betete inständig, er möge nicht der letzte sein.

Da sie selbst gänzlich unbekleidet im Wasser stand, wußte sie, daß keine Dame von guter Herkunft es gewagt hätte, einen nackten Mann anzugaffen, aber andererseits mußte sich jede Dame, die immer genau das tat, was man von ihr erwartete, zwangsläufig schrecklich langweilen.

Dort drüben, am anderen Ende des Teichs, stand das prachtvollste Mannsbild, das sie je gesehen hatte. Bis zu diesem Augenblick hatte sie die unanständig engen Reithosen des Earl von Devonshire für den Gipfel männlicher Herrlichkeit gehalten, aber jetzt erkannte sie, daß selbst das noch steigerungsfähig war.

Da sie nicht zu den Menschen gehörte, die die Gaben des Lebens achtlos zurückweisen, empfand sie nicht die geringste Verlegenheit, als sie ihn anstarrte wie ein ungehobeltes Mädchen vom Lande. Eine Gelegenheit wie diese war einfach zu gut, um sie nicht zu nutzen. Schließlich hatte ihr eigener Vater sie von England aus hergeschickt, damit sie den gefürchtetsten aller Männer von ganz Schottland heiratete. Und zu diesem Zwecke hatte er Pittacus zitiert.

»Tochter, *erkenne eine Gelegenheit, wenn sie sich dir bietet*«, hatte er gesagt.

Nun, und als die gehorsame Tochter, die sie war, nutzte sie natürlich die Gelegenheit, die sich ihr in diesem Moment bot.

Juliette starrte in die Nebelschwaden über dem Teich und dachte über ihr unverschämtes Glück nach. Ihrer Meinung nach mußte jede Frau, die sich entschlossen hätte, nicht genauer hinzusehen, mehr als beschränkt sein. Diesen Anblick hätte sich nur eine Tote entgehen lassen.

Juliette besaß eine lebhafte Phantasie. Gerade erst heute morgen hatte sie darum gebetet, ein kleines Abenteuer erleben zu dürfen, das ein wenig Abwechslung in ihr Leben bringen würde. Ein nackter Mann ... ja, das war genau das, was sie brauchte. Irgendein schwarzhaariger Teufel, so stolz wie Luzifer und so nackt wie am Tag seiner Geburt. Genüßlich schleckte sie sich die Lippen, bog das Schilfgras auseinander und verrenkte sich den Hals, um einen genaueren Blick auf ihn zu werfen.

Ah, Schottland. Sie war erst seit zwei Tagen hier, und jetzt schon war sie begeistert. Falls es der englischen Oberschicht an irgend etwas fehlte, dann waren es herrlich nackte Männer ohne einen Funken von Anstand. *Wenn das ein typisches Beispiel für die schottischen Männer ist, dann weiß ich wahrhaftig, worauf ich mich freuen kann ...*

Der König von England mochte ihr zwar diese Heirat aufgezwungen haben, doch Lady Juliette war der Meinung, eine Ehe mit einem Mann wie diesem schwarzhaarigen Schotten wäre bei weitem ein besseres Los als die Aussichten, die sie zu Hause gehabt hatte, wo viele Mädchen nach einem Prinzen Ausschau hielten und dann doch nur einen Frosch an Land zogen.

Splitternackt verbarg sich Lady Juliette zwischen den Binsen am gegenüberliegenden Ufer, und als sie spürte, wie ihre Haut sich runzelte, wurde ihr klar, daß sie ihr Bad bereits übermäßig in die Länge gezogen hatte. Ein Frösteln überlief sie. In Schottland war das Wasser viel kälter als in England, doch selbst die Aussicht, vor Kälte blau anzulaufen, vermochte es nicht, sie aus dem Teich herauszulocken.

Er war aus dem Nichts aufgetaucht wie die Versuchung, und jetzt stand er schon seit einer Ewigkeit auf einem Felsen, der über dem Teich aufragte – so schön wie die Sünde und so vollkommen wie der erste Mann auf Erden.

Ihr war zumute, als hätte sie die Frucht vom Baum der Erkenntnis gekostet.

Die Sehnsucht breitete ihre Schwingen vor ihr aus und ließ sie einen Blick in eine neue Welt erhaschen, samtig schwarz und so golden wie Honig, süß und verboten. Trotz des eiskalten Wassers schien etwas in ihrem Inneren zu brennen, eine intensive Hitze, die sich jedesmal dann auszubreiten begann, wenn sie ihn anblickte; ein instinktives Verlangen, das in ihr den Wunsch erweckte, mehr zu tun, als ihn einfach nur anzusehen. Zum ersten Mal in ihren jungen Jahren erfuhr sie einen Durst, den sie nicht stillen konnte.

Ja, die Schlange hatte sie verführt.

In eben dem Moment schaute er in ihre Richtung, und einen Augenblick lang fühlte sie erschauernd die Glut seines Blickes auf sich ruhen. Alles in ihrem Innern schien zu schmelzen. Genau das hatte sie sich gewünscht – einen Mann wie diesen, der ihr all die tiefen Geheimnisse erschloß, nach deren Enthüllung sie so sehr lechzte. Himmel! Sie kannte ihren eigenen Körper nicht mehr. Alles, was über der Wasseroberfläche aufragte, war kalt und verwirrt, während alles unterhalb des Wasserspiegels so heiß und dampfend wie ein frisch aus dem Ofen kommender Auflauf war.

Sie sagte sich, sie sollte jetzt besser gehen oder sich wenigstens ducken, um sich zu verbergen, doch sie wußte selbst, daß er sie in ihrem Versteck nicht sehen konnte. Unfähig, sich abzuwenden, erwiderte sie seinen Blick, und der Rest der Welt geriet in Vergessenheit.

Und beide waren nackt, der Mann und sein Weib, und sie schämten sich nicht …

Adam und Eva mochten sich vielleicht geschämt haben, sie jedoch wurde von dem nahezu unbändigen Verlangen verzehrt, auf ihn zuzugehen und ihn sich aus der Nähe anzusehen. Sie sah auf ihre eigenen nackten Brüste hinunter, die auf der Wasseroberfläche trieben. Ob ihm ihr Anblick ebensoviel Vergnügen bereiten würde wie sein Anblick ihr?

»Ssst …«

Lady Juliette wußte nur zu gut, wem diese leise Stimme gehörte, und sie wußte auch, was ihre Zofe Edith sagen würde, wenn sie in ihre Richtung schaute. Daher schenkte sie Edith keinerlei Beachtung, sondern verschlang ihn weiterhin mit ihren Blicken und fühlte dann einen herben Stich der Enttäuschung, als dieser Augenblick abrupt endete und er mit einem vollendeten Kopfsprung in den Teich eintauchte. Als sich die Wasseroberfläche kräuselte und die kleinen Wellen gegen ihre Brüste schwappten, kroch eine neue Furcht in ihr hoch, denn jetzt befand er sich in demselben kleinen Teich wie sie ...

»Ssst ...«

So ging es einfach nicht. Edith würde so lange beharrlich versuchen, ihre Aufmerksamkeit auf sich zu lenken, bis sie erwischt wurden. Juliette seufzte. Was soll's, dachte sie resigniert. Auch wenn die Versuchung zu bleiben noch so groß war, so gehörte es sich trotzdem nicht für die Verlobte des Schwarzen Schotten, mit einem anderen Mann in einer kompromittierenden Lage ertappt zu werden.

Ein besorgtes Stirnrunzeln verunzierte ihr kleines ovales Gesicht. Der König von England war ohnehin schon verärgert über sie. Wenn sie ihn jetzt noch mehr erzürnte, dann beschloß er womöglich, ihr den Kopf abzuhacken, statt sie nach Schottland zu schicken, um dort den gefürchteten Schwarzen Schotten zu heiraten.

Mit einem Seufzer des Bedauerns beobachtete sie, wie sich die Kreise auf der Wasseroberfläche immer weiter ausbreiteten und dann verschwanden. In dem Moment, in dem er über dem Wasserspiegel auftauchte und sich die Tropfen aus der schwarzen Mähne schüttelte, wandte sie sich ab und verschwand in den hohen Binsen, die das Ufer säumten.

Im nächsten Moment griff sie nach der Decke, die Edith ihr reichte, und hüllte sich hinein, während sie auf die Stelle zuging, an der ihre Kleidungsstücke von den Ästen eines Baumes hingen.

»Sie sollten sich wirklich schämen, Lady Juliette«, sagte Edith. »Schamlos diesen nackten Wilden anzusehen, wenn eine Dame Ihrer Herkunft den Blick hätte abwenden sollen.«

»Mir ist nicht aufgefallen, daß du den Blick abgewandt hast.«

Edith setzte eine entsprechend würdevolle Miene auf. »Ich bin schließlich eine alte Frau.«

Juliette lächelte. »Aber du schaust immer noch gern hin.«

Edith zuckte die Achseln. »Was kann ich in meinem Alter denn schon noch anderes tun, als sie ansehen?«

Juliette begann sich anzuziehen, und ein verzückter Ausdruck huschte über ihre Züge. »Er war der schönste Mann, den ich je gesehen habe.«

»Und wenn ich mich nicht irre, haben Sie eine ganze Menge gesehen.«

Juliette hätte am liebsten erwidert, sie hätte bei weitem nicht genug gesehen. »Wirklich, Edith, er war wie der Engel der Finsternis, Luzifer vor dem Fall, als er der schönste unter allen Engeln war. Diese dunkle Haut und dieses lange schwarze Haar ...« Ihre Stimme verklang. Sie seufzte. »Sag mir eins, Edith. Sehen alle Schotten so ... so wild aus?«

Edith schnaubte. »Dieses ganze Volk ist ein wilder Menschenschlag, mein Kind. Es sind die reinsten Barbaren, aber jetzt genug davon. Sie sollten sich lieber Sorgen wegen dieses ganz besonders grimmigen Wilden machen, den der König Ihnen versprochen hat. Ich habe gehört, daß er menschliche Knochen als Zahnstocher benutzt.«

Juliette lachte und schlug sich dann die Hände auf den Mund, um den Laut zu ersticken. »O Edith, du glaubst doch nicht etwa all diese Geschichten, oder? Es mag ja sein, daß der König ein wenig verstimmt ist, weil ich Papa dazu überredet habe, die Anträge der Heiratskandidaten abzulehnen, die er zu uns geschickt hat, aber schließlich hat er mich immer gemocht.«

»Ihr Papa ist Ihnen gegenüber viel zu nachsichtig, M'lady, und das habe ich Ihnen schon oft gesagt. Es ist wahrhaftig eine Schande, wie er Ihre Schwestern gezwungen hat, mit ihrer eigenen Eheschließung zu warten, solange sich kein geeigneter Gemahl für Sie gefunden hat. Ihr Vater verhätschelt Sie im Übermaß.«

Juliette lächelte liebevoll, als sie an ihren gutmütigen Papa dachte. »Das mag schon sein, aber ich weiß ganz gewiß, daß der König mich nicht einem Irren versprechen würde, ganz gleich, wie sehr es ihn auch gegen mich aufgebracht haben mag, daß ich auf seine bisherigen Vorschläge nicht eingegangen bin.«

»Alles im Leben hat seinen Preis. Man bekommt nichts umsonst«, sagte Edith. »Und außerdem liegt dem König viel mehr daran, diese barbarischen Hochländer versöhnlich zu stimmen, als daran, Ihresgleichen glücklich zu machen. Die Position Ihres Vaters als einer der Günstlinge Seiner Majestät hat lediglich bewirkt, daß Ihr Name der erste war, der dem König eingefallen ist, als er nach einem geeigneten Opfer Ausschau gehalten hat.«

Juliette hörte ihr kaum zu. Sie war in Gedanken vollauf mit dem Mann im Teich beschäftigt; daher war sie der Überzeugung, daß eine Ehe mit einem Schotten kein Opfer darstellte. Im Gegenteil, es würde das reinste Vergnügen sein.

»Komm schon«, sagte Juliette, als sie sich angekleidet hatte. »Wir sollten uns jetzt besser auf den Rückweg zum Lager machen. Dort kannst du mich ausschelten, solange du Lust hast, während du mir das Haar flechtest.«

»Wollen Sie es denn nicht erst trocknen lassen?«

Juliette sah sich in dem dichten Nebel um, der sich seit ihrer Ankunft am Vortag noch immer nicht aufgelöst hatte. »Bei diesem Wetter wird es niemals trocken.«

»Sie könnten es über dem Feuer trocknen, M'lady.«

»Damit ich nach Holzrauch rieche, wenn ich meinem Verlobten gegenübertrete?«

Edith schnaubte wieder. »Das ist wahrscheinlich immer noch besser als alles, was er gewohnt ist.«

Juliette lächelte Edith an, denn sie wußte, daß der Frau, die ihr schon seit ihrer Kindheit diente, vor Schottland graute. Arme Edith. Sie konnte ja nicht ahnen, wie tief sich das Bild des nackten Schotten in Juliettes Gedächtnis eingeprägt hatte. Noch nicht einmal die Heirat mit dem berüchtigten Schwarzen Schotten würde auslöschen, was sie heute gesehen hatte.

Juliette wünschte sich von ganzem Herzen, der Mann, den sie

in seiner prachtvollen Nacktheit gesehen hatte, möge ihr Verlobter sein. Noch während sie darüber nachdachte, wußte sie, daß es töricht war zu glauben, ein so bedeutender Mann wie der Schwarze Schotte, ein Hochländer, dessen Reich weit oben im Norden lag, würde müßig in irgendeinem beliebigen Teich im Tiefland baden.

Sie verdrängte diese Gedanken und machte sich auf den Rückweg ins Lager, gefolgt von Edith. Als die beiden ihr Zelt erreicht hatten, hob Juliette die Plane und trat ein. Wenige Minuten später saß sie auf einer ihrer Truhen, und Edith stand hinter ihr und bürstete ihr Haar. »Erzähl mir mehr von dem, was du über meinen Verlobten gehört hast, Edith.«

»Ich habe gehört, daß er das Blut von ungetauften Babies zum Frühstück trinkt.«

Juliette lachte. »Sag mir die Wahrheit. Hast du gehört, ob er gut aussieht?«

»Pah! Als ob gutes Aussehen von Bedeutung wäre«, sagte Edith und begann, Juliettes Haar zu flechten. »Können Sie mir vielleicht verraten, wer mir so etwas erzählen sollte? Etwa die Soldaten, die der König geschickt hat, damit sie uns an die schottische Grenze begleiten?«

»Daher hast du also all diese Schauergeschichten. Ich schäme mich für dich, Edith. Eine Frau in deinem Alter sollte wirklich wissen, wie gern Soldaten prahlen und hochtrabende Reden halten.«

Edith band die Enden des langen blonden Zopfes zusammen, der Juliette über den Rücken herabhing. »So, das hätten wir, aber ich sagen Ihnen gleich, daß ein so dicker Zopf nicht trocknen kann.«

»Vielleicht wird der Schwarze Schotte schon heute ins Lager geritten kommen«, sagte Juliette verträumt. »Er wird mich vor sich auf sein Pferd setzen, und während wir wie der Wind zu seinem Schloß zurückreiten, wird mein Haar auf dem Weg trocknen.«

»Er wird wohl eher geneigt sein, Ihren Kopf auf einen Zaunpfahl aufzuspießen«, sagte Edith und drohte Juliette mit dem

Finger. »Sie sind Engländerin, Lady Juliette. Vergessen Sie das bloß nicht. Und vergessen Sie auch nicht, daß die Schotten die Engländer hassen wie die Pest. Ich wette, dieser reizende Schwarze Schotte, auf den Sie sich so freuen, teilt Ihre Gefühle nicht. Wahrscheinlich knirscht er vor Wut über diese ganze Geschichte mit den Zähnen. Die Schotten können es nicht leiden, wenn man ihnen Vorschriften macht, und schon gar nicht, wenn ein englischer König ihnen sagt, was sie zu tun haben.« Edith schüttelte den Kopf. »Es ist ein Jammer, aber ich fürchte, daß er seine Wut an Ihrem schwachen Körper auslassen wird.«

»Hmm«, sagte Juliette. Sie hatte das Bild eines unerhört eleganten Mannes vor sich, der mit einem Kopfsprung im Wasser versank, und einen Moment lang fragte sie sich, wie es wohl wäre, von ihm berührt zu werden. »Ach, was!« sagte sie. »Ich glaube, der Schwarze Schotte ist nicht halb so schlimm, wie sein Name ihn hinstellt.« Einen Moment lang wirkte sie gedankenverloren. »Edith, kannst du dir auch nur annähernd vorstellen, wie es sein muß, mit einem solchen Namen gestraft zu sein? Der Schwarze Schotte. Wahrscheinlich war er ein ganz süßes Baby, das durch den Versuch, einem so gräßlichen Namen gerecht zu werden, zu einem bedauernswerten Mann herangewachsen ist.«

»Er hat sich diesen Namen selbst *verdient,* M'lady.«

Juliettes Ausdruck blieb weiterhin versonnen. »Das glaube ich nicht.«

Edith zuckte die Achseln und bedachte Juliette mit einem selbstgerechten Blick. »Aus Ihnen spricht die romantische Veranlagung und nicht etwa Ihre Vernunft, aber wie Sie wollen, M'lady.« Sie wandte sich ab und murrte dabei vor sich hin: »Sagen Sie hinterher bloß nicht, ich hätte Sie nicht gewarnt.«

Juliette sprang auf, lief zu der Zeltklappe, schlug sie zurück und schaute hinaus. »Es wird schon spät«, sagte sie, unfähig, ihre Enttäuschung zu verbergen. »Ich hatte gehofft, die Clansmänner des Schwarzen Schotten wären inzwischen eingetroffen.«

»Sie hätten schon gestern hier sein und uns bei unserer Ankunft erwarten sollen. Natürlich habe ich nicht damit gerechnet. Bestimmt ist es ihnen eine große Genugtuung, uns warten zu lassen. Schließlich quälen sie die Engländer liebend gern, mit allen erdenklichen Mitteln. Wer weiß? Möglicherweise kommen sie gar nicht.«

Juliette schaute zum Himmel auf und sah den Waldrand finster und abweisend in der Ferne aufragen. Dort draußen in der Dunkelheit erwartete sie ihr Schicksal. Dort draußen, an der Seite eines Mannes, den sie noch nie gesehen hatte, eines Mannes, mit dem sie sich seltsam verbunden fühlte.

»Sie werden kommen«, sagte sie, ehe sie nach ihrem Cape griff und sich durch die Zeltöffnung hinausduckte. »Ich weiß es einfach.«

»Sie haben sich schon öfter geirrt«, rief Edith ihr nach.

Juliette belächelte Ediths dummes Gerede und ließ die Zeltplane hinter sich fallen. Sie hüllte sich in das Cape, um sich gegen die Kälte zu schützen.

»Es wird bald Nacht sein, nicht wahr, Hauptmann?« erkundigte sich Juliette bei Hauptmann Morrison, als dieser an ihr vorbeiging.

Der Hauptmann nahm eine stramme Haltung an. »Ja, M'lady, und zwar eine pechschwarze Nacht. Hier gibt es eine undurchdringliche Dunkelheit wie an keinem anderen Ort, wo ich je gewesen bin. Nicht einen einzigen Stern kann man am Himmel sehen, und man sieht die eigene Hand nicht vor Augen.«

»Diese Feststellung habe ich auch schon gemacht«, sagte Juliette und zog das Cape enger um sich, während sie das Unbehagen zu unterdrücken versuchte, das in ihr hochkroch. Es war verflixt schwierig, heiter und optimistisch zu bleiben, wenn diejenigen, von denen man umgeben war, den Pessimismus alter Jungfern an den Tag legten. Sie warf einen Blick auf das Zelt hinter sich und fühlte sich plötzlich von Einsamkeit verzehrt. Himmel! Sie war jetzt in Schottland, wenn auch noch in Grenznähe, so doch fern von Zuhause und allem, was ihr vertraut war – und schon bald würde sie einen geheimnisvollen Fremden mit einem Namen heiraten, der Übles vermuten ließ, und dann würde sie von noch mehr Fremden umgeben sein. »Wenn das so ist, dann sollte ich mich jetzt besser zum Schlafengehen fertigmachen. Vielleicht kommen sie im Morgengrauen. Je länger ich bis dahin schlafen kann, desto besser.«

»Sie werden dann kommen, wenn wir sie am allerwenigsten erwarten, M'lady. So sind die Schotten nun mal.«

»Dann kennen Sie die Schotten also gut?«

»Ja, besser, als mir lieb ist.«

Juliette wollte ihm weitere Fragen stellen, doch der verschlossene Ausdruck auf dem Gesicht des Hauptmanns brachte sie von ihrem Vorhaben ab. »Wissen Sie irgend etwas über meinen Verlobten, Hauptmann?«

»Nur das, was man sich über ihn erzählt, M'lady.«

»Ich bin sicher, daß Sie Ihre Informationen aus zuverlässiger Quelle haben.«

»Von einem Angehörigen des Schwarzen Schotten.«

»Sie haben mit ihm gesprochen?«

»Ich war anwesend, als er beim König vorsprach und ihm die Antwort des Schwarzen Schotten auf die vorgeschlagene Verlobung mit Ihnen überbrachte.«

Juliette riß fasziniert die Augen auf. »Sie waren dabei? Erzählen Sie mir ganz genau, was Sie gehört haben.«

»Ich würde diese Worte nur ungern wiederholen, M'lady.«

»Ich habe eine starke Konstitution und kann einiges vertragen, Hauptmann. Ich will wissen, was der Schwarze Schotte von dieser Verlobung gehalten hat.«

»Der Bote hat gesagt, der Schwarze Schotte würde sich lieber mit einem Sack nassem Hafer verloben als mit einer Engländerin mit käsigem Gesicht, einem Rückgrat aus Gelee und nicht mehr Einfallsreichtum als ein frisch gelegtes Gänseei.«

Juliette lachte. »Nun, wenn das so ist, dann steht ihm eine angenehme Enttäuschung bevor«, sagte sie, »denn ich mag zwar hellhäutig sein, aber ich besitze genug Rückgrat, um seinesgleichen gegenüberzutreten, ohne mit einer Wimper zu zucken, und was den Einfallsreichtum angeht ...« Sie sah den Hauptmann vielsagend an. »Mit sechs gerissenen jüngeren Schwestern bleibt einem gar nichts anderes übrig, als erfinderisch zu sein.«

Hauptmann Morrison hüstelte diskret, und Juliette wußte, daß es ihn Mühe kostete, nicht laut zu lachen. »Es wird schon spät. Die Männer essen jetzt zu Abend«, sagte er. »Soll ich Ihnen das Abendessen bringen lassen?«

Ehe sie etwas darauf antworten konnte, durchschnitt das Donnern von Pferdehufen die Stille. Juliette warf einen Blick über Hauptmann Morrisons Schulter. Sie konnte zwar nichts sehen, doch sie hörte, wie das Hufgetrappel lauter wurde und sich Stimmen hineinmischten.

Plötzlich kam eine Gruppe von Reitern aus einer bewaldeten Bergschlucht gestürmt und galoppierte in halsbrecherischem Tempo auf sie zu.

Es war ein faszinierender und zugleich furchterregender Augenblick. Als Juliette aufblickte und der Horde entgegensah, die wie ein Unwetter über das Lager hereinbrach, preschten das prachtvollste aller schwarzen Pferde und sein Reiter durch eines ihrer Zelte, und hinter ihnen flatterten die Planen wie Flügel eines gigantischen mythologischen Vogels. Mit ähnlicher Anmut stürmten auch die anderen Reiter durch das Lager. Sie folgtem ihrem Anführer dicht auf den Fersen und brachten ihre Pferde dann nur wenige Meter von der Stelle, wo Juliette und Hauptmann Morrison standen, mit schliddernden Hufen zum Stehen.

Sie starrte zu ihnen auf, zu überwältigt von ihrer Pracht und Großartigkeit, um auch nur ein Wort herauszubringen. Es waren Wesen aus einer anderen Welt, einer anderen Zeit – wild und gefährlich, frei und zügellos. Etwas tief in ihrer Seele regte sich, und sie hatte das Gefühl, ihr ganzes Leben lang auf diesen einen Augenblick hingelebt zu haben.

Der schwarzgekleidete Anführer der Gruppe sah mit hochmütiger Verachtung auf die englischen Soldaten hinunter, von denen sie umgeben waren, ehe sich seine kalten blauen Augen auf Juliette hefteten. Für einen Sekundenbruchteil stand die Zeit still. Das weite schwarze Cape des Mannes bauschte sich prachtvoll um ihn, sein ebenholzschwarzes Pferd warf den Kopf zurück und stampfte mit den Hufen auf den Boden, der unter ihren eigenen zittrigen Beinen zu beben schien. In dem Moment, in dem sich ihre Blicke trafen, ging ein Ruck durch Juliette hindurch, und sie wußte mit absoluter Sicherheit, daß dieser Mann mit dem rabenschwarzen Haar und der nachtschwarzen Kleidung derselbe Mann war, den sie am Teich gesehen – und von dem sie eine ganze Menge gesehen – hatte.

Der schwarze Teufel bedachte sie mit einem durchdringenden Blick, der andeutete, daß auch er einiges von ihr zu sehen bekommen hatte. Natürlich war das eine absurde Vorstellung; sie hatte sich viel zu gut verborgen gehalten. Dennoch bewirkte sein vielsagender Blick, daß sie die Augen abwandte, jedoch nicht, ehe sie die sardonische Belustigung auf seinem Gesicht bemerkt hatte.

Dieser Gesichtsausdruck brachte Juliette dazu, ihm fest und furchtlos in die Augen zu sehen. Es ging nicht an, daß diese Männer, die der Schwarze Schotte geschickt hatte, ihrem Verlobten berichteten, er würde einen Schwächling heiraten.

Sattelleder knirschte und Zaumzeug klirrte, als der schwarz gekleidete Anführer sein Pferd vorwärts drängte und wenige Zentimeter vor ihr anhielt. Er beugte sich vor, verschränkte die Arme über dem Sattelknauf und musterte sie von Kopf bis Fuß. »Ich nehme an, dies ist die Verlobte des Schwarzen Schotten«, sagte er mit einer kräftigen, fast drohenden Stimme.

»Dies ist Lady Juliette Pemberton«, sagte Hauptmann Morrison. »Und wer sind Sie, wenn ich fragen darf, Sir?«

Mit einer einzigen geschmeidigen Bewegung schwang der dunkle Fremde ein Bein über den Sattel und sprang auf den Boden. Er war groß und schlank. Sein schwarzes Samtwams und die Reithose saßen gut – zu gut –, und sie fragte sich, ob er die Farbe der Trauer trug aus Trotz gegen den Erlaß des Königs, der das Tragen von Clantartans verbot.

Es war jedoch nicht seine hautenge Reithose, die Juliettes Aufmerksamkeit fesselte, sondern der sinnliche Mund unter der Hakennase, das rabenschwarze Haar, das ihm bis auf die Schultern hing, die stolze Kopfhaltung und die teuflischen blauschwarzen Augen, die so harmonisch in einem Gesicht wirkten, das der römischen Gottheit der Unterwelt hätte gehören können.

»Stephen Gordon, zu Ihren Diensten«, sagte er.

»Sie sind ein Verwandter des Schwarzen Schotten?« fragte Hauptmann Morrison.

Er lächelte spöttisch. »Die Gordons gehören alle zum selben Clan, aber vermutlich könnte man sagen, daß ich unserem Gutsherrn näherstehe als jeder andere«, sagte er und löste seinen Blick von Hauptmann Morrison, um Juliette von Kopf bis Fuß zu mustern, ehe er näher trat, ihr Kinn zwischen zwei Finger nahm und ihr Gesicht zum Feuer drehte.

In dem Moment, in dem seine Finger ihre Haut berührten, zuckte sie zusammen, als sei sie mit einem rotglühenden Brandeisen in Berührung gekommen. Er nahm keine Notiz davon, sondern musterte sie so beiläufig, wie er vielleicht einen Händler betrachtet hätte, der seine Waren am Straßenrand feilbot.

»Du verbirgst deine Furcht gut«, sagte er.

Das Herz hämmerte in ihrer Brust; ihre Handflächen wurden feucht, und sie konnte kaum atmen. »Ich sehe keinen Grund zur Furcht«, erwiderte sie, während sie innerlich flehte, er möge nicht merken, wie sehr ihr die Knie schlotterten.

Er besaß die Dreistigkeit zu lachen, und ihr erster Impuls war, sich mit einem Tritt gegen sein Schienbein zu rächen, doch vermutlich hätte ein solcher Versuch in weichen Schuhen nur dazu geführt, daß sie sich die Zehen verstauchte. Gewiß würde sie ein anderes Mal Gelegenheit finden, wenn sie Reitstiefel trug. Sie sah ihn fest an. »Hatten Sie etwa gehofft, ich hätte Angst vor Ihnen? Sind Sie deshalb in schwarzer Kleidung hier erschienen und haben bei Ihrer Ankunft die Hälfte aller Zelte im Lager niedergerissen?«

Er lächelte hinterhältig. »Sie scheinen bemerkenswert energisch in Ihrer Weigerung, Ihre Furcht zu zeigen, Mistress.«

»Furcht versklavt die Menschen.«

»Und Stolz ist der Trost der Schwachen.«

»Das werden wir ja sehen«, sagte sie und reckte das Kinn in die Luft, ohne ihn aus den Augen zu lassen.

»Ja, allerdings«, sagte er. »Einer Herausforderung konnte ich noch nie widerstehen, Mädchen.«

Er erschien ihr unglaublich groß, als er so vor ihr stand und über ihr aufragte. Sein Gesicht war zur Hälfte in Schatten getaucht, aber der Feuerschein enthüllte seinen sinnlichen Mund, der sich zu einem trägen, zufriedenen Lächeln verzog. Spielte er mit ihr?

»Dann betrachten Sie sich hiermit als herausgefordert, M'lord.«

»Ich rate dir zur Vorsicht, Mädchen. Nur ein Dummkopf stürzt sich kopfüber in das Unbekannte.«

Vielleicht war sie tatsächlich ein Dummkopf. Sie war auf Abenteuer ausgewesen, auf eine Abwechslung nach der Langeweile am englischen Hof. Als sie jetzt jedoch diesem Mann gegenüberstand, erkannte sie ihre Torheit. Sie hatte einmal eine Katze beobachtet, die müßig über eine Maus gebeugt war und wohlig schnurrte, ehe sie so schnell zuschlug, daß die Bewegung mit dem bloßen Auge nicht zu erkennen war. Was er hier mit ihr betrieb, das war kein Spiel.

Dennoch würde ihr Stärke dienlicher sein als Schwäche. Es blieb erst noch abzuwarten, ob diese Stärke echt oder vorgetäuscht sein würde.

Wie benommen blickte sie ihm in die Augen und fragte sich, ob sie wohl jemals fähig sein würde, den Blick abzuwenden. Seine Augen waren von einem so dunklen Blau, daß sie schwarz und absolut unergründlich gegen seine sonnengebräunte Haut wirkten. Sie hatte recht gehabt, als sie ihn mit Luzifer verglichen hatte. Während sie ihn ansah, schienen sich seine Augen zu verändern, von einem inneren Licht erleuchtet, das strahlend silbern loderte. Der Atem stockte in ihrer Kehle. Selbst die Bäume um sie herum schienen vor Erwartung zu erstarren, und der Nebel, der sie schon seit zwei Tagen plagte, hing plötzlich unbewegt in der Luft. Sogar der Feuerschein schien zu verblassen.

Sie brauchte dringend Unterstützung, da sie wußte, sie würde in ihrer Verwirrung kein vernünftiges Wort hervorbringen. Hilfesuchend warf sie Hauptmann Morrison einen Blick zu. Gnädigerweise schien der gute Mann ihre Notlage zu erkennen.

»Wir haben schon mehr Zeit verloren, als wir eingeplant hatten«, sagte der Hauptmann. »Sie hätten bereits vor zwei Tagen zu uns stoßen sollen.«

»Wir sind aufgehalten worden«, erwiderte Stephen, ohne sich zu einer näheren Erklärung herabzulassen.

»Wir sind zwei Tage im Verzug, und der König wartet schon ungeduldig auf unsere Rückkehr«, erwiderte Hauptmann Morrison. »Er erwartet die Nachricht, daß unser Auftrag ausgeführt ist und daß wir Lady Juliette sicher und unversehrt dem Schwarzen Schotten übergeben haben.«

Der Ausdruck des Teufels war jetzt spöttisch, und er nickte verständnisvoll, als wollte er den Hauptmann mit dem Wissen verhöhnen, daß sich seine Männer unwohl auf schottischem Boden fühlten.

Plötzlich rötete sich Hauptmann Morrisons Gesicht vor Verlegenheit. »Es wäre selbstverständlich Unsinn, von Ihnen zu erwarten, daß Sie zu so später Stunde noch eine Dame eskortieren. Bitte leisten Sie uns bei einer leichten Mahlzeit Gesellschaft. Anschließend werden Sie sich mit einigen Dokumenten befassen müssen. Wenn wir morgen früh aufbrechen, dann reicht das vollauf.«

Stephen Gordon zog die Stirn in Falten. »Dokumente?«

Hauptmann Morrison nickte. »Sie werden uns bestätigen müssen, daß wir Ihnen Lady Juliette bei guter Gesundheit und unbeschadet übergeben haben.«

Bevor Stephen Gordon sie erneut anstarren konnte, meldete sich Juliette zu Wort. »Ich bin erschöpft. Meine Anwesenheit hier ist sicher nicht länger erforderlich. Ich werde mich jetzt zurückziehen.« Sie sah dem Schotten direkt ins Gesicht und konnte es nicht lassen, noch hinzuzufügen: »Lassen Sie sich in Ihrer Diskussion über mich auf keinen Fall stören.«

Sie hatte bereits ihre Röcke gerafft und sich abgewandt, als die Stimme des Schotten hinter ihr ertönte und sie abrupt innehalten ließ.

»Machen Sie sich bereit, Mistress. Wir werden in wenigen Minuten aufbrechen.«

Sie wirbelte zu ihm herum und erinnerte sich wieder an Ediths

Warnung, daß die Schotten ihre Rachegelüste an ihrem Körper auslassen würden. »Jetzt gleich!« rief sie aus. »Soll das etwa heißen, daß Sie mich jetzt schon bestrafen wollen?«

Silbernes Feuer glitzerte in seinen Augen. »Sie erwarten eine Bestrafung?« Er lächelte. »Hast du irgend etwas angestellt, Mädchen?«

»Ich bin Engländerin«, sagte sie. »Ich dachte, das allein sei schon Grund genug.«

Sein Ausdruck verfinsterte sich, und sie fragte sich, ob sie zu weit gegangen war.

»Es ist nicht meine Gewohnheit, Krieg gegen Frauen zu führen«, sagte er.

»Und trotzdem erwarten Sie von mir, daß ich jetzt gleich mit Ihnen abreise ... um diese späte Stunde, wie eine fette, gehorsame Kuh, die Sie gerade gekauft haben?«

»Dieser Vergleich stammt von Ihnen«, erwiderte er. Dann ordnete er ohne jede weitere Diskussion an: »Halten Sie sich bereit, Mistress. Zeigen Sie meinen Männern, wo Ihre Truhen sind. Wir brechen in einer halben Stunde auf.«

Er wandte sich wieder an Hauptmann Morrison, und Juliette begriff, daß sie hiermit endgültig entlassen war.

Sie begann, leise vor sich hin zu summen.

In Kilkenny, da gab es zwei Katzen;
Und jede fand, das war eine zuviel,
Und so kämpften sie mit Krallen und Tatzen,
Und taten sich beißen und kratzen,
Bis daraus wurde ein tödliches Spiel,
Und sie einander brachten ins Grab
Und es keine einzige Katze mehr gab.

Er drehte sich zu ihr um. »Hast du etwas gesagt?«

»Ich habe gesungen.«

»Sing etwas anderes.«

»Wie Sie wünschen.«

Er sah sie an, als wartete er auf etwas. Als sie stumm blieb, sagte er: »Du überraschst mich, Mädchen. Ich hätte gedacht, du hättest mehr Mumm. Du setzt dich nicht gegen mich zur Wehr?«

Sie erkannte einen Meister im verbalen Nahkampf, wenn sie einen vor sich hatte. Im Moment war er ihr gegenüber eindeutig im Vorteil. Sie würde einen günstigeren Zeitpunkt abwarten, um sich zu revanchieren.

»Du hast nichts mehr dazu zu sagen?« fragte er.

»Der Teufel läßt sich nur selten mit seinen eigenen Waffen schlagen«, gab sie zurück.

2

Stephen beobachtete, wie Juliette den Kopf einzog, um ihr Zelt zu betreten. Er stand neben Angus und sah, wie sich Sorgenfalten auf der Stirn seines alten Freundes breitmachten.

»Du hast dem Mädchen nicht die Wahrheit gesagt, was deine Identität angeht, mein Junge«, sagte Angus. »Hältst du das für klug?«

»Ja ... zumindest vorläufig.«

»Ich wüßte nicht, was es schaden könnte, dem Mädchen die Wahrheit zu sagen. Du kannst sie ihr nicht ewig vorenthalten.«

»Nein, aber ich kann sie ihr vorenthalten, bis ich ganz sicher bin, warum sie hergekommen ist.«

»Du verdächtigst sie des Verrats?«

Stephen drehte sich zu ihm um und sah ihn an. »Wir haben es hier schließlich mit Engländern zu tun, nicht?«

»Richtig«, erwiderte Angus nickend. »Und du verdächtigst jeden einzelnen von ihnen ... selbst das Mädchen?«

»Ganz besonders das Mädchen, bis ich weiß, daß kein Grund dafür vorliegt. Sie mag vielleicht so unschuldig sein, wie man uns glauben machen wollte – lediglich aus einer Laune des Königs heraus ausgewählt, irgendein Name in diesem Tauschhandel, eine ahnungslose Schachfigur in einem politischen Spiel zwischen zwei seit langem verfeindeten Männern. Aber sie könnte auch aus einem gänzlich anderen Grund hergekommen sein. Sie könnte eine Spionin des Königs sein, die hergeschickt worden ist, um mich zu stürzen. Ich denke gar nicht daran, ein Weib zur Frau zu nehmen, das in der Lage ist, mir ein Messer zwischen die Schultern zu stoßen, während ich schlafe. Ich habe schon genug Verrat erlebt und weiß daher, daß ich niemandem trauen kann. Ehe ich ihr sage, daß ich der Schwarze Schotte bin, werde ich herausfinden, auf wessen Seite sie steht.«

»Sie ist ein hübsches Mädchen«, sagte Angus und kratzte sich nachdenklich das Kinn. »Und ihre Mitgift ist beträchtlich.«

»Ja«, sagte Stephen, »aber mich interessiert ihre Loyalität mehr als ihr Reichtum.« Während er sprach, schweiften Stephens Gedanken zurück, und er erinnerte sich an Einzelheiten – dichtes goldenes Haar, das ihr in einem dicken Zopf über den Rücken fiel, volle Brüste, eine schmale Taille, ein ovales Gesicht und Augen, so blau, daß ein Mann darin ertrinken konnte. Sie war zwar keine Schönheit, die ihm den Atem verschlug, doch sie war wirklich attraktiv. In seiner Erinnerung stieg das Bild von ihr im Teich auf, wie sie in dem hüfthohen Wasser gestanden und ihre Nacktheit ihn angelockt hatte. Es stimmte schon, ihr Körper wies die klassische Perfektion auf, die ihr Gesicht nicht besaß. Ein hübsches Mädchen mit einem Körper, den ein Mann vergöttern konnte. Falls sie sich als loyal erweisen sollte, würde er mehr als zufrieden sein.

Aber Stephen war schon einmal von einer solchen Schönheit verführt worden. Verführt und verraten von einer Frau, wie vor ihm schon sein Vater. In den Adern der Frauen, mit denen sich die Oberhäupter des Gordon-Clans vermählten, schien Verrat zu fließen. Der Verrat einer Frau hatte seinen Vater das Leben gekostet. Stephen selbst war dem Tod durch die Hand der treulosen Frau, die er geheiratet hatte, nur knapp entronnen. Er war nicht bereit, sein Herz oder sein Leben noch einmal aufs Spiel zu setzen.

»Loyalität ist mir mehr wert als ein hübsches Gesicht«, sagte er schließlich. Angus zuckte die Achseln. »Vielleicht wirst du einmal beides bekommen.«

»Ja, vielleicht«, erwiderte Stephen. »Entweder ich bekomme beides, oder ich verzichte ganz darauf.«

Juliette wurde eine robuste Stute als Reitpferd zugewiesen, laut Angus ein zuverlässiges Tier, das eine ruhige Gangart hatte und von einem sanften Naturell war. Er half ihr in den Sattel und ritt während des ersten Teils ihrer Reise in die Dunkelheit, die sich jenseits der hellen Feuer des englischen Lagers erstreckte, neben ihr her. Kurz nachdem sie aufgesessen hatten, fiel Juliette auf, daß sie ihre Pferde zu den fernen Bergen lenkten, über deren Gipfeln das weiße Rund des Mondes so tief hing, als sei es zu schwer, um höher am Himmel hinaufzusteigen. Von Zeit zu Zeit warf sie einen verstohlenen Blick auf Stephen Gordon, der hinter ihnen herritt. In seiner schwarzen Kleidung und dem schwarzen Cape wirkte er so streng und distanziert – geradezu unnahbar. Sie erinnerte sich wieder daran, wie sie ihn zum ersten Mal gesehen hatte, und empfand leises Bedauern, denn in seiner Nacktheit hatte er ihr unvergleichlich viel besser gefallen.

Seltsam, daß ich mich einem Mann, wenn er keine Kleider trägt, soviel näher fühlen kann, als wenn er vollständig bekleidet ist ...

Sie spürte die Intensität von Stephens Blick, der sie durchbohrte. Wieder stellte sie sich ihn nackt am Teich vor, und das gab ihr das Gefühl, ihm gegenüber im Vorteil zu sein. Sie schenkte ihm ein reizendes Lächeln, das besagte: *Ich weiß etwas, was du nicht weißt.*

Er reagierte darauf mit einem Lächeln, das auszudrücken schien: *Ich weiß aber auch etwas.*

Plötzlich war es um ihre Fassung geschehen. Ihre Gedanken kehrten schlagartig zum Teich zurück. Sie erinnerte sich wieder an den Moment, als er in ihre Richtung geschaut hatte und ihr plötzlich von Kopf bis Fuß warm geworden war. *Er kann mich unmöglich gesehen haben. Ich bin ganz sicher, daß ich viel zu gut versteckt war.*

Dennoch kroch bei diesem Gedanken eine noch intensivere Glut in ihre Wangen, und sie wandte sich hastig ab.

Sie hätte schwören können, daß sie ihn leise in sich hineinlachen hörte, ehe er seinem Pferd die Sporen in die Flanken grub. Sie sah seinem Rücken nach, als er sie überholte und in der Dunkelheit verschwand.

Der Mond stand hoch am Himmel, als sie endlich anhielten. Sechs der fünfzehn Männer führten die Lasttiere zu einer Straße, auf die sie gestoßen waren. Als sie mit den verbleibenden acht weiter den Pfad entlangritt, sah sie Angus fragend an. »Wohin reiten die anderen?«

Als Angus nichts darauf erwiderte, wiederholte Juliette ihre Frage. »Entschuldigen Sie bitte. Könnten Sie mir vielleicht sagen, wohin diese Männer meine Habe bringen?«

»Die Lasttiere werden auf den Hauptstraßen besser vorankommen«, erklärte Stephen, der aus dem Nichts aufzutauchen schien und jetzt zwischen ihr und Angus ritt. »Wir dagegen kommen auf den Reitpfaden schneller voran. Wenn alles gutgeht, sollten wir Craigmoor Castle gut zwei Tage vor ihnen erreichen. Um deine Samt- und Seidenkleider brauchst du dir keine Sorgen zu machen. Deine Sachen sind gut aufgehoben, und die Männer werden sie notfalls mit ihrem Leben verteidigen.«

Als Kind hatte man Juliette gelehrt, daß Zorn in einer von Männern beherrschten Welt reine Zeitvergeudung war und daß einer Frau wirksamere und diplomatischere Mittel zur Verfügung standen, um zu bekommen, was sie wollte. Als sie jedoch zu diesem Mann aufblickte, der hoch über ihr aufragte, hatte sie nicht den Eindruck, daß Diplomatie ihr auch nur das geringste nützen würde. Außerdem hatte sie sich ohnehin nie eng an das gehalten, was man ihr beigebracht hatte.

»Ich war nicht um die Sicherheit meiner Gewänder besorgt«, sagte sie. »Ich habe mich lediglich nach dem Ziel der Reise erkundigt. Kleider lassen sich problemlos ersetzen.«

Ein grimmiges Lächeln spielte um Stephens Mund. »Und du glaubst, der Schwarze Schotte würde so freigiebig sein?«

»Ich kann nicht für den Schwarzen Schotten sprechen, weil ich ihn bisher noch nicht kennengelernt habe. Ich kann nur vermuten, daß ein Mann, der als Oberhaupt seines Clans allseits geachtet und geehrt wird, auch die Frau freundlich und zuvorkommend behandeln wird, die er zu seiner Ehefrau gemacht hat.«

Ganz gleich, welche Prinzipien Stephen Gordon auch haben mochte – einen Irrtum einzugestehen gehörte anscheinend nicht dazu. Dennoch verschaffte es ihr eine gewisse Genugtuung, als sein Gesicht sich zornig verfinsterte. Da sie nicht zu den Menschen gehörte, die sich übermäßig lange im Bewußtsein eines süßen Sieges sonnen, blickte sie an Stephen vorbei auf Angus, der im Dunkeln stumm neben ihnen herritt. »Spricht er eigentlich jemals?«

»Nur dann, wenn er etwas zu sagen hat oder es für seine Pflicht hält«, sagte Stephen und nickte Angus zu, der im Galopp davonritt.

Stephen wies mit dem Kopf in die Richtung, die Angus eingeschlagen hatte. »Reiten wir weiter«, sagte er.

Juliette blieb stur und rührte sich nicht von der Stelle.

Blitzschnell zog Stephen sein Breitschwert, und Juliette sah gerade noch, wie das Mondlicht auf dem Metall reflektierte, ehe sich die Klinge in hohem Bogen auf sie herabsenkte. Ihr blieb keine Zeit, um zu reagieren, nur um sich zu fürchten.

Das Schwert sauste zischend an ihr vorbei, und seine Breitseite berührte den Rumpf des Pferdes. Das Pferd bäumte sich auf, dann machte es einen Satz und preschte im Galopp den Weg hinauf, den Angus gerade eingeschlagen hatte, während Stephen Gordons teuflisches Gelächter in Juliettes Ohren hallte.

Nachdem sie anscheinend stundenlang in vollem Galopp geritten waren und Juliettes Hinterteil allmählich taub wurde, verlangsamten sie ihr Tempo, um einen schmalen Bach zu durchqueren, und dann begann der Aufstieg. Der Pfad wurde schmaler, und sie waren gezwungen, im Gänsemarsch hintereinander zu reiten.

Juliette war dankbar, daß sie jetzt gezwungen waren, ihr Tempo zu drosseln, doch das trug wenig dazu bei, ihre Gliederschmerzen zu lindern. *Himmel! Haben es diese Schotten denn immer eilig?*

Einmal hielt Juliette lange genug an, um sich umzusehen. Ihr

Blick glitt auf der Suche nach Edith über die Kolonne von Männern. Sie hüpfte im Sattel eines kleinen, aber trittsicheren Ponys auf und ab, und nach ihrem Gesichtsausdruck zu urteilen, betete sie sich die Seele aus dem Leib. Juliette mußte unwillkürlich lächeln. Das Lächeln verging ihr, als Stephen sagte: »Beweg dich, Mädchen. Wir sind hier auf MacBean Territorium.«

Sein Tonfall war freundlicher als bisher. Sie hatte ganz recht getan, sich ihm gegenüber zu behaupten. »Ist das schlimm?« fragte sie.

»Ja, es kann übel enden, falls sie uns entdecken. Wir sind nur wenige an der Zahl.«

»Warum haben Sie nicht mehr Männer mitgebracht?«

»Das ist ein englischer Brauch ... dort schickt man Legionen in die Schlacht, unter Trommelwirbeln, und die roten Uniformröcke leuchten in der Sonne.«

»Beantworten Sie eigentlich jede Frage mit Platitüden?«

Er zuckte die Achseln. »Wenn man mehr Männer mitnimmt, dann ist das die sicherste Methode, die Aufmerksamkeit auf sich zu lenken«, sagte er. »Bist du jetzt zufrieden?«

Sie nickte. »Ich freue mich immer, wenn ich eine ehrliche Antwort bekomme«, sagte sie. »Sind Sie mit den MacBeans verfeindet?«

Er lachte. »Wenn man nicht MacBean heißt, dann ist man ein Feind dieses Clans. Hast du noch nie gehört, daß die Clans einander ständig bekämpfen? Heute sind wir Feinde der MacBeans und der MacAlpins. Morgen könnten es die MacDuffs und die Sinclairs sein.«

»Weshalb sollten sie Sie angreifen? Sie tragen schließlich keine Wertsachen mit sich. Worauf könnten sie es denn abgesehen haben?«

»Auf dich.«

Bei seinen Worten überlief sie ein Schaudern. »Auf mich?« Zu ihrer Beschämung war ihre Stimme irgendwie ein Mittelding zwischen einem Krächzen und einem Schmettern. Sie versuchte es noch einmal. »Sie würden doch gewiß den König nicht verärgern wollen, indem sie mich entführen.«

»Nachdem du dazu gezwungen worden wärest, einen Angehörigen ihres Clans zu heiraten, würden sie von Seiten des Königs größere Nachsicht erwarten.«

»Aber die Schotten hassen die Engländer. Weshalb also sollte sich ein Schotte dazu überwinden, eine Engländerin zu heiraten?«

Er zog die Augenbrauen hoch. »Sie würden das Opfer, das sie bringen, wenn sie eine Engländerin heiraten, als einen fairen Preis ansehen.«

»Einen fairen Preis wofür?«

»Für Sicherheit. Und für König Georges Gunst. Du bist eine Perle von hohem Wert. Der Clan, der auf diese Weise durch deine Einheirat begünstigt wäre, würde damit beträchtlich an Macht und Einfluß gewinnen.«

Eine Perle von hohem Wert ... Bei dem Gedanken hätte Juliette beinahe laut gelacht. Was ihr geliebter Vater wohl sagen würde, wenn er einen solchen Blödsinn hörte? Schließlich hatte es in England Zeiten gegeben, da hätte ihr Vater sie leichten Herzens *umsonst* weggegeben. Sie biß sich auf die Unterlippe und dachte über die Aussicht nach, von einer anderen Horde von Schotten geraubt zu werden, wenn sie sich gerade erst an diese hier zu gewöhnen begann. Himmel! Unwillkürlich fragte sie sich, ob sie wohl den Rest ihrer Tage damit zubringen würde, entführt und verschachert zu werden, denn das schien tatsächlich alles zu sein, was diese verdammten Schotten im Sinn hatten. Plötzlich erschien ihr die Heirat mit dem Schwarzen Schotten wie ein Segen. Die Schotten mochten zwar Barbaren sein, aber wenigstens waren sie christliche Barbaren. Wenn sie erst einmal verheiratet war, würde sie kein Freiwild mehr sein.

Allein schon die Vorstellung, für jeden Freiwild zu sein, behagte ihr ganz und gar nicht.

»Machst du dir Sorgen wegen der MacBeans?«

»Sie sind doch hier, um mich zu beschützen. Folglich habe ich keinen Grund, mich zu fürchten. Dennoch bin ich nicht gerade begeistert von der Vorstellung, entführt zu werden. Und was ist mit Ihnen? Fürchten Sie diesen Clan?«

Sie erkannte augenblicklich, daß sie etwas Falsches gesagt hatte. Seine finstere Miene sagte ihr deutlich, daß dieser Mann es gar nicht mochte, wenn man ihm auch nur im entferntesten so etwas wie Feigheit unterstellte. Sie wollte ihm gerade erklären, wie sie ihre Bemerkung gemeint hatte, doch er schnitt ihr das Wort mit einer barschen Antwort ab.

»Ich bin kein Feigling, aber ich bin auch kein Narr. Wir sind nur acht Männer. Ich respektiere die zahlenmäßige Überlegenheit des Gegners«, sagte er schroff und gab seinem Pferd die Sporen.

Ihr Mund stand noch immer sperrangelweit offen, als sie ihm nachsah und dachte, was für eine feinfühlige Art er doch hatte, eine Unterhaltung zu beenden.

3

Eine Weile später erreichten sie den Berggipfel und traten den Abstieg auf einem felsigen Pfad an, der auf einer kleinen Schneise endete. Sie hatte das Ende des Weges fast erreicht, als ihr Pferd strauchelte. Noch bevor Juliette reagieren konnte, spürte sie, wie ein eisenharter Arm um ihre Taille glitt. Im nächsten Moment wurde sie von ihrem Pferd gezogen und quer über marmorharte Schenkel geworfen. Ihr Kopf hing an der schweißglänzenden Flanke eines wesentlich größeren und dunkleren Pferdes herunter, und daher wußte sie augenblicklich, daß Stephen Gordon derjenige war, der sie vor einem unerfreulichen Sturz bewahrt hatte. Es war wirklich ein ermutigender Gedanke, denn bisher hatte der Mann nur wenig Rücksicht auf sie genommen. Es gab Augenblicke, da fragte sie sich, ob er nicht vielleicht geneigt war, sie einfach am Wegesrand abzusetzen und ohne sie weiterzureiten, weil es ihm offenbar ziemlich gleichgültig war, ob sie den MacBeans in die Hände fiel oder ein Opfer der Wölfe wurde. »Sie können mich jetzt wieder auf mein eigenes Pferd setzen«, sagte sie.

»Du wirst eine Zeitlang mit mir reiten.«

»Und warum? Fürchten Sie, mein Pferd könnte wieder straucheln?«

»Vielleicht ... oder vielleicht gefällt es mir auch, dich auf meinem Schoß zu spüren.«

Ihm mochte es zwar gefallen, daß er sie wie einen Sack Hafer über sein Pferd geworfen hatte, doch für sie war es reichlich unbequem.

Sie richtete sich vor ihm auf – was sie einige Anstrengung kostete – und verlagerte dann ihr Gewicht, bis sie eine bequemere Haltung gefunden hatte, ehe sie aufblickte und sich zu ihm umdrehte. »Ich habe mir noch keine Meinung darüber gebildet, wessen Idee es war, die Reise in diesem Tempo zurückzulegen«, sagte sie, »aber eines kann ich Ihnen sagen: Ich bin nicht so zart gebaut, wie Sie glauben. Falls Sie damit rechnen, daß ich Sie anflehe oder um Erbarmen bitte, dann täuschen Sie sich. Sie können weiterreiten, bis diese schwarze Bestie unter Ihnen zusammenbricht, und ich werde bis zum bitteren Ende durchhalten.«

Da er nichts sagte, fuhr sie fort: »Ich lasse mich nicht wie ein sperriges Gepäckstück behandeln. Bevor ich so mit mir umspringen lasse, stürze ich mich lieber vom nächstbesten Felsvorsprung.« Das hätte sie natürlich nicht gewagt, aber für jemanden, der nur wenig hatte, womit er Tauschhandel betreiben konnte, klang es halbwegs heroisch.

Sie wartete auf eine Reaktion, doch er griff einfach nur in seinen Umhang und zog einen Haferkuchen heraus, von dem er abbiß, ehe er ihn ihr anbot. »Hast du Hunger?«

Sie sprach von Selbstmord, und woran dachte er? Ans Essen. Sie schüttelte den Kopf. »Nein, danke«, sagte sie mit hochmütiger Würde. »Es gibt Wichtigeres im Leben als Essen.«

Als sie seinen belustigten Gesichtsausdruck sah, fügte sie hinzu: »Es mag zwar sein, daß ich Engländerin bin, und es mag auch sein, daß ich eine Frau bin, aber mit Ihresgleichen kann ich noch jederzeit mithalten.«

Er sah sie amüsiert an. »Du glaubst, du kannst dich an den Schotten messen?«

Das erboste sie. »Ich *weiß*, daß ich jedem Mann gewachsen bin ... ganz gleich, ob er nun Engländer oder Schotte ist.«

Er lachte. »Wir werden gut miteinander auskommen. Ich mag starke Frauen.«

»Dann suchen Sie sich Ihre eigene. Ich bin bereits einem Ungeheuer versprochen worden.«

Seine Augen wurden schmal. »Du wirst feststellen, Mädchen, daß es das beste ist, Platz für die Maus zu lassen, wenn man eine Mausefalle mit Käse beködert.«

Sie zuckte die Achseln. »Wer den Schaden hat, braucht für den Spott nicht zu sorgen.«

»Schottland ist ein rauhes, unbarmherziges Land. Wenn du mich übermäßig provozierst, kann es sein, daß ich dich einfach zurücklasse. Ich bin das einzige, was zwischen dir und dem sicheren Tod steht.«

»Lassen Sie mich zurück, und Sie werden den König von England erzürnen, M'lord. Ich bin das einzige, was zwischen Schottland und einem weiteren Krieg steht.«

»Es hat schon viele Kriege gegeben, aber keiner hat uns brechen können. Schottland wird sowohl dich als auch den König überleben«, sagte er.

Juliette ignorierte ihn.

»Du hast nichts dazu zu sagen?« fragte er.

»Es ist noch nie meine Absicht gewesen, Angeber anzustacheln. Ein Esel wird schreien, ob man ihn dazu ermutigt oder nicht.«

»Mit Eseln scheinst du dich blendend auszukennen«, sagte er.

»Ja, und ich wette, daß ich noch viel mehr über sie in Erfahrung bringen werde, ehe wir Craigmoor Castle erreichen.«

Er aß zwei Haferkuchen, ohne etwas darauf zu erwidern.

Sie ritten schweigend weiter, und Juliette schlief schließlich in seinen Armen ein.

Es war noch immer dunkel, als sie erwachte, obgleich die erste blaßgraue Andeutung des nahenden Morgens über die Gipfel der Berge zu kriechen begann, die sich in der Ferne abzeichneten. Sie war jetzt schon seit einer ganzen Weile wach, hatte aber kein

Bedürfnis, sich zu unterhalten. Obwohl sie in einem fremden Land war und sich in den Armen eines Fremden wiederfand, fühlte sie sich sicher und geborgen.

Sie wagte es nicht, ihn anzusehen, doch sie hatte das Gefühl, er wußte, daß sie wach war. Es gibt nicht viel, was Stephen Gordon entgeht, dachte sie. Sie fragte sich, ob das der Grund dafür war, daß ihr Verlobter ihn mit einem solchen Auftrag betraut hatte.

Ihr Verlobter.

Diese Erinnerung ließ ihre Gedanken in eine völlig andere Richtung schweifen. Sie fragte sich, was für eine Sorte Mann der Schwarze Schotte wohl sein mochte. Wie alt war er? War er dick? Besaß er noch alle seine Zähne? Würde er sie sanft behandeln? Sie seufzte. Die Zeit würde all diese Fragen beantworten. Bis dahin würde sie sich schlichtweg gedulden müssen.

Aber eine Frage lauerte immer noch beharrlich in ihrem Hinterkopf.

Wie sah der Schwarze Schotte nackt aus?

Nachdem sie eine Zeitlang schweigend weitergeritten waren, konnte Juliette weder das Schweigen noch die Spannung länger ertragen. »Erzählen Sie mir etwas über den Schwarzen Schotten«, sagte sie.

»Was möchtest du gern wissen? Die typischen Dinge? Sieht er gut aus? Schlägt er seine Frauen?«

»Ob er gut aussieht, spielt für mich keine Rolle, aber ich wüßte gern, *wie* er aussieht. Ist er so groß und dunkel wie Sie? Oder ist er klein und gedrungen wie Angus?«

»Er sieht mir sehr ähnlich.«

Seine Worte bewirkten, daß ihr wärmer wurde. »Erzählen Sie mir etwas über ihn.«

»Er ist der Schwarze Schotte, das Oberhaupt unseres Clans. Was gibt es sonst noch zu sagen?«

»Wie heißt er mit richtigem Namen?«

»Sein richtiger Name lautet Alexander Gordon, Siebter Earl von Gordon. Ist deine Neugier damit befriedigt?«

»Zum Teil. Erzählen Sie mir, was für ein Mensch er ist. Und was er mag.«

»Er mag schweigsame Frauen«, sagte er und drückte ihren Kopf wieder gegen seine Brust. »Warum schläfst du nicht noch ein Weilchen?«

Ihr Kopf schoß in die Höhe. »Ich möchte lieber reden.«

»Das überrascht mich nicht. Du tust kaum etwas anderes.«

»Dann passen wir ja gut zusammen, denn Sie sprechen so gut wie gar nicht. Woher kommt das?«

»Vielleicht habe ich nichts zu sagen.«

»Nein, ich glaube eher, es liegt daran, daß Sie mir mißtrauen. Habe ich recht?«

»Ja. Ich habe keinen Grund, dir oder irgendeinem anderen Engländer zu trauen.«

»Sie haben aber auch keinen Grund, mir zu *miß*trauen. Sicher, ich bin Engländerin, aber ich werde schon bald eine Schottin sein. Macht das denn keinen Unterschied?«

Er schnaubte verächtlich. »Die Heirat mit dem Schwarzen Schotten macht dich noch lange nicht zu einer Schottin.«

»Der Umstand, daß ich in England geboren bin, macht mich noch lange nicht zu einer Person, die nicht vertrauenswürdig ist.«

»Vielleicht«, erwiderte er, ohne ein weiteres Wort hinzuzufügen.

Juliette grübelte über diesen Schotten mit der finsteren Miene nach, und sie wunderte sich über die seltsame Beziehung, die sich zwischen ihnen herauszubilden schien. Sie mußte sich eingestehen, daß sie durchaus von ihm eingenommen war, und sie war überzeugt davon, daß auch sie ihm nicht gleichgültig war, dennoch sagten sein finsterer Blick und seine scharfen Erwiderungen etwas anderes.

Sie musterte verstohlen seine grimmigen Züge. Trotz seiner stoischen Haltung fühlte sie sich durchaus wohl in seiner Gegenwart. Und doch war sie noch nie in ihrem Leben jemandem begegnet, der sich derart anstrengte, sie zu entmutigen. Mit einem Seufzer lehnte sie sich wieder an ihn und entschied, daß sie gründlich über diesen Mann nachdenken mußte. Sein Atem war warm und feucht und streifte ihren Arm wie eine milde Meeresbrise – ein zarter zwischenmenschlicher Kontakt, so tröstlich wie die ersten Vorboten des Frühlings, so wohltuend wie ihre Lieblingsdecke. Sein Atem ließ die feinen Härchen tanzen, die sich um ihr Gesicht lockten. Sie seufzte, schloß die Augen und genoß die Wärme seines Körpers, der sich an ihren drängte. Seine Wärme erfüllte sie mit Zufriedenheit und weckte zugleich ein seltsames Verlangen in ihr. Immer wieder gingen ihr Gedanken durch den Kopf, die zu denken sie eigentlich kein Recht hatte.

Sie wollte von ihm geküßt werden. Sie sehnte sich danach, so wie damals am Teich mit ihm zusammenzusein – nackt und ohne jede Scham. Sie wollte seinen unbekleideten Körper an ihrem fühlen.

Aber dazu würde es niemals kommen. Derartige Freiheiten würden ihnen niemals gestattet sein. Sie würden so weitermachen wie bisher, und jeder würde seine Gedanken und Gefühle vor dem anderen verbergen. Bei dieser Aussicht erfüllte sie Verzweiflung, und in dem Moment entschied sie, daß sie ihre Gefühle nicht verbergen würde. In Wirklichkeit glaubte sie auch nicht, daß sie das könnte.

Sie ritten schweigend weiter, bis ihre Neugier die Oberhand gewann und sie sich nicht mehr zurückhalten konnte. »Warum sind Sie so traurig?«

Sein Lachen war leise und bitter. »Das hast du gesagt, nicht ich.«

»Aber Sie *sind* traurig. Ich kann es deutlich spüren. Ich sehe es in Ihren Augen. Oh, ja, ich weiß, daß Sie versuchen, es zu verbergen, und wahrscheinlich können Sie damit viele Leute hinters Licht führen, aber mich können Sie nicht täuschen. Sie sind nicht so glücklich, wie Sie es anderen gern weismachen würden. Sie tragen eine Last mit sich herum, M'lord, und diese Last wird immer schwerer.«

»Ich trage tatsächlich eine Bürde«, sagte er. »Du bist reichlich schwer, Mädchen.«

»So schwer nun auch wieder nicht«, erwiderte sie und hätte ihm am liebsten die Arme um den Hals geschlungen, weil er sich bemühte, etwas leichthin abzutun, was ihn ganz offensichtlich quälte. »Wer hat Ihnen soviel Leid zugefügt? War es eine Frau?«

Sogar in dem schwachen Licht konnte sie sehen, daß ein Muskel in seinem Kiefer zuckte. Lange Zeit sagte er kein Wort. Als sie ihre Frage wiederholte, sagte er: »Ja, es war eine Frau.«

Jetzt kommen wir der Sache näher, dachte sie und bereitete sich auf eine langwierige Diskussion über die Vergangenheit dieses Mannes vor. »Wollen Sie mir nicht davon erzählen?«

»Nein.«

Nur ein unbedeutender Rückschlag, weiter nichts. Gib nicht auf, Juliette ... »Manchmal hilft es ... Sie wissen schon, wenn man über die Dinge redet.«

»Ich brauche keine Hilfe«, sagte er schroff. »Du denkst offenbar, es bedrückt mich, aber das ist ein Irrtum.«

»Aber *irgend etwas* bedrückt Sie ... es sei denn, Sie sind schon immer so gewesen. Waren Sie schon immer so ernst, sogar als kleiner Junge?«

»Wenn ich es war, dann wahrscheinlich, weil ich allen Grund dazu hatte. Nicht alle sind so glücklich dran wie du, Mädchen. Wir können nicht alle in eine vollkommene Welt hineingeboren werden.«

Sie hätte etwas zu ihrer Verteidigung vorgebracht, doch in seinem Tonfall schwang etwas mit – ein Hauch von Traurigkeit, eine Andeutung von Melancholie –, was in ihr den Wunsch weckte, diesen komplexen Mann besser zu verstehen. Plötzlich war es von größter Wichtigkeit für sie, ihn zu verstehen und zu erfahren, was ihn als Kind so unglücklich gemacht hatte und ihn als erwachsenen Mann so mißtrauisch sein ließ. »Haben Sie sich gut mit Ihren Geschwistern verstanden?«

»Ich habe keine Geschwister.«

»Oh«, sagte sie. »Das tut mir leid.«

»Ich bin ein Bastard«, sagte er, »unehelich geboren. Mein Vater war mit einer anderen Frau verheiratet. Ist deine Neugier jetzt befriedigt?«

»Nicht ganz«, sagte sie. »Warum hat Ihr Vater Sie nicht als seinen Sohn anerkannt?«

»Schläfst du eigentlich nie?«

»Nein, Sie?« fragte sie und hörte dann sein resigniertes Seufzen.

»Er hätte es getan, aber meine Mutter ist mit mir fortgegangen. Sie hat es vorgezogen, ein abgeschiedenes Leben in Armut zu führen, um mich nicht hergeben zu müssen.«

»Sie muß Sie sehr geliebt haben.«

»Ja«, erwiderte er in einem Ton, der sie glauben ließ, daß seine Gedanken in die Vergangenheit zurückschweiften, in eine andere Zeit und an einen anderen Ort.

»Hat Ihre Mutter je geheiratet?«

»Ja. Sie hat meinen Vater geheiratet ... nach langen Jahren. Die Ehe mit seiner ersten Frau war eine kinderlose Verbindung. Ein paar Jahre nach meiner Geburt starb die Frau meines Vaters. Ich war fünf Jahre alt, als mein Vater meine Mutter fand und geheiratet hat.«

Ein Bastard, in Armut und Abgeschiedenheit aufgewachsen ... Sie konnte ihn deutlich vor sich sehen, einen zerlumpten kleinen Knirps, der wegen seiner unehelichen Geburt verspottet und verhöhnt wurde, ein Kind, das bei niemand anderem Liebe und Trost fand als bei einer Mutter, die ebensosehr eine Ausgestoßene war wie er selbst. Sie dachte an ihre eigene Familie, an das luxuriöse und erfüllte Leben, das sie genossen hatte. Sie empfand tiefes Mitgefühl mit ihm. Der Blick, den sie ihm schenkte, war voller Zärtlichkeit. »Aber als die beiden endlich geheiratet haben, war es zu spät, um den Makel einer unehelichen Geburt auszulöschen«, sagte sie mit gedämpfter, gefühlvoller Stimme.

»Ja«, sagte er. »Bis dahin war es zu spät.«

Sie legte eine Hand auf seinen Ärmel und spürte, wie er zusammenzuckte. »Es tut mir leid, Stephen.«

Er wich vor ihr zurück. »Das spielt jetzt keine Rolle mehr«, sagte er. »Es ist schon sehr, sehr lange her.«

»Und ob es noch eine Rolle spielt«, erwiderte sie und wußte bereits, noch bevor er etwas sagte, daß er ihr kein Wort mehr über sich selbst erzählen würde.

»Wir haben schon viel zuviel über mich geredet«, erklärte

er. »Jetzt ist es an der Zeit, daß du mir etwas über dich erzählst. Warum bist ausgerechnet du ausgewählt worden, um den Schwarzen Schotten zu heiraten?«

Sie seufzte, lehnte den Kopf an seine Brust und blickte zu den Sternen auf, die schnell verblaßten. »Das ist eine lange Geschichte und keine sonderlich interessante«, sagte sie und wünschte, sie könnte irgendwie ein Lächeln auf seine zusammengekniffenen Lippen zaubern.

»Der Weg nach Craigmoor ist weit, Mädchen, und ich habe im Moment nichts Besseres zu tun, als das Hinterteil von Angus' Pferd anzustarren.«

Sie lächelte. »Ich bin die Tochter eines englischen Earl. Ich bin die älteste von sechs Schwestern, die es kaum erwarten können, sich endlich zu vermählen, aber mein Vater hat gesagt, ich müßte als erste heiraten.«

»Ah, so wie Katharina in *Der Widerspenstigen Zähmung*«, sagte er.

Ihr Herz machte einen Satz. Ein gebildeter Mann. Sie hoffte inständig, ihr Verlobter würde ebenfalls gebildet sein. »Sie lesen Shakespeare?« fragte sie.

»Leidenschaftlich gern. Aber wir reden nicht von mir«, sagte er. »Soll das etwa heißen, dein Vater hätte dem König gestattet, dich als Pfand zu benutzen, nur damit deine Schwestern heiraten können?«

Sie nickte. »Ja, ich vermute, ich bin so eine Art Unterpfand, obwohl es weit grausamer klingt, wenn Sie es so sagen.«

»Es *ist* grausam«, erwiderte er. »Warum hat er nicht einfach in England einen Freier für dich gesucht? Du bist zwar keine große Schönheit, aber du bist attraktiv genug, um einen Mann zu finden.«

Sie lächelte innerlich. Wenn er glaubte, er könnte sie mit einer Bemerkung über ihre Unscheinbarkeit provizieren ... nun, er würde schon noch merken, daß sie nicht eitel genug war, um auf diesen alten Trick reinzufallen. »Zugegeben, ich kann mich nicht an der Schönheit meiner Schwestern messen«, sagte sie mit erzwungener Liebenswürdigkeit, »aber ich habe genügend andere gute Eigenschaften, um zahlreiche Heiratsanträge zu bekommen.«

»Und eine große Mitgift?«

»Es stimmt, daß meine Mitgift beträchtlich ist, aber nach Angaben meines Vaters waren es meine Intelligenz und mein Humor, die mir die vielen Anträge eingebracht haben. Bei den meisten gesellschaftlichen Veranstaltungen war ich von einem Kreis von Männern umringt, wogegen viele Frauen, die schöner waren als ich, keine Gesellschaft hatten. Ich habe nie verstanden, warum das so war, aber aus irgendeinem seltsamen Grund schienen die Männer eine Diskussion mit mir als Herausforderung zu betrachten.« Sie blickte mit einem verschmitzten Lächeln zu ihm auf. »Vielleicht hat es daran gelegen, daß ich eine würdige Gegnerin beim Schach bin. Spielen Sie Schach, M'lord?«

»Ja.«

»Dann müssen wir irgendwann eine Partie zusammen spielen.«

»Ich habe das dumpfe Gefühl, du würdest mich schlagen.«

»Ich würde es versuchen«, sagte sie und sah lächelnd zu ihm auf. Einen Moment lang glaubte sie, er würde ihr Lächeln erwidern, doch er unterdrückte die Neigung und kehrte wieder zu dem ursprünglichen Gesprächsthema zurück. Sie.

»Wenn du viele Freier gehabt hast, weshalb hätte dein Vater dich dann an einen Schotten vergeben sollen? Er weiß doch bestimmt, daß wir den Engländern nicht besonders gewogen sind.«

Ich liebe diesen schottischen Akzent. Himmel! Ich glaube, ich fange an, alles an ihm zu lieben ... Gefahr ... Gefahr ... Gefahr ...

Sie ignorierte die warnende Stimme in ihrem Innern.

»Ich fürchte, ich war zu wählerisch. Jedesmal, wenn der König meinem Vater einen Freier vorschlug und der arme Mann seine Aufwartung machte, mußte ich feststellen, daß er nicht nach meinem Geschmack war, und daraufhin hat mein Vater ihn fortgeschickt.«

»Dein Vater hat dich mit seiner Nachsicht verwöhnt, wenn ich das richtig sehe.«

»Oh, ja, das stimmt. Natürlich wollte er meine Schwestern und mich gern glauben machen, er sei streng und mürrisch, aber in Wirklichkeit ist er der netteste Vater, den man sich vorstellen kann. Eher würde er sich die eigene Hand abhacken, als einer von uns Kummer zu bereiten.«

»Und weil du deinen Vater mühelos manipulieren konntest, hat sich der König über dich geärgert und dich nach Schottland verbannt.«

»Er hat es so hingestellt, als würde er mir damit eine große Ehre erweisen«, sagte sie und drehte den Kopf zu ihrem Begleiter um, doch sie sah nur sein vorgerecktes Kinn.

»So sind Könige nun einmal.« Stephen schaute auf sie herunter und musterte einen Moment lang ihr Gesicht. Er war ihr so nahe, daß sie seinen warmen Atem spüren konnte, der zärtlich über ihre Wange strich. Eine Zeitlang starrte sie ihn einfach nur an, und ihr Blick heftete sich auf seine vollen, sinnlichen Lippen. Unwillkürlich fragte sie sich, wie es wohl wäre, ihn zu küssen. Sie konnte nichts dafür. Sie fühlte sich zu ihm hingezogen, und trotz seiner abweisenden Art wußte sie, daß auch er sich zu ihr hingezogen fühlte.

»Du redest zuviel.«

»Ich weiß, aber anscheinend habe ich nichts Besseres zu tun, als das Hinterteil von Angus' Pferd anzustarren.«

Sie hörte ihn leise in sich hineinlachen. Als sie aufblickte, sah sie den Ausdruck in seinen Augen und erkannte seine Absicht, gerade als er den Kopf zu ihr hinunterbeugte. Ihr Atem ging schneller. Es gab Dutzende von Dingen, die sie hätte tun können und sollen, um ihn davon abzubringen, doch sie stieß lediglich einen kleinen kehligen Laut aus, ehe ihre Lider sich schlossen. Seine Lippen legten sich zart auf ihre und zogen sich dann wieder zurück. Es war kein leidenschaftlicher Kuß, sondern lediglich eine zögernde Anfrage. Als sie sich nicht abwandte, senkte er wieder den Kopf. Diesmal küßte er sie mit bedächtiger Gründlichkeit, während er ihre Lippen mit seiner Zungenspitze nachzeichnete und dann ihre Unterlippe in seinen Mund sog. Sie keuchte und mußte mit den Fingern die weichen Falten seines Umhangs umklammern, um nicht vom Pferd zu fallen. Er beendete den Kuß, als hätte ihn diese Geste belustigt, dann ließ er erneut seine Lippen über ihren Mund gleiten, bis sie sich schmelzend an ihn schmiegte. Sie stöhnte leise, als er den Kopf zurückzog und eindringlich ihr Gesicht betrachtete.

Sie hielt der Erkundung seiner dunklen Augen stand. »Warum hast du das getan?«

»Weil du es wolltest.«

Lächelnd verlor sie sich in seinen brennenden Augen und vergaß für einen Moment, warum sie hier war und wer er war. »Ja, ich habe es gewollt«, murmelte sie mit kaum hörbarer Stimme. »Was würdest du tun, wenn ich es noch einmal wollte?«

»Ich würde dich daran erinnern, daß du dem Schwarzen Schotten versprochen bist«, sagte er in einem eisigen, gefühllosen Tonfall. Seine Worte trafen sie wie eine Ohrfeige und holten sie abrupt in die kalte, harte Realität zurück. Sie brauchte nur diese eine Ermahnung, um ihre romantischen Gedanken hastig zu verdrängen. Sie empfand zu viele Dinge für diesen Mann, die sie nicht hätte empfinden dürfen. Plötzlich fürchtete sie sich vor sich selbst und noch mehr vor ihm. Dies hier war keiner von jenen grünen, affigen jungen Männern, mit denen sie in den Salons von England getändelt hatte. Dies hier war ein Mann im wahrsten Sinne des Wortes. Plötzlich war ihr zumute, als wäre sie von einer Klippe gesprungen und fiele in einen bodenlosen Abgrund. Sie zitterte am ganzen Körper.

Hätte sie auf ihrem eigenen Pferd gesessen, dann wäre sie jetzt davongeritten und hätte die verführerische Erinnerung an ihn weit hinter sich zurückgelassen. So, wie die Dinge standen, blieb ihr jedoch nichts anderes übrig, als Teilnahmslosigkeit zu heucheln und zu beten, ihr Gesicht möge nicht so glutrot sein, wie es sich anfühlte.

Er schenkte ihrem offenkundigen Unbehagen keinerlei Beachtung, sondern sagte: »Und jetzt erzähl mir, warum du dein Schicksal so bereitwillig hinzunehmen scheinst.«

»Gibt es vielleicht einen Grund, warum ich es nicht akzeptieren sollte? Sollte ich etwa Grund haben, diese Verbindung zu fürchten?« fragte sie, um Fassung ringend. »Ist der Schwarze Schotte eine Bestie? Werde ich mit der Zeit lernen, ihn zu hassen?«

»Er ist ein gerechter Mann. Jemand, der die Verantwortung für das Wohlergehen seines Clans trägt und sich dementsprechend verhalten muß. Er darf nicht an das denken, was er will, sondern nur an das, was das Beste für seine Sippe ist.«

»Dann hat er viel mit dem König gemeinsam.«

»Ja, schon möglich. Warum bist du so neugierig, wenn es um den Schwarzen Schotten geht?«

»Er wird mein Ehemann sein. Ist das nicht Grund genug?«

»Vielleicht hast du es darauf abgesehen, seine Schwächen herauszufinden, die Stellen, an denen er verwundbar ist.« Er sah ihr tief in die Augen. »Bist du Delila, die gekommen ist, um Samsons Haar abzuschneiden, oder bist du Salome, bereit, um seinen Kopf zu tanzen?«

Sie erwiderte seinen Blick und betete, er möge die Wahrheit in ihren Augen lesen. »Vielleicht bin ich Esther.«

»Das jüdische Mädchen, das Königin von Persien wurde.«

»Das jüdische Mädchen, das den persischen König von einem Komplott unterrichtet und ihn vor einem geplanten Anschlag auf sein Leben gewarnt hat. Ich bin weder eine Verführerin noch eine Kriegerin, M'lord. Meine Motive sind viel simpler und freundlicher. Meine Fragen entspringen nur der natürlichen Neugier einer Frau. Ich habe keine Giftringe unter meinem Schmuck verborgen, in meinem Stiefel steckt kein Dolch, und ich habe auch keinen Code auswendig gelernt, um dem König von England geheime Nachrichten zukommen zu lassen. Warum zögern Sie so sehr, mir mehr über den Schwarzen Schotten zu erzählen?«

Er zuckte die Achseln. »Was brauchst du schon im voraus über ihn zu wissen? Du wirst noch genug Zeit haben, nachdem du verheiratet bist, ihn und seine Eigenheiten näher kennenzulernen. Warum ist das jetzt so wichtig?«

»Weil es mir dabei helfen könnte, ihm eine bessere Ehefrau zu sein.«

Er sah sie überrascht an. »Du hast vor, ihm zu dienen?«

Beim Klang dieser Worte versteifte sie sich. »Ich komme als seine Verlobte – die schon bald seine Frau sein wird – und nicht als seine Dienerin. Ich werde ihm gleichgestellt sein, aber das hindert mich nicht daran, ihn kennen und verstehen zu wollen.«

Seine Stimme war hämisch. »Vermutlich würde er deine treue Ergebenheit mehr zu schätzen wissen als dein Verständnis.«

»Die gehört ihm bereits.«

Jetzt sah er sie mit unverhohlenem Erstaunen an. »Ah, aber woher weißt du, daß *du ihm* trauen kannst, Mädchen? Hast du denn noch nichts über ihn gehört? Er wird nicht umsonst der Schwarze Schotte genannt.«

»Oh, ja, ich habe gehört, daß er die Knochen seiner Opfer als Zahnstocher benutzt ... und daß er das Blut von ungetauften Babies trinkt.«

»Und trotzdem fürchtest du ihn nicht?«

»Er besitzt schließlich auch Ihr Vertrauen, oder nicht?«

»Doch.«

»Und das Vertrauen des ganzen Clans?«

»Ja.«

»Dann habe ich keinen Grund, ihn zu fürchten.« Sie blickte zu ihm auf, sah sein besorgtes Stirnrunzeln und lächelte. »Mit dem Vertrauen scheinen Sie gewisse Schwierigkeiten zu haben«, sagte sie.

»Ich traue niemals einem fremden Hund, einem mir unbekannten Pferd, der tiefen Stelle eines Flusses oder einer geschwätzigen Frau.«

»Dann tun Sie mir leid. Ihr Leben muß sehr einsam sein.«

Zorn flackerte in seinen Augen auf. Sie spürte, wie er sich versteifte. »Vielleicht ist es mir so lieber.«

»Vielleicht aber auch nicht.«

»Du bist ein aufsässiges Mädchen«, knurrte er.

Nachdem sie noch eine Zeitlang geritten waren, griff Stephen in die Zügel, und sie hielten an. Er blieb auf seinem Pferd sitzen, bis Angus auf ihn zukam. Dann half er Juliette beim Absteigen, bevor er sich selbst aus dem Sattel schwang.

»Wir werden hier eine kurze Rast einlegen«, erklärte er.

»Wie lange ist eine kurze Rast?« fragte sie und rieb sich das Hinterteil, während sie sich suchend nach Edith umsah.

»Du wärst gut beraten, wenn du herumlaufen und dir die Beine vertreten würdest, statt deine Zunge zu strapazieren.«

»Ich weiß selbst, daß ich zuviel rede. Diese Gewohnheit plagt mich schon, seit meine Mutter gestorben ist und ich mich plötzlich um sechs jüngere Schwestern kümmern mußte. Ich mußte feststellen, daß es das einzige ist, worin ich wirklich herausragend bin. Ich habe genug für mich und alle meine Schwestern zusammen geredet.« Sie lächelte ihn an. »Mein Vater hat immer gesagt: ›Von Worten wird der Haferbrei nicht gar.‹«

Ihre Worte schienen die Härte in Stephens Augen zu mildern, doch sein Ausdruck flößte ihr noch größeres Unbehagen ein, als es die Härte vermocht hatte.

»Es heißt, ein Mann verbirgt sich hinter seiner Zunge«, sagte er.

Sie brach in glockenhelles Gelächter aus. »Ich versichere Ihnen, daß ich nicht das geringste verberge.«

Sie machte den Fehler, ihn anzusehen.

Er beobachtete sie mit einer Intensität, die ihr Angst einjagte. Jeder einzelne ihrer Instinkte riet ihr, wegzulaufen, ihm nicht noch mehr über sich selbst zu enthüllen, doch sie wußte, daß sie ruhig bleiben mußte. »So gern ich unsere Unterhaltung auch fortsetzen würde, aber dies ist, wie Sie schon sagten, nur eine kurze Rast, und ich merke gerade, daß ich dringend ...« Sie sah sich suchend nach einem abgeschirmten Ort um. »Das heißt, ich würde ... ich müßte ...«

Stephen schmunzelte und wies mit einer Kopfbewegung auf ein paar niedrige, dicht zusammenstehende Sträucher. »Dort solltest du genügend Deckung finden, um dein Unbehagen zu lindern, Mädchen.«

Sie musterte das Gebüsch. »Deckung? Dahinter könnte sich noch nicht mal ein Spanferkel verstecken«, sagte sie.

»Ich nehme an, die entscheidenden Teile werden verdeckt sein«, sagte er. »Du kannst von mir aus bis zu dem Gebüsch gehen, aber nicht weiter. Die Entscheidung liegt bei dir.«

Sie stampfte auf die Sträucher zu und fluchte tonlos. *Dickschädel ... Blödmann ... aufgeblasener Rohling ... herrischer Tyrann ... Der Mann muß eine Blase von der Größe der königlichen Schatztruhe haben.*

Sie hörte Edith schnaufen, als sie hinter ihr hergerannt kam. »M'lady, wohin gehen Sie?«

Juliette blieb stehen und wartete, bis Edith sie eingeholt hatte. »Ich will mich erleichtern, Edith. Verspürst du dasselbe Bedürfnis?«

Ein Ausdruck des Entsetzens trat auf Ediths Gesicht. »*Hier* könnte ich das unmöglich tun.«

»Du könntest es schon, wenn es notwendig wäre«, sagte Juliette. »Dann geh jetzt wieder zurück. Ich komme gleich.«

»Eher würde ich mich in eine Höhle voller hungriger Löwen wagen«, erwiderte Edith. »In den Augen dieser Männer steht Lüsternheit.«

Juliette lächelte und blickte zu der Lichtung zurück, wo niemand auch nur die geringste Notiz von ihnen zu nehmen schien. »Was bringt dich denn auf den Gedanken?«

»Eine Frau merkt solche Dinge«, sagte Edith. »So alt ich bin, aber allmählich fange ich doch an, um meine Unschuld zu fürchten.«

Juliette sah sie erstaunt an. »Soll das etwa heißen, daß du sie noch besitzt?«

Edith schien vor rechtschaffener Empörung anzuschwellen. »Selbstverständlich. Und ich denke gar nicht daran, sie an diese zerlumpten Gesellen oder ihresgleichen zu verlieren. Wenn Sie es genau wissen wollen, M'lady, mir paßt es gar nicht, mit diesen Männern zusammenzusein.«

Juliette sagte sich, in Ediths Alter solle man froh sein, seine Unschuld zu verlieren, ganz gleich, an wen. Natürlich sprach sie diese Überlegung nicht aus, sondern bemühte sich lediglich, Edith zu beruhigen, aber es fiel ihr schwer, ernst zu bleiben. »Ich glaube, du machst die viel zu viele Sorgen, Edith. Schließlich hat mir Stephen selbst gesagt, seine Männer seien durch und durch ehrenwert.«

»Ehrenwert? Schotten? Ich bitte um Verzeihung, M'lady, aber eher würde ich einem ausgehungerten Wolf trauen. Ich würde lieber sterben, als solche Kerle eines Blickes zu würdigen.«

Juliette mußte wider Willen lächeln. Edith brauchte dringend Ablenkung. Aus den Augenwinkeln erhaschte sie einen Blick auf Angus. »Vielleicht würdest du es dir ja doch anders überlegen, wenn es ein Mann wäre, der gerade erst kürzlich zu mir gesagt hat, daß ein ehrenwerter Mann nur nach der Ehe streben würde.«

Edith schimpfte weiter. »Mit der Ehe hat es nichts auf sich«, murrte sie und unterbrach sich dann. »Welcher von ihnen hat das gesagt?«

Juliette deutete auf Angus und lachte in sich hinein, als Edith wie ein abgerichteter Falke losschoß, um Jagd auf Angus zu machen.

Juliette lachte lauthals, als sie auf die Büsche zuging und sich umsah. Nachdem sie sich vergewissert hatte, daß sie von niemandem beobachtet wurde, beschloß sie, noch etwas weiter zu laufen, zu einer Stelle, wo das Land über einen Haufen von Felsbrocken sanft in die Tiefe abfiel zu einem plätschernden Bach. Sie sprang über den Bach und fand den idealen Ort, eine geschützte Stelle, eingerahmt von niedrigen Bäumen.

Wenige Minuten später, nachdem sie ihr Anliegen erledigt hatte, verließ sie den Schutz der Bäume wieder ... und das Herz schlug ihr bis zum Hals, als sie auf drei große, stämmige Männer auf zotteligen Pferden stieß, die ihr den Weg versperrten.

MacBeans!

Einer der Männer fauchte etwas, worauf die drei ihre Pferde vorwärts trieben und einer von ihnen die Hand nach ihr ausstreckte. Juliette schrie laut auf, wirbelte herum und rannte auf die Bäume zu, um dort Deckung zu suchen.

Plötzlich ertönte ein Schuß, und Juliette fuhr erschrocken herum. Die drei Männer wandten sich um und starrten verdutzt beim Anblick eines einzelnen Reiters, der auf sie zugaloppiert kam – ein Reiter in schwarzer Kleidung mit flatterndem schwarzen Cape. Funken sprühten von den Steinen, die die Hufe seines schwarzen Pferdes trafen, als er wie ein Dämon auf sie zupreschte.

Juliette hörte das Zischen, mit dem er seinen Säbel zog.

Zwei der Männer schrien etwas Unverständliches, gaben ihren Pferden die Sporen und ritten auf ihn zu. Juliettes erster Impuls war, sich abzuwenden, doch sie stellte fest, daß sie es nicht konnte. Was sie als nächstes sah, sollte sich unauslöschlich in ihr Gedächtnis einprägen.

Es war ein faszinierender und grauenerregender Moment zugleich, ein höchst gottloser und barbarischer Akt, und dennoch die schwungvollste Tat, die sie je gesehen hatte.

Stephen ritt zwischen die beiden Männer, schwang seinen Säbel nach rechts und traf einen der Männer am Hals zwischen Kopf und Schulter. Noch ehe der Mann kopfüber von seinem Pferd stürzte, holte Stephen nach links aus und traf den anderen Mann in die Brust, bevor er auf den dritten Mann zuritt, der seinen Säbel mit beiden Händen hoch über dem Kopf schwang, als er nahte.

Stephen trieb sein Pferd auf den Mann zu, und sein Hengst prallte im vollen Galopp auf das Tier des Gegners, so daß dieser das Gleichgewicht verlor und zu Boden stürzte.

Noch bevor der Mann wieder auf die Füße kommen konnte, nagelte Stephen ihn am Boden fest, indem er seinen Säbel durch den Ärmel seines Widersachers stieß. Blut sickerte aus einer Stichverletzung an seiner Seite.

»Richte deinem Anführer aus, daß ich behalte, was mir gehört«, sagte Stephen.

Juliette hatte sich den Handrücken auf den Mund gepreßt und beobachtete voller Entsetzen, wie der Mann zu seinem Pferd wankte und dann aufstieg und fortritt. Stephen zog sein Tier herum und galoppierte auf sie zu. Einen entsetzlichen Moment lang glaubte sie, er würde sie niederstechen, doch es war nur seine unbewaffnete Hand, die sich nach ihr ausstreckte, sie unsanft packte und quer über den Sattel warf.

Sein Pferd verlangsamte keine Sekunde sein Tempo, als sie zu der Lichtung zurückritten, wo die anderen sie erwarteten. Aus ihrer unglücklichen Lage mit herabhängendem Kopf konnte sie erkennen, daß die übrigen Männer sie beobachteten. Sie wand sich und zappelte und wollte sich gerade über ihre unbequeme Haltung beschweren, als sie spürte, wie die flache Seite der Klinge auf ihren Po niedersauste.

Es war kein sonderlich harter Schlag, und ihre Unterröcke fingen seine geringe Wucht ohnehin ab, doch sie schrie trotzdem auf, als Stephen sie unsanft hochriß und sie wütend schüttelte. »Wenn du mir das nächste Mal nicht gehorchst, wirst du mich kennenlernen!« Er stellte sie energisch auf die Füße.

Sie wich zurück, während sie ihn schweigend anstarrte, unfähig, ein Wort herauszubringen. Die Szene, die sie gerade beobachtet hatte, hatte etwas an sich – etwas Furchteinflößendes und Erregendes zugleich. Sie hatte gewußt, daß dieser Mann gefährlich war ... aber *wie* gefährlich, das wurde ihr erst jetzt richtig klar.

»Bist du entsetzt?« fragte er.

»Ja.«

»Warum?«

»Das war das barbarischste Schauspiel, das ich je erlebt habe.«

»Das kann schon sein, aber wenn diese Männer auch nur die geringste Chance gehabt hätten, dann hätten sie dasselbe mit mir getan. So ist das nun einmal zwischen den Clans.«

»Es war trotzdem barbarisch.«

Er sah ihr direkt in die Augen. »Ich habe den dritten Mann verschont, oder etwa nicht?«

Ihre Kehle war so trocken, daß sie nicht antworten konnte.

Als sie nichts sagte, runzelte er unwillig die Brauen. »Du solltest dir kein Urteil über Dinge bilden, von denen du keine Ahnung hast«, sagte er.

Noch immer sprachlos, starrte sie ihn an. Im Mondschein war er ein atemberaubend schöner Mann gewesen mit den ausgeprägten Zügen seines kantigen Gesichts, während das Licht des Feuers über sein rabenschwarzes Haar flackerte. Sie hatte nicht erkannt, daß der Mann, den sie mit so leichtsinniger Unbekümmertheit geneckt hatte, ein solch mächtiger Krieger war.

Als sie ihn jetzt zum ersten Mal im hellen Tageslicht betrachtete, schoß ihr der Gedanke durch den Kopf, daß sie in eine Lage hineingeraten war, über die sie keine Kontrolle mehr hatte.

Benommen gestattete sie Angus, ihr beim Aufsteigen behilflich zu sein. In dem Moment, in dem sie im Sattel saß, brach sie wie ein Häufchen Elend zusammen.

Stephen ritt an ihre Seite. »Vielleicht ist deine momentane Sprachlosigkeit ein Zeichen von Weisheit«, sagte er.

»Jeder hat seine schwachen Punkte«, sagte sie zu ihrer Verteidigung, ehe sie ihr Pferd antrieb.

»Richtig«, erwiderte er leise, »und du könntest dich als mein Schwachpunkt erweisen.«

In dem Moment kam Edith auf ihrem kleinen Pony auf sie zugestürmt. Sie wirkte reichlich mitgenommen. Das Haar wehte wild um ihr Gesicht, und ihr Hut saß schief. »M'lady, ist alles in Ordnung mit Ihnen?«

»Mir fehlt nichts, Edith«, sagte Juliette. Dann sah sie den besorgten Ausdruck auf Ediths Gesicht und fügte lächelnd hinzu: »Wirklich nicht.«

»O M'lady, als ich gesehen habe, wie er mit Ihnen zurückkehrte ... mit seinem blutigen Schwert ... da ist mir das Herz wahrhaftig bis in die Füße gesackt. Wie viele waren es überhaupt? Haben sie Sie angefaßt? Noch nie in meinem Leben habe ich einen derart blutigen Racheakt gesehen. Ich hoffe wirklich, daß Sie die Augen abgewandt haben, M'lady. Für eine Dame von Ihrer Herkunft würde es sich nicht gehören, derart barbarische Akte des Blutgvergießens mitanzusehen. Also, ich muß schon ...«

»Ruhe!«

Stephen Gordons Stimme zerriß die Luft wie ein Peitschenknall und hallte von den Bäumen im Hintergrund wider. Juliette wollte gerade etwas sagen, überlegte es sich dann jedoch anders.

Stephen warf erst einen Blick auf Ediths schlaff herunterhängende Kinnlade, dann auf Angus. »Wenn sie es wagt, auch nur den Mund aufzumachen, dann knebelst du sie.«

»Wird gemacht«, erwiderte Angus ohne jede Gefühlsregung, als Edith mit einem Ruck den Mund schloß.

4

Kurz darauf waren sie wieder unterwegs, und Juliette nahm den Platz ein, den Stephen ihr zugewiesen hatte. Diesmal ritt sie auf ihrem eigenen Pferd neben ihm her. Obwohl er angeordnet hatte, Edith im Zweifelsfall zu knebeln, mußte Juliette feststellen, daß sie den Mund nicht halten konnte. Vielleicht war es einfach nur ein Mittel, um sich von der Steifheit ihres Körpers abzulenken, oder um sich selbst daran zu hindern, an die blutige Szene zu denken, die sie vorhin mitangesehen hatte.

»Wie weit ist es noch?« fragte sie Stephen.

»Wohin?«

»Nach Craigmoor Castle natürlich!«

»Noch vier Tagesritte ... ungefähr.«

Sie seufzte matt. »Und wo genau liegt Craigmoor Castle?«

»In der Nähe der Ortschaft Craigmoor.«

Juliette biß die Zähne zusammen und betete um Geduld. Sie nahm an, es schickte sich nicht, ihn von seinem Pferd zu stoßen. In Wahrheit war sie soweit, daß sie den Mann am liebsten erwürgt hätte. »Und wo, bitte schön, liegt die Ortschaft Craigmoor? Ist sie in Küstennähe?«

»In Schottland ist man nie weiter als vierzig Meilen vom Wasser entfernt, Mädchen.«

Sie nickte. »Vielen Dank für diese interessante Information. Ich werde versuchen, es mir zu merken, denn ich bin sicher, es wird viele Gelegenheiten geben, wo ich derart wertvolle Einsichten gern an andere weitergeben möchte.«

Er sagte nichts, doch das machte Juliette nichts aus. Ihr halbes Leben lang war sie von ihrem Vater und von ihren jüngeren Schwestern ignoriert worden. »Werden Sie dem Schwarzen Schotten von den MacBeans erzählen?«

Er sah sie argwöhnisch an.

»Woher weißt du, daß es MacBeans waren?«

»Kurz vor unserer Rast haben Sie gesagt, wir befanden uns auf MacBean Territorium, und daher habe ich selbstverständlich angenommen ... es waren doch MacBeans, oder nicht?«

»Ja, es waren MacBeans.«

»Waren sie hinter mir her?«

»Sie haben doch versucht, dich zu entführen, oder etwa nicht?«

»Doch, aber hatten sie es ... speziell auf mich abgesehen?«

»Ja, das habe ich dir doch schon gesagt. Wenn sie dich geschnappt hätten, wäre das für sie eine willkommene Möglichkeit gewesen, um mich zu demütigen, den König von England in Rage zu versetzen und ihre Schatztruhen mit Lösegeld zu füllen.«

»Lösegeld ... ach so. Das heißt also, sie hätten mich nicht gezwungen, das Oberhaupt des MacBean-Clans zu heiraten?« fragte sie und erinnerte sich wieder an das, was er ihr vorhin erzählt hatte.

»Du scheinst enttäuscht zu sein, Mädchen. Möchtest du vielleicht, daß ich den Mann zurückrufe?«

»Lassen Sie den Unsinn. Ich war nur neugierig, das ist alles. Sie können leicht Witze machen. Schließlich wären *Sie* nicht derjenige, den man zwingen würde, einen MacBean zu heiraten.«

»Reg dich bloß nicht auf, Mädchen. Ich schätze, wenn du ihnen soviel Ärger gemacht hättest wie mir, dann hätten sie dich wahrscheinlich noch vor Anbruch der Nacht freiwillig zurückgebracht. Du bist ein verdammt schwieriges Mädchen.«

»Das haben Sie mir schon einmal gesagt, M'lord.«

»Und du redest zuviel.«

»Nun, aber zumindest beantworte *ich* Fragen«, sagte sie und starrte ihn vorwurfsvoll an, ohne sich daran zu stören, ob er es merkte oder nicht.

Er merkte es durchaus, aber er sagte nichts dazu. Er saß nur einfach da, mit dem Rücken zur Sonne, und musterte sie eindringlich, als versuchte er, aus ihr schlau zu werden – als ob ein Mann jemals aus einer Frau schlau werden könnte, indem er sie nur anstarrte. *Ihn* anzusehen, war dagegen etwas ganz anderes.

Für einen Moment war sie vollkommen in den Anblick seines dunklen Haares versunken, das in der Sonne silbern glänzte. Die kantigen Züge seines vornehmen Gesichts brauchten dagegen keine Sonne, um ihre Aufmerksamkeit zu fesseln. Es fiel ihr schwer, einen Mund zu ignorieren, der derart viele sinnliche Genüsse verhieß, oder Augen, die sie mit einer solchen Glut berührten. Ihr Blick wanderte wieder zu seinem Mund und schien es zufrieden, dort zu verweilen. Benommen erinnerte sie sich an das Gefühl jener samtweichen Lippen auf ihren.

»Alexander MacBean ist bereits verheiratet«, sagte er und riß sie damit abrupt aus ihren Träumereien heraus.

Die glückselige Erinnerung war zerstört, und sie konnte ihre Ernüchterung nicht verbergen. Sie sah ihn gereizt an.

Er besaß die Dreistigkeit, sich entgeistert zu geben. »Du bist doch nicht etwa enttäuscht, oder?«

»Nein, natürlich nicht. Für wie dumm halten Sie mich eigentlich, M'lord? Wenn ich schon heiraten muß, dann ziehe ich die Ehe mit dem Schwarzen Schotten vor.«

»Du kennst ihn doch gar nicht. Woher willst du wissen, daß du die Ehe mit ihm vorziehst?«

»Mir gefällt sein Name.«

Stephen schnappte nach Luft. »Sein Name? Du würdest einen Mann wegen seines Namens heiraten? Einen Mann, der einen solchen Ruf wie der Schwarze Schotte hat?«

Sie sah ihn finster an. »Noch nicht einmal der Teufel ist so schwarz, wie er gemalt wird. Und außerdem heirate ich diesen Mann ausschließlich deshalb, weil der König es mir befohlen hat. Weshalb also sollte es lächerlich sein, daß mir sein Name gefällt? So weiß ich zumindest, daß mir *etwas* an ihm gefallen wird. Und außerdem haben Sie mir erzählt, daß er Ihnen sehr ähnlich sieht, oder etwa nicht?«

»Doch, das habe ich gesagt.«

Sie nickte. »Es reicht wohl, wenn ich sage, daß mir diese Vorstellung gefällt.«

Er knurrte etwas vor sich hin. Sie erkannte einen skeptischen Unterton, wenn sie einen hörte, doch sie schwieg hartnäckig.

Das schien ihn jedoch nicht zu stören. »Ein faszinierender Name und ein einigermaßen attraktives Gesicht ... mir scheint, viel verlangst du nicht gerade von einem Ehemann.«

»Oh, natürlich erhoffe ich mir mehr, aber solange wir einander nicht begegnet sind, weiß ich nur das, was Sie mir berichten. Würden Sie mir bitte mehr über ihn erzählen?«

»Sie sind wirklich anstrengend, Lady Juliette.«

Juliette seufzte, wandte den Blick ab und sagte leise: »Ja, ich fürchte, das ist der Hauptgrund, weshalb ich jetzt hier bin.«

Stephen warf den dunklen Kopf zurück und lachte schallend.

Juliette beobachtete, wie er seinem Pferd die Sporen gab und vor ihr herritt. Als er Angus eingeholt hatte, verlangsamte er sein Tempo und beugte sich seitwärts, während er eindringlich auf seinen Freund einredete. Falls Stephens Worte irgendwie Wirkung auf ihn ausübten, so ließ Angus es sich jedenfalls nicht anmerken. Soweit Juliette es erkennen konnte, war sein Gesicht so ausdruckslos wie die weißen Klippen von Dover.

Im nächsten Moment kam Ediths Pony und verlangsamte seinen Schritt, um neben Juliettes Pferd herzutrotten.

»Der schwarze Teufel scheint Ihre Gesellschaft zu genießen, M'lady«, sagte Edith.

»Manchmal«, sagte Juliette und warf einen sehnsüchtigen Blick auf Stephens breiten Rücken. »Ich weiß nicht, warum, aber ich werde das Gefühl nicht los, daß er sein Spielchen mit mir treibt.«

»So sind Männer nun mal. Es liegt in ihrer Natur, sich so zu benehmen ... bis zum letzten Atemzug.«

Juliette holte tief Luft. »Stephen Gordon ist ein ganz erstaunlicher Mann. Er ist wie ein Edelstein mit vielen Facetten.«

»Die Facetten kann ich nicht beurteilen«, sagte Edith und musterte ihn von Kopf bis Fuß, »aber er ist ein gutaussehender Teufel, selbst wenn er nackt wie die Wahrheit ist.«

Ein träges Lächeln breitete sich auf Juliettes Gesicht aus. »Ja, insbesondere dann«, sagte sie, und beide lachten.

Als Juliette gerade zu glauben begann, sie würde den Rest ihres Lebens auf dem Rücken eines Pferdes verbringen, kündigte Stephen an, daß sie jetzt für die Nacht Rast einlegen und ihr Lager aufschlagen würden.

Mit einem matten Seufzen glitt sie aus dem Sattel und sank in dem Moment erschöpft in sich zusammen, in dem ihre Stiefel den Boden berührten. Angus, der zufällig gerade vorbeikam, riß sie mit einem unsanften Ruck wieder auf die Füße.

»Danke«, sagte sie.

Angus ging wortlos weiter.

»Himmel! Der Mann muß taubstumm sein«, murmelte Juliette.

»Das Schweigen eines Mannes wird ihn niemals verraten«, sagte Stephen.

Juliette, die sich Stephens Nähe nicht bewußt gewesen war, zuckte erschrocken zusammen und preßte eine Hand auf ihre Brust. Es ärgerte sie maßlos, daß er sich immer wieder heimlich an sie heranschlich, und sie ließ ein wenig Gift in ihre Antwort einfließen. »Es trägt aber auch nicht dazu bei, Freunde zu gewinnen«, sagte sie spitz.

»Du solltest kein so vorschnelles Urteil fällen, Mädchen. Er ist da, wenn man ihn braucht. Wie könnte man einen Freund besser definieren?«

Juliette zuckte die Achseln und ging dann, denn es gefiel ihr gar nicht, nach jedem Wortwechsel mit ihm wie ein Dummkopf dazustehen. Es war ihr verhaßt ... abgrundtief verhaßt, wenn ein Mann die Oberhand gewann. Seine Worte verfolgten sie unablässig. *Sein Schweigen wird ihn niemals verraten ...*

In dem Punkt, sagte sie sich, könnte Stephen durchaus recht haben.

Kurze Zeit später beobachtete sie, wie einer der Männer, den sie Dougal nannten, Tartans auf dem Boden ausbreitete, damit sie und Edith darauf schlafen konnten. Schotten hatten eine seltsame Art, ihr Lager aufzuschlagen, wie Juliette auffiel, und sie konnte sich eine entsprechende Bemerkung nicht verkneifen. »Wo sind die Zelte?«

Dougal sah Stephen an.

»Er spricht wohl auch nicht, wie?« meinte sie.

»Nur dann, wenn er etwas zu sagen hat«, sagten Juliette und Stephen wie aus einem Munde. Dann grinste Stephen breit und erklärte: »Wir benutzen keine Zelte.«

»Und was ist, wenn es regnet?«

»Dann rollt ihr euch in eure Tartans.«

»Wieso bin ich eigentlich nicht von selbst darauf gekommen?«

»Weil du Engländerin bist.«

»Machen Sie bloß die Engländer nicht auch noch für den Regen verantwortlich«, gab sie zurück, und plötzlich fiel ihr etwas ein. Sie zog die Stirn in Falten und starrte auf die Tartans. »Ich dachte, die hätte der König verboten.«

»Richtig«, erwiderte Stephen.

»Aber Sie benutzen sie trotzdem.«

»Nur dann, wenn keine Engländer in der Nähe sind«, erwiderte er.

Während Juliette noch darüber nachdachte, beobachtete sie, wie Angus hinter einem kleinen Kiefernwäldchen in der Dunkelheit verschwand. Ihr fiel auf, daß Stephen dieselbe Richtung einschlug. »Wohin gehen Sie?«

»Angeln.«

»Sie gehen angeln? Jetzt? Im Dunkeln?«

»Die Fische stört das nicht. Stört es dich etwa?«

»Nein, natürlich nicht, aber im Dunkeln zu angeln ...«

»Du hast doch Hunger, oder nicht?«

»Ja, aber ...«

»Hältst du eigentlich jemals den Mund, Mädchen?«

Sie lächelte. »Nur wenn ich schlafe.«

Fast hätte sie ihm damit ein Lächeln entlockt. Aber nur fast. »Ah, was für ein Segen. Ich kann nur beten, daß es wahr ist«, sagte er und wandte sich ab, ehe er in der Dunkelheit verschwand und der Klang seiner Stimme vom Wind zu ihr zurückgetragen wurde. »Du kannst beruhigt sein, Mädchen. Ich werde nicht lange fortbleiben.«

»Ah, was für ein Segen«, ahmte sie ihn nach und hörte sein leises Lachen.

Nachdem er fortgegangen war, setzte sich Juliette an das kleine Lagerfeuer und beobachtete, wie die Männer den Pferden Fußfesseln anlegten, ein Feuer aufschichteten und ihre Decken auf dem Boden ausbreiteten. Edith setzte sich neben sie und erkundigte sich, ob der Mann, den sie Angus nannten, eigentlich jemals den Mund aufmachte. »Nur wenn er etwas zu sagen hat«, erwiderte Juliette. »Hat er mit dir gesprochen?«

»Gewissermaßen«, erwiderte Edith.

Das erstaunte Juliette. »Und was hat er gesagt?«

»Er hat gesagt, man sollte mir die Ohren kupieren, weil ich sie nicht brauche.«

»Na ja, wenigstens hat er überhaupt etwas gesagt. Ich finde, das ist ein guter Anfang.«

»Glauben Sie das wirklich, M'lady?«

Juliette lächelte. »Ja, selbstverständlich. Mit mir redet er jedenfalls kein Wort.«

Darüber schien sich Edith zu freuen, und sie sah in die Richtung, die Stephen und Angus vor einer Weile eingeschlagen hatten. »Wohin sind sie gegangen?«

»Zum Fischen. Für unser Abendessen.«

»Gut. Ich komme fast um vor Hunger. Ich hatte mich schon gefragt, ob sie uns wohl etwas Eßbares vorsetzen oder ob sie uns foltern würden. Ich habe noch nie ein so unbequemes Tier geritten. Heiliger Strohsack! Dieses Pferd scheint aus nichts anderem als aus knochigem Rückgrat zu bestehen.«

»Rückgrat scheint etwas zu sein, was alle Schotten gemeinsam haben«, sagte Juliette.

»Ganz gleich, ob Zweibeiner oder Vierbeiner«, fügte Edith hinzu.

Juliette lächelte und blickte in die Dunkelheit hinaus.

»Ich kann mir nicht helfen, ich muß soviel Stärke einfach bewundern«, sagte Edith in einem hingerissenen Tonfall, der Juliette erkennen ließ, daß sie an Angus dachte. Dann riß sie sich zusammen und stotterte: »Natürlich ist auch Stephen ein starker Mann ... stark und anscheinend weise für seine jungen Jahre.«

»Ich behalte mir mein Urteil noch vor«, erwiderte Juliette. »Es bleibt abzuwarten, ob er mehr von Samson oder von Salomo hat.« Sie stand auf.

Edith sah ihr nach, unternahm jedoch keine Anstalten, sich ebenfalls zu erheben. »Wohin gehen Sie?«

»Ich glaube, ich werde mir mal ansehen, wie die Schotten Fische fangen.«

»Vielleicht erhofft sich M'lady einen weiteren Blick auf die nackte Wahrheit.«

»Man muß eben nehmen, was kommt«, erwiderte Juliette achselzuckend und folgte demselben Weg, den vor ihr schon Stephen und Angus eingeschlagen hatten.

Der Bach war nicht weit vom Lager. Juliette hörte das gedämpfte Murmeln von Stimmen schon, noch bevor sie aus dem matten Lichtschein des Lagerfeuers trat.

Im nächsten Moment drang Stephens Stimme aus dem Dunkeln. »Wenn man dich näher kommen hört, dann fragt man sich unwillkürlich, wie die Engländer jemals die Taktik des Überraschungsangriffs perfektionieren konnten.«

»Es ist klüger, gehört und erkannt zu werden, als wegen Anschleichens erschossen zu werden«, erwiderte Juliette.

Sie sah den dunklen Umriß von zwei Gestalten, die auf einem Felsbrocken saßen, um den sich der im Mondlicht glitzernde Bach zu schlängeln schien. Gerade als sie die beiden erreichte, sprang Angus auf die Füße. Stephen reichte ihm zwei Fische, durch deren Mäuler und Kiemen ein schmaler Lederriemen gefädelt war. »Du solltest dich lieber um das Essen kümmern«, sagte er. »Ich fürchte, ich werde gleich mit Worten erschlagen.«

»Ja, Worte sprudeln wie Wasser aus dem Mund dieses Mädchens. Ich vermute, alle Engländer sind von dieser Untugend befallen«, sagte Angus.

»Wir sind ein freundliches Volk«, erwiderte Juliette achselzuckend und sah Stephen an.

»Hast du noch nie gehört, Mädchen, daß man schweigen muß, um eine Maus zu fangen?«

»Ich hatte vor, den faden Haferbrei des Daseins mit ein paar Prisen interessanter Konversation zu würzen.«

Er lachte. »Wenn das so ist, Mädchen, dann setz dich. Angus hat den Platz schon für dich vorgewärmt.«

Sie blickte in die Richtung, die Angus eingeschlagen hatte. »Ich bin sicher, daß er die ganze Zeit über stehengelieben wäre, wenn er gewußt hätte, daß er seinen Platz für mich anwärmt.«

»Gewinne sein Vertrauen, und du wirst einen starken Verbündeten haben.«

»Himmel! Ich glaube, es ist einfacher, Giganten mit einem Angelhaken zu fangen, als die Gunst dieses Mannes zu erringen.«

Stephen lachte, und Juliette setzte sich auf den Platz, den Angus bereits angewärmt hatte, während sie beobachtete, wie Stephen ein Stück Schnur mit einem Haken am Ende zusammenrollte.

»Benutzen Sie denn nie Angelruten?« fragte sie.

»Nein. Ich habe schon in jungen Jahren gelernt, daß eine Angelrute nichts weiter ist als ein Stock mit einem Haken am einen Ende und einem Dummkopf am anderen.«

»Als ich klein war, habe ich versucht zu lernen, wie man Forellen mit der bloßen Hand fängt, aber ich habe die Kunst nie erlernt. Mein Vater hat gesagt, das Wasser sei zu klar.«

»Ja, Forellen fängt man am besten dann mit der Hand, wenn das Wasser schlammig ist.« Er steckte die Schnur in die Tasche. »Ich habe den Eindruck, du stehst deinem Vater sehr nahe.«

»Ja. Meine Tante sagt, es käme daher, daß ich keine Mutter

habe, aber ich glaube, es liegt daran, daß mein Vater ein so wunderbarer Mann ist.«

»Wann hast du deine Mutter verloren?«

»Bei der Geburt meiner jüngsten Schwester Ellen.« Ihr Gesicht nahm einen wehmütigen Ausdruck an: »Du kannst froh sein, daß du deine Mutter so lange Zeit gekannt hast.«

»Wie kommst du auf den Gedanken, ich hätte meine Mutter lange Zeit gekannt?«

»Weil ich trotz deiner tiefen Traurigkeit auch eine gewisse Zärtlichkeit wahrnehme ... eine verständnisvolle Geduld mit Frauen, die nur von der Liebe einer Mutter herrühren kann.«

»Vielleicht liegt es daran, daß ich die Mädchen schon immer gemocht habe«, sagte er.

»Nein, es geht viel tiefer«, sagte sie und sah, daß ihre Worte ihm Unbehagen bereiteten. Es war ein Beweis dafür, daß sie die Wahrheit getroffen hatte.

Er sah sie ganz seltsam an.

»Bedrückt dich etwas?« fragte sie.

»Ja. Ich kann nicht umhin, mich zu fragen, weshalb dein Vater deiner Verlobung mit dem Schwarzen Schotten zugestimmt hat«, sagte er. »Nach der Art zu urteilen, wie du von ihm sprichst, scheint er dir sehr zugetan zu sein.«

»Das habe ich Ihnen doch schon gesagt. Es kam nur daher, weil der König es so befohlen hat. Vielleicht habe ich es ihm leichter gemacht, die Entscheidung zu akzeptieren.«

»Wie das?«

»Weil ich mir Abwechslung und aufregende Erlebnisse gewünscht habe.«

»Dann bist du eine Närrin.«

»Vielleicht bin ich das, aber bisher bin ich nicht schlecht damit gefahren.«

Er drehte den Kopf, um sie anzublicken. »Nicht?«

Sie lächelte ihn an. »Nein. Ich habe festgestellt, daß ich Geschmack an Abenteuern finde.«

»Wir haben das Ziel unserer Reise noch lange nicht erreicht, Mädchen. Du sprichst reichlich vorschnell.«

»Das glaube ich nicht. Ich habe sogar tatsächlich das Gefühl, daß ich die nächsten Tage mehr auskosten werde als die bisherigen.«

»Unsere Reise ist ein gefährliches Unternehmen. Es gibt viele Clans wie die MacBeans. Nimm die Gefahr nicht auf die leichte Schulter, denn sonst könntest du in einem unachtsamen Augenblick überrumpelt werden«, sagte er und sah sie mit seinen verwirrenden blauen Augen eindringlich an.

Sie musterte sein Gesicht. »Ich fürchte, das ist bereits passiert«, sagte sie leise.

Er sah sie fragend an. »Wie meinst du das, Mädchen?«

»Wenn Sie das wüßten, würden Sie mich für mehr als töricht halten«, erwiderte sie und wünschte, sie hätte die Worte zurücknehmen können. Sie hatte ihre Zunge nie im Zaum gehalten und immer freimütig ausgesprochen, was ihr durch den Kopf ging, wenn sie besser geschwiegen hätte. Vielleicht würde es ihr guttun, unter diesen wortkargen Schotten zu leben.

»Vielleicht halte ich dich jetzt schon für mehr als töricht. Du hast doch gesagt, du hättest deiner Verlobung mit dem Schwarzen Schotten bereitwillig zugestimmt, oder nicht?«

Sie wandte den Blick ab. »Doch, obwohl ich gestehen muß, daß ich es inzwischen schon bereue ... oder zumindest teilweise.«

»Dann hast du es dir also anders überlegt?«

Sie drehte sich zu ihm um und sah ihm offen in die Augen. »Ich ertappe mich immer wieder bei dem Wunsch ...« Sie konnte sich gerade noch fangen.

Seine Augen schienen im Mondschein zu funkeln. Ein Schauer der Besorgnis überlief sie. Die warme Berührung seiner Hand auf ihrer kühlen Wange ließ sie zusammenzucken. Er sah sie durchdringend an, und sie konnte spüren, wie ihr Herz plötzlich hämmerte.

»Du hast mich neugierig auf das gemacht, was du gerade sagen wolltest«, sagte er mit nachdenklicher, fast beiläufiger Stimme, als seine Hand tiefer glitt und seine Finger sich zwischen ihren Brüsten spreizten, direkt über der Stelle, wo ihr

Herz dreimal so schnell schlug wie sonst. »Jetzt bist du auf einmal seltsam still«, flüsterte er ihr ins Ohr, und seine Lippen streiften ihre empfindliche Haut. »Ich frage mich, woher das wohl kommt?«

Sie schluckte schwer und bemühte sich, gegen den Kloß in ihrer Kehle anzukämpfen. »Ich ... ich habe im Moment einfach nichts zu sagen.«

Er knabberte an der zarten Haut unter ihrem Ohr. »Fürchtest du dich vor mir, Mädchen?«

»Nein«, brachte sie erstickt heraus.

»Das solltest du aber«, flüsterte er, und seine Worte, die aus der samtigen Dunkelheit drangen, streiften weich ihre Haut.

»Ich fürchte mich nur vor dem Unbekannten«, sagte sie und wünschte zum ersten Mal in ihrem Leben, sie wüßte mehr darüber, was sich zwischen Mann und Frau eigentlich abspielte.

»Dein Herz schlägt schnell«, murmelte er und senkte den Kopf. Sein Mund liebkoste die empfindsame Haut an ihrem Hals, als kostete er den Puls, der so wüst hämmerte. Sie erschauerte wieder, und ihr war heiß und kalt zugleich. Sie wagte es nicht, sich zu rühren.

»Sag es mir«, flüsterte er, während sein Mund ihren Lippen gefährlich nahe kam. »Sag mir, was du gerade sagen wolltest. Du hast dich bei dem Wunsch ertappt ... bei welchem Wunsch?«

Sie schloß die Augen und schluckte schwer, als seine Lippen über ihren Hals glitten. »Ich habe mir gewünscht, du wärst der Schwarze Schotte.« Sie rechnete damit, daß er sie küssen würde oder daß ihre Worte ihn zumindest schockieren würden.

Sie war enttäuscht, als er den Kopf zurückzog. »Vermutlich denkst du nur so, weil du mich als ersten kennengelernt hast.«

»Nein, ich sage das, weil ich dich mag.«

»Mögen ist nicht dasselbe wie lieben, Mädchen.«

»Nein, aber es ist ein Anfang«, erwiderte sie, plötzlich schüchtern. Sie senkte die Stimme so sehr, daß ihre Worte kaum noch hörbar waren. »Ich weiß, daß ich einen Mann wie dich mit der Zeit lieben lernen könnte.«

»Ja, das könntest du wahrscheinlich«, flüsterte er und drehte ihr Gesicht zu sich, um mit den Lippen über ihren Mund zu streifen. Dann stand er auf, ergriff ihre Hand und zog sie auf die Füße. »Spar dir solche Reden für deinen Verlobten«, sagte er barsch, »oder hast du gar keine Skrupel? Ist ein Mann so gut wie der andere für dich?«

In ihrem benommenen Zustand konnte sie nur aus tiefstem Herzen antworten. »Wenn das der Fall wäre, dann würde ich mir nicht solche Sorgen machen. Ich fürchte, gerade meine Skrupel sind es, die mir solchen Kummer bereiten. Noch nie hat ein Mann solche Gefühle in mir wachgerufen. In deiner Nähe empfinde ich ganz seltsame Dinge ... Dinge, die ich nicht verstehen kann.« Sie schüttelte den Kopf.

Er stand da, während er ihre Hand hielt und schweigend auf sie herunterblickte. Dann zog er sie an sich, und sein Blick forschte in ihren Augen, als suchte er dort einen Hinweis auf die Wahrheit. »Du solltest dich lieber in acht nehmen, Mädchen. Deine Worte bringen einen Mann auf Gedanken, die zu denken er kein Recht hat.«

»Wenn das so ist, dann passen wir gut zusammen, denn mir geht es schon den ganzen Tag so.«

»Komm mit«, sagte er und zog sie hinter sich her.

»Wohin gehen wir?«

»Zurück zum Lager, ehe wir etwas tun, was wir beide bereuen würden.«

»Du solltest nur für dich selbst sprechen.«

»Genau das versuche ich«, sagte er, und sie wünschte sich nichts sehnlicher, als ihm die Arme um den Hals zu schlingen und diesen harten Mund mit ihren Küssen zu einer solchen Leidenschaft zu entflammen, daß er sie zu der Seinen machen würde – sie nehmen und niemals wieder freigeben würde. Plötzlich erkannte sie, daß sie genau das wirklich wollte und daß sie kaum noch an etwas anderes gedacht hatte seit dem Moment, als sie ihn zum ersten Mal gesehen hatte. Es kostete sie ihren ganzen Stolz, ihn nicht zu bitten, er möge sie in seine Arme ziehen und sie küssen, wie er sie schon einmal geküßt hatte.

»Hast du wirklich Angst, du könntest etwas tun, was dir hinterher leid tut?« fragte sie.

»Ja, und ich fürchte, ich habe es bereits getan.«

»So etwas solltest du nie zu einer Frau sagen, die für Eindrücke empfänglich ist«, sagte sie. »Wenn es dein Wunsch ist, daß ich den Schwarzen Schotten heirate, dann solltest du alles tun, was in deinen Kräften steht, um mich abzuschrecken, statt mir zu sagen, daß du mich reizvoll findest.«

Er blieb abrupt stehen. »Du hast mich falsch verstanden, Mädchen. Ich finde dich kein bißchen reizvoll«, sagte er schroff. »Mein Wunsch, ins Lager zurückzukehren, entspringt nur dem Verlangen, dir die Demütigung einer Zurückweisung zu ersparen.«

»Du bist kein guter Lügner«, sagte sie und dachte, daß ihn seine dunkle, zynische Schönheit nur noch attraktiver erscheinen ließ. Sie zog sich auf die Zehenspitzen und küßte ihn zart auf den Mund. »Du magst mich mehr, als du dir eingestehen willst ...«

Er machte den Mund auf, um etwas zu erwidern, doch sie schnitt ihm das Wort ab.

»Ich kenne dich besser, als du glaubst, und für mich bist du ein offenes Buch«, sagte sie. Sie fand ihn keineswegs leicht durchschaubar, doch sie war der Ansicht, es hörte sich gut an, und außerdem gab es ihr das Gefühl, eine gewisse Macht in dieser Situation zu haben, die schrecklich außer Kontrolle geraten war.

Er riß sie in seine Arme und legte seine Hand auf ihren Hinterkopf, um sie mit ihrem Mund auf seinen Lippen festzuhalten. Er küßte sie glühend und besitzergreifend und nutzte den Druck seines Mundes, um ihre Lippen gewaltsam zu öffnen.

Sie erwiderte seinen Kuß mit all der naiven und ungeschulten Leidenschaft, die sie in sich hatte, wohl wissend, daß ihr Kuß bestenfalls unerfahren war. Er schien die Führung zu übernehmen, denn er schob seine Zunge wieder und wieder grob in ihren Mund, als versuchte er, ihr Angst einzujagen. Sie stöhnte leidenschaftlich, ohne im geringsten verängstigt zu sein. Plötzlich wurde sein Kuß zärtlich. Sie schmiegte sich an ihn und schmolz dahin, als ein Stöhnen tief aus seiner Kehle aufstieg und seine Hand sich hob, um sich warm auf ihre Brust zu legen. Ein verzweifeltes Verlangen verzehrte sie, und er flüsterte etwas in einer Sprache, die sie nicht verstehen konnte.

Plötzlich ließ er sie los. »Es wird eine Zeit kommen«, sagte er erbittert, »da wirst du feststellen, daß du mich überhaupt nicht kennst.«

Stephen saß am Feuer und starrte über die glühenden Kohlen hinweg zu der Stelle, wo Juliette in eine Decke eingehüllt lag und schlief.

»Es muß sehr schwierig sein, in die eine Richtung zu sehen und in die andere zu rudern«, sagte Angus.

Stephen blickte ihn an. »Was soll das denn heißen?«

Angus setzte sich neben ihn. »Du scheinst immer tiefer im Treibsand der Täuschung zu versinken. Du hättest dem Mädchen sagen sollen, wer du bist, solange du noch Gelegenheit dazu hattest. Bevor es zu spät war.«

»Es ist noch nicht zu spät.«

»Oh, doch, das ist es.«

»Wie kommst du darauf?«

»Du hast zu lange gewartet, Junge. Jetzt ist ihr Herz im Spiel.«

»Das macht nichts. Ich werde es ihr einfach sagen.«

»Ja, aber sie wird verletzt und wütend reagieren.«

»Was sollte ich denn deiner Meinung nach sonst tun?«

Angus zuckte die Achseln, nahm einen Stock in die Hand und stocherte in dem Feuer herum. »Das Mädchen macht sich etwas aus dir.«

»Ja, das kompliziert die Dinge zwar im Moment, aber zumindest läßt es die Zukunft etwas rosiger erscheinen.«

»Ja, falls es dir gelingen sollte, ihr die Wahrheit zu sagen, ohne ihr Vertrauen zu verlieren. Ich möchte nicht in deinen Schuhen stecken, mein Junge. Vor dir gähnt ein Abgrund, und hinter dir heulen die Wölfe.«

»Ich werde einen Weg finden«, sagte Stephen, »denn ich denke gar nicht daran, sie zu verlieren.«

5

Zwei Tage lang ritten sie in hartem Tempo, machten selten Rast und schliefen nur wenige Stunden in der Nacht. Das Vorankommen war schwierig, und sie wurden von einem Nieselregen geplagt, der es mit dem Aufhören nicht eilig zu haben schien.

Sie waren stundenlang geritten, ohne Halt zu machen. Durchnäßt und frierend und mit hämmernden Kopfschmerzen saß Juliette müde auf ihrem Pferd, während sie sich Ediths Klagen anhörte und fand, Stephen hätte recht damit gehabt, das Schweigen zu preisen.

Stephen.

Schon allein bei dem Gedanken an ihn wurde ihr wärmer ums Herz – obwohl sie wußte, daß er sie den ganzen Tag über gemieden hatte. Zum hundertsten Mal gestattete sie es sich, ihren Blick zu ihm hinüberschweifen zu lassen und voller Wehmut darüber nachzusinnen, wie anders doch alles wäre, wenn Stephen derjenige wäre, den sie heiraten sollte, und nicht der Schwarze Schotte.

Einen Moment lang erlaubte sie ihren Gedanken, in diese Richtung abzuschweifen, und sie empfand es als angenehm und qualvoll zugleich. Es war zwecklos, die Wahrheit zu leugnen. Sie konnte sich selbst nicht belügen. Sie war auf dem besten Wege, sich in ihn zu verlieben. Die Frage, die sie beschäftigte, war, ob Stephen im Laufe der Zeit für sie empfinden würde wie sie für ihn – und zwar im Laufe der wenigen Zeit, die ihnen noch blieb, bis sie Craigmoor erreichten.

Und wenn er tatsächlich zu der Erkenntnis kam, daß er sie liebte, würde er sich dann für die Frau seines Herzens gegen das Oberhaupt seines Clans stellen?

Ein Blick auf den breiten Rücken und die stolze Haltung des fraglichen Mannes genügte, um ihre Frage zu beantworten. Unehrenhaftigkeit war diesem Mann so fremd wie Französisch. Von Kindheit an hatte man Stephen mit seinem Haferbrei beträchtliche Portionen Stolz und Ehrgefühl eingeflößt. Es mochte durchaus sein, daß sie ihm etwas bedeutete. Und es mochte auch sein, daß er sie ab und zu küssen würde. Aber er würde niemals im Leben seinen Lehnsherrn verraten.

Seltsamerweise stellte sie fest, daß sie das auch gar nicht wollte.

In dem Moment wurde sie sich bewußt, daß er auf sie zugeritten kam, und ihr Herz hämmerte. *Komm zu mir, Stephen. Nimm mich. Halte mich in deinen Armen. Sag mir, daß ich dir etwas bedeute ...*

Sie lächelte schüchtern, und ihr Herz klopfte vor Erwartung. Voller Sehnsucht blickte sie in sein dunkles, ausdrucksloses Gesicht, als er an ihr vorbeiritt, ohne auch nur einen flüchtigen Blick in ihre Richtung zu werfen.

Ihr Herz barst in Stücke, zertrampelt wie ihre Träume im Schlamm unter den Hufen seines Pferdes. Falls sie noch irgendwelche Zweifel gehabt hatte, wie die Dinge zwischen ihnen standen, so hatte er sie damit restlos ausgeräumt.

Ein scharfer, stechender Schmerz durchzuckte ihr Herz. Sie hätte am liebsten geweint, aber im stillen ... und nicht, während sie auf dem Rücken eines störrischen Tieres durchgeschüttelt wurde und in Gegenwart von acht sturen, gefühllosen Schotten.

Sie warf einen Blick auf Stephens Rücken. Sie wäre liebend gern zu ihm geritten und hätte sein arrogantes Gesicht in den Schlamm gepreßt. Wenn sie ein Mann gewesen wäre, dann hätte sie genau das getan.

»Nur Mut, Mädchen. Dem Jungen ergeht es auch nicht besser als dir.«

Juliette riß den Kopf herum und sah, daß Angus an ihrer Seite ritt. Wenn sie nicht ganz so mutlos gewesen wäre, hätte sie ihn voller Ehrfurcht angestarrt, daß er überhaupt mit ihr gesprochen hatte.

Statt dessen schmerzten sie die tröstlichen Worte aus dem Mund eines so unerschütterlichen Mannes, und sie tat sich plötzlich selbst leid. Sie war verletzt. Fühlte sich im Stich gelassen. Tränen brannten in ihren Augen, und sie betete, daß sie nicht weinen würde. Nicht jetzt. Nicht in Gegenwart dieses schweigsamen alten Mannes, der ihr Herz zu kennen schien.

»Ich fürchte, Mut zu fassen ist leichter gesagt als getan.«

»Es ist nicht so schwer, wie du es dir machst, Mädchen.«

Sie schniefte. »Sie verstehen das nicht. Ich habe mich lächerlich gemacht. Ich habe ihn geküßt, und jetzt glaube ich, daß er mich haßt.«

Seine Mundwinkel zuckten, und Angus räusperte sich. »Ich würde mir das nicht so sehr zu Herzen nehmen, Mädchen. Wenn Stephen alle Mädchen hassen würde, die ihn küssen, dann blieben keine Mädchen mehr übrig, die er mögen kann.«

Sie bedachte ihn mit einem finsteren Blick. »Falls Sie mich damit aufheitern wollten, dann kann ich nur sagen, daß Ihre Bemerkung ihren Zweck verfehlt hat.«

»Würde es dich etwa aufheitern, wenn er dich tatsächlich hassen würde?«

Sie hob das Kinn und spürte plötzlich eine Woge von Stolz aufwallen. Sie war fest entschlossen, ihm nicht zu zeigen, wie wichtig es für sie war. Ihre Entschlossenheit schien sich jedoch augenblicklich wieder in Luft aufzulösen. Sie fühlte eine Träne über ihre Wange kullern und wischte sie eilig mit dem Handrücken fort. »Ich habe mich noch nie in meinem Leben so jung und so naiv gefühlt«, sagte sie. »Man hat mich immer gelehrt, ehrlich zu sein, aber inzwischen habe ich gelernt, daß Ehrlichkeit auch ein verheerender Fehler sein kann. Ich habe ausgesprochen, was ich gefühlt habe. Jetzt sehe ich selbst, daß es ein Irrtum von mir war zu glauben, er würde das respektieren. Und ich habe das Gefühl, mich lächerlich gemacht zu haben. Ich weiß, daß ich ihn nicht hätte küssen dürfen und daß ich niemals so aufrichtig zu ihm hätte sein dürfen. Was ich getan habe, war falsch, aber es gibt keine Möglichkeit, ungeschehen zu machen, was geschehen ist.«

Wieder wischte sie sich die Augen und wandte den Blick von ihm ab, aus Angst, in Tränen auszubrechen.

Angus' unerwartete Freundlichkeit brachte sie zur Verzweiflung und erzürnte sie, bis ihre Tränen so gut wie vergessen waren. Sie hätte ihm am liebsten gesagt, er solle sich nicht einmischen, sondern sich besser in den Wald begeben, um einen tollwütigen Wolf zu streicheln, doch es gelang ihr, sich in Schach zu halten, obwohl sie noch immer nicht verstehen konnte, warum der plötzliche Entschluß dieses bärbeißigen Schotten, sie ins Vertrauen zu ziehen, in ihr den Wunsch wachrief zu weinen.

»Reg dich nicht auf, Mädchen. Niemandem, der das Herz am rechten Fleck hat, bleibt das Paradies für immer versagt«, sagte er. Mit diesen Worten gab er seinem Pferd die Sporen und ließ sie wieder allein, und die Tränen, die sie mühsam zurückgehalten hatte, strömten über ihr Gesicht und vermischten sich mit dem prasselnden Regenschauer.

Der Regen ging wieder in ein Nieseln über, das die Landschaft in dichten, undurchdringlichen Nebel hüllte. Der Rest des Tages verlief ereignislos – ein weiterer langer Tag, an dem sie zu selten Rast machten, ein weiterer Tag, an dem Stephen sie ignorierte.

Um die Zeit herum, wenn sich die Sonne behaglich am Horizont hätte niederlassen sollen, ritten sie in den Innenhof einer verfallenen Abtei.

»Wir werden hier unser Lager aufschlagen«, sagte Stephen mürrisch und stieg ab. Juliette sah sich um. Nur die Außenmauern der Abtei standen noch und boten wenig Schutz gegen die Elemente oder die Feinde des Gordon-Clans.

Angus kam, um Juliette beim Absitzen zu helfen. In dem Moment, in dem ihre Füße den Boden berührten, wandte sie sich abrupt ab und wäre fast mit Stephen zusammengeprallt.

Er streckte die Hände aus, um sie zu stützen. Er ließ sie nicht wieder los.

Sie blickte unsicher zu ihm auf. Da man sie gelehrt hatte, daß sich mit Honig mehr erreichen läßt als mit Essig, lächelte sie.

Er erwiderte ihr Lächeln träge, eine Geste, die sie überrumpelte und völlig verwirrte. Es war ein Fehler gewesen, ihn anzulächeln. Sie hatte das sichere Gefühl, daß er noch in den Windeln gesteckt haben mußte, als er gelernt hatte, dieses Lächeln mit solch umwerfender Wirkung einzusetzen.

Zu verwirrt und müde, um ihre Gefühle auseinanderzusortieren, wandte sie sich ab und befreite sich aus seinem Griff, ehe er eine Chance hatte, irgend etwas zu sagen oder sie noch einmal spöttisch anzulächeln. Als sie ihn stehenließ und eilig fortlief, ging ihr auf, daß sie zum ersten Mal in ihrem Leben verliebt war. Warum irgend jemand dieses gräßliche Gefühl anstreben sollte, ging über ihren Verstand. Als sie sah, daß Edith und Stephens Männer hinter den Mauern der Abtei verschwunden waren, machte sie sich auf die Suche nach ihnen.

Sie hatte erst wenige Schritte zurückgelegt, als sie hörte, daß Stephen ihr folgte. »Du siehst müde aus«, sagte er.

Sie blieb stehen und ballte die Hände zu Fäusten. »Ich *bin* müde«, erwiderte sie, ohne sich umzudrehen.

Er lief um sie herum und schnitt ihr den Weg ab. »Diese Mauern werden dir heute nacht einen gewissen Schutz bieten. Aber rechne nicht mit einem Dach über dem Kopf.«

Sie nickte, bereit, weiterzugehen. »Wenn ich bisher irgend etwas über die Schotten gelernt habe«, sagte sie, »dann ist es die Erkenntnis, nichts von ihnen zu erwarten, was auch nur die geringste Ähnlichkeit mit Verständnis oder Trost aufweist.«

Das schien ihn zu belustigen. »In der Nähe fließt ein Bach, der einen kleinen Teich speist. Ich dachte, du würdest vielleicht gern ein Bad nehmen.«

Bei diesem Gedanken machte ihr Herz einen Satz, denn sie erinnerte sich unwillkürlich wieder daran, was vorgefallen war, als sie das letzte Mal ein Bad genommen hatte. »Ja, ein Bad käme mir sehr gelegen«, sagte sie und verdrängte den Gedanken hastig. »Danke. Ich werde meinem Verlobten berichten, daß du mich mit äußerster Zuvorkommenheit behandelt hast.«

»Ich nehme an, kein Mann könnte ein so gutherziges Mädchen wie dich schlecht behandeln. Glaubst du etwa, ich wäre dazu fähig?«

Sie sah in sein finsteres Gesicht und auf seinen harten Mund. »Wird mein Verlobter auch soviel Verständnis aufbringen, wenn ich ihm berichte, wie ich mich zum Narren gemacht habe, indem ich dich geküßt habe?«

Er verbarg sein Erstaunen gut. »Das sind deine Worte, Mädchen, nicht meine. Aber da du mich schon fragst – ich wüßte nicht, warum du ihm das überhaupt erzählen solltest.«

»Ich will nicht, daß er mich für etwas hält, was ich nicht bin«, sagte sie, um Würde bemüht. Es war nicht so ganz einfach angesichts der Tatsache, daß ihr Haar naß und schlaff herunterhing und ihre feuchten Kleider nach nassem Schaf rochen. »Ich bewundere Aufrichtigkeit an anderen Menschen. Daher kann ich von mir selbst nicht weniger erwarten.«

Er hob die Hand und streichelte mit dem Handrücken ihre Wange. »Nur Mut, Mädchen. Wie du selbst schon einmal gesagt hast, ist der Schwarze Schotte nicht so herzlos, wie sein Name vermuten läßt. Ich bezweifle, daß deine Enthüllung einen Krieg gegen die Engländer auslösen würde«, fügte er gutgelaunt hinzu.

Sie sagte nichts.

Stephen sprach in einem unbeschwerten Tonfall weiter. »Es mag wohl sein, daß er mich auf die Streckbank legt und mich vierteilen läßt, aber dir würde er keines deiner goldenen Haare krümmen.«

»Das könnte er durchaus tun, wenn er wüßte, was ich empfinde.«

Er ließ die Hand sinken, doch der Ausdruck seiner Augen sagte ihr, daß er sie begehrte. Keine noch so harten oder jovialen Worte konnten sie von dieser Überzeugung abbringen. Sie zweifelte nicht im geringsten daran, daß Stephen Gordon mehr mit ihr getan hätte, als nur ihre Wange zu streicheln, wenn sie nicht die Verlobte des Schwarzen Schotten gewesen wäre.

Und genau das schmerzt mich am meisten. Ich will, daß er mehr tut. So wahr Gott mein Zeuge ist, ich will es. Ich will ...

Der Klang seiner Stimme riß sie aus ihren Gedanken heraus. »Und was empfindest du, was so unweigerlich seinen Zorn erregen würde?« fragte er.

Sie sah ihn mit einem tief verletzten Blick an. »Verspotte mich nicht«, flüsterte sie und wollte sich abwenden.

Er hielt sie fest, ehe sie sich von der Stelle rühren konnte. »Komm her, Mädchen«, sagte er.

»Nein.«

Unerwartet schlang er die Arme um sie und zog sie an sich. Er küßte sie zart, behutsam und ausgiebig. Sie fühlte sich zu ihm hingezogen, als ließe sie sich in ein warmes, langersehntes Bad sinken.

Dann spannten sich seine Arme plötzlich fester um sie. Finster und bedrohlich ragte er über ihr auf und wütete mit seinem Mund auf ihren Lippen, bis ihr der Kopf schwirrte. Seine Zunge zwang ihre Lippen auseinander und tastete sich geschickt vor, um sie mit ungezügelter Wildheit zu erkunden. Seine sanfte Zärtlichkeit hatte sich in strafende Härte verwandelt.

Sie wußte, daß er ihr ganz bewußt angst machen wollte, um das Verlangen, das noch immer in ihr glühte, zum Erlöschen zu bringen.

Er wollte nicht, daß sie ihn begehrte. Das verstand sie jetzt. Sie war für ihn eine verbotene Frucht, gefährlich und zerstörerisch, und dennoch war etwas in seinem Innern, was der Verlockung nicht widerstehen konnte. Sein inneres Ringen rührte sie.

Ist es das, was man Liebe nennt?

Ihre Gedanken verflogen, als er nicht aufhörte, sie zu küssen. Er gestattete seinem Mund, die Dinge mit ihr zu tun, die der Rest seines Körpers nicht mit ihr tun durfte. Sie gab sich ihm vollständig hin und schmiegte sich an ihn. Ihre Hand legte sich auf seine stoppelige Wange. Sein Kinn war fest und maskulin. Ihre Hand glitt auf seinen Nacken. Sein Haar fühlte sich seidig und kühl an.

Sie wußte, daß sie das nicht hätte tun dürfen, doch eine starke Kraft in ihrem Innern trieb sie noch enger in seine Arme, bis sie zu einem Körper zu verschmelzen schienen. Jede seiner Liebkosungen berührte sie tiefer als alles, was sie je zuvor erlebt hatte. Sie stieß einen leisen Laut des Verlangens aus, und er reagierte darauf, indem er sie noch fester an sich preßte, bis sie ihm so nah war, daß sie die Härte zwischen seinen Schenkeln spüren konnte. Sie stöhnte erneut tief in ihrer Kehle und begann zu schweben ... zu treiben ... schwindelig vor Sehnsucht ...

Plötzlich beendete er den Kuß abrupt, und sie begriff, daß er sie nicht verspottet hatte, sondern ihr seine Gefühle auf die einzige Weise enthüllt hatte, die er kannte.

Seine Stimme drang aus dem Nebel zu ihr, der sie einzuhüllen schien. »Jetzt weißt du es«, flüsterte er und ließ sie los.

Im nächsten Moment stand sie einsam, naß und frierend allein im Regen.

6

Juliette betrat die nicht überdachte Abtei und fand Edith, die über ein Feuer gebeugt war, das einen Kochtopf erhitzte. Sie blieb in dem Torbogen stehen und beobachtete, wie Edith in dem Topf rührte und mit Angus redete.

Angus sagte natürlich kein Wort, doch das konnte Edith nicht abschrecken.

Juliette fand ihre Decke in einer Ecke ausgebreitet, ließ sich mit einem müden Stöhnen darauf sinken und blickte zu dem sternlosen Himmel über ihren Köpfen auf. Stephen hatte sie gewarnt, nicht mit einem Dach zu rechnen. Nun, wenigstens hatte es aufgehört zu regnen.

Mit einem matten Seufzer beobachtete Juliette, wie Edith Angus energisch den Löffel in die Hand drückte und ihn anwies, das Essen umzurühren. Dann wandte sie sich ab und kam mit federnden Schritten auf Juliette zu. »Angus hat gesagt, Sie könnten ein Bad nehmen, My'lady.«

»Ich bin zu müde für ein Bad, Edith. Himmel! Ich bin zu müde, um auch nur einen Bissen zu essen.«

»Dann ruhen Sie sich aus«, erwiderte Edith und eilte zum Kochtopf zurück. Sie nahm Angus den Löffel aus der Hand und fuhr fort zu rühren.

Juliette legte sich hin und schloß die Augen.

Eine Weile später weckte sie der köstliche Duft des Essens. Als Juliette die Augen aufschlug, sah sie Edith mit einer dampfenden Schale in der Hand neben sich stehen.

»Ich habe Ihnen eine Schale Suppe gebracht.«

Juliette setzte sich auf, nahm die Schale dankend entgegen und trank die Suppe, obwohl sie kochend heiß war. Nachdem ihr Magen angenehm gewärmt war, entschied sie, daß die Vorstellung eines Bades jetzt doch etwas Verlockendes hatte.

Sie klemmte sich frische Kleidungsstücke unter den Arm, schlüpfte durch die offene Tür der Abtei hinaus und machte sich im letzten Tageslicht auf den Weg.

Wie ein gut verstecktes Geheimnis tauchte der Teich im Nebel auf und hielt alles, was sie sich davon versprochen hatte.

Er lag am Fuße eines Felsens und wurde von einem tosenden Wasserfall gespeist, der seine eiskalte Last über die Klippe schleuderte und dann einen strömenden, sprudelnden Wildbach bildete, der am Rande der Felsen entlanglief. Dort verlor die Strömung etwas von ihrer Kraft, und das Wasser schlängelte sich durch die wellige Heidelandschaft und glitzerte wie ein Bernsteinband, bis es in einen stillen Teich strömte.

Juliette folgte einem Pfad am Teich entlang, der zu einer Stelle führte, wo das Wasser ruhig und glatt war.

Und dort fand sie Stephen beim Schwimmen vor.

Sie erstarrte. Sie konnte sich nicht dazu durchringen, den Blick abzuwenden. Er erwartete sie in der kühlen, dunstverhangenen Dunkelheit. Sie konnte seinen Blick auf sich fühlen, als sie näher kam.

»Geh zurück zur Abtei«, sagte er.

Sie dachte gar nicht daran, sich von der Stelle zu rühren … nicht, solange er im Wasser schwamm, so köstlich nackt wie an jenem Tag, an dem sie ihn das erste Mal gesehen hatte. »Du hast selbst gesagt, ich könnte ein Bad nehmen«, erklärte sie störrisch.

»Ich hole dich ab, wenn ich fertig bin«, erbot er sich.

»Ich warte hier … auf diesem Baumstumpf«, erwiderte sie und setzte sich an den Rand des Teiches.

Er schwamm auf sie zu und watete aus dem Wasser, bis es ihm nur noch bis zu den Hüften reichte. Die Enttäuschung versetzte ihr einen Stich, als sie sah, daß er nicht näher kommen würde. Es war wirklich jammerschade, daß sie keine Gelegenheit bekommen sollte, das zu sehen, was sie an jenem bewußten Tag gesehen hatte, diesmal jedoch aus der Nähe.

»Du solltest dich lieber auf den Rückweg machen, ehe ich aus dem Wasser komme und dich in Verlegenheit bringe«, sagte er, und seine Lippen verzogen sich spöttisch.

Und wieder fühlte sie die verräterische Hitze. Dieselbe wärmende Glut wie an jenem Tag, als sie ihn nackt am Teich gesehen hatte. Sie warf ihm das Tuch zu, das sie mitgebracht hatte, um sich abzutrocknen. »Hier. Das kannst du dir um die Hüften schlingen, wenn du schamhaft bist«, sagte sie, »aber meinetwegen brauchst du dich nicht zu bedecken. Ich habe dich ohnehin schon gesehen ... als du an jenem Tag im Teich geschwommen bist ... bevor du mich in Empfang genommen hast.«

Er schlang das Tuch um sich, watete aus dem Wasser und blieb vor ihr stehen. »Es tut mir leid, Mädchen, wenn mein Anblick dich erschreckt hat.«

»Dein Anblick hat mich überhaupt nicht erschreckt«, sagte sie. »Ich fand, du warst der schönste Mann, den ich je gesehen habe.«

Er räusperte sich. »Das muß ein ziemlicher Schock für dich gewesen sein ...«

Er ist einfach umwerfend, dachte sie. »Nein, es war kein Schock für mich, das kannst du mir ruhig glauben.«

Er zog eine Augenbraue hoch. »Du hast schon vorher nackte Männer gesehen?«

»Nein, nie. Oh, ich weiß selbst, daß das absurd klingt. Himmel! Ich verstehe es ja selbst nicht. Aber du hast etwas an dir gehabt ... etwas, was mich über die Entfernung hinweg berührt hat. Mir ist von Kopf bis Fuß warm geworden ... ich weiß selbst, daß das albern ist – vor allem, wenn man bedenkt, daß meine Zähne vor Kälte geklappert haben.«

»Vermutlich hast du zum ersten Mal in deinem Leben das Begehren gekostet, Mädchen, und sonst gar nichts.«

»Vermutlich habe ich es nicht nur gekostet, sondern bin auf den Geschmack gekommen ... und ich kann nicht genug davon kriegen.«

Er schloß die Augen, als wollte er ihren Wortschwall abblocken. Sie wußte, daß es falsch war, über solche Dinge mit ihm zu reden, vor allem, nachdem sie am vergangenen Abend so dumm gewesen war, ihm ihre Gefühle zu offenbaren. Keine Dame hätte es je gewagt, über solche Dinge mit einem Mann zu sprechen, mit dem sie nicht verheiratet war.

Falls ihr Vater jemals Wind davon bekommen sollte, würde er sich die Haare raufen. Dieser Mann war nicht ihr Verlobter. Sie wußte ganz genau, was ihnen beiden passieren konnte, wenn sie sich nicht an die Rollen hielten, die ihnen bereits vorgeschrieben worden waren. Und doch verspürte sie den unwiderstehlichen Drang, diesem finsteren und schweigsamen Mann zu sagen, wie tief er sie berührt hatte, auf eine Weise, wie es noch kein Mann je zuvor vermocht hatte. Sie wußte jetzt, daß sie niemals die Braut des Schwarzen Schotten werden konnte, selbst dann nicht, wenn ihre Zurückweisung die Folge haben würde, daß sie ihren Vater verlor und den König von England erzürnte. Ihr Schicksal war unentrinnbar mit Stephen Gordon verknüpft. Sie wußte es genau. Und Gott mochte ihr beistehen, aber sie konnte fühlen, daß auch er es wußte.

»Würdest du mich küssen?«

»Du spielst mit Feuer, Mädchen.«

»Bitte«, flüsterte sie und fand sich in seinen Armen wieder. Sie schloß die Augen und ließ sich von der Glut eines Körpers durchtränken, der sich kühl unter ihren Händen anfühlte, während seine erregende Härte gegen ihren weichen Unterleib drängte. Sein Gesicht war nur wenige Zentimeter von ihrem entfernt, und sie zitterte vor Erwartung wie ein neugeborenes Rehkitz. Ein lange unterdrückter Schrei entrang sich ihrer Kehle, als sein Mund sich auf ihre Lippen legte.

Er war der erste Mann gewesen, der sie je geküßt hatte.

Sie fühlte tief in ihrem Herzen, daß es niemals einen anderen für sie geben würde.

Sein Körper war nah … so nah, daß seine Wärme zu ihrer Wärme wurde. Sein Duft hüllte sie ein, der frische, würzige, urtümliche Geruch des Hochlands, wo jedes Heidekraut und jeder Grashalm das geheime Aroma des Lebens verströmten. Sie wurde von Wärme und Erregung umspült und nahm wahr, wie ein tiefes Verlangen in ihr anzuschwellen begann. Sie wollte ... sie wußte selbst nicht, was sie wollte, aber ihre Intuition sagte ihr, daß er es wußte ...

»Ich habe gewußt, daß es so sein würde«, flüsterte sie. »Liebe mich, Stephen.«

Er stöhnte. »Das darf ich nicht«, sagte er. »Nicht jetzt. Nicht so.«

Benommen blickte sie zu ihm auf und sah etwas in seinen Augen, was an Qual grenzte. Ihr Herz hämmerte wie wild in ihrer Brust, und sie brachte kein Wort heraus. Ein Seufzer der Verzweiflung und des Verlangens entrang sich ihr. Sie versuchte, mit ihrem Blick auszudrücken, daß sie ihn nicht verstehen konnte.

Er küßte sie zart auf die Lippen, und seine Stimme drang als ein Flüstern zu ihr, das ihr Fleisch zu liebkosen schien. »Es liegt nicht daran, daß ich es nicht will, Liebling. Ich begehre dich mit einer Heftigkeit, die schon schmerzhaft ist. Aber ich kann nicht zulassen, daß etwas zwischen uns steht. Du bist mir gegenüber ehrlich gewesen. Und deshalb muß ich dir gegenüber ebenfalls ehrlich sein. »Ja«, sagte er, und seine Stimme klang gequält, »ich werde dich lieben, leidenschaftlich lieben, aber nicht, bevor ich dir mein Herz ausgeschüttet habe. Erst dann, wenn ich ein Unrecht wiedergutgemacht habe.«

Plötzlich fürchtete sie sich. Sie kannte diesen Blick, wußte, was er zu bedeuten hatte. Sie wußte nicht, welche Schrecklichkeit er begangen hatte, welche unvorstellbare Tat er ihr so unbedingt gestehen wollte. In Wahrheit wollte sie es gar nicht wissen – denn sie ahnte, daß sein Geständnis eine unwiderrufliche Veränderung nach sich ziehen und sie trennen würde. Sie sah den gequälten Ausdruck bereits auf seinem Gesicht, noch bevor sie seine gepeinigte Stimme hörte.

»Diese Geschichte zwischen uns ...«

»Nein«, flüsterte sie und preßte ihre Finger auf seine Lippen. Nur dieses eine Mal, schrie ihr Herz. Nur dieses eine Mal, und dann nie wieder. Sie wollte nicht wissen, was er ihr zu sagen hatte ... nicht jetzt, nicht gerade dann, wenn sie so dicht vor der Erfüllung ihrer Träume stand.

Die Realität sah ganz anders aus. In der Realität war sie mit einem anderen verlobt. Stephen konnte niemals ihr gehören – nicht wirklich. Das wußte sie, und sie akzeptierte es. Aber jetzt, in diesem Augenblick, würde er ganz allein ihr gehören.

»Sag es mir nicht«, flüsterte sie. »Wenn du es nicht aussprichst, machst du es nicht wahr.«

»Mädchen, ich kann unmöglich ...

Tränen stiegen in ihren Augen auf, und sie schüttelte den Kopf. »Nicht jetzt, nicht gerade dann, wenn zwischen uns beiden alles so schön ist. Ich lasse nicht zu, daß du etwas daran änderst, Stephen. Liebe mich«, flüsterte sie. »Liebe mich jetzt ... und brich mir danach das Herz.«

Er zog sie eng an sich, flüsterte ihren Namen und bedeckte ihr Gesicht mit Küssen. »Sag, daß ich aufhören soll«, flüsterte er.

»Das kann ich nicht.«

»Aber das wirst du noch bereuen.«

»Ich werde es niemals bereuen«, sagte sie. »Niemals. Und du auch nicht.«

»Dann möge Gott uns beiden beistehen«, sagte er, und sein Mund fand in einer zarten Paarung ihre Lippen. Er lehnte sie mit dem Rücken an einen Baumstamm und küßte sie ausgiebig, und sein Knie schob sich zwischen ihre Beine. Er küßte sie mit einer Zärtlichkeit, die schon schmerzhaft war. Seine Hüften preßten sich flach an ihre, und seine glühende Härte versengte sie.

Sie begann sich auszuziehen und beobachtete ihn, als er das Tuch sinken ließ. Ihre hungrigen Blicke schweiften über seinen Körper und schwelgten in seinem Anblick. Er war so atemberaubend schön wie damals, als sie ihn zum ersten Mal gesehen hatte, und sie unternahm keinerlei Anstrengungen, um ihr Verlangen zu verbergen.

»Jesus«, flüsterte er, streckte die Hände nach ihr aus und zog sie eng in seine Arme. »Sieh mich nicht so an, Mädchen, es sei denn, du meinst es ernst.«

»Ich meine es ernst.«

Ihre Reaktion fachte sein Verlangen noch heftiger an, und stöhnend ergriff er erneut Besitz von ihren Lippen. Sie ließen sich auf den Boden fallen, und er rollte sich auf sie. Sein Körper preßte sie auf die moosbewachsene Erde, und seine Hand glitt über die zarte, empfindliche Haut ihrer Brüste, die sich nach seiner Berührung verzehrten. Sie keuchte und verspürte eine qualvolle Lust, als er leidenschaftlich ihre Knospen mit Lippen und Zunge liebkoste. Erschauernd bog sie den Rücken durch. Seine Hände glitten tiefer und streichelten ihren Bauch, bis sie vor Erregung beinahe laut aufgeschrien hätte. Er schien unermüdlich in seinem sinnlichen Ansturm auf ihren Körper, und sie spürte, wie ihre eigene Erregung sich steigerte, bis sie schluchzen wollte. Seine Hand glitt zwischen ihre Beine, und sie keuchte schockiert. Jetzt erkannte sie, daß sie bisher nicht gewußt hatte, was lustvolle Qualen waren.

Ihr Atem ging jetzt keuchend, ihr Schoß war feucht vor Verlangen, ihr Drang, Erfüllung zu finden, verzehrte sie. Seine Bewegungen schienen immer langsamer zu werden, als er sie mit unendlicher Geduld streichelte und sie zur Raserei trieb. Sein Mund ergriff Besitz von ihren Lippen, und er verdrängte jede andere Vorstellung aus ihren Gedanken. Nur für das köstliche Gewicht seines Körpers, das sie auf sich spürte, war noch Raum in ihrem Bewußtsein, und für das Gefühl seiner glatten Haut, die sich heiß an ihre preßte. Sie rieb sich an ihm in einer unbewußten Geste der Leidenschaft, während seltsame Empfindungen sie durchströmten und unbekannte Sehnsüchte sie überwältigten. Seine Hände berührten, liebkosten, entflammten sie und trieben sie dazu, sich lustvoll unter ihm zu winden.

»Fleisch von meinem Fleisch«, flüsterte er. »Ich begehre dich.«

Sie sehnte sich danach, ihm zu sagen, daß auch sie ihn begehrte, aber ihre Stimme gehorchte ihr nicht mehr, und sie brachte kein Wort heraus.

»Haß mich nicht«, flüsterte er.

Sie konnte nur darauf reagieren, indem sie die Hüften hob und ihm entgegenkam, als er in sie drang. Sie hielt den Atem an.

Einen Moment lang verspürte sie einen scharfen, stechenden Schmerz, der jedoch schon bald von einem Gefühl abgelöst wurde, das unendlich viel wohltuender war. Ihre Beine preßten sich enger an seine, als er sie vollständig ausfüllte, und dann führte er sie behutsam und lehrte sie süße Dinge. Seine Hände waren sanft, seine Küsse fordernd, bis sie das Gefühl hatte, ihm alles gegeben zu haben, sogar ihre Seele.

Ihr kleiner erstickter Schrei wurde von seinem Mund aufgesogen, als er seinen Kuß vertiefte. Juliette nahm eine unerträgliche Anspannung wahr, ein quälendes Verlangen, von dem sie nicht wußte, wie sie es stillen konnte. Aber Stephen wußte es.

Als er begann, ihre intimsten Stellen zu streicheln, kam ihr Atem in kurzen, keuchenden Stößen. Ohne ihn anzusehen, wußte sie, daß er sie beobachtete, und sie begriff, daß auch er auf etwas wartete.

Und dann geschah es. Als es geschah, versteifte Juliette vor Erstaunen am ganzen Körper und erschlaffte dann ungläubig. Sie fühlte sich restlos geschwächt. »Das habe ich ja nicht gewußt«, flüsterte sie hinterher. »Es war wundervoll. Einfach wundervoll und nicht zu überbieten.«

Es war der Akt, von dem sie schon ein Dutzend Schilderungen vernommen hatte, aber ihn tatsächlich selbst zu erleben, war so anders als alles, was sie je darüber gehört hatte. Himmel! Es kostete sie große Mühe, nicht vor purer Wonne ohnmächtig zu werden, und als es vorbei war und er sich auf die Seite rollte und sie mit sich zog, hatte sie das Gefühl, noch nie einen derart tiefen inneren Frieden gekannt zu haben. Wie irgendeine Frau eine solche Vereinigung abscheulich finden konnte, überstieg ihre Vorstellungskraft. Sie sah Stephen an. Natürlich hatte nicht jede Frau das Glück, von einem solchen Mann geliebt zu werden. Mit einem zufriedenen Seufzen lehnte sie den Kopf an seine Schulter, doch sein Körper versteifte sich augenblicklich. Er zog sich von ihr zurück, und sie empfand es als einen schmerzlichen Verlust. Vielleicht war es ihre Schuld. Er hatte ihr sein Herz ausschütten und ihr ein Geständnis machen wollen, und sie hatte ihn davon abgebracht.

»Du willst mir nicht mehr als das geben, worum ich dich gebeten habe, ist es nicht so?« fragte sie, denn sie hatte ihn gebeten, sie zu lieben, und genau das hatte er getan. Er hatte sie geliebt, und es war wunderschön gewesen, doch die Nähe, die sie geteilt hatten, war abrupt zerstört.

Er war bedrückt – bedrückt über etwas, von dem sie instinktiv wußte, daß es die Schönheit dessen, was sie erlebt hatten, zerstören würde. Als sie ihn ansah, schlug eine Woge von Traurigkeit über ihr zusammen. Er schien plötzlich Meilen von ihr entfernt. Kalt und in sich selbst zurückgezogen. Allein.

War es ein Fehler von ihr gewesen, ihm sein Geständnis zu verweigern, ehe er sie geliebt hatte?

Er nahm ihre Hand, zog sie auf die Füße und hüllte sie in die Decke, ehe er in seine Kleider schlüpfte. Plötzlich fröstelte sie. »Wenn du es mir unbedingt erzählen mußt, dann tu es jetzt. Du wirst ja doch nicht eher ruhen, bis du es mir gesagt hast.«

Sogar in dem schwachen Licht konnte sie sehen, daß ein Muskel in seinem Kiefer zuckte, als er den Kopf zurückwarf und zum Himmel aufblickte. »Ich habe dich getäuscht. Ich bin nicht derjenige, für den du mich hältst. Ich hatte gute Gründe dafür, dir die Wahrheit vorzuenthalten, aber jetzt scheinen sie nicht mehr allzu wichtig zu sein.«

Ihr Herz schien stillzustehen. Sie starrte ihn mit einem ungläubigen Gesichtsausdruck an. Sie wollte nicht hören, was er ihr zu gestehen hatte. Sie wollte nicht das glauben, wovon sie plötzlich wußte, daß es die Wahrheit war.

»Verzeih mir, Mädchen. Ich bin nicht der, für den ich mich ausgegeben habe.«

»Du bist mein Verlobter«, sagte sie. »Du bist der Schwarze Schotte.«

»Ja«, sagte er, »aber ich bin nie in meinem Leben weniger stolz darauf gewesen.«

»Du warst es die ganze Zeit. Ich hätte es sofort erkennen müssen ... an der Art, wie deine Männer dich verehren ... an deiner Vorliebe für schwarze Kleidung ... an den unzähligen Andeutungen, die du im Laufe der Zeit gemacht hast.«

Er ging einen Schritt auf sie zu. Sie wich zurück. »Komm mir nicht zu nahe«, sagte sie. »Du bist das, was mein Herz begehrt, und gleichzeitig graut mir vor dir. Du hast beobachtet, wie ich mich in dich verliebt habe, Schritt für Schritt, und du hast genau gewußt, welche Qualen ich durchlitten habe, und dabei hätte es die ganze Zeit in deiner Macht gestanden, mir das zu geben, wonach ich mich am meisten verzehrt habe. Du hättest meine Qualen lindern können.«

»Es tut mir leid, Liebling.«

Sie kannt diesen Ausdruck auf seinem Gesicht, und sie wußte genau, daß er auf sie zugehen und sie trösten wollte, und doch hielt ihn etwas zurück. Vielleicht war es der Blick, mit dem sie ihn ansah ... der Blick, der ihm deutlich sagte, daß er nicht willkommen war.

Nicht jetzt.

Vielleicht nie mehr.

Sie hatte das Unverzeihliche getan. Sie hatte sich in dem Glauben gewiegt, mit einem Mann verlobt zu sein, und gleichzeitig hatte sie sich schamlos einem anderen in die Arme geworfen und ihn angefleht, sie zu lieben, obwohl er sich nach Kräften bemüht hatte, sie davon abzubringen. Scham und Verlangen rangen in ihrem Innern miteinander, und sie wandte sich ab. Ihre gesenkte Stimme klang gequält. »Zuviel der Täuschung«, flüsterte sie. »Es haben zu viele Lügen zwischen uns gestanden. Ich kann nicht einfach so tun, als spielte das keine Rolle, denn das wurde gegen alles verstoßen, woran ich glaube. Schließlich respektiere ich Aufrichtigkeit mehr als alles andere, und Täuschung ist mir ein Greuel.«

Sein Gesicht war jetzt sanft und zärtlich. »Es war nicht deine Schuld. Ich war derjenige, der dir Unrecht getan hat, aber wenn du mir eine Chance gibst, werde ich es wieder gutmachen.«

Mit ungläubiger Miene sah sie ihn an. »Du kannst doch nicht im Ernst erwarten, daß ich bei dieser Farce von einer Heirat mitmache.«

Er sah sie finster an. »Wir haben uns gerade geliebt, Juliette. In den Augen Gottes bist du bereits meine Frau.«

»Ich kann dich nicht heiraten, Stephen. Ich möchte nach England zurückkehren.«

Stephen stand da und starrte auf ihren schmalen Rücken und ihren gesenkten Kopf. Er konnte ihre Worte einfach nicht glauben. *Nach England zurückkehren? Ist sie nicht mehr ganz bei Trost?* Er griff nach ihren Armen und drehte sie zu sich um. Sie hielt den Blick weiterhin auf den Boden gesenkt.

»Was hast du gerade gesagt?« fragte er.

In der Ferne wieherte ein Pferd. Der Wind raschelte in den Bäumen. Sie sah ihn an, und ihr Gesicht war so schmerzverzerrt, daß es ihm einen Stich versetzte. »Ich habe gesagt, daß ich nach England zurückkehren will.«

»Du bist auf Befehl des Königs hier. Ist dir denn nicht klar, was aus dir und deiner Familie werden würde, wenn du dich diesem Befehl widersetzt?«

»Dann gehe ich eben nach Frankreich ... *irgendwohin* ... aber ich kann dich nicht heiraten. Jetzt nicht mehr.«

»Hat es denn so viel geändert, daß wir einander geliebt haben?« fragte er, doch in seinem Herzen wußte er, welchen Unterschied es machte. Er hatte sich unehrenwert verhalten. Er hatte seine Verlobte hinters Licht geführt. Er hatte sie geliebt, ohne ihr zu offenbaren, wer er wirklich war. Der Gedanke daran machte ihn ganz krank. Wie hatte er bloß so tief sinken können, obwohl er gewußt hatte, wieviel sie sich inzwischen aus ihm machte – obwohl er gewußt hatte, daß sie ihn nur aus Liebe heraus gedrängt hatte, sie zu nehmen? Frust nagte an ihm. Wie konnte er ihr bloß verständlich machen, warum er sie auf die Probe hatte stellen müssen, warum er ganz sicher hatte sein müssen?

»Laß mich allein«, sagte sie und wandte sich ab.

Er streckte die Hand aus und legte sie zart auf ihre Schulter.

»O Gott ...! Geh! Bitte! Laß mir wenigstens dieses bißchen Würde.«

Seine andere Hand legte sich auf ihre Schulter, und er zog ihren Rücken an sich. Sein Herz krampfte sich schmerzlich zusammen. Er wußte nicht, was er tun sollte. Nie hatte er sich so unzulänglich gefühlt. Ihre Gefühle für ihn waren tief, das wußte er, aber sie waren auch neu und schrecklich zerbrechlich. Qual durchflutete ihn. Er wollte sie in seine Arme ziehen und sie noch einmal lieben, sie wieder und immer wieder lieben, bis er alles, was zwischen ihnen nicht stimmte, in Ordnung gebracht hatte.

»Stephen … bitte, laß mich allein.«

Er seufzte matt, warf den Kopf zurück und blickte zu dem dunklen Baldachin aus Bäumen über ihren Köpfen auf. »Ach, Mädchen, habe ich dir eigentlich schon gesagt, daß du mir verdammt viel Ärger machst?«

»Ja«, sagte sie, »aber ich verspreche dir, daß ich dir keinen Kummer mehr machen werde.«

Ehe er noch etwas sagen konnte, ließ sie die Decke fallen und watete ins Wasser. Eine Sekunde später tauchte sie unter und verschwand aus seinem Blickfeld.

Er seufzte und ließ die Hände sinken, während er besorgt in die Dunkelheit starrte.

7

Die dachlosen Mauern der Abtei schienen unaufhaltsam näher zu rücken, als Juliette dasaß, trübsinnig in das Feuer starrte und die Schnarchgeräusche ignorierte, die von Stephens Männern zu ihr drangen, die um sie herum verstreut lagen. Sie fühlte sich unglaublich allein, und doch waren nur Angus und Stephen abwesend. Sie wußte nicht, wohin die beiden gegangen waren.

Sie zog die Beine an und schlang die Arme um sie, stützte das Kinn auf die Knie und starrte blicklos ins Feuer. In Gedanken kämmte sie ihre Erinnerungen nach etwa einem Dutzend Hinweisen durch, die ihr hätten sagen müssen, daß Stephen und der Schwarze Schotte ein und dieselbe Person waren.

Er hat große Ähnlichkeit mit ihm …

Es wird eine Zeit kommen, da wirst du feststellen, daß du mich überhaupt nicht kennst …

Soviel stimmte mit Sicherheit. Sie war mit einem Mann verlobt, den sie nicht kannte.

Je mehr sie darüber nachdachte, desto klarer wurde ihr, daß sie große Schwierigkeiten damit hatte, die Tatsache zu akzeptieren, daß Stephen und der Schwarze Schotte ein und dieselbe Person waren. Stephen war ein Mann aus Fleisch und Blut, jemand, den sie kannte. Jemand, dem sie einst getraut hatte.

Der Schwarze Schotte war nichts weiter als ein Name, ein Mann, der von Geheimnissen umgeben war. Ihre Schultern sanken mutlos herab. Die Tränen drohten zu fließen, doch sie schluckte den Schmerz, und ein bitterer Nachgeschmack blieb zurück. Jetzt würde es ihr keine Sorgen mehr bereiten, daß sie einen anderen Mann liebte als den, mit dem sie verlobt war.

Wie hätte sie Stephen jetzt noch heiraten können? Einen Mann, dem sie nicht vertrauen konnte? In einer Ehe, die sich auf Lügen gründete, konnte sie niemals glücklich werden. Sie war schon immer ein ehrlicher Mensch gewesen. Und Ehrlichkeit erwartete sie auch von dem Mann, den sie heiraten würde.

Sie seufzte tief, unsicher, was sie jetzt tun sollte. Natürlich würde sie nach England zurückkehren müssen und somit Schande über sich selbst und ihre Familie bringen. Aber das war immer noch besser, als in einer gescheiterten Ehe verbittert zu werden oder zuzulassen, daß sich ihr Schmerz in wilde Rachegelüste verwandelte.

Nein, das war nicht ihre Art. In ihren Adern floß kein Tropfen Rachsucht. Sie war zwar tief getroffen, aber doch nicht so verletzt, daß sie das Verlangen verspürte, Stephen zu vernichten. So leicht verwandelte sich Liebe nicht in Haß ... jedenfalls nicht bei ihr.

Wie leicht es doch war, an die Dinge zu denken, die sie *nicht* tun wollte; und wie schwierig zu entscheiden, was sie wirklich wollte. Sie war wie ein Kind mit einem Eisbrocken in der Hand – weder fähig, ihn festzuhalten, noch bereit, ihn loszulassen.

»Mit Unentschlossenheit schiebt man die Dinge nur auf, Mädchen.«

»Hallo, Angus«, sagte sie, ohne ihn anzusehen. »Ich fürchte, im Moment bin ich keine allzu angenehme Gesellschaft.« Sie hörte das Rascheln von Kleidungsstücken, als er in die Hocke ging und sich neben sie setzte. Als sie den Kopf zur Seite neigte, sah sie, wie der Feuerschein auf den Falten seines Gesichtes tanzte. »Sie haben mit ihm geredet?« fragte sie.

»Ja, soweit es irgend ging. Es ist einfacher, eine Wildkatze zu melken, als auch nur ein Wort aus dem Jungen herauszuholen, wenn er nicht reden will.«

»Ich glaube, er hat genug gesagt für eine Nacht.«

»Dann ist dies also das Ende? Du willst ihn nicht mehr heiraten?«

Sie griff nach einem Stock, stocherte damit im Feuer herum und zeichnete Kreise auf den Boden. Sie erinnerten sie an Eheringe, und daher strich sie die Erde wieder glatt, um das Bild auszulöschen, doch schon im nächsten Moment ertappte sie sich dabei, wie sie wieder Ringe zeichnete. Genau das hatte sie schon seit einer ganzen Weile in ihren Gedanken getan – Entscheidungen getroffen und sie rückgängig gemacht, nur um gleich darauf dieselben Entscheidungen erneut zu treffen.

»Was denkst du gerade, Mädchen?«

Sie seufzte tief. »Ich denke, daß ich nicht viele Möglichkeiten habe, und keine dieser Möglichkeiten ist nach meinem Geschmack.«

»Tja, du kannst aber nicht auf Dauer den Esel zwischen zwei Heuhaufen spielen, der keinen Zentimeter von der Stelle weicht und schließlich zwischen den beiden Heuhaufen verhungert.«

Sie seufzte wieder. »Ich weiß.«

»Würde es dir vielleicht helfen, Mädchen, wenn du die Gründe dafür wüßtest, warum der Junge dir seine wahre Identität verschwiegen hat?«

»Ich kann mir nicht vorstellen, daß es dadurch noch schlimmer werden könnte.«

»Eigentlich wollte er dich nicht täuschen, Mädchen. Es war nur seine Absicht, sich deiner Loyalität zu vergewissern, bevor er sich dir als dein Verlobter zu erkennen gegeben hätte. Wenn er sein Herz nicht an dich verloren hätte, hätte er dir die Wahrheit früher gesagt.«

Sie hob den Kopf von den Knien und starrte ihn an. »Sich meiner Loyalität vergewissern? Habe ich ihm etwa einen Anlaß gegeben, daran zu zweifeln? Glaubt er, ich hätte die MacBeans geschickt?«

»Nein, das glaubt er nicht, aber der Junge hat bisher noch keinen Grund gehabt, den Mädchen zu trauen. Seine Tante hat seinen Vater verraten, verstehst du, und das hat den alten Mann das Leben gekostet. Er ist in Stephens Armen gestorben.«

Sie ließ das Kinn wieder auf die Knie sinken. »Und deshalb mußte ich die Folgen ihres Verrats tragen.«

»Richtig ... ihres Verrats und des Verrats von Stephens erster Frau.«

Ihr Kopf schoß in die Höhe. Ihr Mund wurde trocken. »Seiner ersten Frau? Ich wußte ja gar nicht, daß er schon einmal verheiratet war.«

»Die Ehe hat nicht lange gehalten, und es ist schon lange her.«

»Und sie hat ihn verraten?«

»Ja. Und schon davor versuchte sie, ihm einzureden, sein Sohn sei der Bastard eines anderen Mannes.«

»Warum das?«

»Es war keine Liebesheirat, sondern eine Eheschließung, die zwei Clans untereinander vereinbart hatten. Keiner von beiden war glücklich darüber, aber Stephen war bereit, der Ehe eine Chance zu geben. Sie wollte weder von ihm noch von dieser Ehe etwas wissen, verstehst du, weil sie einen anderen liebte. Als sie feststellte, daß sie schwanger war, hat sie Stephen verhöhnt und ihm erzählt, das Kind sei von einem anderen Mann.«

»Aber in Wirklichkeit war es Stephens Kind?«

»Ja, obwohl er anfangs nicht gewußt hat, daß es sein Kind ist. Trotzdem hat er den Jungen wie einen eigenen Sohn geliebt.«

»Wie hat er erfahren, daß es sein Sohn ist?«

»Als Robbie zwei Jahre alt war, hat er Stephen derart ähnlich gesehen ... selbst ein Blinder hätte erkennen können, daß der Junge sein Sohn ist. Er wollte nichts mehr mit ihr zu tun haben, verstehst du, aber das Kind ... er hatte die Absicht, die Ehe wegen Robbie weiterzuführen.«

»Er *hatte* die Absicht?«

»Sie verriet Stephen an seine Feinde – an den Mann, den sie zu lieben wähnte – in dem Glauben, sie würden ihn töten. Stephen und seine Männer wurden in einen Hinterhalt gelockt. Es war eine grausige Schlacht, und Stephen wurde schwer verwundet, aber er kehrte nach Hause zurück, bereit, seine Frau eigenhändig umzubringen. Sie stand auf der Südmauer des Schlosses und beobachtete durch die Brüstung, wie er zurückkehrte. In dem Moment, als er das Schloß erreichte, hat sie sich von der Mauer gestürzt.«

»Das ist ja entsetzlich!«

»Ja. Sie hat Robbie mit sich in den Tod gerissen.«

»O Gott.«

»Der Junge hat in seinem Leben nicht viel Zärtlichkeit erfahren. Seine Mutter war die einzige Frau, die ihm nahegestanden und ihn trotzdem nie verraten hat, doch sie ist kurz nach seinem Vater gestorben. Verstehst du, es ist nicht so, daß er grundsätzlich allen Frauen mißtraut. Es ist ganz einfach so, daß er sich der treuen Ergebenheit einer Frau sicher sein muß, ehe er Vertrauen schenken kann.«

Juliette erinnerte sich wieder daran, was Stephen ihr über den Schwarzen Schotten erzählt hatte. *Vermutlich würde er deine treue Ergebenheit mehr zu schätzen wissen als dein Verständnis ...*

»So, ich glaube, ich habe dich inzwischen genügend verwirrt«, sagte Angus. »Jetzt werde ich dich mit deinen Gedanken allein lassen, Mädchen.« Er machte Anstalten aufzustehen.

Juliette legte eine Hand auf seinen Arm, und er drehte sich zu ihr um. »Ich danke Ihnen«, sagte sie.

Angus nickte und verschwand dann so lautlos, wie er gekommen war.

Juliette saß da und starrte in das Feuer und fühlte endlich so etwas wie inneren Frieden. Sie sehnte sich nach Stephen und wünschte sich inbrünstig, er möge zu ihr kommen und ihr sagen, daß von nun an keine Lügen mehr zwischen ihnen stehen würden, keine falschen Vorspiegelungen, und daß er sie liebte und sie zur Frau haben wollte. Sie atmete tief durch, und neue Hoffnung strömte in ihr Herz. Endlich wußte sie, was sie zu tun hatte. Stephen würde niemals auf sie zukommen, aber sie konnte zu ihm gehen.

Wenige Minuten später lief sie über den Pfad, und nur der Mondschein spendete ihr Licht. Der Nebel wurde jetzt dichter, und der Wind, der auf den Regen gefolgt war, hatte sich gelegt.

Sie sah Stephen unbeweglich an der Stelle stehen, an der sie ihn zurückgelassen hatte. Er hatte ihr den Rücken zugekehrt. Zögernd blieb sie stehen, nicht sicher, was sie sagen oder tun sollte.

»Ich lasse dich nicht gehen«, sagte er, »falls es das ist, worum du mich bitten wolltest.«

»Ich bin gekommen, um mit dir zu reden.«

Er drehte sich immer noch nicht zu ihr um. »Warum?«

»Weil zwischen uns zahlreiche Mißverständnisse bestehen, die ich gern ausräumen möchte, ehe ...«

»Ehe du nach England zurückkehrst?«

Jetzt drehte er sich um und sah sie an, und sein Ausdruck war weder anklagend noch verständnisvoll. Lange Zeit standen sie so da, als suchten sie die Antworten auf viele unausgesprochene Fragen. »Ich wäre zu dir gekommen«, sagte er schließlich.

»Wann?«

Er lächelte. »Früh genug, um deinen Aufbruch zu verhindern.« Seine Miene verfinsterte sich. »Es war mein Ernst, Mädchen. Ich lasse dich nicht gehen.«

»Es freut mich, das zu hören, denn ich wüßte nicht, wo ich lieber wäre, als an deiner Seite.«

Plötzlich kam er mit schnellen Schritten auf sie zu. Er blieb so dicht vor ihr stehen, daß sie die Hand ausstrecken und ihn berühren konnte. Aber sie tat es nicht.

Sie hatte den ersten Schritt getan, indem sie zu ihm gekommen war. Wenn dieser Mann ihr Gefährte fürs Leben werden wollte, dann mußte er ihr sagen, daß sie ihm etwas bedeutete. Wenn es sein mußte, würde sie zu Fuß nach England zurücklaufen – und König Georges Zorn auf ihr Haupt laden –, aber sie war nicht bereit, sich auf eine Ehe mit einem unbeugsamen Mann einzulassen.

Er streichelte ihre Wange, als hätte er ihre Gedanken gelesen. »Du bist wirklich eine bemerkenswerte Frau, Juliette. Nicht viele Frauen wären so nachsichtig.«

»Ich bin nicht nachsichtig, und ich bin auch nicht so einfältig, daß ich nicht erkenne, wenn mir ein Unrecht zugefugt worden ist. Ich bin zurückgekommen, weil du wissen solltest, daß ich verstehe, warum du es getan hast. Angus hat mir von deinem Vater erzählt.« Als er den Blick abwandte, legte sie eine Hand auf seinen Ärmel. »Warum hat seine Schwester ihn verraten?«

Stephen sah ihr wieder ins Gesicht. »Weil sie den jüngeren Bruder meines Vaters vorzog und ihn als Oberhaupt des Gordon-Clans sehen wollte.«

»Aber nach dem Tod deines Vaters wärst du sein Nachfolger geworden.«

»Nicht, wenn auch ich tot gewesen wäre.«

Juliettes Herz machte einen Satz. »Sie hat auch dir den Tod gewünscht?«

»Ja. Aber in der Schlacht ist an meiner Stelle ihr Lieblingsbruder gestorben.«

Er schlang die Arme eng um sie und zog sie an sich, als fürchtete er, sie könnte die Flucht ergreifen.

»Hat Angus dir sonst noch etwas erzählt?«

»Er hat mir von deiner Frau und deinem Sohn erzählt.«

Sie hörte seinen Seufzer der Erleichterung, und dann spürte sie, wie sein Körper sich entspannte. »Ich hätte es dir selbst erzählen sollen, aber ich habe es nicht über mich gebracht. Seit du fortgegangen bist, habe ich hier gestanden und mir Gedanken darüber gemacht, wie ich es dir sagen kann – ich habe nach den richtigen Worten gesucht, den Worten, die es dir begreiflich machen würden.«

»Inzwischen verstehe ich alles«, sagte sie liebevoll.

»Und dafür danke ich dir. Das einzige, was ich zu meiner Verteidigung vorbringen kann, ist, daß ich Angst davor hatte, verraten zu werden. Diese Angst war so groß, daß ich mir keine Gedanken darüber gemacht habe, wie mir zumute sein würde, wenn sich herausstellt, daß du in ehrlicher Absicht nach Schottland gekommen bist, um mich zu heiraten.«

Er senkte den Kopf, und sein warmer Atem sandte köstliche Schauer über die empfindliche Haut ihres Halses. Die nächsten Worte flüsterte er ihr ins Ohr. »Verzeih mir. Ich habe in meinem Leben nie viel Zärtlichkeit erfahren, und mir ist nur selten Verständnis entgegengebracht worden. Ich bin mit einem Breitschwert in der einen Hand und mit einem Schild in der anderen aufgewachsen. Deine Offenheit, deine Aufrichtigkeit und deine Direktheit entwaffnen mich.« Er ließ sich vor ihr auf ein Knie sinken. »Ich strecke die Waffen vor dir, meine Geliebte. Ich verzehre mich danach, für das zu sühnen, was ich dir angetan habe. Was verlangst du von mir?«

»Als erstes möchte ich, daß du wieder aufstehst«, sagte sie und zog an seinem Ärmel. Er sprang auf die Füße und nahm sie in die Arme. »Ich hätte nie geglaubt, daß ich einmal erleben würde, wie sich ein Mann wie du einem Mädchen ergibt«, sagte sie. »Heißt das, daß du jetzt mein Gefangener bist?«

»Vermutlich war ich das schon von dem Moment an, als ich dich zum ersten Mal gesehen habe ... so nackt wie ein Neugeborenes und so scheu wie ein Rehkitz.« Er legte sein Kinn auf ihren Kopf. »Verstehst du, es war nie meine Absicht, mir etwas aus einer Ehefrau zu machen, die mir ein englischer König gewaltsam aufdrängt.«

»Aber du machst dir trotzdem etwas aus mir?«

»Oh, ja«, sagte er. »Das kann man wohl sagen. Ich bin froh, daß du zurückgekommen bist, um mit mir zu reden, Mädchen. Das gibt mir einen kleinen Hoffnungsschimmer.«

»Brauchst du so dringend Hoffnung?«

»Ja«, sagte er, »zu meinem eigenen Erstaunen muß ich feststellen, daß ich genau das brauche. Es scheint ganz so, als hätte eine gewisse Engländerin mein Herz erobert und mir den Verstand geraubt.« Er wich ein Stück zurück und schaute auf sie hinunter. »Es war nie meine Absicht, dir meine wahre Identität so lange vorzuenthalten, aber als ich schließlich das Gefühl hatte, dir vertrauen zu können, ist mir gleichzeitig klargeworden, wieviel du mir bereits bedeutest. Und dann hatte ich Angst, es dir zu sagen, weil ich fürchten mußte, dich zu verlieren. Als du mich angefleht hast, dich zu lieben ...« Er warf den Kopf zurück und schloß die Augen. »Nie habe ich mich so unehrenhaft gefühlt wie in diesem Augenblick.« Er öffnete die Augen wieder und schaute auf sie hinunter. »Kannst du dich dazu durchringen, mir zu verzeihen, Juliette?«

»Ich habe dir doch schon gesagt, daß ich dir längst verziehen habe.«

»Aber hast du mir soweit verziehen, daß wir beide heiraten können?«

»Ich habe dir soweit verziehen, daß ich König George dazu überreden würde, Krieg gegen die Schotten zu führen, wenn wir nicht heiraten.«

»Habe ich dir eigentlich schon gesagt, was für ein Quälgeist du bist?«

»Ja«, sagte sie strahlend. »Das hast du mir schon mehr als einmal gesagt.«

Ehe Juliette noch etwas hinzufügen konnte, küßte Stephen sie mit einem solchen Hunger, daß sie ganz schwach vor Verlangen wurde. Sie erwiderte seinen Kuß mit all der Inbrunst, die sie ihm zeigen konnte, und empfand eine wärmende Genugtuung, als er stöhnte und sich enger an sie preßte, so daß sie sogar durch ihre Kleidung die Heftigkeit seines Verlangens und die Form seiner Begierde spüren konnte.

Er hob eine Hand, um sie auf ihre Brust zu legen, und sie erschauerte. Plötzlich versteifte er sich am ganzen Körper und löste sich dann abrupt von ihr.

»Was ist?« fragte sie.

Er blieb regungslos stehen, mit leicht schief gelegtem Kopf, als lauschte er auf etwas. Im nächsten Moment rief er: »Lauf weg, so schnell du kannst, Juliette!«

Er war schon herumgewirbelt, noch bevor sie gehorchen

konnte. Verblüfft beobachtete sie, wie er zu seinem Breitschwert rannte.

Kein Laut war zu hören, und als sie sie dann sah, glaubte sie im ersten Moment, es handelte sich um Ausgeburten ihrer Phantasie, um reine Wahngebilde, erzeugt von den Schatten der Nacht.

Ein lautes Gebrüll zerriß die Stille, und das Echo von Pferdehufen hallte in ihren Ohren, als eine Horde von etwa dreißig Mann zwischen den Bäumen hervorgeprescht kam. Sie riß ihren entsetzten Blick abrupt von den nahenden Männern los und blickte zu Stephen hinüber, der mit dem Breitschwert in der Hand auf sie zugerannt kam. Und dann schnitten ihm mindestens ein Dutzend Reiter den Weg ab.

Der Anführer der Gruppe galoppierte auf sie zu und sah auf sie herunter. Nie hatte sie einen Mann mit derart rotem Haar gesehen. Sie hatte aber auch noch nie einen Mann gesehen, der einen derart primitiven Eindruck erweckte oder so stämmig gebaut war. Juliette schluckte hart und starrte zu ihm hinauf.

»Ich danke Ihnen dafür, Lady Juliette, daß Sie es uns so leicht machen, Sie zu ergreifen. Ich wußte gar nicht, daß es so einfach sein würde, eine kleine Engländerin zu entführen.«

»Wer sind Sie, und was haben Sie mit mir vor?«

Der Mann zog den Hut und neigte den Kopf in einer spöttischen Verbeugung. »Robert MacAlpin, zu Ihren Diensten. Und wenn Sie jetzt so freundlich wären, hinter meinem Sohn Calum Platz zu nehmen, dann können wir aufbrechen.«

Sie fühlte sich, als sei eiskalte Luft bis in ihr Knochenmark gesickert. Das Blut gefror in ihren Adern. Eine Flut von Tränen strömte plötzlich in ihre Augen. Sie sah von MacAlpin zu Stephen, gerade als ein jüngerer Mann mit dem gleichen roten Haar und Bart auf sie zuritt.

Stephens Stimme ertönte. »Wenn Sie sie anrühren, werde ich Sie töten!«

Was als nächstes passierte, spielte sich so blitzschnell ab, daß sie es nur verschwommen wahrnahm. Eine eisige Kälte ergriff Besitz von Juliette, als sie Stephen angreifen sah und gleich darauf beobachtete, wie ein mächtiges Breitschwert aufblitzte, als ein Reiter anscheinend aus dem Nichts auftauchte und eine klaffende Wunde in Stephens Arm zurückließ, ehe die flache Seite des Schwerts auf Stephens Kopf niedersauste.

Juliette schrie entsetzt auf. Im selben Moment streckte sich ein Arm nach ihr aus, um sich wie ein stählernes Band um sie zu legen, und sie fühlte, wie sie von den Füßen gerissen und bäuchlings über einen Sattel geworfen wurde.

Ihr Entführer stieß einen lauten Ruf aus, und sein Pferd machte einen Satz vorwärts und fiel in einen rasanten Galopp. Das donnernde Echo von Pferdehufen ertönte hinter ihnen. Es ließ die Erde erzittern und sandte einen pochenden Schmerz durch ihren Schädel. Das letzte, was sie sah, war, wie Stephen zu Boden ging.

8

Das Bewußtsein kehrte zurück, und gleichzeitig nahm er eine klebrige Nässe wahr, die über sein Gesicht rann. Er fühlte den stechenden Schmerz, hob die Hand und betastete die Wunde auf seinem Kopf, aus der das Blut sickerte.

Stephen schlug die Augen auf und spürte das Pochen und Brennen der Schnittwunde in seinem Arm, als Angus, der neben ihm kniete, einen Verband anlegte. Allmählich fiel die Benommenheit von ihm ab, und als er wieder klar denken konnte, kehrte die entsetzliche Erinnerung zurück, daß Juliette entführt worden war.

Er versuchte aufzustehen, doch Angus und Dougal hielten ihn fest. »Ganz ruhig, mein Junge. Du wirst dich jetzt von mir verbinden lassen.«

»Juliette?«

»Sie haben das Mädchen mitgenommen. Konntest du erkennen, wer die Männer waren?«

»MacAlpins.«

»Ja, das dachte ich mir schon«, erwiderte Angus und knotete den Verband zu, den er um Stephens Kopf gewickelt hatte. »So, mein Junge, das hätten wir. Mehr kann ich nicht für dich tun, ehe wir dich nach Hause gebracht haben.«

»Hilf mir beim Aufstehen«, sagte Stephen. Er schloß die Augen und biß die Zähne gegen den Schmerz zusammen.

»Du hast doch nicht etwa vor, jetzt Jagd auf dein Mädchen zu machen?« fragte Angus.

»Oh, doch, sobald ich wieder stehen kann.« Mit Angus' Hilfe zog er sich wankend auf die Füße. »Ist sonst noch jemand verletzt worden?« fragte er und sah sich nach seinen Männern um.

»Nein«, sagte Dougal. »Als wir hier eingetroffen sind, waren sie schon fort. Wir sind sofort gekommen, als wir dein Mädchen schreien hörten.«

»Wir können die Verfolgung jetzt nicht aufnehmen. Wir brauchen mehr Männer«, warnte Angus.

»Vermutlich haben sie das Mädchen nur entführt, weil sie ein Lösegeld erpressen wollen«, sagte Dougal. »Sie werden ihr nichts tun.«

»Richtig«, sagte Angus. »Sie werden gut für sie sorgen.«

»Das macht mir weniger Sorgen. Ich fürchte viel mehr, daß sie versuchen werden, sie mit einem Angehörigen ihres Clans zu verheiraten«, erwiderte Stephen.

»Wenn man bedenkt, was sie für dich empfindet, dann kann man davon ausgehen, daß sie das nicht zuläßt. Mach dir keine Sorgen, Junge. Dein Mädchen besitzt mehr Verstand, als du ihr zutraust. Sie wird eine Möglichkeit finden, die Männer hinzuhalten. Vielleicht können wir sie gegen Edith eintauschen.«

Stephen sah, daß Angus lächelte, und er wußte genau, daß er den Ernst der Lage herunterspielen wollte. Er schnitt eine Grimasse, während er gegen die Schwindelanfälle ankämpfte. Er weigerte sich, die Wahrheit anzuerkennen, die in Angus' Worten steckte.

»Ich halte es für das beste, nach Craigmoor zurückzukehren ... wenigstens fürs erste«, sagte Dougal. »Von hier aus ist es nur noch eine halbe Tagesreise.«

»Ja, ich halte das auch für ratsam angesichts der Tatsache, daß Stephen blutet wie ein angestochener Eber und kaum auf den Füßen stehen kann. Ich denke, es wird noch eine Zeitlang dauern, bis er wieder einen klaren Kopf hat. Mit einer Woche Ruhe ist ihm mehr gedient als mit überstürztem Handeln.« Zu Stephen gewandt sagte Angus: »Dougal hat recht. Die MacAlpins werden dem Mädchen schon nichts tun. Sie ist mehr wert als die Beutezüge eines ganzen Jahres.«

»Ich denke gar nicht daran, noch länger zu warten«, sagte Stephen. »Ich werde die Verfolgung augenblicklich aufnehmen. Ich brauche nur Zeit, um die Männer zusammenzutrommeln. Mir fehlt nichts«, sagte er und fiel in eine tiefe Ohnmacht.

Stephen verbrachte die folgende Woche auf Craigmoor Castle und erholte sich von seinen Verletzungen.

Als sie von der schlechten Verfassung ihres Gutsherrn erfuhren, machten die Männer sich Sorgen, und ihre Gesichter wurden ernst. Die MacAlpins hatten das Mädchen ihres Oberhaupts entführt. Sie würden nicht eher ruhen, bis sie das Mädchen wieder befreit hatten. Da sie wußten, daß der Schwarze Schotte sie brauchen würde, sobald es ihm wieder besserging, hielten sich die Männer in Bereitschaft und übten sich mit unerschütterlicher Hingabe im Umgang mit den Waffen.

Im Laufe der Woche versuchte Stephen mehr als einmal, Juliettes Verfolgung aufzunehmen. Beim ersten Anlauf war er zu schwach und verlor das Bewußtsein. Beim zweiten Mal rissen die Fäden, mit denen seine Armverletzung genäht worden war. Beim dritten Mal versetzte er Dougal einen Kinnhaken, als dieser ihn an seinem Vorhaben zu hindern versuchte. Bei seinem vierten Anlauf mußte er feststellen, daß sie ihn ans Bett gebunden hatten. Sein rasendes Wutgebrüll bestätigte den Angehörigen des Gordon-Clans, daß ihr Oberhaupt auf dem Weg der Besserung war. Allgemeine Erleichterung breitete sich aus.

Bald würde ihr Anführer wieder stark genug sein, um Jagd auf sein Mädchen zu machen.

An einem nebelverhangenen Morgen brachen Stephen und seine Männer zu dem Gebiet der MacAlpins auf. Am vergangenen Abend waren sie in der Kapelle gewesen und hatten den Gebeten des Geistlichen um ihre Sicherheit und den Erfolg ihrer Mission gelauscht. Wenn alles gutging, würden sie das Mädchen holen und innerhalb von wenigen Tagen nach Craigmoor zurückkehren, um dort sogleich eine Hochzeit zu feiern.

Sie waren noch keine zwei Meilen geritten, als plötzlich ein Reiter aus dem dichten Nebel vor ihnen auftauchte und Stephen derart überraschte, daß er seinem Pferd so heftig in die Zügel griff, daß der Rappe sich aufbäumte.

»Wer reitet dort?« rief Stephen.

»Ein MacAlpin«, rief der Mann zurück.

Stephen zog sein Breitschwert mit einem Zischen und hörte ein ähnliches Geräusch, als der andere das gleiche tat. »Sie befinden sich weit außerhalb der Grenzen von MacAlpin-Land. Haben Sie sich verirrt, oder sind Sie ein Dummkopf?« fragte Stephen.

»Weder noch«, antwortete der Mann. »Wir sind auf dem Weg nach Craigmoor Castle. Wir haben etwas mit dem Schwarzen Schotten zu besprechen.«

»Und worum könnte es sich dabei wohl handeln?«

»Wir möchten ihm etwas zurückgeben, was ihm gehört«, erwiderte der Mann und kam näher.

Eine lange Kolonne von Reitern tauchte hinter ihm im Nebel auf. Stephen erkannte Robert MacAlpin, der den Männern voranritt. Juliette ritt neben ihm her.

Robert MacAlpin griff seinem Pferd in die Zügel, als er Stephen sah. »Wir wollen dir etwas zurückbringen, Stephen.«

Stephen sah Robert an, dann fiel sein Blick auf Juliette, und er stellte beruhigt fest, daß sie wohlauf aussah. »Das habe ich schon gehört.«

»Dürfen wir näher kommen?«

»Ihr könnt das Mädchen herschicken«, sagte Stephen. »Übergebt sie uns, und ihr könnt in Frieden eures Weges ziehen, ohne Blutvergießen.«

»Ich würde mich gern mit dir unterhalten, ehe ich dir das Mädchen übergebe«, sagte Robert.

»Und du meinst, ich sollte dir trauen?«

»Bleibt dir eine andere Wahl? Soweit ich weiß, willst du das Mädchen haben.«

»Ja«, sagte Stephen, und dann nickte er und ritt weiter, um Robert MacAlpin mitten auf der Lichtung zu treffen, auf halber Strecke zwischen ihren Männern.

»Nehmen die MacAlpins inzwischen schon Frauen mit in die Schlacht, um sie als Schild zu benutzen?« fragte Stephen.

Robert lächelte. »Ich kann dir die Vorstellung nicht verübeln, mein Junge«, sagte er, »denn wenn ich dir die Wahrheit erzählen würde, würdest du mir ja doch nicht glauben.«

Stephen blieb stumm.

»Nachdem wir euch das Mädchen bei der Abtei geraubt haben, sind wir von den MacBeans angegriffen worden. Es scheint ganz so, als hätten sie geglaubt, sie könnten ebenfalls Ansprüche auf das Mädchen geltend machen.«

»Sprich weiter.«

»Calum, mein einziger Sohn und Erbe, ist verwundet worden. Der Schwerthieb wäre tödlich gewesen, wenn dein Mädchen nicht auf MacBean zugestürmt wäre und den Hieb abgefälscht hätte. Während wir noch gekämpft haben, hat sie die Blutung gestillt und Calums Wunde mit ihrem Unterrock verbunden. Wenn das Mädchen nicht gewesen wäre, hätte er den Kampf nicht überlebt.«

»Und du bist den weiten Weg hergeritten, um mir das zu sagen?«

»Ja, und um dir das Mädchen zurückzubringen.«

»Du bringst sie mir nur deshalb zurück, weil sie Calum das Leben gerettet hat?«

Robert schien sich sichtlich unbehaglich zu fühlen. »Na ja, aus dem Grund und weil sie ... Heiliger Strohsack, Junge, ich wußte ja nicht, wieviel Ärger dieses Mädchen machen kann. Und dann erst dieses Mundwerk, das sie hat. Ich muß dir ehrlich sagen, ich habe noch keinen gekannt, der so quasseln konnte.«

Stephen fiel es schwer, nicht laut zu lachen. Die MacAlpins fanden also, daß sie ein Quälgeist war. Wenigstens sagte Robert die Wahrheit. Aber ein MacAlpin war ein MacAlpin, und man durfte ihnen nicht trauen. Stephen zwang sich, eine finstere Miene aufzusetzen.

»Dann bringst du mir das Mädchen also zurück?«

»Ja, und du hast meinen Segen.«

»Und wieviel verlangst du für deine liebenswürdige Geste?«

»Du beleidigst mich, Junge. Ich verlange keinerlei Gegenleistung. In Wahrheit wollte ich nur meine Dankbarkeit erweisen, und daher habe ich dem Mädchen jeden Wunsch gewährt, in dem Glauben, sie wollte zu ihrer Familie in England zurückkehren. Zu meinem Erstaunen hat sie darum gebeten, zu dir gebracht zu werden, nach Craigmoor.«

Seine Worte bereiteten Stephen Freude, aber er traute ihm immer noch nicht. »Was ist dein wahrer Beweggrund, Robert?«

»Gott sei mein Zeuge, aber ich bin nur gekommen, um dem Mädchen sicheres Geleit zu deiner Burg zu geben.« Mit diesen Worten drehte sich Robert im Sattel um und winkte Juliette zu sich. Im nächsten Moment kam sie im Galopp angestürmt.

Sie lächelte, als sie Stephens Seite erreicht hatte. »Ich hätte nicht geglaubt, daß mir das Glück beschieden ist, dich schon so bald wiederzusehen. Wie ist es dir ergangen? Bist du wieder gesund?« sagte sie, und ihre Blicke glitten über ihn, als sei ihr alles an ihm lieb und teuer.

Er lächelte sie an. »Es geht mir einigermaßen gut«, sagte er und musterte sie ebenfalls von Kopf bis Fuß. »Und was ist mit dir, Mädchen? Haben sie dir in irgendeiner Weise Leid zugefügt?«

»Mir geht es gut, wie du selbst sehen kannst. Ich bin vorzüglich behandelt worden.«

»Abgesehen davon, daß man dich überhaupt erst geraubt hat.«

»Nun, diesen Fehler bereuen die MacAlpins bitterlich, und sie können es kaum erwarten, es wiedergutzumachen. Haben sie das denn mit dieser Geste nicht deutlich genug gezeigt?«

»Die Frage werde ich beantworten, wenn wir es nach Craigmoor schaffen, ohne aus dem Hinterhalt angegriffen zu werden.«

Robert lachte. »Du bist ein mißtrauischer Kerl, aber das kenne ich gut. Und jetzt nimm dein Mädchen mit. Sie hängt sehr an dir. Das habe ich weiß Gott oft genug zu hören bekommen.«

MacAlpin lachte und zog sein Pferd herum. Im nächsten Moment hatte er sich seinen Männern am Rand der Lichtung wieder angeschlossen. Die Sonne brach durch den Nebel, fiel auf sein rotes Haar und färbte es feuerrot. Als er an ihnen vorbeiritt, machten die MacAlpin-Krieger kehrt und folgten ihm in den Wald.

Stephen musterte Juliette und dachte, daß er noch nie in seinem Leben jemanden gesehen hatte, der größere Ähnlichkeit mit einer ertrunkenen Ratte aufwies, oder jemanden, dessen Anblick ihm teurer gewesen wäre.

Sie hob eine Hand an ihr nasses Haar. »Ich fürchte, ich sehe katastrophal aus. Nicht gerade so, wie ich nach all den langen Tagen der Trennung vor dir erscheinen wollte.«

Er hielt den Mund, doch er wußte, daß sich die Freude über ihren Anblick deutlich in seinen Augen zeigte. »Willst du mir damit etwa sagen, daß du mich vermißt hast?«

»Ja, genau das wollte ich dir damit sagen. Hast du mich denn nicht vermißt?«

»Doch«, sagte er. »Ich mußte feststellen, daß es mir nicht halb soviel Spaß macht, mich auszuziehen, um ein Bad zu nehmen, wenn ein gewisses Mädchen nicht in der Nähe ist und mir nachspioniert.«

»Dann werde ich mich bemühen, dir sehr oft nachzuspionieren.«

»Die Gelegenheit dazu werde ich dir schon bald geben.«

»Für meinen Geschmack kann es gar nicht früh genug sein«, sagte sie und schien sich über Stephens Gelächter zu freuen.

»Dann soll ich Robert also glauben? Ist es wahr, daß du die MacAlpins nahezu totgeredet hast?«

»Ich fürchte, das entspricht der Wahrheit, aber ich habe es nicht ohne eine bestimmte Absicht getan. Verstehst du, Robert MacAlpin ist kein großer Redner. Er macht nur selten den Mund auf, bis das Abendessen vorbei ist.«

»Ja, Angus sagt, er sei wie ein Dudelsack. Er redet erst, wenn sein Bauch voll ist.«

Sie lachte, und er ertappte sich dabei, daß er sich an ihrem geliebten Anblick nicht satt sehen konnte. »Du hast mir gefehlt, Juliette.«

Sie lächelte. »Aber du hast doch gesagt, ich sei ein Quälgeist«, erwiderte sie.

Ein Lächeln spielte um seine Lippen. »Ja, diesen Teil von dir habe ich am meisten vermißt.«

»Ich glaube, wir werden gut miteinander auskommen.«

»Ich *weiß*, daß es so sein wird«, sagte er. Dann streckte er seine Hand aus und fügte hinzu: »Komm, Mädchen. Laß uns nach Hause reiten.«

»Nach Hause«, sagte sie und legte ihre Hand in seine. »Wie schön das klingt.« Mit einem neckenden Lächeln fragte sie: »In welche Richtung geht es nach Hause?«

Stephen fand kaum die Zeit, mit einer Kopfbewegung auf seine Männer zu weisen, als Juliette auch schon übermütig rief: »Laß uns um die Wette reiten!« Sie trieb ihr Pferd zu einem Galopp an und raste auf die verblüfften Gordons zu.

Einen Moment blickte er ihr versonnen nach, dann zog er sein Pferd herum und grub ihm die Sporen in die Flanken, bis der schwarze Hengst mit einem Satz vorwärts schoß. »Und du bist doch ein Quälgeist«, rief er ihr nach.

»Richtig, und das gefällt dir«, rief sie zurück.

»Ja«, flüsterte Stephen, »das kann man wohl sagen.«

Epilog

Wenige Wochen später wurde Lady Juliette Pemberton in der Kapelle von Craigmoor Castle mit Alexander Stephen Gordon, dem Siebenten Earl von Gordon und Oberhaupt des Gordon-Clans, getraut.

Als der Geistliche die Worte sprach, die sie für alle Zeiten an ihn banden, erinnerte sich Juliette wieder daran, daß denen Gutes widerfährt, die eine Gelegenheit beim Schopf ergreifen. Mit einem zufriedenen Seufzen erkannte sie, daß sich ihre Bestimmung erfüllt hatte.

Sie war die Braut des Schwarzen Schotten geworden.

Tief in ihrem Herzen wußte sie jedoch, daß sie immer nur Stephens Frau sein würde.

Elaine Coffman

Ich habe diesen Brief ursprünglich damit begonnen, Ihnen von meiner eigenen Hochzeit zu berichten, und dann habe ich mich aus einem ganz simplen Grund dagegen entschieden. Sie alle würden meinen Bericht so schnell wie möglich überfliegen. Es gibt nichts Langweiligeres auf Erden als die Realität.

Es ist eine wunderbare Erfahrung, Braut zu sein, aber noch viel mehr Spaß macht es, eine Liebesgeschichte zu erfinden. Vielleicht empfinde ich das so, weil ich als kleines Mädchen so viele Stunden damit zugebracht habe, mich zu verkleiden und mich herauszuputzen – und wie könnte man sich besser darauf vorbereiten, über Bräute zu schreiben, als seine Zeit damit zu verbringen, von einer prächtigen Hochzeit zu träumen? Das einzige Problem bestand darin, daß meine Spielkameraden alle eingeschlafen waren, bis ich die ausgedehnte Beschreibung meines Brautkleids beendet und all die maskulinen Attribute meines Märchenprinzen aufgezählt hatte. Aber das macht nichts. Das ist ja gerade das Schöne an Träumen – wir können sie ganz für uns allein auskosten.

Da ich schon immer eine echte Romantikerin war, habe ich getreulich Phantasien mit einem Happy End erschaffen. Ich habe mehr Leidenschaft in einen Kuß einfließen lassen als Scarlett in den Wiederaufbau von Tara. Ich habe mehr Männer geheiratet als Elizabeth Taylor. Und wie Mae West habe ich in mehr Schößen gelegen als eine Serviette. Ich habe Katherine Hepburn Spencer Tracy ausgespannt, und William Holden habe ich für Gregory Peck sitzenlassen. Cary Grant und Gary Cooper haben meinetwegen ein Duell miteinander ausgetragen, und ich habe sie alle beide geheiratet – in dem Glauben, das sei es, was eine »Doppelhochzeit« ausmacht.

All das war Teil meiner jugendlichen Phantasie, aber die Liebesgeschichten, die ich in Gedanken durchgespielt habe, haben unauslöschliche Bilder in meiner Erinnerung zurückgelassen. Die Liebe ist tatsächlich die Kraft, die unsere Welt bewegt, und nirgends ist der Zauber der Phantasie so ausgeprägt wie in Liebesromanen. In »Die Braut des Schwarzen Schotten« habe ich zwei meiner Lieblingsthemen einfließen lassen – Schottland und die Macht der Liebe. Daher hoffe ich, daß Sie Ihren Besuch in einem verwunschenen Land voller Nebelschwaden und Phantasiegestalten genossen haben und für sich selbst entdeckt haben, daß die Liebe wirklich dort ist, wo man sie findet.

Glauben Sie weiterhin daran.

Elaine Coffman
Box 8300-519
Dallas, Texas 75205-8300

Joan Johnston

Der Mann vom Wolf Creek

1

Cale fror in seiner Wildlederhose und zog die Jacke aus Bärenfell fester um sein Kinn, um sich gegen den beißend kalten Schneesturm zu schützen. Er hatte diesen Frühjahrssturm nicht direkt erwartet, aber er lebte schon lange genug in den Teton Mountains, um die unberechenbaren Wetterverhältnisse im voraus einzuplanen. Hier gab es niemanden, der ihn gerettet hätte, wenn er in Schwierigkeiten geriet. Er war in dieser einsamen Wildnis ganz auf sich gestellt. Es war eine Wahl, die er vor zehn Jahren getroffen hatte, im Alter von vierundzwanzig. Nie hatte er seinen Entschluß bereut, die zivilisierte Welt hinter sich zurückzulassen.

Cale hatte die meisten seiner Fallen überprüft, ehe der Sturm ausbrach, und er hatte sich bereits auf den Rückweg zu seinem Blockhaus gemacht, als der Schnee noch in einzelnen Flocken fiel, die langsam und sachte die Juniflora unter sich begruben. Jetzt pfiff der Wind in seinem Nacken, und der Schnee war so tief, daß er in seine kniehohen Mokassins rutschte und um seine Zehen herum schmolz. Soweit er es beurteilen konnte, mußte er noch etwa eine halbe Meile bergauf laufen, ehe er es sich vor einem knisternden Feuer behaglich machen und dort das Ende des Sturms abwarten konnte.

Der Anblick eines gesattelten Maulesels, der zwischen zwei Murraykiefern auf den Hinterbacken saß, ließ ihn unvermittelt anhalten. Cale schüttelte angewidert den Kopf, als er die Gestalt eines Mannes sah, der an dem Zaumzeug des Maulesels zerrte und versuchte, das Tier gewaltsam auf die Füße zu ziehen. Der Mann trug keine Jacke, und trotz seines Schlapphuts mit der breiten Krempe waren seine Augenbrauen und sein Schnurrbart mit Schnee verkrustet. Cale spielte mit dem Gedanken, einen Bogen um den Mann und den Maulesel zu machen, doch ein zweiter Blick auf das Flanellhemd und die Denimhose, die der alte Mann trug, überzeugte ihn davon, daß der Idiot erfrieren würde, wenn er sich selbst überlassen blieb. »Brauchen Sie Hilfe?« fragte Cale, als er in den Blickwinkel des Mannes trat.

Der Mann ließ die Zügel fallen und drehte sich zu Cale um. Um seine Augenwinkel herum bildeten sich vor Freude Lachfältchen, und mit zwei schnellen Bewegungen aus dem Handgelenk heraus stieß er sich den Hut aus dem Gesicht zurück und wischte den Schnee von seinem Schnurrbart. »Dem Himmel sei Dank! Ich hab' schon gedacht, ich würde todsicher erfrieren. Es hat nicht nach Schnee ausgesehen, als ich heute morgen aus dem Tal aufgebrochen bin.« Er streckte die Hand aus. »Ich heiße Orrin Schuyler. Haben Sie hier in der Nähe eine Hütte? Ich habe mir schon fast den Arsch abgefroren.«

Cale schnitt eine Grimasse und ignorierte die ausgestreckte Hand. »Etwa eine halbe Meile oberhalb von hier. Folgen Sie mir.«

»Tja, das würde ich ja liebend gerne tun, mein Sohn, aber die gute alte Betsy hier rührt sich nicht von der Stelle. Ich kann sie nicht einfach hier lassen. Wir zwei sind schon lange Zeit zusammen.«

Cale ging auf das Tier zu, murmelte dem Maulesel ein paar Worte ins Ohr, kehrte ihm den Rücken zu und setzte sich in Bewegung. Betsy stieß einen Schrei aus, zog sich mühsam auf die Füße und lief folgsam hinter ihm her.

Orrin packte die Zügel und eilte hinter Cale her. »Da soll mich doch gleich der Teufel holen. Was hast du zu ihr gesagt?«

»Ich habe ihr gesagt, wenn sie bleibt, wo sie ist, dann kann sie davon ausgehen, daß ein Schwarzfußindianer oder ein Arikara sie zum Abendessen verspeist.«

Orrin lachte schallend und schlug sich auf die Schenkel. »Das glaube ich dir gern. Dein Name ist mir leider entfallen, mein Sohn.«

Cale sah Orrin mit kalten Augen an. »Ich bin nicht Ihr Sohn, Alter.«

»He, he, war doch nicht böse gemeint«, sagte Orrin und sprang mit langen Sätzen durch den Tiefschnee, um Cale einzuholen, der größere Schritte machte. »Wie heißt du denn jetzt, mein Junge?«

Cale sah den alten Mann grimmig an. *Mein Junge* war auch nicht viel besser als *mein Sohn.* Da er soviel Zeit allein verbrachte, war Cale das Reden nicht mehr gewöhnt. Die Fragen des alten Mannes erbosten ihn. Orrin Schuyler wirkte jedoch stur genug, um unablässig weiterzuquasseln, bis er eine Antwort bekam, und daher sagte Cale: »Ich heiße Cale Landry.«

»Cale Landry«, murmelte Orrin. »Beim letzten Treffen unten im Willow Valley habe ich von dir gehört. Du bist doch der, der einem Truthahn auf zweihundert Schritte ein Auge ausschießen kann?« Ohne eine Antwort abzuwarten, fuhr Orrin fort. »Ich habe gehört, daß du nicht oft aus den Bergen runterkommst, aber wenn du es tust, dann bringst du die edelsten Biberfelle mit, die man je zu sehen bekommen hat. Es heißt, eine Chinookindianerin hätte dir beigebracht, die Felle so perfekt zu gerben. Stimmt das, mein Junge? Bist du ein Freund der Indianer?«

Orrin stieß ein heiseres Lachen aus. »Ich schätze, die Leute bezeichnen mich auch als einen Freund der Indianer, wenn man bedenkt, daß ich von einer ihrer Squaws eine Tochter habe. Die Mutter des Mädchens war eine Nez Percé Indianerin. Hatte immer eine so aufrechte und majestätische Haltung, als wäre sie so eine Art Königin, und dabei war sie nichts dergleichen. Vermittelte einem immer das Gefühl, man müßte sich vor ihr verbeugen. Raven – das ist meine Tochter – ist ihr nachgeschlagen. Dem Mädchen sickert der Stolz aus jeder einzelnen Pore.«

Orrin schnalzte mit der Zunge. »Ihre Mutter war eine ganz beachtliche Frau, das muß ich schon sagen. Aber sie ist gestorben, ehe sie mich in das Geheimnis einweihen konnte, wie man Felle so schön gerben kann. Solange sie noch am Leben war, schien dafür keine Notwendigkeit zu bestehen, und als sie dann tot war, tja, da war es eben zu spät. Du kannst dich glücklich schätzen, Cale Landry.«

In dem Moment bereute Cale den Impuls, der ihn dazu gebracht hatte, dem geschwätzigen alten Mann das Leben zu retten. Jetzt konnte er durch das Schneetreiben sein Blockhaus erkennen und stieß einen Seufzer der Erleichterung aus, der sich jedoch als voreilig erweisen sollte. Nachdem der alte Mann sich aufgewärmt hatte, wurde er noch weitaus geschwätziger.

»Wirklich nett von dir, daß du Betsy zu deinem Pferd in den Schuppen geführt hast. Einen ganzen Stapel prächtiger Felle hast du hier gelagert, Cale. Du mußt im letzten Winter wirklich einiges gefangen haben. Biber, Marder und Bisamratten, alle drei. Ich habe in der letzten Zeit nicht soviel Glück gehabt.« Der alte Mann zog ein abgenutztes Kartenspiel aus der Westentasche und mischte die Karten. »Wenn meine Tochter nicht diese Wildlederhosen mit den prachtvollen indianischen Stickereien verkauft hätte, hätten wir im letzten Winter hungern müssen. Ich dachte mir, ich jage uns heute zum Abendessen Wild. Und ich hätte uns auch einen schönen Rehbock geschossen, wenn dieser Schneesturm nicht gewesen wäre.«

Cale ging seinen täglichen Routinearbeiten nach, häutete die Kaninchen, die er gefangen hatte, nahm sie aus und bereitete ein Ragout daraus zu. Er tat sein Bestes, um Orrin zu meiden, der in dem kleinen Raum umherlief und seine Spielkarten mischte. Cale hoffte, bis zum Morgen würde es aufhören zu schneien. Er wollte den alten Mann nicht in den Sturm hinausschicken, doch er hatte gelernt, daß ein Mann tun mußte, was er zu tun hatte, wenn es ums Überleben ging. Und einen weiteren Tag mit Orrin Schuyler in seinem Haus würde er nicht überstehen.

»Ein hübsches Häuschen hast du dir hier hingestellt.« Orrin warf seine Spielkarten auf den roh gezimmerten Tisch, der mitten im Raum stand. »Urgemütlich. Dieses Bett aus Kiefernholz, das du dir gebaut hast, wirkt groß genug für zwei.«

»Sie werden vor dem Feuer schlafen.« Cale deutete auf das große Büffelfell, das er auf dem Boden ausgebreitet hatte, damit der Wind nicht durch die Ritzen zwischen den Holzdielen dringen konnte. Er hatte keineswegs die Absicht, sein Bett mit dem Mann zu teilen. Dennoch hatte er das Gefühl, es würde nicht gerade einfach sein, Orrin Schuylers Gegenwart zu ignorieren.

Cale verschloß die Ohren vor Orrins Gebrabbel und sah sich in seinem kleinen Reich um. Die Wände der Blockhütte waren undurchlässig, denn die Ritzen zwischen den Stämmen waren mit einem Gemisch aus Lehm und Gras verschlossen, und vor dem einzigen Fenster hing eine Tierhaut, die so dünn geschabt war, daß sie schwaches Licht durchließ. Die Tür hing an Lederangeln, und die Ränder hatte er mit Rehlederstreifen abgedichtet. Mehrere Kerosinlampen spendeten genug Licht, um in ihrem Schein zu arbeiten. Das war ein Luxus, den er sich gönnte, ebenso wie die Bücher, die er kaufte. Schließlich gab es nicht viel, wofür er seinen Verdienst sonst hätte ausgeben können, da er allein lebte.

Vielleicht war der Raum ein bißchen unordentlich, aber das war einer der Vorteile des Alleinseins. Er wußte, wo alles war, weil niemand da war, der die Dinge hätte umräumen können. Und es konnte auch sein, daß er nicht so oft saubermachte, wie er es eigentlich hätte tun sollen, aber es gab niemanden, den er mit seiner Ordnung und Sauberkeit beeindrucken mußte. Es stank ein wenig, aber das war eine normale Begleiterscheinung seines Gewerbes. Er arbeitete so oft wie möglich im Freien, da das Blockhaus für einen Mann seiner Größe zu klein war, um wirklich behaglich zu sein. Durch die ungewohnte Anwesenheit einer zweiten Person fühlte er sich jetzt regelrecht beengt.

»Glaubst du, daß es unten im Tal auch schneit?« fragte Orrin. »Oder schneit es nur hier oben? Ich kann nur hoffen, daß meine Tochter genug Verstand besitzt, sich einen Unterschlupf zu suchen.«

»Sie haben keine Hütte?« fragte Cale.

»Nee. Ich habe mein Lager unter den Sternen aufgeschlagen und darauf gewartet, daß nächsten Monat alle zum Treffen in Pierre's Hole erscheinen. Ich dachte mir, dann könnte ich mit ein paar Freunden in einem Zelt pennen.«

»Wie alt ist Ihre Tochter?« fragte Cale, dem die Vorstellung, ein Kind ganz allein draußen im Sturm zu lassen, plötzlich Sorge bereitete.

»Diesen Sommer wird sie neunzehn. Glaub mir, Raven findet

sich allein zurecht. Das Mädchen hat Mumm. Und Grips noch dazu. Ist sich dessen bloß noch nicht so recht bewußt. Sie ist ein wenig schüchtern, das ist alles. Sie freundet sich nicht leicht mit Weißen an. Was allerdings nicht weiter erstaunlich ist, wenn man bedenkt, daß sie ein Halbblut ist.«

Cale hatte selbst erlebt, wie selbständig und tüchtig Indianerinnen sein konnten, wenn sie auf sich selbst gestellt waren, doch er fragte sich, wie weit die Tochter dieses weißen Mannes mit den indianischen Sitten vertraut war. »Wie alt war Raven, als ihre Mutter starb?«

»Etwa sechs Jahre alt, schätze ich. Danach hat sie noch ein paar Jahre bei dem Stamm ihrer Mutter verbracht, bis ich zurückkommen und sie holen konnte.«

»Zurückkommen?«

»Damals bin ich öfter durch die Gegend gereist. Mit einem Kind wollte ich mich nicht belasten. Ich bin zurückgekommen und habe sie zu mir geholt, sowie sie alt genug war, um mir zu helfen.«

»Und wann war das?« fragte Cale.

»Vor ein paar Jahren. In der letzten Zeit laufen ihr viele Männer nach, das kann ich dir sagen.«

Es war so lange her, seit Cale mit einer Frau zusammengewesen war, daß allein schon die Vorstellung, weibliches Fleisch zu berühren, seine Lenden schmerzen ließ. Einen Moment lang spielte er mit dem Gedanken, dem alten Mann ins Tal zu folgen, um sich das Mädchen anzusehen. Er wußte jedoch aus Erfahrung, daß es nur noch schlimmer wurde, wenn er eine Frau sah und wußte, daß er sie nicht berühren durfte.

Mitten im Winter, wenn er allein war, spielte er mit dem Gedanken, sich im Frühling eine Squaw zu nehmen. Doch sobald er nicht mehr eingeschneit war, widerstrebte es ihm, einen solchen Schritt zu unternehmen. Vor langer Zeit hatte er eine Frau geliebt, und diese Erfahrung hatte ihm nichts anderes als Leid zugefügt. Nicht etwa, daß er eine Frau lieben mußte, um mit ihr zu schlafen, aber andererseits unterschätzte er auch die Macht des sexuellen Verlangens nicht. Bedürfnisse dieser Art konnten einen Mann vor einer Frau in die Knie zwingen. Ob sie nun eine majestätische Haltung hatte oder nicht – und er zweifelte nicht an Orrins Schilderung seiner Tochter –, Cale Landry hatte sich gelobt, sich keiner Frau mehr zu beugen, nie wieder.

Der Tag ging nur langsam vorüber. Orrin redete ununterbrochen. Cale war froh, als der Sonnenuntergang nahte. Der Wind heulte noch immer ums Haus, der Sturm tobte unermüdlich weiter, doch in dem Blockhaus war es behaglich, wenn nicht gar warm. Er setzte sich mit Orrin an den Tisch, und jeder von beiden aß einen Teller Kaninchenragout. Cale ließ seine leere Schale auf dem Tisch stehen und stand auf. »Ich werde mich jetzt schlafen legen. Ich habe morgen viel zu tun.«

»Könnte ich dich vielleicht zu einem Kartenspiel überreden?« versuchte Orrin ihn zu beschwatzen.

Cale fühlte sich in Versuchung geführt. Früher einmal war er selbst ein gerissener Kartenspieler gewesen. Aber er konnte Orrins Gequassel nicht länger ertragen, und er wußte, daß er sich zu große Hoffnungen gemacht hätte, wenn er glaubte, der alte Mann würde ihn in Frieden lassen. »Nein«, sagte er und fügte dann versöhnlich hinzu: »Trotzdem vielen Dank für das Angebot.«

Er ließ Orrin mit seinen Spielkarten am Tisch sitzen, während er sich bis auf die lange Unterhose auszog. Dann blies er zwei der drei Lampen aus und kroch unter die warmen Felle auf dem Bett. »Machen Sie das Licht aus, wenn Sie sich schlafen legen«, sagte er zu Orrin.

Orrin grunzte eine Antwort.

Cale beachtete ihn nicht länger. Er dachte an eine Frau mit langem blonden Haar und Augen, hellblau wie das Ei eines Rotkehlchens. Er konnte ihre vollen Lippen spüren und die zarte Haut auf ihrer Kehle. Sein Körper reagierte augenblicklich auf das Bild, das vor seinem inneren Auge aufstieg. Sein Puls hämmerte, und sein Schaft wurde steif.

Er biß die Zähne gegen die Erinnerung zusammen, die ihn zu verschlingen drohte. Und rief sich wieder ins Gedächtnis zurück, was später gewesen war. Das verlogene Lächeln. Der

Verrat. Der Anblick ihres Körpers, vereint mit einem anderen Mann.

Cale schluckte den schmerzlichen Laut der Qual, der über seine Lippen zu kommen drohte. Der Teufel sollte Orrin Schuyler holen, weil er sich ihm einfach so aufgedrängt hatte. Und weil er ihn daran erinnert hatte, daß er dringend eine Frau brauchte. Und weil er das Begehren wieder in ihm geweckt hatte.

Er hörte, wie Orrin vom Tisch aufstand, und drehte sich auf die Seite, um dem Mann den Rücken zuzuwenden. Er wollte nicht, daß der alte Mann ihn in seinem Elend sah. Er hoffte nur, daß Orrin endlich die Lampe auspusten würde. Er brauchte dringend Dunkelheit.

Cale hörte Schritte und spürte den Atem des alten Mannes neben dem Bett.

»Cale? Bist du noch wach?« flüsterte Orrin.

Cale rechnete sich aus, wenn er ja sagte, würde der alte Mann wieder ein Gespräch mit ihm beginnen. Daher atmete er gleichmäßig und stellte sich schlafend.

»Gut«, murmelte der alte Mann. »Dann tut es nicht so weh.«

Cale reagierte einen Moment zu spät. Die schwere Bratpfanne sauste so hart auf seine Schädeldecke nieder, daß er das Bewußtsein verlor.

2

Raven wurde von der tiefen, drohenden Stimme eines Mannes aus dem Schlaf gerissen.

»Wo sind meine Felle?«

Sie hörte die erstickte Antwort ihres Vaters.

»Fort. Sie sind fort.«

»Und wo ist das Geld, das du dafür bekommen hast?« fragte die grimmige Stimme.

»Verspielt«, krächzte ihr Vater.

In dem grauen Licht kurz vor Tagesanbruch konnte sie nur mit

Mühe den massiven Schatten sehen, der über ihrem Vater kauerte. Der Eindringling war riesengroß und stark behaart, eine wilde Bestie in Menschengestalt. Er preßte ihrem Vater ein spitzes Green River Jagdmesser an die Kehle.

Langsam und lautlos griff sie nach der Kentucky-Büchse ihres Vaters.

»Keine Bewegung!« befahl die Stimme.

Raven erstarrte.

Die gebückte Gestalt erhob sich abrupt und zog ihren Vater mit sich auf die Füße; eine riesige Hand war um seine Kehle geschlungen. »Wer ist da?« rief der Mann.

»Ich bin es, Raven«, flüsterte sie.

»Meine Tochter«, sagte Orrin mit dem bißchen Atem, den ihm der eisenharte Griff des Mannes aus den Bergen noch ließ. »Sie gehört dir, wenn du mich jetzt endlich losläßt.«

Raven schnappte nach Luft, als sie die Ungeheuerlichkeit des Angebots begriff, das ihr Vater gerade gemacht hatte.

Auch der Riese holte zischend Luft.

»Nein, Vater«, sagte Raven und kroch unter den Decken hervor, in die sie sich gehüllt hatte. Es mußte eine andere Möglichkeit geben, den bedrohlichen Mann für die Felle zu entschädigen, die ihr Vater verspielt hatte. Sie wußte, daß es zwecklos war, den Kerl anzuflehen. In den dunklen, gequälten Augen, die sie anstarrten, war keinerlei Gnade zu erkennen.

Plötzlich war ihr Vater frei. Er hustete, spuckte und räusperte sich. »Ich dachte mir schon, daß du Jagd auf mich machen würdest«, krächzte Orrin und rieb sich die Kehle. »Allerdings hätte ich nicht geglaubt, daß du so lange dafür brauchen würdest.«

Die Bestie wandte ihrem Vater den zotteligen Kopf zu. »Du hättest mich fast umgebracht!« fauchte das Ungeheuer. »Zwei Wochen lang habe ich alles doppelt gesehen. Und dann erst diese Sauerei – meine Kleider zu verstecken. Ich war schon dabei, mir eine neue Wildlederhose zu nähen, als ich die Sachen gefunden habe, die du unter dem Bett versteckt hattest.«

Orrin grinste und entblößte dabei seine Zähne mit den Tabakflecken. »Aber es hat sich bewährt, nicht wahr?« Er streckte die

Hand nach dem Ärmel von Cales Bärenfelljacke aus. »Die habe ich nur äußerst ungern zurückgelassen, das kann ich dir versichern, aber ich hatte dann doch Skrupel. Schließlich wußte ich, daß du eine Jacke brauchen würdest.«

Die Bestie knurrte. »Du kannst von Glück sagen, daß mein Pferd noch da war.«

Orrin schien beleidigt zu sein. »Ich bin doch kein Pferdedieb.«

Einem Mann sein Pferd zu stehlen bedeutete häufig seinen sicheren Tod angesichts der großen Entfernung zwischen den einzelnen Wasserstellen im Westen. Daher gab es nichts Gemeineres als einen Pferdedieb, und wenn er erwischt wurde, tötete man ihn.

»Ich halte nicht viel von Leuten, die die Gastfreundschaft eines anderen annehmen und ihn dann ausrauben«, sagte die Bestie.

Orrin zuckte die Achseln. »Ich konnte einfach nicht anders. Ich hab' eine Schwäche fürs Spielen, verstehst du. Dafür brauche ich Kohle, und da dachte ich, warum nehme ich nicht deine.«

Raven nahm den ungläubigen Ausdruck auf dem Gesicht der Bestie wahr.

»Du hast all meine Felle verspielt und verloren?« fragte der Mann.

»Jedes einzelne«, bestätigte Orrin. »Allerdings habe ich fast drei Wochen dafür gebraucht. Es ist wirklich ein Jammer, daß du nicht schon eher hier aufgetaucht bist.«

Raven nutzte die Gelegenheit, um eine Lampe anzuzünden. Sie stocherte mit einem Stock im Feuer herum, und als sie glühende Kohlen fand, warf sie Reisig hinein, um das Feuer wieder zu entfachen.

»Wie wäre es mit einer Tasse Kaffee?« sagte Orrin. »Such dir einen Sitzplatz, und dann können wir uns über meine Schulden bei dir unterhalten.«

Raven versteifte sich. Ihr Vater hatte es also ernst gemeint, als er sie dem Mann aus den Bergen angeboten hatte, als ob sie ein Bündel Felle wäre, um Tauschhandel damit zu betreiben. Sie hielt ihr Gesicht von dem riesigen Mann abgewandt. Sie wollte seine Aufmerksamkeit nicht auf sich lenken, und sie hegte immer noch die Hoffnung, aus der Falle zu entkommen, die ihr Vater hatte zuschnappen lassen.

Der Mann aus den Bergen setzte sich mit erstaunlicher Anmut im Schneidersitz neben ihren Vater auf den Boden. Er hörte schweigend zu, während ihr Vater ihm berichtete, daß er zu früh zu dem Treffen in Pierre's Hole erschienen war und dort etwa zwanzig selbständige Fallensteller und ungefähr hundert Männer angetroffen hatte, die sich in der fellverarbeitenden Industrie der Rocky Mountains verdingt hatten. Aber es waren nicht nur Trapper erschienen, sondern auch zahlreiche Chinook und Nez Percé, die dort ihre Wigwams aufgeschlagen hatten.

»War nicht weiter schwierig, Männer zu finden, die mit mir Karten spielen wollten, das kann ich dir sagen«, erklärte Orrin. »Am Anfang lief alles bestens. Ich konnte meinen Gewinn fast verdoppeln.« Er grinste breit und zeigte seine vorstehenden Zähne. »Oder, besser gesagt, ich habe *deinen* Einsatz fast verdoppelt. Dann ist meine Glückssträhne abgerissen.« Er zuckte die Achseln. »So ist das nun mal.«

»Was du verspielt hast, war die Arbeit eines ganzen Winters«, sagte die Bestie. »Ich habe damit gerechnet, daß mir meine Felle ein paar Tausend einbringen würden.«

Orrin stieß einen Pfiff aus. »Ich muß schon sagen, das ist eine ganze Menge. Aber ich habe etwas, was mindestens soviel wert ist«, sagte er und sah Raven an.

»Wenn ich eine Squaw wollte, dann hätte ich mir für weit weniger als die Einnahmen eines ganzen Jahres eine kaufen können«, sagte die Bestie.

Orrin kniff die Augen zusammen. »Eine, die Englisch spricht? Eine, die die Gerichte der Weißen zubereiten kann? Eine, die so hübsch ist wie meine Raven?« Raven spürte, wie ihr Vater einen Finger unter ihr Kinn legte und sie zwang, den Kopf zu heben, damit der Mann aus den Bergen sie genauer betrachten konnte. Sie blickte auf, denn sie war nicht bereit, sich einschüchtern zu lassen. Sie sah dem Fremden fest in die Augen und biß sich dann auf die Unterlippe, um ein Japsen zu unterdrücken.

Seine Augen hatten einen hungrigen Ausdruck. Seine Nasenflügel blähten sich, um ihren Duft einzusaugen. Sein Mund, der fast gänzlich hinter einem Vollbart versteckt war, preßte sich zu einem dünnen Strich zusammen. Schwere Lider senkten sich über dunkle Augen in einer Weise, die nichts dazu beitrug, sein nacktes Verlangen zu verbergen. Er begehrte sie.

Raven fühlte eine Angst, wie sie es bisher nur einmal erlebt hatte, als sich ein Mann auf ihre schlafende Gestalt gestürzt hatte und sie beinahe vergewaltigt hätte, ehe es ihr gelungen war, nach ihrem Messer zu greifen und ihn abzuwehren. Er hatte die Messerstiche überlebt und die Geschichte des hinterhältigen Nez Percé Mädchens gewaltig ausgeschmückt, das einen Mann eher in Streifen schnitt, als sich ihm hinzugeben. Bei den letzten Zusammenkünften hatte ihr Ruf sie vor weiteren unerwünschten Annäherungsversuchen bewahrt.

Wenn ihr Vater sie der Bestie überließ, um seine Schulden zu begleichen, dann würde sie diesem Mann fortan gehören. Ihre Ehre würde sie dazu verpflichten, ihm zu gehorchen, ihm zu dienen und alles zu tun, was er von ihr verlangte. Und sie hatte keinen Zweifel daran, daß er mit ihr würde schlafen wollen. Nicht den geringsten Zweifel.

Nur daß sie das nicht wollte. Rebellischer Zorn wallte in ihr auf und ließ die Worte über ihre Lippen kommen, ehe sie sie zurückhalten konnte. »Ich werde für Sie arbeiten, wie ich für meinen Vater arbeite, um seine Schulden zu begleichen. Aber das ist schon alles, was ich für Sie tun werde.«

Na bitte. Sie hatte es gesagt. Es war das Problem ihres Vaters, ob die Bestie ihr Angebot annehmen würde oder nicht.

Cale konnte sich nicht von dem Anblick des Mädchens namens Raven losreißen. Sie war unbeschreiblich schön. Unter dem perlenbestickten Kleid aus Wildleder konnte er einen schlanken Körper ahnen, und ihr Gesicht war ein zartes Oval, das von schimmernden schwarzen Zöpfen eingerahmt wurde, aus denen sich im Schlaf einzelne Strähnen gelöst hatten. Ihre Augen waren exotisch und mandelförmig, dunkel und wachsam. Ihre Nase war klein und gerade, ihr Mund groß und ihre

Lippen voll und wie zum Küssen geschaffen. Die Mischung aus weißem und indianischem Blut hatte eine rosige pfirsichfarbene Haut hervorgebracht, die so zart aussah, als flehte sie regelrecht darum, gestreichelt zu werden.

Das Geschäft, das ihm Raven angeboten hatte, gefiel ihm überhaupt nicht. Sie hatte genau das ausgeklammert, was er wirklich von ihr wollte! In seinen Lenden pulsierte es bei dem Gedanken, mit ihr ins Bett zu gehen. Tief in seinem Innern wußte er, daß es ein Fehler war, den alten Mann das Mädchen verpfänden zu lassen, um seine Schulden für die Felle zu begleichen, die er ihm gestohlen hatte, vor allem dann, wenn er in die Bedingungen des Mädchens einwilligte. Und doch konnte er sich nicht dazu durchringen, das Angebot abzulehnen.

»Ich nehme sie«, sagte er abrupt.

»Für drei Monate«, stellte Orrin klar. »Oder so ungefähr. Bis zum ersten Schneefall.«

Cale schaute finster. »Drei Monate?«

»Oder bis zum ersten Schneefall«, wiederholte Orrin. »Länger kann ich sie nicht entbehren. Während der Hauptsaison komme ich nicht ohne sie zurecht, verstehst du.«

Cale schluckte schwer. Vielleicht tat Orrin ihm damit sogar einen Gefallen. Wenn er das Mädchen länger als drei Monate um sich hatte, würde er wahrscheinlich mit der Zeit abhängig von ihr werden. Es war das beste, wenn sie nach Ablauf dieser Zeit zu ihrem Vater zurückkehrte. »Also gut«, willigte er ein. »Drei Monate oder bis zum ersten Schneefall.«

»Ich werde mit Ihnen gehen«, sagte Raven mit ruhiger Stimme, »weil mein Vater in Ihrer Schuld steht. Aber nur unter der Voraussetzung, daß Sie sich nicht nehmen, was Ihnen nicht freiwillig angeboten wird. Andernfalls werde ich mich zur Wehr setzen. Ich werde auf Leben und Tod mit Ihnen kämpfen.«

Cale wollte schon über diese grimmige Drohung lachen, doch der Laut erstarb in seiner Kehle. Es war ihr Ernst. Ihre Augen funkelten trotzig, und ihr ganzer Körper war angespannt, als sie auf seine Reaktion wartete.

Ravens Ultimatum machte ihm einen gewaltigen Strich durch die Pläne, die er mit ihr hatte. Aber gleich darauf erinnerte Cale sich, daß sie nicht gesagt hatte, er dürfe *niemals* mit ihr schlafen. Sie hatte nur gesagt, daß sie sich wehren würde, wenn er sich nahm, *was ihm nicht freiwillig angeboten werde*. Was hieß, daß er sie haben konnte, falls es ihm gelang, ihr Vertrauen zu gewinnen.

In längst vergangenen Tagen hätte Cole nicht an seiner Fähigkeit gezweifelt, eine Frau davon zu überzeugen, daß sie in seinen Armen Lust finden würde. Aber Raven strahlte etwas aus, was ihn verunsicherte. Er lächelte wölfisch. Diese Herausforderung kam ihm gelegen, denn jetzt hatte er etwas zu tun, um sich die Zeit bis zum Winter zu vertreiben. Er würde sie bekommen, entschied er. Irgendwie würde er es schaffen.

»Ich werde nichts nehmen, was mir nicht freiwillig angeboten wird«, sagte er.

Sie nickte zustimmend, doch die Wachsamkeit schwand nicht aus ihren Augen, als sie Cale einen Metallbecher mit Kaffee reichte.

»Du kannst bei uns übernachten«, bot Orrin an, »und morgen früh im ersten Tageslicht aufbrechen.«

»Ich muß noch Vorräte kaufen, ehe ich aufbreche«, sagte Cale.

»Sicher. Laß dir ruhig Zeit. Raven wird nirgendwo hingehen. Wir werden hier auf dich warten ...«

»Raven kommt mit mir«, erwiderte Cale. »Du verstehst es doch sicher, wenn ich mich nicht darauf verlasse, daß ihr noch hier seid, nachdem ich meine Besorgungen erledigt habe.«

Orrin grinste. »Gebranntes Kind scheut das Feuer, wie? Raven wird bereit zum Aufbruch sein, wenn du es bist. Stimmt's, Mädchen?«

Cale drehte den Kopf zu der jungen Frau um. Sie sah ihm fest in die Augen, ohne auch nur mit einer Wimper zu zucken.

»Ich werde bereit sein.«

3

Cale warf einen Blick über seine Schulter. Raven war noch da. Es war, als hätte er das alles nur geträumt. Der alte Mann, der auf dem verschneiten Berghang aufgetaucht war. Seine Pelze, die gestohlen und bei der Zusammenkunft verspielt worden waren. Der Handel, den er mit Orrin Schuyler abgeschlossen hatte und der ihm Raven eingebracht hatte. Er konnte kaum glauben, daß all das wirklich geschehen war.

Außer daß das Mädchen Realität war. Er konnte es an den Augen der Gebirgsbewohner erkennen, deren Blicke ihr folgten, als sie mehrere Schritte hinter seinem Pferd herging. Er verspürte einen Besitzerstolz, der ihm vollständig fremd war. Am liebsten hätte er sie vor allen Blicken abgeschirmt, damit sie nicht von jenen anderen Männern angegafft werden konnte. Natürlich tat er nichts dergleichen.

»Ich hätte nicht gedacht, daß du dir eine Squaw nimmst.«

Cale schwang ein Bein über den Rücken seines Schecken und landete auf beiden Füßen vor einem Mann mit lockigem Haar und blaßblauen Augen, der eine eingefettete Wildlederhose trug. Ein einziges Wort diente zur Begrüßung und um ihn willkommen zu heißen. »Laidlaw.«

Cale streckte ihm die Hand hin, und der andere Mann packte seinen Ellbogen.

»War ein verdammt langer Winter, Cale«, sagte Laidlaw. »Schön, dich zu sehen.«

Cale hatte Laidlaw, der aus den Hügeln von Tennessee kam, in seinem ersten Winter in den Bergen kennengelernt. Laidlaw hatte ihm alles beigebracht, was er wußte. Wie man die bittere Kälte überlebt, wie man Biber in Fallen lockt, wie man den Schwarzfußindianern und den Arikara aus dem Weg ging und wie man mit den Chinook und den Nez Percé Handel trieb. Laidlaw war derjenige gewesen, der ihn ermutigt hatte, auf eigene Faust Fallen zu stellen, statt sich zu verdingen und für eine der großen pelzverarbeitenden Firmen zu arbeiten. Laidlaws

Ratschläge hatten ihn am Leben erhalten und ihn zu einem reichen Mann gemacht, doch er zog es vor, sein Geld zu sparen, statt es auszugeben.

»Hast du Zeit für eine Pfeife?« fragte Laidlaw.

»Klar.« Cale ging mit Laidlaw auf dessen Lager zu.

Laidlaws Mund verzog sich zu einem verschmitzten Lächeln. »Hast du nicht etwas vergessen?«

Cale warf einen Blick über seine Schulter und war einen Moment lang verdrossen. Das Mädchen. Raven war abrupt stehengeblieben, als er den anderen Mann begrüßt hatte. »Kommst du?« rief er ihr zu, als sie ihnen nicht folgte.

Sie sah sich nach den Männern um, die sie mit ihren Blicken bei lebendigem Leib verschlangen. Fast konnte er den Schauder spüren, der ihre kleine Gestalt überlief. »Ich komme.«

Cale spürte wieder diesen seltsamen Beschützerinstinkt in sich aufkommen, den Drang, sie zu trösten. Er schüttelte ihn ab. Er wußte, daß er es sich nicht erlauben durfte, etwas für Raven Schuyler zu empfinden. Wie sein Pferd oder seine Pelze gehörte sie ihm, für den Zeitraum, den er mit ihrem Vater vereinbart hatte.

Nur daß da noch ein anderer Faktor im Spiel war, der sie zu mehr als nur einem seiner Besitztümer machte. Seit dem Moment, in dem er begriffen hatte, daß sie jetzt ihm gehörte, war er in einem Dauerzustand der Erregung gewesen. Er hatte dem Drang widerstanden, sie zwischen die Bäume zu zerren und sich zu nehmen, was er wollte. Zum Teil lag es an der Drohung, die sie ausgesprochen hatte. Zum Teil aber auch an seinem Wissen, daß sie hier nirgends wirklich ungestört waren. Ihm würde später noch genug Zeit bleiben, sie in sein Bett zu locken, wenn sie erst einmal allein in seiner Hütte waren und er ganz sicher sein konnte, daß ihn niemand unterbrechen würde.

Cale fragte sich, ob sie sich wirklich wehren würde. Er hoffte, daß es nicht soweit kam. Sie mußte doch wissen, was er von ihr wollte. Seine gierigen Blicke waren nicht gerade verstohlen gewesen. Trotzdem wollte er ihr nicht weh tun. Nach allem, was er sich zusammengereimt hatte, hatte sie bisher noch mit keinem

Mann geschlafen. Und im Vergleich zu seiner enormen Körpergröße war sie winzig. Sie konnte nicht mehr wiegen als ein kleiner Stapel Felle.

Er malte sich aus, wie sie sich unter ihm aufbäumte, und dieses Bild genügte, um seinen Schaft steif werden zu lassen. Die heftige Reaktion seines Körpers auf die bloße Vorstellung, sein Fleisch eng an ihres zu pressen, erboste ihn. Aber was erwartete er eigentlich? Seit mehr als einem Jahr hatte er keine Frau mehr gehabt. Und er begehrte sie.

Cale war froh darüber, daß Laidlaw ihn aus seinen lüsternen Tagträumen herausriß, bis er erkannte, welches Gesprächsthema Laidlaw gewählt hatte.

»Wo hast du das Mädchen gefunden?« fragte Laidlaw.

»Sie ist eine Art Bezahlung, um Schulden zu begleichen.«

Laidlaw zog eine dunkle Augenbraue hoch und stieß einen Pfiff aus. »Das müssen aber gewaltige Schulden gewesen sein.«

»Allerdings.«

Laidlaw war ein intelligenter Mann, und aus Cales barschen Antworten mußte er geschlossen haben, daß er nicht über die Frau reden wollte.

»Hast du im Winter eine gute Ausbeute gemacht?« fragte Laidlaw jetzt.

»Haufenweise Biber. Aber auch ein paar Bisamratten und Marder.«

»Dann hast du also eine Menge Felle einzutauschen?«

Cales Oberlippe verzog sich gequält. »Das ist eine lange Geschichte«, sagte er. »Wenn du mir eine Tasse Kaffee anbietest, erzähle ich sie dir.«

Laidlaws Behausung ließ zu wünschen übrig; es war nichts weiter als eine Segeltuchplane, die über ein Bett aus Kiefernzweigen gespannt worden war, und ein Kreis aus Steinen, in dem ein Feuer brannte. Die beiden Männer nahmen einander gegenüber auf den warmen Steinen Platz.

Das Tal, das Pierre's Hole genannt wurde, war etwa dreißig Meilen lang und fünfzehn Meilen breit und im Westen und Süden von niedrigen, zerklüfteten Hängen begrenzt. Nach Norden hin breitete sich das Land zu einer grasbewachsenen Fläche aus, so weit, wie das Auge sehen konnte. Cale hatte einen Ausblick auf drei schneebedeckte Berggipfel im Osten, die unter dem Namen Grand Tetons bekannt waren.

Laidlaw stellte einen gesprenkelten blauen Kaffeetopf auf das Feuer und bot Cale Tabak für seine Pfeife an.

Cale stellte fest, daß Raven immer noch in der Nähe stand und die Zügel eines neuerworbenen Maultiers hielt, das mit Cales Vorräten für das kommende Jahr beladen war – Schießpulver, eine neue Axt, ein Dutzend fünf Pfund schwere stählerne Biberfallen mit doppelten Schnappverschlüssen und das duftende Bibergeil, mit dem er die Biber köderte. Außerdem hatte er Lebensmittel erworben, die er dringend benötigte – Zucker, Kaffee, Mehl, Bohnen und Speck.

Raven wartete anscheinend auf seine Erlaubnis oder gar auf einen Befehl, sich zu setzen. Er wollte schon sagen: »Setz dich zu uns«, doch dann erkannte er, daß er das gar nicht wollte. Es war nicht etwa deshalb, weil er glaubte, ein Gespräch über die Niedertracht ihres Vaters würde sie in Verlegenheit bringen, sondern eher, weil es ihm unangenehm gewesen wäre, wenn sie jedem Wort, das über seine Lippen kam, mit diesem märtyrerhaften Gesichtsausdruck gelauscht hätte.

»Geh Feuerholz sammeln«, sagte er.

Raven band die Leine des Maultieres an einem nahen Strauch fest und wandte sich wortlos ab, um seinem Befehl Folge zu leisten.

Ehe sie sich auch nur drei Schritte entfernt hatte, fügte er hinzu: »Aber bleib in meiner Sichtweite.«

Raven warf einen schnellen Blick auf ihn, in dem sich Geringschätzung ausdrückte, ehe sie über die Wiese zu einem Fluß lief, der von Gebirgsbächen und Quellen gespeist wurde. An seinem Ufer wuchsen Weiden und Pappeln, die so dicht zusammenstanden, daß sie eine nahezu undurchdringliche Wand bildeten.

Cale ertappte sich dabei, wie er das sanfte Wiegen ihrer Hüften beobachtete, das die Wildlederfransen ihres Rocks hüpfen ließ, als sie sich entfernte. Als er sich wieder umdrehte, sah er, daß Laidlaw ihn angrinste.

»Sie ist eine Wucht, das muß ich schon sagen«, sagte Laidlaw.

Cale war dankbar für seinen Bart, der sein Erröten verbarg. »Sie ist eine Art Bezahlung, um Schulden zu begleichen.«

»Das hast du schon einmal gesagt«, erwiderte Laidlaw schmunzelnd.

Cale schüttelte den Kopf wie ein Bär, der auf einen Köder angebissen hat. »Es ist nicht etwa so, als hatte ich vorgehabt, mir eine Frau zuzulegen«, begann er. »Es hat sich ganz einfach so ergeben.«

Laidlaw schenkte Cale eine Tasse Kaffee ein und reichte sie ihm. »Ich beneide dich«, gestand er. »Hast du sie schon genommen?«

»Wir haben den Handel erst heute morgen abgeschlossen.«

»Sie ist doch das Mädchen, das Jack Pelter vor ein paar Jahren mit einem Messer so übel zugerichtet hat, oder nicht?«

»Davon weiß ich nichts.«

»Sie ist es«, bestätigte Laidlaw. »Als sie mit ihm fertig war, hatte der Mann so viele Schnittverletzungen, daß die Leute angefangen haben, ihn Ribbon Jack zu nennen.« Er schürzte die Lippen. »Nee. Du hast sie noch nicht genommen.«

»Wie kommst du darauf?«

Laidlaw grinste hämisch. »Ich sehe, daß du noch keine bleibenden Narben hast.«

»Was sich zwischen mir und dem Mädchen abspielt, geht dich nichts an«, fauchte Cale.

»Wenn das keine Schweinerei ist. Da zieht sich ein Mann ein hübsches Mädchen für sein Bett an Land, und dann will er seinem besten Freund die Einzelheiten vorenthalten.«

»Leg dir selbst eine Frau zu. Frauen sind hier reichlich zu haben.«

»Aber keine wie die«, sagte Laidlaw wehmütig.

Cale widersprach ihm nicht. Er fand selbst, daß Raven eine außergewöhnliche Frau war. Ihre stolze Haltung war so majestätisch, wie es ihr Vater schon angedeutet hatte. Es überraschte

Cale, daß sie diejenige war, die Ribbon Jack so übel zugerichtet hatte. Bei dem Treffen am Wind River vor zwei Jahren hatte er die Narben im Gesicht des Mannes gesehen. Er würde sich vergewissern müssen, daß Raven kein Messer am Leib trug, wenn er soweit war, sie zu nehmen. Aber andererseits hatte er ohnehin vor, sie nackt zu nehmen. Dann konnte sie nirgends ein Messer verstecken.

»Erzählst du mir jetzt, was aus deinen Fellen geworden ist?« fragte Laidlaw.

Cale berichtete ihm alles, was sich im Laufe des letzten Monats zugetragen hatte, von dem Moment an, in dem er in den Bergen auf Orrin Schuyler gestoßen war, bis hin zu der Auseinandersetzung am frühen Morgen.

Laidlaw stieß einen beifälligen Pfiff aus. »Das klingt ganz so, als könntest du von Glück sagen, daß du mit heiler Haut davongekommen bist – und das soll kein Witz sein.«

Cale grinste. Seine Miene verfinsterte sich, als sein Blick auf Raven fiel, die mit Feuerholz beladen zurückkehrte. Sie war nicht weit vom Fluß, und eine Schar von grölenden Betrunkenen drängte sich um sie.

Ohne ein Wort der Entschuldigung sprang er auf, schnappte sich seine Hawken-Büchse und lief auf sie zu.

Raven hatte den größten Teil des Vormittags mit dem Versuch zugebracht, sich mit ihrem Schicksal auszusöhnen. Je länger sie über die Situation nachdachte, desto weniger behagte sie ihr. Diese Bestie von einem Mann war weitaus größer als sie. Selbst wenn sie ständig auf der Hut vor diesem Mann war, bestand immer noch die Gefahr, daß er sie überrumpeln und sich gewaltsam nehmen würde, was er wollte.

Trotz seiner zotteligen Mähne und seines ungepflegten Äußeren schien Cale Landry kein brutaler Mann zu sein, doch der Schein konnte trügen. Ihr Onkel hatte den Eindruck eines gutmütigen Mannes auf sie gemacht. Daher hatte sie sich nur zu gern bereit erklärt, bei ihm zu bleiben, als ihr Vater sie nach dem Tod der Mutter zu den Nez Percé gebracht hatte. Es hatte sich jedoch herausgestellt, daß Two Bears ein Rohling war, der sie schikanierte. Sie hatte sich zahlreiche blaue Flecken eingehandelt, ehe sie gelernt hatte, ihm aus dem Weg zu gehen.

Als ihr Vater etliche Jahre später zurückgekommen war, hatte Raven bereitwillig das Indianerlager mit ihm verlassen. Orrin Schuyler ließ sie zwar wie einen Lastesel arbeiten, aber zumindest schlug und prügelte er sie nicht. Im Laufe der Zeit hatten sie sich wortlos darauf geeinigt, daß sie ihm bei den Arbeiten half, die verrichtet werden mußten, während er sie vor den Männern beschützte, die darauf aus waren, sich mit ihr zu vergnügen.

Aber schließlich hatte ihr Vater sie dann doch geopfert, um seine eigene Haut zu retten. Sie hatte nur deshalb in den Handel eingewilligt ... weil sie in Cale Landrys Gesicht etwas gesehen hatte, was über die reine Wollust nach einer Frau hinausging. Seine Augen hatten einen Ausdruck der Sehnsucht gehabt, der Einsamkeit, die sie sofort erkannt und verstanden hatte, weil auch sie diese Gefühle nur zu gut kannte. Raven zwang sich, ihre Gedanken von der Vorstellung zu lösen, sie könnte sich mit der riesigen behaarten Bestie körperlich vereinigen. Es war eine Vorstellung, die ihr unwillkürlich Furcht einflößte. Sie tröstete sich mit dem Wissen, daß sie Cale – es war ein seltsames Gefühl, der Bestie einen Namen zu geben – klipp und klar gesagt hatte, sie würde nicht mit ihm ins Bett gehen. Falls er versuchen sollte, sich ihr gewaltsam aufzudrängen, dann würde er schnell feststellen, daß sie ihre Worte ernst gemeint hatte.

Plötzlich wurde sich Raven einer Gruppe von Männern bewußt, die auf sie zukamen, und im selben Moment fiel ihr ein, daß sie ihr Messer nicht bei sich trug. Es war fatal, keine Waffe bei sich zu haben, ein Fehler, der ihr schon lange nicht mehr unterlaufen war, doch der vergangene Vormittag hatte ganz außergewöhnliche Ereignisse mit sich gebracht. Sie hatte nur darauf gewartet, Cale eine Zeitlang entkommen zu können, um in Ruhe nachzudenken, und daher hatte sie ihr Messer in ihrem Bündel stecken lassen, das auf das Maultier geschnürt war.

Langsam und bedächtig ließ Raven das Feuerholz von ihren Schultern gleiten und in das hohe Gras zu ihren Füßen sinken.

Zu ihrer Bestürzung näherten sich ihr die Männer nicht als eine geschlossene Gruppe, sondern kamen von allen Seiten auf sie zu, wie ein Wolfsrudel, das sich an seine Beute heranpirscht, was es ihr unmöglich machte, sie alle gleichzeitig im Auge zu behalten.

Einer rief etwas, um ihre Aufmerksamkeit auf sich zu lenken, während ein anderer von hinten auf sie zueilte. Raven konnte ihm ausweichen und raste zwischen zwei anderen hindurch, die beide die Arme nach ihr ausstreckten, was damit endete, daß sie aufeinanderprallten. Sie rannte auf die Stelle zu, an der sie Cale zurückgelassen hatte, doch sie war noch nicht weit gekommen, als sie plötzlich von rückwärts gepackt und zu Boden gezerrt wurde. Sie trat mit den Füßen um sich und hatte das Glück, einen ihrer Peiniger mit einem festen Tritt gegen das Schienbein außer Gefecht zu setzen, doch sein Platz wurde sofort von einem anderen eingenommen.

Das Donnern einer Hawken-Büchse ertönte, und gleich darauf stieß einer der Männer, die sie am Boden festhielten, einen Schmerzensschrei aus. Unter gräßlichem Geheul ließ er sich auf die Seite fallen. Die übrigen Männer erstarrten zu einem lebenden Bild, wie gelähmt vor Verblüffung, und Raven hätte am liebsten laut gelacht. Sie hatte jedoch zuviel damit zu tun, sich das Kleid über die entblößten Schenkel zu zerren, um der Situation etwas Belustigendes abzugewinnen.

»Die Frau gehört mir«, ließ sich eine barsche Stimme vernehmen. »Jeder, der das anfechten will, bekommt es mit mir zu tun.«

Zu Ravens Erstaunen wichen sämtliche Männer vorsichtig einen Schritt zurück. Es schien, als wollte niemand Cales Ansprüche auf sie streitig machen. Ein Blick in sein Gesicht, und sie wußte, warum. Der Tod wartete auf die arme Seele, die es wagen würde, ihn herauszufordern.

Raven erhob sich schwankend auf die Füße und sah gerade noch rechtzeitig, daß ein Dummkopf unter den Männern war, der wild entschlossen schien, um sie zu kämpfen. Er hatte die Fäuste in die Hüften gestemmt und stand breitbeinig und unerschrocken da.

Es war Ribbon Jack.

Raven fühlte einen Schauder des Ekels über ihren Rücken rieseln. Selbst zu seinen besten Zeiten war Ribbon Jack kein attraktiver Mann gewesen. Mit mehreren leuchtendroten Narben, die sich über seine rechte Wange zogen, wirkte er jetzt noch weniger einnehmend. Heimtücke funkelte in seinen braunen Augen, als er sie musterte. Unbewußt wich sie weiter zu Cale zurück.

Er legte ihr eine Hand auf die Schulter, schob sie hinter sich und drückte ihr seine Hawken in die Hand. »Komm mir bloß nicht in die Quere«, befahl er ihr.

Cale ließ Ribbon Jack gerade lange genug aus den Augen, um sich zu vergewissern, daß Raven nichts zustoßen konnte. Das war ein Fehler, der ihn fast das Leben gekostet hätte.

Blitzschnell stürzte sich Jack mit einem Messer auf ihn, das er aus der Scheide zwischen seinen Schulterblättern gezogen hatte. Die Klinge hätte Cale ins Herz getroffen, wenn er nicht im letzten Augenblick den Arm hochgerissen hätte. Statt dessen blieb sie in dem dicken Ärmel seiner Bärenfelljacke stecken.

Innerhalb von Sekunden hatte sich die Horde von Betrunkenen um die beiden Männer geschart, bereit, dieses Schauspiel als einen willkommenen Ersatz für den Spaß hinzunehmen, der ihnen mit der Squaw nicht vergönnt gewesen war.

Cale war sich bisher gar nicht bewußt gewesen, wie dringend er diesen Ringkampf nötig hatte. Jetzt fand er endlich die Gelegenheit, seine Wut über Orrin Schuylers Betrug abzureagieren. Es half ihm, daß Ribbon Jack ein starker Gegner war. Cale war größer als sein Widersacher, doch Ribbon Jack war das reinste Muskelpaket. Anscheinend hatte Jack nicht viel von dem schwarzgebrannten Fusel getrunken, der unter den Männern aus den Bergen als Alkohol durchging. Seine Reflexe waren nicht beeinträchtigt, und Cale hatte Mühe, seiner Klinge zu entkommen, obwohl auch er jetzt ein Messer in der Hand hielt.

Nun, da er sich auf diesen Kampf auf Leben und Tod eingelassen hatte, wurde Cale klar, daß er den Mann gar nicht töten wollte. Das sollte nicht etwa heißen, daß er noch keinen Menschen getötet hatte oder es nicht wieder tun würde, doch ihm schien, als hätte Ribbon Jack bereits teuer genug für seine Begegnung mit Raven bezahlt. Mit dem Wissen weiterzuleben, daß er von einer Squaw im Kampf besiegt worden war, wäre für jeden Mann Strafe genug gewesen.

Cale täuschte einen Scheinangriff in eine Richtung vor, blieb jedoch auf der Stelle stehen. Als Ribbon Jack sich auf ihn stürzte, gelang es Cale, das Handgelenk des Mannes zu umklammern und es festzuhalten, bis ihm das Messer aus den Fingern fiel. Jack hätte den Kampf mit bloßen Fäusten fortgesetzt, aber Cale preßte die Spitze seines Green River Messers gegen die Kehle seines Gegners und sagte: »Ich habe meine Genugtuung bekommen. Du auch?«

Ribbon Jack blieb gar nichts anderes übrig, als ihm murrend beizupflichten. Sowie Cale ihn freigelassen hatte, hob er sein Messer vom Boden auf und schob es wieder in die Scheide zurück. »Diese Frau macht nur Ärger«, murmelte er. »Jemand sollte sich ihrer annehmen.«

Cale hegte nicht den geringsten Zweifel daran, in welcher Form sich Ribbon Jack Ravens »annehmen« würde, falls er sie je wieder in die Finger kriegen sollte. Er sagte jedoch nur: »Ich werde mich darum kümmern. Sorg du nur dafür, daß du dich in Zukunft von ihr fernhältst.«

Ribbon Jack sparte sich die Mühe einer Antwort. Er wandte sich einfach ab und marschierte allein davon, zu gedemütigt, um sich wieder den anderen Männern anzuschließen, die den Kampf beobachtet hatten. Sie vermißten ihn offenbar nicht und ließen bereits wieder den Krug mit dem billigen Fusel herumgehen.

Cale machte sich auf den Rückweg zum Lagerfeuer und fand dort Laidlaw vor, der ihn schon erwartete.

»Hast du deine Angelegenheiten geregelt?« fragte Laidlaw.

»Ich kann mir nicht helfen, aber irgendwie tut mir der Mann leid«, erwiderte Cale. Er fuhr sich mit einer Hand durch das lange schwarze Haar, als er sich neben Laidlaw setzte. Dann stellte er fest, daß seine Hawken neben dem Feuer lag, doch von Raven war keine Spur zu sehen. »Wo steckt das Mädchen?«

Laidlaw zuckte die Achseln. »Sie ist zu deinem Maultier gegangen, hat ihr Bündel losgeschnürt und ist zwischen den Bäumen verschwunden. Dachte, du hättest ihr wohl befohlen, sich irgendwo zu verstecken, damit sie nicht noch mehr Ärger bekommt.«

Cale stieß einen Schwall von Flüchen aus. Mit seiner Hawken in der Hand sprang er auf wie eine rachsüchtige Furie. »Der Teufel soll diese Squaw holen! Ich habe doch gleich gewußt, daß es ein Fehler war, mich mit einer Frau einzulassen.«

»Was ist los?« fragte Laidlaw.

»Ich habe sie nirgends hingeschickt«, sagte Cale. »Dieses verfluchte Weib muß fortgelaufen sein.«

Laidlaw lachte. »Warum läßt du sie nicht einfach laufen?«

»Sie gehört mir«, sagte Cale erbittert. »Bis zum ersten Schneefall gehört sie mir. Und ich gebe nicht her, was mir gehört.«

Er machte sich nicht erst die Mühe, sein glühendes Verlangen, diese Frau zu besitzen, zu erklären. Er verstand es ja selbst nicht so recht. Er wußte nur, daß er gar nicht daran dachte, sie laufenzulassen.

Cale stieg auf sein Pferd, ergriff die Führungsleine des Maultiers und schlug die Richtung ein, in die Raven verschwunden war. Zu Fuß würde sie nicht weit kommen. Und wenn er sie erst eingeholt hatte ... dann würde sie ihm dafür büßen, daß sie fortgelaufen war.

4

Raven erwachte mit einem Ruck, als sie eine kräftige Hand auf ihrem Mund fühlte. Verzweifelt versuchte sie, sich aufzusetzen, doch ein schweres Gewicht drückte sie nieder. Es war stockfinster, und nichts gab ihr auch nur den entferntesten Hinweis darauf, wer sich auf sie gestürzt hatte. Trotzdem wußte sie es. Sein Moschusgeruch sagte es ihr. Seine Körpergröße. Und der barsche Klang seiner Stimme, als er endlich sprach.

»Schrei nicht«, sagte Cale.

Auf diesen Gedanken war sie gar nicht erst gekommen. Ein atemloses, lähmendes Grauen bemächtigte sich ihrer. Sie war fortgelaufen, und er hatte sie verfolgt. Und sie erwischt. Wahrscheinlich war er außer sich vor Wut. Mit der Zeit hatte sie herausgefunden, daß Männer es nicht leiden konnten, wenn Frauen ihre Pläne durchkreuzten und ihnen ihren Willen nicht ließen. Und dieser Mann war ihr fremd. Sie hatte keine Ahnung, welche Formen seine Rachsucht annehmen würde.

Die Hand, die sich auf ihren Mund preßte, bedeckte auch einen Teil ihrer Nase, so daß sie Mühe hatte, Luft zu holen. Sie packte Cales Handgelenk und stieß mit aller Kraft dagegen, um seine Hand weit genug wegzuschieben, daß sie atmen konnte.

»Spar dir die Mühe, dich zu wehren. Du kannst dich nicht befreien«, sagte er.

Ihre Furcht erschwerte ihr das Atmen nur noch mehr, und daher wehrte sie sich um so heftiger und grub ihre Nägel in seine große, kräftige Hand. Ihre Anstrengungen waren vergebens.

Dann dachte sie an das Messer, das sie sich an den Schenkel gebunden hatte, ehe sie die Flucht angetreten hatte, damit sie es für solche Notfälle jederzeit griffbereit hatte. Abrupt stellte sie ihre Gegenwehr ein und streckte die Hand verstohlen nach dem Schlitz in ihrem Rock aus, um die Waffe zu erreichen.

»So ist es besser«, sagte Cale. Ihr fiel auf, daß seine Stimme einschmeichelnd war, als versuchte er, ein wildes Tier zu beruhigen, das in dem stählernen Rachen einer Falle gefangen war. Er wußte es noch nicht, aber sie war durchaus in der Lage, sich so heimtückisch wie eine Wildkatze zu gebärden, die sich in die Enge getrieben fühlt. In dem Moment, in dem sie das scharfe Messer an sich gebracht hatte, das jetzt noch in seiner Scheide steckte, würde er erkennen, daß er sie unterschätzt hatte.

Mit einer einzigen schnellen Bewegung zog Raven das Messer und stieß damit nach Cales Herz, denn sie wußte, daß sie keine zweite Chance bekommen würde. Cale war größer und kräftiger als sie. Ihr einziger Vorteil war das Überraschungselement.

Sie hörte sein verblüfftes Grunzen und spürte, wie das Messer etwas traf. Plötzlich ließ er die Hand von ihrem Mund sinken.

»Du Bestie!« zischte sie. »Du Tier! Hoffentlich habe ich dich getötet!«

Sie spürte die warme Nässe von Blut auf ihrer Hand und kämpfte verzweifelt darum, sich unter ihm hervorzuwinden. Er saß rittlings auf ihrer Taille, und als er mit seinem vollen Gewicht nach vorn fiel, war sie unter ihm gefangen.

»Nein!« Raven stieß heftig gegen Cales Schultern, um ihn zur Seite zu schieben, doch ohne Erfolg. Sie hob die Hüften und bäumte sich unter seinem Körper auf, da sie glaubte, daß er im Sterben lag. Sie hoffte, ihn abschütteln zu können. Zu ihrem Entsetzen fühlte sie, wie er seine Hüften zwischen ihre Schenkel schob. Augenblicklich erkannte sie ohne jeden Zweifel, daß er alles andere als tot war, denn an ihrer intimsten Stelle konnte sie sein hartes Glied spüren, heiß und prall und pulsierend und bereit, ihr eine andere Art von Stichwunde zu verpassen, von der sie überzeugt war, daß sie ihr Tod sein würde.

»Nein. Bitte nicht«, flüsterte sie. »Ich …« Sie mußte erst den dicken Kloß der Furcht in ihrer Kehle hinunterschlucken, bevor sie weitersprechen konnte. »Ich werde bestimmt nicht wieder weglaufen. Ich werde Ihnen dienen, wie ich es versprochen habe. Wenn Sie mich bloß nicht … mich bloß nicht anrühren.«

Sie blieb stocksteif und unnachgiebig unter ihm liegen, bereit zu kämpfen, während sie all ihre Kräfte für die Schlacht sammelte, von der sie befürchtete, daß sie jeden Moment beginnen würde. Zu ihrer Erleichterung und zu ihrem großen Erstaunen grunzte er jedoch nur und rollte sich von ihr herunter.

Sie zog sich auf die Füße und taumelte mehrere Schritte rückwärts, um eine gewisse Distanz zwischen sich und ihn zu legen. Raven war sich nicht sicher, warum Cale sie nicht genommen hatte, da sie ihn offensichtlich nicht schwer genug verwundet hatte, um seine Fähigkeit, den Akt auszuführen, zu beeinträchtigen, aber sie würde ihm keine Chance geben, es sich noch einmal zu überlegen. Ohne die gestreifte Wolldecke, in die sie sich zum Schlafen gehüllt hatte, war die Nachtluft eisig. Sie konnte sie zwar kaum sehen, aber sie fühlte die Wölkchen, die ihr Atem bildete, als sie keuchend Luft in ihre Lungen sog.

»Diese Wunde muß behandelt werden«, sagte Cale. »Zünde ein Feuer an, damit du siehst, was du tust.«

Raven zögerte nur einen Moment, ehe sie sich auf die Knie sinken ließ und nach den Steinen tastete, die sie im Kreis um das Feuer gelegt hatte, damit es sich nicht ausbreiten konnte. Sie stocherte in der Asche herum und fand ein glimmendes Scheit, das sie mit trockenem Gras und ein paar kleinen Zweigen bedeckte, bis die Flammen aufloderten. Im schwachen, orangefarbenen Lichtschein des Feuers sah sie Cale Landrys Gesicht zum ersten Mal, seit sie ihn während seines Kampfs mit Ribbon Jack verlassen hatte.

Seine Augen glühten in der Dunkelheit wie Raubtieraugen. Seine Zähne waren zu einer schmerzverzerrten Grimasse entblößt. Seine Finger, auf denen Blut schimmerte, hielten den Griff ihres Messers umfaßt. Es war deutlich zu erkennen, daß die Bärenfelljacke ihren Hieb weitgehend abgefangen hatte. Nur die Messerspitze steckte in seiner Haut. Zu ihrem großen Verdruß sah sie, daß sie nur seine Schulter erwischt und sein Herz weit verfehlt hatte.

»Mach schon, zieh es raus«, sagte Cale. »Ich täte es selbst, aber der Winkel ist für mich äußerst ungünstig.«

Ravens Lippen preßten sich angewidert zusammen. Beim Anblick von Blut wurde ihr übel. Aus der Notwendigkeit heraus hatte sie gelernt, die Galle zu schlucken und sich mit abgewandtem Kopf an die Arbeit zu machen, wenn sie ein Tier zum Abendessen schlachtete. Wenn sie jedoch das Messer aus Cales Schulter ziehen wollte, ohne ihm weitere Verletzungen zuzufügen, dann mußte sie genau hinsehen, um zu wissen, was sie tat. Nicht etwa, daß es ihr etwas ausgemacht hätte, ihn noch mehr leiden zu lassen, aber sie fürchtete, wenn sie ihn unnötig verletzte und ihn damit provozierte, würde er beenden, was er vorhin begonnen hatte.

Der stämmige Mann gab keinen Laut von sich, als sie das Messer aus seiner Schulter herauszog. Fasziniert und angewidert zugleich starrte sie die Messerspitze an, die das Blut dunkler gefärbt hatte. Ihr war schwindlig, und sie schwankte leicht, als er ihr das Messer aus den Fingern nahm und es außerhalb ihrer Sichtweite ablegte.

»In meiner Flasche ist Wasser, mit dem du das Blut abwischen kannst. Hast du etwas, was du als Verband benutzen kannst?«

Er hatte sich jetzt aufgesetzt und zog die Arme aus den Ärmeln seiner Jacke, die auf seine Hüften fiel. Raven hatte Cale noch nie ohne die Jacke gesehen, und zu ihrem Erstaunen stellte sie fest, daß ihn nicht etwa das dicke Fell so breit wirken ließ. Er war tatsächlich groß und kräftig, und seine Schultern waren so breit wie ein alter Baum. Ebenso deutlich war zu erkennen, daß er nicht ein Gramm Fett am Leib hatte. Sein Oberkörper lief in einer schmalen Taille aus, und seine Beine waren lang und muskulös.

Sie ging mit der Wasserflasche auf ihn zu, die sie von seinem Sattel geholt hatte. »Vielleicht könnten wir dein Hemd benutzen, um deine Wunde zu reinigen, da es ohnehin schon mit Blut verklebt ist.«

Cale sah auf sein langärmeliges Unterhemd herunter, das an der Schulter mit Blut beschmiert war. Er gab einen mürrischen Laut von sich und zog sich das Hemd über den Kopf. Als er die Arme hob, spürte er die Messerverletzung und schnappte hörbar nach Luft. Er reichte Raven das Hemd.

Raven zwang sich, die Augen von dem Anblick abzuwenden, der sich ihr jetzt bot. Der Mann aus den Bergen war ein beeindruckendes Geschöpf, halbnackt, wie er jetzt war. Die Verheißung von großer Stärke, die sie gesehen hatte, als er seine Jacke hatte fallen lassen, erfüllte sich in dem Mann, der jetzt vor ihr saß. Zu ihrem Erstaunen stellte sie fest, daß er zwar mitten auf der Brust eine dunkle Haarmatte hatte, aber keineswegs so stark behaart war, wie sie es vermutet hätte. Ein dünner schwarzer Strich zog sich von seiner Brustbehaarung abwärts und verschwand in seiner Wildlederhose. Sie widerstand dem Drang, nachzuprüfen, ob sich diese Haare so weich anfühlten, wie sie aussahen.

Schuldbewußt schaute Raven auf und starrte in träge, verschleierte schwarze Augen, die sie auszulachen schienen.

»Na? Siehst du irgendwas, was dir gefällt?«

Raven war dankbar für die Dunkelheit, die ihr verlegenes Erröten verbarg. »Lehnen Sie sich zurück«, sagte sie barsch, »damit ich Ihre Wunde reinigen kann.«

Cale gehorchte, und Raven tupfte die Wunde mit dem angefeuchteten Hemd ab, bis sie das Blut zum größten Teil entfernt hatte. Sie schluckte weiterhin die Galle und hoffte nur, ihr würde die Demütigung erspart bleiben, ihren Mageninhalt von sich zu geben, ehe sie fertig war.

»Die Wunde muß genäht werden«, sagte sie, als sie die Größe der Stichverletzung sehen konnte.

Cale schürzte die Lippen. »In meinem Gepäck sind Nadel und Faden.«

Raven nutzte diesen Vorwand, um sich von ihm zu entfernen. Sobald sie Cale den Rücken zugewandt hatte, atmete sie mehrfach tief durch, um den Blutgestank aus ihrer Nase zu vertreiben. Das Schlimmste war für sie der Geruch, der klebrige Kupfergeruch des Blutes. Manchmal band sie sich ein Tuch vor das Gesicht, um ihn nicht einatmen zu müssen. Sie war jedoch nicht bereit, sich ihre Schwäche vor diesem Mann anmerken zu lassen, jedenfalls nicht gleich zu Beginn ihrer Bekanntschaft mit ihm. Sie würde zu dem anderen Mittel greifen müssen, das sich ihrer Erfahrung nach schon mehrfach bewährt hatte. Sie würde sich in Gedanken an einen anderen Ort versetzen und etwas anderes tun, um nicht an das Blut denken zu müssen.

Sie erinnerte sich daran, wie ihre Mutter sie einmal zum Fluß mitgenommen hatte, um dort schwimmen zu gehen. Das Wasser war eiskalt gewesen, und sie hatte gelacht, als die Forellen an ihren Zehen knabberten. Die Sonne hatte auf dem Wasser gefunkelt, und der Wind hatte wie ein gespenstischer Wasserfall in den Fichten gerauscht. Es war ein nahezu vollkommener Tag gewesen, ein wunderschöner Tag. Jetzt war die einzige Erinnerung, die sie noch an ihre Mutter bewahrte, der Ausdruck von Zärtlichkeit in dunklen Augen und ein süßes, liebevolles Lächeln.

Raven schwelgte in dieser Erinnerung, als sie Cales Satteltаschen öffnete und nach Nadel und Faden suchte. Da Cale ihr Anweisungen erteilte, wo sie suchen mußte, fand sie schnell, was sie brauchte. Raven ließ sich Zeit damit, den Faden in die kostbare stählerne Nadel einzufädeln, dann kniete sie sich neben Cale, um an die Wunde heranzukommen. Sie holte tief Atem und dachte an glitzerndes Wasser und den würzigen Duft von Kiefern.

»Es wird weh tun«, warnte sie ihn.

»Es wird nicht das erste Mal sein, daß ich den Stich einer Nadel spüre«, erwiderte er. »Tu, was du zu tun hast.«

Erst jetzt, nachdem er es erwähnt hatte, bemerkte sie, daß sich zahlreiche Narben über seinen Oberkörper zogen. Der Anblick seiner kräftigen, muskulösen Figur insgesamt hatte sie derart überwältigt, daß sie nicht auf die Einzelheiten geachtet hatte. Ihr fiel eine glatte, runde Narbe neben seinem Schlüsselbein auf, die von einer Kugel zu stammen schien. Drei parallel verlaufende Streifen ließen erkennen, daß er von einem wilden Tier angefallen worden war. Sie streckte zaghaft die Hand aus, um die Klauenspuren zu berühren, und spürte, wie Cale zusammenzuckte.

Raven schaute auf und begegnete seinem Blick. Der Ausdruck seiner Augen war sanft, fast zärtlich. Hastig senkte sie den Blick wieder auf die ungewöhnlichen Narben, doch sie spürte, wie eine ganz eigentümliche Wärme ihren Körper durchströmte.

»Puma?« fragte sie, während sie ihre Finger behutsam über die Narben gleiten ließ.

»Grizzly«, erwiderte er.

Der rauhe Klang seiner Stimme bewirkte, daß sich die Härchen in ihrem Nacken aufstellten. »Ein gewaltiger Bursche, den ich Three Toes genannt habe, nachdem er die übrigen Krallen in einer Falle verloren hatte.« Cale berührte die Narbe mit den Fingerspitzen. »Diese Beleidigung hat er mir heimgezahlt. Seitdem führen wir Krieg miteinander.«

Raven empfand unwillkürlich Respekt für einen Mann, der bereit war, sich einem Grizzlybären zu stellen. Sie schauderte bei der Vorstellung, einem dieser riesigen Tiere gegenüberzutreten. Ihre bisher einzige Begegnung mit einem Grizzly hatte dazu geführt, daß sie eine Kindheitsfreundin verloren hatte, die von dem Tier zerfleischt worden und an ihren Verletzungen gestorben war. Seitdem hatte sie eine Todesangst vor Bären entwickelt.

»Was ist nun? Nähst du jetzt meine Wunde, oder willst du noch länger dasitzen und dir Gedanken darüber machen?«

Raven spürte, wie eine Woge von Groll in ihr aufstieg. Er konnte von Glück sagen, daß sie bereit war, ihm zu helfen. Aber sie hatte aus früheren Erfahrungen gelernt, die Wut zu zügeln, die manchmal in ihr aufflackerte und sie in Schwierigkeiten brachte. Statt dessen sagte sie: »Möchten Sie vielleicht einen Schluck Whiskey trinken, bevor ich anfange?« Schon bald würde sie sehen, wie tapfer er tatsächlich war.

»Nein«, knurrte er. »Nun mach endlich.«

Raven holte tief Atem und stieß ihn dann wieder aus. Sie schluckte schwer, ehe sie die Nadel in das Fleisch steckte.

Er gab keinen Laut von sich.

Sie sah ihm in die Augen und fand dort den Schmerz, dem er keinen Ausdruck verliehen hatte. Sie arbeitete schnell, zog das Fleisch mit winzigen Stichen zusammen und achtete sorgsam darauf, daß die Haut keine Fältchen bildete, sondern flach blieb, damit die Narbe sauber zusammenwachsen konnte.

»Dies ist der letzte Stich«, sagte sie.

»Das ist auch verdammt gut so«, murmelte er.

Als sie den letzten Knoten zuband, bemerkte sie, daß Schweißperlen auf seiner Stirn standen. Seine Hände waren zu Fäusten geballt. Sie hatte schon geglaubt, er müsse weniger schmerzempfindlich sein als andere Männer, doch jetzt erkannte sie, daß er die Schmerzen nur tapfer ertragen hatte. Sie konnte nicht anders, als ihn dafür zu bewundern. Es war die Art der Indianer, Leiden nach außen hin stoisch zu ertragen. Sie verglich das laute Gejammer ihres Vaters mit Cales Schweigen, und sie ertappte sich dabei, wie sie sich fragte, in welcher Hinsicht er sich wohl sonst noch von anderen Männern unterschied.

Ein Frösteln überlief Cale, und sie erkannte, daß er frieren mußte. Die Luft war eisig, und er war von der Taille aufwärts entblößt. Schweigend stach sie die Nadel durch die Schulter ihres Wildlederkleids, damit sie sie nicht verlieren konnte, dann stand sie auf und griff nach der Bärenfelljacke, um ihn damit einzuhüllen.

»Danke«, sagte er.

»Haben Sie Hunger?« fragte Raven, da sie aus Erfahrung wußte, daß ein Mann mit leerem Magen unangenehmer sein konnte als ein satter Mann. Wenn sie die Bestie zähmen wollte, dann sorgte sie besser dafür, daß sie stets satt war.

»Schlaf habe ich noch dringender nötig als etwas zu essen. Wir wollen uns jetzt eine Zeitlang ausruhen. Ich will morgen schon in aller Frühe aufbrechen.«

Raven fühlte Cales Blick auf sich, als sie die Nadel säuberte und sie wieder in seiner Satteltasche verstaute. Sie wusch das Blut aus seinem langärmeligen Unterhemd, so gut es ging, und dann breitete sie es zum Trocknen auf einem Strauch aus. Danach gab es nichts mehr für sie zu tun. Zu ihrem Leidwesen saß er auf ihrer Decke. Als sie sie unter ihm herausziehen wollte, hielt er sie zurück. »Oh, nein. Du wirst hier neben mir schlafen, damit ich dich im Auge behalten kann.«

»Ich laufe nicht fort«, sagte sie atemlos.

Er schmunzelte. »Du hast dich zu lange in der Gesellschaft deines Vaters aufgehalten, als daß ich dir trauen könnte. Komm her, Raven. Ich will dich an meiner Seite haben.«

»Aber Sie haben versprochen ...«

»Ich werde dir kein Haar krümmen«, erwiderte Cale gereizt. »Und jetzt leg dich endlich hin, damit ich eine Zeitlang schlafen kann.« Er hob einen Zipfel ihrer Decke hoch in einer unmißverständlichen Geste, daß er von ihr erwartete, sich in ihre Decke zu rollen und in seinen Armen zu schlafen.

Raven überlegte, ob es klug wäre, erneut wegzulaufen. Die Verletzung, die sie ihm zugefügt hatte, würde ihn schwächen. Der Ausdruck in seinen Augen überzeugte sie davon, daß er sie niemals laufenlassen würde. Und wenn er sie das nächste Mal erwischte, würde er vielleicht nicht so bereitwillig auf die Freuden des Fleisches verzichten.

Mit dem Rücken zu ihm ließ sie sich auf die Decke sinken und spürte, wie er die Wolldecke und einen Ärmel seiner Bärenfelljacke um sie schlang. Er zog sie so eng an sich, daß sich ihr Po an seine Lenden preßte. Sie bemühte sich, von ihm abzurücken, doch es war zwecklos.

»Lieg still«, sagte er. »Wenn wir so schlafen, werden wir es wärmer haben.«

Das konnte sie nicht bestreiten. Tatsächlich hatte sich eine glühende Hitze in ihrem Körper ausgebreitet. Ihr Herz trommelte einen Marschrhythmus, und ihr ganzer Körper war seltsam angespannt.

»Raven«, flüsterte er ihr ins Ohr. »Du bist so ziemlich das schönste Geschöpf, das ich je in den Bergen gesehen habe. Und das heißt eine ganze Menge.«

Erschrocken über den sinnlichen Ton seiner Stimme und das köstliche Kitzeln seines Mundes an ihrem Ohr schüttelte sie den Kopf, als hätte eine Fliege an ihrem Ohr gesurrt, und dabei erwischte sie seine Nase.

Er packte einen ihrer Zöpfe und schlang ihn sich um die Faust. »Halt still«, murmelte er. »Du sollst endlich stillhalten.«

Seine andere Hand legte sich flach auf ihren Bauch und preßte ihren Rücken wieder an seine Lenden. Er war erregt. Sie konnte spüren, wie groß und steif er war. Ihr Atem ging flach und keuchend. Das Herz donnerte in ihrer Brust.

Raven nahm jede seiner Fingerspitzen einzeln wahr, die sich auf ihrem Bauch gespreizt hatten. Und sie nahm auch seinen warmen Atem in ihrem Ohr wahr. Sie fühlte sich schwindlig und benommen, fast so, als würde sie ohnmächtig. Es behagte ihr gar nicht, daß Cale sie berührte, doch sie mußte zugeben, daß er ihr nicht weh tat. Sie war bereit, sich mit Krallen und Zähnen gegen ihn zu wehren, falls er versuchen sollte, das zu tun, wozu er so eindeutig bereit war.

Zu ihrer Bestürzung – zu ihrem Verdruß und zu ihrer Freude – war jedoch das nächste, was sie von Cale Landry hörte, ein leises, tiefes Schnarchen.

5

»So, da wären wir.« Cale beobachtete Raven aufmerksam, um ihre Reaktion auf sein Blockhaus zu sehen. Es war zwar nichts Besonderes, aber es war sein Zuhause. Er versuchte, sein Haus mit den Augen einer Frau zu sehen, doch es war ihm nur zu vertraut. Er bewunderte den Tisch, den er eigenhändig aus Douglasfichten gezimmert hatte, und die zwei Stühle, die einander gegenüberstanden. Erst jetzt ging ihm auf, wie eigentümlich es war, daß ein Mann, der allein lebte, *zwei* besaß. Sollte er sich etwa unbewußt nach Gesellschaft gesehnt haben?

Aber andererseits gab es nur *ein* Bett. Er hatte keine Frau gewollt. Aber jetzt hatte er eine. Oder, besser gesagt, jetzt hielt sich eine Frau in seiner Hütte auf.

»Was hältst du davon?« Cale hätte sich am liebsten die Zunge abgebissen, kaum daß er die Worte ausgesprochen hatte. Was interessierte es ihn schon, wie ihr sein Haus gefiel? Schließlich war sie nichts weiter als eine Squaw, die eine Weile bei ihm leben würde. Es war vollkommen bedeutungslos, ob sein Haus ihre Billigung fand. Sie würde bleiben, ob es ihr hier gefiel oder nicht.

Sie hatte noch immer nichts gesagt, und er stellte fest, daß sich Besorgnis in ihm regte. War er nicht in die Berge gegangen, um allein hier oben zu leben, damit er sich keine Sorgen mehr darüber zu machen brauchte, ob einer Frau seine Lebensweise paßte? Damit er sich nicht mehr krampfhaft darum bemühen mußte, es einer Frau recht zu machen, die ihn am Ende doch wieder enttäuschen und im Stich lassen würde?

»Also, was ist?« fragte er barsch. Aus seinem schroffen Tonfall war deutlich herauszuhören, wie sehr es ihn ärgerte, daß ihre Meinung ihm wichtig war. Gleichzeitig war er wütend auf sie, weil sie in die Privatsphäre eindrang, die er zehn Jahre lang eifersüchtig verteidigt hatte. »Was hältst du davon?«

»Es ist schmutzig«, sagte Raven. »Und es stinkt.«

Ihre beißende Kritik traf Cale. »Du wirst dich eben daran gewöhnen müssen«, fauchte er.

»Nein«, sagte sie kopfschüttelnd. »Ich denke gar nicht daran, so zu leben. Sogar ein Bär schläft nicht in einer stinkenden Höhle.«

»Suchst du etwa nach einem Vorwand, um dich nicht an unsere Abmachung zu halten?« fragte er.

Sie blickte ihn fest an, und der Zorn in ihren dunklen Augen ließ ihn erstarren. »Ich werde mich an die Abmachung halten, die mein Vater getroffen hat. Aber ich schlafe nicht in einem Schweinestall.« Sie lief zur Tür.

Er hielt sie am Arm fest, als sie an ihm vorbeikam, und zog sie so eng an sich, daß ihre Nasen einander fast berührten. »Es wird gewaltig kalt da draußen, sobald es dunkel wird«, sagte er.

»Ich habe nicht vor, im Freien zu schlafen«, gab sie zurück.

»Aber du hast doch gerade gesagt ...«

»Ich werde dieses Haus säubern und es menschenwürdig herrichten.«

Als sein Griff sich lockerte, fügte sie in einem freundlicheren Tonfall hinzu: »Du hast zu lange allein gelebt, mein Tier.«

»Wie hast du mich genannt?«

Er sah die Röte, die über ihren pfirsichfarbenen Teint kroch und ihre hohen, ausgeprägten Wangenknochen bedeckte. In ihren Augen blitzte flüchtig Furcht auf, die sogleich von Trotz abgelöst wurde.

»Tier. Ich habe dich Tier genannt.«

Er ließ ihren Arm los, als hätte er sich verbrüht. Er hatte nicht geglaubt, daß ihn eine Frau jemals wieder verletzen könnte. Und schon gar nicht eine, in die er nicht verliebt war. Eine, für die er noch nicht einmal ein Pfund Kaffee geben würde, geschweige denn einen Stapel Felle.

Aber er hatte nicht mit einem Pfund Kaffee für sie bezahlt. Und auch nicht nur mit einem Stapel Pelze, was das betraf. Er hatte die Einnahmen einer ganzen Wintersaison für sie hergegeben, Felle, die fast zweitausend Dollar wert gewesen waren; und alles das für das Privileg, sich von dieser Frau in seinem eigenen Haus beleidigen zu lassen.

Cale stellte fest, daß er es einfach nicht über sich brachte, sie zu schlagen. Es war nicht seine Art, Frauen und Kinder zu mißhandeln. Trotzdem war er wütend genug, um es zu tun, was in sich selbst merkwürdig war. Wie hatte sie ihm derart schnell unter die Haut gehen können? Ihre Anschuldigung, er lebte wie ein Tier, demütigte ihn. Er war kein Tier. Er war ein Mensch. Vielleicht war er ein wenig nachlässig in seinen Gewohnheiten geworden, aber er hatte es ja auch niemand anderem als sich selbst recht machen müssen. Und man konnte nicht gerade behaupten, daß er sich allzu strenge Maßstäbe gesetzt hätte.

Er sah sich noch einmal in seinem Haus um. Statt Stolz beim Anblick des robusten, handgezimmerten Tisches und des großen Bettes aus Kiefernholz zu empfinden, das er selbst gebaut hatte, statt sich an die Befriedigung zu erinnern, die es ihm bereitet hatte, zum ersten Mal den schwarzen Kanonenofen anzuzünden, den er mühsam in die Berge hinauftransportiert hatte, empfand er jetzt nur noch Scham.

Dutzende von Biberfallen häuften sich auf dem Fußboden. Weidengestelle, die dazu dienten, Felle zu spannen, hingen überall an Haken. Der Topf auf dem Herd war noch zur Hälfte mit dem Eintopf gefüllt, den er vor seinem Aufbruch nicht aufgegessen hatte. Dieser Topf mußte zumindest zum Teil für den Gestank verantwortlich sein, den er selbst riechen konnte. Das Bettuch, das er um die grasgefüllte Matratze herumgenäht hatte, war mit getrocknetem Schlamm beschmutzt, und er konnte sich gut daran erinnern, daß er sich ein- oder zweimal mit seinen schmutzigen Mokassins ins Bett gelegt hatte. Selbstverständlich war alles mit einer dicken Staubschicht bedeckt. Oft arbeitete er bei offener Tür, und Staub gehörte in seinen Augen zu einer der Tatsachen des Lebens.

Er war zwar bereit, sich einzugestehen, daß es unordentlich und schmutzig war, aber es gefiel ihm nicht, daß er sich deswegen schuldbewußt fühlte. Einen Moment lang spielte er mit dem Gedanken, ihr zu verbieten, auch nur irgend etwas anzurühren. Aber damit würde er sich nur ins eigene Fleisch schneiden. Wenn sie ihm nicht erlauben würde, sich das zu nehmen, was er von ihr wollte, dann konnte sie sich im Laufe der nächsten Monate wenigstens im Haus nützlich machen. Wenn sie das Mädchen für alles spielen wollte, dann sollte ihm das nur recht sein.

»Wenn dir nicht gefällt, was du hier siehst, dann kannst du ja aufräumen und saubermachen.«

»Werden Sie mir dabei helfen?«

»Nein, zum Teufel! Ich denke gar nicht daran!« Cale war überrascht über seine heftige Reaktion. Er konnte sich nicht erinnern, wann er das letzte Mal jemanden angeschrien hatte. Er kam sich ein bißchen lächerlich vor, als er begriff, wen er hier anbrüllte und wie sie ihn dazu provoziert hatte.

»Wenn du es sauber haben willst, dann fang an zu putzen«, sagte er nachdrücklich.

»Wo finde ich einen Besen?« fragte sie.

»Ich ...« Er hatte keinen Besen. Hatte auch keinen Grund dafür gesehen, sich einen anzuschaffen. Bisher jedenfalls nicht. »Ich werde dir einen Besen binden«, sagte er durch zusammengebissene Zähne. Sie nickte auf diese selbstgefällige, überlegene, rechthaberische Art, die Frauen an sich haben, wenn sie bei einem Mann ihren Kopf durchgesetzt haben.

»Na schön, dann lebe ich eben wie ein Schwein. Willkommen im Schweinestall!« Mit diesen Worten marschierte er zur Tür hinaus, unfähig, noch länger den mitleidigen, bedauernden Ausdruck auf ihrem Gesicht zu ertragen, als hielte sie ihn für einen armen, schwachsinnigen Einfaltspinsel, der es eben nicht besser wußte. Nun, aber da täuschte sie sich. Ganz so einfältig war er nun doch nicht. Er war klug genug, um schleunigst zu verschwinden, ehe sie ihm das Gefühl gab, nicht nur ein Tier zu sein, sondern obendrein noch bestenfalls ein Insekt.

Raven beobachtete Cales Flucht aus der Hütte mit kaum verhülltem Triumph. Er hatte sich vom Schlachtfeld zurückgezogen und sie als klare Siegerin zurückgelassen. Als sie sich in dem Saustall umsah, den sie erobert hatte, war ihre Verzweiflung größer als ihre Hoffnung. Sie hatte nicht übertrieben, als sie Cale gesagt hatte, seine Hütte sei kaum besser als die Höhle eines Tieres. Sie fürchtete, es würde ihr niemals gelingen, den Gestank zu entfernen.

Raven hatte nur einmal tief Luft geholt, und das hatte genügt, um sie davon zu überzeugen, daß es besser war, flach zu atmen. Das Blockhaus stank. Der Geruch von Bisamratten drang ihr in die Nase. Aber noch schlimmer war der durchdringende Bibergestank. Er sammelte sich in ihrer Kehle und machte ihr das Schlucken unmöglich.

Raven fiel auf, daß Cale die Tür offengelassen hatte, als er ins Freie gestampft war. Sie trat auf die Schwelle und atmete tief durch. Der frische Kiefernduft belebte sie. Vielleicht war es ein Irrtum gewesen, sich in all den Jahren, die sie durch das Land gezogen war, ein festes Zuhause zu wünschen. Indianer zogen von einem Lager zum nächsten und ließen die Abfälle, die sich im Laufe der Zeit ansammelten, zurück. Orrin war auf der Wanderschaft gewesen, weil er immer demjenigen einen Schritt voraus sein wollte, den er als letztes übers Ohr gehauen hatte.

Als Kind war sie während eines bitterkalten Winters einmal auf ein Blockhaus gestoßen und hatte sich ausgemalt, wie warm und behaglich es dort drinnen sein würde. Es war jahrelang ihr Wunschtraum gewesen, in einem solchen Haus zu leben. Und jetzt war sie dazu verdammt – das war das einzige Wort, was ihr einfiel, um die gräßlichen Umstände zu beschreiben –, bis zum ersten Schneefall hier zu leben.

Sie sah sich um. Der Schmutz ließ sich entfernen, und die Unordnung ließ sich aufräumen, aber was war mit dem Gestank? Sie betrachtete die gegerbte Haut, die vor dem Fenster hing. Wenn sie den Ledervorhang abnahm, würde vielleicht ein Luftzug durch das Haus wehen und den schlimmsten Gestank vertreiben. Sie ging auf das Fenster zu, ohne sich dabei zu überlegen, was Cale wohl sagen würde, wenn er feststellte, was sie getan hatte.

»Was glaubst du eigentlich, was du da tust?«

Raven blieb erstarrt mit dem abgeschabten Fell stehen, das sie sich unter den Arm geklemmt hatte. Cale stand in der Tür, einen provisorischen Besen in der Hand.

»Aber die Frage erübrigt sich wohl«, fuhr er fort, als sie ihm nicht antwortete. »Schließlich sehe ich das selbst. Was ich dich viel eher fragen sollte, ist, warum?« Cale kam sich dumm vor, als er mit seinem Besen in der Hand dastand, und er spürte, wie Wut in ihm aufstieg, weil sie seinem Haus Gewalt antat. »Ich dachte, du wolltest das Haus ausfegen und es nicht etwa auseinandernehmen«, sagte er mit einem ironischen Lächeln.

»Ich wollte nur ein bißchen frische Luft hereinlassen.« Sie zuckte die Achseln. »Und diese Haut vom Fenster zu nehmen schien mir die schnellste und einfachste Methode, um das zu erreichen. Ich verspreche dir, daß ich es hinterher wieder aufhängen werde.«

Sie hielt ihm den Ledervorhang hin, als wüßte er, was er damit anfangen sollte. Dann lächelte sie ihn spöttisch an und sagte: »Keine Angst, er beißt nicht.«

Er fühlte ein Prickeln über seinen Rücken laufen, das gefährlich nahe an Verlangen herankam. Ihr Lächeln gab ihm den Rest. Es brachte einen Mann auf Ideen, die ihn in ernste Schwierigkeiten bringen konnten. Cale war kein Mensch, der dazu neigte, Risiken einzugehen. Er tauchte den Besen gegen den Vorhang ein und marschierte hinaus, fort von der Bedrohung, die sie darstellte. Sobald er wieder im hellen Sonnenschein stand, starrte er die Tierhaut an, als könnte sie ihn tatsächlich beißen. Und er fragte sich, was er jetzt damit anfangen sollte. Schließlich legte er die Haut neben der Tür ab.

»Pest und Hölle«, murmelte er vor sich hin. Er nahm dem Maultier seine Last ab und führte dann sein Pferd in den Schuppen, um es trockenzureiben. Nachdem dies erledigt war, verließ er den Schuppen und starrte auf sein Haus. Die Tür stand sperrangelweit offen. Sie war erst seit einer Stunde hier, und schon hatte sie alles an sich gerissen. Er fürchtete sich davor, über seine eigene Schwelle zu treten, weil *sie* da war. Der Teufel sollte ihn holen, wenn er sich wie ein Sack voller Abfall von ihr hinauswerfen lassen würde.

Cale stapfte wieder ins Haus, blieb einen Moment lang stehen und starrte den nackten Holzfußboden an, dann ging er zum Kanonenofen, um sich eine Tasse Kaffee warmzumachen. In dem Moment stellte er fest, daß der Kaffeetopf verschwunden war.

Er weigerte sich jedoch, sie danach zu fragen. Irgendwo mußte der Topf schließlich sein. Er ging zum Ofen und sah sich suchend um, konnte den Topf aber nirgends finden.

Dann sah er den zerrissenen Ärmel eines alten langärmeligen Unterhemds aus der Ofenklappe heraushängen. *Sie verbrannte seine Kleider!* Dennoch hatte er nicht vor, sie dafür zur Rechenschaft zu ziehen, denn er wußte nur zu gut, daß sie ihn dann energisch auf den zerschlissenen Zustand des Kleidungsstücks hinweisen würde.

»Kann ich etwas für dich tun?« fragte sie.

»Ich will eine Tasse Kaffee«, sagte er. »Ich kann sie mir selbst machen, wenn du mir sagst, was du mit dem Kaffeetopf angestellt hast.«

»Ich habe ihn zusammen mit dem anderen schmutzigen Geschirr unten am Fluß stehenlassen, um alles einzuweichen. Ich hole ihn sofort. Du setzt dich jetzt hin und machst es dir bequem, bis ich wieder da bin.«

Sie lehnte den Besen an die Wand und ging zur Tür hinaus.

Das war der Augenblick, als er von Schuldgefühlen überwältigt wurde. Er konnte unmöglich einfach dasitzen und nichts tun, während sie ganz allein zum Wolf Creek lief. Dort konnte ihr alles mögliche zustoßen. Der alte Three Toes trieb sich dort herum, von den Wilden ganz zu schweigen, und weiß der Himmel wer sonst noch alles. »Ich komme mit«, sagte er und eilte zur Tür.

»Es ist wirklich nicht nötig, daß wir beide gehen«, sagte sie. »Ich werde hierbleiben und meine Arbeit weitermachen. Du findest alles, wenn du von der Haustür aus direkt bergab läufst. Das Geschirr sollte inzwischen lange genug eingeweicht sein und wird sich mit etwas Sand leicht schrubben lassen.«

Cale war nicht sicher, wie es ihr gelungen war, ihn einzuwickeln. Er wußte nur, daß sie es geschafft hatte. Jetzt lief er doch tatsächlich zum Fluß, um dort *Geschirr zu spülen.* Und er hatte noch nicht einmal die Frau zur Gesellschaft! Er konnte sich nicht daran erinnern, wann er das letzte Mal tatsächlich sein Geschirr gespült hatte. Er wischte die Töpfe sozusagen mit den

Fingern sauber, oder er wartete, bis die Essensreste soweit eingetrocknet waren, daß er sie abkratzen konnte. War es ein Jahr her? Zwei? Wahrscheinlich sogar noch länger, wie ihm aufging. Vielleicht hatte sie recht. Vielleicht war er tatsächlich ein Tier.

Es war eine beunruhigende Vorstellung, doch Cale entschied, nicht weiter darüber nachzudenken, während er das Geschirr spülte. Wenn man bedachte, wie lange es schon her war, seit seine Töpfe Sand und Wasser gesehen hatten, dann ließen sich die Dinge erstaunlich leicht reinigen. Er fragte sich, wann er aufgehört hatte, sich an die Regeln einer zivilisierteren Gesellschaft zu halten.

Es war nicht weiter schwierig, die Reinlichkeit aufzugeben, weil es eine reine Unterlassungssünde war. Man brauchte lediglich etwas *nicht* zu tun. Wie zum Beispiel Geschirr zu spülen. Oder ein Bad zu nehmen.

Plötzlich ging ihm auf, daß sie vielleicht auch *ihn* für schmutzig und ungepflegt hielt, wenn sie fand, daß sein Haus stank!

Bevor er sich selbst daran hindern konnte, hatte er sich bereits die Mokassins von den Füßen gezogen. Dann riß er sich das langärmelige Unterhemd herunter – es war noch dasselbe blutbefleckte Hemd, das sie nur flüchtig ausgewaschen hatte, nachdem sie ihm die Messerstiche zugefügt hatte – und stieg aus seiner Wildlederhose und der langen Unterhose. Er watete in den Wolf Creek, und augenblicklich fiel ihm wieder ein, warum er das Baden ursprünglich aufgegeben hatte.

Das Wasser war eiskalt. Der Fluß wurde von einer Bergquelle gespeist und blieb das ganze Jahr über kalt. Er bespritzte sich ein paarmal mit Wasser, erkannte jedoch, als er an sich herunterschaute, daß seine Haut so schmutzig war wie sein Geschirr, von einem Schmierfilm überzogen, der sich nach jahrelanger Vernachlässigung gebildet hatte.

Cale stieß zischend die Luft aus, als er sich herunterließ, bis er im Fluß saß. Das Wasser reichte ihm kaum bis zur Taille, und es strömte so schnell, daß es eine Gänsehaut auf seinen Armen hinterließ. Auf dem Grund lagen mehr Steine als Sand, aber als er ein paar Steine zur Seite warf, fand er eine Handvoll Sand mit

Kieselsteinen, die er benutzte, um sich die Haut zu schrubben. Er achtete sorgsam darauf, die Stiche nicht zu berühren, doch er wusch sie mit dem kalten, klaren Wasser.

Er schrubbte sich, bis die Haut auf seinen Armen aufgescheuert war und er endlich unter dem Schmutz seine eigene bleiche Haut sah. Es wäre ihm enorm schwergefallen, in dem Moment seine Gefühle zu schildern. Ungläubigkeit stand an erster Stelle. Wie hatte er so lange ohne ein Bad auskommen können? Wie hatte eine Indianerin ihn derart beschämen können, daß er sich jetzt zu einem Bad durchrang? Und wenn Reinlichkeit, wie er es sich jahrelang eingeredet hatte, nicht weiter wichtig war, warum war es dann ein so gutes Gefühl, wieder einmal sauber zu sein?

Raven hatte nicht die Absicht gehabt, Cale dazu zu überlisten, das Geschirr zu spülen, und als sie darüber nachdachte, während sie das Haus ausfegte, begann sie, den schalkhaften Impuls zu bereuen, der sie dazu getrieben hatte, ihn zum Fluß hinunterzuschicken. Es war eine unbestreitbare Tatsache, daß Geschirrspülen zu den Aufgaben einer Frau zählte. Vielleicht erklärte das zum Teil den Schmutz, den sie hier vorgefunden hatte. Sie wußte, daß ein Mann das Gesicht verlieren konnte, wenn er von anderen Männern dabei erwischt wurde, wie er Arbeiten erledigte, die den Frauen vorbehalten waren. Cale hatte jahrelang ohne Frau gelebt. Und deshalb war diese Frauenarbeit unerledigt geblieben.

Raven schnaubte angewidert. Sie konnte sich nicht vorstellen, daß eine *Frau* jemals in einem solchen Schmutz leben würde, nur weil kein *Mann* da war, der ihr bei der Arbeit half! Sie hatte die Männer nie verstanden, und sie nahm auch nicht an, daß sie sie je verstehen würde. Es hatte sie überrascht, daß Cale keine Einwände erhoben hatte, als sie ihn fortgeschickt hatte, um das Geschirr zu spülen. Aber jetzt war er schon ziemlich lange fort, und er war noch immer nicht zurückgekommen. Vielleicht sollte sie besser nachsehen, was ihn aufhielt.

Sie blieb vor dem kleinen, einzimmrigen Blockhaus stehen und betrachtete bewundernd die Konstruktion. Hier zumindest war sorgfältige Arbeit geleistet worden. Die Balken waren an den Kanten präzise zusammengefügt, und die Ritzen waren mit Lehm und Gras abgedichtet, um die kalten Winterstürme nicht ins Haus zu lassen. Natürlich, sagte sie sich mit einem versonnenen Lächeln, war genau diese Isolierung, die das Haus im Winter warm hielt, auch für die ranzigen Gerüche verantwortlich, die nicht abziehen konnten.

Sie lächelte noch immer, als sie den Bach erreichte. Dann verblaßte ihr Lächeln abrupt, als ihr aufging, daß es sich bei dem, was sie auf den ersten Blick für einen seltsam geformten Stein im Flußbett gehalten hatte, keineswegs um einen Stein handelte. Er bewegte sich. Er hatte Arme und Beine und einen dichten Bart. Cale Landry saß splitternackt mitten im Wasser. Er nahm ein Bad!

Neben dem Bach war chaotisch das Geschirr gestapelt, das er hatte holen wollen. Ihr fiel sofort auf, daß das Geschirr sauber war. Und bald würde auch er sauber sein.

Das Lächeln kehrte auf ihr Gesicht zurück und verwandelte sich in sprudelndes Gelächter.

Cale war entsetzt, als er Raven am Ufer stehen und ihn angaffen sah. Mehr noch erschreckte es ihn, daß sich jemand unbemerkt an ihn hatte anschleichen können. Im Laufe der Jahre hatte er seine Sinne geschärft, um selbst das kleinste Geräusch wahrzunehmen. Wer am Leben bleiben wollte, mußte ständig auf der Hut sein. Wie zum Teufel hatte es dazu kommen können, daß er sich splitternackt hatte erwischen lassen wie irgendein Trottel aus dem Osten?

»Soll ich ins Wasser kommen und dir den Rücken waschen?« fragte sie neckend.

Cale konnte lebhaft vor sich sehen, wie es sein würde, wenn sie, ebenfalls nackt, hinter ihm stehen und ihm den Rücken schrubben würde. Trotz des kalten Wassers überschlug sich sein Puls. »Komm her«, sagte er.

Das Lächeln erstarrte auf ihrem Gesicht. »Das Wasser ist kalt.«

»Wem sagst du das?« erwiderte er. »Ich sitze schließlich mittendrin. Komm endlich rein«, drängte er sie. »Mein Rücken hat eine gründliche Reinigung dringend nötig.«

Er hatte nicht erwartet, daß sie seiner Aufforderung Folge leisten würde. Schließlich hatte sie bisher noch nicht viel von dem getan, was er von ihr verlangt hatte. Zu seinem Erstaunen schlüpfte sie jedoch aus ihren Mokassins und watete ins Wasser. Die Fransen ihres Kleides trieben auf der Wasseroberfläche und dienten als Köder für die Fische, als sie auf ihn zukam.

Sie machte einen weiten Bogen um ihn herum und kam von hinten auf ihn zu. Angespannt erwartete er den ersten Kontakt ihrer Fingerspitzen mit seiner Haut. Das Wasser kam ihm plötzlich nicht mehr kalt vor. Ganz im Gegenteil. Er hatte sein ganz persönliches Freudenfeuer entfacht. Es verdroß ihn, wie schnell und heftig sein Körper auf ihre Gegenwart reagierte. Cale zog hastig die Knie an, um seine Erregung zu verbergen. Er war nicht der Ansicht, daß es sie etwas anging.

Raven sagte sich, daß sie einzig und allein aus dem Grund Cales Herausforderung angenommen hatte, weil sie diejenige sein würde, die davon profitierte. Wenn sie schon dabei war, das Haus zu putzen, dann konnte sie auch gleich Nägel mit Köpfen machen und den Mann säubern, der darin lebte.

Als sie dastand und seinen breiten, muskulösen Rücken anstarrte, überkam sie der Drang, die glatte Haut zu streicheln, unter der sich die Knochen und Sehnen abzeichneten. Statt dessen bückte sie sich, schaufelte eine Handvoll grobe Sandkörner aus dem Flußbett, klatschte sie auf seinen Rücken und schrubbte ihn energisch.

»Autsch! Du scheuerst mir ja die Haut vom Leib«, protestierte Cale.

»Und vier Schichten Schmutz«, gab sie zurück. »Wann hast du das letzte Mal ein Bad genommen?«

Er antwortete nicht darauf. Er wollte nicht lügen, und er dachte gar nicht daran, ihr die Wahrheit zu sagen. Statt dessen saß er stumm und trotzig da und forderte sie stillschweigend dazu heraus, ihn wundzuscheuern.

Das wäre ihr auch beinahe gelungen.

Nachdem sie erst einmal angefangen hatte, war Raven mit ganzem Herzen bei der Sache. Sie setzte all ihre Kraft ein und rieb, bis Cales Haut sich rötete, ein Zeichen dafür, daß er endlich sauber war.

Dann schöpfte sie mit beiden Händen eiskaltes Wasser und spülte den Sand von seinem Rücken. Dabei war ihr schmerzlich bewußt, daß das Wasser auf seiner wunden Haut brennen mußte. Doch er gab keinen Muckser von sich.

Plötzlich verspürte sie Gewissensbisse, weil sie ihn so grob behandelte. Gewiß hatte Cale es nicht verdient, daß sie ihre Wut an ihm ausließ. Ihr Vater war derjenige, der sie in diese Situation gebracht hatte. Dem Mann aus den Bergen war in Wirklichkeit gar keine andere Wahl geblieben. Entweder er nahm sie, oder er verzichtete auf jegliche Form der Bezahlung für seine Felle. Natürlich hätte er ihren Vater schlicht und einfach töten können. Wenn man all das in Betracht zog, hatte er die menschlichere Lösung gewählt.

Warum hatte sie ihm dann die Haut wundgescheuert? Oder, genauer gesagt, warum hatte er es sich gefallen lassen?

Raven war verwirrt über die widersprüchlichen Gefühle, die der Mann aus den Bergen in ihr weckte. Ihr hätte davor grauen müssen, allein mit ihm zu sein, so nackt, wie er war. Statt dessen hatte es sie in den Fingern gejuckt, ihn zu berühren. Sie hatte ihn grob behandelt, weil sie Cale provozieren wollte, mit ebensolcher Grobheit darauf zu reagieren. Damit hätte er ihr den Vorwand geliefert, den sie brauchte, um ihn in dieselbe Kategorie einzuordnen wie Ribbon Jack.

Cale hatte ihre Grobheit jedoch über sich ergehen lassen, ohne auch nur ein Murren des Unbehagens von sich zu geben. Damit hatte er einen kleinen Keim des Vertrauens gesät, denn alles schien darauf hinzudeuten, daß sie die Kraft dieses Mannes nicht zu fürchten brauchte. Seine stille Duldung ihrer Hände auf seiner Haut machte sie neugierig darauf, was es wohl für ein Gefühl sein würde, das zu berühren, was so verlockend in ihren Augen war.

Raven ließ die Fingerspitzen zart über Cales gerötete Schultern gleiten, über den muskulösen Rücken und dann wieder über die Wirbelsäule hinauf. Seine Haut war warm und elastisch. Seine Muskeln bewegten sich unwillkürlich unter ihren liebkosenden Fingerspitzen, und sie konnte seine enorme Kraft fühlen.

Cale versuchte, absolut reglos dazusitzen, denn er wollte nicht, daß sie abbrach, was sie gerade tat. Sie streichelte ihn und berührte ihn auf eine Weise, die seinen Körper Hosianna singen ließ. Auch wenn er sich für ihre Wohltaten noch so gern revanchiert hätte, so wußte er doch mit ziemlicher Sicherheit, daß sie sofort aufhören würde, wenn sie begriff, was sie mit ihm tat. Daher hielt er still, als sei er im Wald auf ein Rehkitz gestoßen, das er nicht erschrecken und in die Flucht schlagen wollte.

Ihre Fingerspitzen glitten über seinen Nacken, und seine Nackenhaare stellten sich auf. Ein Schauer des Verlangens prickelte über sein Rückgrat. Die Tortur wurde allmählich unerträglich. Gewiß würde er sterben, wenn er sie nicht schon bald berühren konnte.

»Pest und Hölle!« Wasser spritzte nach allen Seiten, als er aufsprang und sich umdrehte, um sie in seine Arme zu ziehen.

In dem Moment erkannte er, warum sie aufgehört hatte. Sie starrte mit einem Ausdruck blanken Horrors zum anderen Ufer hinüber. Dort war der alte Three Toes aufgetaucht.

6

Ravens Blick war auf den riesengroßen Grizzlybären geheftet, der hoch aufgerichtet auf den Hinterbeinen stand, den Rachen mit den scharfen Zähnen weit aufgerissen. Sie saßen in der Falle, ohne jede Waffe und praktisch hilflos, und das mitten im Wolf Creek. Sie hätte laut geschrien, wenn sie sich nicht zu sehr davor gefürchtet hätte, auch nur Luft zu holen.

Cales abrupter Sprung aus dem Wasser hatte das Tier erschreckt, und es hatte kehrtgemacht und war geflohen.

Leider entfernte es sich nicht allzu weit.

»Wir sitzen in der Falle«, jammerte Raven. »Er wird uns töten!«

»Halt den Mund«, zischte Cale, »bleib hinter mir.«

Darum brauchte er sie nicht zweimal zu bitten. Raven war nur zu gern bereit, alles Erdenkliche zwischen sich und das furchteinflößende Maul und die scharfen Tatzen des Grizzly zu bringen. »Three Toes hat ein gutes Gedächtnis«, sagte Cale. »Er hat bestimmt nicht vergessen, was passiert ist, als wir das letzte Mal miteinander gerungen haben. Rühr dich bloß nicht von der Stelle.«

»Du *kennst* diesen Bären?« fragte Raven ungläubig.

»Sozusagen«, sagte Cale. »Als wir uns das letzte Mal über den Weg gelaufen sind, hat er mir dieses kleine Andenken vermacht.« Er fuhr mit den Fingern über die Narben auf seiner Brust, die eindeutig von Krallen stammten. »Natürlich habe ich es ihm heimgezahlt. Wir können nur hoffen, daß er sich gründlich überlegt, ob er diese Erfahrung wiederholen möchte. Das beste ist, wenn wir es darauf ankommen lassen.«

»Du fürchtest dich nicht vor ihm?« hakte Raven nach.

»Ich? Mich fürchten?« höhnte er. »Niemals.«

Er log. Raven hatte von hinten die Arme um Cales Taille geschlungen, und daher konnte sie fühlen, wie angespannt er war. Er sagte all das nur, um ihr die Angst zu nehmen. Sie waren in Gefahr, in höchster Gefahr.

Ravens erster Instinkt war, die Flucht zu ergreifen, doch sie begriff, daß Cale sie davon abhalten wollte, diesen fatalen Fehler zu begehen. Wenn sie fortrannten, dann kam das einer Aufforderung an den Bären gleich, ihnen nachzujagen. Und eine solche Verfolgungsjagd konnte nur tödlich für sie ausgehen. Statt dessen forderte Cale den Bären heraus und suchte die direkte Konfrontation. Zu ihrem größten Erstaunen wich der Bär zurück.

Three Toes ließ sich auf alle viere fallen und trottete wieder in den Wald zurück.

Cale stieß den angehaltenen Atem aus, und es war ein langer, tiefer Seufzer der Erleichterung.

Raven schnaubte. »Du dummer Kerl! Wie kannst du einem Bären unbewaffnet gegenübertreten! Das war der reinste Wahnsinn!«

»Was hätte ich denn sonst tun sollen? Ich hatte ja keine andere Wahl!« fauchte er sie an. »Ich habe genau gewußt, was ich tue, Raven.«

»Aber sich unbewaffnet mit einem Bären einzulassen ...«

»Ich habe ein Bad genommen, verdammt noch mal!« Und zwar deshalb, weil *sie* gesagt hatte, daß er stank. Oder zumindest hatte sie es angedeutet. »Ich gebe zu, daß es eine idiotische Idee war, ein Bad zu nehmen. Du wirst nicht noch einmal erleben, daß ich diesen Fehler mache!« Es war eben ihr Pech, wenn er zum Himmel stank!

Cale wäre erbost aus dem Wasser gestapft, doch die Steine im Flußbett gruben sich schmerzhaft in seine empfindlichen Fußsohlen. Daher sah er sich gezwungen, mit behutsamen, kleinen Schritten zu seinen Kleidern zu stolzieren.

»Du kannst doch unmöglich diese schmutzigen Sachen wieder anziehen!« rief Raven entsetzt.

»Ich habe nichts anderes zum Anziehen«, stieß er zwischen zusammengebissenen Zähnen hervor. »Alles andere hast du ja gerade verbrannt!« Raven beobachtete verärgert, wie er in seine schmutzige lange Unterhose stieg und das blutbeschmierte Hemd wieder anzog. Darüber zog er die Jacke aus Bärenfell.

Das Tier war wieder zurückgekehrt.

Cale griff nach seiner Büchse, die, wie ihr jetzt aufging, nie wirklich außerhalb seiner Reichweite gewesen war. Er stapfte den Hügel zur Hütte hinauf.

Er hatte noch keinen weiten Weg zurückgelegt, als er plötzlich abrupt stehenblieb. Er drehte sich um und sah sie finster an. »Kommst du mit? Oder hast du vielleicht vor, dort stehenzubleiben, bis Three Toes uns wieder einen Besuch abstattet?«

Raven stieg aus dem Bach und setzte sich ans Ufer, um ihre Mokassins anzuziehen. Sie konnte Cales wütenden Blick auf sich fühlen, als sie das Geschirr, das er gespült hatte, zu einem Stapel auftürmte und hinter ihm den Hügel hinauflief.

»Die Kleidungsstücke, die ich verbrannt habe, waren von Ratten zerfressen«, sagte sie zu seinem Rücken, bemüht, seine Wut zu beschwichtigen.

Wieder blieb er abrupt stehen und drehte sich zu ihr um. »Wenn ich mich nicht daran gestört habe, warum sollte es dir dann etwas ausmachen?«

»Ich habe vor, dir neue Kleider zu nähen«, gab sie mit wachsender Wut zurück.

»Und woraus?« erkundigte er sich. »Ich habe keinen Flanell für lange Unterhosen.«

»Ich dachte, du könntest mir Rehleder geben ...«

»Sieht ja ganz so aus, als hättest du bereits mein ganzes Leben für die nächsten Monate geplant, verdammt noch mal«, knurrte Cale und schnaubte angewidert.

Er setzte sich wieder in Bewegung und marschierte auf das Haus zu. Als er die Tür erreicht hatte, blieb er stehen, um auf sie zu warten.

»Geh ins Haus.«

Er konnte erkennen, wie das aufgetürmte Geschirr auf ihren Armen ins Wanken geriet. Noch eine Sekunde, und es würde in den Schmutz fallen. Blitzschnell streckte er die Arme aus und ergriff ein paar von den Schüsseln, die zuoberst auf dem Stapel schwankten.

»Geh ins Haus«, wiederholte er.

Er hatte nicht vorgehabt, mit ihr hineinzugehen. Er wollte allein sein, um in Ruhe nachdenken zu können. Aber er konnte ihr das Geschirr wohl kaum nachwerfen, und daher folgte er ihr ins Haus. Cale knallte das Geschirr auf den Tisch und fing im letzten Moment eine Tasse auf, die auf die Tischkante zurollte.

»Jetzt kann ich dir frischen Kaffee kochen«, erbot sich Raven.

Es war offensichtlich ein Friedensangebot, doch er war sich nicht sicher, ob er darauf eingehen sollte. Er sah sich in dem Raum um, der plötzlich geschrumpft zu sein schien, da sie sich beide zugleich darin aufhielten, und er entschied, daß das Haus bei weitem zu klein für zwei Personen war. Vor allem dann, wenn die eine Person die andere nicht sonderlich gut leiden konnte.

Nur, was wäre, wenn sie ihn ein klein wenig mehr gemocht hätte? Jetzt, nachdem er sich gesäubert hatte, sehnte er sich danach, seine Haut an ihre zu schmiegen. Seine Gedanken mußten sich in seiner Miene widerspiegeln, denn in ihre Augen trat plötzlich ein wachsamer Ausdruck.

Er begehrte sie. Er konnte sie jederzeit haben, indem er sie mit Gewalt nahm. Da sie ihn schon einmal tätlich angegriffen hatte, wußte er, daß sie sich wehren würde, aber sie war klein und zierlich, und es würde ihm mühelos gelingen, sie zu überwältigen.

Plötzlich erkannte Cale, daß er es keine Minute länger in dem Haus aushielt, das sie bereits zu einem richtigen Heim hergerichtet hatte, allein mit einer Frau, die er begehrte und doch nicht gewaltsam zu nehmen bereit war. Er brauchte Zeit zum Nachdenken, Zeit, um sich zu überlegen, was er tun würde. Aber es gab keinen vernünftigen Grund, warum er aus seinem eigenen Haus hätte fliehen sollen. Er war schließlich gerade erst zurückgekehrt!

Nur daß sie ihm unbewußt einen Grund geliefert hatte. Und sie konnte sich wohl kaum darüber beschweren, daß er hinausging, wenn er es auf ihren Wunsch hin tat.

»Vergiß den Kaffee«, sagte er. »Ich muß jetzt gehen.«

Ihr bestürzter Gesichtsausdruck verschaffte ihm maßlose Befriedigung. »Du gehst? Wohin?«

Seine Lippen verzogen sich zu einem trockenen Lächeln. »Ich gehe auf die Jagd. Du wolltest Rehleder haben. Ich werde mich deinen Wünschen beugen.«

»Wie lange wirst du fort sein?«

»So lange, wie ich dafür brauchen werde.« Cale wußte selbst nicht, wie lange er brauchen würde, um sich darüber klarzuwerden, was er wegen Raven unternehmen sollte. Sie hatte sein gesamtes Leben auf den Kopf gestellt, und er brauchte Zeit, um ungestört seine Gedanken zu ordnen.

»Du brauchst doch sicher nicht sehr weit zu gehen, oder?« fragte sie. »Und es dauert doch bestimmt auch nicht allzu lange?«

Er hatte den Mund schon geöffnet, um ihr zu sagen, daß er überhaupt nicht gehen würde, wenn sie Angst vor dem Alleinsein hatte. Er fühlte jedoch, wie sich eine unsichtbare Schlinge um seinen Hals zuzog. Bevor er es sich anders überlegen konnte, sagte er: »Wie weit ich mich von diesem Haus entferne und wie lange ich fort bin, ist meine Angelegenheit. Ich bin dir keine Erklärungen schuldig.«

»Aber …«

Er spürte, wie ein Teil von ihm dem bangen Flehen in ihren Augen nachgab. Er stand kurz davor, sich erweichen zu lassen und dazubleiben, um ihr Gesellschaft zu leisten. Andererseits wurmte ihn immer noch das Wissen, daß er nicht mehr allein war und seine Ruhe hatte. Daß nach zehn Jahren der Einsamkeit und Unabhängigkeit jetzt plötzlich jemand da war, für den er die Verantwortung trug und dem er Rechenschaft über sein Tun ablegen mußte. Der Gedanke erschreckte und erzürnte ihn gleichermaßen.

»Laß uns eines jetzt gleich klarstellen«, sagte er. »Ich bin derjenige, der hier die Verantwortung trägt. Du tust, was ich dir sage, und du wirst keine Fragen stellen. Wohin ich gehe, wann ich aus dem Haus gehe und wie lange ich fortbleibe, bestimme ich. Ist das klar?«

»Dann geh doch!« sagte sie. »Geh! Ich brauche dich hier nicht. Und es ist mir auch egal, ob du jemals zurückkommst oder nicht! Ich kann für mich selbst sorgen!«

Cale starrte Raven an. Sie hatte das Kinn in die Luft gereckt, ihre Augen sprühten Funken, und ihr ganzer Körper hatte eine trotzige Haltung eingenommen. Ihr Finger wies auf die Tür. Es bestand kein Zweifel daran, daß sie ihn hier nicht brauchte. Er mußte den besorgten Ausdruck in ihren Augen falsch gedeutet haben. Auch gut. Wenn sie ihn nicht in ihrer Nähe haben wollte, dann kam er ihrem Wunsch nur zu gern nach.

»Ich packe nur schnell ein paar Sachen zusammen, die ich brauche, und dann verschwinde ich.« Er packte wahllos Gegenstände ein, die herumlagen, ohne sich überhaupt bewußt zu sein, was er mitnahm. Er war einfach noch zu wütend.

Erst als er eine volle Meile zurückgelegt hatte, dämmerte ihm, daß er gerade aus seinem eigenen Haus hinausgeworfen worden war.

Cale war nicht sicher, wo er war, als er erwachte. Er roch jedoch Kaffee, deshalb nahm er an, daß er Gesellschaft gefunden haben mußte. Oder daß jemand ihn gefunden hatte.

»Wird aber auch langsam Zeit, daß du aufwachst«, sagte eine tiefe Stimme.

»Laidlaw.« Cale rieb sich den Schlaf aus den Augen und gähnte.

An dem Tag, an dem er aufgebrochen war, hatte er drei Rehe geschossen. Er hätte noch am selben Abend zurückkehren können. Nur daß sein Stolz das nicht zuließ. Er sagte sich, er würde Raven eine Zeitlang allein lassen, damit sie in ihrem eigenen Saft schmoren konnte. Vielleicht würde sie dann etwas dankbarer für seine Gesellschaft sein, wenn er zurückkehrte.

Jeden Abend, wenn er sich auf dem kalten, harten Boden ein Lager hergerichtet hatte, hatte er sich gelobt, am nächsten Morgen nach Hause zurückzukehren. Und jeden Morgen erwachte er mit dem festen Entschluß, sich noch mindestens einen Monat lang von seinem Haus fernzuhalten. Allmählich wuchs sich die Angelegenheit zu einer Ehrensache aus.

»Und ich dachte, du liegst gemütlich mit dieser indianischen Squaw im Bett und läßt es dir gutgehen«, sagte Laidlaw. »Wie kommt's, daß du hier im Tal herumschleichst?«

Cale streckte sich, um seine Muskeln zu lockern, die von einer weiteren Nacht auf dem harten Boden schmerzten. »Ich bin ausgezogen«, sagte er tonlos.

Laidlaw lachte. »Sie hat dich wohl rausgeworfen, was?«

Cale schnitt eine Grimasse. »Ich habe dir doch gesagt, daß *ich* gegangen bin.«

»Ja, klar, und ich bin Julius Cäsar.«

»Dieses verfluchte Weib hat einen Putzfimmel«, klagte Cale. »Sie spült das Geschirr. Sie fegt das Haus aus. Sie wirft Sachen weg. Sie *verbrennt* Kleider!«

»So sind die Frauen nun mal«, erwiderte Laidlaw. »Nestbauer, jede einzelne von ihnen.«

»Ich hatte mein Nest bereits so ausgepolstert, wie ich es haben wollte«, knurrte Cale.

»Wie lange bist du schon fort?«

»Eine Woche«, gestand Cale. Seit einer Woche verbrachte er seine Nächte damit, von einer Frau mit dunklen Augen und schimmerndem, rabenschwarzem Haar zu träumen. Seit einer Woche verbrachte er seine Tage damit, ihre zarten Hände auf seinem Fleisch zu spüren. Seit einer Woche bereute er seinen dämlichen Stolz.

»Was hast du mit deiner Zeit angefangen?« fragte Laidlaw. »Warum bist du nicht zum Treffen zurückgekommen? Dort hat es so viel Whiskey gegeben, daß man ein Boot darin hätte schwimmen lassen können. Und Pferderennen. Und Armdrücken. Es war ein Mordsspaß. Erst gestern sind alle wieder aufgebrochen. Wir hätten zusammen einen draufmachen können.«

»Ich wollte allein sein.«

»Sie hat dir wohl gefehlt, was?«

»Das habe ich nicht gesagt!« fauchte Cale.

»Ich kann es an deinem Gesicht erkennen«, sagte Laidlaw weise. »Du bist so gespannt wie eine Bogensehne. Dafür kann es nur einen Grund geben. Du brauchst eine Frau. Und zwar dringend.«

»Ich brauche dieses Weibsbild nicht«, gab Cale zurück. »Der Teufel soll mich holen, wenn ich sie brauche!«

Laidlaw kniff die Augen zusammen und sah auf die tiefhängenden dunklen Wolken, die direkt über die Wipfel eines Waldes zogen, in dem alte Fichten und Murraykiefern wuchsen. »Ich glaube, es wird Regen geben.« Er zog seine Jacke aus Pferdeleder enger um sich – sie war aus der Haut seines Lieblingswallachs hergestellt, als dieser in einem Kampf mit einem Berglöwen getötet worden war. »Wenn du hierbleibst, wirst du bald klatschnaß sein.«

»Das macht mir nichts aus«, sagte Cale stur.

»Hast du vor, dir eine andere Unterkunft für den Winter zu suchen?«

»Ihr Vater wird kommen und sie wieder abholen, wenn der erste Schnee fällt«, sagte Cale verdrossen.

»Was für ein Jammer.«

»Hast du nicht Lust, bei mir einzuziehen?«

Laidlaw lachte schallend. »Ich hätte nie geglaubt, daß ich noch mal erleben würde, wie du dich fürchtest. Und dann auch noch vor einer Frau!«

»Ich fürchte mich nicht! Ich dachte nur ...«

Laidlaw schüttelte den Kopf und tat Cales fadenscheinige Ausreden mit einer Handbewegung ab. »Früher oder später wirst du zu ihr zurückkehren müssen.«

»Diese verdammte Frau wird so steif wie ein Brett, wenn ich auch nur in ihre Nähe komme. Sie hat mir damit gedroht, mich in Streifen zu schneiden, wenn ich sie auch nur anrühre.« Cale war entsetzt darüber, wie deutlich sein Verlangen nach Raven gegen seinen Willen in seiner Stimme mitschwang.

Laidlaw zog fragend eine Augenbraue hoch. »Willst du mir damit etwa sagen, du wüßtest nicht, wie du eine Frau in dein Bett lockst?«

Cale spürte die verräterische Glut unter seiner Haut. »Natürlich weiß ich das, aber das heißt noch lange nicht, daß ich es auch will.«

»Und ob du es willst«, erwiderte Laidlaw mit absoluter Sicherheit. »Du mußt einer Frau das Gefühl geben, daß es ihre eigene Idee ist, mit einem Mann zu schlafen. Dann ist sie so glücklich wie eine Biene im Klee.«

»Ich bin nicht sicher, ob ich so lange warten kann«, gestand Cale mit leiser Stimme. »Ich fürchte ... ich könnte etwas tun, was ich hinterher bereuen könnte.«

Laidlaw schüttelte den Kopf. »Du bist kein Mann von der Sorte, die Schwächeren ein Leid antut.«

Cales Augen verschleierten sich. »Früher einmal hätte ich dir voll und ganz beigepflichtet. Aber wenn es um Raven geht ... dann bin ich mir überhaupt nicht mehr sicher.«

»Ich habe volles Vertrauen zu dir.«

Cale lachte unfroh. »Na, wenn das kein Trost ist!« Er griff nach der Kaffeekanne und fühlte einen jähen Schmerz in seiner gerade erst verheilten Messerwunde. Er zog den Arm zurück und ließ die Schulter kreisen, um den schmerzenden Muskel zu beruhigen. Er hatte die Fäden selbst herausgerissen und sich dabei unablässig nach Ravens zarten Berührungen gesehnt. *Verdammt noch mal, sie fehlt mir!*

Cale war nicht bewußt gewesen, daß er diese Worte laut ausgesprochen hatte, bis er das unverschämte Grinsen auf Laidlaws Gesicht sah. Er funkelte seinen Freund finster an. »Ich will sie«, gestand er. »Ich habe schon lange keine Frau mehr gehabt.«

Als ob ihm mit irgendeiner Frau gedient gewesen wäre. Er wußte nur zu gut, daß es nur eine einzige Frau gab, die er wollte. Sie hatte dunkle Augen, und ihr Haar schimmerte so schwarz wie die Flügel eines Raben, und sie wartete auf ihn in seinem eigenen Haus oben in den Bergen.

»Bei dem Pech, das du hast, wird sie wahrscheinlich nicht mal mehr dasein, wenn du zurückkommst«, sagte Laidlaw.

Cale erstarrte. Auf den Gedanken war er überhaupt noch nicht gekommen. Oder eher: Er hatte es sich nicht gestattet, diesen Gedanken auch nur aufkommen zu lassen. Raven hatte in den Handel eingewilligt. Und schließlich hatte sie das verdammte Haus ganz für sich allein, komplett mit all seinen Vorräten. Weshalb hätte sie fortgehen wollen? Die bloße Vorstellung genügte, um ihn frösteln zu machen.

»He«, sagte Laidlaw. »War doch nur ein Witz.«

Cale hatte bereits seine Zeltplane von dem Bett aus kleinen Kiefernzweigen gezerrt und stopfte sie in seine Satteltasche. Er sammelte in dem provisorischen Lager seine Habe zusammen und packte alles achtlos in die Taschen.

»Kannst du denn nicht noch auf eine Tasse Kaffee bleiben?« fragte Laidlaw.

»Ich bin schon viel zu lange fort gewesen«, sagte Cale. »Bedien dich. Den Kaffeetopf lasse ich dir da.«

»Dann bis demnächst«, sagte Laidlaw, den Cales überstürzter

Aufbruch offensichtlich amüsierte. »Wir sehen uns beim nächsten Treffen.«

Cale winkte ihm noch nicht einmal zum Abschied, als er den Berg hinauf zu seinem Haus strebte. Während er den Pfad hinaufritt, malte er sich all die Dinge aus, die Raven hätten zustoßen können. Vorausgesetzt, sie war dort geblieben. Three Toes hätte sie beim Beerensammeln überraschen können. Schwarzfußindianer und Arikara streiften durch die Hügel. Sie hätte sich beim Holzhacken verletzen können. Oder sie hätte ausrutschen und stürzen und sich ein Bein brechen können.

Seine Phantasie beschwor Schrecken herauf, die er in einer rationaleren Verfassung niemals geglaubt hätte. Aber sein brennendes Verlangen, zu seinem Haus zurückzukehren, entbehrte ohnehin jeder Logik. Er war ein Lemming, der sich von einer Klippe ins Meer stürzte. Raven gehörte ihm. Stolz zählte jetzt nicht mehr. Nichts zählte mehr, außer zu ihr zurückzukehren.

Anfangs hatte sich Raven keine Sorgen gemacht, als Cale nicht zurückgekommen war. Wenn ihr Vater verstimmt war, wollte er immer allein sein und seine Ruhe haben. Als jedoch eine volle Woche vergangen war und Cale immer noch nicht zurückgekehrt war, hatte Raven guten Grund zu wünschen, sie könnte die Worte zurücknehmen, die sie ihm unbedacht an den Kopf geworfen hatte, und sie wünschte auch, sie hätte sein schmutziges altes Haus in seinem ursprünglichen Zustand belassen und ihn nicht derart in Rage gebracht.

Sie war noch nie zuvor ganz allein gewesen.

Einerseits war es angenehm, in den Morgen hinein zu schlafen, wenn sie Lust dazu hatte, und erst am späten Vormittag zu frühstücken. Es war wunderbar, genau das tun zu können, was sie wollte, und wann sie wollte. Sie nutzte die Gelegenheit, die nähere Umgebung von Cales Haus zu erkunden. Sie fand eine winzige Wiese, die im Überfluß mit wildwachsenden Blumen gesprenkelt war, darunter auch Lupinen und scharlachrote Kastillea, Feuerwinden und spät blühende Primeln.

Hinter der Wiese ragte ein jungfräulicher Wald aus Fichten,

Kiefern und Espen hoch über ihr auf. Der Wind in den Bäumen klang wie der Atem eines gewaltigen Tieres. Wenn sie nachts diesem Atem lauschte, lief ihr ein Schauer über den Rücken. Das Geräusch erinnerte sie aber auch an ein anderes Tier, das knurrte, wenn es wütend war.

Raven hatte keine Angst, allein zu sein, doch sie fühlte sich ein wenig einsam. Zum ersten Mal in ihrem Leben hatte sie nichts zu tun, was dringend erledigt werden mußte. Es verschaffte ihr eine Gelegenheit, sich hinzusetzen und nachzudenken. Sie wußte schon seit langer Zeit, daß sie niemals ein eigenes Heim oder einen Ehemann oder Kinder haben würde. Sie wußte, daß ihr Vater das nicht zulassen würde. Aber das hieß noch lange nicht, daß sie sich diese Dinge nicht erträumt hätte.

Seit sie alt genug war, um Kinder zu bekommen, hatte sie sich einen Ehemann erträumt, dessen Augen von Liebe erfüllt strahlten, während er beobachtete, wie sie ein Baby an ihrer Brust stillte. Manchmal – vor dem schrecklichen Erlebnis mit Ribbon Jack – wenn ein Weißer sie bewundernd angesehen hatte, hatte sie sich ausgemalt, wie es wohl sein würde, wenn er ihr den Hof machte, wenn er sie heiratete und zu sich in ein Blockhaus holte wie das eine, das sie als Kind gesehen hatte.

Doch die Bewunderung war immer in Lüsternheit umgeschlagen. Und nach dem Vorfall mit Ribbon Jack hatte sie kein Weißer mehr mit etwas anderem als Furcht und Abscheu in den Augen angesehen. Das hieß, kein Mann außer Cale Landry.

Zu ihrem großen Kummer hatte Raven begonnen, Träume um diesen Mann zu spinnen, und das trotz seines ungepflegten Äußeren, trotz seines ungehobelten Benehmens. Sie malte sich aus, wie sie gemeinsam in seinem Haus lebten und ihre Kinder friedlich im Freien spielten.

Aber das Bild verschwamm immer wieder vor ihren Augen. Weil es eben nur ein Traum war. Weil ihr Zusammenleben mit Cale nur vorübergehend war, bis sie die Schulden ihres Vaters abgearbeitet hatte. Und in seinen Augen leuchtete keine Liebe, wenn er sie ansah, nur Wollust.

Und Einsamkeit.

Sie hatte nicht vergessen, wie einsam er wirkte. Es war das, was ihn verwundbar machte, was ihn davor bewahrte, ein Tier zu sein. Es machte ihn menschlich.

Raven grübelte darüber nach, warum sie für Cale etwas anderes empfand als für jeden anderen Mann bisher. Selbst wenn sie von einem Ehemann geträumt hatte, war er eine Art Beschützerfigur gewesen, die über sie wachte, und sonst nichts. Und sie hatte nie davon geträumt, sich mit einem Mann körperlich zu vereinigen, obwohl das notwendig war, um die Kinder ihrer Träume zu zeugen. Es kam ihr seltsam vor, daß sie den Wunsch verspürte, mit Cale zu liegen, aber so war es.

Sein Gesicht war nicht besonders anziehend. Im Grund hatte sie sein Gesicht nie richtig gesehen, weil es unter seinem dichten schwarzen Bart verborgen war. Trotzdem hatte sie das brennende Bedürfnis, es zu sehen. Sein Nasenrücken wies eine Krümmung an der Stelle auf, wo seine Nase gebrochen und leicht schief wieder zusammengewachsen war. Aber ansonsten war seine Nase gerade und nicht zu groß. Er hatte gute Zähne, die weitgehend ebenmäßig waren. Sie malte sich aus, daß das Weiß ein attraktiver Blickfang sein mußte, wenn er jemals lächelte. Bisher hatte sie seine Zähne nur gesehen, wenn er sie vor Schmerz entblößte.

Sein Mund war unter seinem Bart verborgen, doch sie hatte schon gesehen, wie sich seine Lippen angewidert zu einem Strich zusammenzogen. Die Unterlippe schien voller als die Oberlippe, aber das konnte auch nur eine Illusion sein, erzeugt durch seinen Schnurrbart. Seine Augen waren tiefe, schwarze Brunnen, in denen häufig starke Gefühle an die Oberfläche drangen. Seine Augen gefielen ihr.

Sein Körper war kräftig, seine Hände groß und schwielig, seine Beine lang und muskulös. An alledem fand sie nichts auszusetzen. Tatsächlich wußte sie sogar bereits, daß es ein angenehmes Gefühl war, ihn anzufassen. Bisher hatte er ihr jedoch noch nicht genügend Gelegenheit gegeben, ihre Finger nach Belieben über ihn gleiten zu lassen. Sie fragte sich, was wohl passiert wäre, wenn Three Toes sie nicht gestört hätte.

Andererseits war es wahrscheinlich nur gut, daß der Bär aufgetaucht war.

Raven hatte schreckliche Angst davor, daß Cale sich vielleicht in das brutale Tier verwandeln würde, das Ribbon Jack damals gewesen war, sobald ihn sein sexueller Hunger überwältigte. Ansonsten hatte sie keine Erfahrungen mit Männern. Sie wußte, daß brünstige Tiere einander bis zum letzten Atemzug bekämpften, wenn es darum ging, sich einen Partner zu sichern. Sie hatte mit eigenen Augen die Wildheit in Ribbon Jacks Augen gesehen, als er ihr die Kleider vom Leib gerissen und seine Hände in ihr Fleisch gegraben hatte. Sie hatte sich unter unsäglichen Schmerzen gewunden, während ihr Körper sich gegen sein Eindringen zur Wehr gesetzt hatte. Wenn sie nicht rechtzeitig nach ihrem Messer hätte greifen können, hätte er sie mit dem Schwert, das er so erbarmungslos schwang, in zwei Hälften gespalten, soviel stand für Raven fest. Was, wenn ihr dasselbe bei Cale passierte?

Sie hatte nicht genug Vertrauen zu Cale ... noch nicht ... um wirklich zu glauben, daß er sich nicht in eine rasende Bestie verwandeln würde. Daher würden ihre Träume weiterhin Träume bleiben, bis dieser Mann zurückkehrte und es sich herausstellte, woran sie mit ihm war.

Vorausgesetzt natürlich, er kehrte tatsächlich zu ihr zurück.

Raven hatte begonnen, daran zu zweifeln. Sie schob ihre Träume weit von sich und machte sich auf den Rückweg zum Haus. Das Haus zumindest war Wirklichkeit. Sie hatte es, soweit es irgend ging, in das Heim ihrer Träume verwandelt. Es war ein Jammer, daß sie gezwungen sein würde, wieder auszuziehen, wenn der erste Schnee fiel.

7

Cale erkannte sein Haus nicht wieder. Es hatte eine Verwandlung durchgemacht – ähnlich die einer schlichten grünen Raupe, die zu einem prächtigen Schmetterling wurde. Wo vorher Chaos geherrscht hatte, herrschte jetzt Ordnung. Seine Fallen und Spannvorrichtungen hingen an Haken an der Wand. Das Bett war ordentlich gemacht, und darauf lag ein Überwurf, der so gründlich gewaschen worden war, daß man das Muster wieder erkennen konnte. Und die Matratze war prall mit frischem Gras gestopft. Der Bretterboden war gründlich geschrubbt worden. In dem Kanonenofen brannte ein Feuer, und köstliche Gerüche drangen aus einem flachen Bratentopf, der darauf stand.

Offensichtlich hatte Raven seine Abwesenheit dazu genutzt, Veränderungen vorzunehmen. Er mußte zugeben, daß sie nicht alle zum Schlechteren waren. Das Halbdunkel, das er als selbstverständlich hingenommen hatte, war verbannt worden. Sonnenschein strömte ins Haus, und in den Lichtstrahlen tanzten Staubkörnchen, und, wenn er sich nicht irrte, ein Schwarm winziger Mücken. Raven hatte das abgeschabte Tierfell nicht wieder vor das Fenster gehängt, da sie anscheinend die frische Luft und das Licht – und die Insekten – den Gerüchen und dem Halbdunkel vorzog, das in dem Raum geherrscht hatte.

Cale beugte sich vor, um an den wildwachsenden Blumen zu riechen, die Raven in einer Konservendose auf den Tisch gestellt hatte. Der Duft der Blumen erinnerte ihn an sie und bewirkte, daß sich sein Schaft augenblicklich versteifte. Wo steckte sie bloß? Er wußte, daß sie nicht weit sein konnte, da Essen auf dem Herd stand. Es ärgerte ihn, alles in bester Ordnung vorzufinden. Offenbar war seine überstürzte Rückkehr ein Narrenstreich gewesen. Sie war blendend ohne ihn zurechtgekommen!

Cale ließ das Bündel fallen, das er unter dem Arm trug, darunter drei Rehhäute und etwa die Hälfte des Wildbrets, das er geräuchert hatte. Den Rest hatte er verzehrt oder den Wölfen überlassen. Er widerstand dem Drang, nach ihr zu rufen. Er wollte ihr nicht das Gefühl geben, er hätte sie vermißt, auch dann nicht, wenn es der Wahrheit entsprach.

Auf seinem Ritt zurück zum Haus hatte Cale entschieden, er könnte Ravens Gesellschaft ebensogut genießen, vorausgesetzt, er fand sie noch dort vor, wo er sie zurückgelassen hatte. Das war um einiges besser als die beiden anderen Möglichkeiten, die ihm blieben: ihr aus dem Weg zu gehen oder mit ihr zu streiten. Als er an die wunderbar ausgeführten Perlenstickereien auf ihrem Kleid dachte, überlegte er sich, daß es ihm vielleicht Freude machen würde, wenn sie ihm eine Rehlederhose nähte. Nach den Düften zu urteilen, die vom Ofen her in seine Nasenflügel drangen, war sie eine gute Köchin. Und er wußte bereits, daß sie ein echtes Talent zum Saubermachen hatte.

»Hallo.«

Cale wirbelte herum und wunderte sich wieder einmal darüber, wie lautlos sich Raven bewegen konnte. Er hätte sie dafür bewundert, wenn es ihn nicht ganz so sehr aus der Fassung gebracht hätte, daß sie ihn unbemerkt überrumpeln konnte.

»Willkommen zu Hause.«

Es war erstaunlich, welche Macht diese beiden Worte besaßen und welche Bilder sie in Cales Vorstellung heraufbeschworen. Ein Schaukelstuhl vor dem Feuer. Eine warme Mahlzeit auf dem Tisch. Ein warmes Bett, in dem ihn eine liebevolle Frau erwartete. Seine Kehle schnürte sich zusammen. Früher einmal hatte er damit gerechnet, all das eines Tages zu bekommen. Im Laufe der letzten zehn Jahre hatte er jedoch die Hoffnung aufgegeben. Jetzt war plötzlich eine Frau in seinem Haus, ein bequemes Bett und warmes Essen auf dem Herd. Das einzige, was ihm noch fehlte, war der Schaukelstuhl, und den konnte er selbst anfertigen, wenn er es sich ernstlich vornahm.

Raven beugte sich vor, um die drei zusammengerollten Rehhäute aufzuheben. »Oh, dann hast du sie also doch mitgebracht!«

»Hast du etwa geglaubt, ich käme ohne die Häute zurück?«

Sie lächelte verschmitzt. »Ich war nicht sicher. Du warst so wütend, als du aus dem Haus gegangen bist ...« Ihre Stimme verklang, als fürchtete sie, durch die bloße Erwähnung seines Zorns könnte sie ihn erneut entfachen.

Im Laufe der letzten Woche war Cale über seine Wut und seine Frustration hinausgewachsen und hatte seine Lage zu akzeptieren gelernt. Er würde ganz einfach das Beste aus einer unangenehmen Situation machen. Im Moment sah es ganz danach aus, als ob es nicht annähernd so schwierig werden würde, wie er befürchtet hatte.

»Ist genug für uns beide da?« fragte er und wies auf den Topf, der auf dem Herd stand.

»Du hast Hunger!« Sie ließ die Rehhäute fallen und holte eilig Teller, die sie auf den Tisch stellte. »Zieh deine Jacke aus und mach es dir bequem«, drängte sie ihn.

Cale spürte zunehmende Gereiztheit in sich aufsteigen. Schließlich war er hier zu Hause. Er hätte derjenige sein sollen, der ihr seine Gastfreundschaft anbot, und nicht etwa umgekehrt. Er schluckte die Bemerkung, die ihm fast herausgerutscht wäre. Bloß keinen Streit, sagte er sich. Er war entschlossen, das Boot nicht ins Wanken zu bringen. Raven schöpfte Eintopf in einen Teller und stellte ihn vor Cale hin. Dann füllte sie sich selbst etwas in eine Schale und setzte sich zu ihm an den Tisch, nachdem sie sich und ihm eine Tasse Kaffee eingeschenkt hatte.

»War die Jagd schwierig?« erkundigte sie sich.

»Ich habe alle drei Rehe am ersten Tag erlegt«, gestand Cale.

»Wo bist du dann ...«

»Den Rest der Woche habe ich damit zugebracht, mir Gedanken darüber zu machen, was ich mit dir anfangen soll.«

Raven errötete. »Und ich dachte schon, du wolltest nichts mit mir zu tun haben.«

»Ich hätte dich nicht hierherbringen sollen. Das war ein großer Fehler, soviel steht fest.« Die Röte, die gerade erst in Ravens Gesicht geströmt war, verblaßte wieder und ließ sie bleich zurück. »Mein Vater wird nicht vor dem ersten Schneefall kommen«, erinnerte sie ihn. »Ich kann nirgends sonst hingehen.«

Cale seufzte. »Ich weiß. Daher habe ich mir ausgerechnet, daß es das beste ist, wenn wir Frieden schließen und Freunde werden.«

»Du willst mein ... Freund werden?« Raven hatte nicht viele Freunde gehabt, und unter den wenigen, die sie je gehabt hatte, war niemals ein Mann gewesen. Sie kniff die Augen argwöhnisch zusammen. »Was meinst du mit ›Freunde‹?«

»Du weißt schon ... miteinander reden, gemeinsam arbeiten, miteinander spielen.«

»Miteinander schlafen?« fragte Raven argwöhnisch.

»Unter demselben Dach«, sagte Cale.

»Aber nicht im selben Bett?«

»Nein«, sagte Cale mit ruhiger Stimme. »Nicht im selben Bett.«

»Aber hier gibt es doch nur ein Bett«, hob Raven hervor.

Cale warf einen Blick auf sein Bett. Sie hatte ihre Sachen ringsum ausgebreitet. Während er fort gewesen war, hatte sie sich offenbar sein Bett schlichtweg angeeignet. Seine Lippen verzogen sich zynisch. »Ich werde auf dem Fußboden schlafen.«

»In Ordnung.«

Sie hat verdammt schnell eingewilligt, dachte Cale. Aber warum hätte sie das auch nicht tun sollen? Schließlich war er derjenige, der auf dem kalten, harten Boden enden würde.

»Sollen wir das mit einem Händedruck besiegeln?« Cale streckte die Hand über den Tisch und fragte sich, ob sie es wohl wagen würde, ihn zu berühren. Er sah, welche Mühe es Raven kostete, ihre Hand in seine zu legen. Ihre Haut war zart, doch die Fingerspitzen hatten von der harten Arbeit Schwielen. Sie griff zaghaft zu, und er erwiderte den leichten Druck ihrer Hand, ehe er sie wieder losließ. Eilig zog sie die Hand zurück und sah ihn strahlend an.

»Jetzt sind wir Freunde«, sagte sie. »Ich werde meinem Freund ein Rehlederhemd aus den Häuten nähen, die er mir gebracht hat.«

»Kann ich vielleicht etwas für dich tun?« Cale wußte nicht, warum er ihr dieses Angebot machte, nur, daß er nicht in ihrer Schuld stehen wollte, und wenn sie ihm ein Hemd nähte, dann sollte er als Gegenleistung auch etwas für sie tun.

Raven schüttelte den Kopf. »Ich brauche nichts. Aber ... aber es gibt da etwas, was du für mich tun könntest.«

»Und das wäre?«

»Würdest du mir aus deinen Büchern vorlesen? Ich habe mir

in einigen von ihnen die Bilder angeschaut, und ich würde gern auch die Geschichten dazu kennen. Aber ich kann nicht lesen.«

»Klar.« Cale sah sich mit ihr auf seinem Schoß auf einem Schaukelstuhl sitzen, ihr Kinn unter seinem Kopf an seine Brust geschmiegt, während sie beide in ein Buch sahen. Er verbannte dieses Bild schleunigst. Erstens besaß er keinen Schaukelstuhl, und zweitens war es ihr nahezu unerträglich, seine Hand zu berühren, ganz zu schweigen davon, daß sie sich auf seinen Schoß gesetzt hätte. Und drittens hätte er nicht von einer Frau träumen sollen, die nur bis zum ersten Schneefall bei ihm sein würde.

Sie verbrachte den Nachmittag im Freien. Sie beschäftigte sich mit den Rehhäuten, die sie sorgfältig schabte, um sie weicher zu machen. Es wären noch etliche weitere Arbeitsschritte zu unternehmen, erklärte sie ihm, ehe das Leder gebrauchsfertig war, aber zumindest hätte sie einen Anfang gemacht.

Eine Zeitlang saß Cale lediglich auf der Schwelle seines Hauses und sah ihr zu. Er wunderte sich über die Kraft dieser Hände, die so schmal und weiblich waren. Ravens gelöstes Haar wehte im Wind, doch offensichtlich wurde es ihr mit der Zeit lästig, es aus dem Gesicht zurückzustreichen. Er beobachtete verzückt, wie sie es schnell zu einem einzigen seidigen Zopf flocht, der ihr auf den Rücken hing. Schon bald bildeten sich Schweißperlen über ihrer Oberlippe. Er verspürte den aberwitzigen Drang, ihre Haut zu kosten und die salzigen Tropfen abzulecken.

Das war der Moment, als er entschied, daß es ratsamer war, sie nicht so genau zu beobachten. Nicht, wenn er ihr gerade erklärt hatte, sie sollten Freunde sein, und sie diese Abmachung mit einem Handschlag besiegelt hatten.

Er mußte Holz für den Winter hacken, und er sagte sich, die harte Arbeit würde ihn von dem Mädchen ablenken. Cale verbrachte den Nachmittag damit, Kiefern zu fällen und sie in Klötze zu hacken, die eine brauchbare Größe hatten. Während er damit beschäftigt war, ging ihm immer wieder der Gedanke durch den Kopf, daß er einen Teil des Holzes dafür verwenden könnte, sich einen Schaukelstuhl zu schreinern. Schon bald hatte er die Stäbe für die Rückenlehne und dann die Latten für die Sitzfläche und die Stuhlbeine zugeschnitten. Schließlich setzte er sich hin, um sich an die geschwungenen Kufen zu machen. Bei Anbruch der Abenddämmerung hatte er sämtliche Teile zurechtgesägt. Jetzt mußte er sie nur noch abschmirgeln und glätten, dann zusammenbauen.

Raven hatte Cales nachdenklichen Blick auf sich gefühlt, und anfangs hatte ihr das ein wenig angst gemacht. Was war, wenn er entschied, daß es ihm nicht genügte, sie nur anzusehen, sondern daß er mehr von ihr wollte? Er unternahm jedoch keinerlei Anstalten, ihr näherzukommen. Ab und zu warf sie einen verstohlenen Blick auf ihn und sah, daß in seinen Augen ausschließlich Bewunderung stand. Es war ein Blick, der sie innerlich wärmte. Vielleicht war es aber auch nur der Sonnenschein, der den Wunsch in ihr wachrief, ihr Gesicht in den Bach zu tauchen.

Raven bemerkte es sofort, als Cale seinen Sitzplatz in der Tür verließ. Er arbeitete unablässig mit seiner Axt und hackte das Holz mit gleichmäßigen, zielsicheren Hieben. Es dauerte nicht lange, bis er sein Hemd ablegte. Als sie das erste Mal aufblickte und sich dabei ertappte, wie sie seine nackte Brust anstarrte, schnappte sie hörbar nach Luft. Ihre Bestie war ein wahrhaft prachtvolles Tier. Die Narbe der Messerverletzung, die sie ihm zugefügt hatte, war noch gerötet, doch seine Verletzung schien seine kraftvollen Bewegungen, wenn er mit der Axt ausholte, nicht zu beeinträchtigen. Seine Muskeln spannten und entspannten sich, während er arbeitete. Seine Kraft und Eleganz war beeindruckend, und sie mußte sich zwingen, ihren Blick von ihm loszureißen und sich ihrer Arbeit wieder zuzuwenden. Sie hatte ihn nicht mit den Augen eines Freundes betrachtet. Freunde wollten einander nicht so berühren, wie sie ihn berühren wollte.

Sie tröstete sich mit dem Gedanken, daß sie dasselbe empfunden hätte, wenn er ein prachtvoller Hengst gewesen wäre. Auch bei einem Pferd hätte sie den Wunsch verspürt, es zu berühren und die kraftvolle Schönheit mit ihren Händen zu erforschen. Es war sicherer, entschied sie, wenn sie ihre Augen und ihre Hände anderweitig beschäftigte.

Raven nahm das Nahen der Dämmerung kaum wahr. Sie war derart in ihre Arbeit vertieft, daß sie unbewußt zusammenzuckte, als sie eine Hand auf ihrer Schulter spürte.

»Cale!«

»Was dachtest du denn, wer es ist?« fragte er, unfähig, den Verdruß aus seiner Stimme herauszuhalten. Sie war zurückgeschreckt, als hätte er sie verbrüht. Aber er nahm an, daß man nichts anderes von ihr erwarten konnte, wenn man bedachte, was sie mit Ribbon Jack durchgemacht hatte.

»Es tut mir leid«, sagte sie. »Ich hatte ganz vergessen, wo ich bin. Ich weiß, daß du mir niemals ... ich meine ...«

»Ich bin nicht Ribbon Jack«, sagte er mit ausdrucksloser Stimme.

»Nein«, sagte sie matt.

Jetzt wünschte er, er hätte den Mann getötet. Er war ein Narr gewesen, auch nur die geringste Spur von Mitgefühl für jemanden aufzubringen, der solche Schatten in den Augen einer unschuldigen jungen Frau hinterlassen hatte. Cale bemühte sich, weniger bedrohlich zu wirken, doch er wußte nicht, wie er das anstellen sollte. Er war groß. Er war kräftig. Daran ließ sich nichts ändern. Aber er hielt ihr eine Hand mit der Handfläche nach oben hin und unterwarf somit seine gewaltige Körpergröße und seine Kraft ihrem Willen. »Es ist Zeit für das Abendessen«, sagte er. »Sollen wir ins Haus gehen?«

Er spürte, wie sich seine Brust zusammenschnürte, als sie seine Hand ergriff. An dem Ausdruck in ihren Augen konnte er erkennen, wieviel Mut es sie kostete, seine Hand zu ergreifen. Er bebte innerlich, als er daran dachte, wie zerbrechlich sie war und wie leicht er ihr weh tun könnte. Nicht etwa, daß er das tun würde. Aber jetzt war ihm klar, wenn er sich dessen nicht schon vorher bewußt gewesen war, daß sie ein Mensch mit Gefühlen – und Ängsten – war.

Sie ließ sich von ihm auf die Füße ziehen, doch dann entzog sie ihm ihre Hand, um ihre Sachen zusammenzupacken. Er beschäftigte sich damit, seine Axt wegzuräumen, ehe er ihr ins Haus folgte.

Raven hatte eine unsichtbare Hürde genommen, als sie Cales Hand akzeptiert hatte. Er hatte ihr ein freundschaftliches Angebot gemacht, und sie war darauf eingegangen. Sie war bereit, ihm Vertrauen zu schenken – bis er sich ihres Vertrauens als unwürdig erweisen sollte.

Als sie am Tisch saßen und zu Abend aßen, ertappte sie sich dabei, wie sie ihm berichtete, was sie unternommen hatte, um sich die Zeit zu vertreiben, solange er fort war, und sie erzählte ihm auch von den Blumen, die sie gefunden hatte, und von der Zeit, die sie damit zugebracht hatte, überhaupt nichts zu tun.

Er erzählte ihr von seiner Begegnung mit Laidlaw und von dem Treffen, das sich zu dem Zeitpunkt auflöste, und wie sehr er sich immer auf diese Treffen freute und dann nach ein bis zwei Tagen die Menschenmassen nicht mehr ertragen konnte und aufbrechen mußte.

»Ich lebe gern allein«, gestand er.

Es herrschte betretenes Schweigen, während seine Worte in der Luft hingen. Für Raven war es offensichtlich, daß sie in seine Privatsphäre eingedrungen war. Obwohl es noch nicht einmal ihre Schuld war. »Mein Vater wird kommen, sobald …«

»Ich habe nichts dagegen, daß du hier bist«, schnitt er ihr das Wort ab. »Ich meine, ich lebe gern allein, aber es ist zwischendurch auch mal ganz angenehm, Gesellschaft zu haben. Irgendwann hat man die Stille satt.« *Und fühlt sich einsam*, dachte er, aber das konnte er schließlich nicht zu ihr sagen. Außerdem war er nicht einsam, wenn Raven in seiner Nähe war.

Sie brachte ein kleines Lächeln zustande. »Wirst du mir heute abend etwas vorlesen?«

Er nickte. »Gibt es ein spezielles Buch, aus dem du gern etwas hören würdest?«

Sie trat vor sein Bücherregal und zog ein Buch heraus. »Ja, dieses hier.«

Es war eine illustrierte Ausgabe von *Robinson Crusoe*. Wie treffend, daß sie ausgerechnet die Geschichte eines Mannes ausgewählt hatte, der allein auf einer einsamen Insel gestrandet war. Es war ein Buch, das die Stärke des menschlichen Geistes verherrlichte, die Fähigkeit des Menschen, durch Schicksalsschläge über sich selbst hinauszuwachsen. Es war eine Lektüre, die Cale davor bewahrt hatte, verrückt zu werden, als er einmal im Winter zwei Monate lang eingeschneit gewesen war.

Cale zog die Lampe, die auf dem Tisch stand, näher zu sich, damit er genug Licht hatte, um lesen zu können. Er rechnete damit, daß Raven ihm gegenüber sitzen bleiben würde, wie sie es schon beim Abendessen getan hatte. Statt dessen zog sie ihren Stuhl auf seine Seite des Tisches.

»Ich möchte die Worte gern sehen, wenn du sie aussprichst«, sagte sie. »Und die Bilder anschauen.«

Sie war ihm jetzt so nahe gerückt wie den ganzen Tag über nicht. Sie saß so dicht neben ihm, daß er sehen konnte, wie ihre Wimpern dichte Kränze auf ihren Wangen bildeten, wenn sie den Blick senkte. Sie war so nahe, daß er die Sommersprossen auf ihrer Nase sehen konnte. So nahe, daß er die Wärme ihres Oberschenkels neben seinem fühlen konnte.

Er las langsam und bemühte sich, seine Stimme zu heben und zu senken und der Geschichte Leben einzuhauchen. Sie saß ganz still da auf eine Weise, die ihn an die Ehrfurcht erinnerte, die Menschen in Kirchen empfinden. Ab und zu stieß sie kleine Laute aus, um die Geschichte zu untermalen, für ihn das einzige Indiz, daß sie ihm zuhörte. Er hatte keine Ahnung, wie lange er gelesen hatte. Er hörte auf, als er spürte, daß er heiser wurde.

»Das genügt für heute«, sagte er.

»Wirst du mir morgen wieder vorlesen?«

Er warf einen Blick in ihr Gesicht, sah die kindliche Erwartung und wußte sofort, daß er ihr wieder vorlesen würde, selbst wenn er krächzte wie ein Frosch. »Ja, selbstverständlich«, sagte er. »Aber für heute reicht es.«

Es war Zeit zum Schlafengehen. Er legte sich auf das Büffelfell vor dem Feuer und deckte sich mit seiner Bärenfelljacke zu. Das war zwar nicht gerade bequem, aber er dachte gar nicht daran, sich zu beklagen. Er hatte eine Abmachung mit ihr getroffen, und jetzt würde er sie auch einhalten.

Raven sah Cale auf dem Fußboden liegen und begriff, daß sie

ihn dort nicht schlafen lassen konnte. Er würde frieren. Und außerdem war der Fußboden hart. Wenn er sie hätte ausnutzen wollen, dann hätte er das längst tun können. Es stellte ein gewisses Risiko dar, ihm einen Platz im Bett anzubieten, aber sie hatte im Laufe des Tages beschlossen, ihm zu trauen. Und es war ein sehr großes Bett.

Sie zog sich die Mokassins von den Füßen, schlüpfte unter die Decken und rückte auf die andere Seite des Bettes. »Cale«, flüsterte sie.

»Ja, Raven.«

»Hier ist Platz für mehr als einen«, sagte sie.

»Ich weiß.«

»Ich wäre bereit, das Bett mit dir zu teilen.«

Cale zog sich auf einen Ellbogen hoch. »Danke, aber das möchte ich doch lieber nicht. Ich kann nicht dafür garantieren, daß ich mich während der Nacht nicht herumdrehe und im Schlaf gegen dich stoße. Ich möchte lieber nicht mit einem Messer in den Rippen enden.«

Sie zog das Messer aus der Scheide, die sie stets um ihren Oberschenkel geschnallt trug, und hielt es ihm hin. »Du kannst mein Messer haben«, sagte sie. »Wenn dir dann wohler zumute ist.«

Cale setzte sich auf. Ihr großzügiges Angebot erstaunte ihn, aber er hegte dennoch Zweifel und wußte nicht, ob er es annehmen sollte. »Bist du ganz sicher, daß du es so haben willst?«

Raven nickte. »Ich biete dir dieses Bett nur zum Schlafen an. Ich ... ich traue dir. Schließlich sind wir Freunde.«

Cale nahm ihr das Messer ab und steckte es neben sie in die Wand. »Es ist da, falls du das Gefühl haben solltest, es zu brauchen.« Er schlüpfte neben ihr unter die Decken und blies die Lampe neben dem Bett aus.

Nach einer Weile hörte er den gleichmäßigen Atem, der ihm sagte, daß sie schlief. Es dauerte lange, bis er seinen eigenen aufsässigen Körper dazu bringen konnte, sich zu entspannen.

Freunde, dachte er, als ihn der Schlaf endlich überkam. Cale hatte nie einen Freund gehabt, den er in den Armen halten, küssen und streicheln wollte. Es war eine einzigartige Erfahrung. Er konnte sich gut vorstellen, daß er mit der Zeit Gefallen daran finden würde.

Raven erwachte mitten in der Nacht. Ihr Haar war unter Cales Schulter eingezwängt, und sie konnte den Kopf nicht bewegen. In dem Moment erkannte sie, daß sie an ihn geschmiegt dalag. Wie die meisten großen Tiere war er warm. Sie wußte, daß sie ihn hätte wecken und sich befreien sollen. Aber dann würde sie auf seine Wärme verzichten müssen. Dafür war morgen früh noch genug Zeit.

Falls er versuchen sollte, sie zu berühren ... aber sie glaubte nicht, daß er das tun würde. Schließlich hatte er ihr das Messer gelassen, und sie konnte es mühelos erreichen. Er war schon ein seltsamer Mann, ihr Tier. Allein die Vorstellung, eine Frau zum Freund haben zu wollen! Sie hätte Angst vor ihm haben sollen, aber sie hatte keine Angst. Sogar diese Nähe weckte nicht das Grauen in ihr, das sie bei Ribbon Jack empfunden hatte. Aber andererseits war es auch nicht nötig, sich vor einem Freund zu fürchten. Es war eine einzigartige Erfahrung, sich derart wohl in Gegenwart eines Mannes zu fühlen. Sie konnte sich gut vorstellen, daß sie mit der Zeit Gefallen daran finden würde.

Raven seufzte und schmiegte sich noch enger an Cales Seite. Er grunzte, dann verlagerte er sein Gewicht und schlang einen Arm um sie. Einen Moment lang verkrampfte sie sich, bis sie begriff, daß er nach wie vor schlief. Sie entspannte sich wieder und schlummerte beruhigt ein.

Cale bemühte sich, ruhig und gleichmäßig zu atmen und sich keinen Millimeter von der Stelle zu rühren, bis Raven sich an seiner Seite wieder entspannte. Er hatte gemerkt, wie sie erwachte, hatte gespürt, wie sie sich versteifte, als sie erkannt hatte, wo sie war. Er war darauf gefaßt gewesen, ein Messer zwischen seinen Rippen zu fühlen. Statt dessen war ihre Hand auf seine Brust geglitten, und ihre Nase hatte sich in seine Schulter gegraben.

Er wünschte sich sehnlichst, sie zu küssen und sie an all den

Stellen zu berühren, an denen er sich vorstellen konnte, eine Frau zu berühren, um ihr Lust zu bereiten. Aber für nichts in der Welt hätte er das Vertrauen aufs Spiel gesetzt, das sie ihm entgegenbrachte. Vielleicht würde es ihr mit der Zeit gelingen, mehr als nur einen Freund in ihm zu sehen und ihn dennoch zu akzeptieren. Sie mußte begreifen, daß er ihr niemals weh tun würde. Er mußte den rechten Augenblick abwarten und hoffen, daß ihm dann noch genug Zeit blieb, ehe ihr Vater kam, um sie zu holen.

Cale rutschte unruhig herum. Er war kein geduldiger Mann. Im Laufe der zehn Jahre, die er allein gelebt hatte, hatte er jedoch gelernt zu warten. Der Schnee schmolz, der Frühling kam; so war es immer. Aber man konnte diese Dinge nicht vorantreiben. Genauso verhielt es sich mit Raven. Sie würde ihm gehören. Früher oder später.

Er schloß die Augen und dachte daran, wie Raven ausgesehen hatte, als sie nach dem Abendessen am Tisch neben ihm gesessen hatte. Und wieviel aufregender die Geschichte dadurch geworden war, daß sie ihm zuhörte, ganz so, als hörte er sie selbst zum ersten Mal. Es war wirklich ein Jammer, daß sie nicht lesen konnte. Ein Jammer, daß er nicht genug Zeit hatte, um ihr das Lesen beizubringen.

Plötzlich erkannte Cale, was für ein schlechtes Geschäft er mit ihrem Vater gemacht hatte. Es war nicht genug. Ein paar Monate waren einfach nicht genug. Er fragte sich, ob der Schnee in diesem Jahr wohl schon früh fallen und ihn der wenigen Zeit berauben würde, die ihm noch mit ihr blieb.

Sein Arm spannte sich unwillkürlich fester um sie, und Raven stieß einen murrenden Laut aus. Er lockerte seinen Griff, und sie seufzte. Der Teufel sollte ihn holen, wenn er sie gehen ließ. Orrin Schuyler war ihm ihre Dienste für mehr als nur ein paar Monate schuldig. Der Mann hatte ihm eine gesamte Jahresausbeute an Fellen gestohlen! Cale hatte sich von einem hübschen Gesicht betören lassen, und das hatte Orrin ausgenutzt. Er würde mit dem alten Mann reden, wenn er erschien, und er würde ein besseres Geschäft mit ihm aushandeln.

8

Es regnete eine ganze Woche lang, und das Wetter war ungewöhnlich kalt für den Sommer. Cale hängte die Tierhaut vorübergehend wieder vor das Fenster, um die Kälte fernzuhalten, doch er sorgte dafür, daß ständig sämtliche Lampen in der Hütte brannten. Wenn Raven es gern hell haben wollte, dann wollte er ihr den Wunsch erfüllen.

Sie arbeitete an dem Rehleder für sein Hemd und zog es durch Ringe, die kleiner und immer kleiner wurden, bis es geschmeidig und elastisch war und die Farbe von Butter hatte. »Und jetzt muß ich Maß nehmen«, sagte sie und kam mit einem langen, dünnen Lederriemchen auf ihn zu. Er hielt den Atem an und ließ sie die Länge seiner Arme messen, die Breite seiner Brust und den Abstand von seinem Nacken bis zu seinem Hintern. Mit der Zunge zwischen den Zähnen sah sie bezaubernd aus. Es kostete ihn große Mühe, dem Drang zu widerstehen, sie zu küssen.

»Wann wird das Hemd fertig sein?« fragte er.

»Ich brauche nur ein oder zwei Tage, um die Teile zusammenzunähen und die Fransen zu schneiden«, sagte sie. »Aber die Perlenstickerei wird mehr Zeit erfordern.«

»Du willst mein Hemd verzieren? Mit welchem Motiv?«

»Ich habe mich noch für keines entschieden.« Ein schalkhaftes Lächeln verzog ihre Lippen, und sie fügte hinzu: »Und selbst wenn ich mich schon entschieden hätte, dann würde ich es dir nicht sagen. Es soll eine Überraschung werden.«

Er zog die Augenbrauen hoch. »Ich bin nicht sicher, ob ich Überraschungen mag.«

»Diese wirst du mögen«, versicherte sie ihm.

Raven war erstaunt über ihre eigene Unerschrockenheit im Umgang mit dem mürrischen Mann aus den Bergen. Als die Tage und Nächte vergingen und Cale weiterhin auf Distanz blieb, verlor sie ihre Furcht vor ihm langsam, aber sicher. Mehr noch, sie hatte angefangen, ihn wirklich zu mögen. Er konnte zwar manchmal kratzbürstig sein, doch selbst wenn er wütend war, fühlte sie sich niemals bedroht. Sie begann, in Träumen zu schwelgen, und malte sich aus, wie es wohl wäre, wenn sie für immer hier lebten, wenn er sie zu seiner Ehefrau machte und seinen Samen in sie pflanzte.

Sie fürchtete sich immer noch davor, Liebe mit ihm zu machen, doch sie begann zu glauben, daß sie selbst diese Furcht überwinden könnte, wenn ihr nur genug Zeit mit Cale blieb, ehe ihr Vater kam, um sie zu holen. Wenn Cale doch bloß eine Andeutung machen würde, daß er sie gern um sich hatte und daß er sich wünschte, sie würde bleiben! Dann hätte sie sich ihrem Vater widersetzt. Aber er äußerte sich nie in dieser Hinsicht.

Schon seit einer Woche beobachtete Raven, wie Cale etwas aus dem Holz zimmerte, das er am Tag nach seiner Rückkehr zurechtgesägt hatte, aber sie kam einfach nicht dahinter, was es war. Sie deutete auf das gebogene Stück Holz in Cales Händen und fragte: »Was soll das werden?«

»Ein Schaukelstuhl.« Er legte die Kufen des Schaukelstuhls auf den Boden und zeigte ihr, wie sich der Stuhl bewegen würde.

Sie sah ihn verwundert an. »Wieso sollte jemand auf einem Stuhl sitzen wollen, der nicht stillhält?«

Seine Lippen verzogen sich zu einem verschmitzten Lächeln. »Um das zu verstehen, muß du selbst auf einem Schaukelstuhl gesessen haben«, sagte er. »Es ist beruhigend. Als säße man auf einem Ast, der in der Brise schwankt.«

»Ich würde mir ständig Sorgen machen, daß ich runterfalle«, sagte sie spitz.

»Aus dem Grund sitzen wir lieber in einem Schaukelstuhl«, erwiderte er mit einem breiten Grinsen. »Man muß nicht ständig damit rechnen, plötzlich auf dem Boden zu landen.«

»Scheint mir eine ziemlich dumme Idee zu sein«, sagte sie.

»Wart's nur ab«, sagte er. »Du wirst es ja selbst sehen.«

An dem Tag, an dem Cale sein Werk beendet hatte und der Schaukelstuhl fertig war, forderte er Raven auf, ihn als erste auszuprobieren.

Sie schüttelte den Kopf. »Erst du.«

Er setzte sich, lehnte sich zurück und stieß den Schaukelstuhl mit den Zehenspitzen an. Die Kufen knirschten auf dem Holzfußboden. Das rhythmische Geräusch tat seinen Ohren so wohl wie das Schaukeln seinem Körper. Er schloß die Augen und versetzte sich in eine Zeit zurück, als er in Virginia gelebt hatte und seine Eltern beide in einem Schaukelstuhl auf der Veranda ihres Hauses auf der Plantage gesessen hatten. Ihm war nicht bewußt, daß sich sein Gesicht zu einem verträumten Lächeln verzog, doch Raven hatte es offensichtlich bemerkt.

»Ich bin jetzt bereit, es auch mal auszuprobieren«, sagte sie.

Cale stand auf und hielt den Stuhl fest, während sie vorsichtig darauf Platz nahm.

»Jetzt kannst du loslassen.« Raven stieß sich mit den Zehenspitzen ab, und der Schaukelstuhl begann, sich sachte zu bewegen. Sie umklammerte die Stuhllehnen, als hinge ihr Leben davon ab, bis sie feststellte, daß sie nicht vom Stuhl fallen würde.

»Ich habe den Verdacht, Schaukelstühle erinnern uns an die Zeiten, als wir noch Babies waren und man uns in der Wiege geschaukelt hat«, sagte er versonnen.

»Indianische Babies werden nicht in Wiegen geschaukelt«, sagte Raven. »Aber manchmal wird ein Indianerbaby in einer Trage an den Ast eines Baumes gebunden und schwankt dann in der Brise.« Sie lehnte sich in dem Schaukelstuhl zurück und ließ sich sanft hin- und herwiegen. »Das muß ein ganz ähnliches Gefühl sein«, sagte sie mit verträumter Stimme.

»Ich sehe schon, daß ich besser zwei Schaukelstühle hätte zimmern sollen«, sagte Cale bedauernd.

Raven riß die Augen auf und wäre sofort von dem Stuhl aufgesprungen, wenn Cale nicht seine Hände auf die Armlehnen gestützt und sie zurückgehalten hätte.

»Ist schon in Ordnung«, sagte er. »Schaukle du ruhig weiter. Ich kann mich ja später in den Stuhl setzen.«

»Aber ...«

Er strich ihr zart mit dem Handrücken über die Wange. »Ich bin einfach froh, daß er dir gefällt.«

Er sah, wie ihre Augen groß wurden, als er sie liebkoste, doch sie versuchte nicht, ihm zu entkommen. Allerdings hatte er dafür gesorgt, daß es ihr praktisch unmöglich war. Es stand jedoch keine Furcht in ihren Augen, was gewiß der Fall gewesen wäre, wenn sie das Gefühl gehabt hätte, tatsächlich in der Falle zu sitzen. Vielleicht machte er entgegen seinen Erwartungen doch kleine Fortschritte.

»Ich mag diesen ... Schaukelstuhl«, sagte sie, »aber du hast ihn nicht für mich geschreinert.«

Er trat einen Schritt zurück. »Ach, meinst du? Egal, wir können ihn ja jederzeit gemeinsam benutzen.«

»Wirklich? Wie denn das?«

»Steh auf«, sagte er und trat noch einen Schritt zurück, um ihr Platz zu machen.

Sie stand gehorsam auf, und er setzte sich auf den Stuhl.

Sie stemmte empört die Arme in die Hüften. »Du hast seltsame Vorstellungen davon, was Teilen bedeutet, mein Tier.«

Cale grinste breit und streckte die Arme aus. »Du kannst dich auf meinen Schoß setzen.«

Sie schüttelte den Kopf. »Dann bricht der Schaukelstuhl zusammen. Und außerdem habe ich draußen noch zu tun«, sagte sie.

Sie war verschwunden, noch bevor er ihr den Stuhl erneut anbieten konnte.

Er las ihr jeden Abend am Tisch vor. Dem Schaukelstuhl traute sie noch immer nicht ganz, ebensowenig, wie sie ihm vollkommen vertraute. *Eines Tages*, dachte er. *Eines Tages wird sie mit mir in diesem Stuhl sitzen wollen.*

Aber die Tage vergingen schneller, als es ihm lieb war. Er beobachtete jede ihrer Bewegungen und spürte, daß sein Herz wüst pochte, wenn sie in seine Nähe kam. Er unternahm jedoch nichts, was auch nur im entferntesten als sexuell bedrohlich hätte aufgefaßt werden können, nicht einmal eine Geste, obwohl er oft noch stundenlang wach lag, nachdem sie an seiner Seite im Bett eingeschlafen war.

Cale staunte über Ravens Geduld mit den winzigen Perlen, die sie auf sein Hemd nähte. Sie wollte ihm nicht erlauben, sich genauer anzusehen, was sie tat, doch ihm machte es Freude, auf seinem Schaukelstuhl vor dem Feuer zu sitzen und zu beobachten, wie sie mit gesenktem Kopf dasaß und voll und ganz in ihre Beschäftigung vertieft war. Eines Abends ertappte er sie dabei, wie sie sich den Nacken rieb, und er kniete sich hinter sie. Er legte ihr die Hände auf die Schultern, und seine Berührung ließ sie zusammenzucken.

»Darf ich?« sagte er.

Sie nickte.

Noch nie zuvor war er sich seiner Kraft oder der Größe seiner Hände derart bewußt gewesen. Er schob ihr Haar aus dem Weg und entblößte die Haut ihres Nackens. Er ging so sanft wie möglich vor, als er ihre schmerzenden Schultern massierte. Einmal seufzte sie, und dann hörte er einen anderen Laut der Zufriedenheit tief aus ihrer Kehle aufsteigen, als seine Finger sich gegen ihr Fleisch preßten. Er sah, wie sie das Hemd zur Seite legte und ihre Hände endlich einmal untätig in den Schoß sinken ließ.

Er konnte seinen Blick nicht von der Haut auf ihrem Nacken lösen. Sie war so zart und seidig und so unglaublich verlockend. Er senkte den Kopf und drückte seine Lippen behutsam auf ihr Fleisch. Er spürte, wie sie ein Schauer überlief, sah, wie ihre Hände an ihren Seiten hinunterglitten.

»Raven?« flüsterte er.

Sie drehte den Kopf um und blickte ihn über die Schulter an. Ihre dunklen Augen glänzten, nicht verängstigt, aber wachsam. Ihre Lippen waren leicht geöffnet, ihr Atem ging in flachen Zügen.

Er hätte sie küssen können. Vielleicht hätte sie ihm sogar noch mehr gestattet. Aber es war nicht das, wonach er sich am meisten sehnte. Mehr als alles andere wünschte er sich, sie in seinen Armen zu halten.

Er stand auf, hob sie hoch und ging mit ihr zu seinem Schaukelstuhl. Dort setzte er sich und nahm sie auf den Schoß. Sie verbarg ihr Gesicht an seiner Brust, und ihre Finger klammerten sich an seinem Hemd fest. Er fing nicht gleich an zu schaukeln, sondern saß einfach nur da und staunte über das Wunder, sie endlich in seinen Armen zu halten.

Dann begann er zu schaukeln. Der Holzfußboden knarrte unter dem Stuhl. Das leise Knarren und das Knistern des Feuers und das Rascheln der Espen draußen waren die einzigen Geräusche, die die Stille brachen.

So hielt er sie in seinen Armen, bis sie einschlief. Innige Zuneigung leuchtete in seinen Augen, als er sie ansah. Wie war es nur gekommen, daß sie ihm soviel bedeutete? Wie konnte er sie jemals wieder gehen lassen?

Es gelang ihm, sie ins Bett zu bringen, ohne sie zu wecken, und dann legte er sich zu ihr. Er hatte seinen Traum wahr gemacht. Aber wie lange würde dieser Traum währen? Er hatte einen Handel mit ihrem Vater abgeschlossen. Er würde sie zurückgeben müssen. Es sei denn, sie wollte bei ihm bleiben. Aber weshalb hätte sie das tun sollen? Was für ein Leben konnte er ihr schon bieten? Cale hielt Raven zärtlich in den Armen, als er in unruhigen Schlaf fiel.

Drei Tage später, kurz vor dem Schlafengehen, überreichte Raven Cale das Hemd, das sie für ihn genäht hatte.

»Das ist ja ein Wolf!« rief er verblüfft, als er die kunstvolle Perlenstickerei betrachtete.

»Ein einsamer Wolf«, stimmte sie ihm zu.

»Er heult den Mond an«, bemerkte Cale.

»Er ruft seine Gefährtin«, sagte sie leise. »Er bittet sie, mit ihm zu jagen.«

Raven fragte sich, ob Cale die Botschaft verstehen konnte, die sie ihm mit ihrem Geschenk übermittelte. *Ich möchte deine Gefährtin sein, Cale Landry. Ich möchte mit dir jagen.*

Seine Finger glitten liebevoll über die Perlenstickerei, doch er sagte nur: »Es ist phantastisch. Darf ich es anziehen?«

Sie zwang sich zu einem Lächeln. »Natürlich. Schließlich habe ich es ja genäht, damit du es trägst.«

Er riß sich das Hemd vom Leib und zog das Rehlederhemd an. Es saß gut und ließ ihm doch genügend Bewegungsfreiheit.

»Danke«, sagte er. »Mit Worten läßt sich nicht ausdrücken, was ich im Moment empfinde.«

Einen Moment lang glaubte Raven, er würde sie küssen. Sie fragte sich, ob sie es zulassen würde, doch er wich bereits zurück. Sie war enttäuscht und wurde sich plötzlich bewußt, daß sie sich schon seit jenem Abend vor dem Feuer gewünscht hatte, von ihm geküßt zu werden. Und mehr noch, sie hatte sich gewünscht, daß er sie als seine Gefährtin betrachtete.

Was für ein törichter Wunsch. Er wollte ja doch nur mit ihr Liebe machen. Sie wußte es einfach. Aber das war ihr nicht genug, und sie würde sich nicht mit weniger begnügen. Sie wollte alles – den Ehemann, das Zuhause und die Kinder. Daher war es vielleicht doch besser, daß er sie nicht geküßt hatte. Schon bald würde ihr Vater kommen, um sie abzuholen, und dann würde sie dieses Haus und Cale zurücklassen müssen. Es war besser, wenn sie nicht auch noch ihr Herz zurückließ.

9

Mit einer Frau befreundet zu sein, war verdammt anstrengend, wie Cale mit der Zeit herausfand.

An einem sonnigen Tag Mitte September überredete ihn Raven, einen Spaziergang mit ihr zu machen, um die letzten wildwachsenden Blumen des Jahres zu pflücken. So etwas Albernes hatte er noch nie gehört, doch sie streckte ihm die Hand hin, und er ergriff sie.

»Komm mit«, sagte sie. »Laß uns einen Tag lang unbeschwert sein.«

Ehe er wußte, wie ihm geschah, war er auf dem Weg in den Wald und trug das Picknick, das sie eingepackt hatte, in einem Jutesack, den er sich über die Schulter geschlungen hatte.

Cale staunte über die große Menge und über die Vielfalt an Wildblumen, die sie fanden. Noch schöner war, daß Ravens Augen vor Freude strahlten. Er brauchte sie nur anzusehen, und schon fühlte er einen Kloß in der Kehle. An einer anderen Körperstelle fühlte er ebenfalls eine plötzliche Schwellung, eine, die für das Auge deutlich erkennbar war. Er rief sich wieder ins Gedächtnis zurück, daß sie Freunde waren, und zwang sich, seine Hände für sich zu behalten.

Später, nachdem sie gegessen hatten, forderte sie ihn auf, den Kopf in ihren Schoß zu legen und sich zu entspannen. Nachdem er es sich bequem gemacht hatte, legte Raven ihre kühlen Fingerspitzen auf seine Schläfen und strich ihm zart über die Stirn, während sie ihm von ihrem Leben bei den Nez Percé berichtete.

Cale war entsetzt über die Mühen und Entbehrungen, die sie ihm schilderte.

»Wie konnte dein Vater dich bloß so lange bei ihnen lassen?« fragte er schroff. »Einem sechsjährigen Kind müssen sechs Jahre wie eine Ewigkeit erschienen sein. Ist dir der Abschied schwergefallen, als dein Vater endlich zurückkam, um dich zu holen?«

Raven zog die Stirn in Falten. »Ich wollte nicht länger bei meinem Onkel bleiben. Er war nicht nett zu mir. Und ich habe mich danach gesehnt, Abenteuer zu erleben. Ich wollte reisen und mehr von dem sehen, was hinter den Bergen liegt.«

»Hat sich dieser Wunsch erfüllt?«

»Ich habe mehr gesehen, als ich jemals sehen wollte«, sagte sie erbittert. »Es gibt viel Haß und Grausamkeit in der Welt.«

Ihre Fingerspitzen hatten sich in Cales Haar gegraben, und er griff nach ihrer Hand, zog sie hinunter und preßte seine Lippen auf ihre Handfläche. »Es tut mir leid, daß du unter dem Haß und der Grausamkeit gelitten hast«, sagte er.

Es war die erste Anspielung auf das Erlebnis mit Ribbon Jack, die er je gemacht hatte. Raven versteifte sich unwillkürlich, und wenn er ihre Hand nicht festgehalten hätte, dann hätte sie sie ihm entzogen, soviel wußte er. Plötzlich fühlte Cale Schranken zwischen ihnen, die seit Wochen nicht mehr dagewesen waren. Er suchte nach einer Möglichkeit, sie wieder niederzureißen.

»Hat es je einen Mann gegeben, mit dem du gern ... äh ... einen Mann, den du gewollt hast?« beendete er hastig seinen Satz.

Ein bezauberndes Lächeln spielte um ihre Lippen, und sie drehte eine Locke von seinem Haar um ihren Finger. »Ja. Einen.«

Cale fühlte einen Stich von Eifersucht, der ihn überraschte. Seine Neugier trieb ihn dazu, sie zu fragen: »Was für ein Mann war das?«

Ihr Blick schweifte in die Ferne, als wollte sie diesen Mann vor ihrem geistigen Auge heraufbeschwören. »Er ist groß und sehr willensstark«, erwiderte sie. »Er hat Augen, die bis auf den Grund der Dinge sehen, und er ist voller Intelligenz und Kraft und Mut. Er kann aber auch sanft und nachgiebig sein, wenn es erforderlich ist.«

»Klingt wie ein Heiliger.«

Sie lachte, und der Widerhall dieses perlenden, vibrierenden Lauts bahnte sich einen Weg in sein Inneres und riß Mauern ein, die er vor langen Jahren um sich herum errichtet hatte. »Oh, nein, er ist ein sehr bodenständiger Mann. Ich habe oft gedacht, daß er mehr von einem Tier als von einem Menschen hat.«

»Wie kannst du einen solchen Mann wollen?« fragte Cale erbost.

Sie lächelte rätselhaft. »Das ist ganz einfach. Wenn man ...«

Cale glaubte, sie würde jeden Moment »liebt« sagen, und sein Magen überschlug sich. Er wollte nicht, daß sie einen anderen Mann liebte. Er wollte, daß sie ihn liebte. Zum Teufel, er konnte sich doch wohl noch wünschen, von einer Frau geliebt zu werden, auch wenn er ihre Liebe nicht erwiderte, oder?

»Was ist mit dir?« fragte sie und liebkoste erneut mit ihren Fingerspitzen seine Schläfen. Es war beruhigend und erregend zugleich. »Hat es je eine Frau gegeben, die du zu deiner Ehefrau machen wolltest?«

Cale fragte sich, ob es ratsam war, ihre Frage zu beantworten. Er hatte niemals irgend jemandem von Charlotte Anderson erzählt – außer Laidlaw, als sie beide betrunken gewesen waren. Vielleicht war es an der Zeit, daß er es endlich tat.

»Es hat damals in Virginia eine Frau gegeben«, erklärte er. »Wir waren verlobt und wollten heiraten.«

»Was ist passiert? Ist sie gestorben?« fragte Raven.

Cale schnaubte. »Sie hat statt dessen einen anderen Mann vorgezogen.«

»Was für eine dumme Frau.« Ravens Äußerung – so voller Verachtung für Charlottes Geschmack in puncto Männer – trug mehr als alles andere in den vergangenen zehn Jahren dazu bei, Cales verletzten Stolz zu besänftigen.

»Hat es danach keine andere Frau mehr gegeben?« fragte Raven.

»Nein.« Es waren lange und einsame Jahre gewesen, wie Cale erkannte. Nach Charlottes Verrat war er geflohen und hatte Trost in den Bergen gefunden. Er hatte kein einziges Mal zurückgeschaut, und er hatte auch kein einziges Mal seine Entscheidung in Frage gestellt, die Welt mit all ihren scheinheiligen Frauen hinter sich zu lassen. Sein sexuelles Verlangen hatte er bei den jährlichen Treffen bei Indianerinnen gestillt, die bereit waren, sich für ihre Gunst bezahlen zu lassen, aber eine neue Lebensgefährtin hatte er sich nicht gesucht. Charlottes Treulosigkeit hatte einen weitaus größeren Tribut gefordert als nur geknickten Stolz und ein gebrochenes Herz. Sie hatte ihn um die Chance gebracht, bei einer Frau sein Glück zu finden.

Jetzt fand er sich durch eine Laune des Schicksals mit einer anderen Frau wieder, die sich langsam, aber sicher seine Zuneigung erschlich. Irgendwie war Raven mehr als nur ein Freund für ihn geworden. Nur daß er diesmal vorsichtiger sein würde. Diesmal würde er sein Herz nicht verschenken.

Cale erkannte, daß er die ganze Zeit auf Ravens Mund gestarrt hatte, während er nachgedacht und sich gefragt hatte, wie es wohl wäre, ihre Lippen zu kosten. Er hatte lange genug gewartet. Er ließ sich keine Zeit, um es sich noch einmal anders zu überlegen, sondern schlang einfach eine Hand um ihren Nacken, zog sie zu sich herunter und hob ihr das Gesicht entgegen. Wenn sie sich wehrte …

Ihre Lippen trafen sich irgendwo auf halbem Weg, und es war nicht mehr als eine flüchtige Berührung, ein kurzes Kosten, das von Erstaunen und Freude erfüllt war.

Cale spürte, wie sein Puls hämmerte, als er seine Zunge über den Rand ihrer geschlossenen Lippen gleiten ließ. Sie stöhnte leise, als sie den Mund öffnete und er seine Zunge hineingleiten ließ. Behutsam streichelte er ihren Mund, und ein wimmernder Laut stieg aus ihrer Kehle auf. Dann suchte ihre Zunge seine, und er spürte, wie sich seine Lenden vor Verlangen anspannten.

Cale war nicht sicher, wer von ihnen den Kuß beendete, doch als ihre Lippen sich voneinander lösten, holte er erschauernd Atem.

Er hatte sie geküßt, und sie hatte es bereitwillig mit sich geschehen lassen.

Cale küßte sie noch einmal, nicht wie ein Freund, sondern wie ein Geliebter. Und dennoch waren die Küsse, die er ihr gab, um so köstlicher, weil er die Frau in seinen Armen kannte und mochte.

So ist das also, wenn man einen Mann küßt, dachte Raven, verblüfft über die Gefühle, die Cale in ihr wachrief. Sie hatte sich nie vorgestellt, daß sein Mund so sanft und gleichzeitig so fordernd sein könnte. Und auch die erstaunliche Wärme und Nässe seiner Zunge hatte sie nicht erwartet. Oder die Art, wie sich ihr Bauch anspannte, als seine Zunge in ihren Mund eintauchte und dann wieder ihre Lippen streichelte.

Es war keine körperliche Furcht, die sie dazu brachte, den Kopf wegzudrehen, um seinen Küssen zu entkommen. Es war das Wissen, daß sie nahe daran war, ihre Seele an das Tier zu verlieren. Sie wollte einen Ehemann und Heim und Herd und Kinder. Cale bot ihr nichts von alledem an. Er bot ihr nichts weiter als das hier, die kurze körperliche Vereinigung von Mann und Frau, zwei Freunde, die zusammenkamen. Sie mußte auf alle Mittel zurückgreifen, die ihr zur Verfügung standen, um ihr Herz vor seinen Lippen zu bewahren, die sie dazu zu überreden versuchten, es ihm zu schenken.

Als Cale erneut Besitz von ihren Lippen ergreifen wollte, verweigerte sich Raven ihm nicht – sie konnte es einfach nicht. Sie ließ sich von ihm küssen. Und sie erwiderte seinen Kuß. Sie fühlte, wie sie dahinschmolz. Wäre sein Bart nicht gewesen, dann wäre sie möglicherweise verloren gewesen. Er kratzte gerade genug, um ihr Unbehagen zu bereiten. Dieses unangenehme Gefühl war es, was sie davor bewahrte, vollkommen von dieser schwindelerregenden sinnlichen Erfahrung überwältigt zu sein. Raven seufzte und preßte sich beide Hände auf das gerötete Gesicht.

»Dein Bart kitzelt«, sagte sie mit einem atemlosen, halb entzückten, halb verängstigten Lachen. Sie rümpfte die Nase. »Und außerdem kratzt er.«

Cale setzte sich auf und rieb das rauhe Haar, das sein Gesicht bedeckte. »Möchtest du, daß ich ihn abrasiere?« Woher waren diese Worte bloß gekommen? Er haßte es, sich rasieren zu müssen. Da er ganz allein in den Bergen lebte, hatte er einen Vorwand dafür, es bleiben zu lassen.

»Würdest du das tun?« fragte sie. »Ich habe mich schon oft gefragt, wie du wohl ohne Bart aussiehst.« Raven stand auf und legte eine gewisse Entfernung zwischen sich und ihn. Cale deutete die Signale, die sie aussandte, richtig und blieb, wo er war.

Raven holte tief Luft und brachte ein verschmitztes Lächeln zustande. »Ich glaube, mit dem nächsten Kuß warte ich, bis ich gesehen habe, wie du unter diesem Bart aussiehst«, neckte sie ihn.

Sie begann, die Überreste des Picknicks einzusammeln, aber ehe sie sich auf den Rückweg machten, legte sie Cale eine Hand auf den Arm. Ihre Augen waren sittsam niedergeschlagen. Cale hielt den Atem an, als er auf ihre Worte wartete.

»Ich mag deine Küsse, Cale«, gestand sie leise. Dann wandte sie sich ab und machte sich auf den Rückweg zum Haus.

Cale starrte ihr nach. Er war selbst etwas verwirrt und verwundert gewesen über die heftigen Gefühle, die Raven in ihm geweckt hatte. Er begann sich zu fragen, ob es fair war, sich zu nehmen, was er von ihr wollte, ohne ihr irgend etwas dafür zurückzugeben.

Er rasierte sich nicht sofort. Tatsächlich kostete es ihn sogar eine volle Woche, den Mut dazu aufzubringen. Selbst dann ging er allein aus dem Haus, um die Tat zu vollbringen. Als er zurückkam, starrte Raven ihn an, als sei er ein Geschöpf aus den tiefsten Wäldern.

»Nun, was ist?« fragte er. »Was hältst du davon?« Er sprach betont beiläufig, um ihr nicht zu zeigen, wie wichtig ihm ihre Meinung war.

Raven kam schnell auf ihn zu und legte ihre Hände an seine glattrasierten Wangen. In dieser Geste drückte sich Ehrfurcht aus, große Zärtlichkeit und noch etwas – das Wort *Liebe* schoß ihm durch den Kopf. Cale blieb reglos stehen und ließ sich von ihr liebkosen, doch unter seinen Füßen wankte die Erde. Die Welt verlagerte sich auf ihrer Achse, und er sah die Dinge in einem völlig neuen Licht. Eine ungeheure Fülle von Möglichkeiten zog vor seinen Augen vorüber, und in jeder von ihnen spielte Raven eine Rolle. Was, wenn er sie bei sich behielt? Was, wenn sie den Rest ihres Lebens gemeinsam verbrachten?

»Du bist schön«, sagte sie. »Du bist überhaupt kein Tier«, fügte sie fast unhörbar hinzu.

Er ignorierte die zweite Hälfte ihrer Äußerung und konzentrierte sich auf die erste. Selbst das war nicht direkt die Art von Kompliment, das er sich erhofft hatte. Welcher Mann wollte schon *schön* sein?

»Schön?« beklagte er sich.

»Ja, wunderschön.« Sie nickte, um ihren Worten Nachdruck zu verleihen. Die Anerkennung, die er in ihren tiefbraunen Augen fand, wärmte eine kalte bodenlose Grube in seinem Innern.

Diesmal schlang *sie* die Hand um *seinen* Nacken und zog seinen Kopf zu sich herunter, um ihn zu küssen. Er preßte seinen Mund auf ihre Lippen, die sich ihm bereits geöffnet hatten. Seine Zunge glitt in ihren Mund und wurde zärtlich von ihrer begrüßt. Leidenschaft erwachte schnell und heftig, und seine Arme schlossen sich um sie und drückten sie an sich, so daß sich sein harter Schaft an ihren Bauch preßte. Seine Hand wanderte hinauf zu ihrer Brust, und er fühlte ihr Gewicht weich und schwer in seiner Hand. Sein Daumen glitt zärtlich über die Spitze, und ihre Knospe verhärtete sich augenblicklich unter seiner liebkosenden Berührung.

Plötzlich stieß Raven ihn hart von sich, und er ließ sie los. Sie keuchte, und ihre Augen waren schreckgeweitet. Er hatte den Verdacht, daß sie wieder an das Erlebnis mit Ribbon Jack zurückdachte. Offenbar war es nicht das, was er bereits mit ihr getan hatte, wovor sie Angst hatte, sondern das, was kommen würde.

Er streckte eine Hand nach ihr aus und sah, wieviel Mut es sie kostete, nicht vor ihm zurückzuschrecken. Er legte seine schwielige Hand an ihre Wange, um sie dazu zu bringen, ihm zu vertrauen. »Ich würde dir niemals weh tun, Raven. Ist es das erste Mal ... Hast du schon jemals mit einem Mann geschlafen?«

Er wollte mit seiner Frage ausdrücken, ob Jack sie vergewaltigt hatte. Er meinte damit aber auch, ob sie sich jenem anderen Mann hingegeben hatte – demjenigen, den sie in so glühenden Farben geschildert hatte.

»Du wärst der erste«, gestand sie mit leiser, schüchterner Stimme.

Cale fühlte die enorme Last der Verantwortung, ihre jungfräulichen Ängste zu beschwichtigen, und gleichzeitig eine schwindelerregende Freude. Kein anderer Mann hatte sie je berührt. Er würde der erste sein, der sie zur Ekstase führte, der seinen Samen in sie ergoß und sie sein eigen nennen durfte.

Aber er würde mit größter Behutsamkeit vorgehen müssen, wenn er ihr keine Angst einjagen wollte. Raven war willig. Den Beweis dafür hatte er deutlich gesehen. Aber andererseits fürchtete sie sich auch. Er mußte zart und rücksichtsvoll mit ihr umgehen, wenn er sie verführen wollte. Das war eine ganz neue Erfahrung für Cale.

Was nicht etwa heißen sollte, daß er nicht auch Charlotte lange Zeit umworben hätte, aber Charlotte war Raven in puncto Erfahrung schon um Jahre voraus gewesen, als er sie kennengelernt hatte. Und er hatte sich niemals in dem Maße um Charlottes Empfindungen Gedanken gemacht, wie er auf die von Raven Rücksicht nahm, wie ihm urplötzlich klar wurde.

»Habe ich dir eigentlich schon gesagt, daß ich dich auch sehr schön finde?« sagte er zu Raven.

Eine zarte Röte kroch über ihren Hals in ihre Wangen. »Findest du das wirklich?«

Er beugte die Knie und versuchte, ihr in die Augen zu sehen. Sie senkte schüchtern den Blick. »O ja! Du bist ganz bezaubernd.«

Statt sie mit sich zu Boden zu ziehen und sich auf sie zu legen, dachte er sich eine Arbeit aus, die beide aus der Hütte führte. Im letzten Moment hatte er kalte Füße bekommen. Er befürchtete, daß er nicht in der Lage sein würde, ihre Ängste zu beschwichtigen. Daß sie sich in seinen Armen zu Stein verwandeln oder hysterisch werden und sich gegen ihn wehren würde, weil sie glaubte, er sei wie Ribbon Jack. Er glaubte nicht, daß er dem gewachsen wäre.

Er machte einen Rückzieher. Als die Tage vergingen, sah er die Verwirrung in ihren Augen, aber er wußte nicht, wie er ihr seine Furcht erklären sollte. Männer hatten stark zu sein. Ein Mann fürchtete sich einfach nicht. Und so wurde Cale zum väterlichen Freund. Das war die Lösung, wie er entschieden hatte. Wenn sie ihm als ihrem Freund aufrichtig vertraute, dann würde sie sich nicht fürchten. Doch während er ihre Beziehung zueinander in der Schwebe ließ, war ihm bewußt, daß seine Zeit ablief.

Nachdem er sich Bart und Schnurrbart abrasiert hatte, hatte sich schnell herausgestellt, daß sein Haar zu lang war. Eines Morgens schnitt er sich dann schließlich auch die langen Zotteln ab. Er wurde für seine Bemühungen belohnt, als er sich Raven präsentierte. Ihr strahlendes Lächeln und ihr sprudelndes Gelächter erfüllten ihn mit einer Woge von quälendem Verlangen. Es fiel ihm schwer, sie nicht zu berühren. Er sah forschend in ihre Augen und suchte nach etwas, ohne so recht zu wissen, wonach. Aber er fand es. Bereitwilligkeit. Vertrauen. Seine Hände begannen zu zittern, und er wandte sich von ihr ab, um ein gewisses Maß an Ruhe wiederzufinden.

Sie wärmte Wasser für ihn, damit er sich rasieren konnte, dann setzte sie sich neben seinen Ellbogen und sah gespannt zu, als er die dunklen Bartstoppeln entfernte, die über Nacht gewachsen waren.

»Wird es dir denn niemals langweilig, mich dabei zu beobachten?« fragte er sie.

»Nein«, sagte sie. »Es erinnert mich immer wieder daran, daß du kein Tier bist, sondern ein Mensch.«

Er sah sie finster an. »Hast du jemals Zweifel daran gehabt?«

Sie grinste fröhlich. »Du warst wirklich schrecklich behaart, als ich dir zum ersten Mal begegnet bin.«

Cale bestrafte sie, indem er sie in seine Arme zog und seine stoppelige Wange an ihr rieb. Sie kicherte übermütig und wehrte sich – nicht allzu sehr und auch nicht sonderlich lange –, bis sein Mund ihre Lippen fand und ihr Gelächter sich in ein Stöhnen der Lust verwandelte. Ihre Zungen paarten sich, während seine Hände ihre Brüste fanden. Sie bog sich ihm entgegen, als er seinen Körper an ihren drückte und sie beide mit Hinweisen darauf neckte, wie es sein könnte, wenn sie beim Liebesspiel zu einem Körper verschmolzen.

Sie überraschte ihn damit, daß sie sein langärmeliges Unterhemd beiseite schob und ihre Hände über seinen Bauch zu seinen Rippen hinaufgleiten ließ. Ihre Fingerspitzen zeichneten die Knochen nach, die sein Herz schützten, während sie ihm Lust schenkte und durch die Berührung seines Körpers Lust zu erfahren suchte. Er hielt abrupt still und starrte sie an.

»Magst du das nicht?« fragte sie mit wachsamen Augen.

»Ich mag es sogar sehr«, versicherte er ihr. »Ich war nur überrascht, weil ... nun ja, weil du das bisher noch nie getan hast.«

»Aber ich wünsche mir schon lange, dich zu berühren«, sagte sie.

Ihr Blick unter halb gesenkten Lidern hervor sagte ihm deutlich, daß sie es wirklich genoß. Es war keine Furcht in ihren Augen, keine Vorsicht, keine Zurückhaltung. Dann hatte er sich also doch nicht geirrt. Er hatte ihr Vertrauen errungen. Das Warten war endlich vorüber. Die Freude, die ihn überwältigte, war so gewaltig, daß er sich zusammenreißen mußte, um keine lauten Jubelrufe auszustoßen.

»Bedien dich«, sagte er mit einem schelmischen Lächeln. »Berühre mich, soviel du willst.«

Als er diese Aufforderung aussprach, hätte er im Traum nicht geglaubt, daß sie ihn beim Wort nehmen würde. Oder eher: Er hatte keine Ahnung gehabt, welchem Teil seiner Person ihr Hauptinteresse galt. Bevor er auch nur ein Wort herausbrachte, glitt ihre Hand an seinem Körper hinunter und legte sich auf die harte Schwellung im Schritt seiner Rehlederhose. Es tat so gut, daß er sich auf die Unterlippe biß, um nicht laut zu stöhnen. Ihre Hand glitt wieder höher, und trotzdem kam das Stöhnen über seine Lippen. Gab es irgend etwas anderes, was sich besser anfühlte als die Hand einer Frau auf dem Körper eines Mannes?

Seine Finger umklammerten ihre Taille, und er zwang sich, sie dort liegen zu lassen, während sie seinen Körper eingehend erkundete. Sie muß verflucht neugierig sein, dachte er, wenn sie alles erst gründlich betasten muß, um sich ein Bild von der Sache zu machen. Seine Lider schlossen sich, als er seine gesamte Aufmerksamkeit auf das Gefühl ihrer Hände auf seinem Körper konzentrierte, die sorgfältig seine Länge maßen und dann noch tiefer glitten, um seine Hoden zu erkunden, die sich sofort erregt zusammenzogen, als ihre Finger sich um sie schlossen.

Dann war ihre Hand plötzlich verschwunden, und als er die Augen aufschlug, stellte er fest, daß sie ihn neugierig ansah.

»Habe ich dir weh getan?« fragte sie.

»Nein«, stieß er mühsam zwischen zusammengebissenen Zähnen hervor. »Wie kommst du denn auf den Gedanken?«

»Dein Gesichtsausdruck ...« Sie hob eine Hand, um sanft seine Stirn zu glätten. Ihm war gar nicht bewußt gewesen, daß er sie gerunzelt hatte. »Und dein Mund«, sagte sie und ließ ihren Worten Taten folgen, indem sie seine Lippen zart mit einer Fingerspitze nachzeichnete. »Es sah aus, als hättest du die Zähne zusammengebissen.«

Daran zweifelte Cale nicht. Es kostete ihn seine gesamte Selbstbeherrschung, sie nicht augenblicklich flachzulegen und sie gleich hier und jetzt zu nehmen. »Was du getan hast, war sehr schön für mich«, gestand er mißmutig. »Aber für einen Mann ist es hart, wenn er nicht beenden kann, was er begonnen hat.«

»Oh«, murmelte sie.

Sie erbot sich jedoch nicht, ihm Erleichterung zu verschaffen. Statt dessen richtete sie sich steif auf und sagte: »Ich muß jetzt wilde Zwiebeln suchen.«

Sie eilte zur Tür hinaus und kam nicht zurück. Er verließ das Haus kurz nach ihr und kehrte nicht zum Mittagessen zurück.

Er war nicht sicher, warum sie geflohen war. Aus mädchenhafter Schüchternheit? Aus jungfräulicher Angst? Es mußte eines von beiden sein oder vielleicht auch beides, sagte er sich. Aber keines von beiden war der Grund, warum er sich von ihr ferngehalten hatte. Das waren Ängste, denen er gewachsen war. Sie hatte ihn ermutigt, und es bedurfte nicht noch weiterer Ermutigungen. Er wußte, daß sie ihn schon erwarten würde, wenn er in die Hütte zurückkehrte.

Es war Ende September. Die Espen färbten sich golden, und einige hatten bereits ihr Laub verloren. Ihre weißen Stämme standen wie Wachposten da, die auf die Belagerung durch den ersten Schneefall warten. Die Elchbullen hatten begonnen, ihre Rivalen herauszufordern, bereit, um das Recht zu kämpfen, sich mit den Weibchen in ihrem Harem zu paaren. Das gespenstische Röhren schallte durch den Wald und kündete den nahenden Winter an.

Die ersten Schneefälle konnten unter Umständen schon Anfang Oktober einsetzen. Natürlich würde der Schnee wieder schmelzen; im allgemeinen blieb der Schnee nicht vor Ende November auf dem Boden liegen. Aber Orrin hatte gesagt, er würde beim ersten Schneefall eintreffen. Bis dahin würde vielleicht noch eine Woche vergehen, vielleicht auch zwei, aber mehr ganz sicher nicht. Cale wußte, daß er nicht noch länger warten konnte. Möglicherweise würde Raven ihre Angst niemals gänzlich ablegen. Er war gewillt, das Risiko einzugehen, daß sie jetzt bereit war, sich von ihm lieben zu lassen.

Heute nacht würde er Raven zu seiner Geliebten machen.

10

Raven wußte, daß sie an jenem Morgen mit dem Feuer gespielt hatte. Die Hitze zog sie magisch an. Bisher hatte sie genügend Abstand gewahrt, um sich nicht zu verbrennen, aber jetzt wollte sie mehr. Und sie war bereit, sich der Gefahr der Flammen auszusetzen, wenn ihr Kopfsprung in dieses Inferno mit der Ekstase belohnt wurde, die all ihre zaghaften, erregenden Erfahrungen mit Cale ihr verheißen hatten.

Sie hatte jeden Tag wieder von neuem gestaunt, wenn sie die markanten Züge, die ausgeprägten Wangenknochen und das energische Kinn sah, die zum Vorschein kamen, sobald Cale den dunklen Bartwuchs abschabte, der über Nacht gesprossen war. Er hatte ein starkes, habichtähnliches Gesicht, und in dem Moment, als sie ihn zum ersten Mal glattrasiert gesehen hatte, hatte sie endgültig ihr Herz verloren.

Einmal hatte Raven sich die Mühe gemacht, die Eigenschaften aufzuzählen, die Cale zu einem liebenswerten Mann machten. Es war zwar eine sehr kurze Liste, doch sie war bedeutsam. Er war stark und mutig, ein Mann, auf den eine Frau stolz sein konnte. Er war ein guter Jäger, und sie hatten immer genug Fleisch zu essen. Er war nicht grausam.

Andererseits war er aber auch nicht immer sanftmütig. Allmorgendlich, ehe er sich rasierte, sah er wieder aus wie das Tier, für das sie ihn früher einmal gehalten hatte. Er war halsstarrig und ungeduldig. Er wollte seinen Willen haben und scheute nicht vor einem Streit zurück, um sich durchzusetzen. Er hatte nur eine einzige Frau geliebt, und es schien, als würde er niemals eine andere lieben können.

Und doch hatte sie sich in ihn verliebt, und es war eine wahre und tiefe Liebe, die ewig währen würde. Nicht nur deshalb, weil er der Mann war, der er war, sondern auch wegen der Empfindungen, die er in ihr wachrief. Er gab ihr das Gefühl, schön und begehrenswert zu sein und liebevoll umsorgt zu werden. Für Cale war sie etwas ganz Besonderes, ein unersetzlicher Mensch, ein einzigartiges Individuum. Das war etwas, was sie nie zuvor erlebt hatte.

Für die Nez Percé war sie lediglich ein Kind unter vielen anderen gewesen, das man bei seiner Ankunft willkommen geheißen hatte, jedoch mühelos entbehren konnte, als ihr Vater sie wieder abgeholt hatte. Für ihren Vater war sie eine billige und bereitwillige Arbeitskraft, über die er sich zeitweilig ärgerte und die er nur deshalb zu würdigen wußte, weil sie ihm nützlich war. Bei Cale dagegen hatte sie das Gefühl, wenn sie erst einmal fort wäre, würde es niemanden mehr geben, der ihm so wie sie Freude bereiten, der ihn necken und quälen und küssen konnte.

Raven hatte sich nie so sehr als ein wertvoller Mensch gefühlt wie dann, wenn sie mit Cale zusammen war. Es war ein Gefühl, das sie zu schätzen wußte, und ihr grauste bei dem Gedanken, in Zukunft darauf verzichten zu müssen. Aber mehr als alles andere wollte sie Liebe mit ihm machen. Sie wußte, daß er sie begehrte. Sie wußte aber auch, daß ihnen beiden nur noch wenig Zeit blieb.

Heute morgen hatte für sie mit absoluter Sicherheit festgestanden, daß es die Schmerzen wert wäre, die er ihr verursachen würde, wenn er sie zerriß. Sie hatte die Angst davor überwunden, unter einem Mann zu liegen, der die Macht hatte, sie brutal zu behandeln. Sie nahm an, das bedeutete, daß sie gelernt hatte, Cale zu vertrauen. Denn obwohl ihre Angst auf einem realen Erlebnis beruhte, konnte sie doch damit umgehen. Und Raven wünschte sich sehnlichst eine Erinnerung, die sie mit sich nehmen konnte, wenn sie zu ihrem Vater zurückkehrte.

Schon bald würde der Tag kommen, wenn sie Cale nicht wiedersehen würde, es sei denn, sie liefen einander zufällig bei einem der Treffen über den Weg. Das gemütliche Heim, das sie in Cales Blockhaus für sie beide hergerichtet hatte, würde dann nur noch eine Erinnerung sein. Die Kinder, die lachend vor der Hütte spielten, würden ein geliebter Traum bleiben.

Ihre Brust schmerzte, wenn sie sich ein Leben ohne Cale vorstellte. Aber ihr Vater würde sie niemals freiwillig hergeben, und sie befürchtete, daß Cale ihre Gesellschaft während dieser kurzen Zeit zwar genossen hatte, aber danach ebenso froh sein würde, wieder das einsame Leben aufzunehmen, das er die vergangenen zehn Jahre so geschätzt hatte.

Sie schaute zum Fenster hinaus und sah die ersten Schneeflocken fallen. Sie waren winzig und zart, und sie streckte die Hand durch das offene Fenster hinaus, um sie auf ihrer Haut zu spüren. Es war an der Zeit, die eingefettete Tierhaut wieder aufzuhängen, die bei schlechtem Wetter vor das Fenster genagelt wurde, damit der Schnee nicht ins Haus dringen konnte, aber leider hielt sie auch das Licht fern. Dann würde das Haus wieder zu einem trübseligen Ort werden. Sie nahm an, wenn sie fortging, würde Cale wieder in seine alten Gewohnheiten zurückfallen, und im Haus würde es nach Bibern, Bisamratten und Mann stinken.

Ravens Kehle schnürte sich zusammen, und das Schlucken fiel ihr schwer. Sie zwang sich, ihre Gedanken von der Zukunft zu lösen. Ihr blieb ja immer noch der heutige Tag. Und die Nacht.

Raven war nicht sicher, woher sie wußte, daß Cale vorhatte, heute nacht zu ihr zu kommen. Aus den Blicken, die sie getauscht hatten, ehe sie geflohen war, und aus ihren Küssen und Berührungen schloß sie jedoch, daß der Zeitpunkt gekommen war. Es wäre schon heute morgen dazu gekommen, wenn sie nicht fortgelaufen wäre. Ausgerechnet wilde Zwiebeln! Sie hatte Mengen davon gehortet, die für *zehn* Eintöpfe gereicht hätten.

Als sie ins Haus zurückgekehrt war, war Cale nicht mehr dagewesen. Jetzt nahte schon die Dämmerung. Wenn er nicht bald zurückkam, würde ihn der erste Schneesturm dieses Winters überraschen.

Raven beschäftigte sich damit, die eingefettete Haut vor das Fenster zu nageln. Nachdem dies erledigt war, zündete sie, obwohl es draußen noch hell war, eine Lampe an, um die Schatten zu vertreiben. Sie stellte die Überreste des Mittagessens wieder auf den Herd. Cale würde Hunger haben, wenn er zurückkam.

Und er würde frieren.

Raven warf Holz ins Feuer, bis es hell aufloderte. Sie heizte den Kanonenofen an, damit er Hitze abstrahlte. Mit der Tierhaut vor dem Fenster war es bullig warm im Haus. Sie konnte ihren Atem nicht einmal mehr in der Luft sehen.

In einem Wirbel von Wind und Schneeflocken betrat Cale wenig später das Haus, schlug die Tür hinter sich zu und legte den Riegel vor.

»Es ist eiskalt draußen.«

»Gib mir deine Jacke«, sagte Raven.

Cale ließ das Bärenfell von seinen Schultern gleiten, und Raven hängte die Jacke an einen Haken neben der Tür.

Cale schüttelte sich wie ein nasser Hund, und Schneeflocken flogen aus seinem Haar und aus seinen Augenbrauen. Einige waren in der Hitze bereits geschmolzen, und sein Gesicht war mit kleinen Wassertröpfchen bedeckt. Raven griff nach einem Tuch und begann, die Nässe von seinem Gesicht zu tupfen.

Er stand still und ließ sie gewähren, und erst als sie keinen Vorwand mehr fand, sein Gesicht zu berühren, erkannte sie, daß seine Augen vor Verlangen brannten.

Raven wollte nicht bis zum Abendessen oder gar bis zum Anbruch der Nacht warten und bis dahin womöglich wieder den Mut verlieren.

»Cale«, murmelte sie und zeichnete seine Augenbrauen zärtlich mit den Fingern nach. »Cale«, wiederholte sie, als ihre Fingerspitze die kleine Einkerbung mitten auf seiner Oberlippe fand. Seine Zunge schnellte abrupt hervor und überrumpelte sie. Mit einem verblüfften Lachen zog sie die Hand zurück.

In seinen Augen war keinerlei Humor. Nur ein heftiges, glühendes Verlangen, das ihr den Atem raubte.

»Raven«, sagte er mit rauher Stimme. »Ich ...«

»Ja«, sagte sie. Nur dieses eine Wort.

Aber es genügte.

Er riß sie in einer stürmischen Umarmung an sich und fand mit seinen Lippen ihren Mund. Seine Zunge schob sich besitzergreifend in ihren Mund. Seine Hände glitten über ihren Rücken, dann umfaßte er ihren Hinterkopf, um sie festzuhalten, während er sie wieder und wieder leidenschaftlich küßte.

Raven stöhnte, ein seufzender Laut, der tief aus ihrer Kehle aufstieg, als ihr ganzer Körper sich anspannte. Sie erwiderte Cales Küsse und parierte die Hiebe seiner Zunge mit ihrer eigenen, bis sie keuchend nach Luft schnappte und ihr Körper von Kopf bis Fuß vor Verlangen bebte.

»Ich will dich«, ächzte er. »Ich will deine Haut fühlen. Ich will dich berühren.«

»Ja, Cale. Ja, bitte!«

Dann entkleidete er sie hastig, und sie war froh über das tosende Feuer, das es ihr ermöglichte, nackt vor ihm zu stehen, ohne eine Gänsehaut zu spüren.

Seine Lider waren schwer, seine Blicke verzehrend und besitzergreifend, als er ihren Körper liebkoste, ohne sie auch nur anzurühren.

Raven spürte, wie sich ihre Knospen hungrig aufrichteten, und ihr Herz pochte heftig, als Cale mit seinen Augen ein Feuer in ihrem Blut entfachte.

»Ich will dich auch sehen.« Sie trat zwei Schritte vor und machte sich daran, ihn auszuziehen. Er gab ihr keine Chance, ihr Werk zu beenden, sondern riß sich hastig die Kleider vom Leib, bis er nackt vor ihr stand. Er war ein beeindruckender Anblick, breitschultrig und muskulös und kraftvoll. Und er war derart erregt, daß sein Schaft aufrecht aus dem Dickicht dunkler Locken herausragte. Sie streckte die Hand danach aus, und ihre warmen Finger schlossen sich um ihn. Er war warm und weich und hart zugleich.

Cale stieß einen heiseren Seufzer aus und ließ seine Hand zwischen ihre Schenkel gleiten, um sie ebenso intim auf ihre dunklen Locken zu legen. Sie keuchte, als er behutsam einen Finger in sie gleiten ließ. Raven war erstaunt darüber, wie mühelos er es getan hatte und was für ein gutes Gefühl es war. Als sie aufblickte, sah sie, daß seine Miene vor Lust angespannt war. Sein Lächeln war ein wenig schief, seine Augen unverwandt auf ihr Gesicht geheftet. »Ich würde am liebsten sagen: Laß mich bitte nicht los«, murmelte er, und sein Lächeln wurde breiter, »aber ich glaube, wenn du mich nicht losläßt, wird alles schon vorüber sein, ehe es auch nur begonnen hat.«

Er zog seine Hand von ihrem intimen Ruheplatz zurück und löste Ravens Griff um sein pralles Glied. Raven ließ ihn nur widerstrebend los.

Cale hob sie auf seine Arme und trug sie zum Bett hinüber. »Ich glaube, hier haben wir es bequemer.« Er legte sich neben sie und betrachtete sie, ohne sie zu berühren.

Seine prüfenden Blicke ließen sie schüchtern werden, und sie hätte sich zugedeckt, wenn seine Hand sie nicht davon abgehalten hätte.

»Du bist schön«, sagte er. »Deine Knospen haben dieses wunderbar rosige Braun, und deine Haut ist so glatt und fühlt sich so samtig an.« Seine Hand streichelte ihren Körper, und seine schwieligen Finger fühlten sich rauh auf ihrer seidigen Haut an. Sie erbebte, als er die Unterseite ihrer Brüste erkundete, die Form ihrer Rippen, ihren flachen Bauch und ihre Kniekehlen. Er ließ keine Stelle unberührt.

Sie nutzte die Gelegenheit, um ihn ebenso neugierig zu erforschen, strich langsam über seinen harten, muskulösen Bauch und spielte mit den krausen Löckchen auf seiner Brust. Zu ihrem Erstaunen stellte sie fest, daß seine Brustwarzen sich aufrichteten, wenn sie sie versehentlich streifte. Sie gönnte sich den Genuß, die Konsistenz seiner Haut mit ihren Lippen zu prüfen. Sie kostete das Salz des leichten Schweißgeschmacks und roch den männlichen Moschusduft, der so typisch für ihn war.

»Raven, meine Süße«, murmelte er. »Du bringst mich um.«

Als sie aufblickte, erkannte sie, daß er ganz und gar nicht wie ein Sterbender wirkte. »Ich möchte dich berühren«, sagte sie.

»Umgekehrt wäre es fairer.«

Plötzlich preßte er sie unter sich flach; seine Hüften lagen in der Wiege ihrer Schenkel, dann glitt er tief genug hinunter, um eine Brust zu umfassen und ihre Knospe mit seinen Lippen zu umschließen.

Er saugte behutsam daran.

Sie wand sich stöhnend unter seiner Liebkosung.

Ein tiefer Laut entrang sich seiner Kehle, als Raven sich verlangend seinem Schaft entgegenbäumte. Hastig spreizte er ihre

Schenkel und stieß dann schnell und zielsicher zu, da er genau wußte, wo er sein wollte. Nur daß Cale noch nie eine Jungfrau genommen hatte, und als er sich schon kurz vor dem Ziel glaubte, fand er den Weg plötzlich versperrt.

Raven schrie auf. »Cale! Du tust mir weh!«

Cale zog sich zurück und rollte sich neben ihr auf den Rücken. Er legte einen Arm über die Augen und zwang sich, gegen seine Erregung anzukämpfen. Er keuchte und holte mehrfach tief Atem, um wieder einen klaren Kopf zu bekommen.

Raven lag da und starrte zu der rissigen Holzdecke hinauf. Sie hätte den Mund halten sollen. Sie hätte den Schmerz schweigend ertragen sollen. Dann wäre all das nicht passiert.

Sie warf einen Blick auf Cale und sah, daß er nicht mehr erregt war, und als er merkte, daß sie ihn musterte, stieß er einen mürrischen Laut aus, wandte sich von ihr ab und drehte sich auf die Seite.

»Es tut mir leid«, murmelte er.

»Nein, ich bin diejenige, der es leid tut«, sagte sie mit zittriger Stimme. »Ich ... ich habe nicht gewußt, daß es so weh tun würde.«

»Das hätte ich auch nicht vermutet«, gestand er mit einem tiefen Seufzen.

»Willst du es noch einmal versuchen?« fragte sie.

Er drehte sich wieder auf den Rücken und rollte sich dann auf die Seite, um sie anzusehen. »Willst du es?«

Sie nickte.

Er setzte sich auf und zog sie auf seinen Schoß. »Diesmal werden wir langsamer vorgehen«, versprach er ihr. »Ich werde mir große Mühe geben, behutsam zu sein.« Er schluckte schwer. »Ganz schmerzfrei wird es trotzdem nicht sein. Da ist eine Barriere ... ich werde sie durchbrechen müssen.«

Sie schluckte die bittere Galle der Furcht, die in ihre Kehle aufgestiegen war. »Es wird schon gutgehen«, versicherte sie ihm, weil sie ihm ansehen konnte, daß er diese Bestätigung brauchte, ehe er sie erneut berührte.

»Ich ...« *liebe dich*, hätte er beinah gesagt, wie Cale zu seinem

Erstaunen erkannte. Was er im Moment empfand, hatte nichts mit Liebe zu tun; es war Dankbarkeit für das Opfer, das sie brachte. Er wußte, daß er ihr weh tun würde, dennoch wollte er, daß der Liebesakt auch lustvoll für sie war. Deshalb mußte er die Vereinigung so behutsam wie möglich vollziehen.

»In Ordnung«, sagte er. »Wir werden es noch einmal versuchen.«

Diesmal konnte Cale jedoch spüren, daß nichts mehr von der Nachgiebigkeit in ihrem Körper war, die er vorhin gefühlt hatte. Sie war stocksteif und trocken, was sein Vorhaben erheblich erschwerte.

»Du mußt dich entspannen, Raven«, murmelte er.

»Ich versuche es ja!«

Er war drauf und dran, aufzugeben, doch er wußte, daß es auch zu einem späteren Zeitpunkt nicht leichter sein würde. Und so löste er seine Hände von ihr, legte sie zu beiden Seiten ihres Kopfes auf das Kissen und kniete sich zwischen ihre Schenkel. Dann begann er, mit nichts anderem als Küssen um sie zu werben. Er drückte zärtliche kleine Küsse auf ihre Augenbrauen und Wangen. Er zeichnete den Umriß ihrer Ohrmuschel mit der Zunge nach und stellte zufrieden fest, daß sie erschauerte.

Er küßte erst den einen Mundwinkel und dann den anderen, und schließlich verlockte er sie mit seiner Zunge, die Lippen zu öffnen. Dann begann er, den Sexualakt mit langsamen Stößen zu imitieren. Er spürte, wie ihr Körper unter seinem dahinschmolz, als die Verkrampfung aus ihr wich. Sie vergrub die Hände in seinem Haar, und er fühlte, wie seine eigene Erregung wuchs.

Cale zwang sich, sein Verlangen zu bezähmen und seinen wilden Hunger zu unterdrücken, während er sich ganz auf Raven konzentrierte. Seine Hände ballten sich zu Fäusten, als er sich dazu zwang, langsam vorzugehen. Sein Mund glitt von ihrer Kehle auf ihr Schlüsselbein und bewegte sich von dort aus behutsam tiefer, bis er ihre Brust erreicht hatte und wieder einmal an einer rosigen Brustwarze saugte.

Ihre Hände packten seine Schultern, während sie sich lustvoll unter ihm zu winden begann. Er rechnete sich aus, daß er sie jetzt wohl auch mit seinen Händen berühren könnte, ohne auf Schwierigkeiten zu stoßen. Er begann mit ihrer Taille und übte auf beiden Seiten einen schwachen Druck aus, doch schon bald fand eine seiner Hände ihren Weg zu einer vollen Brust, um sie zu umfassen und für seinen Mund zu formen, während die andere Hand ihren Bauch streichelte, ehe sie tiefer glitt, um spielerisch das Nest aus Locken zwischen ihren Beinen zu liebkosen.

Als er spürte, wie Raven sich erneut verkrampfte, zog er seine Hand zurück und streichelte die Innenseiten ihrer Oberschenkel, deren Fleisch sich unter seinen schwieligen Fingerkuppen seidig und warm anfühlte.

Er arbeitete sich spielerisch wieder nach oben vor, bis er die winzige Knospe in ihrem Schoß fand, von der er wußte, daß sie ihr Ekstase schenken könnte. Er streichelte sie sanft und zärtlich, liebkoste sie so behutsam, wie er noch bei keiner anderen Frau gewesen war, weil er wußte, daß Raven Angst hatte. Weil er wollte, daß sie Lust und nicht Schmerz verspürte. Und weil er wollte, daß sie bereit für ihn war, damit sie den Stoß nicht fühlen würde, mit dem er endlich Besitz von ihr ergriff.

Sein Mund kehrte zu ihren Lippen zurück, und als seine Finger sie erkundeten, konnte er fühlen, daß sie heiß und feucht und bereit für ihn war. Aber er wollte sie ablenken. Seine Hände suchten ihre Brüste, und er streichelte sie zart, nahm ihre Knospen zwischen seine Finger und drückte gerade so fest zu, daß ein Schauer von Lust und Schmerz zugleich sie überlief.

Er nutzte diesen Augenblick, um ein kleines Stück in ihren Schoß einzudringen.

Er spürte, wie sie sich versteifte und den Kuß zu beenden versuchte, aber er saugte fest an ihrer Unterlippe und ließ dann seine Zunge über die Innenseite ihrer Oberlippe gleiten, bis sie entzückt keuchte und sich nicht mehr sperrte.

Während ihre Hände seine Schultern umklammerten und ihre Nägel schmerzhafte Halbmonde in seine Haut gruben, stieß er mit aller Kraft zu.

Es war schnell vorüber. Er hatte die Barriere durchbrochen und war bis zum Heft in sie eingedrungen. Ihren Aufschrei des

Erstaunens und des Schmerzes fing er mit seinem Mund auf, und dann hielt er reglos inne, angespannt vor Verlangen, bis sich ihr Körper seinem angepaßt hatte. Er fühlte, wie sich die Anspannung in ihrem Unterleib und in ihren Schenkeln löste. Daraufhin gab er ihren Mund frei und flüsterte ihr beschwichtigende Worte ins Ohr, um ihren Schock über sein Eindringen zu mildern.

»Ist alles in Ordnung mit dir?« fragte er schließlich.

»Ich fühle mich ... ganz seltsam«, gestand sie.

»Tut es weh?«

Sie runzelte die Stirn, als mußte sie erst darüber nachdenken. »Nicht direkt. Ich fühle mich ... ausgefüllt.«

Und es war ein gutes Gefühl, wie Raven sich eingestand. Es hatte weh getan. Das ließ sich nicht bestreiten. Aber der größte Schmerz war jetzt vorbei, und sie wußte instinktiv, daß es eine vorübergehende Angelegenheit war, etwas, was sie nie wieder zu ertragen brauchte. Das gab ihr den Mut zu sagen: »Bist du jetzt fertig?«

Cale lächelte. Dann lachte er. »Nein, meine Süße. Ich bin keineswegs fertig.« Er wurde wieder nüchtern. »Aber wenn du willst, daß ich jetzt aufhöre, dann werde ich es tun.«

Raven ahnte, welch großes Opfer Cale bringen würde, wenn sie von ihm verlangte, mittendrin aufzuhören. Sein Glied war steinhart, seine Muskeln angespannt, sein ganzer Körper aktionsbereit. Sie war ihm dankbar, daß er gefragt hatte, aber sie dachte gar nicht daran, jetzt aufzuhören.

»Ich will alles erleben«, sagte sie.

»Alles?« fragte er mit einem wölfischen Grinsen.

Sie lächelte ihn an. »Alles.«

Er bewegte sich langsam in ihr. Es war ebenso köstlich wie erregend. Raven suchte Cales Mund und küßte ihn mit all der Glut, die er in ihr entfacht hatte, und er erwiderte den Kuß mit ebenso großer Leidenschaft.

Als er sich in ihr bewegte und seine Fingerspitzen diese ganz spezielle Stelle zwischen ihren Schenkeln streichelten, reagierte Raven mit wachsender Erregung. Es war, als wüßte ihr Körper ganz genau, was er wollte, und suchte es instinktiv. Ihre Brüste drängten sich seinen Händen und seinem Mund entgegen, und ihre Hüften hoben sich an, um seinen Stößen zu begegnen.

Sie verspürte den Drang, etwas ... zu tun, etwas ... zu finden, aber sie war nicht sicher, was es war.

Cale wußte, wohin er ging, und er wollte Raven dorthin mitnehmen. Er wollte, daß sie alles empfand, was er empfand, die heiße Erregung, die das Blut in seinen Adern rauschen ließ, das wilde Verlangen nach Erleichterung. Und so reizte und erregte er sie, weitaus länger, als er das je bei einer Frau getan hatte.

Und seine Bemühungen wurden belohnt in dem Moment, als er den Gipfel der Verzückung erreichte und fühlte, wie die Muskeln in ihrem Schoß zuckten und sich um sein Glied zusammenzogen. Es war etwas, was er noch niemals bei einer anderen Frau erlebt hatte, etwas so Mächtiges, so Überwältigendes, daß er vor Lust laut aufschrie.

Raven wurde von den Wogen einer Ekstase davongespült, so wild und unglaublich, daß es ihr den Atem verschlug. Sie schnappte keuchend nach Luft, als das Blut in ihren Schläfen pochte und ihr Schoß sich um Cale herum zusammenzog und ihn gefangen hielt, während er seinen Samen in sie ergoß. Und dann schien sie plötzlich zu schweben, irgendwo in einer anderen Welt, und ihr wurde benommen bewußt, daß sie gar nicht mehr in die Wirklichkeit zurückkehren wollte.

Cale rollte sich erschöpft auf die Seite, zog sie in seine Umarmung und hielt sie eng an sich gedrückt. Ihre schweißnassen Körper fröstelten schnell, und er zog die Steppdecke hoch, um sie beide zuzudecken. Ehe sie die richtigen Worte finden konnte, um ihm von den überwältigenden Gefühlen zu berichten, die sie durchlebt hatte, war Cale bereits eingeschlafen.

Raven machte sich keine Gedanken darüber. Sie würden noch Zeit genug haben, wenn sie aufwachten, um über das zu sprechen, was zwischen ihnen geschehen war. Sie freute sich schon jetzt auf das berauschende Erlebnis, erneut von Cale geliebt zu werden. Sie würde sich zu ihm umdrehen, er würde sie küssen, und dann würde sie ihn wieder tief in sich spüren. Nur daß es beim nächsten Mal nicht mehr weh tun würde.

Sie schmiegte sich in seine Arme und schloß die Augen, im Augenblick voller Vertrauen in die Dinge, die die Zukunft für sie bereithielt.

Eine Weile später wurden beide von einem lauten Klopfen an der Tür geweckt. Die Tür wurde aufgestoßen, noch bevor sie die Chance hatten, mehr zu tun, als sich erschrocken aufzusetzen.

»So, so«, sagte Orrin. »Was haben wir denn da? Zwei Turteltäubchen, wie ich sehe. Deine Zeit ist abgelaufen, Cale. Ich will meine Tochter zurückhaben.«

11

Cale sprang aus dem Bett wie ein bedrohliches Tier, ohne sich an seiner Nacktheit zu stören. »Was, zum Teufel, haben Sie hier zu suchen?«

»Der erste Schnee ist gefallen«, sagte Orrin. Er schlug seinen Hut gegen seinen Oberschenkel und wischte sich die Schneeflocken aus dem Haar. »Ich bin gekommen, um meine Tochter abzuholen. Sieht ja ganz so aus, als wäret ihr beide bestens miteinander ausgekommen.« Orrin ging auf den Herd zu, nahm einen Blechbecher von einem Haken und schenkte sich unaufgefordert Kaffee ein.

Cale schlüpfte hastig in seine lange Unterhose und zog dann seine Wildlederhose darüber. Er nahm an, damit war er salonfähig genug, um Besuch zu empfangen.

Währenddessen dachte er unablässig: *Es ist zu früh. Ich bin noch nicht bereit, sie gehen zu lassen.* Konnte er den Rest seines Lebens ohne sie verbringen? Konnte er sein einsames Leben wieder aufnehmen?

Nein.

Er hörte seine nächsten Worte, als spräche sie ein anderer. »Ich habe beschlossen, Raven zu behalten. Ich werde dafür bezahlen. Nennen Sie mir Ihren Preis.«

Er schenkte dem Keuchen, das vom Bett herüberdrang, keine

Beachtung. Raven wird mit mir glücklicher sein als mit ihrem Vater, sagte er sich. Er würde schon dafür sorgen, daß sie glücklich war. Aber wie konnte er erwarten, daß Orrin einen Preis für sie festlegte? Es gab nicht genug Felle im ganzen Land, um zu bezahlen, was sie wert war.

»Nun mal langsam, mein Sohn. Immer mit der Ruhe. Wie kommst du eigentlich auf die Idee, ich könnte bereit sein, sie zu verkaufen?« fragte Orrin barsch. »Sie ist mein eigen Fleisch und Blut. Ehrlich gesagt, der Gedanke, sie zu verkaufen, ist mir überhaupt noch nie gekommen.«

Cale war betroffen, als er sich über das Wesentliche dessen, was Orrin gesagt hatte, klar wurde, und über das, was er selbst gesagt hatte. *Raven kaufen? Raven verkaufen?* Wenn jemand anderer etwas Derartiges vorgeschlagen hätte, hätte er ihn niedergeschlagen. Aber bei ihm war das etwas anderes. Er liebte sie. Und außerdem war er entschlossen, sie bei sich zu behalten, und das hieß, daß er anbieten mußte, was immer nötig war, um Orrin dazu zu bewegen, sie freizugeben.

»Ich überlasse Ihnen meine Ausbeute der kommenden sechs Monate. Nein, zum Teufel«, sagte er und fuhr sich mit der Hand durchs Haar, »das ist bei weitem nicht genug, stimmt's? Ich weiß, daß sie viel mehr wert ist.« Cale biß sich auf die Unterlippe. Man sagte einem Mann nicht, wieviel man zu zahlen bereit war, wenn man ein gutes Geschäft machen wollte. Aber plötzlich erschien es ihm nicht richtig, um Raven zu feilschen. Wie hätte er ihren Wert finanziell bemessen sollen? Aber er wußte nicht, was er ihrem Vater sonst noch hätte anbieten können, damit er sie freigab.

Orrin verengte abschätzend die Augen. Er ließ sich auf einem Stuhl am Tisch nieder. »Du mußt wissen, mein Sohn, daß mir erst bewußt geworden ist, wie dringend ich Ravens Hilfe brauche, als sie nicht mehr da war. Ohne sie zu leben war für mich, als hätte ich meinen rechten Arm verloren.«

Cale nahm Orrin gegenüber am Tisch Platz, um jetzt ernsthaft zu feilschen. »Ich weiß, daß sich ihr Wert nicht in weltlichen Gütern bemessen läßt. Aber ich wäre bereit, Ihnen dafür, daß ich sie bei mir behalten kann, meine gesamte Ausbeute des nächsten Jahres zu überlassen.«

»Hör zu, mein Sohn, ich bin wahrhaftig versucht, dich beim Wort zu nehmen«, sagte Orrin. »Aber die Ausbeute eines Jahres?« Er schnalzte mit der Zunge. »Ich fürchte, damit würde ich nicht lange auskommen.«

»Ich habe unter dem Fußboden Gold vergraben. Genug, um jemanden einzustellen, der Ihnen zur Hand geht. Das wäre zwar nicht dasselbe, als wenn Sie Raven an Ihrer Seite hätten. Himmel, das weiß ich selbst! Sie ist mehr wert als alle Felle und alles Gold, das ich besitze oder mir je erhoffen kann.« Cale hörte die Verzweiflung aus seiner eigenen Stimme heraus. »Sie müssen das Geld annehmen. Sie müssen sie freigeben.«

Ich brauche sie. Ich kann nicht ohne sie leben.

Orrin schüttelte den Kopf. »Ich würde das Gold ja doch nur verspielen«, sagte er. »Ich glaube, ich behalte doch lieber das Mädchen. Komm, Raven. Pack deine Sachen zusammen. Es wird Zeit, daß wir gehen.«

Früher einmal hätte Raven ihrem Vater widerspruchslos gehorcht. Sie wäre mit ihm gegangen, ohne darüber nachzudenken. Aber sie hatte Cale aufmerksam zugehört, und seine Worte waren Musik in ihren Ohren.

Man kann ihren Wert nicht in weltlichen Gütern ermessen.

Sie ist mehr wert als alle Felle und alles Gold, das ich habe.

Cale war der Grund dafür, daß sie es sich gestattet hatte zu träumen. Er hatte sie in seinen Armen gehalten und sie wie jemanden behandelt, der seines Respekts und seiner Liebe würdig war. Sie hatte begonnen, sich selbst als einen Menschen mit Wünschen und Sehnsüchten zu sehen, auf deren Erfüllung sie ein Recht hatte.

»Ich glaube, die Entscheidung, ob ich gehe oder bleibe, sollte bei mir liegen«, sagte sie.

Orrin gaffte sie an, als sei ihr plötzlich ein zweiter Kopf gewachsen.

»Was hast du gesagt?« fragte Cale. Er war nie auch nur auf den Gedanken gekommen, daß Raven den Wunsch haben könnte, ihn zu verlassen. Oder daß sie bleiben würde, wenn er sie darum bat.

»Es sollte meine Entscheidung sein, was ich tue«, wiederholte Raven.

Irgendwann im Laufe seiner Unterhaltung mit Orrin hatte Raven sich angekleidet. Nie war sie in Cales Augen hübscher gewesen. Ihre Wangen waren noch vom Schlaf gerötet und ihr Haar von der Liebe zerzaust. Sie stand mit gestrafften Schultern da, das Kinn hoch erhoben, diese majestätische Art, die ihm das Gefühl vermittelte, sich vor ihr verbeugen zu müssen. Er war bereit, genau das zu tun, sobald sie allein miteinander waren, und dann würde er seinen Kopf an ihre Brüste pressen, die Arme um ihre Taille schlingen und sie lieben, wie sie noch nie zuvor geliebt worden war.

Vorausgesetzt, sie gab ihm eine Chance. Vorausgesetzt, sie ging nicht mit ihrem Vater fort. Ihm war jetzt klar, daß sie das Recht hatte, diese Wahl selbst zu treffen. Er konnte sie niemals zwingen, gegen ihren Willen hierzubleiben. Wenn sie fortgehen wollte, dann konnte – und würde – er sie nicht davon abhalten. Er hatte die Worte ernst gemeint, die er zu ihrem Vater gesagt hatte. Es gab keinen Preis, den er nicht zahlen würde, um Raven bei sich zu behalten. Aber wie ließ sich der Wert der Frau ermessen, die man liebte? Er würde alles tun, um sie glücklich zu machen. Selbst wenn es bedeutete, sie gehen zu lassen.

Natürlich wollte er, daß sie blieb. Aber er hatte seit zehn Jahren keine Frau mehr um etwas gebeten. Und er war auch nicht sicher, ob er es jetzt konnte. Stolz war eine schreckliche Last für einen Mann.

»Die Entscheidung liegt bei dir«, sagte er mit einer Stimme, die wie ein rostiges Gatter klang. »Ich werde dich darin unterstützen, ganz gleich, was du wählst. Wenn du lieber wieder zu deinem Stamm zurückkehren möchtest, statt bei deinem Vater zu bleiben, dann werde ich dafür sorgen, daß er dich gehen läßt.«

»Sieh mal, mein Sohn …«

»Halten Sie den Mund, Orrin«, sagte Cale.

Raven empfand ein quälendes, entmutigendes Gefühl der Niederlage. Cale hatte sie noch nicht einmal gefragt, ob sie bleiben wollte. Er war schlichtweg davon ausgegangen, daß sie fortgehen wollte. All ihre Gefühle für ihn leuchteten in ihren Augen, als sie Cale ansah und ihn stumm anflehte, etwas zu sagen, ihn anflehte, sie zu bitten, bei ihm zu bleiben. Sie zog sogar in Betracht, ihm zu sagen, daß sie ihn liebte; aber es wäre töricht, Cale ihre Liebe zu gestehen, ehe er ihr seine Liebe gestanden hatte. Er würde nie wieder eine andere Frau lieben. Vielleicht war es besser so.

Sie kehrte den beiden Männern den Rücken zu. »Ich werde zu den Nez Percé zurückgehen, denn dorthin gehöre ich.«

Orrin schnaubte angewidert.

Cale stieß einen tiefen, schweren Seufzer aus. Raven hatte ihre Wahl getroffen. Er würde ihre Entscheidung respektieren müssen und dafür sorgen, daß auch Orrin sie respektierte. Er würde sie gehen lassen müssen.

Zum Teufel, er dachte gar nicht daran!

Cale durchquerte mit zwei langen Schritten den Raum. Er packte Raven am Arm und drehte sie mit einem Ruck zu sich um. Seine Hände umklammerten ihre Schultern, und seine finsteren, wütenden Augen fixierten sie mit einem glühenden Blick.

Ihr Preis war noch höher, als er sich je hätte träumen lassen, aber plötzlich begriff er, daß es ein Preis war, den er mit Freuden zahlen würde. Es gab etwas, was er ihr noch nicht angeboten hatte, einen letzten Anreiz, um sie zum Bleiben zu bewegen. Er konnte sich selbst anbieten. Er konnte ihr seine Liebe anbieten.

»Geh nicht fort, Raven. Ich liebe dich. Ich brauche dich. Und ich will, daß du meine Frau wirst.«

Raven starrte in sein geliebtes Gesicht, das vor Sorge verzerrt war. Seine Augen waren dunkel vor Furcht, während er atemlos auf ihre Antwort wartete. Das Herz schlug ihr bis zum Hals, und sie konnte nur mit Mühe sprechen.

»Du willst, daß ich deine Frau werde?« fragte sie. »Und daß ich hier in diesem Haus mit dir lebe und Kinder mit dir habe?«

Es war die Erfüllung ihres Traumes, und sie hielt den Atem an, als sie auf seine Antwort wartete.

»Ja. Ja, Raven. Du wirst mit einem Kind an der Brust auf dem Schaukelstuhl sitzen, und ich werde einen zweiten Schaukelstuhl zimmern und neben dir sitzen. Wir werden gemeinsam auf unseren Schaukelstühlen schaukeln, bis wir alt und grau sind. Wirst du mich heiraten, Raven?«

»Das ist ja hochinteressant«, sagte Orrin.

»Halten Sie den Mund, Orrin«, wiederholte Cale. Seine Hände zitterten, und daher ballte er sie zu Fäusten. »Was ist, Raven? Die Entscheidung liegt ganz allein bei dir.«

Sie lächelte. »Oh, ja, Cale, ich werde dich heiraten. Ich lie ...«

»He, he, nun mal langsam«, mischte sich Orrin erneut ein.

»Halten Sie die Klappe, Orrin.« Cales Augen wurden warm und zärtlich, seine Fäuste öffneten sich, und seine Lippen verzogen sich zu einem Lächeln. »Also, was wolltest du gerade sagen, Raven?«

»Ich liebe dich, Cale«, flüsterte sie. »Und zwar schon seit langem.«

Er küßte sie leidenschaftlich und besitzergreifend. Sie war seine Frau, eine Perle von unschätzbarem Wert. Und Cale hatte vor, dafür zu sorgen, daß sie in all den Jahren ihres gemeinsamen Lebens niemals daran zweifeln würde.

»Sieht ja fast so aus, als käme doch noch was Gutes bei der Sache heraus«, sagte Orrin schließlich, und ein gieriges Funkeln trat in seine Augen. Er stand auf und ging zur Tür. »Ich bin hier wohl das fünfte Rad am Wagen«, fügte er hinzu und zwinkerte Cale zu. »Und deshalb verdrücke ich mich jetzt besser.«

»Tun Sie das.« Cale schlang einen Arm um Ravens Schultern, und seine Hüfte schmiegte sich eng an sie.

»Wir sehen uns dann im Frühjahr«, rief Orrin, als er in das Schneetreiben hinaustrat. »Dann komme ich wieder, um mein erstes Enkelkind in den Armen zu halten.«

Cale warf dem alten Mann nur einen finsteren Blick zu.

»Du wirst uns immer willkommen sein, Vater«, erwiderte Raven.

Cale stieß die Tür zu und drehte sich um. Er hob Raven auf seine Arme und marschierte zum Bett, ein wildes Tier, das seine Beute gejagt und gefangen hatte. In Ravens Vorstellung bestand kein Zweifel daran, daß Cale sich nehmen würde, was er von ihr wollte, daß er sich mit ihr vereinen und sie als sein Eigentum fordern würde.

Sie lächelte. Er war wieder das Tier, wild und gefährlich. Als er sie mit liebevoller Behutsamkeit auf das Bett legte, schwoll ihr Herz vor Liebe zu ihm an. Sie sah ihm in die Augen und fand sie von einem glühenden Verlangen erfüllt, das er nur mühsam beherrschen konnte. Sie vergrub ihre Finger in dem zotteligen Haar in seinem Nacken und zog seinen Kopf zu sich herunter, um ihre Lippen in einem Kuß auf seine zu pressen, der von inniger Zärtlichkeit zeugte.

»Ich liebe dich, Cale«, murmelte sie dicht an seinen Lippen.

»Ich liebe dich, Raven«, erwiderte er rauh.

Raven stöhnte, als sein Mund ihre Lippen fand und sie eroberte.

Das Biest hatte seine Schöne gefunden, und alles war gut.

Joan Johnston

Ich schwelge zur Zeit in einem lebenslangen Traum, indem ich hoch oben auf einem Berg in der Nähe der Grand Tetons in Wyoming lebe, in einem Haus aus Holz und Stein, das von einem Wald von hundertjährigen Douglasfichten umgeben ist, ganz ähnlich wie die Personen in meiner Geschichte. Mehrere Biberfallen, die tatsächlich von Männern aus den Bergen wie Cale benutzt wurden, sind im Museum in Moose zu besichtigen, einen Katzensprung von mir entfernt. Ich lebe drei Meilen vom Fuß des Teton Passes entfernt, über den Cale und Raven wandern, nachdem sie das Treffen in Pierre's Hole verlassen haben.

Meine Zeit in den Bergen hat mich gelehrt, daß die Wildnis ebenso beängstigend wie aufregend sein kann. Mein Sohn wurde kürzlich von einer Elchkuh und ihrem Kalb, die die Straße blockierten, daran gehindert, zur Haltestelle des Schulbusses zu gelangen. Hier liegt der Schnee manchmal dreieinhalb Meter hoch, und häufig müssen wir uns freischaufeln. Zum Glück kann ich meine Zeit damit verbringen, vor dem Kamin zu sitzen und zu schreiben oder in meinem Büro das sanfte Schneetreiben zu beobachten.

Die Anzahl der Hochzeiten, die ich besucht habe, kann ich an einer Hand abzählen, darunter auch meine eigene, aber ich würde mir niemals eine Hochzeit entgehen lassen, zu der man mich eingeladen hat. In dem Moment, in dem ein Mann und eine Frau einander ewige Liebe und Treue geloben, spielt sich etwas ganz Besonderes ab. Jeder von beiden ist sich der Liebe des anderen gewiß, und beide setzen große Hoffnungen auf eine glückliche Zukunft. Dies ist ein Augenblick, den wir alle feierlich begehen sollten. Ich hoffe, Sie haben es genossen, diesen Moment mit Cale und Raven zu erleben.

KASEY MICHAELS

Die Neunte Miss Noddenly

1

Jonathan Wetherell, der Vierzehnte Earl von Mayfield, war kein glücklicher Mann.

Er war reich, beinahe sündhaft reich, und war es schon immer gewesen; *darin* bestand sein Problem also nicht.

Er war attraktiv, geradezu sündhaft attraktiv, und obgleich er sich nie große Gedanken über sein außerordentlich gutes Aussehen machte, ließ sich seine Traurigkeit sicherlich nicht auf seine körperliche Attraktivität zurückführen.

Er hatte Dutzende von Freunden, sowohl männliche als auch solche vom zarteren Geschlecht, und er genoß sowohl sein Leben in London als auch die Zeit, die er auf seinen diversen Landgütern verbrachte; er hatte eine Pferdezucht von bewundernswerter Qualität begründet, stand in hohem Ansehen für seine Leistungen in jedweder Sportart, die er mit seiner Teilnahme beehrte, und er hatte eine sorglose und unbeschwerte Kindheit genossen, von der ihm liebevolle Erinnerungen an seine verstorbenen Eltern geblieben waren.

Er war geistig ebenso gesund wie körperlich, keiner seiner Backenzähne schmerzte, er hätte noch nicht einmal darüber klagen können, in den letzten Jahren auch nur einen Schnupfen gehabt zu haben; und seine Stiefel saßen beneidenswert gut, als er an jenem Tag Ende Mai durch die Bond Street schlenderte.

Kurz und gut, für den Earl von Mayfield gab es keinen Grund auf Erden, warum ihm zumute sein sollte, als hätte er sich seine persönliche Gewitterwolke zugelegt, die Tag und Nacht direkt über seinem Kopf schwebte, ihm seine gewöhnlich so gute Laune raubte und ihn im großen und ganzen wünschen ließ, er wäre im Bett geblieben, statt einen weiteren Tag in der Londoner Gesellschaft über sich ergehen zu lassen.

Es gab tatsächlich keinen vernünftigen Grund für seine Bedrückung, es sei denn, man rechnete die Tatsache dazu, daß Jonathan Wetherell zum ersten Mal in seinen dreiunddreißig Lebensjahren abgrundtief, rasend und – so erschien es zumindest – *hoffnungslos* verliebt war.

»Jonathan? Da soll mich doch gleich ... *Jonathan*!«

Mayfield wurde sich bewußt, daß ihn jemand rief, und blieb stirnrunzelnd stehen, da er nicht in Stimmung war, mit jemandem zu sprechen, weder im Moment noch in absehbarer Zeit. Verdammt noch mal, er hatte ohnehin schon genug damit zu tun, sich selbst zu bemitleiden, und das allerletzte, was er im Moment gebrauchen konnte, war, daß ihn jetzt einer seiner Freunde begrüßte, eine witzige Bemerkung machte und damit sein Selbstmitleid ruinierte.

»Heiliger Strohsack, Johnny, ich rufe dir schon seit der letzten Straßenkreuzung nach, und jetzt bin ich außer Atem, verstehst du, weil ich es nämlich verabscheue, hinter jemandem herzurennen. Das brennt so schrecklich in der Lunge, und das kann doch wohl nicht gut sein, oder? Was ist los? Ist jemand gestorben, der dir lieb und teuer ist? Du siehst aus, als würdest du jeden Moment in Tränen ausbrechen.«

Sir Pitney Fox. Mayfield hielt sekundenlang inne, ehe er sich umdrehte, hin- und hergerissen zwischen dem Wissen, daß man Lord Fox wohl kaum vorwerfen konnte, er hätte schon jemals versucht, jemanden aufzuheitern, und der Erkenntnis, daß es genau jener Gedanke war, der jetzt ein kleines, unfreiwilliges Lächeln um seine Lippen spielen ließ.

»Pitney, Alter«, sagte er, als er ihm die Hand hinstreckte, da er fast fürchtete, Lord Fox würde sich ihm andernfalls japsend in die Arme werfen. »Was für eine Freude, dich wieder auf den Beinen zu sehen. Ich hätte schwören können, daß ich gehört habe, du stündest an der Schwelle des Todes. Oder war das letzte Woche?«

Lord Fox, ein ziemlich kleiner, ziemlich dünner, ziemlich blonder, ziemlich fader Mann – tatsächlich war er wahrscheinlich die »ziemlichste« Person in ganz England –, zeichnete sich außerdem durch die Eigenschaft aus, das so ziemlich kränklichste Geschöpf der Schöpfung weit und breit zu sein.

Fox, den ständig irgendein Leiden plagte, der laufend ärztlichen Beistand suchte und der unablässig über seine schlechte Gesundheit klagte, hatte den bleichen Teint eines Invaliden, die tiefen Taschen eines verwaisten Einzelkindes, die Persönlichkeit einer Runkelrübe und den Appetit eines ganzen Regiments von Kämpfern.

Wenn Lord Fox nicht bald einer seiner zahlreichen eingebildeten Krankheiten erlag, würde er höchstwahrscheinlich der Grund für mehrere Selbstmorde unter seinen geplagten Hausangestellten sein und mehr als nur einige Todesfälle durch unendliche Langeweile unter den Unglückseligen verschulden, die ihn als Tischnachbarn bei einem Dinner hatten.

Lord Fox tat das, was er gewiß für die Sorge seines guten Freundes um sein leibliches Wohlergehen hielt, mit einer Handbewegung ab, da er unfähig war, einen Scherz auf seine Kosten zu erkennen. »Mach dir um mich bloß keine Sorgen, Jonathan«, bat er, als er Lord Mayfields Hand losließ und seine Finger eilig an einem sauberen Taschentuch abwischte – um einer möglichen Ansteckung vorzubeugen. »Ich wäre wieder rundum kerngesund und wohlauf, wäre da nicht dieser beunruhigende Ausschlag auf meinem ...«

»Bitte, Pitney, erspare mir die Einzelheiten«, schnitt ihm Mayfield eilig das Wort ab, da er sich über Lord Fox, den er gewöhnlich als eine willkommene Ablenkung empfand, im Moment nicht amüsieren konnte. »Im Augenblick macht mir selbst eine kleine Indisponiertheit zu schaffen, und ich hätte, offen gesagt, gern meine Ruhe.«

Lord Fox wich vorsichtshalber einen Schritt zurück und hob das Taschentuch, um es sich auf Nase und Mund zu pressen. »Sag bloß nicht, daß du etwas Ansteckendes hast, Johnny«, flehte er mit ernster Stimme durch das gestärkte weiße Leinen, während er Lord Mayfield erneut mit diesem verhaßten Kosenamen aus ihrer gemeinsamen Zeit in Eaton titulierte.

»Das kann ich nicht mit Sicherheit sagen, Pitney«, erwiderte

Lord Mayfield, und einer seiner Mundwinkel verzog sich zu einem mißbilligenden Lächeln, als Lord Fox nur zögernd sein Taschentuch wieder in die Tasche steckte. »Ist Liebe ansteckend?«

Kaum hatte er die Worte ausgesprochen, da wünschte Lord Mayfield, er könnte sie wieder zurücknehmen. Offensichtlich ging es betrüblich bergab mit ihm, wenn er bereits so durcheinander war, daß er sich dazu herabließ, ausgerechnet mit Lord Fox über seine persönlichen Angelegenheiten zu sprechen, der zwar schon seit langem zu seinem Bekanntenkreis zählte, jedoch nie zu den engeren Freunden gehört hatte, mit denen Seine Lordschaft Umgang pflegte.

»Liebe, sagst du? Du, Johnny?« Lord Fox hätte beinah laut gelacht. »Bitte erlaube dir keine dummen Scherze mit mir, sonst bekomme ich schreckliches Herzklopfen. Du wirst Amors Pfeilen nie zum Opfer fallen – nicht du, Johnny. Schließlich habe ich selbst aus zuverlässiger Quelle gehört, daß unser Freund Wiley fünfhundert Pfund darauf gewettet hat, du würdest niemals heiraten.«

Der Umstand, daß es sich ausgerechnet um Sir Wiley Hambleton handelte, der erstens einmal keineswegs ein Busenfreund von Lord Mayfield oder von Lord Fox war, und zweitens ein unverbesserlicher Lebemann, der weit über das Alter hinaus war, wo Lebemänner entweder als romantisch oder als gefährlich galten, wurmte Lord Mayfield mehr, als er vor Lord Fox zuzugeben bereit war.

»Ich wußte gar nicht, daß Wiley so regen Anteil an den Ereignissen meines Lebens nimmt«, sagte Lord Mayfield, ehe er einen Schritt zurücktrat, den Hut zog und sich höflich verbeugte, als Lady Hertford und ihre Zofe auf dem gepflasterten Gehweg an ihm vorbeigingen.

»Wiley?« hakte Lord Fox nach, und ihm war deutlich sein Erstaunen anzusehen, daß Lord Mayfield glauben könnte, Sir Wiley Hambleton wäre nicht an allem interessiert, was mit einem so hochangesehenen Mitglied der oberen Zehntausend zu tun hatte. Tatsächlich verhielt es sich so, daß dieser Mann alle seine Dinnereinladungen ausschließlich seinem enormen Reservoir an Klatsch zu verdanken hatte, denn andernfalls wäre sein Name aufgrund seiner wilden Jugend und seiner keineswegs untadeligen mittleren Jahre möglicherweise von der Gästeliste gestrichen worden, vor allem, wenn eine heiratsfähige Tochter im Haus war. »Oh, ganz im Gegenteil, Johnny. Im Moment interessiert sich Wiley brennend für Hochzeiten, ob es nun deine oder die irgendeines anderen ist. Hast du denn noch nichts davon gehört?«

Lord Mayfield bedauerte beinahe, daß er durch den Kanonendonner, dem er auf den Schlachtfeldern ausgesetzt gewesen war, nicht taub geworden war. Würde dieser Dummkopf denn niemals den Mund halten und ihn ungestört seiner Wege ziehen lassen? »Nein, Pitney«, antwortete er seufzend. »Ich habe nichts davon gehört. Oder etwa doch? Vermutlich führt jedoch kein Weg daran vorbei, daß du mir jetzt erzählen wirst, was *du* gehört hast, und dann werde ich es mit Sicherheit wissen.«

Lord Fox war sichtlich entzückt von der Vorstellung, daß er etwas wußte, wovon Lord Mayfield noch nichts gehört hatte. »Es geht natürlich darum, daß Wiley heiraten muß«, flüsterte er ihm vertraulich ins Ohr, und seine wäßrigen blauen Augen blitzten. »Seine Großtante, Miss Earlene Hambleton, hat ihn dazu verdonnert, denn andernfalls wird sie ihr Vermögen irgendeinem gemeinnützigen Verein hinterlassen, der es sich zum Ziel gesetzt hat, Huren zu rehabilitieren. Oder waren es Schuljungen?« Er winkte mit den langen Fingern seiner dünnen Hand ab. »Wie auch immer, Johnny, Wiley steckt gewaltig in der Klemme, wenn er nicht binnen Jahresfrist eine junge Dame aus guter Familie findet, die den abgehalfterten Kerl zum Ehemann nimmt.«

In dem Moment kam die Sonne hervor. Oh, sie war schon vor Stunden am Horizont aufgegangen, doch erst jetzt nahm Jonathan Wetherell, der Vierzehnte Earl von Mayfield, ihre goldene Pracht wahr. »Wiley *muß* heiraten?« fragte er, und sein Herz schlug so schnell, daß Pitney, hätte sein eigenes Herz auch nur halb so schnell geschlagen, sich augenblicklich auf den Randstein gesetzt hätte, überzeugt, daß seine Zeit der irdischen Mühsal nun abgelaufen wäre und er jeden Moment zu seinen Vorvätern berufen würde.

»Dann weißt du es also doch noch nicht«, stellte Lord Fox fest und freute sich darüber, der Überbringer derart delikater Neuigkeiten zu sein. »Und ich hätte gedacht, der einzige Mensch in ganz Mayfair, der immer noch nichts davon weiß, sei Knox – von dem allgemein bekannt ist, daß er nie über die Dinge informiert ist, die wirklich wichtig sind. Der arme Knox. Der Mann hat so wenig Gesprächsstoff, findest du nicht auch? Obgleich er *unermüdlich* redet und sich endlos und ewig über die belanglosesten Kleinigkeiten ausläßt, bis man tatsächlich, das schwöre ich dir, kurz davorsteht – Johnny, weshalb siehst du mich denn so seltsam an? Ach ja, richtig. Du hast mir ja erzählt, daß du verliebt bist. Na, wenn das kein Knüller ist! Ich werde es wie Wiley halten und mir mit dieser Geschichte eine volle Woche lang Einladungen zu Abendgesellschaften sichern – wenn du mir nur die Einzelheiten erzählst, Johnny, *alle* Details. Aber beeil dich bitte, denn ich habe um zwei Uhr hier in der Bond Street einen Termin bei einem neuen Arzt, und ich möchte auf keinen Fall zu spät kommen. Er ist gerade erst aus Edinburgh gekommen, und es heißt, er sei ja so klug. Ich glaube, ich werde ihm mal meinen Ausschlag zeigen. Ja, doch, ich denke, dieser Hautausschlag könnte ein ganz ausgezeichneter Einstieg sein.«

Lord Mayfield begann rasende Kopfschmerzen zu fühlen, die seine Schläfen hämmern ließen. Lord Fox schien dabei zu sein, Knox Bromley erstaunlich treffsicher in all seiner Dämlichkeit zu imitieren, den Mann, der sich zur grenzenlosen Langeweile seines Publikums eine volle Viertelstunde lang damit beschäftigen konnte, jemandem guten Tag zu sagen.

»Hättest du vielleicht Lust, gemeinsam mit Knox und Wiley nächste Woche zu einer kleinen Gesellschaft zu mir zu kommen?« fragte er eilig, als Lord Fox sich unterbrach, um Atem zu holen. »Dann werde ich dir von meinem Abstieg in die Fänge der Liebe berichten, und ich kann dir versichern, daß wir uns prächtig amüsieren werden. Was soll's, von mir aus kannst du sogar deinen Quacksalber aus Edinburgh mitbringen, wenn du möchtest. Ich bin im Moment besonders umgänglich gestimmt, Pitney, aber beeil dich mit deiner Antwort, bevor mich mein besseres Ich wieder daran erinnert, wie wenig ich euch alle leiden kann.«

Lord Fox war vorübergehend sprachlos und preßte sich vor Erstaunen eine Hand auf die Brust – er brauchte dringend die Bestätigung, daß sein Herz noch immer auf seine schrecklich ruhige Art schlug, als stände er nicht täglich an der Schwelle des Todes. »Du ... Wiley ... *Knox*? Also, wirklich, Johnny, ich hätte nie gedacht ... ich hätte mir ja nie träumen lassen ... Aber *selbstverständlich*, es wird uns allen eine große Freude sein! Du hast von der nächsten Woche gesprochen? In Mayfield? Weißt du, ich bin noch nie dort gewesen. Du hast mich noch nie eingeladen. *Muß* ich Knox und Wiley mitbringen?«

Lord Mayfield lächelte frostig. »Die beiden sind deine Eintrittskarte, mein guter Pitney«, sagte er aufgeräumt. »Könntest du mir vielleicht eine Kleinigkeit abnehmen und das Zusammentreffen arrangieren, da ich normalerweise keinen von beiden zu sehen bekomme? Es könnte nützlich sein, wenn du Wiley sagst, daß zu seinem Ergötzen eine ganze Reihe von heiratsfähigen jungen Damen anwesend sein wird. Was Knox angeht, so brauchst du ihm bloß zu sagen, daß ich gern seine Meinung über den Pavillon des Prinzen von Wales in Bath hören würde. Das sollte ihm genug Gesprächsstoff liefern, um sein Mundwerk für die vierzehn Tage zu ölen, die ich eingeplant habe.«

Lord Fox bebte innerlich, und seine unglückselig lange Nase zuckte, als er offenbar eine Intrige zu wittern begann. »Du führst doch etwas im Schilde, nicht wahr, Johnny? Hat es vielleicht etwas damit zu tun, daß du dich Hals über Kopf verliebt hast? Oh, ja, ich kann eine hübsche Geschichte dahinter wittern, irgendwelche ausgeklügelten Machenschaften. Dürfte ich fragen, worum es geht?«

»Nein«, sagte Lord Mayfield fröhlich. »Das darfst du nicht. Aber ich versichere dir, daß ihr euch alle blendend unterhalten werdet. Und jetzt, Pitney, muß ich mich wieder auf den Weg machen, wenn du nichts dagegen hast.« Er musterte eingehend den schlechten Sitz von Lord Fox' dreiteiligem Anzug und fügte dann hinzu: »Mir ist plötzlich danach, meinem Schneider einen ausgedehnten Besuch abzustatten. Du läßt doch im allgemeinen nicht bei Weston arbeiten, oder?«

»Weston? Mit seinen unverschämten Preisen? Nein, wahrhaftig nicht. Ich habe einen Schneider nicht weit vom Piccadilly Circus gefunden, der meine Kleidung nach Entwürfen anfertigt, die ich persönlich für ihn zeichne.«

»Was für ein Trost du doch bist, Pitney.« Er deutete eine Verbeugung an. »Ihr werdet euch natürlich selbst darum kümmern, wie ihr nach Mayfield kommt. Seid so nett, am Montag morgen einzutreffen, und bereitet euch auf einen vierzehntägigen Aufenthalt vor. Mach's gut, Pitney, alter Freund, und vielen Dank. Du hast wahrhaftig meinen Tag gerettet.«

Lord Fox winkte Lord Mayfield zaghaft nach, ohne so recht zu wissen, ob er sich über die Einladung Seiner Lordschaft freuen oder ob er sich vor dem eindringlichen, abschätzenden Blick fürchten sollte, mit dem ihn der Mann gerade noch gemustert hatte, bevor er mit entschieden beschwingten Schritten davongeeilt war. Da es jedoch schon auf zwei Uhr zuging und sein Ausschlag ihn jetzt an einer Stelle plagte, an der sich Gentlemen in der Öffentlichkeit nicht kratzen, schob er alle Bedenken von sich und begab sich zu seinem neuen Arzt, der ihm ganz gewiß sagen würde, ob die Landluft sich günstig auf diesen vertrackten Schnupfen auswirken könnte.

Miss Virginia Noddenly saß in ihrem kleinen Schlafzimmer am Fenster, während sie auf die Stallungen hinunterblickte und sich fragte, wie das Schicksal nur so grausam sein konnte.

Mit ihren achtzehn Jahren, dem kupferroten Haar und dieser Haut, die so hell war, daß man sie schon mit dem durchscheinendsten Marmor verglichen hatte, war sich Miss Noddenly noch immer bezaubernd wenig ihrer Schönheit bewußt, zu der auch große grüne Augen zählten, die so still und klar waren wie das Meer bei Sonnenaufgang, eine kecke kleine Stupsnase, ein entzückendes herzförmiges Gesicht und eine zierliche, schlanke Figur, für die zahlreiche Debütantinnen bereitwillig ihre hingebungsvollen Mamas geopfert hätten.

Aber all diese Schönheit und ihre vollkommene Gestalt würden ihr nichts nützen. Arme Miss Virginia Noddenly. Arme, *arme* Miss Noddenly.

Und dennoch war dieses mangelhafte Bewußtsein ihrer körperlichen Reize vielleicht ein Segen für sie, denn wenn sie über die Freuden nachgedacht hätte, die ein perfekter Körper ihr gewähren könnte, an die Kinder, die sie womöglich gebären würde, an das Leben, das sie an der Seite des Mannes führen könnte, den sie liebte, dann wäre sie möglicherweise todunglücklich in Tränen ausgebrochen.

Denn Virginia Noddenly war es bestimmt, eine alte Jungfer zu werden.

Die Neunte Miss Noddenly. Sie hatte selbst gehört, wie ein paar boshafte Frauenzimmer in einem der Salons sie so genannt hatten – an dem einzigen Abend, an dem ihr Papa ihr gestattet hatte, sich in der guten Gesellschaft zu zeigen.

Die Neunte, die letzte und die am unseligsten plazierte Miss Noddenly, Tochter von Sir Roderick Noddenly, dem stursten und hartnäckigsten, wenngleich auch liebenswertesten Mann diesseits der Ewigen Verdammnis.

»Meine Mädchen werden in der Reihenfolge ihrer Geburt heiraten«, hatte Sir Roderick schon vor vielen Jahren verfügt und seitdem fast täglich wiederholt.

»Erst Faith, dann Hope, dann Charity – durchweg brauchbare Namen, aber auf mehr als drei Töchter war ich schließlich nie gefaßt – und dann Lucille, dann Marianne, dann Lettice Ann, dann Myrtle – nach meiner seligen Großmutter benannt, die immer gesagt hat, wenn ich nur genügend Töchter bekäme, dann würde ich mich am Ende doch noch dazu durchringen, ihr die Ehre anzutun – dann Georgette – der Gerechtigkeit halber nach meinem Großvater benannt – und zuallerletzt meine süße Virginia. So, ich hab's euch hiermit gesagt, und so wird es geschehen. Ich dulde keinen Widerspruch!«

Faith hatte wie befohlen als erste geheiratet, und jetzt hatte sie fünf Sprößlinge, die zum Glück alle in Lancashire lebten, fern von dem Wohnsitz der Familie in Sussex.

Hope war die Ehefrau des ortsansässigen Arztes, Charity hatte sich einen Earl geangelt, und Lucille war die stolze Gattin eines Dekans, der einer Fakultät in Cambridge vorstand.

Marianne hatte einen Kapitän geheiratet und lebte jetzt im fernen Boston. Sie schrieb nur selten an ihren Papa, der sie gezwungen hatte zu warten, bis Lucille und ihr »vertrottelter Schullehrer« endlich »die Kurve gekriegt« hatten und Lucille bereits ein Kind im Bauch hatte, als sie endlich zum Altar gezerrt wurde.

All diese Hochzeiten hatten dazu geführt, daß Sir Roderick beklagenswert schlecht bei Kasse war, als er die Mitgift für Lettice Ann aufbringen mußte, und daher war ihr Eintritt in die Gesellschaft um mehr als drei Jahre hinausgeschoben worden, was Lettice Ann mit ihrem unangemesssenen Namen und ihrer schon immer eher dürftigen Schönheit, die inzwischen jedoch rapide dahinzuschwinden begann, die Freiheit verschaffte, Jagd auf den Gärtner der Noddenlys zu machen, der ihre Zuneigung nicht erwiderte.

Es war nicht etwa so, daß Myrtle bekümmert über diesen verzögerten Eintritt auf den »Heiratsmarkt« gewesen wäre, denn sie hatte es nicht eilig, unter den Auktionshammer zu kommen. Schon vor langer Zeit hatte sie nämlich verkündet – und diese Äußerung war ebensooft wiederholt worden wie das Dekret ihres Vaters –, ihr sei es weitaus lieber, ungebunden zu bleiben, weil sie sich auf diese Weise um so ausgiebiger um ihre geliebten Pferde kümmern konnte (mit denen sie betrüblicherweise eine große Ähnlichkeit aufwies).

Somit blieb noch Georgette, ein ganz entzückendes, aber unter allen möglichen eingebildeten Krankheiten leidendes Fräulein von zwanzig Jahren, eine junge Dame, die nur dann glücklich war, wenn sie kränkelte, da sie schon in ihrer frühen Jugend gelernt hatte, daß die sicherste Art und Weise, inmitten dieser schnatternden Gänseschar die Aufmerksamkeit auf sich zu lenken, darin bestand, zu husten, zu niesen, matt zu ächzen oder derart schwer zu seufzen, als könnte dieser lange, betrübte Atemzug ihr letzter sein.

Georgette hätte liebend gern geheiratet – und insgeheim beneidete sie ihre Schwester Hope, die erfolgreich einen Arzt an Land gezogen hatte, obwohl sie selbstverständlich nur einen weitaus *überragenderen* Mediziner heiraten würde, einen, der ihr nicht barsch befahl, sich zusammenzureißen und an die frische Luft zu gehen, statt sich wie eine sterbenskranke Gans aufzuführen, wenn sie in Wirklichkeit so gesund und kräftig wie eine von Myrtles Stuten war.

Drei unverheiratete Schwestern. Drei alte Jungfern, die in irgendeiner Form zum Altar geführt, gestoßen oder unter Androhungen dorthin gezerrt werden mußten, ehe Virginia, die letzte der Schwestern, würde heiraten dürfen.

Virginia seufzte, zwar nicht ganz so tief wie Georgette, aber doch weitaus glaubwürdiger, und sie fragte sich, ob das Taschengeld eines ganzen Jahres, das sie angespart hatte, wohl ausreichen würde, um den Gärtner der Noddenlys zu bestechen, damit er heimlich mit Lettice Ann durchbrannte und sie heiratete. Das hieß noch lange nicht, daß eine so kühne Tat Virginias Probleme restlos gelöst hätte, denn dann müßte als nächste noch Myrtle unter die Haube gebracht werden. *Diese* Noddenly-Schwester an den Mann zu bringen, wäre ungefähr das gleiche, als brauchte Virginia nur mit der Hand zu wedeln, auf daß der Ärmelkanal sich teilte und ganz England barfuß nach Calais schlendern konnte.

Vielleicht sollte Virginia die Möglichkeit ins Auge fassen, ihre Schwester mit einem Jockey bekannt zu machen? Es mochte zwar sein, daß Myrtle den Mann um einen oder zwei Köpfe überragte, aber zumindest hätten die beiden etwas gemeinsam.

Dann blieb immer noch Georgette-Vinaigrette, wie Virginia im stillen die zweitjüngste der Schwestern nannte, die man oft eine Flasche mit diesem gräßlich riechenden Stärkungsmittel in der Hand schwenken sah, das zur Vorbeugung gegen ihre häufigen Schwindelanfälle diente.

Wer würde jemals diese ermüdende Quengelsuse heiraten? Ob es sich vielleicht auszahlen würde, wenn Virginia eine Annonce in den Londoner Tageszeitungen aufgab, in der ein ganz normaler Gentleman gesucht wurde, der danach lechzte, einer Invaliden als Stütze zu dienen, wenn ihm im Austausch dafür für den Rest seines Lebens unablässige Klagen geboten wurden?

Oder wäre es vielleicht doch einfacher, das Bethlehem Hospital nach einem geeigneten Kandidaten zu durchforsten, denn nur ein armer Irrer würde sich jemals nach einem solchen Schicksal sehnen.

Das Schicksal. Ja, das war es, worüber Virginia an diesem schönen Nachmittag nachgrübelte.

Das Schicksal, das *sie* ausgewählt hatte, um die Neunte und letzte Miss Noddenly zu sein.

Das Schicksal, das sie nach dem Ableben ihrer Mutter gemeinsam mit ihren älteren Schwestern nach London verschlagen hatte, da Sir Roderick keinen Grund dafür sah, jemanden in Sussex zurückzulassen, wenn es doch unter wirtschaftlichen Gesichtspunkten weitaus ratsamer erschien, all seine Bediensteten unter ein und demselben Dach zu haben.

Das Schicksal, das ihr eine einzige Nacht in der feinen Gesellschaft gegönnt hatte, als Georgette über Ohrenschmerzen geklagt und beschlossen hatte, zu Hause zu bleiben und sich eine gebratene Zwiebel in das lästige Ohr zu stecken.

Das Schicksal, das den unglaublich gutaussehenden Jonathan Wetherell, den Vierzehnten Earl von Mayfield, ihren Weg hatte kreuzen lassen und ihr Liebe beschert hatte, nur um sie ihr sogleich wieder zu entreißen, da sie selbst wußte, daß diese Liebe keine Zukunft hatte.

Ah, aber wie unbeschreiblich wunderbar jene ersten paar Wochen gewesen waren!

Die geraubten Augenblicke in einem stillen Winkel von Hatchard's Book Depository.

Das süße Flüstern im Dunkeln, wenn er gekommen war, um unter eben diesem Fenster zu stehen.

Der einzige Kuß, den sie im Hyde Park getauscht hatten, als

Myrtle vollauf damit beschäftigt gewesen war, das Pferdegespann vor der Kutsche des Prinzregenten zu bewundern, und daher nicht bemerkt hatte, wie sich ihre jüngere Schwester heimlich zwischen die Bäume stahl.

Die unsterbliche Liebe, die Jonathan Wetherell ihr geschworen hatte, der vollkommenste, der wunderbarste, aber auch der *verwirrteste* Mann seit Menschengedenken.

Jonathan hatte sich nicht verlieben wollen, und schon gar nicht in ein unerfahrenes Mädchen aus Sussex. Das wußte Virginia, weil er es ihr ganz aufrichtig gesagt hatte, während er selbst noch sehr verwundert über die Tiefe seiner Gefühle gewesen war.

Er war ein Mann von Anfang Dreißig, ein überzeugter Junggeselle, der an seinem Leben festzuhalten entschlossen war, bis es sich nicht mehr umgehen ließ, eine Familie zu gründen, und ein Mann, für den die gute Gesellschaft und ein Dutzend Ballsaisons mit geistlosen Debütantinnen jeden Reiz verloren hatten.

Er schwor, daß er wohl niemals wissen würde, warum er augenblicklich diesem schwächenden Gefühl erlegen war, sobald er einen Blick auf Virginia geworfen und »ihr prachtvolles Haar, ihr atemberaubendes Lächeln« gesehen hatte.

Er wußte nur, daß er Virginia Noddenly liebte, daß er sie rasend und leidenschaftlich liebte und barfuß über Glasscherben laufen würde, um sie zur Ehefrau zu bekommen.

Allerdings war er nicht darauf vorbereitet gewesen, daß sein Weg nur über die versammelten Leichen von Lettice Ann, Myrtle und Georgette-Vinaigrette Noddenly führen konnte. Auf diese Möglichkeit war er ganz und gar nicht gefaßt gewesen, und er hatte sich auch dahingehend geäußert, als er Sir Roderick aufgesucht hatte, um mit seiner Erlaubnis um Virginia zu werben.

»Meine Töchter werden in der Reihenfolge ihrer Geburt heiraten«, hatte Sir Roderick ihm mit aller Entschiedenheit mitgeteilt. »Erst Faith, dann Hope, dann Charity – durchweg brauchbare Namen, aber auf mehr als drei Töchter war ich schließlich nie gefaßt – und dann Lucille, dann Marianne, dann Lettice Ann, dann ...«

Virginia hatte Jonathan traurig und wissend angelächelt und ihm gesagt, er bestünde keinerlei Notwendigkeit, die Rede ihres Vaters Wort für Wort zu wiederholen.

Jonathan war ratlos gewesen – oder zumindest hatte er Virginia berichtet, daß ihm darauf nichts mehr eingefallen wäre –, als sie sich das nächste Mal trafen, und es war ihr erstes wirklich heimliches Treffen gewesen, denn Sir Roderick hatte sich geweigert, seiner jüngsten Tochter noch einmal zu erlauben, in der Gesellschaft zu erscheinen, da er fürchtete, ein liebeskranker Lord Mayfield könnte irgend etwas Überstürztes unternehmen und sie bei Nacht und Nebel nach Gretna Green entführen.

»Sie haben einen Ausdruck in den Augen, der mich ausgesprochen beunruhigt, junger Mann«, hatte Sir Roderick bekundet. »Eine glühende Entschlossenheit, die mir nicht gefallen will, wenn ich Ihnen das Versprechen, keine Mitgift zu verlangen, auch noch so hoch anrechne und Sie für Ihr Angebot bewundere, Ihrer zukünftigen Frau Gelder in einer Größenordnung bereitzustellen, mit der meine Virginia nicht das geringste anzufangen wüßte, denn schließlich ist sie ein einfaches Mädchen und keine von der Sorte, die meine Mittel für albernen Firlefanz verschwendet, wie ihre Schwester Georgette es tut. Daher verbiete ich Ihnen, Virginia zu sehen, solange meine anderen Mädchen nicht unter der Haube sind. Falls Sie sie immer noch wollen, wenn ich mir die anderen drei vom Hals geschafft habe, dann sprechen Sie wieder bei mir vor. Es wäre mir eine große Freude, Sie zum Schwiegersohn zu haben. Wissen Sie, wir haben zwar schon einen Earl in der Familie, aber ein zweiter würde nichts schaden.«

Virginia hob verstohlen die Hand, um eine einzelne Träne fortzuwischen, da diese drohte, Clara, ihrer Zofe – einer mütterlichen Frau, in die sich die vier übrigen Noddenly-Töchter teilten – zu verraten, daß ihr das Herz brach und sie sich wieder einmal wegen Seiner Lordschaft grämte, »obwohl du genau weißt, daß es dir nicht das geringste nützt, eimerweise Tränen zu vergießen, denn Sir Roddy wird ja doch nicht von seinem Standpunkt abrücken«.

Und Virginia wußte, daß Clara recht hatte. Sie holte tief Luft und wappnete sich für das bevorstehende Stelldichein mit Jonathan, das für den heutigen Abend anberaumt war, nachdem alle zu Bett gegangen waren. Papa würde niemals zulassen, daß sein Plan, seine Töchter in der Reihenfolge ihrer Geburt zu verheiraten, durchkreuzt würde.

Obwohl sie jetzt in diesem gemieteten Stadthaus in der Half Moon Street wohnten, akzeptierte der Mann noch nicht einmal geringfügige Veränderungen in seinem persönlichen Tagesablauf. Er stand weiterhin jeden Morgen bei Tagesanbruch auf, als wollte er ausreiten und seine Felder inspizieren, und er ging nach wie vor allabendlich gleich nach dem Beten um zehn Uhr ins Bett, um auch am nächsten Morgen erneut in aller Herrgottsfrühe aufzustehen.

Was mir durchaus gelegen kommt, dachte Virginia lächelnd, denn seine Angewohnheit, früh zu Bett zu gehen, machte es soviel leichter für sie, den Dienstbotenaufgang hinunterzuschleichen und unbemerkt zu den Stallungen zu gelangen, um dort jene verstohlenen Augenblicke mit Jonathan zu genießen.

Inzwischen waren jedoch selbst diese Augenblicke eine Qual für sie. Jonathan suchte sie nämlich während seiner allnächtlichen Runde von Parties, großen Abendgesellschaften und Theaterbesuchen auf, und seine elegante Kleidung schien sie zu verspotten, wenn sie in ihrem alten Morgenmantel vor ihm stand (nur für den Fall, daß Clara oder eine der anderen Hausangestellten ihr zufällig über den Weg laufen sollten, damit sie Schlaflosigkeit vortäuschen und behaupten konnte, sie sei auf dem Weg in die Küche, um sich Milch warm zu machen).

Er führte unbeirrt sein Leben weiter und verkehrte mit den Schönheiten der Gesellschaft, die alle für ihn schwärmten und Jagd auf ihn machten und die eine sehr viel größere Chance hatten, ihn zum Ehemann zu bekommen, jetzt, wo er mit dem Gedanken an Heirat spielte, während ihr, Virginia, nichts anderes übrig blieb, als zähneknirschend dazusitzen und darauf zu warten, daß ihre Schwestern sich vermählten – eine nach der anderen.

Es war nicht gerecht. Verdammt noch mal, es war einfach nicht gerecht!

Und anscheinend war auch Clara dieser Ansicht.

»Hier, Miss Ginny, wisch dir damit die Augen«, sagte Clara auf ihre derbe bäuerliche Art und riß Virginia aus ihren Grübeleien, indem sie ihrer Herrin ein Spitzentaschentuch vor die Nase hielt. »Und mach nicht so ein Gesicht, als ginge morgen die Welt unter und du hättest nächsten Freitag eine Verabredung, um mit dem Prinzen auszureiten. Seine junge Lordschaft steht sich im Wohnzimmer der Köchin die Beine in den Bauch, und du solltest lieber ein Lächeln auf dieses hübsche Gesicht zaubern, damit er nicht augenblicklich Reißaus nimmt.«

»Jonathan? Er ist hier?« fragte Virginia, die selbst nicht wußte, was sie mehr erstaunte – das Auftauchen ihres Angebeteten am hellichten Tage oder das Mitgefühl, das Clara anscheinend für die Sorgen wahrer Liebe aufbrachte.

Als sich die Zofe jedoch abwandte und Virginia das Funkeln des blinkenden Goldstücks sah, das Clara in ihre Tasche gleiten ließ, lächelte die jüngere Frau lediglich in dem Wissen, daß ihr bezaubernder Jonathan wieder einmal eine Möglichkeit gefunden hatte, mit ihr zusammenzukommen.

Sie rannte zum Spiegel und inspizierte hastig ihr schlichtes Musselinkleid mit dem zarten Muster aus Blüten und Zweigen, um zu sehen, ob es faltig und zerknittert war; dann strich sie sich die Locken aus dem Gesicht, die ihr gelöst über die Schultern fielen und nur von einem Satinband aus ihrer glatten Stirn zurückgehalten wurden, da sie nicht auf Besucher vorbereitet und entsprechend gekleidet war.

Sah sie zu jung aus? Wirkte sie allzusehr wie ein Mädchen vom Lande? Jonathan hatte gesagt, daß ihn gerade ihre Natürlichkeit begeisterte, nachdem er so lange Zeit die künstlich hervorgehobene Schönheit endloser Scharen von Debütantinnen bei Almack's über sich hatte ergehen lassen müssen. War das nur nett gemeint gewesen? Nein. Jonathan hätte sie nicht belogen. Er würde sie niemals belügen. Er hatte nicht einmal einen Funken Heimtücke im Leib!

»Wo ist Papa?« fragte Virginia mit der Hand auf dem Türknauf, als der gesunde Menschenverstand, den sie im Überfluß besessen hatte, ehe ihr Jonathan begegnet war, mit Verspätung an ihrem liebeskranken Gehirn anpochte. »Hält er sich im Haus auf?«

»Sir Roddy ist in seinem Club und langweilt wahrscheinlich alle zu Tode mit seinen Geschichten über seine Töchter«, teilte Clara ihr mit und schüttelte die Kissen auf dem Stuhl am Fenster auf. »Miss Lettice Ann ist in ihrem Zimmer und schmachtet nach ihrem Unkrautzupfer, falls es dich interessieren sollte. Miss Myrtle poliert in den Stallungen Sattelzeug – ich habe mir sagen lassen, daß sie sich mit einem von Lord Chestertons Stallknechten angefreundet hat – und Miss Georgette sitzt im Wohnzimmer und mißt ihren Puls, um auch ganz sicherzugehen, daß sie noch nicht tot ist. Komm schon, Miss Ginny! Einen so schmucken Mann läßt man nicht warten!«

Virginia nickte kurz, strahlte die Zofe an und flitzte zum Dienstbotenaufgang, der direkt in die Küche führte. An der Küchentür zögerte sie einen Moment lang, doch die Köchin zwinkerte ihr zu und wies mit einem hölzernen Schöpflöffel auf einen schmalen Korridor, worauf Virginia ihr Tempo zu einem damenhaften Schlendern verlangsamte, als sie sich dem kleinen privaten Wohnzimmer näherte.

Sie betrat den finsteren Raum im Erdgeschoß, den die hohen Mauern der umstehenden Häuser buchstäblich gegen die Nachmittagssonne abschirmten, und sah sich nervös nach Jonathan um.

»Überraschung!«

Plötzlich tauchte ein Strauß gelber Rosenknospen vor ihr auf, und Jonathan kam hinter der Tür heraus und strahlte so übermütig und ausgelassen, daß sie augenblicklich auf eine freudige Überraschung gefaßt war.

»Jonathan!« rief sie glücklich, als sie den Strauß entgegennahm und einen Moment lang das Gesicht in den duftenden Blumen begrub, ehe sie lächelnd zu ihm aufblickte und ihn verliebt ansah. »Die Rosen sind wirklich wunderschön!«

»Nein, mein bezaubernder Engel. Wenn hier jemand wunderschön ist, dann *du*. Du brauchst nur ganz genau hinzuhören, und schon wirst du selbst feststellen, daß diese armen Rosen vor Verzweiflung weinen, weil sie wissen, daß deine Schönheit sie in den Schatten stellt.« Er nahm sie an der Hand, führte sie zu dem schäbigen Sofa und zog sie neben sich, als er sich setzte. »Ich habe Neuigkeiten.«

Sie schwelgte in seiner Nähe und wagte es, ihm die Hand zu drücken, während sie ihn mit Blicken anbetete.

»Erzähl, Jonathan«, flüsterte sie und wünschte, er würde sie wieder küssen, wie er es an jenem ganz besonderen Tag im Park getan hatte, obwohl er ihr bei seiner Ehre geschworen hatte, daß er ihr Vertrauen zu ihm niemals mißbrauchen würde, indem er sie ungebührlich ausnutzte.

Das galt natürlich nur, bis sie verheiratet waren. Anschließend würde es ihm die allergrößte Freude bereiten, hatte er ihr mit einem schelmischen Grinsen mitgeteilt, sie mit Spielarten des Entzückens vertraut zu machen, wie sie ihr unschuldiges junges Herz sich nicht einmal erträumen könne!

»Ich habe gerade deinen Vater in seinem Club aufgesucht«, berichtete er ihr, und seine leuchtenden Augen sagten ihr, daß er eine Glanzleistung vollbracht haben mußte. »Ich wollte keine falschen Hoffnungen in dir wecken, ehe ich mir nicht mit Brief und Siegel seine Billigung eingeholt hatte, denn das wäre zu grausam für uns beide gewesen, mein Herz. Aber Sir Roderick hat seine Zustimmung gegeben. Liebling, meine süße Ginny – ich werde deine Schwestern unter die Haube bringen!«

Sie sah ihn an und konnte einfach nicht glauben, was sie gerade gehört hatte. »Wie? Wer? Georgette-Vinaigrette? Gütiger Himmel ... *Myrtle*?«

»Nur keine Sorge, ich habe alles sorgsam eingefädelt. Ich frage mich bloß, warum ich nicht schon eher auf diese Idee gekommen bin. Wir verheiraten deine Schwestern, und dann steht es uns frei, unser gemeinsames Leben zu beginnen. Ich komme sogar für die Mitgift der Mädchen auf, und selbst wenn es mich das Doppelte kosten würde, dann könnte ich immer noch nicht über die Unkosten klagen. Hör zu«, sagte er ernst und rückte näher zu ihr, als er sie in seinen Plan einweihte.

Virginia lauschte gebannt, und allmählich breitete sich ein Lächeln auf ihrem Gesicht aus. Ihr Jonathan war also doch nicht gänzlich frei von Heimtücke. Und sie hätte nicht glücklicher darüber sein können!

2

»Natürlich zieht es *schrecklich* in meiner Suite«, erklärte Georgette fatalistisch, als sie sich matt in den Salon von Mayfield schleppte, nachdem sie Clara eine volle Stunde lang mit der Suche nach dem Verbleib all ihrer Medikamente gepiesackt hatte, die sorgsam in einem großen Koffer verstaut worden waren, der eigens dazu diente, Dutzende von Röhrchen mit Pillen und Papiertüten mit Pülverchen aufzunehmen, vorübergehend jedoch abhanden gekommen war. »Ich werde mich ganz bestimmt schrecklich erkälten.«

Die junge Dame ließ sich dramatisch auf den nächstbesten Stuhl fallen und preßte sich den Handrücken an die Stirn. Georgette Noddenly hätte eine leidliche Schauspielerin abgegeben, denn mit ihrer schmächtigen Gestalt, den bleichen Wangen und dem blonden Haar, das ihr Gesicht wie ein Heiligenschein umgab, war sie eine höchst überzeugende Invalidin; die Tatsache, daß sich ihre Fähigkeiten darauf beschränkten, dahinsiechende Schwindsüchtige zu spielen, hätte die Auswahl ihrer Rollen allerdings beträchtlich eingeschränkt.

»Wie gräßlich. Hör bloß auf zu jammern, Georgie«, murrte Lettice Ann Noddenly teilnahmslos und vertiefte sich weiterhin in die Landkarte, die sie sich bereits irgendwie aus der Bibliothek von Mayfield beschafft hatte. Der Sonnenschein, der durch die Fensterfront im Westen strömte, trug nicht gerade dazu bei, ihre dürftige Schönheit vorteilhaft zur Geltung zu bringen, sondern betonte nur ihre unselige Ähnlichkeit mit ihrem langnasigen Erzeuger. »Ich hab's doch gewußt! Ich hab's einfach gewußt! Von hier ist es noch weiter bis zu uns nach Hause als von London aus. Wie soll Bertram mich bloß hier finden?«

»Er heißt Bert, Lettice Ann«, mischte sich Myrtle Noddenly unaufgefordert ein, als sie langbeinig in den Salon marschierte; ein schwacher Pferdegeruch haftete an ihren Kleidern, da sie gerade aus den Ställen kam, wo sie persönlich die Unterbringung ihrer Stuten in den Boxen überwacht hatte.

»Oder auch der böse Bertie«, fuhr sie fort, »um ihn bei dem Namen zu nennen, den die Zimmermädchen ihm gegeben haben. Er ist zwar nur ein bescheidener Gärtner, aber er hat schon zahlreiche Äcker mit unseren Hausmädchen gepflügt, falls du verstehst, was ich meine«, fuhr sie fort und zwinkerte Georgette zu, die augenblicklich schrill kicherte und damit signalisierte, daß sie den Witz verstanden hatte.

»Wie kannst du es wagen, Myrtle?« protestierte Lettice Ann, und ihr blasser Teint wurde eher noch fahler, statt schmeichelnd zu erröten angesichts dieser Beleidigung gegenüber der Liebe ihres Lebens – der *unerwiderten* Liebe ihres Lebens, um genau zu sein, aber danach hatte schließlich niemand gefragt, nicht? »Bertram hat sich mir gegenüber immer wie ein vollendeter Gentleman benommen.«

Myrtle inspizierte unbeteiligt die abgebrochenen und reichlich schmutzigen Fingernägel ihrer rechten Hand. Sie trug beim Reiten niemals Handschuhe, da sie gern Pferdefleisch unter ihren Fingern spürte, und sie trug auch nur selten einen Hut, was das sommersprossige Gesicht unter ihrem kurzgeschnittenen karottenroten Schopf erklärte. Dennoch – trotz allem war sie eine durchaus ansehnliche junge Frau, wenn auch gelegentlich abstoßend männlich in ihrem Benehmen.

»Das liegt nur daran, weil er sich nichts aus dir macht, du Pfeifente«, antwortete Myrtle, deren Hang zu einer brüsken, männlichen Ausdrucksweise sich jetzt erschreckend deutlich zeigte. »Andernfalls wäre er längst über dich hergefallen. Gib's auf, Letty. Papa würde selbst dann nichts davon hören wollen, wenn du bei dem bösen Bertie Chancen hättest, aber die hast du ohnehin nicht. Vielleicht hat er doch so was wie einen Kopf auf den Schultern und lebt nicht ausschließlich zwischen seinen Beinen.«

»O Gott, wie ich dich verabscheue! Du widerst mich an«, stieß Lettice Ann zwischen zusammengebissenen Zähnen hervor. »Bloß weil *du* keine Lust hast zu heiraten, nimmst du dir das Recht heraus, dich über meine Liebe zu Bertram lustig zu machen. Oder hast du vielleicht vor, dich mit einem von diesen schmutzigen Gäulen zu paaren, die dir so sehr am Herzen liegen? Ich kann dein Kind schon förmlich vor mir sehen. Es würde ein Gesicht haben, das noch pferdeähnlicher wäre als deines!«

»Oh, dieser Lärm, dieser schreckliche Lärm! Ich spüre, wie die Kopfschmerzen einsetzen!« stöhnte Georgette-Vinaigrette und preßte sich die Hände auf die Ohren. »Wie kann man mich ständig derart leiden lassen! Was gäbe ich nicht dafür, euch beide los zu sein!«

»Du könntest an einem deiner zahllosen Leiden sterben, Georgie. Dann wärst du uns los«, warf Myrtle hilfreich ein. »Obgleich die schlimmste deiner Krankheiten im allgemeinen nicht zum Tode führt, nämlich die, daß du nicht alle Tassen im Schrank hast.«

Georgette begann augenblicklich in ihrer Handtasche, die sie nie aus den Augen ließ, nach dem Riechfläschchen zu wühlen, und dabei schluchzte sie leise vor sich hin, weil sie von herzlosen Geschöpfen umgeben war, die sie drangsalierten, und weil niemand außer ihrer verstorbenen Mutter jemals wahres Verständnis für ihre zarte Konstitution und ihre Schonungsbedürftigkeit aufgebracht hatte.

Vielleicht würde es etwas nützen, wenn sie ein- oder zweimal hustete, damit Virginia auf ihre Not aufmerksam wurde und ein paar freundliche Worte an sie richtete, denn Virginia war die netteste unter all ihren Schwestern. Von Myrtle konnte man das keinesfalls behaupten. Georgette war sogar der festen Überzeugung, wenn sie in diesem Augenblick ohnmächtig zu Boden sänke, würde Myrtle einfach ungerührt über sie hinwegsteigen auf ihrem Weg zum Dinner.

Virginia Noddenly, die sich im Moment beinahe wünschte, Georgette würde tatsächlich ohnmächtig werden, und sei es auch nur, damit sie endlich den Mund hielt, seufzte schwer. Sie hatte sich Bessseres von ihren drei älteren Schwestern erhofft, obwohl sie von Anfang an gewußt hatte, daß diese Hoffnung zum Scheitern verurteilt sein würde. Jetzt sagte sie: »Ich bitte euch, laßt das Streiten sein. Seine Lordschaft wird sich jeden Moment zu uns gesellen, und es wäre mir gar nicht lieb, wenn er einen schlechten Eindruck von meinen teuren Schwestern bekommen würde.«

»Und da ist noch so eine Sache«, sagte Myrtle vorwurfsvoll und rieb an einem bräunlichen Fleck auf ihren Röcken, von dem Virginia inbrünstig hoffte, er stammte von dem zähen Rindfleisch in der fettigen Sauce, das man ihnen bei ihrer schnellen Rast in einem mittelmäßigen Gasthaus am Straßenrand zum Mittagessen vorgesetzt hatte, und nicht etwa von der Berührung mit irgend etwas Widerlichem, mit dem ihre Schwester während ihres Aufenthalts in den Ställen in Kontakt gekommen war.

»Noch so eine Sache?« fragte Virginia und mied den durchdringenden Blick ihrer Schwester. Myrtles Augen standen beidseits ihrer dünnen Hakennase betrüblich dicht beieinander, und ihr Blick konnte ausgesprochen stechend sein. »Ich weiß nicht, was du meinst.«

»Sie weiß nicht, was ich meine«, äffte Myrtle sie nach. »Oh, die geheuchelte Unschuld der Jugend. Sie entbehrt jeglicher Überzeugungskraft. Also gut, Ginny, ich frage dich noch einmal, und diesmal wirst du nicht flunkern oder versuchen, mich abzuwimmeln, denn sonst werde ich dir die Nase in die Länge ziehen.«

Virginia schluckte eine wütende Entgegnung hinunter, da sie wußte, daß es zwecklos war, sich mit Myrtle anzulegen, denn sie war durchaus imstande, handgreiflich zu werden, um ihren Standpunkt klarzustellen. »Ja, Myrtle. Frag mich, was du willst.«

»Darauf kannst du dich verlassen. Wie kommt der Earl dazu, uns alle hier antanzen zu lassen? Was bildet der sich überhaupt ein? Falls er vorhaben sollte, uns alle drei zu verkuppeln, damit er dich kriegt, dann steht ihm ein böses Erwachen bevor. Unsere gute Letty wird keinen anderen als ihren bösen Bert heiraten – und diese Hoffnung kann sie sich auch ebensogut gleich abschminken. Ich habe sowieso nicht vor, jemals zu heiraten, und in ganz England gibt es keinen einzigen Mann, dessen Haß auf sich selbst groß genug ist, um sich mit unserer schlappen Georgie einzulassen. Ich hätte bei dieser ganzen Farce gar nicht erst mitgespielt, wenn ich nicht läuten gehört hätte, daß Seine Lordschaft ganz enorme Jagdpferde im Stall stehen hat.«

Myrtles Mutmaßungen (die direkt ins Schwarze trafen) und ihre Schlußfolgerungen (die ebenfalls der der Wahrheit erschreckend nahe kamen) dienten dazu, Georgette aus ihrem selbstmitleidigen Greinen aufzurütteln. »Ist das wahr, Ginny? Wird Seine Lordschaft wirklich versuchen, uns unter die Haube zu bringen, damit ihr beide, du und er ... damit ihr womöglich ...«

»Damit sie heiraten können, Georgie«, fiel Lettice Ann ein, und ihre Stimme triefte vor Gehässigkeit. »Unsere jüngste Schwester hat es darauf abgesehen, unser aller sterbliche Hüllen zu opfern, um sie für ihre eigenen Zwecke zu mißbrauchen. Als ob ich meine kostbare Keuschheit irgendeinem anderen als meinem teuren Bertram schenken würde.«

»Wenn du dir deine kostbare Keuschheit noch viel länger bewahrst, Letty«, warf Myrtle spitzzüngig ein, während sie mit ihren schmutzigen Fingern in einer Schale mit Süßigkeiten herumstocherte, »dann werden nur noch die Würmer in deinen alternden Körper kriechen wollen. Wenn ich es mir recht überlege, könnte der böse Bertie durchaus Gefallen daran finden, denn schließlich buddelt er ja dauernd in der Erde rum. Ginny«, fuhr sie fort, während Lettice Ann ihre abscheulich unflätige Schwester mit Blicken erdolchte, »würde es dir vielleicht etwas ausmachen, uns die Namen der Herren zu nennen, die Seine Lordschaft uns zur Begutachtung servieren wird?«

Aus dem Augenwinkel sah Virginia, wie Georgette sich in ihrem Sessel vorbeugte und gespannt auf die Antwort ihrer jüngeren Schwester wartete. Einen flüchtigen Moment lang spielte Virginia mit dem Gedanken, ihre Schwestern ein weiteres Mal anzuflunkern und jegliches Wissen darum zu leugnen, daß es sich bei diesem hastig arrangierten Ausflug nach Mayfield um etwas anderes handelte als das, was es angeblich war – lediglich eine kleine Gesellschaft, dazu gedacht, sich eine Zeitlang von der Hektik einer Ballsaison in London zu erholen.

Da sie jedoch wußte, daß Myrtle diesen Unsinn nicht schlukken, sondern ihr das Leben zur Hölle machen würde, falls sie es wagen sollte, ihre Schwestern mit einer Unwahrheit zu ködern, wandte sich Virginia schließlich an Georgette, die am wenigsten Bedrohliche dieses Dreiergespanns, und leierte herunter: »Knox Bromley, Sir Wiley Hambleton und Lord Pitney Fox. Sie werden morgen früh hier eintreffen, glaube ich wenigstens.«

»Ich reise ab«, verkündete Lettice Ann energisch und erhob sich. »Und zwar nicht zurück nach London, wo unser durchtriebener Papa wahrscheinlich schon seine Erlösung von seinen letzten vier Töchtern feiert, sondern nach Hause – zu Bertram. Ich weigere mich, hierzubleiben und mich vor drei Männern, die ich nicht kenne und die ich garantiert nicht mögen werde, zur Schau stellen zu lassen, damit sie mich wollüstig begutachten können.«

Myrtle nahm die Schale mit den Süßigkeiten, setzte sich auf ein Ton in Ton gestreiftes weißes Sofa und bereitete somit seiner makellosen Schönheit ein jähes Ende. »Reg dich ab und setz dich wieder hin, Letty. Es steht ja ohnehin nicht zu erwarten, daß einer von ihnen ein Auge auf dich werfen wird. Nun, Ginny, dann wird Sir Wiley Hambleton also zu unserem kleinen Kreise zählen. Das hätte ich mir eigentlich denken können. Wie ich gehört habe, muß er heiraten, wenn er seine spätere Erbschaft nicht verlieren will. Georgie – der wäre ein Fang für dich. Er ist nicht nur bereit zum Heiraten, sondern hat auch noch genug Moneten, um dich für den Rest deiner Tage mit Riechfläschchen und Stärkungsmitteln zu versorgen. Bestimmt wird er sich sofort an deine Fersen heften, denn schließlich muß er, wenn er dich sieht, glauben, daß du ihm schon binnen Jahresfrist mausetot vor die Füße fällst. Soll ich ihm sagen, daß du robuster bist als meine besten Stuten und daß du unweigerlich ein hohes Alter erreichen und noch mit Mitte Achtzig unablässig wimmern und stöhnen wirst? Oder meinst du, das wäre nicht anständig von mir?«

»Keiner glaubt mir! Keiner nimmt mich ernst! Keiner mag mich!« rief Georgette schluchzend und preßte sich ihr Taschentuch auf den Mund, als sie aus dem Salon floh und auf dem Weg zu ihren Räumen und zu Clara, die ihr mürrisch Mitleid zollen und sie bemuttern würde, beinahe mit dem Earl von Mayfield zusammenprallte.

Jonathan wich zurück und zog eine eindrucksvolle ebenholzschwarze Augenbraue hoch, als sein amüsierter Blick Georgettes fliehender Gestalt folgte, ehe er den Salon betrat, der Reihe nach jede der verbleibenden jungen Damen begrüßte und sich dafür entschuldigte, sie bislang sich selbst überlassen zu haben, da er die Vorbereitung von drei weiteren Gästezimmern überwachen mußte (und die strategische Plazierung der männlichen Interessenten in nächster Nähe der potentiellen Bräute).

Virginia warf einen Blick auf ihren gutaussehenden schwarzhaarigen Verehrer, der eine beeindruckende Erscheinung war in seiner saloppen Reitjacke, den rehbraunen Reithosen und den auf Hochglanz polierten Schaftstiefeln, und sie war augenblicklich beruhigt durch sein zuversichtliches Auftreten.

»Miss Noddenly«, sagte er liebenswürdig und beugte sich gelant über Lettice Anns Hand. »Miss Myrtle«, fuhr er fort und wandte sich der Frau zu, die ihn angrinste, ohne daß er jedoch soweit ging, den Handrücken ihrer schmutzigen Pfote mit einem Kuß zu beehren.

»Miss Virginia«, beendete er seine Runde mit einer weiteren Verbeugung, die von einem schelmischen Lächeln und einem Zwinkern begleitet wurde, von dem er wußte, daß es den beiden anderen Noddenly-Schwestern entgehen würde. »Ob Miss Georgette wohl rechtzeitig zum Abendessen wieder zu Kräften kommt, was meinen Sie?«

Miss Noddenly, wie Lettice Ann als die älteste der unverheirateten Noddenly-Schwestern genannt wurde (ein Titel, der schon so viele Male von der jeweils älteren Schwester an die jüngere weitergegeben worden war, daß ihm nichts Besonderes mehr anhaftete), rümpfte die Nase und sagte: »Wissen Sie, Georgie hat sich schon immer rechtzeitig wieder gefangen, wenn es darum geht, sich den Bauch vollzustopfen. Man sieht es ihr zwar nicht an, aber das Mädchen schafft es glatt, Papa unter den Tisch zu essen. Das stimmt doch, Ginny?«

Virginia zuckte innerlich zusammen, als sie Lettice Anns freimütige Worte in Gesellschaft ihres hoffnungsvollen Angebeteten hörte, denn mit dem Versuch, die drei älteren Noddenly-Schwestern zu verheiraten, hatten sie ohnehin schon alle Hände voll zu tun, selbst wenn diese einander nicht abwechselnd in Hörweite des jeweiligen Verehrers herunterputzten. »Georgette hat einen gesunden Appetit, der ihr alle Ehre macht«, sagte sie diplomatisch und lächelte Jonathan an.

»Werden Sie den bösen Bertie auch hier antanzen lassen?« fragte Myrtle, den Mund voller gezuckerter Pflaumen. »Ginny hat Ihnen doch gewiß schon von ihm erzählt, oder? Was nicht heißen soll, daß es Ihnen viel nützen würde, Letty unter die Haube zu bringen, weil ich nämlich gar nicht daran denke, mich zur Leibeigenen eines Mannes machen zu lassen. Es wird das beste sein, wenn ihr einfach durchbrennt und gegen den Willen meines Vaters heiratet. Das rate ich euch jedenfalls. Nicht, daß ich gegen den Aufenthalt hier etwas einzuwenden hätte. Sie haben wirklich eine exquisite Pferdezucht, Mylord.«

Virginia spürte, wie sie immer tiefer in den Polstern ihres Sessels versank, so peinlich war ihr das Benehmen ihrer Schwestern, die noch nie in dem Ruf gestanden hatten, einen blendenden ersten Eindruck auf das andere Geschlecht zu machen – oder überhaupt auf irgend jemanden, was das betraf.

»Ich fürchte, Miss Myrtle«, setzte Jonathan an, »daß es sich da um ein Mißverständnis handelt. Wie ich Ihrem Vater bereits mitteilte, ist es nicht meine Absicht, einer seiner Töchter heiratswillige Herren aufzudrängen. Mit Ausnahme von Virginia«, fügte er hinzu und lächelte seine Angebetete an.

Myrtle wieherte vor Lachen und bekundete damit unmißverständlich, was sie von seiner Aussage hielt.

»Ich möchte lediglich«, fuhr Jonathan verbissen fort, »daß Sie sich angenehm unterhalten fühlen, während ich Sie alle schamlos als Anstandsdamen mißbrauche, um mir kostbare Stunden mit Virginia zu rauben. Verstehen Sie, ich lebe in der nicht versiegenden Hoffnung, Ihren Vater von seinem starren Entschluß abbringen zu können, daß seine reizenden Töchter unter allen Umständen in der Reihenfolge ihrer Geburt zu heiraten haben.«

»O Ginny, er ist einfach *wunderbar*!« rief Lettice Ann aus und preßte ihre verschränkten Hände auf ihre beklagenswert unterentwickelten Brüste. »Kein Wunder, daß Clara sagt, daß du den ganzen Tag lang seufzt und schmachtest. Und was für ein Jammer es doch ist, daß du als Jungfrau sterben wirst. Mylord«, sagte sie mit leuchtenden Augen, »wenn es Ihnen mit meiner kleinen Schwester ernst ist, könnte ich Sie dann vielleicht später einen Moment unter vier Augen sprechen? Ich glaube, ich kann Ihnen dabei behilflich sein, Ihr Vorhaben zu beschleunigen.«

»Tun Sie das bloß nicht, Mayfield. Letty will Sie ja doch nur dazu überreden, daß Sie ihr helfen, den bösen Bert zu heiraten, und wenn Sie das tun, werden Sie nicht nur Ginny nicht für sich gewinnen, Mylord«, sagte Myrtle warnend und sperrte den Mund zu einem Gähnen auf, während sie eine juckende Stelle an ihrer Taille kratzte, »sondern Ihr Kammerdiener wird auch noch zwei Wochen lang damit beschäftigt sein, Stücke von Papas Reitpeitsche aus Ihrer Haut zu pulen.«

Virginia kämpfte gegen den wahnsinnigen Drang an, zwei der hübschen Spitzendeckchen von den Mahagonibeistelltischen zu ziehen und jeder ihrer beiden Schwestern eines davon in den Mund zu stopfen. »Jon ... ich meine, Lord Mayfield, ich habe vom Fenster aus Ihre Gärten bewundert. Wäre es vielleicht möglich, daß Sie mich ein wenig dort herumführen, ehe der Essensgong ertönt? Insbesondere Ihre Rosen haben es mir sehr angetan.«

»Gut gemacht, Ginny«, gratulierte ihr Myrtle. »Sieh zu, daß du ihn von hier fortschaffst, ehe wir dir noch mehr Schande machen. Und wenn du schon dabei bist, dann sieh dich doch gleich mal nach seinem Chefgärtner um. Man kann ja nie wissen, aber vielleicht ist unsere gute Letty mehr in den Beruf als in den Mann selbst verliebt und gewillt, ihre Zuneigung auf einen Kollegen zu übertragen. Der Gärtner eines Earl könnte auf Papa überzeugender wirken, und möglicherweise stimmt er einer solchen Verbindung eher zu.«

»Du bist grob, grausam und absolut widerwärtig, Myrtle Noddenly«, sagte Lettice Ann vorwurfsvoll, als Jonathan Virginia an der Hand nahm und sie zu den Flügeltüren führte, die sich zum Garten hin öffneten. »Und das Schlimmste ist, daß du auch noch deinen Spaß daran hast!«

»Richtig, Letty! Welcher Schwachkopf war das doch noch mal, der behauptet hat, du würdest nie irgendwas kapieren?« fragte Myrtle, als Jonathan sachte die Tür hinter den keifenden Weibsbildern schloß und sich fragte, ob er nicht besser nach Feinden hätte Ausschau halten sollen, statt einfach nur Bekannte auszuwählen, die ihm auf die Nerven gingen, um sie mit den drei Noddenly-Schwestern zu verkuppeln. Er mußte sich allen Ernstes fragen, ob Knox Bromley, Sir Wiley Hambleton und Lord Pitney tatsächlich das Los verdient hatten, das er ihnen zugedacht hatte.

Jonathan und Virginia liefen einige Minuten lang schweigend nebeneinander her, und ihre Finger berührten sich mehrfach, bis Jonathan ihre Hand in seine nahm und sie mit der Handfläche nach oben an seine Lippen führte.

»Wie hübsch du bist, mein entzückender Liebling«, murmelte er und sah in ihre klaren grünen Augen, während er sich insgeheim immer noch fragte, wie es kam, daß ein derart überzeugter Junggeselle wie er sich dazu herablassen konnte, solchen romantischen Blödsinn von sich zu geben und es zu allem Überfluß auch noch ernst zu meinen.

»Wirst du das auch in zwanzig Jahren noch sagen, wenn mein guter Papa endlich einlenkt und es dir freisteht, deine gealterte Angebetete zu heiraten?« fragte sie, und der Gefühlsüberschwang ließ ihre Unterlippe beben.

Er legte eine Hand unter ihr Kinn und hauchte einen zarten Kuß auf ihre Wange. »Wie wenig Vertrauen du doch in meine Entschlossenheit setzt, Ginny, meine geliebte Ginny. Wir werden deine Schwestern unter die Haube bringen, und wenn wir sie alle miteinander kompromittieren müssen.«

Virginias Zehen rollten sich in ihren weißen Glacélederschuhen ein, und sie schmiegte den Kopf an seine breite Brust. »Ich kann einfach nicht glauben, daß du mich so sehr liebst«, sagte sie wahrheitsgemäß.

Das Dröhnen seines tiefen, kehligen Lachens kitzelte ihr Ohr, als sie den Kopf an seine Brust preßte. »Ich kann es selbst nicht glauben, meine Süße«, gestand er und wagte es, das Schicksal in Versuchung zu führen, indem er die Arme auf ihren Rücken gleiten ließ und sie tröstlich streichelte. »Ich komme mir vor, als hätte mich jemand hoch oben auf die Kuppel von St. Paul's gezerrt und mich kopfüber in die Tiefe gestoßen. Aber ich beklage mich nicht. Und außerdem werde ich nach Ansicht meiner Freunde – nicht etwa der komischen Käuze, die morgen hier eintreffen werden, sondern meiner echten Freunde – in der Ehe das wahre Glück finden.«

»Wir werden unseren Töchtern doch keine so albernen Einschränkungen auferlegen, nicht wahr, Jonathan?« fragte Virginia und löste sich ein wenig von ihm, um sein gutgeschnittenes Gesicht zu bewundern und in der Zuneigung zu schwelgen, die aus seinen dunklen Augen leuchtete.

»Unseren Töchtern«, wiederholte Jonathan lächelnd. »Großer Gott, wenn ich bedenke, daß ich vielleicht sogar einmal Töchter haben könnte! Ein einziger Sohn, gezeugt mit einer Frau, mit der ich eine Zweckehe eingehe, war bisher das einzige, was ich in diesem Leben angestrebt habe. Aber Töchter? Wir werden ein volles Dutzend Töchter haben, meine Süße, wenn sie bloß alle so schön werden wie du.«

Dieses reichlich alberne, unzusammenhängende und ziemlich einfältige Gespräch ging noch einige Minuten weiter, wobei das Gesagte von keinerlei Interesse für irgend jemanden außer den Beteiligten war, bis sich beide Parteien schließlich der Nähe ihrer

Körper und der Tatsache bewußt wurden, daß sie hinter einem dicht belaubten Baum verborgen waren, der ihnen Schutz bot, woraufhin die geistlosen Worte und die abgerissenen Satzfetzen allmählich versiegten und von einem verräterischen und weitaus interessanteren Schweigen abgelöst wurden.

Virginia sah sich mit der faszinierenden Erkenntnis konfrontiert, daß sie weitaus mehr als nur süße Worte und keusche Küsse von ihrem Geliebten wollte, wogegen Jonathan, der mit dem Reich der irdischen Freuden bereits bestens vertraut war, erkannte, daß er eine ihm bislang unbekannte, höhere Ebene betrat, auf der sich Leidenschaft und Liebe miteinander verbanden und es ihm fast unmöglich machten, sein Verlangen zu unterdrücken, Virginia an sich zu pressen und sie zu küssen und zu lieben und zu berühren und zu …

»Ginny …«, stöhnte er und litt echte Qualen. Seine Hände umfaßten behutsam ihre schmalen Schultern, und seine Daumen bewegten sich spielerisch auf der zarten Haut über dem züchtigen Ausschnitt ihres Kleides. »Ginny, ich weiß, daß ich es dir versprochen habe. Ich habe dir und auch mir selbst geschworen, ich würde warten und geduldig sein, aber …«

Sie preßte ihre Fingerspitzen auf seine Lippen, um ihn zum Schweigen zu bringen, und plötzlich kam sie sich vor, als sei sie die ältere und weisere von beiden. »Meine Mutter hat immer zu mir gesagt, es sei unklug, voreilig ein Versprechen abzugeben, vor allem dann, wenn es sich um ein Versprechen von der Sorte handelt, die man fast immer beim besten Willen nicht halten kann. Ich liebe dich, Jonathan. Du liebst mich. Es ist nur natürlich, daß wir zusammensein wollen.«

Er griff nach ihrer Hand, küßte fieberhaft die Fingerspitzen und preßte ihre miteinander verflochtenen Finger dann an seine Brust. »Tapfere Worte aus dem Munde eines verwegenen unschuldigen Mädchens«, sagte er zu ihr und erinnerte sich wieder an seine erste Begegnung mit ihr und daran, daß er sich augenblicklich von ihrer Bescheidenheit, ihrer Jugend, ihrer Schönheit und insbesondere von ihrer Intelligenz angezogen gefühlt hatte.

Doch trotz ihres heftigen Verlangens nach einander wußte er, daß er sich die Versuchung, sie zu verführen, aus dem Kopf schlagen und sich statt dessen auf das konzentrieren mußte, was im Moment wichtig war, selbst wenn er Virginia mit dem Eingeständnis seiner Sehnsüchte erschrecken würde. »Mein holdes Kind«, warnte er sie, bemüht, ihren weichen Körper zu vergessen, der sich eng an ihn schmiegte, »du kannst dir unmöglich eine konkrete Vorstellung davon machen, was ich in meiner ungehobelten Art in diesem Augenblick von dir will.«

Virginia lächelte und fragte sich, wie ein ansonsten brillanter Mann so einfältig sein konnte. »Ich bin die jüngste von neun Schwestern, Jonathan, und Mädchen tuscheln miteinander. Über die Mechanismen bin ich mir schon seit Ewigkeiten im klaren, aber bis zu diesem Moment habe ich das Verlangen nach solchen Intimitäten nie verstanden, nicht, ehe du mir begegnet bist. Jetzt weiß ich, warum meine Schwester Marianne auf dem Weg zum Altar so strahlend gelächelt hat. Ich liebe dich, Jonathan, und es ist mein größter Wunsch, dir zu zeigen, wie sehr ich dich liebe. Spreche ich vielleicht zu freimütig?«

»Etwas, meine Liebe, etwas«, gestand Jonathan, der auf ihre vollen zartroten Lippen sah und wieder daran dachte, wie sie an jenem Nachmittag geschmeckt hatten, an dem er ihr diesen ersten Kuß geraubt hatte, der ihn restlos um den Verstand gebracht hatte. Er hätte sich jetzt wirklich von ihr lösen sollen, und das würde er auch tun, aber noch nicht sofort. Nur noch ein paar Sekunden. Er besaß große Willensstärke, doch er hatte nicht die Absicht, zum Märtyrer zu werden.

»Deine unumwundene Ausdrucksweise macht jedoch auch einen Teil deines Charmes aus«, neckte er sie. »Erinnerst du dich noch daran, daß du mir bei unserer ersten Begegnung ganz beiläufig mitgeteilt hast, ich sollte mich besser anderswo nach weiblicher Gesellschaft umschauen, da es dir bereits bestimmt sei, niemals zu heiraten? Ich habe deine Worte sofort als eine Herausforderung aufgefaßt, ganz so, als hättest du mich gewarnt, ich solle mich bloß nicht in dich verlieben. Nie hat es mir soviel Vergnügen bereitet, als Verlierer aus einem Wettkampf hervorzugehen.«

»Und jetzt habe ich dich auf die härteste aller Proben gestellt, nicht wahr, Jonathan?« fragte Virginia seufzend und dachte dabei an ihre drei unverbesserlichen, unkontrollierbaren und betrüblicherweise alleinstehenden Schwestern. Es schien ganz so, als würde er sie doch nicht küssen, und daher konnte sie sich ebensogut auch gleich mit ihm über Lettice Ann, Myrtle und Georgette-Vinaigrette unterhalten. »Betrachtest du den Versuch, drei derart traurige Exemplare unter die Haube zu bringen, lediglich als eine weitere Herausforderung?«

»Ha! Wenn du glaubst, deine Schwestern wären schlimm, mein Liebling, dann warte nur ab, bis du die drei jämmerlichen Exemplare siehst, die ich aus London herbestellt habe, um sie mit ihnen zu verkuppeln. Es kann uns immer noch blühen, daß wir Lettice Anns Gärtner herbeischaffen und riskieren müssen, uns den Zorn deines Papas zuzuziehen.«

»Oder wir könnten gemeinsam durchbrennen, wie Myrtle es vorgeschlagen hat«, sagte Virginia und wandte die Augen von ihm ab.

»Damit du das Getuschel und die bissigen Bemerkungen der Gesellschaft über dich ergehen lassen mußt? Niemals, meine Süße. Wir werden diese Angelegenheit so regeln, wie dein Papa es verfügt hat, und wir werden eine triumphalen Sieg erringen. Wenn nicht mit den drei Eseln, die ich hierher eingeladen habe, dann eben mit drei anderen. Ganz gleich, was auch passieren mag, ich habe mir gelobt, daß wir beide noch vor Ablauf des Monats Juni heiraten werden.«

Virginia geriet immer wieder ins Schwärmen, wenn Jonathan seine gebieterische Seite hervorkehrte. Dann erschien ihr sein köstlich küssenswertes, ausgeprägtes Kinn noch markanter, seine dunklen Augen funkelten, und sein Gesichtsausdruck nahm große Ähnlichkeit mit dem von Wellington an, wie er auf einem Porträt am Vorabend von Waterloo dargestellt worden war. Impulsiv – oder auch nicht, denn Virginia neigte von Natur aus nicht zur Impulsivität – stellte sie sich auf die Zehenspitzen und küßte Jonathan mitten auf den Mund.

Wieder einmal endete jede Unterhaltung, ob nun einfältig

oder auch nicht, abrupt, als Jonathans besseres Ich augenblicklich seinem niederen, eher körperlichen Ich unterlag. Er preßte seinen Mund auf ihren, umschlang sie fest mit beiden Armen und drückte ihren verlockenden Körper von der Brust bis an die Hüften eng an seinen.

Kein Kuß von einer verwegenen Debütantin oder einer willfährigen Kurtisane hatte ihn jemals derart bis ins Innerste aufgewühlt. Und als Virginia mit einem entrückten Seufzen den Mund ein wenig öffnete, vertiefte er bereitwillig den Kuß, woraufhin tief in seinem Innern weitere Raketen gezündet wurden und sich ein Feuerwerk der Leidenschaft entfachte, das kein Sterblicher zu ertragen gezwungen sein sollte, wenn er wußte, daß es nicht zu einem explosiven Höhepunkt kommen konnte, sondern lediglich der Nieselregen der Frustration als Finale zu erwarten war.

»Hast du mich nicht gehört, Mayfield?« ertönte plötzlich eine Stimme irgendwo hinter dem Earl. »Ich habe gefragt, wem du da so übel mitspielst. Komme ich etwa ungelegen? Ich hatte eigentlich mit Wiley und Pitney gemeinsam herfahren wollen, aber da in Mayfair absolut nichts los war und ich dort doch nur einen weiteren todlangweiligen Abend in meinem Club verbracht hätte, habe ich beschlossen, mich heute schon auf den Weg zu machen. Übrigens war die Fahrt recht angenehm, abgesehen davon, daß mein Leitpferd auf halber Strecke ein Hufeisen verlor und ich gezwungen war, zwei Stunden lang Däumchen zu drehen, während mein Diener losgezogen ist, um ein anderes Pferd zu mieten. Weißt du überhaupt, was Mietpferde heutzutage kosten? Der Preis ist schockierend, anders kann ich das nicht sagen. Geradezu sündhaft. Aber natürlich verlasse ich mich darauf, daß du mir meine Auslagen komplett zurückerstatten wirst, denn schließlich war es deine Idee, mich hierherzubestellen. Was natürlich nicht heißen soll, daß ich mich nicht über diese Einladung gefreut hätte – ich war absolut entzückt, geradezu außer mir vor Begeisterung.«

Während der Mann sprach, hatte Jonathan die ganze Zeit über Virginias Gesicht eng an seine Brust gepreßt und gespürt, wie ihre Schultern vor Lachen bebten, während die monotone Stimme des Mannes unermüdlich weiterdröhnte. Als endlich wieder süßes Schweigen herrschte, drehte Jonathan Virginia herum, achtete jedoch sorgsam darauf, daß ihr Gesicht nicht für seinen soeben eingetroffenen Gast zu erkennen war, als er sie ins Haus zurückscheuchte.

Erst nachdem sie verschwunden war, straffte er die Schultern und drehte sich mit ausgestreckter Hand um. »Knox, mein Guter, ich freue mich wirklich sehr, daß du bereit warst, mein bescheidenes Heim mit deinem Besuch zu beehren.«

»Tja, nun«, entgegnete Knox Bromley und versuchte, an den breiten Schultern des Earl vorbeizuschauen, um einen Blick auf die fliehende Virginia zu erhaschen, »du hast mich doch eingeladen, oder nicht? Und was die Kosten für das Pferd betrifft ...«

»Du brauchst die Rechnung nur meinem Verwalter vorzulegen.« Jonathan schlang Knox einen Arm um die Schultern und führte ihn zielstrebig vom Haus fort. »Wollen wir nicht einen kleinen Spaziergang machen, während wir uns unterhalten?« fragte er den Mann, eine unvergeßliche Erscheinung von ziemlich kleingewachsener Statur mit einem verfrühten Schmerbauch, der sich bereits deutlich zeigte, und mit einer goldgefaßten Brille, die seine blaßblauen Augen eulenhaft vergrößerten.

»Du willst mir nicht erzählen, wer die Kleine war, stimmt's, Johnny?« fragte Knox. Dann fuhr er fort, ohne auf eine Antwort zu warten: »Pitney tratscht in ganz London herum, daß dich ein Pfeil mitten ins Herz getroffen hat. Ich habe behauptet, daß das nicht wahr sein kann und daß der gute alte Johnny niemals heiraten würde, solange es nicht unbedingt sein muß, aber nachdem ich jetzt hier angekommen bin ...«

»Du sagst, Pitney und Wiley werden wie geplant morgen vormittag hier eintreffen?« fiel ihm Jonathan ins Wort und wünschte, der Mann würde seinen Wink verstehen und ihm erlauben, das Thema zu wechseln. »Ist den beiden bekannt, daß du nicht gemeinsam mit ihnen reisen wirst?«

Knox verdrehte die Augen, als wollte er damit andeuten, wie absurd Jonathans Frage war. »Ich habe Pitney heute vormittag eine Nachricht zukommen lassen. Weißt du, Johnny«, fuhr er fort, »auf der Fahrt hierher habe ich mir eine Menge Gedanken über diese ganze Geschichte gemacht – und vor allem, während ich auf den neuen Gaul warten mußte – habe ich dir überhaupt schon erzählt, wieviel es mich gekostet hat, dieses Pferd zu mieten? – und ich habe angefangen, mich zu fragen: Was will Johnny eigentlich von mir? Er kann mich nicht leiden, hat mich noch nie gemocht, selbst damals nicht, als wir noch zusammen zur Schule gegangen sind. Du warst doch derjenige, der mir dieses tote Huhn ins Bett gelegt hat, oder etwa nicht? Ich war schon mit den Zehen drin, noch bevor mir überhaupt aufgefallen ist, daß da so eine merkwürdige Wölbung unter meiner Decke war. Wochenlang hatte ich Alpträume von Federn. Und daher habe ich mich gefragt – als mir das Huhn wieder eingefallen ist und ich daran gedacht habe, daß du dich kaum auch nur verbeugst, wenn du mir in der Bond Street begegnest –, was glaubst du wohl, Knox, mein Guter, habe ich mich gefragt, wieso Johnny sich überschlägt, um dich nach Mayfield zu locken? Und weißt du was, Johnny? Ich glaube, es hat etwas mit diesen Noddenly-Schwestern zu tun. Ich habe so was munkeln gehört, du hättest dich Hals über Kopf in eine von ihnen verliebt, die du aber nicht heiraten kannst, solange ihre Schwestern nicht verheiratet sind. Und dann habe ich mich gefragt: Knox, habe ich mich gefragt, glaubst du, Johnny will den Kuppler spielen, um für sich selbst den Weg zum Altar zu ebnen?«

Als er der monotonen Leierstimme lauschte und sich anhören mußte, wie Knox ihn zu seinem abgrundtiefen Abscheu »Johnny« nannte, fiel es Jonathan plötzlich leicht, ein überzeugendes Lächeln aufzusetzen und zu sagen: »Knox, mein guter Alter, du versetzt mich doch immer wieder in Erstaunen. In einem Anflug von Nostalgie lade ich drei Schulfreunde aus meiner unbekümmerten Jugendzeit zu einer kleinen Gesellschaft ein, und schon werden meine guten Absichten angezweifelt, weil mir einer dieser drei Männer – der *beste* von diesen dreien – Hintergedanken unterstellt. Ich bin bestürzt, Knox, zutiefst bestürzt und, um es rundheraus zu sagen, ich bin ... verletzt.«

Eine tiefe, höchst unschmeichelhafte Röte überzog Knox Bromleys Schädel, der schon relativ kahl war. »Johnny, mein Freund, ich bitte dich, vergib mir noch einmal. Aber die Noddenly-Schwestern sind doch hier, oder etwa nicht? Das war doch eine von ihnen, mit der ich dich gerade erst vor wenigen Minuten ertappt habe, als du sie geküßt hast, nicht wahr? Mir macht das nichts aus, nein, wirklich nicht, denn ich habe gehört, du hättest einen gut ausgestatteten Weinkeller, und ein paar Tage fern von dem hektischen Getriebe Londons und den Zudringlichkeiten meiner Gläubiger werden mir gewiß guttun. Du brauchst mir nur zu sagen, welche der Damen ich umwerben soll – für ein gewisses Entgelt, das versteht sich von selbst. Vielleicht fünfhundert Pfund? Wenn du auf einen runden Tausender erhöhst, gehe ich sogar so weit, die Kleine zu heiraten, denn schließlich ist es an der Zeit, daß ich seßhaft werde und eine Familie gründe, und dein Tausender und eine Mitgift von Sir Roderick würden meine Kasse gewaltig aufbessern. Solange sie bloß nicht zuviel redet. Frauen, die zuviel reden, konnte ich noch nie ausstehen ...«

3

Sir Wiley Hambleton war noch nie so unbeschreiblich froh gewesen, das Ziel einer Reise erreicht zu haben, wie an jenem sonnigen Nachmittag im Mai, denn seine größte Hoffnung war die, man möge ihm Lord Pitney Fox vom Hals schaffen, ehe er sich gezwungen sah, den Mann zu erschießen, um sie beide von ihren Qualen zu erlösen.

»In dieser Kutsche ist es viel zu stickig, Wiley. Ich bitte dich, mach das Fenster auf, ehe mein Ausschlag sich verschlimmert«, hatte Pitney beim Einsteigen in London geklagt.

»Es ist mir ein Greuel, anderen zur Last zu fallen, Wiley, aber könntest du das Fenster wieder schließen? So früh am Morgen läßt mir die Landluft ganz gräßlich die Nase zuschwellen«, sagte er, als sie die Stadt noch keine fünf Meilen hinter sich gelassen hatten.

»Hältst du es für eine übertriebene Vorsichtsmaßnahme, daß ich Doktor Fitzhugh mitgebracht habe, Wiley? Johnny hat gesagt, ich dürfte ihn gerne mit bringen, und der Mann ist ein Juwel, ich sage dir, ein wahres Juwel! Aber ich würde ungern den Eindruck erwecken, als könnte die Pforte des Todes jeden Moment hinter mir zuschlagen, das verstehst du doch sicher?«

»Niemand könnte je auf einen solchen Gedanken kommen, Pitney«, hatte Sir Wiley zwischen zusammengebissenen Zähnen hervorgestoßen. »Ich nehme an, die meisten Gentlemen von dreiunddreißig Jahren schleppen ständig ihren eigenen Quacksalber mit sich durch die Gegend, ganz gleich, wohin sie auch gehen. Ich muß wohl die Ausnahme sein. Ich bitte dich nur darum, mir meine Gesundheit zu verzeihen.«

Sir Wiley hatte seinen berühmten Jähzorn während der ersten Etappe der Reise eisern beherrscht und nur zweimal das Bedürfnis verspürt, Pitney eigenhändig zu erwürgen: Als der Mann darüber geklagt hatte, vom Holpern der Kutsche würde ihm übel, und dann noch einmal, knappe fünfzehn Minuten später, als er die Wahrheit seiner Worte unter Beweis gestellt hatte – und sich über den schimmernden schwarzen Außenlack von Sir Wileys hochgeschätzter Reisekutsche erbrochen hatte.

Als Seine Lordschaft jedoch im Rasthaus darauf beharrt hatte, die gebratene Taube in die Küche zurückzuschicken, weil »rosa Fleisch als ein reinigendes Abführmittel für die Därme gilt, verstehst du, Wiley, und da ich in der letzten Woche, wenn nicht gar schon länger, sehr regelmäßig in meinen Gewohnheiten gewesen bin, würde ich nur äußerst ungern einen Aufruhr riskieren«, hatte Hambleton die Selbstbeherrschung verloren und damit gedroht, den Mann bis zur Brust in die Pferdetränke im Stallhof zu tauchen.

Und so kam es, daß Sir Wiley, obgleich er diese Reise mit bösen Vorahnungen angetreten hatte (es verwirrte ihn nach wie vor, weshalb ausgerechnet Lord Mayfield ihm auf seiner Suche nach einer Braut behilflich sein wollte), an sich halten mußte, um nicht vor Dankbarkeit auf die Knie zu sinken und die Einfahrt zu küssen, sowie die Kutsche Mayfield erreicht hatte.

Statt dessen tröstete er sich damit, Lord Fox barsch davon in Kenntnis zu setzen, daß er noch ein paar Minuten in den Ställen zu tun hätte, um sich um die Unterbringung des Wallachs zu kümmern, den er erst kürzlich bei Tattersall's erworben und in der Hoffnung aus London mitgebracht hatte, hier mehrfach Gelegenheit zu einem längeren Ausritt querfeldein zu finden.

»Wenn du es genau wissen willst: Ich komme erst, wenn ich die Zähne wieder weit genug auseinanderkriege, um Johnny zu begrüßen«, murmelte Sir Wiley vor sich hin, als er leichtfüßig wieder in die Kutsche sprang und nur zu gern Lord Fox, Doktor Fitzhugh und einen Berg Gepäckstücke, die Seine Lordschaft mitgebracht hatte, vor der Eingangstür des Gutshauses zurückließ.

Sir Wiley konnte noch immer nicht die grausame Wendung fassen, die ihm das Schicksal in Form von Tante Earlenes Ultimatum serviert hatte: Entweder, er heiratete innerhalb eines Jahres, oder sie würde ihr Vermögen einem anderen Zweck zuführen. Der Umstand, daß sich seine peinliche Lage anscheinend schon wenige Augenblicke nach der Erklärung seiner Tante unter den oberen Zehntausend herumgesprochen hatte und längst allgemein bekannt war, hatte nur dazu gedient, ihn derart zu deprimieren, daß er der dubiosen Einladung Lord Mayfields mit Freuden gefolgt war.

Eine Ehefrau? Was um alles in der Welt sollte er mit einer Ehefrau anfangen? Eine einzige Frau, immer dieselbe, Nacht für Nacht in seinem Bett. Jede Nacht dasselbe Gesicht. Dieselbe Stimme. Derselbe Körper. Was für eine entsetzliche Vorstellung! Spätestens in einem Monat würde er vor Langeweile umkommen, nein, binnen einer Woche!

Sir Wiley Hambleton war nämlich ein Lebemann und genoß es, in dem Ruf eines »üblen, gefährlichen Kerls« zu stehen.

Wenn er sah, wie die Matronen der besseren Gesellschaft hastig ihre unschuldigen Küken unter die Fittiche nahmen, sobald sie ihn nahen sahen, dann war das Balsam für seine Seele.

Er war ein leidenschaftlicher Spieler, der hohe Einsätze riskierte, er ritt schnell und kämpfte tapfer, und er schlief, mit wem er wollte – obwohl es ihm ganz besonders großes Vergnügen bereitete, die Ehefrauen gesetzterer Peers herumzukriegen.

Burschen vom Lande, die noch feucht hinter den Ohren waren, vergötterten ihn als ihr Idol, sein Schneider gab ihm Rabatt auf seine Einkäufe, weil die breiten Schultern und die langen, geraden Beine Seiner Lordschaft seine Kreationen so vorteilhaft zur Geltung brachten, und wenn ihn die »anständigeren« Leute auch manchmal mieden, so konnte er doch nicht behaupten, daß er sich bei seinen zahlreichen ausgefallenen Freizeitbeschäftigungen nicht amüsierte.

Wenn ein freimütiger Mann, der ganz offen die Freuden des Lebens auskostete, von solch spießigen selbstgerechten Moralaposteln verdammt wurde, dann mußte er schließlich etwas richtig machen!

Aber heiraten mußte er, und das würde er auch tun. Es kümmerte ihn nicht sonderlich, wer die zukünftige Mrs. Wiley Hambleton werden würde. Er brauchte nichts weiter als einen warmen weiblichen Körper an seiner Seite, wenn er das nächste Mal Tante Earlene in Wimbledon besuchte – möge die gute Alte einen langen, schweren Tod erleiden!

Sir Wiley riß die Tür der Reisekutsche auf und sprang heraus, noch ehe das Fahrzeug vollständig vor dem riesigen weißgetünchten Stall zum Stehen gekommen war.

»He, du da – Bursche!« rief er herrisch, als er zu der offenen Tür marschierte, um eine angemessene Box für seinen edlen Wallach auszuwählen. »Sorg dafür, daß mein Pferd losgebunden wird. Wenn du deine Sache ordentlich machst, springt ein Penny für dich dabei heraus.«

»Schmieren Sie sich Ihre Kupfermünze von mir aus in die Haare«, rief der hochgewachsene Stallknecht mit dem karottenroten Haarschopf zurück, der in Wirklichkeit Miss Myrtle Noddenly in ihrem alten Lieblingshemd und einer abgetragenen Reithose war.

Natürlich kannte sie Sir Wiley, da sie ihn gerade erst kürzlich im Park eben jenen braunen Wallach hatte reiten sehen – sie erinnerte sich zwar nicht allzu genau an den Mann, doch ein edles Pferd hätte sie niemals vergessen können. Und sie war auch keineswegs darüber beleidigt, daß er sie irrtümlich für einen der Stallknechte von Mayfield gehalten hatte. Myrtle machte sich schlichtweg nichts aus Männern. Überhaupt nichts. Nicht die Bohne.

Im Moment hätte sie sich eigentlich im Salon aufhalten und neben ihren beiden mit einem Spatzenhirn bedachten Schwestern sitzen sollen, die sich von Kopf bis Fuß mit Rüschen und mit Spitzen herausgeputzt hatten, um auf die Ankunft der Gentlemen aus London zu warten.

Sie sollte höflich lächeln, während Mr. Knox Bromley ihr gegenübersaß und sich nervtötend ausführlich und mit monotoner Stimme über jedes langweilige Thema unter der Sonne ausließ. Der Mann schien ein unnatürliches Interesse daran zu haben, was die Dinge kosteten, von Talgkerzen bis hin zu Nachttöpfen.

Sie sollte eigentlich das sein, worauf sie und ihre Schwestern sich gestern am späten Abend geeinigt hatten: »kooperativ, wenn auch nur der armen Ginny zuliebe«.

Schön und gut. Aber die Welt »sollte« eigentlich auch ein Ort sein, wo ein halbwegs intelligenter Mensch nicht bereitwillig in einer Gesellschaft von Vollidioten herumsitzen mußte!

Und daher hatte sie ihre Schwestern nach weniger als einer Stunde im Stich gelassen, das verhaßte Kleid in ihrem Schlafzimmer auf den Fußboden geworfen und sich in die Ställe begeben, wo sie sicher sein konnte, wenigstens etwas Ruhe und Frieden zu finden.

Bis Sir Wiley Hambleton aufgetaucht war, um die beschauliche Szene durch seine Anwesenheit zu stören.

Nachdem Myrtle ihre unverschämte Bemerkung gemurmelt hatte, strebte sie energisch weiter in Richtung Stall, um eine Kardätsche zu holen, mit der sie eine ihrer Stuten gestriegelt hatte – nur um abrupt von einer kräftigen Hand zum Stehenbleiben gezwungen zu werden, die sich auf ihre linke Schulter legte und sie mit einem Ruck herumriß.

»Ich habe eine bessere Idee, du hochgeschossener Rotzlümmel. Warum stecke ich dir diesen Penny nicht ... Heiliger Strohsack! Sie sind ja eine Frau! Ich glaub's einfach nicht!«

Myrtle sah Sir Wiley, mit dem sie nahezu auf einer Augenhöhe war, einen Moment lang scharf in die pechschwarzen Augen. Sie war groß für eine Frau, und ihr Kopf mit dem kurzgeschnittenen Haar reichte fast bis an die Spitze seiner aristokratischen Nase. Dann lachte sie belustigt und sagte: »Machen Sie den Mund zu, Wiley Hambleton. Sonst setzen sich noch Fliegen auf Ihre Mandeln.«

Virginia saß in einer Ecke des Gartens auf einer steinernen Bank, in sicherem Abstand von dem Musikzimmer, in dem ihre Schwestern und die drei Herren aus London – plus Doktor Angus Fitzhugh – Pläne für ein kleines Fest am folgenden Abend schmiedeten, eine Art Weihnachtsfeier im Mai, einschließlich eines Kostümfestes und einer Art Pantomime.

Die Vorstellung von lediglich vier Frauen und fünf Männern, die sich kostümierten und einander angeblich nicht erkannten, während sie Scherzfragen hinter ihren Masken vortrugen, erschien Virginia im höchsten Maße lächerlich, doch als Myrtle dem Plan zugestimmt hatte – und Myrtle willigte so selten in Vorschläge ein, die von anderen stammten –, hatte sie beschlossen, in den Garten zu schlendern und die anderen alles übrige planen zu lassen.

Außerdem war sie zuversichtlich, daß Jonathan ihr folgen würde, sowie er sich Lord Fox vom Hals schaffen konnte, der darum gebeten hatte, in ein anderes Gästezimmer verlegt zu werden, da sein derzeitiges Zimmer ganz in Grün gehalten war, einer ungünstigen Farbe, die bei ihm unweigerlich Magenbeschwerden hervorrief.

Virginia lächelte, als sie sich in den weitläufigen Gartenanlagen umsah und sich den Tag ausmalte, wenn sie die Herrin von Mayfield sein würde und ihre Kinder zu ihren Füßen spielten, während sie ihre Stickerei mit in den Garten nahm, um sich auf diese Bank zu setzen und dort auf die Rückkehr ihres geliebten

Gatten zu warten, der gerade mit seinem Gutsverwalter über die Felder ritt.

Gemeinsam würden sie auf dieser Bank sitzen und die Ereignisse des Tages besprechen, und dann würde das Kindermädchen die Kleinen zum Abendessen holen, und sie würde mit Jonathan allein sein. Endlich allein. So ungestört, wie sie niemals in diesen vergangenen Tagen gewesen waren, seit die Herren eingetroffen waren und sie vom frühen Morgen bis spät in die Nacht hinein damit beschäftigt gewesen waren, in Gedanken die passenden Paare zu verkuppeln.

Wenn sie ihrer lieben, sanftmütigen Mutter doch bloß nicht an deren Sterbebett versprochen hätte, sich den strengen Vorschriften ihres Vaters zu fügen, der seine Töchter in der Reihenfolge ihrer Geburt vermählen wollte!

Wenn Jonathan doch bloß kein solcher Gentleman wäre, der sich weigerte, sie der Kritik der Öffentlichkeit auszusetzen, indem er sie gegen den Willen ihres Vaters heiratete!

Wenn ihre verflixten älteren Schwestern doch bloß etwas kooperativer wären!

Lettice Ann war zu keinem der Gentlemen auch nur einigermaßen höflich gewesen; wie eine kleine graue Maus saß sie in Ecken herum und schmachtete nach dem bösen Bert – als ob sie ihn jemals haben könnte.

Georgette hatte sich ein wenig besser benommen, da sie anscheinend eine gewisse Zuneigung zu Lord Pitney Fox und seiner Reisetruhe voller Medikamente gefaßt hatte; die beiden hatten sich beim Abendessen ausführlich über ihre diversen Krankheiten unterhalten, bis Myrtle angefangen hatte, mit ihrem Suppenlöffel auf Georgette-Vinaigrette einzuschlagen.

Myrtle. Also *Myrtles* Benehmen war wirklich verwirrend, das stand fest. Den ganzen Tag über war sie mit einem strahlenden Lächeln auf dem Gesicht herumgelaufen und hatte für fast jeden ein freundliches Wort gehabt – was nicht etwa heißen sollte, daß sie sich übertrieben höflich gegeben hätte, nur, daß ihre Bemerkungen nicht ganz so schneidend und direkt wie sonst waren. Tatsächlich hatte sie sich noch nicht einmal gegen Claras Vorschlag gesträubt, sie solle ihr erlauben, mal zu sehen, ob sich »mit diesem Mop, den du dein Haar nennst«, nicht etwas anfangen ließe.

Ja, Myrtle benahm sich wirklich seltsam. Sehr seltsam. Vielleicht, überlegte sich Virginia, konnte sie Doktor Fitzhugh bitten, daß er sich ihre Schwester morgen einmal ansah, nur um ganz sicherzugehen, daß sie nicht an einer Art Fieber litt.

Virginia schüttelte gewaltsam jeden Gedanken an ihre Schwestern ab und wandte sich einem erfreulicheren Thema zu: Sie dachte an den Abend zurück, an dem sie Jonathan zum ersten Mal begegnet war, und wieder einmal wunderte sie sich über die Güte der Götter, die ihren einzigen Abend in der Gesellschaft so traumhaft gemacht hatten.

Sie hatte am Rande der Tanzfläche gesessen, denn ihr Vater hatte ihr erklärt, daß sie nicht tanzen oder in irgendeiner Form die Aufmerksamkeit auf sich lenken dürfe, wenn das vorrangige Ziel des Abends war, Lettice Ann an den Mann zu bringen.

Virginia hatte sich keineswegs gelangweilt, denn es war höchst unterhaltsam gewesen, zuzuschauen, wie die Tänzer anmutig durch den Saal wirbelten, obgleich ihre Zehen im Takt der Musik gewippt hatten und sie sich sehnlichst gewünscht hatte, jemand würde auf sie zukommen, sie in seine Arme ziehen und sie zu der mitreißenden Walzermelodie übers Parkett schwenken.

»Was für ein bezauberndes und einnehmendes Lächeln«, hatte eine männliche Stimme geäußert, und sie war zusammengezuckt, denn der Besitzer dieser tiefen, wohlklingenden Stimme war bereits dabei gewesen, auf dem Stuhl direkt neben ihr Platz zu nehmen. »Ich hoffe, Sie verzeihen mir, wenn ich die gesellschaftlichen Gepflogenheiten mißachte und mich zu Ihnen setze. Ich bin bestrebt, einer äußerst entschlossenen jungen Frau zu entrinnen, und man hat mir versichert, wenn sie mich in Gesellschaft des schönsten Geschöpfes im ganzen Saal sieht, wird sie sich entmutigen lassen und an die Seite ihrer Mama zurückkehren. Übrigens, mein Name ist Jonathan. Und Ihr Name ...«

Genauso wie damals lächelte Virginia auch jetzt wieder,

als sie daran dachte, wie sie sich zu Jonathan umgedreht und schockiert nach Luft geschnappt hatte, denn er war so ziemlich der schönste Mann, der ihr je unter die Augen gekommen war. Sozusagen der Märchenprinz ihrer jungmädchenhaften Träume, um es rundheraus zu sagen.

Vollkommen verwirrt über seine Nähe und seine charmante, bezwingende Ausstrahlung, hatte sie das Erstbeste hervorgesprudelt, was ihr in den Sinn gekommen war.

»Erinnerst du dich noch daran, daß du mir bei unserer ersten Begegnung höchst nüchtern mitgeteilt hast, ich sollte mich besser anderswo nach weiblicher Gesellschaft umsehen, da es dir bereits bestimmt sei, niemals zu heiraten? Ich habe deine Worte sofort als eine Herausforderung aufgefaßt, so als hättest du mich gewarnt, mich bloß nicht in dich zu verlieben. Nie hat es mir soviel Vergnügen bereitet, als Verlierer aus einem Wettkampf hervorzugehen.«

Ja, genau das hatte Jonathan kürzlich zu ihr gesagt. Sie hatte ihn an jenem Abend »herausgefordert«. In aller Unschuld, und nicht etwa, weil sie sich kokett oder schüchtern oder gar mysteriös geben wollte. Und mit jenem ersten Austausch von Namen, Blicken und Informationen hatten sie den Weg eingeschlagen, der sie hierher geführt hatte, nach Mayfield, und jetzt taten sie ihr Bestes, um drei Noddenly-Schwestern an jeden x-beliebigen Mann zu verhökern, der vielleicht so großzügig war, sie ihnen abzunehmen.

War es verabscheuungswürdig, was sie taten? Oder war es nur ein notwendiges Mittel, um eine für alle Beteiligten zufriedenstellende Lösung zu finden? Im Moment, entschied Virginia, spielte es wirklich keine große Rolle, was es war. Solange es nur funktionierte und alles ein gutes Ende nahm!

Virginia wurde aus ihren Tagträumen herausgerissen, als sie einen sanften Druck an ihrem Bein fühlte, und als sie hinunterschaute, sah sie ein struppiges, kleines, grauweiß getigertes Kätzchen, das sich an ihr rieb. »Oh, bist du niedlich!« rief sie aus, hob das Kätzchen hoch und preßte ihr Gesicht an sein weiches Fell.

Das Kätzchen protestierte mit einem schrillen Schrei dagegen, so fest gedrückt zu werden, und drehte den Kopf, um Virginia in den Daumen zu beißen. »Verzeih mir!« sagte sie und schmiegte das Tier weitaus sanfter an ihre Brüste, bis es zu schnurren begann. »Ich weiß, daß eine zu feste Umklammerung ungeheuer bedrückend sein kann, denn schließlich werde ich selbst gewaltsam im Schoße meiner Familie festgehalten«, sagte sie lächelnd. »Streifst du deshalb ganz allein durch die Gegend? Bist du vor deinen Schwestern davongelaufen, um alles für ein eigenes Leben zu riskieren?«

»Das also siehst du in mir, meine Süße?« erkundigte sich Jonathan neckend, als er sich ihr von hinten näherte und einen Kuß auf ihren Nacken hauchte. »Kommst du etwa nur zu mir gelaufen, um deinen Schwestern und den starren Vorschriften deines Papas zu entrinnen? Was für eine niederschmetternde Enthüllung! Ich bin am Boden zerstört.«

Virginia blickte lächelnd zu ihm auf, als er um die Bank herumkam, um sich neben sie zu setzen. »Nein, ich sehe viel mehr in dir«, sagte sie. »Du bist bezaubernd, und du bist ein wunderbarer Mensch, du bist lieb und nett, und du bist großzügig – und wahrscheinlich widert dich die Sache, die wir begonnen haben, noch mehr an als mich. Oder solltest du etwa festgestellt haben, daß du meine Schwestern und ihre potentiellen Ehemänner aufrichtig magst?«

Jonathan streckte eine Hand aus, um den Kopf des kleinen Kätzchens zu streicheln. »Am liebsten würde ich sie alle zusammenbinden, in einen riesengroßen Sack stecken und ihn in den See werfen«, erwiderte er mit einem breiten Grinsen. »Das heißt, alle außer Georgette und Pitney. Die beiden würden wahrscheinlich nicht ertrinken, sondern sich nur eine Erkältung zuziehen, und dann würden sie uns für den Rest unseres Lebens ins Gesicht niesen.«

»Es sei denn, sie bekämen einen Ausschlag von dem rauhen Material des Sacks«, spottete Virginia. »Dann würden sie uns beide damit zur Verzweiflung treiben, indem sie den ganzen Tag über dasitzen und sich unablässig kratzen.« Dann wurde sie wieder ernst und fragte: »Glaubst du immer noch, daß es klappen wird, Jonathan?«

Er zuckte die Achseln. »Als Kind habe ich an Wunder geglaubt. Sowie ich die Volljährigkeit erreicht hatte, habe ich diesen Glauben aufgegeben – bis ich dann eines schönen Abends einem auffallend reizenden rothaarigen Geschöpf mit grünen Augen begegnet bin, an das ich mein Herz verloren habe. Und jetzt, mein Liebling, halte ich alles für möglich.«

Virginia lehnte ihren Kopf an Jonathans Schulter und seufzte, während sie beobachtete, wie die Sonne langsam hinter den Bäumen versank und die nahende Dämmerung ein Gefühl der Ungestörtheit mit sich brachte. »Ach, Jonathan, ich liebe dich so sehr!« murmelte sie mit einem zufriedenen Seufzer.

»Das ist ein Glück«, erwiderte er und ließ einen Arm um ihre Taille gleiten. »Ich muß dir nämlich mitteilen, daß ich Zweifel daran hege, ob ich es einer deiner Schwestern oder ihren Ehemännern jemals wieder gestatten werde, die Schwelle meines Hauses zu überschreiten, sobald sie alle sicher verheiratet sind.«

»Amen«, antwortete Virginia und seufzte erneut.

»Hier ist unser Text«, sagte Georgette und schwenkte eine Handvoll Seiten durch die Luft, damit alle sie sehen konnten. »Hört euch bloß die Namen der handelnden Personen an! Ich hatte ganz vergessen, wie amüsant Park's Dreikönigs-Spiel sein kann. Mrs. Möchtegern, Lord Lollypop ... Gräfin Fliegdavon! Wir werden ja soviel Spaß haben!«

»Und ich sage, wenn nicht wirklich Dreikönigstag ist, dann können wir unmöglich in diesen Kostümen auftreten«, behauptete Lettice Ann, als die kleine Schar um ein halbes Dutzend offener Truhen herumsaß, die die Dienstboten murrend vom Dachboden geholt hatten, kaum fünf Monate, nachdem sie sie nach Ablauf der Weihnachtsfeiertage hinaufgeschleppt hatten.

»Wir müssen ja nicht unbedingt das Stück aufführen, Miss Noddenly«, versicherte ihr Lord Fox, der sich ein Taschentuch auf die Nase preßte, damit der Staub aus den Truhen nur ja keinen Niesanfall bei ihm auslöste. »Wir werden uns ganz einfach jeder ein Kostüm aussuchen und es für die Maskerade verwenden. Es gibt doch gewiß irgendwo Masken.«

»In der kleinsten Truhe«, warf Jonathan hilfreich ein. Er saß neben seiner Angebeteten auf einem der Sofas, damit beschäftigt, mit den reizenden Löckchen zu spielen, die sich aus ihrer Frisur gelöst hatten und sich verführerisch an ihren langen weißen Hals schmiegten. »Es sind nur schlichte Augenmasken, doch mit ein wenig Geschick lassen sie sich mühelos verzieren.«

»Oh, das wird bestimmt großen Spaß machen!« rief Georgette und klatschte vor Freude in die Hände. »Wir könnten sie mit Spitzenbändern und Stoffresten und sogar mit Federn schmücken! Das heißt natürlich, alle außer Myrtle, die sich mit einer Nadel in der Hand einfach *gräßlich* ungeschickt anstellt. Soll ich deine Maske für dich verzieren, Myrtle?« fragte sie ihre Schwester, die gerade eine Kniebundhose aus schwarzem Satin hochhielt und sie mit Interesse musterte.

»Aber dann wüßtest du doch gleich, wer ich bin, du Dummkopf«, gab Myrtle nicht ohne eine gewisse Logik zurück und ließ die Hose fallen. »Wiley, findest du hier irgend etwas, was dir gefällt, oder bist du wie ich der Meinung, daß dies so ziemlich die schwachsinnigste Übung ist, die du jemals ins Auge gefaßt hast? Nüchtern, meine ich.«

Sir Wiley lächelte sie über den Rand seines Weinglases an. »Bitte, Myrt, verlang nicht von mir, daß ich die Wahrheit sage. Es wäre mir nicht lieb, wenn die Damen schreiend aus dem Raum flüchten würden.«

»Warum nicht? Ich finde die Vorstellung durchaus erfreulich«, sagte Myrtle, und als sie ihn anlächelte, stellte Virginia schockiert fest, daß Myrtle dem Mann doch tatsächlich mit ihren kurzen, beinah farblosen Wimpern zuzwinkerte. »Was halten Sie davon, Mr. Bromley?« erkundigte Myrtle sich und wandte sich zu Knox um, der sich eine Krone aus vergoldetem Pappkarton auf den Kopf gesetzt hatte. »Finden Sie diese Idee nicht absolut lächerlich – daß wir uns verkleiden und so tun, als würden wir einander nicht erkennen, wenn doch jeder, der auch nur einen Funken Grips hat, genau weiß, daß ich die größte Frau in dieser Truppe bin und Sie der kleinste unter den Männern sind?«

»Und außerdem der fetteste, Myrt«, warf Sir Wiley leise ein, aber doch nicht ganz so leise, daß Virginia und Jonathan, die ihm am nächsten saßen, es nicht gehört hätten. Sie tauschten einen amüsierten Blick, da sich hier anscheinend eine äußerst ungewöhnliche Romanze anbahnte.

»Vermutlich ist an Ihren Worten etwas dran, Miss Myrtle«, erwiderte Knox Bromley und holte tief Atem, für seine Gefährten das einzige Warnsignal dafür, daß er zu einer seiner Marathonpredigten ausholen würde. »Ich bin der kleinste unter den Männern. Ich bin jedoch auch der einzige Mann hier, der eine Brille braucht, um die eigene Nasenspitze zu sehen. Das schließt selbstverständlich jeden Gedanken daran aus, daß ich eine Augenmaske tragen könnte. Wenn man jetzt noch den Umstand hinzuzieht, daß Sie, Miss Myrtle, tatsächlich die größte unter den anwesenden Frauen sind, dann sind wir schon jetzt wirkungsvoll entlarvt. Da jedoch weder Sie noch ich dem Rest dieser reizenden Gesellschaft den Spaß verderben wollen, schlage ich vor, daß Sie Ihr Bestes tun, um kleiner zu wirken, wogegen wir Männer uns alle darum bemühen werden, Masken aufzutreiben, die nicht erkennen lassen, wer von uns eine Brille trägt. Und was das übrige angeht ... ich schlage vor, daß wir alle bis auf einen den Raum verlassen, während die verbleibende Person ihr Kostüm auswählt. Dann werden wir einer nach dem anderen wieder den Raum betreten, und jeder wird sich sein Kostüm aussuchen, bis wir alle mit unserer Wahl zufrieden sind. Ist doch ganz einfach, nicht?« schloß er und blickte alle der Reihe nach strahlend an.

»Mein Gott, wenn meine Stuten so langatmig wären wie Sie, würde ich beide für das Derby anmelden«, sagte Myrtle und verdrehte angewidert die Augen.

»Trotzdem mußt zu zugeben, daß du diejenige bist, die von dem Thema angefangen hat«, sagte Sir Wiley und reichte ihr ein Glas Sherry, das die Unbezähmbare auf einen Zug leerte.

»Also, ich finde, Mr. Bromley ist da auf eine ganz wunderbare Idee gekommen«, erklärte Lettice Ann so nachdrücklich, daß Virginia einen schnellen Seitenblick in Miss Noddenlys Richtung warf und zu ihrem Erstaunen feststellte, daß die Wangen ihrer Schwester eine Spur von Farbe aufwiesen.

»Ich danke Ihnen, Miss Noddenly«, sagte Knox und verbeugte sich über ihrer Hand, was dazu führte, daß die Krone von seinem kahl werdenden Schädel glitt und in ihren Schoß fiel. »Hoppla! Entschuldigen Sie vielmals. Vielleicht sollten wir den anderen die erste Wahl lassen, da es mir gewiß nichts ausmacht, mich mit dem zu begnügen, was hinterher noch übrig ist. Hätten Sie vielleicht Lust, einen Spaziergang im Garten zu unternehmen?«

»Es gibt nichts, was ich lieber täte ... Knox«, antwortete Lettice Ann, während sie Myrtle mit einem sengenden Blick verbrühte, der sie warnte, jetzt bloß nichts zu sagen, nicht einen einzigen Ton, ehe sie Mr. Bromleys Hand nahm und mit ihm durch die offenen Flügeltüren ins Freie trat.

»Hast du das gesehen, Ginny?« rief Georgette empört und rutschte auf ihrem Stuhl herum, um zu beobachten, wie Lettice Ann und Knox über die Steinstufen verschwanden, die in den Garten führten. »Ich schwöre dir, mir wäre es immer noch lieber, wenn sie mit dem bösen Bert durchbrennt, als daß sie diesen widerlichen Mann heiratet.« Dann lehnte sie sich auf ihrem Sessel zurück und fächelte ihren Wangen in der Nachmittagshitze Kühlung zu. »Aber wiederum ... vielleicht werden sie einander zu Tode *langweilen* und unsere ewige alte Jungfer Myrtle mit sich nehmen. Dann werde *ich* vielleicht endlich einmal ans Heiraten denken dürfen.«

»Was? Sag bloß nicht, du würdest deinen Invalidenstatus für eine Ehe aufgeben«, spottete Myrtle, die Georgette im Vorbeigehen einen leichten Klaps auf die Schädeldecke gab. »Ehefrauen müssen zu Opfern bereit sein, Georgie. Eine Ehefrau muß ihrem Mann Kinder gebären. Und sich lange genug von ihren Pillenröhrchen und Pulvertütchen losreißen, um ab und zu der einen oder anderen Dinnereinladung Folge zu leisten. Und von ihrer dritten tödlichen Krankheit binnen einer Woche genesen, um jede zweite Saison einen Ball in ihrem eigenen Haus zu veranstalten. Ich fürchte, dazu fehlt dir das Zeug.«

Lord Fox, noch immer mit einem Taschentuch vor der Nase, hatte derweil mit einem Schürhaken vom Kamin in einem der Schrankkoffer herumgestochert – eine Vorsichtsmaßnahme, um sich keine ansteckende Krankheit zuzuziehen. Jetzt ließ er die Hand sinken und sprang zu Georgettes Rettung ein. »Ich weiß, ich weiß«, sagte er kopfschüttelnd. »Das Leben mutet Menschen von zerbrechlicher Konstitution unerträgliche Belastungen zu. Aber ein liebevoller, besorgter und verständnisvoller Ehemann könnte einer zarten Frau eine Stütze sein und sich an ihrer bloßen Gegenwart erfreuen, ohne sich mehr zu wünschen, wenn sie in ihrem Salon auf dem Sofa ruht. Besonders wenn er weiß, daß sie ähnlich viel Rücksicht und Verständnis für *seine* anfällige Gesundheit aufbringen wird.«

»Ich glaube, mir wird gleich schlecht«, flüsterte Jonathan Virginia ins Ohr.

»Ich fürchte, da bist du bei mir an der falschen Adresse«, flüsterte sie ihm zu. »Du solltest deine Symptome lieber Georgette oder Pitney beschreiben. Ich wette mit dir, daß sie beide schon reichlich Erfahrungen mit derartigen Magenverstimmungen gesammelt haben – nur daß sie dreimal so stark darunter gelitten haben.«

»Also, ich glaube, noch länger halte ich das beim besten Willen nicht aus«, meldete sich Myrtle plötzlich, wenn auch nicht gerade unerwartet, zu Wort. Sie knallte ihr leeres Glas auf den Tisch und erhob sich. »Wiley? Traust du dir noch einen Galopp vor dem Abendessen zu?«

»Natürlich. Sollen wir wieder mit diesem lahmarschigen Stallknecht um die Wette reiten, Myrt?« fragte Sir Wiley und nahm ihren Arm. »Dann können wir in diesem urigen Gasthaus Rast machen, das wir beim letzten Mal gesehen haben, und eine deftige Mahlzeit im Schankraum zu uns nehmen. Vielleicht könnten wir sogar ein paar Bauern beim Kartenspiel schröpfen?«

Virginia schlug Jonathan auf den Unterarm, um ihm wortlos

zu sagen, daß er einem derart schamlosen Benehmen Einhalt gebieten müsse, doch diese Mühe hätte sie sich ebensogut sparen können, denn Jonathan legte lediglich seine Hand auf ihre und wünschte Sir Wiley und Myrtle einen angenehmen Abend.

»Warum hast du das nicht unterbunden?« fragte sie, als Georgette und Lord Fox ein ernstes Gespräch über die Vorzüge von ein paar Tropfen Laudanum, in einem Zahnputzbecher mit Wasser verdünnt, begannen, was doch entschieden besser als ein Glas warme Milch dazu diene, der Schlaflosigkeit vorzubeugen.

»Warum?« wiederholte Jonathan und hob ihre Hand an seine Lippen. »Ich weiß nicht, ob Lettice Ann von Knox hingerissen ist oder ob sie uns allen lediglich einen Gefallen tun wollte und ihn in den Garten geführt hat, um ihm dort mit einer Schaufel den Schädel einzuschlagen, damit er den Mund hält; aber glaub mir, ich erkenne aufkeimende Liebe, wenn ich sie sehe. Ich sage dir, mein Herzblatt, Wiley und Myrtle werden noch im Lauf der Woche das Aufgebot bestellen!«

Virginia lehnte sich in die Polster zurück und dachte über Jonathans Worte nach. Es schien tatsächlich möglich. Sie konnte sich nicht erinnern, Myrtle jemals so fröhlich erlebt zu haben, außer wenn sie gerade dabei war, Georgette zur Weißglut zu bringen, und Sir Wiley schien ihre Gesellschaft tatsächlich zu genießen; er nannte sie sogar in ausgesprochen liebevollem Ton »Myrt«. »Aber wenn Lettice Ann nicht als erste heiratet ...«

»Dann werde ich eben den bösen Bert herschaffen und ihn bestechen, und wenn ich ihm eigene Gewächshäuser in Neusüdwales oder an irgendeinem anderen fernen Ort dafür versprechen muß, daß er Lettice Ann heiratet – und zum Teufel mit den Folgen«, erwiderte er und fühlte sich so unbeschwert wie schon seit Tagen nicht mehr, als ihm plötzlich auffiel, daß jemand neben Lord Fox (welcher im Moment vollauf damit beschäftigt war, eine Hand auf seine Stirn zu pressen, um zu sehen, ob er nicht vielleicht doch Fieber hatte), jemand, der in den vergangenen fünf Tagen kaum ein Wort gesagt hatte, unauffällig in einer Ecke saß und Georgette Noddenly mit Blicken betrachtete, in denen sich mehr als nur höfliches Interesse ausdrückte.

4

Schließlich wurde die Idee einer weihnachtlichen Maskerade im Mai wieder verworfen, und die Bediensteten von Mayfield murrten unwirsch vor sich hin, als sie die Kisten und Truhen erneut auf den Dachboden schleppten.

Es gab jedoch kein anderes Vergnügen anstelle der Maskerade, denn Mayfield war praktisch über Nacht zur bedrückenden Kulisse einer »delikaten Situation« geworden, und man konnte sich unmöglich die Zeit mit geistlosen Frivolitäten vertreiben, wenn Miss Lettice Ann und Mister Knox Bromley spurlos verschwunden waren.

Es war nicht etwa so, als hätten die beiden keine Nachricht hinterlassen. Es war sogar eine lange, ungeheuer langweilige Nachricht, offenbar von Knox verfaßt, der bei seinen Bemühungen, die Gründe für sein Verschwinden im Morgengrauen mit Lettice Ann an seiner Seite zu erklären, nicht mit dem besten Briefpapier des Earl geknausert hatte. Als Jonathan am frühen Morgen jenes Tages aufgewacht war, hatte er das informative Schreiben gefunden, das irgendwann im Laufe der Nacht durch den Schlitz unter seiner Tür geschoben worden war.

Knox hatte sich in den letzten Tagen, so schrieb er, die Noddenly-Schwestern genauer angesehen und war zu der Schlußfolgerung gelangt, daß Georgette ihn mit ihrer anfälligen Konstitution binnen vierzehn Tagen in den Wahnsinn treiben würde, während Myrtles Benehmen derart überspannt sei, daß ihm die Worte fehlten, um ihre Unzulänglichkeiten zu schildern (und das hieß einiges, wenn man bedachte, in welchem Maß dieser Mann Worte überbeanspruchte!), und Lettice Ann sei zu alt, zu unansehnlich und zu sehr in einen ziemlich gewöhnlichen jungen Mann namens Bertram verliebt, um als brauchbare Ehefrau in Betracht zu kommen.

»Das konntest du natürlich nicht wissen, Johnny«, hatte Knox geschrieben, »denn sonst hättest du diesen Bertram zu deiner Gesellschaft eingeladen.«

Wenn man jedoch die Tatsache bedachte, so hieß es weiter in Bromleys Brief, daß Miss Noddenly die älteste von den dreien war (Miss Virginia war ja bereits an den guten Johnny vergeben), dann war es »so klar wie Kloßbrühe«, daß sie augenblicklich unter die Haube gebracht werden mußte. Und bei dieser Überlegung, berichtete Knox, und seine krakelige Handschrift wurde jetzt in seiner Aufregung beinahe unleserlich, war ihm plötzlich eine »Idee gekommen, wie sich das Problem zum Nutzen aller lösen läßt«.

Der gute Johnny erinnerte sich doch sicher noch an die tausend Pfund, die er ihm, Knox, zugesichert hatte, falls er ihm eine der Noddenly-Schwestern vom Hals schaffte, nicht wahr? Und sollte man diese Summe nicht verdoppeln eingedenk des Umstandes, daß Miss Noddenly niemand anderen als besagten Bertram heiraten wollte, und angesichts der Tatsache, daß er, Knox Bromley, derjenige gewesen war, der diese bedeutende Information ans Licht gebracht und den kühnen Vorsatz gefaßt hatte, der Dame behilflich zu sein?

Worauf Knox, um sich »kurz zu fassen« (o Gott, wie sehr sich Jonathan, der inzwischen auf der fünften Seite des Briefes angelangt war, gewünscht hatte, diesmal sei es dem Mann ernst damit), im Grunde hinauswollte, war, daß er und Lettice Ann bereits zum Landsitz der Noddenlys aufgebrochen waren, »um die wahre Liebe zu finden. Denn schließlich, Johnny, hast du nicht gesagt, ich müßte eine von ihnen *heiraten*. Wenn ich es recht bedenke, hast du dich zu diesem Thema überhaupt nicht geäußert – jedenfalls nicht direkt. Aber wir drei, Wiley, Pitney und ich, wissen ja, was du in Wirklichkeit von uns willst. Und deshalb helfe ich dir, es zu bekommen. Du kannst die Zweitausend als kleines Dankeschön für meine Mühe an meinen Anwalt überweisen.«

»Dann ist er also nicht bei Nacht und Nebel mit Lettice Ann durchgebrannt, um sie zu heiraten«, rief eine entsetzte Virginia aus, als Jonathan den versammelten Gästen, die man vorzeitig aus ihren Betten geholt hatte und die sich jetzt im Frühstückszimmer eingefunden hatten, den Brief laut vorgelesen hatte. »Er ist ihr nur dabei behilflich, mit dem bösen Bert durchzubrennen – der überhaupt nichts von ihr wissen will. Und ehe sie unser Anwesen erreichen, werden sie unterwegs übernachten müssen. Oh, die arme Lettice Ann! Sie wird am Boden zerstört sein, wenn sie begreift, daß Knox Bromley ihren Ruf ruiniert hat – und das auch noch für nichts!«

»Das spielt jetzt keine Rolle. Aber was hat es mit diesen zweitausend Pfund auf sich?« fragte Lord Fox, der mit der Gabel pedantisch in seiner hoch gehäuften Schüssel mit pochierten Eiern herumstocherte und nach kleinen Splittern von Eierschalen suchte, die sich in seine Zunge bohren könnten. »Mir hast du nichts dergleichen versprochen – und unserem guten Wiley auch nicht, was das betrifft, was natürlich nicht heißen soll, daß einer von uns auf den Zaster angewiesen wäre. Wiley braucht nichts weiter als eine x-beliebige Ehefrau, die er seiner Tante Earlene vorführen kann. Genauso verhält es sich doch, nicht wahr, Wiley?«

»Weißt du eigentlich, daß ich dich noch nie leiden konnte, Pitney?« bemerkte Wiley, und sein Tonfall war so samtig weich, daß Virginia spürte, wie ihr ein Schauer des Entsetzens über den Rücken lief. Hatte sie nicht irgendwo gehört, daß Sir Wiley sich schon einmal duelliert hatte? Aber wer hätte geglaubt, daß er Anstoß an etwas nehmen würde, was allgemein bekannt war? Es sei denn, er fürchtete, ihre Schwester Myrtle würde beleidigt darauf reagieren, wenn ihre Ehe als reine Zweckehe hingestellt wurde. Das war ein tröstlicher Gedanke.

»Er ... Lord Mayfield ... er hat Knox Bromley *Geld* angeboten, damit er uns den Hof macht?« fragte Georgette, und auf ihren Wangen bildeten sich zwei Flecken, deren Farbe äußerst ungesund wirkte, als Lord Fox hastig eine Entschuldigung vor sich hin murmelte und den Blick auf seine Schale senkte. Sie preßte sich beide Hände auf die Brust und wand sich auf ihrem Stuhl. »Oh, warum bin ich bloß hergekommen? Wie konnte ich bloß zulassen, daß es soweit kommt? Ich werde vor Scham sterben. Diese Schande ist mein sicherer *Tod*!«

»Aber, aber, Miss Georgette«, sagte Lord Fox mitfühlend und

tätschelte geistesabwesend ihre Hand, obgleich er immer noch nicht aufblickte, vielleicht aus Furcht davor, Sir Wiley könnte doch noch auf den Gedanken kommen, ihn zu erwürgen. »An Schamgefühlen ist noch niemand gestorben. Das weiß ich aus zuverlässiger Quelle. Wenn man dagegen verdorbene Meeresfrüchte ißt, dann sieht der Fall gleich ganz anders aus. Da fällt mir gerade ein – und ich kann mich noch so gut daran erinnern, als sei es erst gestern gewesen –, wie ich einmal einen Bissen von einem verdorbenen Hummer zu mir genommen habe. Ich kann Ihnen sagen! Und Sie reden vom *Sterben*? Ich habe mich geradezu nach der süßen Erlösung durch den Tod gesehnt, das versichere ich Ihnen, als ich auf der Folterbank meiner Schmerzen hingestreckt war und würgte, bis ich schon dachte, mein …«

»Halten Sie endlich den Mund, Pitney, Sie aufgeblasener Affe! Ihr dämlicher Hummer interessiert mich nicht die Bohne!« kreischte Georgette plötzlich, während sie ihm ihre Hand entzog – und ihr plötzlicher Wutausbruch zerstreute jede Sorge um ihre empfindliche Lunge in alle vier Winde.

Und sie hatte Lord Fox für eine verwandte Seele gehalten? So ein Unsinn! Er war nichts weiter als ein selbstsüchtiges altes Weib, das sich eifrig mit seinen eingebildeten Krankheiten beschäftigte – und obendrein war er auch noch langweilig und dumm! »Das ist das einzige, was Sie im Kopf haben«, sagte sie zu ihm. »Endlos und ewig lassen Sie sich über Ihre zarte Konstitution und über Ihre Anfälligkeit aus, über Ihre Stärkungsmittel und Ihre Senfpflaster, und Sie machen die Leute ganz krank mit Ihren elenden Geschichten. Es hängt mir zum Hals heraus, mir das noch länger anhören zu müssen. Sie sind der trostloseste Mann, der mir je begegnet ist. Und dann werde ich Ihnen noch etwas sagen, Lord Pitney Fox. Ich wünschte, in diesen Eiern, in denen Sie so ekelhaft herumstochern, wäre ein Mordsknochen versteckt – und Sie würden daran *ersticken*!«

»Heiliger Strohsack, Wiley, hast du das gehört?« fragte Myrtle und grinste von einem Ohr zum anderen, »ich hätte es niemals für möglich gehalten. Meine einfältige kleine Schwester hat also doch genug Grips, um aus der Haut zu fahren.

Glaubst du, sie hat mittlerweile begriffen, daß sie sich genauso anstellt wie er, oder sollten wir an diesem Morgen gar Zeugen eines entscheidenden Durchbruchs sein?«

»Ich? Lieber Himmel, Myrt, wen interessiert das schon? Aber ich werde dir trotzdem sagen, was ich denke. Ich denke, ich bin jetzt bereit für einen scharfen morgendlichen Galopp«, erwiderte Sir Wiley und erhob sich. Er warf seine Serviette mehr oder weniger in die Richtung seines inzwischen leeren Tellers, denn obgleich außer ihm niemand einen Bissen herunterzubringen schien, nachdem sich die nächtliche Flucht von Knox und Lettice Ann herumgesprochen hatte, fand er die Neuigkeit nicht so furchtbar, daß es einem deswegen gleich den Appetit verschlagen mußte. »Kommst du mit, oder möchtest du lieber bleiben und dir den zweiten Akt dieser lächerlichen Farce ansehen?«

Während Lord Fox die Stirn runzelte – er hatte nämlich geglaubt, seine Beziehungen zu Miss Georgette entwickelten sich blendend, wenn man bedachte, wieviel sie doch gemeinsam hatten, bis Miss Georgette plötzlich und völlig unerwartet über ihn hergefallen war – und Georgette sich mit Appetit über ihr eigenes Frühstück hermachte, einen Teller mit Spiegeleiern und Landrauchschinken, sahen Virginia und Jonathan einander an, seufzten und schritten widerstrebend zum »zweiten Akt dieser lächerlichen Farce«.

»Es ist schon nach neun, und einer der Stallknechte hat mir berichtet, Knox und Miss Noddenly seien um Viertel vor sechs aufgebrochen – Lettice Ann war ein wenig zu spät dran, weil sie nicht eher aufbrechen wollte, bis ihr gesamtes Gepäck für die Fahrt zur nächsten Postkutschenstation gründlich auf dem Wagen festgezurrt worden war. Es ist höchste Zeit, die Verfolgung aufzunehmen«, verkündete Jonathan fatalistisch, und eine besorgte Virginia nickte zustimmend.

»Muß das wirklich sein, Johnny?« fragte Sir Wiley mit gequälter Miene. »Ich wäre der erste, der diesen Vorschlag gemacht hätte, wenn damit wenigstens eine gewisse Herausforderung verbunden wäre. Aber so, wie die Dinge stehen, werden wir die beiden in weniger als einer Stunde gefunden haben –

wie ich Knox kenne, hat er höchstwahrscheinlich eine klapprige Kutsche und zwei kurzatmige, altersschwache Gäule für dieses Abenteuer gemietet, und sie sind noch keine fünf Meilen von hier entfernt und werden auf der Straße von Heuwagen und abenteuerlustigen Schildkröten überholt. Ein solcher Geizkragen ist mir noch nie begegnet. Du kannst die Rettung doch gewiß auch ohne mich und Myrt bewerkstelligen. Ich wüßte nicht, warum wir uns einen so prachtvollen Morgen durch eine derart langweilige Verfolgungsjagd verderben lassen sollten.«

»Papa wird ungeheuer wütend sein«, hob Georgette mit vollem Mund hervor (eine Auffassung, die Jonathan durchaus teilte, wenn er auch wünschte, sie wäre unausgesprochen geblieben), dann fügte sie nachdenklich hinzu: »Aber letztendlich könnte es auch darauf hinauslaufen, daß er Lettice Ann zwingt, Mister Bromley zu heiraten.«

Wieder tauschten Virginia und Jonathan einen Blick, doch diesmal lächelten sie. Wenn Lettice Ann kompromittiert und zu einer Heirat gezwungen würde und wenn man Myrtle und Sir Wiley (die in Virginias und Jonathans Augen nach wie vor ein Traumpaar waren) schon als so gut wie verlobt betrachten konnte, dann brauchten sie doch wahrhaftig nur noch Georgette-Vinaigrette an den Mann zu bringen!

Es schien jedoch ganz so, als würde Jonathan einen weiteren potentiellen Freier für das Mädchen herbeizitieren müssen, da Lord Fox eindeutig aus dem Rennen ausgeschieden war. Nun gut. Das war kein Problem. In London wimmelte es geradezu von Männern, die nur zu gern eine Ehe mit einem hübschen, wenn auch blassen blonden Mädchen eingehen würden, das eine ansehnliche Mitgift mitbrachte.

Doch dann runzelten Virginia und Jonathan beide die Stirn, denn im Grunde waren sie gutherzige Menschen und wußten, daß sie Lettice Anns Glück nicht guten Gewissens ihrem eigenen Glück opfern konnten.

»Wir müssen augenblicklich die Verfolgung aufnehmen«, sagten Virginia und Jonathan einstimmig und erhoben sich, um das Frühstückszimmer zu verlassen.

»Was ist, Lord Fox?« fragte Georgette in bissigem Ton. »Werden Sie handeln wie ein Gentleman und die beiden begleiten, oder ist Ihnen gerade eben wieder eingefallen, daß Sie hochgradig allergisch gegen gute Taten sind?«

»Gut gemacht!« sagte Myrtle lachend und gab ihrer Schwester einen liebevollen Klaps auf den Rücken, der Miss Georgette beinah mit dem Kopf voran über die gesamte Breite des Tisches hätte segeln lassen. »Es ist wahrhaftig ein Wunder! Georgette nimmt menschliche Züge an. Ich bin wirklich beeindruckt, das muß ich schon sagen. Wer hätte das je gedacht? Komm, Georgie, reite mit uns aus. Das wird ein Heidenspaß werden.«

»Ich ... ich ...«, setzte Georgette an und wirkte plötzlich so entkräftet, als begännen die übermäßigen Anstrengungen des Morgens ihren Tribut zu fordern und an ihrer Konstitution zu zehren, die sie nach wie vor für schwächlich hielt, auch wenn Lord Fox' unablässige Klagen dazu gedient hatten, ihr klarzumachen, daß ihr ihre Zerbrechlichkeitsbekundungen nicht etwa Zuneigung einbrachten, sondern höchstwahrscheinlich nur alle um sie herum krank vom Zuhören machten.

»Ich werde Miss Georgette liebend gern Gesellschaft leisten, während die anderen ausreiten, um die Verfolgung aufzunehmen.«

Sechs Köpfe fuhren gleichzeitig herum bei dieser kurzen Rede, denn alle hatten vergessen, daß sich Angus Fitzhugh, der Arzt, ebenfalls im Raum aufhielt, und das schon seit geraumer Zeit.

Virginia neigte den Kopf zur Seite, und ihre grünen Augen wurden schmal, als sie den Arzt abschätzend musterte. Also wirklich, wenn man es sich genauer überlegte, kam sie sich allmählich vor wie jemand, der auf der Rennbahn heiße Tips zu ergattern versucht. Sie fragte sich, ob sie den guten Doktor vielleicht bitten sollte, den Mund weit aufzusperren, damit sie seine Zähne näher begutachten konnte.

Der Arzt schien tatsächlich ein recht brauchbarer Kerl zu sein. Er war ein stiller, fast wortkarger Mann, und doch verbarg sich hinter seinem ungewöhnlich dichten Schnurrbart ein recht gut geschnittenes Gesicht; seine Augen waren leuchtend blau, und das dichte rotblonde Haar fiel über eine glatte, faltenlose Stirn. Gegen einen Arzt würde Papa bestimmt nichts einzuwenden haben. Sie hatten zwar bereits einen in der Familie – Hopes Ehemann Joseph – doch, wie Papa so gern sagte, ein weiterer »konnte nicht schaden«.

»Vielen Dank, Doktor Fitzhugh«, sagte Virginia hastig, »das ist wirklich sehr nett von Ihnen«, denn Lord Fox hatte bereits den Mund aufgemacht, um Einwände zu erheben – er hatte zwar schon beschlossen, noch am selben Morgen Mayfield zu verlassen und nach London zurückzukehren, wo seine Nerven nicht derart von kreischenden jungen Damen überstrapaziert wurden, die nicht besonders hübsch und nur mäßig reich waren, jedoch ein überraschend lebhaftes Temperament besaßen –, aber er hatte nicht damit gerechnet, eine so anstrengende Reise ohne seinen persönlichen Hausarzt antreten zu müssen.

»Das wäre dann also geregelt«, sagte Myrtle und klatschte sich auf die Schenkel, als sie sich ohne Wileys Hilfe erhob, obwohl dieser direkt neben ihrem Stuhl stand. So war Sir Wiley nun einmal – nie strengte er sich übermäßig an, um sie bloß deshalb, weil sie als Frau geboren worden war, wie ein hilfloses Kleinkind zu behandeln. Das gefiel ihr. Im großen und ganzen empfand sie Sir Wileys mangelnde Rücksichtnahme auf sie als eine seiner reizvollsten Eigenschaften. »Hussa, holldrio und auf geht's – oder wie sagt man? Die Jagd beginnt. Wiley, hast du Lust auf einen kleinen Abschiedstrunk, ehe wir losreiten?«

Jonathan, der nicht der Überzeugung war, Weiblichkeit sei mit Hilflosigkeit gleichzusetzen, der jedoch ein treuer Anhänger der guten Manieren war, die ihm seine verstorbene Mutter im Laufe seiner Entwicklungsjahre eingebleut hatte, zögerte, um seiner Angebeteten den Arm zu reichen, ehe er hinter Lord Fox stehenblieb, um ihm zuzuflüstern: »Ich wünsche dir eine angenehme Rückreise nach London, Pitney, Alter. Ach, übrigens, da wäre noch etwas – gut, daß wir dich los sind.«

»Also so was!« rief Lord Fox empört, als er beobachtete, wie sein Gastgeber den Raum verließ. Miss Virginia hatte sich bei ihm eingehängt und das Gesicht an seinem Ärmel verborgen, um nicht laut loszuprusten. »In meinem ganzen Leben bin ich noch nicht derart beleidigt worden.«

»Ach, wirklich nicht? Dann ist dies der Tag der Offenbarungen, denn gleich werden Sie noch eine Beleidigung erleben!« warnte ihn Miss Georgette, ehe sie nach der Schale mit den Eiern Seiner Lordschaft griff (»das Eigelb muß noch flüssig sein, bloß nicht zu hart gekocht«) und sie ihm mitsamt dem Inhalt auf den Kopf stülpte.

»Mein lieber Herr Gesangsverein!« bemerkte sie gleich darauf mit einem strahlenden Lächeln, als Ströme von flüssigem Eigelb über die hageren Wangen und die lange Nase von Lord Fox rannen, »ich glaube wirklich, so robust habe ich mich schon seit Ewigkeiten nicht mehr gefühlt. Doktor Fitzhugh ... Angus, dürfte ich mich Ihres Armes bedienen, während wir uns auf eine zweite Tasse Tee ins Vormittagszimmer begeben?«

»Das wäre mir ein großes Vergnügen, Miss Georgie«, sagte Angus Fitzhugh, worauf die beiden ebenfalls das Frühstückszimmer verließen und Lord Pitney Fox allein zurückließen, damit er sich in Ruhe Gedanken über sein Dilemma machen konnte – sollte er zulassen, daß die restlichen Eier langsam unter der umgestülpten Schale heraussickerten, die fest auf seinem Kopf saß, oder war es besser, die Schale abzusetzen und diesem unerfreulichen Bad ein für allemal ein Ende zu bereiten?

Virginia war schon immer gern geritten, obwohl Plumpudding, ihre Stute, sechzehn Jahre alt und von drei Schwestern nacheinander weitervererbt worden war und nur noch zu einem asthmatisch schnaufenden Trab taugte, und daher war es für sie ein echtes Vergnügen, im Damensattel auf einer von Jonathans erstklassigen Stuten reiten zu dürfen. Ein noch größerer Genuß war es für sie, an der Seite ihres Angebeteten auszureiten, der eine höchst schneidige Figur auf seinem riesigen rostbraunen Hengst machte.

In flottem, aber nicht gefährlichem Tempo galoppierten sie die Hauptstraße entlang, die von Mayfield fortführte. Sir Wiley und Myrtle hatten die übrigen Reiter längst hinter sich zurückgelassen, denn in ihrem offenkundigen Bestreben, Sir Wiley zu überbieten, neigte Myrtle nicht gerade dazu, ihr Licht unter den Scheffel zu stellen.

»Bist du ganz sicher, daß wir es schaffen werden, Lettice Ann rechtzeitig einzuholen, Jonathan?« fragte Virginia nervös, als sie um eine Wegbiegung ritten und vor sich die menschenleere Straße sahen. »Ich glaube, letzten Endes wäre es mir immer noch lieber, sie würde Bert heiraten statt Knox Bromley. Aber sie hat sich bereits kompromittiert, nicht?«

»Nicht, wenn wir sie bald einholen«, versicherte ihr Jonathan. »Schließlich wird keiner von uns in London herumerzählen, daß sie allein mit Knox ausgerissen ist. Es sei denn, Lord Fox setzt es sich in den Kopf, die Geschichte überall brühwarm zu berichten, sobald er wieder in London ist.«

Virginias Atem beschleunigte sich. »Würde er das wirklich tun? Könnte ein Gentleman jemals so grausam sein?«

»Zuerst einmal, mein Herzblatt, müssen wir uns fragen, ob wir Pitney als Gentleman betrachten wollen oder nicht. Nein«, fügte er kopfschüttelnd hinzu, »wenn ich es mir recht überlege – er ist ganz gewiß kein Gentleman. Aber andererseits ist er auch nicht komplett auf den Kopf gefallen. Unter normalen Umständen würde meine Bescheidenheit mich davon abhalten, so etwas zu sagen, mein Liebling, aber Pitney Fox kann es sich einfach nicht leisten, mich vor den Kopf zu stoßen.«

»Dein gesellschaftlicher Einfluß muß enorm groß sein«, sagte Virginia und stellte beschämt fest, daß ihr das gefiel – denn schließlich war ihr Angebeteter der Earl von Mayfield, und er wollte sie zu seiner Gräfin machen. Wie schön. Wie wunderwunderschön. Nicht, daß sie so gemein gewesen wäre, Lord Pitney etwas Böses zu wünschen, doch wenn der Mann es wagen sollte, schlecht über eine ihrer Schwestern zu reden, dann würde sie seelenruhig applaudieren, während der Mann mit Schimpf und Schande aus der Stadt gejagt wurde. »Könntest du ihn ruinieren, Jonathan? Könntest du sein Untergang sein?«

Jonathan lächelte sie an, und sein Lächeln sandte wonnige Schauer von ihrem Herzen bis in ihre Zehenspitzen aus. »Ich könnte ihn kleinkriegen, Herzblatt«, versicherte er ihr tröstlich. »Pitney braucht uns also keine Sorgen zu bereiten. Ich finde, statt dessen sollten wir uns einen Moment Zeit nehmen, um unserem Glücksstern zu danken. Sieh doch, Ginny. Ist das nicht deine Schwester Myrtle, die dort auf uns zukommt? Dort oben – siehst du sie zwischen den Zweigen dieses kleinen Baumgrüppchens, direkt vor der nächsten Straßenbiegung?«

»Wo? O ja, jetzt sehe ich sie. Es ist Myrtle! Und sieh nur – da ist auch Sir Wiley.« Sie beugte sich über den Hals ihrer Stute in dem Versuch, um die Straßenbiegung zu spähen, nachdem die beiden Pferde jetzt wieder auf der Geraden waren und direkt auf sie zutrabten. »Aber wo ist Lettice Ann? Ich sehe keine Kutsche, die ihnen folgt.«

Kaum hatte sie diese Worte ausgesprochen, als Myrtle sie auch schon entdeckte und ihnen lauthals zurief: »Nur keine Panik! Es ist alles in Ordnung.«

»Ich habe doch gleich gesagt, daß wir nicht lange brauchen werden, um die beiden aufzustöbern«, rief Sir Wiley, als er seinem Pferd drei Meter von Jonathan und Virginia entfernt in die Zügel griff und es zum Stehen brachte. »Sie sind nicht weit von hier. Sitzen in einem Straßengraben fest. Hab' schon immer gesagt, daß Knox ein miserabler Kutscher ist.«

»Fehlt Lettice Ann auch bestimmt nichts? Sie ist doch nicht etwa verletzt?« fragte Virginia in ihrer übermäßigen Sorge, denn ohne ihr Zutun wäre ihre Schwester gar nicht erst in eine so mißliche Lage geraten. Es kam alles nur daher, daß sie, Virginia, so selbstsüchtig gewesen war, alle ihre Schwestern gewaltsam verheiratet sehen zu wollen.

»Ihr fehlt absolut nichts, Ginny«, versicherte ihr Myrtle, »obwohl man das von Knox Bromley, diesem Einfaltspinsel, nicht gerade behaupten könnte. Wir reiten nach Mayfield zurück und besorgen einen Wagen, damit wir ihn transportieren können.«

»Er hat sich das Bein gebrochen, als er von dem Karriol gefallen ist«, sagte Sir Wiley und sah Jonathan an. »Ein Karriol, Johnny! Hast du schon jemals einen solchen Blödsinn gehört? Selbst im Park kommt der Kerl kaum mit dem Ding zurecht, und dann wagt er sich damit auf die Landstraße. Aber für eine Kutsche und einen Kutscher hätte er natürlich blechen müssen, und das wäre von den Zweitausend abgegangen, die er dir abluchsen wollte, und deshalb hat er sich entschlossen, den Wagen selbst zu lenken. Dieser Berg von Gepäck ist ihm auch nicht gerade zuträglich gewesen, denn der hat den Wagen aus dem Gleichgewicht gebracht, aber es war ja vorauszusehen, daß er früher oder später zu Schaden kommen würde. Tja – Myrt und ich machen uns jetzt auf den Rückweg, denn ihr könnt den beiden ja Gesellschaft leisten. Weißt du, es ist wirklich ein Jammer, daß der alte Knox sich nicht den Kiefer gebrochen hat. Er jammert ohne Punkt und Komma darüber, daß er das ganze Debakel als deine Schuld ansieht, Johnny, und er hat vor, dich dafür zur Kasse zu bitten. Und ich fürchte, du wirst zahlen müssen, und sei es auch nur in der Form, daß du gezwungen sein wirst, Knox in Mayfield zu dulden, bis sein Bein geheilt ist. Wir werden einen Wagen schicken – in ungefähr einer Stunde. Bis später, Johnny.«

Und dann setzten sich Sir Wiley und Myrtle wieder in Bewegung und spornten ihre Pferde zum Galopp an. Sie ließen Jonathan und Virginia in einer Wolke von aufwirbelndem Staub zurück, als sie vorbeipreschten.

»Sag mir noch einmal, wie schrecklich es wäre, wenn ich dich nach Gretna Green entführen würde und wir die ganze Geschichte hinter uns brächten«, flehte Jonathan durch zusammengebissene Zähne. »Ich glaube, ich habe es dringend nötig, daran erinnert zu werden, daß wir die *einfachste* und *vernünftigste* Lösung unseres Problems gewählt haben.«

»Mein armer *Johnny*«, sagte Virginia spöttisch, als ihre Pferde um die Kurve bogen und ihr Blick endlich auf das Karriol fiel, das sich zur Seite geneigt hatte. Knox Bromley lag auf einer grasbewachsenen Böschung und stöhnte, und Lettice Ann redete ihm gut zu. »Armer, *armer* Johnny.«

»Ich reise ab.«

Virginia riß schockiert den Kopf herum, als sie diese barsche Ankündigung vernahm. »Du willst abreisen, Myrtle? Aber wohin denn? Und warum? Ich verstehe das nicht. Ich dachte, du und Sir Wiley kämt so blendend miteinander aus.«

»Blendend? Das beweist nur mal wieder, daß du keine Ahnung hast, Ginny.« Myrtle warf sich auf einen Sessel, und zum Glück bedeckte ihr Hosenrock ihre langen Beine, die sie weit von sich gestreckt hatte, während sie das Kinn fest auf die Brust preßte. In Augenblicken wie diesen, wenn Myrtle sich so in den Sessel fläzte, hatte man Sir Roderick schon sagen hören, Myrtle sei in Wirklichkeit der Sohn, den er sich immer gewünscht hätte.

»O ja, Ginny«, fuhr sie fort und funkelte Virginia finster an. »Hören wir uns das doch noch mal an, ja? Wir verstehen uns also *blendend.* Wir lachen miteinander, wir scherzen, wir reiten zusammen aus, und wir trinken gemeinsam. Wir sind die besten Freunde. Ich nenne ihn Wiley, und er nennt mich Myrt. Wir sind praktisch ein Herz und eine Seele. Und warum wird er dann nach London zurückfahren und irgendeinem zimperlichen kleinen Püppchen einen Heiratsantrag machen, das auf den Namen Araminta Sedgewick hört? Kannst du mir das vielleicht beantworten, Ginny?«

Virginia biß sich auf die Unterlippe, als sie in Myrtles schönen, wenn auch etwas zu dicht zusammenstehenden Augen Tränen glänzen sah. »Das hat er wirklich vor?« fragte sie, und es brach ihr das Herz für ihre Schwester. »Und du liebst ihn, nicht wahr, Myrtle?«

Myrtle sprang wie angestochen von ihrem Sessel auf und begann, mit langen Schritten durch den Salon zu laufen. »Du glaubst, ich liebe ihn? Bist du bekloppt, Ginny? Ich liebe *niemanden.* Und ich will auch niemanden heiraten – weder jetzt noch zu irgendeinem späteren Zeitpunkt. Habe ich dir das nicht schon oft genug gesagt?«

»Doch«, antwortete Virginia versonnen. »Du hast es mir gesagt. Du hast es jedem erzählt. Hast du dich Sir Wiley gegenüber auch dazu geäußert?«

Myrtle blieb abrupt stehen und warf ihrer Schwester einen ganz seltsamen Blick zu. »Ja, das habe ich getan. Wir hatten etliche ausführliche Diskussionen über die Ehe. Er will ebensowenig heiraten wie ich, und er würde auch keinen Gedanken daran verschwenden, wenn seine Tante Earlene nicht wäre. Aber das weißt du ja alles. Deshalb hat Jonathan ihn doch überhaupt nur hierher eingeladen. Oder? Verdammt!« explodierte sie. »Warum stehe ich überhaupt noch hier herum und rede dummes Zeug? Ich sollte längst oben sein und packen.«

Virginia streckte die Hände aus, als wollte sie ihre Schwester zurückhalten. »Geh jetzt noch nicht, Myrtle. Setz dich einen Moment lang hin, und laß es geduldig über dich ergehen, daß ich laut nachdenke, einverstanden? Ich bitte dich, sei so gut. Ich halte für möglich, daß ich dir helfen kann.«

Myrtle reckte das Kinn kämpferisch in die Luft und sah ihre kleine Schwester finster an. »Weshalb? Verstehst du, ich liebe ihn nicht. Weshalb also sollte ich Hilfe brauchen?«

»Weshalb läufst du dann fort?« konterte Virginia und wußte, daß sie gewonnen hatte, als Myrtle den Blick von ihr abwandte und sich wieder setzte.

»Na schön, na schön. Der Mann ist keinen Schuß Pulver wert, aber ich liebe ihn. Und er sieht in mir einen Kumpel, nichts weiter.« Sie sah Virginia finster an. »Und was jetzt?«

Virginia schwieg ein Weilchen und fragte sich, ob es die körperlichen Schäden, die sie unter Umständen davontragen könnte, wert waren, das zu sagen, was sie wirklich dachte. »Ich glaube«, sagte sie schließlich zögernd, »ich glaube, wir sollten uns an Letty und Georgie wenden und an Clara. Es ist an der Zeit, Myrtle, daß du in eine Frau verwandelt wirst.«

Myrtles Augen wurden groß vor Furcht, während sie den Mund aufsperrte und langsam den Kopf schüttelte. »Oh, nein«, sagte sie und verkroch sich wieder in die Polster ihres Sessels. »Das kommt gar nicht in Frage, Ginny. Ich weiß genau, was du meinst. Du sprichst von Bädern in duftenden Ölen, von Spitze und Haarschleifen und von albernen weißen Handschuhen. Oh, nein. Nicht mit mir. Nicht mit Myrtle Noddenly!«

Virginia neigte den Kopf flehend zur Seite. »Selbst dann nicht, wenn es hieße, daß Sir Wiley begreift, was er an seinem Freund Myrt hat – nämlich nicht nur einen guten Kumpel, sondern außerdem auch noch eine hübsche Frau, eine Frau, auf die er stolz sein könnte, wenn er sie seiner Tante Earlene als seine Braut vorstellt?«

Myrtle begann, ihren ziemlich schmutzigen Daumen eingehend von der Seite zu studieren. »Glaubst du wirklich, Wiley weiß nicht, daß ich eine Frau bin?«

»Ich glaube, er weiß nur, daß man mit dir viel Spaß haben kann – er sieht in dir einen Freund von der Sorte, mit dem sich ein Mann nie langweilen würde«, sagte Virginia und ahnte, daß sie einen Sieg davongetragen hatte. »Und jetzt liegt es an dir, ihm zu zeigen, daß du eine attraktive, begehrenswerte und *heiratsfähige* junge Dame bist. Männer können unglaublich begriffsstutzig sein. Es ist unsere Aufgabe, ihnen den Weg zu zeigen, den sie zu ihrem eigenen Besten einschlagen sollten. Du erinnerst dich doch noch daran, daß Mama das zu uns gesagt hat, oder nicht?«

Myrtle nickte und sah auf ihre rauhen Hände und den fadenscheinigen Rock ihres Reitkostüms herunter, dann fuhr sie sich mit den Fingern durch das kurzgeschnittene Haar. »Gerechterweise muß ich Wiley zugute halten, daß ich nie auch nur das geringste unternommen habe, um ihn daran zu erinnern, daß ich eine Frau bin«, sagte sie versonnen.

Dann schlug sie mit den Händen fest auf die Armlehnen ihres Sessels und stand auf. »Also gut. Machen wir uns an die Arbeit. Aber keine Haarschleifen. Irgendwo muß man schließlich die Grenze ziehen, und ich schwöre dir, Haarschleifen kommen noch nicht einmal für Wiley in Frage.«

5

Ein außenstehender Beobachter hätte nur mit Mühe erkannt, daß es sich bei dem reizvollen Landgut Mayfield in Wirklichkeit um eine Brutstätte der Intrigen handelte und daß die Luft förmlich vor Plänen und Ränken und unerfüllter Liebe vibrierte.

Lord Pitney Fox war binnen einer Stunde nach den unerfreulichen Erfahrungen im Frühstückszimmer von Mayfield mit eingezogenem Schwanz (und den letzten Eiweißresten, die hinter seinem linken Ohr trockneten) aufgebrochen und hatte seinen »persönlichen Arzt« und eine kurze und bündige Nachricht hinterlassen, die besagte: »Ich werde mich bis zum Herbst auf meinen Landsitz in Surrey zurückziehen, um meine angegriffenen Nerven gründlich zu kurieren. Meines Erachtens wäre es für alle Beteiligten das beste, wenn die Vorfälle der vergangenen Woche nicht an die Öffentlichkeit drängen, falls ich mich deutlich genug ausgedrückt habe.«

Knox Bromley nahm an dem Geschehen zum Glück auch nicht mehr teil. Einer plötzlichen Eingebung folgend, hatte Jonathan den Verletzten direkt von der Unfallstelle in ein nahegelegenes Gasthaus transportieren lassen und zahlte jetzt mit Freuden die anfallenden Kosten, die dazu dienten, daß Mister Bromley, sein gebrochenes Bein und sein nervtötendes Mundwerk es einigermaßen behaglich hatten, bis die Knochen entweder wieder zusammenwuchsen oder der Gasthausbesitzer entschied, weder Lord Mayfields Geld noch gute Worte seien die Mühsal wert, sich mit diesem Quälgeist von Mann zu befassen, und Bromley kurzerhand in einer Mietdroschke nach London zurückschickte.

Jonathan war der Überzeugung, daß er so oder so billig dabei wegkommen würde.

Somit blieb noch Doktor Angus Fitzhugh, der darauf erpicht schien, Miss Georgette Noddenly weiterhin mit Aufmerksamkeiten zu überhäufen, die ihrerseits auf den Gedanken gekommen war, daß es möglicherweise nutzbringend sein könnte, bei guter Gesundheit zu sein – insbesondere dann, wenn ein so gutaussehender Mann wie der Doktor um einen warb. Und hatten die anderen überhaupt schon gewußt, daß Doktor Fitzhughs Großonkel in Edinburgh ein sogenannter »Gutsherr« war und der gute Doktor sein alleiniger Erbe?

Ja, Georgette würde noch mehr als genug Zeit haben, die Liste ihrer Leiden *nach* der Eheschließung mit ihm durchzugehen – vorausgesetzt, daß diese Leiden sich erneut einstellen sollten. So wie die Dinge standen, hatte Miss Georgette Noddenly zu ihrem Erstaunen festgestellt, daß sie sich in den vergangenen drei Tagen pudelwohl gefühlt hatte. Sie hatte sich ausgedehnte Spaziergänge in den Gartenanlagen zugetraut, sie hatte sich lange Abende im Musikzimmer zugemutet, und sie hatte es sogar bewerkstelligt, der nächstgelegenen Ortschaft einen Besuch abzustatten, um für Myrtle einigen dringend erforderlichen Firlefanz zu erwerben – und all diese Anstrengungen hatte sie mit dem guten Doktor an ihrer Seite bewältigt.

Jonathan hatte auf Geheiß seiner Angebeteten Sir Wiley Hambleton dazu überreden können, noch eine weitere Woche auf dem Lande zu verbringen, indem er betont hatte, daß man Heiratsanträge unter gar keinen Umständen überstürzt machen sollte, selbst dann nicht, wenn einen vor dem Altar von Saint George ein Topf voller Gold (Tante Earlenes Vermögen) erwartete.

Sir Wiley hatte eingewilligt, wenngleich auch nur widerstrebend, denn Myrtle Noddenly hatte ihm in den vergangenen drei Tagen seltsamerweise nicht zur Verfügung gestanden, da sie »indisponiert« war, oder zumindest hatte man ihm das mitgeteilt, doch heute wurde sie erstmals wieder zum Abendessen erwartet.

Es wäre aber auch wirklich an der Zeit, daß sie sich wieder blicken ließ, hatte Sir Wiley jedem erklärt, der bereit gewesen war, ihm zuzuhören, denn ohne seinen guten Kumpel Myrt langweilte er sich hier zu Tode; mit ihr konnte er querfeldein reiten, sie konnte er mit seinen Scherzen unterhalten, mit ihr konnte er sich an den Abenden aus dem Haus stehlen, um der Schankstube im Dorf einen Besuch abzustatten – mit Myrtle, die sich mit ihrer alten Reithose so lächerlich kostümierte und sich so derb benahm, daß sie so ziemlich jeden bis auf den wahren Kenner in bezug auf ihr Geschlecht täuschte.

Sir Wiley konnte schließlich nicht ahnen, daß heute abend, nach drei langen Tagen, die sie zurückgezogen verbracht hatte – ihr Gesicht und ihre Hände waren mit einer Creme gegen Sommersprossen behandelt, ihr Körper war wiederholt in Rosenwasser gebadet, ihr Haar war abgeschnitten und gewellt worden, bis es eine vage Ähnlichkeit mit dem modischen »Titus« aufwies, ihr Verstand war mit den Vorschriften und Verboten zuvorkommenden Benehmens traktiert worden, und ihr Körper hatte über sich ergehen lassen müssen, daß man ihn zwickte, kniff und verbog, während sie lernte, wie man sich setzte, wie man stand und wie man anständig aß –, Miss Myrtle Noddenly ihr Debüt als *Frau* geben würde.

»Es wird niemals funktionieren«, sagte Myrtle niedergeschlagen, als Georgette ein Fläschchen Riechsalz in die Handtasche ihrer Schwester packte und ihr das zierliche Goldkettchen um den Arm legte. »Sieh mich an, hörst du? Ich sehe doch absolut lächerlich aus!« Sie waren alle in Virginias Schlafzimmer versammelt, wo sie die vergangenen drei Nachmittage fast ausschließlich damit verbracht hatten, so koordiniert zusammenzuarbeiten wie keine von Wellingtons grandiosen Artillerieeinheiten, während sie Strategien ausarbeiteten, um Sir Wiley Hambleton zu Fall zu bringen – der in diesem Schlafgemach nur als »unser Ziel« bekannt war.

»Du siehst nicht lächerlicher aus als sonst auch, Myrtle«, hatte Lettice Anns Antwort auf die jämmerlichen Klagen ihrer Schwester gelautet. Da Miss Noddenly noch unter den Folgen der wahrhaft ohrenbetäubenden Strafpredigt litt, die ihr ein erzürnter Lord Mayfield sofort nach ihrer schimpflichen Rückkehr auf seinen Landsitz gehalten hatte, einer verbalen Tour de Force, in der er ihr klargemacht hatte, was für eine Narretei es darstellte, einen Narren zum Narren halten zu wollen (damit war die traurige Geschichte ihrer Liebe zu dem »Landjunker Bertram« gemeint, die sie Knox Bromley aufgetischt hatte, um sich sein Mitgefühl zu sichern), sah man ihr die Gereiztheit nach.

»Letty, sei nicht so gemein«, sagte Virginia mit Stecknadeln zwischen den Lippen, denn sie und Clara nahmen, obwohl es schon fast Zeit zum Abendessen war, noch Änderungen in letzter Minute an dem Saum des schlichten, graublau gemusterten Batistkleids vor.

Es war nahezu ein Ding der Unmöglichkeit gewesen, Myrtle dazu zu bringen, während der Anproben stillzuhalten, denn die junge Frau hatte abwechselnd wütend gedroht, sofort abzureisen, und in vollkommen weiblicher Verzweiflung die Hände gerungen und theatralisch gejammert, weil ihre Liebe zu Sir Wiley nicht erwidert wurde. Beide Varianten hatten unweigerlich zu Tränen geführt und damit geendet, daß Myrtle erbost aus dem Schlafzimmer gestapft war.

»Es tut mir schrecklich leid, Myrtle«, sagte Lettice Ann jetzt seufzend. »Es ist nur so, daß Georgie und ihr Arzt so glücklich miteinander zu sein scheinen und daß noch vor Ablauf dieser Woche zwischen dir und Sir Wiley alles geregelt sein wird – denn ich zweifle nicht im entferntesten daran, daß unser Plan von Erfolg gekrönt sein wird –, aber in Papas Vorstellung werde ich weiterhin ein sitzengebliebenes Mädchen sein. Euch ist doch wohl hoffentlich klar, daß keine von euch heiraten darf, solange ich nicht untergebracht bin, nicht?«

Lettice Ann stand augenblicklich im Mittelpunkt der Aufmerksamkeit, als sich drei weibliche Augenpaare auf sie hefteten, als wollten sie sich ein Bild davon machen, wer als möglicher Heiratskandidat für sie in Frage käme.

»Knox Bromley ist immer noch in der Nähe«, sagte Virginia, allerdings ohne allzu große Hoffnungen, daß ihre Schwester über diese ohnehin schon bekannte Information begeistert sein würde. Schließlich hatte sie ihn als »einen unglaublich begriffsstutzigen, stumpfsinnigen, langatmigen und unsäglich langweiligen Schwätzer und Ignoranten« beschimpft, ehe sie ihn neben dem Straßengraben hatte liegenlassen und erklärt hatte, lieber würde sie zu Fuß nach Mayfield laufen, als die Rückfahrt gemeinsam mit Bromley in demselben Fahrzeug über sich ergehen zu lassen.

»Oh, *bitte*, Ginny«, ächzte Lettice Ann und verdrehte die Augen. »Lieber gehe ich ins Kloster.« Sie zog die Stirn in Falten. »Werden Nichtkatholiken dort überhaupt aufgenommen? Glaubt ihr, daß das eine Rolle spielt? Versteht ihr ...«

»Was ist mit Lord Fox?« erkundigte sich Georgette kichernd

bei ihrer Schwester. »Ich glaube, man könnte ihn dazu bringen zu vergessen, was ich ihm angetan habe, indem du dich bei ihm nach seinem Ausschlag erkundigst und ein- oder zweimal mitfühlend mit der Zunge schnalzt, während er dir berichtet, es sei inzwischen schon wieder viel besser geworden, aber jetzt könnte aufgrund der fünf Stücke Rumtorte, die er kürzlich zum Nachtisch gegessen hat, seine Leber angegriffen sein.«

»Vergeude unsere Zeit nicht mit derartigem Unsinn, Georgie«, schalt Myrtle, während sie von dem Schemel stieg und dabei beinahe Clara mit sich durchs Zimmer schleifte, die gerade dabei gewesen war, den Saum des blaugrauen Kleides umzunähen. »Komm schon, Letty, sag etwas. Wenn Georgette ihren Knochenflicker bekommt, und wenn wir Wiley mit diesem Streich rumkriegen, den wir ihm mit unserem Versuch spielen, ein Seidentäschchen aus diesem Schweinsohr herzustellen, und wenn Ginnys Earl sich jetzt schon für sie auf den Kopf stellt und sich sogar die Mühe macht, uns alle an den Mann zu bringen – dann scheint es doch nur fair zu sein, daß du dich auch ein wenig anstrengst. Wir wissen alle, daß du gern mit jemandem getraut werden möchtest, ehe du so alt bist, daß sich niemand mehr etwas aus dir macht. Wenn wir den bösen Bert von der Liste streichen – und das mußt du endlich tun –, wer kommt dann sonst noch als Bewerber in Frage? Ist dir denn in London wirklich noch niemand begegnet, der dich interessiert?«

Lettice Ann senkte die Augen und konzentrierte sich darauf, den Stoff ihres Rocks in Falten zu legen. »Ich fand den Earl von Royston ziemlich ansprechend, als ich ihn bei Almack's habe tanzen sehen«, sagte sie leise und wünschte, sie könnte mit den Fingern schnippen, und all ihre neugierigen Schwestern würden sich in Luft auflösen – oder ihr wirklich *zuhören*. Merkten sie denn nicht, daß sie sich verzweifelt bemühte, ihnen etwas mitzuteilen?

»Royston, so, so«, sagte Myrtle nachdenklich, die sich zwar bewußt war, daß sie selbst in einer verzweifelten Lage war, aber *so* verzweifelt nun doch wieder nicht. »Vermutlich ließe es sich machen, daß wir seine Ehefrau für dich umlegen, Letty«, sagte sie scherzhaft. »Samantha – so hieß sie doch, stimmt's?« Sie blickte ihre Schwestern an, als suchte sie Beistand. »Kennt sich vielleicht eine von euch mit zuverlässigen Giften aus, die schnell ihre Wirkung tun?«

»Dies ist nicht der rechte Zeitpunkt, um Witze zu machen«, sagte Georgette und betupfte ihre Augen mit einem Taschentuch, denn sie hatte am Nachmittag wieder einen Spaziergang mit Angus unternommen, und er hatte, natürlich nur andeutungsweise, denn schließlich war er ein Gentleman, eine Bemerkung fallenlassen, die besagte, ihre kirschroten Lippen könnten sich in der Reinheit des Farbtons an den berühmten Mayfield-Rosen messen. »Letty ... gibt es denn nicht sonst noch jemanden? Es *muß* doch noch einen anderen geben. Du gehst doch nun schon seit April auf Gesellschaften.«

Lettice Ann sagte etwas, doch sie sprach so leise, daß niemand sie verstehen konnte.

»Was?« explodierte Myrtle und packte ihre Schwester an den Schultern, um sie kräftig durchzuschütteln. »Wir brauchen einen Namen, Letty! Du mußt uns dringend einen Namen nennen!«

Als Lettice Ann daraufhin in lautes Schluchzen ausbrach, vergaß sich Georgette soweit, daß sie in Myrtles Handtasche nach dem Riechfläschchen kramte; Clara, die immer noch auf dem Boden kniete, brachte eilig ein paar letzte Stiche an, ehe sie den Faden abbiß und (immer noch auf den Knien) das Zimmer verließ; und Myrtle funkelte Lettice Ann mit diesen furchteinflößenden, etwas zu dicht zusammenstehenden Augen an. Virginia sah sich selbst in diesem Augenblick als den letzten noch verbliebenen Pfeiler geistiger Gesundheit.

»Jetzt reicht es, Myrtle«, sagte sie entschieden und zog Myrtle fort, um sich selbst vor Lettice Ann hinzuknien. »Verzeih uns, Letty. Wir benehmen uns weiß Gott nicht besser als eine Horde zänkischer Katzen. Du brauchst nicht zu heiraten, wenn du es nur deshalb tun würdest, um uns übrigen den Weg zum Altar freizuräumen. Wir gehen zu Papa – wir alle gemeinsam – und wir werden ihm erklären, wie ungerecht seine Vorschriften sind.

Er wird einsehen, daß es nur vernünftig ist, seine Vorschriften aufzuheben, wenn er auf diese Weise innerhalb einer einzigen Saison drei seiner Töchter verheiraten kann.«

»Meine Mädchen werden in der Reihenfolge ihrer Geburt heiraten. Erst Faith, dann Hope, dann Charity – durchweg brauchbare Namen, aber auf mehr als drei Töchter war ich schließlich ...«

»Ach, nun hör endlich auf, Georgie«, befahl Myrtle, als Georgette begann, die allseits bekannte Vorschrift zu zitieren. »Wir erinnern uns alle an den exakten Wortlaut. Und außerdem könnte Ginny durchaus recht haben. Sich drei von uns vieren in einer einzigen Saison vom Hals zu schaffen, könnte Papa als ein gutes Geschäft erscheinen. Und außerdem würde er sich damit einen weiteren Earl einhandeln, einen zweiten Arzt und sogar einen Sir – einen *reichen* Sir obendrein, und das hat es bei den Noddenlys noch nie gegeben.«

»Ich bin schon verheiratet«, murmelte Lettice Ann so leise, daß nur Virginia, die immer noch vor ihr kniete, die Worte hören konnte.

Virginia befeuchtete ihre plötzlich ausgedörrten Lippen mit der Zunge, bevor sie zu ihrer älteren Schwester aufblickte. »Was ... was hast du gerade gesagt, Letty?« erkundigte sie sich behutsam.

»Ich bin schon verheiratet«, wiederholte Lettice Ann, diesmal jedoch lauter. »Jetzt wißt ihr es!« sagte sie lächelnd und richtete sich kerzengerade auf, als hätte gerade jemand einen enorm schweren Felsbrocken von ihren Schultern genommen. »Ich bin schon verheiratet. Ich bin nicht nach Gretna Green ausgerissen, um zu heiraten, falls ihr das glauben solltet. Ich bin älter als einundzwanzig, und daher konnte ich heiraten, wann und wo auch immer ich wollte, ohne Papas Erlaubnis einholen zu müssen. Und so wollte ich es haben – ich meine, genau das habe ich getan. Vor einem halben Jahr – morgen sind es sechs Monate. Na bitte, ich hab's endlich gesagt!«

Virginia blinzelte heftig und bemühte sich verzweifelt, die Ungeheuerlichkeit dessen zu erfassen, was Lettice Ann gerade gesagt hatte, während sie gleichzeitig ihr Bestes tat, um das Bild ihres Vaters zu verdrängen, das plötzlich vor ihrem inneren Auge stand – sein Gesicht war vor Wut gerötet, als er sie alle zu einem vollen Monat Hausarrest verdonnerte und sie in ihre Zimmer schickte, um sie auf Brot und Wasser zu setzen.

Georgette fiel in Ohnmacht, nachdem es ihren plötzlich tauben Fingern nicht gelungen war, das Riechfläschchen zu entkorken. *Zum ersten Mal in meinem ganzen Leben habe ich dieses verfluchte Zeug tatsächlich nötig*, dachte sie benommen, als um sie herum alles schwarz wurde, *und jetzt kann ich es nicht benutzen. Was für ein Jammer.*

Myrtle, die zum ersten Mal in ihrem Leben sprachlos war, ließ sich auf den Fußboden plumpsen, sprang jedoch ebenso schnell wieder auf, da sie sich auf eine Stecknadel gesetzt hatte. »Du bist *verheiratet*!« kreischte sie und rieb sich das schmerzende Hinterteil. »Mit *wem*, zum Teufel? Heiliger Strohsack – doch nicht etwa mit dem bösen Bert?«

Lettice Ann schüttelte den Kopf. »Nicht mit dem bösen Bert«, berichtete sie und lächelte Georgette an, die inzwischen wieder aus ihrer Ohnmacht erwacht war und jetzt ganz still dasaß und sich den Puls maß (aus reiner Gewohnheit, denn sie wußte, daß es ihr in Wirklichkeit blendend ging). »Ich habe euch allen nur erzählt, daß ich für Bert schwärme, um euch von der richtigen Fährte abzulenken. Als ob ich von dem Mann etwas wissen wollte! Er ist sogar noch schlimmer, als ihr ihn geschildert habt – obwohl ich sagen muß, daß er sich reichlich um mich bemüht hat. Er bemüht sich um alles, was einen Rock anhat.«

»Aber wer ist es dann?« fragte Virginia und zermarterte sich das Hirn in dem Bestreben, sich daran zu erinnern, ob sie Lettice Ann jemals mit einem anderen Mann als Bert gesehen hatte. Lettice Ann hatte gesagt, sie hätte vor sechs Monaten geheiratet, was hieß, daß sie damals zu Hause gewesen sein mußte, denn es war noch vor Beginn der Ballsaison gewesen. »Und warum hast du es vor uns allen geheimgehalten?«

»Papa haßt ihn«, sagte Lettice Ann, und das Lächeln verblaßte auf ihren zitternden Lippen.

Die drei unverheirateten Schwestern sahen einander schokkiert an. Ihre Augen waren vor Ungläubigkeit weit aufgerissen, als sie im Chor ausriefen: *»Sean Conway!«*

Lettice Ann stand auf, die Hände zu Fäusten geballt, das Kinn energisch vorgeschoben. »Ja. Sean Conway. Habt ihr vielleicht etwas dagegen?«

Sean Conway, ein irischer Witwer von mindestens vierzig Jahren, der sich in der Nähe des Guts der Noddenlys niedergelassen hatte und auf dem besten Wege war, mit seiner Pferdezucht ein Vermögen anzuhäufen, hatte sich Sir Rodericks Mißfallen mit seinen unverhohlen geringschätzigen Äußerungen über die Noddenly-Pferde zugezogen (die übrigens durchaus berechtigt waren), und nur Myrtles Stuten ließ er als eine Ausnahme gelten (er fand sie recht »passabel«). Aber dabei hatte Mister Conway es noch nicht bewenden lassen. Er hatte ausschließlich irische Arbeiter aus seinem Geburtsort in County Clare beschäftigt, die eigens zu diesem Zweck angereist waren, statt Ortsansässige einzustellen, und im letzten Jahr hatte er an Weihnachten ein riesiges Fest veranstaltet, *ohne* den Mann dazu einzuladen, der in aller Öffentlichkeit kundgetan hatte, der Ire sei ein »voreingenommener Angeber und Menschenschinder, der sich haarscharf am Rande des Gesetzes bewegt«.

Aber im Moment schien all das nicht viel zur Sache zu tun. Lettice Ann hatte ihnen allen eine Frage gestellt. Hatten die drei verbleibenden unverheirateten Noddenly Schwestern, die wußten, daß sie warten mußten, bis Lettice Ann unter die Haube gebracht worden war, ehe sie ihre eigenen Traummänner heiraten konnten, an diesem Paar etwas auszusetzen?

»Ich finde es einfach wunderbar«, sagte Virginia. Sie war sich zwar nicht sicher, ob sie Sean Conway mochte, wußte jedoch, daß sie ihn dem bösen Bert bei weitem vorzog. »Myrtle? Hast du etwas dagegen einzuwenden?«

»Nee«, sagte Myrtle achselzuckend. »Ich doch nicht. Vielleicht erlaubt mir Mister Conway sogar, daß sein preisgekrönter Hengst meine Stuten deckt, nachdem wir jetzt miteinander verwandt sind.«

»Oh, du bist aber auch wirklich immer nur auf deinen eigenen Vorteil bedacht«, klagte Georgette, doch dann lächelte sie. »Aber ich habe nichts dagegen einzuwenden, und selbst wenn, dann würde das ja doch nichts an der Sachlage ändern. Und wenn Papa etwas dagegen einzuwenden hat, dann nützt ihm das auch nichts. Myrtle – es sieht ganz so aus, als stünde deiner Heirat mit Sir Wiley nichts mehr im Wege. Um Himmels willen, rück dein Mieder zurecht. Was glaubst du wohl, wie du einen Mann umgarnen kannst, wenn dir das Kleid fast von der Schulter rutscht?«

»Ich würde sagen, genauso macht man sich an einen alten Lustmolch wie Wiley ran«, erwiderte Myrtle sachlich, als ihr wieder einfiel, daß der Mann in dem Ruf stand, ein Weiberheld zu sein – ein Ruf, von dem sie betrüblicherweise nichts zu spüren bekommen hatte, da er sie behandelte, als sei sie sein Zimmernachbar aus gemeinsamen Studienzeiten in Cambridge.

Virginia war innerlich zerrissen. Einerseits wäre sie am liebsten sofort losgelaufen und hätte sich auf die Suche nach Jonathan gemacht, um ihm die gute Nachricht zu überbringen, andererseits drängte sich ihr immer stärker der Verdacht auf, daß Lettice Ann mit ihren Geständnissen noch lange nicht am Ende war und ihnen noch einiges mehr zu enthüllen hatte. Daher sagte sie: »Wann werdet ihr, Mr. Conway und du, Papa die Wahrheit sagen, Letty?«

»Ich nehme an, schon bald«, antwortete Lettice Ann seufzend. »Deshalb habe ich doch alles darangesetzt, nach Hause zu fahren. Ich wollte, daß Sean es als erster erfährt, ehe ich es irgend jemand anderem erzähle. Letzten Monat konnte ich noch nicht sicher sein – nicht absolut sicher –, aber jetzt, nachdem seit unserem Eintreffen in London schon zwei volle Monate vergangen sind, bin ich mir meiner Sache hundertprozentig sicher.«

»Das bin ich auch«, sagte Myrtle und beugte sich vor, um die letzten Stecknadeln aus dem Saum ihres Kleides zu ziehen. »Ich bin mir absolut sicher, daß du eine Meise hast. Um Himmels willen, Letty, streng dich ein bißchen an, dich verständlich auszudrücken.«

»Ich nehme schon zu!« rief Lettice Ann aus und preßte sich die Hände auf ihren immer noch flachen Bauch. »Clara weiß es natürlich, aber jetzt wißt ihr drei es auch. Ist das nicht großartig?«

»Großartig?« übertönte Myrtle Virginias zaghafte Einwände. »Du bist *schwanger*, und du hast Papa bisher noch nicht einmal gesagt, daß du *verheiratet* bist – und noch dazu mit einem Mann, den er verabscheut? Großer Gott! Ja, allerdings, Letty, das ist einfach großartig. Verdammt großartig. Papa wird hingerissen sein, nicht wahr? Was meint ihr dazu? Georgie, leih mir mal schnell dieses Riechfläschchen, sei so gut. Mir ist noch nie schwindlig gewesen, aber ich glaube, jetzt bin ich einer Ohnmacht nahe.«

Virginia schlich sich leise aus ihrem Schlafzimmer, während Myrtle, Lettice Ann und Georgette letzte Hand an ihre Frisuren legten, da sie Jonathan suchen wollte, um ihm mitzuteilen, daß sie bereits eine erfolgreiche Eheschließung verbuchen konnten – und das sogar ohne ihr Zutun.

Sie begab sich an den gewohnten Ort – in den Wintergarten hinter dem Musikzimmer, in dem alles mögliche wuchs und gedieh, darunter auch vereinzelte Orangenbäume – und zu ihrer großen Freude sah sie, daß er sie bereits mit einem kleinen Blumenstrauß in der Hand erwartete.

»Ich habe Neuigkeiten«, sagte sie zu ihm und stellte sich auf die Zehenspitzen, um ihn auf die Wange zu küssen. Virginia begann allmählich, sich als die eine Hälfte eines alten Ehepaares zu betrachten, die über die jüngere Generation wachte und ihr Bestes tat, um Zeit zu finden, mit ihrem gleichermaßen bedrängten Gemahl zusammenzusein.

Für Leidenschaft blieb kaum noch Zeit, seit Knox Bromley ausgefallen und Lord Pitney Fox verjagt worden war. Virginia verwandte jede Minute des Tages darauf, ihre drei Schwestern unter die Haube zu bringen, auf Kosten ihrer Beziehung zu Jonathan, ihrer großen Liebe.

Was jedoch – so schien es jedenfalls – nicht hieß, als würde sich Jonathan mit einem keuschen Kuß auf ihre Wange begnügen – jedenfalls nicht dann, wenn er sich mit der wunderschönen Virginia allein im Wintergarten aufhielt. »Deine Neuigkeiten können warten, mein Liebling«, sagte er und zog sie eng an sich. »Ich warte schon den ganzen Tag darauf, dich endlich zu sehen, und jetzt bin ich nicht bereit, mich mit einem einzigen knausrigen Kuß abspeisen zu lassen.«

»Mm«, seufzte Virginia, als er sie aus einer äußerst angenehmen Umarmung freigab, »ich schwärme grenzenlos für dich, wenn du deine gebieterische Seite hervorkehrst. Zum Glück sind meine Schwestern sehr nachlässige Anstandsdamen. Aber ich muß dir trotzdem unbedingt erzählen, was ich in Erfahrung gebracht habe. Mach dich auf einiges gefaßt, Jonathan – Lettice Ann ist bereits verheiratet. Und sie wird mich schon bald zum zwölften Mal – oder ist es das dreizehnte? – zur Tante machen.«

»Sie ist schon verheiratet?« Jonathan schüttelte den Kopf, unfähig zu glauben, was er gerade gehört hatte. »Und du wirst Tante werden?« Er schloß die Augen einen Moment lang und rechnete im Kopf nach. »Damit ist Knox ausgeschieden, dem Himmel sei Dank. Oder stehen die Dinge etwa noch schlimmer? Hat sie etwa heimlich den bösen Bert geheiratet?«

»Nein, ganz und gar nicht«, sagte Virginia zu ihm. Sie nahm ihn an der Hand und führte ihn zu einer nahen Bank, die in den letzten Tagen der Schauplatz etlicher Vergnügungen zum beiderseitigen Ergötzen gewesen war. Und dann erzählte sie ihm zwischen Küssen die Geschichte von Sean Conway, dem irischen Pferdezüchter.

»Das wären also schon mal zwei weniger«, sagte Jonathan, als sie ihren Bericht beendet hatte. Er küßte ein letztes Mal ihren Hals über dem zarten Seidenkragen ihres Kleides. Dann lehnte er sich zurück und sagte: »Weißt du, ich habe nämlich auch gute Nachrichten für dich.«

»Geht es um Doktor Fitzhugh und Georgette?« fragte Virginia hoffnungsvoll.

»Ja, meine Süße, obgleich ich es zu schätzen wüßte, wenn du

so tun würdest, als hättest du noch nichts davon gemerkt, um mich anschließend mit Lob zu überschütten, obwohl ich nicht das geringste zu unserem zweiten Erfolg beigetragen habe.«

»Entschuldige, mein Liebling«, sagte Virginia ohne jede Spur von Reue.

»Entschuldigung akzeptiert, Schatz. Angus hat mich heute nachmittag aufgesucht, weil er hören wollte, wie seine Chancen stehen, wenn er bei deinem Vater um Georgettes Hand anhält. Offenbar ist er nur für ein Jahr nach London gekommen, um hier einige unserer medizinischen Techniken zu erlernen. Dann heißt es für ihn zurück nach Edinburgh. Zurück in sein *Schloß*, wie sich herausgestellt hat. Er hat sich auf den ersten Blick Hals über Kopf in Georgette verliebt. Ich habe ihm gesagt, meines Erachtens könnte dein Vater durchaus vor Glück einen Salto schlagen. Diese Vorstellung schien ihn gewaltig zu erheitern, obwohl man das bei Angus schwer beurteilen kann. Aber ich konnte unter diesem buschigen Schnurrbart tatsächlich einen flüchtigen Blick auf sehr weiße Zähne erhaschen, und daher vermute ich, daß er gelächelt hat.«

Virginia freute sich so sehr, daß sie Jonathan gleich wieder küßte, diesmal mitten auf den Mund, was für ein paar Minuten jedem Gespräch nachdrücklich ein Ende bereitete, bis das erste Läuten des Gongs sie in den Salon zum Dinner rief.

»Ach, du meine Güte«, rief Virginia und rückte das Mieder ihres Kleides zurecht, das ihr Angebeteter soeben erst gründlich erkundet hatte. »Wir müssen gehen. Ich habe Myrtle meinen emotionalen Beistand für ihren großen Auftritt zugesichert.«

»Haben eure Bemühungen, ihre harten Kanten abzuschleifen, so wenig gefruchtet?« fragte Jonathan und bemühte sich nach besten Kräften, die Verwüstungen rückgängig zu machen, die Virginias forschende Finger an seinen Halstuch angerichtet hatten.

Virginia packte Jonathans Hand und zog ihn unsanft auf die Füße. »Du darfst nicht so voreilig sein, gleich das Schlimmste zu befürchten, Liebling«, schalt sie ihn aus, als sie durch das Musikzimmer und den Korridor eilten, der zum Salon führte.

»Ich finde, Myrtle sieht« – sie zermarterte sich das Hirn, um die passenden Worte zu finden – »auf ganz einmalige Art attraktiv aus.«

»So, so«, sagte Jonathan und fragte sich, ob seine Verliebtheit ihn möglicherweise gegen seine eigenen Geschlechtsgenossen aufgewiegelt hatte. Andernfalls, wenn nicht sein zukünftiges Eheglück auf dem Spiel gestanden hätte, hätte er Sir Wiley selbstverständlich vor dem gewarnt, was ihn im Salon erwartete. Ihn gewarnt und ihm somit die Möglichkeit freigestellt, schleunigst nach London zu fliehen, ehe der Anblick einer Myrtle Noddenly, in Spitzengewändern und mit Schleifchen herausgeputzt, ihn geradewegs zur Hausbar treiben würde.

»Es ist mein Ernst, Jonathan«, protestierte Virginia, die wußte, daß selbst die harten Anstrengungen von drei vollen Tagen, Myrtle Noddenly in eine ganz normale modebewußte junge Dame zu verwandeln, nur mäßigen Erfolg gebracht hatten. Ein echter Erfolg hätte mindestens ein ganzes Jahr erfordert, das vom Aufstehen bis zum Schlafengehen mit Arbeit angefüllt gewesen wäre. »Und du hast versprochen, uns zu unterstützen.«

»Das werde ich ja auch tun«, sagte er, ohne eine Miene zu verziehen, als sie den Salon betraten. »Ich werde den armen Wiley stützen, wenn er beim Anblick seines Busenfreundes Myrt, der plötzlich Haarschleifen trägt, in tiefe Ohnmacht sinkt.«

»Du Schuft«, flüsterte ihm Virginia ins Ohr. »Als ob Myrtle jemals einwilligen würde, Haarschleifen zu tragen!«

Sie begrüßten den guten Doktor, der schon vor ihnen im Salon eingetroffen war, und Virginia ging augenblicklich auf den äußerst nervös wirkenden jungen Mann zu, um ihm zu sagen, was für eine Freude es für sie sei, ihn als erste Noddenly in der Familie willkommen heißen zu dürfen.

»Ich danke Ihnen, Miss Ginny«, sagte Angus Fitzhugh und verbeugte sich über ihrer Hand. »Verstehen Sie, ich liebe diese Frau von ganzem Herzen. Und sie hat breite Hüften. Sie wird mir viele kräftige Söhne gebären.«

Virginia dachte einen Moment lang darüber nach und nickte dann. »Wenn es Sie beide glücklich macht, Doktor ... *Angus.*«

Sir Wiley Hambleton betrat als nächster den Salon; er hielt ein Glas in der Hand, und die Röte seiner Wangen hätte selbst dem wenig aufmerksamen Beobachter gesagt, daß er den größten Teil des Nachmittags damit zugebracht hatte, stetig zu trinken.

Er bot einen jämmerlichen Anblick, dieser sonst so aktive Mann, der die Zeit totschlagen mußte, bis »sein Kumpel Myrt« wieder auftauchte, der sich im oberen Stockwerk vor ihm verbarg und weiß der Himmel was tat, statt ihm Gesellschaft zu leisten, mit ihm durch die Gegend zu streifen und übermütigen Unfug mit ihm auszuhecken. So, wie die Dinge im Moment standen, hätte er ebensogut seine Tante Earlene besuchen können, denn mehr Spaß hatte er hier in den letzten drei Tagen auch nicht gehabt.

»Guten Abend, alle miteinander«, sagte er und begab sich auf direktem Wege zur Hausbar. »Ein deprimierender Abend, findet ihr nicht auch? Die Sonne ist noch nicht am Horizont untergegangen, die Luft ist frisch und klar, und wir sitzen hier fest und sehen mal wieder dieselben Gesichter wie jeden Abend. Mir ist danach zumute, mich aus dem Staub zu machen, Johnny, und genau das werde ich auch tun, ganz gleich, was ich dir versprochen habe, wenn Myrt sich heute abend wieder nicht blicken läßt.«

Jonathan nahm Sir Wiley das Glas aus der Hand und ersetzte es durch ein kleineres Glas, das er nur zur Hälfte mit Wein gefüllt hatte. »Sie wird jeden Moment kommen, Wiley«, versprach er ihm und warf einen hoffnungsvollen Blick auf die Eingangshalle, während sich jetzt schon Zweifel an dem, was er gerade getan hatte, in ihm regten und er sich fragte, ob es nicht vielleicht das beste wäre, wenn Wiley bei Myrtles Erscheinen bereits halbblind vor Trunkenheit war. »Weißt du, für einen Mann, der deutlich seine Absicht bekundet hat, einer Frau einen Heiratsantrag zu machen, benimmst du dich verdächtig wie ein alter Knabe, der in eine andere Frau verliebt ist, die seinem Herzen viel näher steht.«

Sir Wiley verzog verwirrt das Gesicht. »Du meinst doch nicht etwa Myrt?« fragte er ungläubig. »Diese Frau ist nicht für eine

Ehe bestimmt, ebensowenig wie ich. Der Unterschied ist nur der, daß ich heiraten muß und sie nicht.«

»Das ist nur zu wahr, Sir Wiley«, stimmte Virginia ihm zu und näherte sich den beiden Männern in der Hoffnung, sie könnte ihren Angebeteten darin unterstützen, Sir Wiley auf die Sprünge zu helfen. »Aber selbst wenn Myrtle noch so sehr dagegen protestiert, so ist sie doch eine Frau, und alle Frauen sehnen sich danach, sich eines Tages zu verlieben. Und wenn dieser erfreuliche Tatbestand erst einmal eingetreten ist, ist eine Frau zu unbegrenzten Kompromissen bereit, wenn es ihr dazu verhilft, mit diesem einen ganz speziellen Mann zusammenzusein, der ihr Herz erobert hat.«

Sir Wiley sah Virginia verständnislos an und wandte sich dann an Jonathan. »Was hat sie gerade gesagt, Johnny? Will sie damit etwa sagen, daß Myrtle mich heiraten würde?«

Jonathan warf einen schnellen Seitenblick auf seine Angebetete, die kurz nickte und ihm damit die Erlaubnis erteilte, die Dinge zu sagen, die schließlich der Wahrheit entsprachen. »Du bist ein Draufgänger, Wiley, und du hast dir den Ruf eines Tunichtguts zu Recht erworben, aber auf eine Frau, die Myrtles unvergleichlichen Geschmack und ihre einmaligen Vorlieben hat, übst du vermutlich einen gewissen Reiz aus«, sagte er, da er sich nicht mit einem Kopfsprung ins Wasser stürzen wollte, wenn es unter Umständen ratsamer war, die Temperatur erst mit dem kleinen Zeh zu testen.

»Junge Mädchen mochten mich schon immer«, erwiderte Wiley in aller Bescheidenheit, denn an der Wahrheit gab es nichts zu rütteln, ganz gleich, wie dick man sie auftrug. »Ist vermutlich der Reiz der Gefahr, die sie in mir sehen, die dummen Dinger. Aber nicht alle. Araminta Sedgewick fürchtet sich höllisch vor mir, aber ihrem Vater liegt das Vermögen meiner Tante so sehr am Herzen, daß er ein Auge zudrückt, was meine Vergangenheit angeht. Ich habe mich vorwiegend an Matronen gehalten, an diese älteren Damen, die genau wissen, was sie tun. Aber jetzt muß ich heiraten – und ihr wollt mir weismachen, ich könnte Myrt möglicherweise dazu überreden? Ich kann mir nicht vorstellen, daß mir ein solches Glück vergönnt wäre! Ich dachte immer, ein Lebemann müsse früher oder später für seine Sünden büßen.«

»Dann lieben Sie sie also?« fragte Virginia, die vor Aufregung fast platzte. Sie waren nur noch um Haaresbreite von ihrem Ziel entfernt, die drei übrigen Noddenly-Schwestern allesamt zu verheiraten. Wer hätte das gedacht?

Dann runzelte sie die Stirn und dachte wieder an die drei letzten Tage und daran, was sämtliche Schwestern auf sich genommen hatten, um Myrtle vorzeigbar herzurichten. »Um Himmels willen, Sir Wiley, weshalb haben Sie denn nichts gesagt?«

Sir Wiley wirkte plötzlich verlegen und wich ihrem Blick aus, als er leise sagte: »Ich bin ein abgehalfterter alter Schwerenöter, ein Mann mit so viel Vergangenheit, daß er selbst nicht mehr weiß, wo er sie verstecken soll, und ohne jede Reue, außer vielleicht, daß ich nicht schon eher angefangen habe, den Frauen nachzulaufen, und daß ich nicht doppelt so viele gehabt habe. Ich bin ein Sünder, der nicht zur Buße bereit ist, und wahrscheinlich werde ich im Greisenalter kindisch genug sein, um aus reinem Jux Wegweiser zu verbiegen. Myrt hat etwas Besseres verdient, und das ist eine Tatsache. Sie ist zu gut für mich und zu schön. Und viel zu aufrichtig.«

»Meine Güte, Ginny, der Mann ist tatsächlich verliebt«, rief Jonathan lachend. »Es hat ihn wahrhaftig erwischt. Es gibt nichts Moralischeres auf Erden als einen bekehrten Lebemann – und nichts Selbstsüchtigeres als einen Lebemann, der weiterhin sein Tohuwabohu veranstalten will.«

Virginia verstand zwar nicht alles, was sie soeben gehört hatte, doch die beiden entscheidenden Punkte hatte sie begriffen. Sir Wiley liebte ihre Schwester. Und Sir Wiley hielt Myrtle jetzt schon für »aufrichtig« und für »wunderschön«.

»Du liebe Zeit!« entfuhr es ihr, und sie eilte zur Tür in der Hoffnung, Myrtle noch warnen zu können, ehe diese im Salon auftauchte, eine prachtvolle Erscheinung in ihrem neuen Kleid und mit ihrer neuen Frisur, mit glatten weißen Händen und sommersprossenfreier Haut. Myrtle, Sir Wileys »schöne, aufrichtige« Myrtle, war sämtlichen Verschönerungskuren unterzogen worden, die ihre Schwestern kannten – sie hatten wirklich keinen Kunstgriff unversucht gelassen –, und sie mußte unter allen Umständen aufgehalten werden, ehe sie sich ihm mit ihrem veränderten Äußeren präsentierte ... und ihn höchstwahrscheinlich ein für allemal abschreckte!

Aber es war bereits zu spät, denn Lettice Ann und Georgette betraten gerade strahlend lächelnd den Salon, während sie Myrtles Erscheinung bis auf ihren karottenroten Schopf verdeckten.

»Sir Wiley«, trällerte Georgette fröhlich, »wir haben eine großartige Überraschung für Sie. Lieber Besuch – eine Person, von der Sie schwören werden, sie nie zuvor gesehen zu haben. Ist es nicht so, Letty?«

»Oh, ja. Ja, allerdings«, stand ihr Lettice Ann bei. »Ich muß schon sagen, wenn unser Gastgeber nicht schon vergeben wäre, würde ich zittern und beben, weil zu befürchten stünde, daß er zu unserem Neuankömmling überläuft und der guten Virginia das Herz bricht.«

»Letty ... Georgie«, zischte Virginia leise, »laßt den Unsinn sofort bleiben. Sir Wiley liebt sie längst – *und zwar so, wie sie vorher war*!«

»*Was?*« Lettice Ann und Georgie wurden geteilt wie die Wogen des Roten Meeres, als sich eine verwandelte Myrtle unsanft zwischen den beiden hindurchzwängte und sich vor Virginia aufbaute. Sie funkelte sie so finster an, als wünschte sie, Virginia würde ebenfalls drei Tage in einer Wanne mit Rosenwasser stecken, während ihre Hände, Knie und Füße so energisch von Hornhaut und Schwielen befreit wurden, daß sie fast bluteten. »Dann habe ich die Foltern des Hades völlig umsonst über mich ergehen lassen? Und all das war deine Idee, habe ich recht, meine süße, kleine, *aufdringliche* Ginny, die sich in alles einmischen muß?«

Jonathan, der noch vor der Hausbar stand, starrte ungläubig zum anderen Ende des Salons, zutiefst beeindruckt vom Anblick der pferdegesichtigen Myrtle mit den zu dicht zusammenstehenden Augen und den unliebenswürdigen Manieren. Man hätte zwar nicht gerade behaupten können, daß ein Wunder geschehen war, doch das gesamte Erscheinungsbild der Frau wies bemerkenswerte Verbesserungen auf. Natürlich wäre der Erfolg womöglich noch größer gewesen, wenn man sie für den Abend zum Schweigen hätte bringen können.

Er warf einen Blick auf Sir Wiley, der dastand, als sei er zu einer Statue erstarrt, während er entgeistert seine ungestüme Angebetete anstarrte, die jetzt den Eindruck erweckte, als wäre sie für nichts Anstrengenderes als Petit-Point-Stickerei mehr zu gebrauchen. »Heiliger Strohsack, Myrt«, sagte er mit gepreßter Stimme, »was um alles in der Welt hast du mit dir angestellt? Du siehst ja genauso wie alle anderen aus!«

Myrtle riß sich von ihren Schwestern los (die mächtig froh darüber waren, daß die Gefahr für den Moment gebannt war, denn sie hatten sich schon Sorgen gemacht, sie würde im nächsten Moment Ohrfeigen verteilen) und näherte sich Sir Wiley mehr oder weniger im Galopp, wobei sie ihren Zeigefinger direkt auf seine Nase richtete. »Das ist alles nur deine Schuld, Wiley Hambleton. Ich dachte, du wolltest eine Dame haben.«

»Eine Dame?« erwiderte Sir Wiley verwirrt. »So ein Blödsinn! Was soll ich denn mit einer Dame anfangen? Ich will dich, Myrt. Aber du hast gesagt, du würdest niemals heiraten, und ich habe dir geglaubt. Schließlich muß man einen Mann beim Wort nehmen können!«

»Ich *bin* kein Mann, du Idiot!« warf Myrtle ihm an den Kopf und wischte sich mit dem Handrücken über den Mund, wobei sie das sorgsam aufgetragene Lippenrouge verschmierte, das, wie Georgette geschworen hatte, so natürlich wirkte, daß niemand je auf den Gedanken käme, es könnte sich bei dieser Farbe um etwas anderes als das Werk der Natur handeln. »Ich bin eine *Frau*!«

»Du benimmst dich aber nicht wie eine Frau!« konterte Sir Wiley noch lauter als Myrtle, die ihm jetzt Auge in Auge gegenüberstand, während die übrigen Anwesenden gebannt zusahen. »Was glaubst du wohl, warum ich dich liebe?«

Myrtle wich einen Schritt zurück, für den Moment sprachlos. »Du liebst mich? Du liebst mich *wirklich*, Wiley?«

»Ja. Aber ich würde dich noch mehr lieben, wenn du mal schnell nach oben saust und in deine Reithose steigst. Wenn wir schnell reiten, können wir es in weniger als einer Woche nach Gretna Green schaffen. Ich habe die Absicht, dich klammheimlich zu heiraten, nur um Tante Earlene zu schockieren. Wir können doch nicht zulassen, daß alles nur nach ihrem Kopf geht, oder?«

»Abgemacht«, sagte Myrtle und hielt Sir Wiley die Hand hin, der sie erst einen Moment lang ansah, bevor er sie an den Schultern packte und fest an seine Brust zog – woraufhin er Miss Myrtle Noddenly unter den überraschten Blicken aller Anwesenden küßte, bis sich ihre neuerdings so glatten weißen Zehen in ihren verdammt lästigen Seidenstrümpfen aufrollten.

Mit einem Zipfel des Taschentuchs, das ihr Angebeteter ihr wortlos in die Hand gedrückt hatte, betupfte Virginia ihre feuchten Augen und fragte dann: »Wir werden doch nicht zulassen, daß die beiden nach Gretna Green durchbrennen, oder, Jonathan?«

»Oh, doch, mein Liebling, wir werden es zulassen«, antwortete er und zog sie eng an seine Seite. »Ich finde, das sind wir ihnen schuldig. Es mag vielleicht nicht das sein, was wir uns wünschen würden, aber ich glaube tatsächlich, wir haben schon mehr bekommen, als sich zwei Menschen nur irgend erhoffen können. Lettice Ann war schon verheiratet, Myrtle wird noch in dieser Woche heiraten, und schon bald darauf wird Georgette den beiden zum Altar folgen. Du wirst eine Junibraut werden, meine Liebe, wie ich es dir versprochen habe. Und wenn es deinem Papa nicht paßt, dann wird *er* sich eben mit Myrtle anlegen müssen. Wenn er das wagt, dann ist er weiß Gott beherzter als ich.«

»Da könntest du recht haben«, sagte Virginia und seufzte träumerisch, als Sir Wiley und eine sich an ihn klammernde Myrtle ohne ein Abschiedswort den Salon verließen und Georgette und ihr Arzt in den Garten schlenderten, zweifellos inspiriert von dem Kuß des Paares, das gerade im Begriff war, nach Gretna Green durchzubrennen. »Meinst du, wir können uns noch ein Weilchen in den Wintergarten zurückziehen, ehe wir zum Abendessen gerufen werden?«

Jonathan sah auf sie hinab und zwinkerte ihr zu. »Verspürst du plötzlich das Verlangen, nach den Rosen zu sehen, meine Süße?«

»Nicht direkt. Aber ich verspüre das brennende Verlangen, dich das fortsetzen zu lassen, was wir gerade begonnen hatten, als der Essensgong zum ersten Mal ertönte«, antwortete Virginia, die sich weigerte, sich ihrer Unverblümtheit zu schämen. »Es war wie immer ein äußerst inspirierendes Intermezzo.«

Jonathan Wetherell, der Vierzehnte Earl von und so weiter und so fort – ein sehr glücklicher Mann, der schon bald ans Ziel seiner Wünsche gelangen sollte –, fügte sich nur zu gern dem Vorschlag seiner Verlobten und zukünftigen Ehefrau.

Kasey Michaels

Im vergangenen Juni vor einunddreißig langen oder kurzen Jahren (lang, wenn ich an die harten Prüfungen und Belastungen denke; jämmerlich kurz, wenn ich Mike ansehe und immer noch dieses undefinierbare »Prickeln« fühle) habe ich, wie man so schön sagt, »meinen besten Freund« geheiratet.

Zu dem Zeitpunkt war ich nicht auf eine Freundschaft aus.

Mit neunzehn habe ich mich nur zu gern mit dem »Prickeln« begnügt.

Aber das Leben hat eine seltsame Art, sich der Narren anzunehmen, die sich Hals über Kopf in etwas stürzen. Irgendwie beschenkt es sie mit Partnern, die fest daran glauben, daß die Liebe über alles siegen wird – über die mitternächtlichen Fahrten zum Krankenhaus mit einem schwerkranken Kind, die überfälligen Rechnungen, den nunmehr fünfzehn Jahre alten »Babyspeck«, der seiner einst gertenschlanken Braut von der letzten Schwangerschaft geblieben ist, die Liebe eines Mannes zum Golf, die schwächere Frauen in die Trunksucht treiben könnte, die unerwartete Metamorphose einer einst vollzeitbeschäftigten, wenn auch desinteressierten Hausfrau (die jetzt kaum noch Hausarbeiten verrichtet), weil sie, Jahre zu spät, um noch als Wunderkind zu gelten, ein glühendes Verlangen zu schreiben in sich entdeckt hat.

Mit neunzehn habe ich aus Liebe und Leidenschaft geheiratet – vielleicht sogar ein klein wenig aus reiner, ungetrübter Lust heraus. Jetzt, einunddreißig Jahre später, weiß ich, daß ich damals meinen besten Freund geheiratet habe, einen Mann, der mir zujubelt, meine Fehler übersieht, meine Hand hält, mit mir redet und, und das ist das Allerbeste, der mir *zuhört*. Ich wünsche all meinen Leserinnen und auch all meinen Heldinnen ebensoviel unverschämtes Glück – was soviel heißen soll, daß es vielleicht doch gar keine so schlechte Idee ist, seinem Herzen zu folgen und diesem »Prickeln« Beachtung zu schenken!

Ich gratuliere dir zu unserem Hochzeitstag, Liebling.

Barbara Taylor Bradford

Straße der Engel

Roman

Das faszinierende Porträt zweier außergewöhnlicher Frauen, die sich den Herausforderungen des Lebens stellen – von Barbara Taylor Bradford, der »First Lady der amerikanischen Unterhaltungsliteratur«.

(Brigitte)

Alle glauben an Selbstmord. Doch Vivienne Trent, Ex-Frau und Vertraute des Toten, hegt einen Verdacht. Die Journalistin beginnt, Sebastian Lockes Leben zu recherchieren, und als sie in Frankreich auf die todkranke Gräfin de Grenaille stößt, weiß sie, daß hier der Schlüssel zur Wahrheit liegt. Doch es steht zu befürchten, daß die Gräfin entschlossen ist, ihr Geheimnis mit ins Grab zu nehmen …

Sandra Brown

Die Zeugin

Roman. 530 Seiten

**Auf der Flucht: eine Frau und ihr Baby.
Ihre Verfolger: eine Gruppe
rachsüchtiger Männer und das FBI.
Ein Alptraum,
der wie ein Märchen begann ...**

In diesem grandiosen Psychothriller über eine Frau in tödlicher Gefahr entfaltet Sandra Brown meisterhaft ihr Puzzle aus raffinierten Rückblenden und subtilen Andeutungen – Hochspannung von der ersten Seite bis zum explosiven Schluß.

»Sandra Browns aufregendster Roman!«
(USA Today)

Blanvalet

Elizabeth George

Mein ist die Rache
Roman. 478 Seiten

Gott schütze dieses Haus
Roman. 382 Seiten

Keiner werfe den ersten Stein
Roman. 445 Seiten

Auf Ehre und Gewissen
Roman. 468 Seiten

Denn bitter ist der Tod
Roman. 478 Seiten

Denn keiner ist ohne Schuld
Roman. 620 Seiten

Asche zu Asche
Roman. 768 Seiten

Im Angesicht des Feindes
Roman. 736 Seiten

Denn sie betrügt man nicht
Roman. 768 Seiten

Aus dem Amerikanischen
von Mechtild Sandberg-Ciletti

»Hier erzählt eine Autorin
mit großer Menschenkenntnis und noch größerem
Gespür für die Abgründe hinter der Fassade
des Normalen.«
(Brigitte)

Blanvalet